中国新诗研究论文索引
（2000—2009）

孙晓娅　编撰

学苑出版社

图书在版编目（CIP）数据

中国新诗研究论文索引：2000~2009／孙晓娅编撰.
--北京：2015.10
ISBN 978-7-5077-4891-8

Ⅰ.①中… Ⅱ.①孙… Ⅲ.①新诗-诗歌研究-论文-索引-中国-当代 Ⅳ.①Z89；I207.25

中国版本图书馆CIP数据核字（2015）第243480号

中国诗歌研究中心学术丛刊20

本书系教育部人文社会科学重点研究基地重大项目
"新时期三十年新诗研究的回顾与反思"（2009JJD750015）阶段性成果

出 版 人：	孟 白
责任编辑：	刘 丰
出版发行：	学苑出版社
社 址：	北京市丰台区南方庄2号院1号楼
邮政编码：	100079
网 址：	www.book001.com
电子信箱：	xueyuanpress@163.com
经销电话：	010-67601101（营销部）、67603091（总编室）
印 刷 厂：	河北鑫宏源印刷包装有限责任公司
开本尺寸：	787×1092 1/16
印 张：	36
字 数：	645千字
版 次：	2015年11月第1版
印 次：	2015年11月第1次印刷
定 价：	198.00元

凡 例

一、本《索引》收录2000年1月至2009年12月在中国大陆正式出版的期刊和较有影响的诗歌民刊所发表的新诗研究论文资料,内容包括学术论文、作品鉴赏、诗人相关史料等,共9218条。

二、本《索引》所收录论文以发表时间先后为序,同月内发表的文章按标题首字(文字前的标点不计)的拼音顺序排列;标题首字为数字者优先。

三、本《索引》所收条目著录格式为:文章标题,作者,刊名,出版年及期数,页码。

四、重复发表的论文仅收录刊物级别较高者,若刊物级别相近,则按首发时间收录。

五、个别文章在发表时文字或标点不甚规范或有错误,为了与发表时的原貌保持一致,故不做修改。

六、新诗研究的硕博论文因有专门的索引途径,本《索引》未予收录。

目 录

作者索引 ·· 1

2000 年 ·· 1
2001 年 ·· 38
2002 年 ·· 66
2003 年 ·· 106
2004 年 ·· 186
2005 年 ·· 263
2006 年 ·· 314
2007 年 ·· 360
2008 年 ·· 418
2009 年 ·· 472

作者索引

A

阿多尼斯[叙利亚]
　……………… 168,221
阿尔斯兰·阿不都拉
　………………………… 392
阿斐 …………………… 444
阿古拉泰 ……………… 416
阿红 ………………… 8,176
阿黄 …………………… 234
阿甲 …………………… 125
阿九 …………………… 194
阿来 …………………… 217
阿里 …………………… 71
阿毛 ……………… 197,446
阿牛木支 ……………… 382
阿西 …………………… 115
阿翔 …………… 147,269,276,
　302,400,413,444,465
阿羊 …………………… 19
艾苍玉 ………………… 5
艾东 …………………… 336
艾斐 …………………… 276
艾光辉 ………………… 307
艾龙 …………… 59,71,73,87,
　92,99,107,143,156,164
艾若 …………………… 197
艾先 …………………… 322
艾翔 …………………… 467
艾秀梅 ………………… 489
艾云 …………………… 135
安曹 ………………… 80,90
安春华 ………………… 78
安凤琴 ………………… 505
安歌 …………… 153,213,297
安海民 ………………… 169
安海茵 ………………… 438
安静 …………………… 280
安雷 …………………… 415
安娜[美国] …………… 75
安琪 …………… 45,53,74,113,
　154,277,282,300,302,
　350,351,364,373
安石榴 ……………… 59,85
安文军 ………………… 7
岸田宪也[日本] ……… 474
敖忠 …………………… 203

B

巴莫曲布嫫 …………… 244
巴斯卡·吉列夫斯基
　[马其顿] …………… 182
巴特尔 ………………… 149
巴音博罗 …………… 39,46
白春超 …………… 315,325
白航 …………………… 310
白浩 …………… 194,473
白桦 …………………… 378
白杰 …………… 203,429
白连春 ………… 19,58,368
白茂华 ………………… 199
白木 …………………… 293
白倩 …………………… 210
白天光 ………………… 109
白薇 …………… 80,90,130
白峡 …………… 90,163
白雪尘 ………… 271,297,298
白岩 …………………… 259
白杨 …………… 32,505
白寅 …………………… 467
白玉红 ………………… 385
白玉玲 ………………… 104
白贞淑 ………………… 475
柏桦 …………… 303,338,382,
　383,396,400,404,424,
　427,431,438,448,451,
　470,493,504,512
柏铭久 ………………… 334
柏钰 …………………… 61
班澜 …………………… 317
班业新 ………………… 396
包广莉 ………………… 460
包临轩 ………………… 338
包明德 ………………… 269

包睿 …………… 145		曹琨 …………… 483
包兆会 …………… 473	**C**	曹明 …… 179,425,506
宝音巴图 ……… 45		曹然霞 …………… 449
鲍昌宝 …… 51,64,145,	才旺瑙乳 ……… 474	曹铁娟 …………… 224
158,165,193,253,321,	采耳 …………… 240	曹万生 …… 111,117,192,
350,446,453	蔡测海 …… 87,306	245,256,264,305,359,
鲍朝云 …………… 482	蔡华栋 …………… 71	370,424,434,462
鲍忱 …………… 158	蔡菁 …… 123,217	曹为 …………… 67
鲍春宝 …………… 295	蔡俊 …… 298,492	曹卫兵 …………… 11
鲍栋 …………… 265	蔡莉莉 …… 4,108	曹苇舫 …… 100,104,
鲍尔吉·原野 …… 471	蔡丽双 …… 341,380	154,237
鲍风 …………… 298	蔡明明 …… 463,513	曹五木 …… 263,292,297,
鲍焕然 …… 192,401	蔡明谙 …………… 375	303,313,317,344
北岛 …… 183,448,464	蔡平 …………… 45	曹霞 …………… 447
北斗 …………… 352	蔡其矫 …………… 222	曹新伟 …………… 13
北塔 …… 35,36,54,	蔡清富 …… 18,73,78	曹兴戈 …………… 67
63,103,154,282,324,	蔡世连 …………… 180	曹雪峰 …………… 466
331,365,370,373,395,	蔡淑华 …………… 400	曹亚辉 …………… 204
414,487	蔡天新 …………… 73	曹艳华 …………… 180
北野 …… 53,147,263,362	蔡万江 …………… 192	曹毅梅 …………… 344
毕长吾 …………… 171	蔡燕雁 …………… 324	曹银 …………… 420
毕飞宇 …… 133,289	蔡佑祥 …………… 216	曹语凡 …………… 439
毕光明 …… 87,171,	蔡震 …… 298,409	曹允亮 …………… 353
197,375	蔡宗周 …………… 154	曹增书 …………… 48
毕兰 …………… 199	残雪 …………… 170	岑光 …………… 67
毕力工 …………… 61	粲然 …………… 141	查干 …………… 473
毕星星 …………… 413	苍城子 …………… 5	查振科 …………… 479
边建松 …………… 323	苍耳 …… 120,132,243,	柴华 …………… 462
边树堂 …………… 152	264,293,505	柴晋湘 …… 434,504
卞云和 …………… 398	曹安娜 …… 12,52,256	柴然 …………… 411
宾恩海 …… 245,334	曹斌 …………… 236	柴彦莉 …………… 489
冰迪 …………… 30	曹丙燕 …… 127,180	昌庆志 …………… 408
冰儿 …… 306,370,447	曹丹丹 …………… 256	昌政 …… 365,366
冰峰 …………… 466	曹而云 …………… 238	长岛 …………… 200
冰马 …………… 98	曹纪祖 …… 43,97,350,	常立霓 …… 33,69
波佩 …… 90,93	425,460,463	常文昌 …… 37,160,242
卜卡 …………… 299	曹津源 …………… 40	常秀莉 …………… 88
	曹可凡 …………… 249	

常云霓 …………… 3	142,165,294,469,504	陈丽琳 …………… 116
超慧 …………… 466	陈发玉 …………… 211	陈俐 ………… 221,329,
车前子 …… 50,52,72,	陈方竞 ………… 5,321	409,452,498
105,145,151,200,278,	陈芳辉 …………… 311	陈连锦 …………… 462
346,360,446	陈飞鲸 …………… 355	陈良运 ……… 103,259
车晓彦 …………… 226	陈敢 ……… 1,101,206,	陈亮 ……… 393,405,
车延高 …………… 389	227,243,449,450,459,	445,477
车永强 …………… 209	462,478	陈辽 …… 105,184,280
陈爱中 …… 10,113,235,	陈观亚 …………… 22	陈林 …………… 45
292,327,328,340,474,	陈广斌 ……… 19,217	陈麟 …………… 25
476,479	陈广根 …………… 296	陈灵强 …… 22,165,276
陈白子 …………… 101	陈国恩 …… 9,125,176,	陈璐 …………… 458
陈本益 … 29,37,66,97,	208,311,357,457	陈梦熊 ……… 110,211
108,119,139,197	陈国宇 …………… 476	陈明恒 …………… 368
陈丙莹 ………… 50,54	陈华明 …………… 195	陈末 …………… 466
陈才斌 …………… 478	陈晖 …………… 53	陈南先 …………… 303
陈才河 …………… 109	陈辉 …………… 182	陈宁 …………… 349
陈昶 …………… 448	陈会玲 …………… 78	陈平原 …………… 29
陈超 …… 38,40,43,46,	陈继礼 ……… 228,250	陈奇佳 …………… 499
48,49,52,55,57－59,	陈嘉祥 …………… 124	陈茜 ………… 258,259,
61,63,69,73,74,110,	陈建飞 …………… 289	423,495,517
167,206,217,220,228－	陈建功 …………… 516	陈青山 …………… 505
230,235,237,239,249,	陈剑［新加坡］… 260	陈庆祝 …………… 496
258,259,264,270,271,	陈婧祾 …………… 361	陈秋华 …………… 303
274,276,283,301,307,	陈静 …………… 381	陈秋娟 …………… 450
311,319,321,323,326,	陈娟 …………… 239	陈荣香 ……… 117,223
335,339,344,350,364,	陈均 …… 102,104,137,	陈锐锋 …………… 132
373,378,384,391,404,	156,172,347,408,413,	陈傻子 …… 101,123,287
410－412,415,420,421,	443,455	陈善珍 …………… 450
424,428,435,436,446,	陈君华 ………… 28,30	陈尚荣 …………… 305
449,455,460,477,485,	陈俊 …………… 203	陈韶利 …………… 317
486,499,504,508,513	陈俊芳 …………… 237	陈少华 …………… 361
陈大为 ……… 208,354	陈开卷 …………… 343	陈世澄 …………… 61
陈代云 …………… 26	陈可培 …………… 44	陈树萍 …………… 92
陈丹 …………… 315	陈犁 ………… 93,155	陈澍一 …………… 339
陈德胜 …………… 83	陈黎 …………… 191	陈双全 …………… 384
陈东东 …… 19,72,118,	陈立胜 …………… 86	陈思和 ……… 214,229

陈斯拉 …… 446	陈亚平 …… 231,272	197,218,248,278,303,
陈四益 …… 10	陈衍强 …… 112	313,324,329,343,351,
陈松叶 …… 27	陈彦 …… 100,292,425	352,358,367,371,394,
陈太胜 … 46,62,83,105,	陈艳 …… 318	412,415,419,421,425,
151,161,162,185,186,	陈阳 …… 285	427,428,434,454,467,
239,252,256,272,285,	陈义海 …… 230	471,473,477,478,480,
286,360,441,490	陈义芝 …… 330	488,491,493,496,498,
陈婷婷 …… 453	陈亦愚 …… 210	504,507,508,511-513,
陈婉娴 …… 213,371	陈益民 …… 33	517,519
陈为为 …… 496	陈因 …… 453,513	陈宗俊 …… 387
陈卫 … 423,495,514,517	陈应松 …… 6	陈祖君 …… 89,168,173,
陈伟华……………………	陈英英 …… 328	240,279,460,488
…… 57,256,266,271	陈永香 …… 23	晨枫 …… 103,404
陈文兵 …… 180,220,	陈永志 …… 136,179,	谌宁生 …… 181
225,259,273,383	199,239,241	成湘丽 …… 468
陈希 …… 95,150,	陈泳超 …… 39,318	程宝林 …… 383,443
166,293,354,508	陈勇 …… 392	程波 …… 10,36
陈先发 …… 440	陈友康 …… 55,152	程烽 …… 520
陈小碧 …… 152,332	陈有才 …… 392	程光炜 …… 19,38,59,77,
陈小凡 …… 181	陈鱼 …… 141	102,103,155,232,305,
陈小蘩 …… 247	陈玉兰 …… 120,260,410	344,391,393,397,399,
陈小平 …… 511	陈煜斓 …… 39,253,333	438,492
陈晓春 …… 408	陈元龙 …… 464	程国君 …… 3,113,212,
陈晓明 …… 336,340	陈远刚 …… 315	249,299,304
陈晓燕 …… 374	陈增福 …… 1,15,475,515	程金城 …… 49
陈欣 …… 465,476	陈照星 …… 147	程玖 …… 59,77
陈修文 …… 141	陈芝国 …… 223,228,	程凯 …… 221,419,436
陈旭光 …… 20,26,34,37,	330,367,448	程凯华 …… 433
38,40,41,53,64,75,	陈志昂 …… 57	程丽雅 …… 506
78,91,124,208	陈志华 …… 287	程良友 …… 446
陈绪石 …… 265	陈志平 …… 259,277,489	程炉威 …… 430
陈旋波 …… 124	陈志泽 …… 85,193	程鹏 …… 258
陈学勇 …… 210,270,	陈忠实 …… 220	程思义 …… 217,250,291
338,407	陈仲庚 …… 25,405	程万里 …… 343
陈学祖 …… 94,135,	陈仲义 … 2,7,25,31,40,	程维新 …… 109
197,308,373	73,75,83,94,101,115,	程文超 …… 15
陈亚冰 …… 453	125,134,171,176,185,	程文迪 …… 8

程贤章 …… 37	崔志远 …… 155	单学文 …… 234
程晓蓓 …… 116		道辉 …… 58,428
程业清 …… 507	**D**	邓程 …… 103,144,151,
程勇真 …… 6	达吾 …… 243	157,166,175,189,196,
程玉竹 …… 263,500	大兵 …… 240	223,251,379
程振明 …… 278	大车 …… 247	邓达泉 …… 12,14
程振兴 …… 48,63,425	大风 …… 296	邓芳 …… 187
池洪涛 …… 296	大墼 …… 44	邓艮 …… 215,237,
虫儿 …… 25,55	大解 …… 31,45,91,102,	261,316,324,374
仇小屏 …… 118,138	105,267,297,308,345,	邓集田 …… 41,399
丑石 …… 116	451,494	邓静 …… 147
楚歌 …… 360	大卫 …… 158,301	邓筠 …… 319
楚宗礼 …… 70,71	代绪宇 …… 109,114,142,	邓俊能 …… 470
褚春元 …… 466	146,147,160,188,195,	邓俊庆 …… 407
褚兢 …… 12,17,150	212,216,225,248,257,	邓萌柯 …… 353
褚自刚 …… 218	377,465	邓齐平 …… 24
春华 …… 44	代迅 …… 48,61	邓庆周 …… 271,337,461
春雷 …… 371	戴冠青 …… 9,116,169,	邓全明 …… 95
春树 …… 327	280,428	邓文华 …… 311
慈英俊 …… 337	戴海光 …… 437	邓小红 …… 451
聪聪 …… 204	戴惠 …… 349,482,	邓晓成 …… 250,263,
丛鑫 …… 388,401,	510,513,520	281,318,323
462,481,513	戴建芳 …… 21	邓新华 …… 430
崔春鹏 …… 253	戴洁 …… 84	邓荫柯 …… 111
崔春莎 …… 240	戴锦华 …… 208	邓永明 …… 400
崔国发 …… 218,252	戴墨 …… 274	邓云川 …… 94,124,170
崔海燕 …… 68	戴前伦 …… 502	邓招华 …… 441,474
崔敬之 …… 47	戴一菲 …… 433	邓政 …… 245
崔莉 …… 142	戴咏树 …… 309	邓姿 …… 119
崔卫平 …… 226,264,	戴咏素 …… 309	丁伯林 …… 197,480
324,448	戴咏絮 …… 309	丁成 …… 207
崔晓燕 …… 346	戴芝兰 …… 463	丁纯 …… 136,507
崔修建 …… 491,500	丹华 …… 226	丁尔纲 …… 302
崔勇 …… 54,149,316,	丹好 …… 261	丁帆 …… 110
318,345,400,424,429	单华艳 …… 508	丁国强 …… 122
崔允瑄(宣)	单敏 …… 482	丁鲁 …… 94,403
〔韩国〕…… 88,137	单晓霞 …… 7	丁芒 …… 1,28,36

丁念保 …………… 191	164,189,255	315,449
丁宁 …………… 22,229	董迎春 ………… 334,356,	段炜 …………… 35
丁琪 …………… 226	474,488	段新权 ………… 270
丁世忠 ………… 298,447	董宇峰 ………… 333	朵朵 …………… 57
丁威仁 ………… 293	杜方智 ………… 113	朵渔 …………… 39,69,
丁晓妮 ………… 363	杜芳 …………… 157	142,168,501
丁燕 …………… 213	杜光富 ………… 149	**E**
丁友星 …… 161,353,423	杜光霞 ………… 465,475	
丁宇鹰 ………… 288	杜红 …………… 201	饿发 …………… 247
丁智才 ………… 282	杜洁 …………… 466	尔雅 …………… 156
丁子人 ………… 155	杜金玲 ………… 343	even …………… 81
丁宗皓 …… 174,477,481	杜瑾焕 ………… 266	**F**
东荡子 ………… 153	杜昆 …………… 454	
东篱 …………… 322	杜娜 …………… 133	发星 …………… 391
东林 …… 18,56,96,214	杜宁 …………… 282	凡尼 …………… 74
冬婴 …………… 68,476	杜培华 ………… 160	樊宝英 ………… 164
董宝瑞 ………… 421	杜伟 …………… 273	樊城 …………… 177
董萃 …………… 17	杜伟军 ………… 384	樊樊 …………… 463
董德兴 ………… 110	杜霞 …………… 136,361	樊集琴 ………… 305
董锋 …………… 215	杜贤荣 ………… 182	樊康琴 ………… 344
董海峰 ………… 406	杜笑宇 ………… 520	樊林[澳大利亚] …… 222
董洪川 ………… 235,248	杜心源 ……… 15,18,	樊洛平 ………… 20
董惠敏 ………… 372	51,309	樊瑞青 ………… 242
董辑 …………… 234	杜秀华 ………… 98	樊星 …… 149,265,275
董剑 …………… 237	杜涯 …………… 261,371	樊旭敏 ………… 375
董军 …………… 359	杜扬 …………… 177	泛白 …………… 150
董乃斌 ………… 87,226	杜玉梅 ………… 422	范劲 ………… 13,17,398
董培伦 ………… 343	段宝林 ………… 16,283	范静哗 ………… 451
董琼 …………… 279	段曹林 ………… 293	范军 …………… 215
董卫民 ………… 87	段从学 ……… 15,78,144,	范兰德 ………… 54,331,
董小玉 ………… 5	188,280,292,294,323,	360,468
董晓霞 ………… 225,290	329,332,361,400,408,	范黎来 ………… 299,320
董秀丽 …… 231,324,447,	436,445	范丽娟 ………… 503
507,508,513	段怀清 ………… 408,427	范文彬 ………… 233
董学仁 ………… 384	段吉方 ………… 440	范潇兮 ………… 489
董炎 …………… 497,502	段凌宇 ………… 403	范肖丹 …… 76,89,356,
董耀章 ………… 115,121,	段美乔 ………… 43,278,	466,499

范玉青 …………… 516	冯杰 …………… 226	368,415,434,450
范云晶 …… 224,339,362	冯晶 …………… 298	傅宗洪 ……… 11,103,
范藻 ……………… 7	冯俊峰 …………… 12	358,388,450,498
范震飚 ………… 17,89	冯雷 …… 271,348,425,	富华 …………… 68
范震威 ………… 2,143	443,483,496	富杰 …………… 226
方长安 …… 235,318,	冯雷钢 …………… 477	富玲云 ……… 130,138
380,401	冯明德 …………… 415	
方大卫 …………… 483	冯强 …………… 440	**G**
方格 …………… 15	冯锡刚 …………… 41	干海兵 …… 426,432,435
方航仙 …………… 18	冯艳冰 …………… 98	干天全 …… 120,246,286,
方里 …………… 62	冯晏 ………… 440,511	346,356,467,472
方然[新加坡] ……… 256	冯姚平 …………… 59	甘浩 …………… 207
方守金 ……… 11,129	冯亦同 …… 17,211,	甘雨泽 …………… 317
方涛 ………… 370,470	238,324	高碧珍 …………… 321
方维保 ……… 102,233	冯源 …… 116,177,	高波 ………… 21,77,
方文竹 ……… 284,308	244,308,335	388,421,499
方兴惠 …………… 436	逢君 …………… 456	高昌 …… 4,341,452
方雪梅 …… 99,230,312	符杰祥 …………… 292	高春林 …………… 452
方雪松 …………… 392	符力 ………… 424,493	高春艳 …………… 12
方政 …… 123,378,422	斧锐 …………… 60	高椿霞 …………… 179
房芳 ………… 368,452	付冬生 …………… 296	高方 …………… 446
房利芳 …………… 465	付军龙 …………… 179	高国光 …………… 196
飞沙 ………… 154,336	付祥喜 …………… 412	高恒文 ………… 59,362
非马[美国] ……… 265	付衍清 …………… 374	高宏伟 …………… 2
非亚 ……… 59,208,	傅光明 …………… 115	高佳琦 ……… 496,518
390,457	傅浩 ………… 59,85	高佳英 …………… 496
费勇 ………… 24,163	傅华 …… 388,440,482	高金光 ……… 14,492
费正华 …………… 305	傅建安 ………… 4,490	高静芳 …………… 84
丰晓流 …………… 297	傅谨 …………… 136	高军 ………… 359,453
丰云 ………… 418,499	傅宁军 …………… 16	高俊林 …………… 343
枫非子 …………… 438	傅维 ………… 84,333	高凯 ………… 28,54,
封秋昌 …………… 87	傅先锋 …………… 503	384,458
封英锋 …………… 457	傅晓翎 …………… 268	高明强 …………… 23
冯彪 …………… 97	傅晓燕 …………… 167	高明艳 …………… 95
冯春明 …………… 454	傅学敏 …………… 226	高平 ………… 102,260
冯歌 …………… 156	傅莹 …………… 387	高尚 …………… 267
冯佳 …………… 343	傅元峰 …… 110,365,	高少锋 …………… 178

高深 …… 87,229	葛艳丽 …… 204	古继堂 …… 20,69,335
高嵩 …… 133	耿纪永 …… 39	古力 …… 161,167,
高天成 …… 210	耿建华 …… 46,47,109,	173,186,196,213,
高伟 …… 93	147,159,295,392,464	236,247,270
高蔚 …… 87,96,245,	耿林莽 …… 77,136,	古马 …… 59,98,202,
302,431,434,512	162,191,344,362,366,	269,312,346,443
高文 …… 509	372,375,378,385,390,	古木 …… 32
高文翔 …… 451	391,409	古清生 …… 166
高小康 …… 77	耿占春 …… 21,30,79,98,	古耜 …… 142,252,457
高兴 …… 287	195,203,206,220,232,	古添洪 …… 138
高星 …… 222	245,254,265,271,278,	古远清 …… 3,15,35,77,
高雪 …… 84,300,457	286,303,304,319,332,	80,88,90,185,208,
高岩 …… 96	350,351,357,363,371,	254,284,306,331,372,
高燕 …… 141	380,431,450,493	375,378,379,382,398,
高晔 …… 322	公木 …… 217	412,416,426,438,449,
高瑜 …… 433	宫富 …… 201	455,464,470,474,476,
高羽 …… 142	宫建蓉 …… 280	483,484,491,492,494,
高玉 …… 323,418	宫玺 …… 338	512,519
高媛媛 …… 510	龚渤 …… 317,352	谷丰登 …… 135
高云 …… 111,124	龚殿舒 …… 153	谷海慧 …… 264
高云雷 …… 33	龚凤丹 …… 181	谷禾 …… 82,122,151,463
高准 …… 474	龚盖雄 …… 247,350,	谷羽 …… 434
郜成有 …… 399	480,514	顾巧云 …… 364
郜积意 …… 21	龚刚 …… 183	顾庆 …… 23
郜元宝 …… 75,76,252	龚奎林 …… 114,243,	顾绍柏 …… 26
戈雪 …… 25	304,351,392,406,423	顾瑛 …… 429
格非 …… 38	龚孟伟 …… 515	顾颖 …… 60
格式 …… 89,105,134,	龚敏律 …… 370,383	顾征南 …… 21
149,155,163,169,175,	龚锐 …… 8	顾子欣 …… 517
181,233,267,294	龚旭东 …… 36,242,500	关欣 …… 199
葛飞 …… 69	龚政文 …… 450	管军 …… 160
葛桂录 …… 346	苟晓江 …… 463	管齐峰 …… 296
葛红兵 …… 320	苟学锋 …… 223	管卫中 …… 387
葛力力 …… 319	姑丽娜尔·吾甫力 …… 394	管用和 …… 167
葛林 …… 250	孤岛 …… 352	广子 …… 261
葛乃福 …… 67,157,273	辜静波 …… 291	桂闽 …… 341
葛胜君 …… 489,510,514	古风 …… 251	郭保卫 …… 367

郭长德 …………… 201	郭延礼 …………… 397	韩苗苗 …………… 451
郭成杰 ……… 166,170	郭养元 …………… 411	韩模永 …………… 473
郭翠英 …………… 109	郭瑶琴……………………	韩瑞亭 …………… 103
郭大章 …………… 473	…… 139,152,231,238	韩芍夷 …………… 308
郭栋 ……………… 260	郭玉华 ……… 357,480	韩少君 …………… 241
郭风 …………… 44,166	郭在精 …………… 422	韩石山 …………… 416
郭风雷 …… 151,246,282	郭志杰 … 71,83,149,194	韩伟 ……………… 374
郭芙秀 ……… 259,288	国家玮 …………… 466	韩歆 ……………… 70
郭海军 …………… 395	过伟 ……………… 16	韩仰熙 …… 286,297,298
郭海荣 …………… 232		韩一宇 ……… 506,519
郭怀玉 …………… 491	**H**	韩玉光 …………… 494
郭吉成 …………… 173	哈建军 …… 429,470,487	韩子勇 ………… 52,125
郭建军 …………… 377	哈金 ……………… 199	韩作荣 …… 16,49,61,79,
郭剑卿 …………… 385	哈迎飞 ……… 237,246	168,192,225,285,331,
郭杰 ……………… 398	哈占元 …………… 250	409,419,422,430,444,
郭茂全 …………… 477	海城 ………… 342,365	493,498,506
郭模琴 …………… 359	海迪 ………… 128,216	寒山 ……………… 236
郭萍 ……………… 289	海力洪 ……… 129,145	寒山石 ……… 403,494
郭晴云 …………… 95	海男 ………… 362,383	寒烟 ……………… 89
郭庆杰 …………… 507	海日寒 …………… 505	寒子 ……………… 344
郭荣江 …………… 161	海日瀚 …………… 191	汗漫 ……………… 266
郭珊珊 …………… 217	海上 ………… 222,225	郝怀杰 …………… 292
郭盛莉 …………… 258	海天野 …………… 283	郝俊 ……………… 233
郭盛琼 …………… 258	海啸 ……………… 355	郝明工 ……… 269,284
郭守先 …………… 475	韩爱平 …………… 99	郝庆军 …………… 419
郭涛 ……………… 7	韩博 ………… 94,251	郝栩甲 …………… 512
郭廷礼 …………… 8	韩传喜 …………… 157	郝永勃 …………… 357
郭威 ……………… 337	韩大伟 ……… 190,217	郝雨 ………… 34,514
郭薇 ……………… 437	韩丹 ……………… 284	何冰凌……………………
郭文庭 …………… 117	韩德仁 …………… 389	…… 334,435,451,478
郭小聪 …… 5,33,279,355	韩东 ……… 49,82,133,	何畅 ……………… 480
郭小林 …………… 11	243,302,484	何晨 ……………… 68
郭晓惠 …… 17,314,356	韩红蕾 ……… 425,443	何成文 …………… 483
郭晓琦 …………… 359	韩洪 ……………… 295	何方 ……………… 185
郭新民 …………… 510	韩惠芬 …………… 478	何房子 ………… 11,23
郭旭辉 ……… 284,342	韩金玲 …………… 377	何桂平 …………… 474
郭亚明 …………… 165	韩进廉 …………… 66	何海巍 …………… 276

何瀚 …… 367	何英 …… 419	虹影 …… 136
何家炜 …… 107	何与怀	洪德铭 …… 5
何江洪 …… 238	［澳大利亚］…… 260	洪迪 …… 7,12,36,157,
何金兰 …… 24	何宇宏 …… 75	171,258,269
何君林 …… 347	何玉嘉 …… 486	洪芳 … 159,166,390,480
何来 …… 209,311	何玉兰 …… 237	洪流 …… 148
何立伟 …… 363	何远 …… 184	洪珉 …… 240
何联华 …… 250	何直 …… 99	洪淑苓 …… 14
何玲 …… 271	何植 …… 71	洪晓雁 …… 440
何敏 …… 437	何中华 …… 41	洪治纲 …… 29,126,391
何鸣 …… 404	和磊 …… 155	洪烛 …… 168,169,
何平 …… 220,285,458,	和平 …… 366	307,394,404,419,428,
459,483,501	河泠 …… 239	431,493
何启治 …… 412,479	河洛易 …… 28	洪子诚 …… 19,149,251,
何青 …… 230	河西 …… 171,488	263,277,298,319,378,
何清 …… 132,447	贺昌 …… 22,135,	384,426,437,447,492
何仁军 …… 228	214,215	侯长振 …… 246,337
何锐 …… 133	贺昌盛 …… 133,210,	侯传文 …… 362
何世龙 …… 312	212,318	侯桂新 …… 473
何素平 …… 382	贺桂梅 …… 492	侯马 …… 22,34,42,
何同彬 …… 496	贺敬之 …… 96,218,	53,485
何武东 …… 164	310,509	侯敏 …… 405
何西来 …… 406	贺麦晓 …… 105	侯群雄 …… 215
何希凡 …… 388	贺绍俊 …… 448	侯少隽 …… 407
何锡章 …… 410	贺圣谟 …… 18	侯铁平 …… 193
何向阳 …… 22,55	贺祥麟 …… 204	侯婷 …… 517
何霄燕 …… 139	贺莹 …… 457	侯现杰 …… 94
何小竹 …… 338	贺玉庆 …… 338	胡安定 …… 221,329
何辛 …… 61	贺元秀 …… 321	胡博 …… 207
何休 …… 7,94,118,119,	贺中 …… 204	胡昌龙 …… 454
123,196,202,208,495	贺仲明 …… 367,449,496	胡长斌 …… 326
何轩 …… 423	赫学颖 …… 255,302	胡传吉 …… 445
何雪 …… 268	黑黑 …… 144	胡春莲 …… 498
何雪英 …… 517	黑马 …… 242,439	胡登全 …… 147,161
何言宏 …… 10,365,395,	黑陶 …… 20,162,249	胡芳 …… 152,275
407,415,418,432,458,	横打理奈［日本］…… 475	胡飞 …… 334
480,497	红孩 …… 189	胡峰 …… 518

胡海鹏 …………… 122	343,499	黄东成 ………… 215,220
胡洪亮 …………… 206	胡言会 …… 297,299,305	黄恩鹏 …………… 416
胡辉杰 …………… 198	胡彦 ……… 55,57,282,	黄梵 ……… 69,118,193,
胡慧翼 …………… 85	293,336	367,382,476,495
胡佳 ……………… 315	胡垚 ……………… 122	黄芳 ……………… 321
胡家琼 …………… 32	胡尹强 ………… 89,359	黄飞 ……………… 242
胡嘉 ……………… 176	胡瀛 ……………… 98	黄飞山 …………… 211
胡建军 …………… 27	胡源 ……………… 345	黄钢 ……… 6,33,64,95
胡健 ……………… 472	胡志刚 …………… 166	黄海 ………… 219,459
胡疆锋 …………… 365	胡子博 …………… 352	黄海晴 …………… 212
胡菁惠 …………… 398	胡宗健 …… 108,335,349	黄河浪 …………… 5,31
胡丽娜 …………… 125	花海波 …………… 325	黄红平 …………… 233
胡亮 …… 136,143,166,	华海 ……………… 457	黄厚江 …………… 32
362,368,391,394,410,	华万里 …………… 366	黄辉 ……………… 492
441,447	华希 ……………… 85	黄纪苏 …………… 2
胡梅仙 …………… 369	华姿 ……………… 297	黄济华 …………… 244
胡敏 ……………… 236	还非 ……………… 72	黄佳岩 …………… 62
胡明 ……………… 356	荒林 ……………… 21	黄建烽 …………… 113
胡沛萍 ………… 384,433	荒流 ……………… 463	黄建华 …………… 166
胡倩一 …………… 462	皇泯 ……………… 164	黄健 ……………… 398
胡秦葆 …………… 396	黄斌 ………… 404,493	黄洁 ……………… 312
胡晴 ……………… 518	黄炳麟 …………… 298	黄金明 ………… 78,92,
胡丘陵 …………… 165	黄波 ………… 173,250	131,275
胡桑 ……………… 455	黄灿然 …… 10,336,345	黄锦奎 …………… 80
胡少卿 ………… 386,409	黄昌成 …………… 118	黄进琪 …………… 163
胡绍华 …… 2,110,459	黄昌勇 …………… 124	黄晶晶 …………… 247
胡世宗 …………… 111	黄昌植 …………… 158	黄九清 …………… 419
胡书庆 ………… 274,497	黄成勇 …………… 253	黄科安 ……… 37,199,
胡苏珍 …………… 428	黄春芳 …………… 5	256,263,265,340,461
胡廷武 …………… 208	黄春红 …………… 78	黄岚 ……………… 67
胡亭亭 …………… 50	黄淳浩 …………… 238	黄礼孩 ……… 53,207,
胡希东 …………… 238	黄大地 …………… 238	395,434
胡弦 …… 148,169,441	黄代本 …………… 419	黄鲤忠 …………… 380
胡小林 …………… 479	黄丹 ………… 389,483	黄丽君 …………… 62
胡晓靖 … 51,88,308,497	黄丹纳 …………… 215	黄良 ……………… 368
胡晓明 ………… 203,328	黄灯 ………… 50,371	黄良全 …………… 333
胡续冬 ……… 156,328,	黄殿琴 …………… 258	黄梁 ………… 18,237

黄梁 …… 365,407,454	黄轶 …………… 513	吉咸乐 ………… 396
黄灵红 …………… 20	黄益庸 …………… 5	吉旭 ……………… 6
黄玲 …… 394,482,518	黄毅 ……… 134,197	计璧瑞 …… 317,321
黄曼君 ……… 99,100,	黄瑛 …………… 417	计红芳 ………… 437
287,450,488	黄永健 …… 27,44,240,	纪芳芳 ………… 290
黄明超 ………… 100	244,246,334	纪海龙 …… 380,463
黄乃慧 ………… 205	黄咏梅 ………… 53	纪华伟 ………… 382
黄培坤 ………… 194	黄宇 …… 111,134,256	纪鹏 ………… 14,137
黄平 ………… 381,413,	黄钰 …………… 304	季爱娟 ………… 316
452,498	黄毓璜 ………… 308	季桂起 ………… 77
黄其恕 …………… 73	黄越 …………… 94	季明刚 ………… 343
黄绮冰 ………… 222	黄云霞 ………… 135	季水河 ………… 149
黄蓉 …………… 186	黄运特 ………… 118	季文学 ………… 219
黄裳 …………… 186	黄泽佩 …………… 16	加利·库姆米斯基
黄绍清 …………… 25	黄志雄 ………… 140	[南非] …………… 394
黄书田 ……… 63,116	黄忠来 …………… 36	贾鉴 ………… 16,320
黄曙光 …………… 85	黄子平 …………… 47	贾丽萍 …………… 16
黄树红 ……… 15,27	黄宗广 ………… 128	贾谬 …………… 431
黄丝雨 ………… 292	慧玮 …………… 82	贾清云 …………… 40
黄涛梅 ………… 140	霍俊明 …… 187,190,	贾士鑫 ………… 146
黄天勇 …………… 62	200,203,210,227,237,	贾小桂 ………… 334
黄万华 …… 298,516	253,255,269,272,273,	贾玉成 ………… 196
黄维樑 ……… 113,229,	282,306,307,312,321,	贾振勇 …… 419,505
305,338	324,340,348,364,365,	简金芝 ………… 305
黄伟明 ………… 243	374,376,383,392,393,	简宁 …………… 327
黄文科 …… 161,340,351	395,397,400,418,422,	简圣宇 ………… 315
黄文山 ………… 367	423,428,430,436,442,	简文志 …… 254,261
黄小珍 ………… 110	445,457,459,468,472,	简政珍 ………… 348
黄晓娟 ………… 150	481,493,497,504,507,	剑疤 …………… 77
黄晓武 ………… 355	517,520	剑云 …………… 230
黄秀琴 …………… 41		箭在弦上 ……… 134
黄雪敏 …… 244,271,	**J**	江碧钗 ………… 455
331,364,458		江飞 …………… 247
黄亚洲 …………… 28	基甫 …………… 384	江非 …… 268,386,
黄艳琴 ………… 112	吉传琴 ………… 104	458,510
黄杨梅 ………… 420	吉狄马加 … 88,122,197,	江浩 …………… 427
黄以明 ………… 431	357,400,501,512	江涓涓 ………… 335
	吉发涵 …………… 80	

江克平[美国] ……… 408	姜希智 …………… 384	蒋淑娴 …………… 332
江来军 …………… 176	姜昇新 …………… 475	蒋述卓 ……… 285,428
江离 ……………… 350	姜宇清 ……… 250,383	蒋巍 ……………… 375
江弱水 …… 30,146,157,	姜玉琴 …… 20,32,185,	蒋晓梅 …………… 192
172,279,402,410,431,	261,412	蒋艳玲 …………… 276
441,469	姜源傅 …………… 126	蒋益 ……………… 10
江少川 …………… 496	姜云飞 …………… 430	蒋寅 ……………… 336
江少英 …………… 342	蒋昌丽 …………… 501	蒋涌 ……………… 487
江胜清 ……… 72,114,	蒋成德 …………… 274	蒋元明 …………… 118
128,172	蒋春光 …………… 184	蒋正兴 …………… 334
江锡铨 ……… 3,7,12,	蒋道文 …………… 449	蒋忠波 …………… 264
49,175,475	蒋登科 …… 2,3,8,17,	蒋祖垣 …………… 53
江雪 ……………… 397	24,29,37,38,45,60,81,	降大任 ………… 13,18
江业国 …………… 266	108,110,114,120,123,	焦敬华 …………… 425
江一郎 ……… 80,169,371	126,142,146,149,160,	焦雨虹 …………… 284
江震龙 …………… 246	161,164,169,198,200,	介夫 ………… 234,274
江之永 ………… 42,194	205,209,212,216,224,	金安利 …………… 121
江子 ……………… 479	253,254,264,270,272,	金炳华 …………… 212
姜超 ………… 445,463	273,275,280,281,291,	金波 ……………… 64
姜飞 ………… 163,347	294,300,334,340,355,	金传道 …………… 138
姜耕玉 …… 25,30,71,	371,393,406,414,417,	金慈恩[韩国] …… 404
92,123,134,229,327,	433,434,442,466,489	金道行 ……… 239,326
392,407	蒋福泉 …………… 202	金红 ………… 237,283
姜辉 ……………… 449	蒋浩 ……………… 40	金宏伟 …………… 219
姜岚 ……………… 100	蒋辉月 …………… 341	金进 ……………… 390
姜珉 ……………… 173	蒋建华 …………… 246	金晶 ……………… 518
姜南 ……………… 486	蒋建梅 …………… 379	金龙云[韩国]
姜萍 ……………… 479	蒋建强 …………… 504	……………… 178,520
姜庆乙 …………… 165	蒋金运 …………… 369	金汝平 ………… 80,82
姜深香 …………… 49	蒋蕾 ………… 260,293	金绍任 ……… 268,333
姜诗元 …………… 358	蒋利春 ……… 147,181	金仕霞 …………… 262
姜涛 …… 91,102,104,	蒋美华 …………… 146	金松林 …………… 369
156,169,173,175,238,	蒋明佳 …………… 286	金素贤[韩国]
272,273,279,289,324,	蒋青林 …………… 62	……………… 83,178,312
325,327,331,336,372,	蒋人初 …………… 14	金泰昌 …………… 365
408,424,435,440,448,	蒋锐航 …………… 452	金文野 …………… 123
457,496,520	蒋三立 …………… 186	金小凤 …………… 61

金星 455	康棣棣 257	赖雄文 152
金燕 204	康苗 117,141,246	赖彧煌 241,244, 271,358,366,368,432, 433,520
金元浦 35,181	康启昌 12	
金宗志 295	柯健君 349	
尽心 422	柯蓝 135,263	赖振寅 238
晋海学 457	柯雷[荷兰] 53,156, 179,330,452	兰达 370
晋文婧 453		蓝棣之 27,33,43,47, 56,58,68,78,113,174, 226,280,296,401,445
靳兰芳 126	柯丽娜 313	
靳明全 132,295,296	柯玲 123	
靳晓静 43,165,515	柯平 269,315,384	蓝歌 106
靳新来 142,194	柯庆明 142	蓝海文 150
荆歌 276	柯夏智 470	蓝蓝 74,143,194, 272,312,362,428,442, 494,495
荆亚平 513	柯岩 92	
荆云波 156	柯英 273,393	
荆竹 361	柯愈勋 31	蓝皮 289
晶晶 100	柯原 81	蓝青 9
井石 232	可尔因 143	蓝善康 496
景鲁 87	孔波 224	蓝野 68,131,178, 186,187,352,359,366
竞翔 119	孔令更 202	
敬文东 8,23,40, 56,82,100,107,135, 148,225,284,299,338, 348,376,439,468,496	孔令环 370,396,464	郎富资 287
	孔庆东 39	郎毛 24,64,216
	孔祥宇 376	浪波 59
	孔晓音 516	浪行天下 429
旧海棠 465	孔阳 132	浪子 413
居其宏 122	孔瑛 512	劳犁 3
具洸范[韩国] 269	寇宗鄂 175	老巢 154,171,331, 341,365,416
瞿光辉 281	蒯群 419	
涓涓 226	匡文立 96	老车 431
君儿 93,303	况璃 400	老刀 58,62, 100,318,338
君尧 467		
峻冰 32,42,145	**L**	老谭 186
Jillian Shulman[美国] 208,395	拉加渡 174	乐黛云 149
	喇国玮 89	乐思蜀 374
	来华强 148,239, 283,294,299	雷斌 168,201, 222,337,465,482
K		
凯风 225	莱笙 365	雷丽平 33,72,160
康城 106	赖廷阶 437	雷鸣 45

雷鸥 …………………… 18	李拜天 ………… 140,148,	李德仁 …………………… 144
雷平阳 ………… 143,148,	154,368,402,413	李德武 ………… 200,213,
303,402,411	李宝平 …………………… 277	266,431
雷巧旋 …………………… 310	李保平 ………… 92,106,	李登忠 …………………… 236
雷庆锐 …………………… 465	126,235	李东海 …………………… 328
雷世文 …………… 4,18,44	李蓓 ……………………… 47	李冬春 …………………… 421
雷抒雁 ………………… 153,489	李本东 …………………… 41	李冬梅 …………………… 479
雷素娟 …………………… 451	李标晶 ………… 26,81,	李敦东 …………………… 138
雷霆 ……………………… 403	109,121,194	李方 …………… 105,350,
雷文学 …………………… 435	李彪 ……………………… 311	352,366
雷学军 …………………… 201	李彬 ………………… 490,491	李芳 ……………………… 147
雷业洪 ……… 5,24,62,71,	李冰 ………………… 334,356	李飞骏 ………………… 368,377
119,179,217,233,249	李冰封 ………………… 344,464	李芬 ……………………… 266
雷珍容 …………………… 500	李丙驹 …………………… 229	李峰 ……………………… 189
冷霜 …………… 156,354,	李波 ………………… 241,357	李锋 ……………………… 203
404,408,428	李伯勇 …………………… 187	李冯 ……………………… 129
冷岳 ……………………… 379	李昌良 …………………… 168	李凤亮 …………………… 406
犁青 …………… 171,260,297	李长国 …………………… 473	李凤双 …………………… 298
黎保荣 ………… 252,449,516	李长银 …………………… 403	李赴军 …………………… 216
黎德锐 ………… 346,399,455	李朝明 ………………… 101,105	李更 ……………………… 516
黎风 …………………… 46,48	李成恩 …………………… 496	李公文 ………… 111,126,
黎怀骏 …………………… 78	李城希 …………………… 15	137,304
黎欢 ……………………… 170	李春芳 …………………… 509	李光荣 …………………… 410
黎焕颐 ……… 50,128,180,	李春红 …………………… 515	李光武 ………………… 203,208
198,216,341,397	李春丽 ………………… 184,202	李国辉 …… 268,410,428
黎活仁 …………………… 460	李春林 ………… 32,68,221	李国民 …………………… 163
黎江 ……………………… 157	李春秋 ………………… 404,509	李国香 …………………… 283
黎荔 ……………………… 481	李春艳 ………… 164,193,	李国新 …………………… 341
黎明 ……………………… 84	209,258	李海霞 …………………… 416
黎山嵝 …………………… 397	李春阳 …………………… 357	李海英 …………………… 393
黎维新 …………………… 468	李达 ……………………… 356	李寒 …………… 286,300,304
黎学锐 ………………… 367,464	李丹 …………… 22,185,224,	李浩 ……………………… 364
黎阳 ……………………… 314	309,340,508	李红慧 …………………… 250
黎洋洋 …………………… 354	李丹梦 ………………… 162,193	李红旗 …………………… 34
黎育林 …………………… 233	李丹阳 …………………… 117	李红秀 …………………… 293
黎志敏 ………………… 206,455	李道芳 …………………… 107	李红云 …………………… 442
李爱娟 …………………… 224	李德超 …………………… 147	李宏伟 …………………… 499

李洪华 …………… 361	李金涛 …… 284,307,408	李龙 ……………… 422
李鸿然 ………… 24,252, 335,498	李晋西 …………… 412,479	李鲁平 …………… 266
李欢鼎 …………… 56	李惊涛 …………… 467	李璐 ……………… 498
李晃 …………… 17,21,88	李晶明 …………… 240	李玫 ……………… 26
李辉 ……………… 3	李景冰 …………… 306	李美皆 …………… 340
李惠霞 …………… 234	李敬泽 …………… 275	李苗 ……………… 273
李继高 …………… 168	李靖国 …………… 27	李敏 ……………… 460
李继凯 …………… 458	李静 ……………… 436,467	李敏霞 …………… 347
李佳俊 …………… 40	李静民 …………… 470	李明 …………… 111,143, 199,381,474
李佳憶 …………… 410	李钧 …………… 207,265, 269,293	李明心 …………… 31
李佳源 …………… 362	李俊 ……………… 272,301	李明彦 …………… 130
李家欣 …………… 8	李俊国 …………… 269	李墨泉 …………… 500
李谫博 …………… 234,323	李凯 ……………… 267	李木马 …………… 339,347
李骞 ……………… 408	李凯霆 …………… 25,105	李木生 …………… 460
李见心 …………… 233	李珂 ……………… 40,145, 168,228	李南 ……………… 271,363,439
李建 ……………… 363	李魁庆 …………… 418	李宁宁 …………… 221
李建春 …… 401,485,496	李坤 ……………… 301	李欧梵[美国] …… 298
李建东 …… 97,136,482	李坤栋 …………… 127	李鹏飞 …………… 436
李建立 ………… 266,273, 285,294,302,305, 314,356	李乐平 …… 26,52,82,91, 133,345,395,420,421, 455,476,497	李品 ……………… 102
		李平 ……………… 131
		李评 ……………… 298
李建民 …………… 425	李犁 …………… 38,86,124, 199,247,263,326,330	李普曼 …………… 403
李建明 …………… 2		李琦 ……………… 56,427
李建平 …………… 187		李骞 ……………… 307
李建同 …………… 504	李力 ……………… 24,245	李倩 ……………… 249
李建英 …………… 151	李立平 …… 124,169,243	李强先 …………… 287
李建中 …………… 14	李丽 ……………… 127,173,482	李樯 ……………… 43,49
李建周 ………… 214,424, 425,493	李丽平 …………… 91	李俏梅 ………… 51,63,81, 113,322,437
	李利芳 …………… 386	
李江华 …………… 342,415	李连发 …………… 245	李青果 ………… 64,176, 203,408
李江山 …………… 135,336	李连赢 …………… 69	
李教东 …………… 323	李联桥 …………… 171	李青松 …………… 56,76
李洁 ……………… 289,315	李亮 ……………… 160	李轻松 …………… 156,411
李洁非 …………… 429	李列 ……………… 17	李秋芸 …………… 506
李今 ……………… 343	李林 ……………… 17	李全 ……………… 188
李金发 …………… 50	李林荣 …………… 513	李全平 …………… 444

李诠林 …… 406	李素荣 …… 134	李新宇 …… 107
李荣明 …… 51	李天道 …… 223	李兴阳 …… 206
李蓉 …… 4,65,94,125, 219,381,510	李天靖 …… 301,459	李星阁 …… 406
	李天明 …… 28	李秀珊 …… 169
李如 …… 236	李铁秀 …… 131,338, 402,469	李秀云 …… 277
李汝成 …… 18		李岫 …… 32
李锐 …… 68,165	李汀 …… 116	李旭 …… 388
李瑞华 …… 488	李万堡 …… 421	李雪峰 …… 153
李瑞腾 …… 241	李万庆 …… 165,219, 280,300,320,418	李雪松 …… 170
李润霞 …… 48,121,124, 159,167,175,232,247, 272,279,285,287,291, 296,331,381		李亚伟 …… 273,338, 434,507
	李微 …… 174,242	
	李卫华 …… 189,199,205	李延江 …… 123
	李卫涛 …… 255	李岩 …… 178,246
李赛 …… 116	李伟 …… 222	李彦文 …… 136
李森 …… 267,354, 405,436,456	李玮 …… 456	李雁飞 …… 4
	李文钢 …… 446,518	李滟波 …… 205
李商雨 …… 101,155, 451,455	李文辉 …… 510	李野光 …… 409
	李文军 …… 116	李掖平 …… 188,301
李少君 …… 218,224,232, 281,303,326,329,333, 336,341,347,363,366, 371,377,411,423,457, 493,497	李文平 …… 109	李一帅 …… 438
	李希凡 …… 14	李怡 …… 11,27,33,44, 76,90,95,112,230,232, 249,276,289,290,298, 325,373,460,474,476, 497,502
	李霞 …… 300,355, 456,487,499	
	李夏 …… 519	
李少咏 …… 27,68,101, 111,131,174,232,498	李先锋 …… 476	
	李先国 …… 187,213, 230,275,444	李以亮 …… 49,86
李生滨 …… 89,253		李荫远 …… 519
李诗信 …… 212	李相银 …… 92	李银 …… 329
李士奇 …… 492	李香珠 …… 220	李应志 …… 290
李世琦 …… 99	李响 …… 288	李英杰 …… 154,268,295
李舒杨 …… 33	李小白 …… 370	李瑛 …… 146,254, 349,509
李曙白 …… 57	李小洛 …… 371,487	
李曙豪 …… 35	李小络 …… 445	李颖 …… 158
李双 …… 242,349	李小蜜 …… 230	李永波 …… 467
李思清 …… 35	李小雨 …… 74,406,467	李永中 …… 358
李松 …… 253	李晓峰 …… 234,235	李咏吟 …… 141
李松涛 …… 74,486	李心释 …… 480	李友桥 …… 419
李松岳 …… 494	李新平 …… 491	李友云 …… 202

李有葱 …………… 100	李自芬 …… 48,236,266	梁若冰 …………… 181
李幼奇 …………… 220	李自国 …… 167,176	梁上泉 ……………… 7
李玉娟 …………… 178	李作祥 …………… 183	梁溪子 …………… 42
李玉明 ……… 257,359	里快 ……………… 414	梁小斌 …… 98,100,132,
李育中 …………… 374	厉雷 ………… 448,464	210,216,248,284,305,
李遇春 ……… 265,287,	立虎 ……………… 67	331,365,366,394,427,
294,299,490	立人 ……………… 1	456,505
李元胜 …………… 46	立山 ……………… 286	梁晓明 …… 191,260,506
李媛 …………… 79,91	立延 ……………… 1	梁笑梅 …… 66,147,241,
李岳南 …………… 46	利大英[法国] …… 520	254,294,378,510
李越 ……………… 267	栗原小荻 ………… 25	梁欣荣 …………… 430
李云枫 …………… 100	栗子 ……………… 5	梁彦玲 …… 219,283,415
李云鹏 ……… 3,126,368	连敏 ……… 351,354,369	梁艳萍 …… 61,101,150,
李运抟 ………… 8,10,60	练家明 …………… 295	171,276,320,432
李泽华 …………… 489	梁秉钧 ……… 103,310	梁颖涛 …………… 447
李占祥 …………… 474	梁昌明 …………… 31	梁震 ……………… 161
李章斌 …… 474,509,516	梁长森 …………… 36	梁志英 …………… 150
李兆忠 ……… 385,509	梁冬华 …………… 335	廖安厚 ……… 115,134
李振峰 …………… 453	梁锋 ……………… 232	廖才高 …………… 219
李振声 …… 1,415,458,	梁凤英 …………… 146	廖德明 …………… 362
459,501,509	梁光焰 ……… 261,308	廖冬梅 …………… 474
李震 ……… 228,239,	梁桂莲 …………… 472	廖恒 ……………… 210
249,349,489	梁海 ……………… 503	廖久明 ……… 413,502
李征宙 …………… 131	梁衡 …………… 1,228	廖七一 …… 111,205,238
李正西 …………… 206	梁鸿鹰 …………… 253	廖四平 …… 19,28,30,34,
李正祖 …………… 392	梁华珍 …………… 228	36,39,41,43,44,64,
李之平 …………… 492	梁积林 …………… 177	216,221,229
李之萍 …………… 430	梁金平 …………… 347	廖伟棠 …………… 73
李志伟 …………… 382	梁梁 ……………… 134	廖玉萍 ……… 400,410
李志孝 …………… 13	梁勉之 …………… 258	廖正碧 …………… 29
李志艳 ……… 205,443	梁敏儿 …………… 268	燎原 …… 17,26,93,96,
李志元 …… 122,204,	梁平 …… 57,79,104,	103,112,156,263,277,
213,217,320,326,433	165,201,246,255,269,	290,303,338,369,386,
李中贤 …………… 164	280,284,355,391,411,	389,394,397,398,415,
李仲凡 …………… 484	414,457	416,426,440,478,479,
李子良 …………… 454	梁前刚 …………… 130	494,501,515
李子荣 ………… 69,342	梁钦 ……………… 220	了了村童 ……… 314,410

林茶居 …………… 141	林霆 ………… 48,447	485,490,495,514,518
林超然 …… 255,315,446	林童 …… 152,374,415	刘伯伦 …………… 253
林承璜 …………… 232	林希 ………… 96,141	刘长华 ……… 228,238,
林丛 ……………… 157	林喜杰 …… 333,348,	399,415
林德荣 …………… 40	374,394,457	刘畅 ………… 300,503
林芳汀 …………… 515	林贤治 …… 67,335,	刘超 ………… 259,309
林岗 ………… 121,226	347,352,356,359,388,	刘朝霞 …………… 427
林庚 ……………… 148	414,467	刘忱 ……………… 11
林恒青 …………… 89	林雪 ………… 468,469	刘成才 …………… 513
林怀宇 …………… 97	林雪飞 …………… 130	刘诚 ……………… 376
林季杉 …………… 452	林亚斐 …………… 115	刘骋 ……………… 201
林笛 ……………… 188	林野 ……………… 72	刘崇 ……………… 428
林举 ……………… 74	林莹秋 …………… 206	刘崇学 …………… 235
林凯 ……………… 403	林雨 ………… 409,425	刘川 ………… 91,119
林莉 ……………… 337	林子 ……………… 43	刘川鄂 …………… 472
林莽 ………… 87,143,	林宗衡 …………… 503	刘传进 …………… 47
164,199,218,239,359,	临川 ……………… 114	刘传卫 …………… 114
375,386,412,440,457,	琳恩 ……………… 414	刘春 ……… 57,96,104,
479,485	琳子 ………… 419,460	113,128,138,143,158,
林明理 …………… 518	蔺洪生 …………… 95	160,163,168,173,183,
林能琳 …………… 223	凌冰 ……………… 30	196,264,268,273,281,
林喦 ……………… 139	凌孟华 …… 108,244,337	310,392,399,432,442,
林平 … 293,411,478,500	凌行正 …………… 172	444,445,516
林平乔 …… 187,190,271,	凌越 ………… 73,195,	刘春霞 …………… 392
317,325,330,360,379,	204,351	刘粹 ………… 344,421
380,384,489,494,518	凌喆 ……………… 191	刘大伟 …………… 372
林祁 ……………… 114	令狐兆鹏 …… 252,296,	刘大先 …………… 106
林染 ………… 13,17,133,	451,473	刘丹 ………… 387,437
151,161,217	刘阿娜 …………… 273	刘德岗 …… 315,448,450
林荣居 …………… 40	刘爱兰 …………… 441	刘登翰 …… 24,30,154,
林瑞艳 …………… 361	刘爱琳 …………… 99	364,371,384,496
林森 ……………… 406	刘岸 ……………… 346	刘殿祥 …… 11,437,475
林少阳 …… 64,335,355	刘保昌 …………… 97	刘东方 …… 120,334,
林世宾 …………… 87	刘保亮 …………… 239	387,449
林双泉 …………… 122	刘保卫 …………… 69	刘东辉 …………… 94
林涛 ……………… 22	刘波 …… 265,292,326,	刘冬冰 …………… 24
林铁 ………… 388,399	428,459,476,477,483 -	刘栋 ……………… 359

刘恩波 …… 47,216,246, 343,494	刘慧 …………… 338,385	189,194,198,270,273, 283,326,338,460
刘凡 ………………… 217	刘慧芳 ………………… 57	刘均 ………………… 223
刘方喜 ………………… 363	刘慧珍 ………………… 198	刘俊峰 ………………… 506
刘凤英 ………………… 129	刘纪新 ………………… 449	刘康 ………………… 280
刘福春 …… 83,86,154, 297,478	刘际平 ………………… 394	刘康凯 …… 140,181,211
刘福君 ………………… 255	刘济昆 ………………… 17	刘可文 ………………… 383
刘福智 …… 31,168,206	刘继林 ………… 117,509	刘奎 ………………… 512
刘复生 …… 88,120,404, 423,473	刘继业 …… 61,69,102, 159,274,403	刘犁 ………………… 277
刘富华 ………………… 226	刘骥鹏 ………………… 248	刘立波 ………………… 132
刘歌 ………………… 220	刘佳人 ………………… 384	刘立军 ………………… 506
刘谷诚 …………… 97,234	刘家骥 …… 5,85,240,249	刘立云 ………………… 89
刘光宇 ………………… 14	刘家魁 ………………… 63	刘丽娜 ………………… 289
刘广涛 …… 52,343,470	刘嘉 ………………… 479	刘麟 ………………… 79
刘桂荣 ………………… 41	刘剑梅 ………………… 507	刘玲 ………………… 419
刘桂茹 ………………… 416	刘江 ………………… 195	刘鲁嘉 ………………… 481
刘国良 ………………… 135	刘骄 ………… 323,387	刘漫流 ………………… 443
刘国强 …………… 148,158	刘杰 ………………… 311	刘玫 ………………… 389
刘海波 …………… 54,162	刘洁岷 …… 60,80,127, 408,494	刘梅 ………………… 508
刘海清 ………………… 107	刘介民 ………………… 115	刘美 ………………… 442
刘海洲 ………………… 443	刘金东 ………… 333,362	刘敏 ………………… 144
刘涵华 …………… 129,339	刘金冬 …… 199,245,256, 271,288	刘敏娴 ………………… 267
刘汉通 ………………… 153	刘金风 ………………… 360	刘铭汉 ………………… 25
刘浩涌 ………………… 434	刘瑾 ………………… 122	刘纳 …………… 241,314
刘皓明 …… 303,353,436	刘进 ………………… 481	刘平平 ………………… 398
刘和芳 ………………… 187	刘进才 ………… 325,500	刘萍 ………… 270,310
刘红林 …… 8,85,219,246	刘进华 ………………… 239	刘琦 ………………… 16
刘宏芳 ………………… 244	刘京科 ………………… 455	刘起林 ………………… 147
刘虹 …………… 157,363	刘晶林 ………………… 468	刘倩 ………………… 460
刘洪涛 …………… 358,431	刘景兰 …… 114,127, 138,325	刘强 …… 16,76,168, 221,275,356,393
刘洪霞 …………… 477,492	刘景荣 ………………… 312	刘青 ………………… 58
刘华 …… 238,298,379	刘婧 ………………… 510	刘青汉 ………………… 400
刘怀章 ………………… 379	刘敬文 ………………… 439	刘全通 ………………… 198
刘淮南 ………………… 28	刘静 …… 12,55,99,	刘群 ………… 378,465
刘惠文 ………………… 293		刘溶 ………………… 163
		刘绍本 ………………… 153

刘绍菊 …………… 55	刘晓翠 ……… 403,426	刘泽球 …………… 205
刘盛源 ………… 349,363	刘晓东 …………… 145	刘章 ……… 3,13,28,53,
刘士杰 ……… 16,32,36,	刘晓红 …………… 293	174,190,357
51,83,85,223,225,276,	刘晓南 …………… 140	刘兆林 …………… 104
292,310,345,350,383,	刘晓平 …………… 80	刘真福 …………… 392
399,405,419,440,453	刘昕华 ……… 149,186,	刘振华 …………… 482
刘士林 …………… 402	198,317	刘振球 …………… 14
刘守华 …………… 374	刘欣雨 …………… 394	刘镇 ……………… 110
刘书慧 …………… 310	刘兴禄 …………… 337	刘正国 ………… 4,354
刘淑玲 …………… 268	刘秀珍 …………… 503	刘之 ………… 183,277
刘树声 …………… 465	刘学明 ……… 134,419	刘直 ………… 97,163
刘双贵 …………… 60	刘学瑶 …………… 176	刘植 ……………… 153
刘松林 ……… 51,91,102,	刘雪梅 …………… 293	刘志成 …………… 469
112,154,173	刘亚利 ……… 244,475	刘志诚 …………… 211
刘涛 ……………… 432	刘延红 …………… 182	刘志琴 …………… 232
刘田 ……………… 69	刘彦荣 …………… 109	刘志群 …………… 227
刘铁 ……………… 340	刘艳梅 ……… 401,404	刘志荣 …… 110,213,281,
刘庭桂 …………… 217	刘燕 ……… 200,205,378	324,387,389
刘同般 …………… 233	刘扬 ………… 158,329	刘智群 …………… 271
刘玮 ………… 188,222	刘扬烈 …… 34,124,254,	刘中顼 ………… 24,39
刘文斌 …………… 207	259,268,311,325,406	刘忠 ………… 93,163,170,
刘文刚 …………… 15	刘阳 ……………… 511	275,405
刘文浩 …………… 420	刘一朴 …………… 167	刘忠诚 …………… 75
刘文韬 …………… 234	刘以林 …… 137,170,337	刘子琦 ……… 121,178
刘文尧 …………… 443	刘迎 ……………… 513	刘自立 …… 110,147,176,
刘伍吉 …………… 93	刘永涛 …………… 215	190,250
刘锡诚 …………… 192	刘勇 ………… 182,219,	刘祖斌 …………… 212
刘侠 ……………… 494	220,227,349	柳泊 ……………… 180
刘祥安 …………… 66	刘玉凯 …………… 121	柳春蕊 …………… 261
刘翔 ……… 76,78,83,180,	刘玉蓉 …………… 440	柳冬妩 …… 93,281,309,
204,245,290,376,442	刘源 ……………… 4	443,466,469
刘向东 ………… 31,113	刘悦坦 ……… 35,60,66,	柳鸣九 …………… 424
刘小平 ………… 54,368	78,372	柳木 ……………… 68
刘小清 …………… 216	刘跃敏 …………… 97	柳倩月 …………… 226
刘小微 ……… 117,121,	刘跃平 …………… 467	柳易冰 ……… 200,212
160,203	刘云 ………… 180,186	柳漾 ………… 39,48
刘晓春 …………… 330	刘再复 …………… 121	柳宗宣 …… 116,492,507

龙彼德 …… 69,84,89,95,
　125,291,367,373,422,
　435,467
龙建人 …………… 383,436
龙靖遥 ………………… 449
龙俊 …………………… 508
龙连荣 …………………… 5
龙莲明 ………………… 484
龙清涛 ……… 19,191,326
龙泉明 … 2,3,18,20,22,
　37,48,51-53,56,63,67,
　68,70,76,101,108,125,
　150,170,175,177,198
龙熙银 ………………… 173
龙晓滢 ………………… 463
龙协涛 ………………… 70
龙扬志 ………… 285,318,
　367,372,399,429,440,
　444,496
龙永干 ………………… 483
龙予仲 ………………… 17
娄莉 …………………… 489
楼河 …………………… 170
卢长春 ………………… 510
卢红敏 …………… 185,233
卢惠余 ……… 14,284,321,
　476,499,514,519
卢力刚 ………………… 217
卢丽华 ………………… 249
卢秋红 …………… 399,442
卢斯飞 ………………… 190
卢卫平 …………… 371,442
卢伟 …………………… 322
卢一萍 ………………… 21
卢永璋 ………………… 134
卢有泉 ………………… 86
卢桢 …………… 414,484

卢志杰 ………………… 195
卢志娟 ………………… 419
芦海英 …………………… 2
芦田肇[日本] ………… 360
鲁道祥 ………………… 219
鲁华夏 ………………… 457
鲁藜 …………………… 248
鲁西 …………… 143,177
鲁西西 ………… 42,174,
　307,362
陆传文 ………………… 372
陆红颖 ………… 323,343,
　398,403,422,497
陆健 ………… 93,185,250,
　311,381,395,461
陆凌霄 …… 185,200,211
陆梅 …………………… 203
陆米强 ………………… 192
陆铭 …………………… 346
陆士清 ………………… 506
陆伟然 ………………… 132
陆耀东 …… 45,136,145,
　157,179,192,227,229,
　291,306,309,316,346,
　376,410
陆增翰 ………………… 267
陆正兰 ………… 112,264,
　300,390,403,473
路地 …………………… 74
路曲 …………………… 78
路书体 ………………… 274
路桐 …………………… 340
路晓冰 …………… 317,333
路也 ………… 55,153,282,
　371,440,443,518
路元敦 ………………… 184
路云 …………………… 456

潞潞 ………… 376,398,486
阎海燕 ………………… 507
阎汉原 ………………… 507
吕崇龄 ………………… 448
吕德安 ………………… 72
吕刚 …………………… 487
吕汉东 ……………… 15,33
吕豪爽 ………………… 179
吕家乡 ……… 102,143,146,
　147,183,215,319,431,
　437,510
吕剑 ………………… 36,421
吕进 … 4,23,76,93,117,
　121,150,159,171,176,
　177,183,208,214,221,
　243,265,302,310,327,
　338,344,369,379,385,
　389,443,462,471,490
吕小青 ………………… 292
吕燕 …………………… 488
吕约 ………………… 94,406
吕周聚 ………… 90,196,
　252,261,270,283,464,
　510,513
绿岛 ……………… 199,210
绿原 …………… 5,113,
　133,159,199,374
栾好问 ………………… 351
栾纪曾 …………… 178,227
罗昌智 ……… 17,25,97,
　111,121,127,138,156,
　191,381,436,480,511
罗成 …………………… 306
罗成琰 …………… 228,450
罗铖 …………………… 200
罗绂文 ………… 72,439,452
罗高林 ……………… 45,50

罗辉 …………… 264	390,391,398,428,445,	马俊华 ……… 22,67,92,
罗惠敏 …………… 72	447,451,459,466,476,	202,215
罗嘉慧 …………… 23	480,481,483,484,489,	马垩 ……………… 200
罗俊华 ………… 180	497,507,514,518	马莉 …………… 58,322,
罗侃平 ……… 350,441	罗振业 …………… 56	344,397
罗可群 ………… 195	罗执廷 ………… 359	马立鞭 ……… 40,46,58,
罗岚 …………… 320	罗中玺 ………… 385	79,95,252
罗立桂 ………… 165	罗紫 …………… 412	马丽 ……… 99,304,337
罗良清 …………… 76	罗宗强 ……… 75,409	马丽华 …………… 66
罗梅花 ………… 348	洛夫[加拿大] …… 240,	马铃薯兄弟 …………
罗念生 ………… 370	268,291,341,358,426	365,434,519
罗盘 …………… 117	骆寒超 ……… 39,87,	马明奎 ………… 239
罗庆春 ………… 337	257,260,324,348,381,	马平川 …… 231,278,470
罗森堡[美国] …… 139	401,410	马前 …………… 422
罗绍书 …………… 1	骆小所 …………… 5	马青山 ………… 4,211
罗姝芳 ………… 507	骆晓戈 ………… 101	马清华 ………… 100
罗四鸰 ………… 194	骆晓亦 ………… 235	马瑞红 ………… 410
罗唐生 ………… 153		马绍玺 ……… 7,23,47,55,
罗望子 ………… 197	**M**	70,231,332,500
罗文军 ………… 137	马奔腾 …………… 19	马淑贞 ………… 290
罗锡文 ………… 316	马步升 ……… 8,106,107,	马树春 ……… 205,219,
罗先友 ……… 465,500	133,381,487	239,244
罗显勇 …………… 73	马才栋 ………… 258	马为华 …………… 6
罗箫 …………… 357	马策 …… 43,74,87,214	马炜 …………… 461
罗小凤 ……… 480,483,	马超 …………… 166	马相武 …………… 34
491,492,513	马达 …………… 222	马萧 …………… 310
罗永常 ………… 156	马大康 ……… 317,331	马晓华 ………… 184
罗羽 …………… 357	马大勇 ………… 430	马新莉 ………… 102
罗振亚 …… 7,35,37,38,	马德生 …… 158,202,231	马新野 ………… 357
46,51,56,74,76,82,84,	马登杰 ………… 241	马星慧 ………… 297
95,100-102,120,133,	马丁 ………… 38,55,	马叙 …………… 400
141,146,152,163,184,	208,352	马雪松 ………… 287
188,197,198,203,214,	马富丽 ……… 442,454	马艺 …………… 104
216,227,231,232,252,	马海轶 ………… 514	马永波 … 70,91,96,151,
255,271,282,293,312,	马华祥 ………… 120	170,232,248,250,253,
316,318,327,335,345,	马季 …………… 486	268,281,324,395,427,
348,351,361,363,378,	马洁如 ………… 210	461,473,497,515

马有义 …………… 14	孟显志 …………… 166	木朵 …… 107,132,165,
马悦然 …………… 343	孟宪华 …………… 141	190,241,254,264,280,
马振宏 …………… 137	孟祥申 …………… 257	301,317,318,400,456
马知遥 … 201,295,317,	孟潇 …………… 427,470	木斧 ……… 31,107,369
333,367,393,416	孟醒石 …………… 286,353	木涵 …………… 226
马志才 …………… 199	孟永林 …………… 297	木马 …………… 315
马忠 …………… 341,357	孟泽 ……… 77,84,102,	沐之 …………… 322
马宗昌 …………… 488	105,127,399	牧斯 …………… 338
马作楫 …………… 91,205	梦亦非 …………… 182,263,503	牧野 …………… 103
麦芒 …………… 312,469	米娜[英国] … 141,327	慕芳 …………… 310
满也 …………… 162	苗变丽 …………… 502	穆立立 …………… 231
曼拜·特·吐尔地 … 367	苗得雨 …………… 71	穆青 …………… 74
毛灿月 …………… 426	苗菁 …………… 105	Michael Day[加拿大]
毛大成 …………… 174	苗萌 …………… 400	…………… 15
毛海莹 …………… 135	苗晓霞 …………… 31	
毛翰 … 10,153,221,252,	苗雨时 …… 163,182,191,	**N**
431,445,448,467,515	275,281,352,375,405,	
毛荷花 …………… 315	406,469	娜仁琪琪格 …………… 458
毛慧芳 …………… 324	闵抗生 …………… 51	南达 …………… 336
毛靖宇 …………… 517	闵似蓉 …………… 25	南帆 …………… 3,9
毛毛 …………… 499	铭越 …………… 132	南方 …………… 370
毛梦溪 …………… 330	缪克构 …………… 218	南鸥 …………… 334,434
毛瑞江 …………… 22	缪叶红 …………… 332	南人 …………… 94,126
毛小芬 …………… 313	磨有积 …………… 303	南翔 …………… 57
茅林莺 …………… 346	莫尘 …………… 334	南阳崔鹤 …………… 114
茂兴 …………… 462	莫非 …… 10,69,366,486	南野 …………… 20,192
冒建华 …………… 437,442	莫海斌 …… 1,4,104,135,	楠生 …………… 107
梅胜利 …………… 377	138,358	呢喃 …………… 63,401
梅真 …………… 430	莫嘉丽 …………… 248	泥马渡 …………… 227
门红丽 …………… 433	莫顺斌 …………… 444	倪比 …………… 70
孟川 …………… 415,440	莫文征 …………… 487	倪丽 …………… 378
孟繁华 …… 140,375,515	莫雅平 …………… 21,431	倪平 …………… 312
孟芳 …………… 67,420	默默 …………… 367,423,	倪素平 …………… 145,248
孟改正 …………… 231	431,441	年长 …………… 80
孟浪 …………… 357	牟心海 …… 255,349,	聂迪 …………… 298,479
孟丽娟 …………… 245	350,503	聂付生 …………… 233
孟芊 …………… 317	木笔花 …………… 354	聂还贵 …………… 284
		聂茂 …………… 308,448,

464,515	潘海鸥 …………… 471	彭建明 ………… 94,183
聂志强 …………… 167	潘皓 ……………… 300	彭金山 … 6,69,153,193,
聂作平 ……… 20,29,243	潘虹莉 …………… 386	251,281,401,407,
宁殿弼 …………… 490	潘磊 ……………… 514	410,482
宁江水 …………… 92	潘水萍 …………… 511	彭惊宇 ………… 78,196
宁明 ……………… 344	潘颂德 ……… 6,24,28,	彭岚嘉 …………… 171
宁宇 ……………… 203	29,34,316,455	彭立勋 …………… 44
宁珍志 …………… 122	潘维 ……………… 444	彭丽华 …………… 380
牛波 ……………… 87	潘洗尘 ……… 365,443,449	彭荔卡 …………… 27
牛殿庆 ………… 75,255	潘晓凌 …………… 376	彭萍 ……………… 370
牛放 ……………… 156	潘辛毅 …………… 3	彭强民 …………… 416
牛汉 …… 44,81,183,375,	潘亚萍 …………… 379	彭胧 ……………… 76
412,431,444,479	潘亚暾 ………… 31,236	彭瑞琪 …………… 86
牛宏宝 …………… 489	潘以骥 …………… 117	彭栓红 …………… 206
牛庆国 ………… 255,412	潘涌 …………… 2,24	彭斯远 … 8,98,118,156,
牛童 ……………… 155	潘志存 …………… 234	185,223,256,307
牛学智 …………… 139	盘妙彬 …………… 58	彭松 ………… 197,201
农为平 …………… 479	庞华 ……………… 163	彭松乔 ……… 136,315
农迎春 …………… 292	庞进 ……………… 175	彭万能 …………… 137
	庞灵芝 …………… 140	彭卫红 …………… 273
O	庞培 ……………… 224	彭卫鸿 …… 45,227,244
欧娟 ……………… 242	庞清明 …………… 386	彭小明 …………… 100
欧南 ……………… 234	庞余亮 …… 157,171,497	彭小燕 ……… 340,356
欧亚 …… 91,125,140,309	胖子 ……………… 497	彭晓川 …………… 59
欧阳斌 ………… 134,466	裴春芳 ………… 89,419	彭兴奎 …………… 389
欧阳江河 … 20,245,278,	裴高 ……………… 482	彭秀坤 …………… 242
343,496	裴高才 …………… 166	彭亚英 …………… 343
欧阳骏鹏 ………… 370	裴仁伟 …………… 148	彭燕郊 ……… 9,14,36,
欧阳文风 … 231,245,367	裴雪梅 …………… 380	39,41,159,173,175,
欧阳小昱 ……… 341,375,	芃夫 ……………… 188	240,281,288,321
394,401,411	彭彩云 …………… 109	彭耀春 …………… 291
欧阳友权 …………… 42	彭程 ……………… 288	彭一田 …………… 123
欧阳志刚 ………… 238	彭定安 …… 74,503,505	彭迎 ……………… 514
	彭放 …………… 51,58	彭勇 ……………… 71
P	彭国梁 …………… 80	彭玉斌 …………… 354
潘大华 …… 129,182,205,	彭国庆 …………… 24	彭玉锦 …………… 336
228,292,306	彭继媛 …………… 418	蓬桦 ……………… 285

朴素 …………… 319,322	峭岩 …………… 203	屈海燕 …………… 475
普丽华 … 15,45,108,122,	秦安江 …………… 209	屈文焜 …………… 189
126,161,199,299,316	秦巴子 …………… 39,54	屈雅红 …………… 131
	秦春 …………… 380	屈直 …………… 233
Q	秦锋 …………… 239	权绘锦 …………… 292,296
漆福刚 …………… 428,461	秦弓 …………… 381,482	权雅宁 …………… 231
齐军华 …………… 324	秦虹 …………… 337	全凤英 …………… 3
齐揆一 …………… 84	秦林芳 … 58,97,99,160,	泉子 …… 296,350,357,
祁国 …………… 352	171,172,178,219	382,405
祁鸿升 …………… 502	秦岭 …………… 385	阙明坤 …………… 332
祁人 …………… 226	秦小珊 …………… 90	
祈胜勇 …………… 87	秦晓宇 …………… 517	**R**
千夫长 …………… 512	秦艳贞 …………… 181,238	冉光跃 …………… 175
钱翰 …………… 477	秦在东 …………… 64	冉军 …… 159,174,199
钱荷娣 …………… 142	秦中吟 …………… 169	冉云飞 …………… 86
钱虹 …………… 57,145,193	青锋 …………… 156	冉庄 …………… 115
钱晶 …………… 392	清风 …………… 71	饶芳 …………… 257
钱静 …………… 90	晴朗 …………… 303	饶丽 …………… 481
钱理群 …… 106,113,426	茕茕 …………… 170	饶苋子 …………… 452
钱立海 …………… 265	丘峰 …………… 259	饶翔 …………… 270
钱林森 …………… 250,517	邱海军 …………… 364	人邻 …… 110,231,297,
钱绿怡 …………… 138	邱华栋 …………… 436	426,450,472,477
钱明辉 …………… 45	邱景华 …… 22,30,70,72,	任德孝 …………… 53
钱少武 …………… 481	96,127,150,194,246,	任动 …………… 287
钱伟 …………… 337	280,385	任范松 …………… 220
钱文亮 …… 98,102,104,	邱丽平 …………… 349,430	任桂秋 …………… 78,137
142,297,304,364	邱倩 …………… 463	任洪国 …… 115,134,458
钱晓宇 …………… 200,347	邱雪松 …………… 364	任洪渊 …… 76,178,402
钱学武 …………… 68	邱熠 …………… 295,465	任静文 …………… 271
钱志富 …… 137,213,217,	邱紫华 …………… 465	任林举 …… 133,375,401,
224,240,309,322,518	秋远 …………… 439	442,511
钱志熙 …………… 19	裘锡军 …………… 211	任曼 …………… 249
乔春雷 …………… 160	区蕴雯 …………… 396	任穆 …………… 66
乔力 …………… 347	曲润海 …………… 413	任南南 …………… 124,158,
乔琦 …… 204,237,	曲筱鸥 …………… 430	215,407
254,324,334	曲英华 …………… 276	任庆文 …………… 128
谯达摩 …………… 26	曲有源 …………… 397	任先天 …………… 371

任湘云 …… 356,407	桑逢康 …… 181	133,354,366
任秀芹 …… 27	桑克 …… 34,51,69,80,	沈合勇 …… 292
任秀蓉 …… 399,449	91,157,222,277,283,284,	沈宏鑫 …… 127
任怡 …… 161	295,323,404,431,460	沈检江 …… 54,69
任毅 …… 209,253,275,	桑新华 …… 71,378	沈健 …… 54,86,178,202,
291,416,461	森子 …… 150,224,	290,306,401,455,519
任玉强 …… 329,332	353,496	沈理玮 …… 312
任媛媛 …… 206	沙含德克 …… 247	沈立 …… 247
任震钧 …… 128	沙克 …… 288	沈玲 …… 508
任知 …… 105,317	沙磊 …… 460	沈敏 …… 217
任志国 …… 422	沙林 …… 79	沈奇 …… 11,22,31,35,36,
任重远 …… 13	沙沁 …… 238	39,50,55,63,74,80,84,
戎道者 …… 369	沙莎 …… 464	91,92,95,100,103,123,
荣光启 …… 73,182,184,	沙梓 …… 305	148,192,214,228,234,
213,216,241,244,260,	伤痕 …… 156	239,249,251,268,272,
271,301,305,307,348,	商金林 …… 46,484	274,288,293,319,332,
352,358,374,376,381,	商立军 …… 505	333,344,347,352,356,
382,394,397,411,418,	尚飞鹏 …… 58,106,117,	362,389,399,402,406,
424,439,452,461,470,	286,328,376	411,447,459,492,506
481,499,504	尚贵荣 …… 369	沈天鸿 …… 44,62
荣荣 …… 92,139,	尚明洲 …… 164	沈伟 …… 59
207,371	尚玮 …… 307	沈苇 …… 18,184,205,215,
容小明 …… 500	尚炜 …… 518	359,368,394,396,436
容晓明 …… 90	尚延龄 …… 196,320	沈逸婷 …… 460
蓉子 …… 12	尚缨 …… 320	沈泽宜 …… 43,89,
阮佳佳 …… 185	少飞 …… 139,147	143,149,155,172,194,
芮欣 …… 335	邵波 …… 472,476	245,517
若愚 …… 2	邵风华 …… 265	圣童 …… 380
	邵建 …… 9,11	盛翠菊 …… 313
S	邵金峰 …… 282	盛海耕 …… 82
萨仁图娅 …… 158,177,	邵燕祥 …… 19,62,69,120,	盛慧 …… 161
200,326	312,363,393	盛敏 …… 284,291,
赛力克波力 …… 247	哨兵 …… 30	295,308,355
赛娜·艾斯别克 …… 320	哨子 …… 247	盛萍 …… 482
赛日克 …… 345	佘小杰 …… 429	盛艳 …… 446
三米深 …… 485	申艳 …… 485	盛以军 …… 190
三子 …… 188	沈浩波 …… 34,51,54,128,	盛引 …… 328

师恭叔 …………… 354	适民［新加坡］……… 63	宋秋盛 …………… 185
师力斌 …… 183,258,261	守夜人 …………… 338	宋绍香 …………… 390
施高军 …………… 474	瘦水 ……………… 96	宋生贵 …………… 234
施军 ……………… 104	舒家骅 …………… 24	宋声贵 ……… 173,233
施旸 ……………… 476	舒婷 ……………… 195	宋淑媛 …………… 176
十品 ………… 37,210,384	舒欣 ……………… 199	宋逖 ………… 36,416
石沉 ……………… 164	述芜 ……………… 444	宋伟 ………………… 9
石的红 …………… 480	树才 ……… 18,41,51,62,	宋尾 ……………… 98
石帆 ……………… 75	347,366	宋向红 …………… 225
石凤珍 …………… 385	帅文芳 …………… 319	宋小武 …………… 413
石歌 ……………… 114	帅泽兵 …………… 448	宋晓杰 ……… 192,240
石国庆 …… 339,384,385	税海模 ………… 7,66,	宋晓贤 …………… 52
石海燕 …………… 147	408,448	宋星 ………… 260,294
石华鹏 ………… 72,261	司真真 …… 501,504,512	宋学鹃 …………… 263
石计生 …………… 427	思云 ………………… 3	宋妍 ……………… 415
石舒清 …………… 438	嵩松 ……………… 257	宋扬 ………… 231,315
石天河 ………… 36,72	宋宝伟 ……… 340,501	宋杨 ……………… 311
石铁山 …………… 196	宋炳辉 …………… 9,18	宋益乔 …………… 334
石湾 ……………… 316	宋长江 …………… 63	宋毅 ……………… 490
石葳 ……………… 114	宋冬游 …………… 125	宋颖 ……………… 295
石兴泽 … 7,135,362,387	宋歌 ……………… 15	宋玉红 …………… 341
石一龙 …………… 72	宋桂友 ……… 212,361	宋志成 …………… 126
石义师 …………… 206	宋海婷 …………… 121	宋子刚 ……… 279,374,
石英 ………… 206,329	宋浩庆 …………… 31	457,460
石中晨 …………… 373	宋红岭 …………… 437	苏葆荣 …………… 509
食指 ……… 357,405,498	宋红欣 …………… 152	苏崔 ……………… 110
史挥戈 …………… 119	宋嘉扬 ……… 288,392	苏光文 ………… 18,30
史竞男 …………… 235	宋峻梁 …………… 112	苏克军 …… 360,386,389
史莉莉 …………… 440	宋立民 ……… 150,156	苏奎 ……………… 441
史青虹 …………… 359	宋烈毅 ……… 100,209	苏历铭 ……… 192,195,
史许福 …………… 417	宋琳 ……… 299,364,488,	377,409,432
史幼波 …………… 82	496,516	苏浅 ……………… 269
史玉辉 …………… 494	宋梅 ……………… 296	苏庆昌 …………… 21
世宾 ………… 28,162,	宋宁刚 …………… 291	苏姗娜·格丝［德国］
250,329	宋琦 ……………… 291	………………… 10
世中人 …………… 202	宋乾 ……………… 367	苏省 ……………… 148
仕永波 …………… 191	宋秋敏 …………… 414	苏叔阳 …………… 212

苏童 …………… 289	孙立志 …………… 313	457,471
苏伟民 ………… 149	孙丽君 …………… 510	孙昕晨 …………… 146
苏文宝 ………… 425	孙良好 … 50,112,218,321,	孙新峰 …………… 232
苏文兰 ………… 75	399,407,446,472,485	孙秀华 …………… 16
苏晓芳 ………… 479	孙留欣 ……… 431,447	孙旭辉 …………… 194
苏晓红 ………… 503	孙璐 …………… 414	孙彦君 …………… 465
苏醒 …………… 295	孙璐璐 …………… 455	孙艳秋 …………… 232
苏艳梅 ………… 88	孙平辛 …………… 138	孙也丁 …………… 288
宿好军 ………… 255	孙琪琪 …………… 517	孙益波 …………… 441
粟斌 …………… 415	孙倩 …………… 278	孙玉石 … 8,21,30,47,
隋琳 …………… 291	孙强 …………… 224	50,60,64,84,86,92,
孙晨 …………… 349	孙琴安 …………… 82	119,164,176,206,208,
孙大军 ………… 201	孙瑞珍 …………… 456	213,223,270,276,279,
孙德高 ………… 276	孙绍振 … 3,41,57,70,72,	286,294,295,327,339,
孙德喜 ………… 99	81,149,222,235,384,412,	372,384,392,408,424,
孙方禾 ………… 316	420,424,464,491,520	428,449,517
孙芳 …………… 272	孙士英 …………… 114	孙郁 ……… 122,363,485
孙飞龙 ………… 81	孙世军 …………… 146	孙允文 …………… 102
孙甘露 ………… 251	孙书平 …………… 453	孙中田 …………… 115
孙光萱 ………… 139	孙荪 …………… 339	孙宗广 …………… 361
孙海燕 ………… 321	孙涛 ………… 49,232	孙祖娟 ………… 71,80
孙恒存 ………… 480	孙亭 ……… 278,318	
孙虎 …………… 343	孙维媛 …………… 381	**T**
孙基林 … 12,16,99,251,	孙伟红 ……… 212,380	邰红红 …………… 437
256,261,300,302,325,	孙炜 …………… 305	邰筐 ………… 128,461
429,491	孙炜炜 …………… 162	泰勒·何德兰[美国]
孙吉麟 ………… 508	孙文波 … 34,57,63,66,	…………… 151
孙建江 ………… 214	84,86,89,133,159,201,	谈凤霞 ………… 27,44
孙建军 ……… 31,88	225,241,272,298,314,	覃徐芳 …………… 221
孙金葵 ………… 114	433	谭德晶 …………… 53
孙金燕 ……… 409,494	孙文涛 …………… 237	谭芳 …………… 267
孙进增 ………… 26	孙希娟 …………… 21	谭光辉 …………… 224
孙景阳 ………… 182	孙相如 …………… 503	谭桂林 ……… 43,44,130,
孙钶心 ………… 330	孙小彬 …………… 9	239,252,376,398,405,
孙兰 …………… 28	孙晓文 …………… 245	420,445
孙兰花 ………… 315	孙晓娅 … 61,67,107,	谭建初 …………… 246
孙磊 …………… 327	131,134,176,225,408,	谭解文 …………… 73

谭瑾瑜 …………… 457	唐诃 …………… 356	陶德宗 …… 118,125,151,
谭克修 …… 189,270,282,	唐涓 …………… 56	211,341,435,457
327,347	唐卡 …………… 195,444	陶东风 …………… 73
谭五昌 … 26,65,75,107,	唐莉 …………… 314	陶佳桂 …………… 200
117,143,148,153,182,	唐力 …………… 339,413,494	陶澜 …………… 192
193,236,241,342,344,	唐立新 …………… 80	陶丽萍 …………… 307
349,373,408,410,418,	唐丽芳 …………… 250	陶陶 …………… 122,189,
423,427,434,435,452,	唐利群 …………… 12	249,346
481,485	唐梅 …………… 112	陶文鹏 …………… 512
谭宪昭 …………… 219	唐梅秀 …………… 464	陶文瑜 …………… 200
谭旭东 …… 62,77,78,	唐韧 …………… 67,74,	陶忠娣 …………… 295
107,112,122,131,148,	151,185	特·赛音巴雅尔 …… 368
182,192,195,202,224,	唐荣光 …………… 62	滕威 …………… 278
289,301,356,403,434	唐蓉 …………… 254	天淡云飞 …………… 466
谭学纯 …………… 216	唐湜 …………… 19,23	天骄 …………… 81,82
谭延桐 …… 28,64,132,	唐甜甜 …………… 476	天界 …………… 349
133,257,339	唐文吉 …………… 257	天乐 …………… 97
谭燕玲 …………… 245	唐霞 …………… 290	田崇雪 …………… 379
谭仲池 …… 47,97,490	唐先田 …………… 130	田春荣 …………… 239
探花 …………… 277,323,331	唐祥勇 …………… 242	田广 …………… 147
汤彩飞 …………… 328	唐小兵 …………… 396,458	田皓 … 195,267,380,472
汤冬梅 …… 214,257,274	唐小林 …………… 294	田禾 …………… 163
汤杰英 …………… 274	唐晓渡 …… 40,183,196,	田华 …………… 345,380
汤克兵 …………… 474	209,212,218,242,247,	田慧霞 …………… 132
汤凌云 …… 81,186,309,	276,294,306-308,311,	田建民 …… 202,232,457
318,341,363,491	350,355,365,430,433,	田金长 …………… 234,323
汤天勇 …………… 193	474,481	田景丰 …………… 164
汤养宗 …………… 345	唐晓莉 …………… 490	田静 …………… 277
汤拥华 …………… 319,320	唐欣 …… 165,172,183,	田茅 …………… 303
唐飚 …………… 467	193,211,241,301,326,	田泥 …………… 371
唐不遇 …………… 335,409	371,477	田莎 …………… 295
唐灿灿 …………… 254	唐亚娟 …………… 500	田松 …………… 389
唐德亮 …… 16,104,	唐琰 …………… 432	田万里 …………… 228
262,293	唐颖 …………… 466	田文强 …………… 206
唐果 …………… 297	唐韵 …………… 88	田小军 …………… 231
唐翰存 …… 35,104,	唐政 …………… 121	田晓菲 …………… 516
353,486	陶保玺 …………… 26,172,250	田晓军 …………… 158

田野 …… 192	琬琦 …… 411	王碧瑶 …… 419
田一坡 …… 329,358,370, 413,451	万安伦 …… 63	王炳根 …… 156,183,221
田园 …… 150	万莲姣 …… 338	王泊 …… 47
田原[日本] …… 76,280, 256,449	万龙生 …… 98,141,169, 188,190,260,270	王薄斐 …… 460
田悦芳 …… 438	万琦 …… 154	王昌忠 …… 70,74,221, 296,402,430,511,519
田耘 …… 489	万孝献 …… 351,357	王长军 …… 314,372
田瓒 …… 157	万宇 …… 187	王长英 …… 115
田志凌 …… 354	万志全 …… 357,404, 453,476	王朝阳 …… 88
田中华 …… 220	汪登存 …… 207	王充闾 …… 502,505
田忠辉 …… 468	汪东发 …… 1,171,196, 211,349,398	王传习 …… 107
田秭援 …… 173	汪峰 …… 118,144,207, 380,480,501	王春晖 …… 516
铁来提·易卜拉欣 …… 309	汪继芳 …… 129	王春辉 …… 286,500
铁舞 …… 248	汪坚强 …… 501	王纯 …… 484
童八生 …… 130	汪剑钊 …… 52,74,96,98, 183,469,502	王聪颖 …… 109
童玲 …… 230	汪洁 …… 78,226	王丹丹 …… 257
童龙超 …… 237,271,272	汪守德 …… 162	王德领 …… 272
童珊 …… 245	汪树东 …… 412,484	王德胜 …… 55
童蔚 …… 82	汪卫东 …… 106,422	王东东 …… 436,444,454, 469,494
童晓薇 …… 281	汪亚明 …… 28,85,94, 100,181,268	王冬冬 …… 425
童银舫 …… 483	汪杨 …… 488	王冬月 …… 379
凸凹 …… 380	汪勇 …… 233	王端诚 …… 202
涂鸿 …… 14,172,242	汪雨涛 …… 474	王铎 …… 346
涂怀章 …… 25,236	汪玉良 …… 178,308	王芳 …… 78,110, 133,508
涂建华 …… 75	汪云霞 …… 22,52,54, 136,170,198	王昉 …… 452
涂显镜 …… 488	汪政 …… 285,289	王芬 …… 355,455
屠岸 …… 54,72,173, 288,321,350,402,441, 465,485,493	汪志鹏 …… 151	王风 …… 229
屠茂芹 …… 97	王艾华 …… 155	王峰 …… 15
土墙 …… 203	王爱松 …… 316	王凤仙 …… 271
托娅 …… 98,117	王敖 …… 471	王凤芝 …… 286,297,298
W	王本朝 …… 214,358	王夫刚 …… 261,507
瓦兰 …… 191		王幅明 …… 462
完班代摆 …… 287		王福东 …… 96
		王福湘 …… 35
		王富仁 …… …… 16,112,125,317

王干 …… 150,451,460
王耿 …………… 217
王光东…………… 70,188
王光明……………………
　…… 3,30,34,76,77,
　81,103,161,174,183,
　186,189,191,195,198,
　199,201,202,210,227,
　228,230,239,243,244,
　247,249,260,271,310,
　337,353,364,378,383,
　407,477,488,493
王广清 …………… 155
王贵禄 …………… 411
王桂妹 …………… 274
王桂青 …………… 162
王桂荣 ………… 125,129
王桂芝 …………… 321
王国绶…………… 48
王海红 …………… 506
王恒升 ………… 302,509
王红梅 …………… 206
王宏甲 …………… 79
王宏印 …………… 347
王洪辉 …………… 453
王洪涛 ………… 11,336
王洪岳 …………… 443
王怀春 …………… 487
王慧灵 …………… 502
王慧骐 …………… 308
王吉鹏 ………… 172,211,
　212,257
王继霞 …………… 140
王佳 …………… 150
王家康 …………… 110
王家平 ………… 32,33,
　39,56

王家新 … 21,34,82,102,
　108,137,143,194,200,
　225,226,230,350,355,
　363,391,396,408,427,
　466,473,493
王嘉庚 …………… 31
王坚 ……………… 268
王俭庭 …………… 55
王见宾 …………… 200
王剑 ………… 111,159,
　189,389
王剑飞 …………… 297
王健 ……………… 468
王金城 …… 24,257,325,
　416,437,490,515
王金禾 …………… 74
王金龙 …………… 213
王进 ……………… 124
王劲松 ………… 86,91
王晶雨 …………… 475
王景科 …………… 191
王炯 ……………… 32
王久辛 …… 221,434,498
王久欣 …………… 210
王菊 ……………… 325
王巨川 …… 445,502,511
王军 ……………… 167
王君义 …………… 119
王俊燕 …………… 508
王骏 ……………… 178
王骏飞 …………… 28
王珂 …… 13,20,29,63,
　67,73,75,79,83,84,86,
　92,93,98,103,106,108,
　109,114,120,125,127,
　128,130,138,142,146-
　148,160,165,167,168,

　172,181,185,188,190,
　195,198,200,204,209,
　210,212,214-216,220,
　242,248,251,257,264,
　286-288,333,351,358,
　377,380,381,399,404,
　434,439,445,448,465,
　468,471,475,487,489,
　495,506,510
王科 …………… 116,213
王昆建 …………… 122
王来宁 …………… 427
王来雨 …………… 450
王兰 ……………… 245
王兰香 …………… 505
王兰英 …………… 494
王黎君 …………… 179
王黎明 ………… 49,414
王立民 …………… 248
王立宪 ………… 166,169
王丽 ……………… 428
王丽华 …………… 66
王丽娟 …………… 520
王丽君 …………… 500
王丽丽 …………… 50
王丽娜 …………… 3
王丽平 …………… 287
王苙 ………… 498,503
王良彬 …………… 316
王亮 ……………… 512
王辽生 …………… 299
王列娟 …… 168,233,254
王列耀 ………… 267,290
王林霞 …………… 259
王琳 ………… 420,431
王明博 …………… 418
王明文 …………… 515

王明韵 …… 132,135,168	王书平 …………… 420	王晓生 …… 20,34,107, 137,148,175,382
王鸣剑 ………… 73,133, 153,248	王书婷 …… 352,397,439	王晓渔 …… 55,141,188, 230,297
王鸣久 ………… 162,266	王淑萍 ……… 240,451	
王木青 ………… 309,332	王淑艳 …………… 93	王晓瑜 …………… 123
王穆之 …………… 356	王硕 …………… 453	王笑 …………… 310
王娜 …………… 515	王涘海 …………… 184	王欣 …………… 462
王诺 ………… 336,430	王松岩 …………… 157	王新军 …………… 174
王鹏 …………… 468	王天成 …………… 506	王新民 …………… 153
王璞 ………… 258,266, 328,518	王铁良 …………… 505	王兴起 …………… 405
	王同书 …………… 49	王秀丽 …………… 510
王琪玖 …………… 4	王暾 …………… 169	王秀芹 …………… 287
王启东 …………… 337	王维 …………… 454	王旭 …………… 359
王乾坤 …………… 363	王卫红 ……… 328,467	王学东 …… 460,472,510
王茜 …………… 500	王卫华 …………… 452	王学海 ………… 63,410
王强 ………… 207,276	王卫平 …………… 359	王学胜 …………… 475
王勤斌 …………… 301	王卫湘 …………… 138	王雪红 …………… 214
王青 ………… 5,9,484	王卫星 …………… 241	王雪松 ……… 405,478
王清学 …… 386,398,415	王文彬 …… 3,45,144,268	王雪伟 ……… 108,251
王秋丽 …………… 60	王贤芝 …………… 468	王雅境 …………… 154
王泉 ………… 97,153, 305,390	王向峰 …………… 500	王雅平 ……… 109,429
	王向晖 ……… 10,73,85	王亚斌 …………… 328
王荣 ……… 41,59,114, 173,249,410,430	王小宾 …………… 392	王亚非 …………… 444
	王小敬 …………… 35	王妍丁 …………… 18
王瑞 …………… 93	王小娟 …………… 297	王彦 …………… 183
王瑞芝 …………… 475	王小林 ……… 162,211	王彦锐 …………… 114
王润华 …………… 376	王小妮 ……… 286,315, 457,459	王艳芳 ……… 277,299
王若冰 …… 356,379,423		王艳文 …………… 391
王社良 …………… 218	王小平 ……… 179,255	王燕 ……… 201,512
王生平 …………… 147	王小侠 …………… 97	王燕生 …… 10,11,13,17, 19,25,27,32,42,60,389
王圣思 ………… 51,206	王小野 …………… 353	
王圣贻 …………… 172	王小忠 …………… 195	王尧 ……… 10,101,495
王士民 …………… 97	王晓波 ……… 144,259	王耀东 …………… 187
王士强 …… 312,381,407, 417,429,434,435,446, 450,459,485,492,496	王晓初 ………… 17,50	王耀文 ……… 443,506
	王晓春 …………… 426	王烨 ……… 255,435
	王晓华 …………… 139	王一川 …………… 430
	王晓莉 …………… 191	
王守雪 …………… 203	王晓林 …………… 55	王一珂 …………… 208

王一亮 …………… 140	王云介 …………… 361	苇子 ……………… 416
王一桃 ………… 218,384	王运卿 …………… 190	魏安莉 …………… 182
王宜清 …………… 214	王再兴 …………… 345	魏斌 ……………… 338
王宜早 …………… 257	王则蒿 …………… 172	魏超 ……………… 487
王宜振 …………… 435	王泽龙 …… 28,38,118,	魏峰 ……………… 259
王义杰 …………… 188	129,225,236,248,249,	魏红珊 ………… 197,218
王亦晴 …………… 391	283,286,301,341,342,	魏洪丘 …………… 304
王益民 …………… 52	349,351,364,377,401,	魏继洲 ………… 266,491
王毅 ………… 21,45,95,	405,454,478,481,519	魏家骏 …………… 244
148,302,327	王增铎 …………… 47	魏建 …… 35,162,360,490
王应云 …………… 246	王昭 ……………… 487	魏捷 ………………… 2
王英宏 …………… 452	王兆本 …………… 27	魏克 …… 55,170,274,406
王莹 …………… 344,518	王征珂 ………… 268,330	魏理科 …………… 490
王颖 ………… 486,502,510	王之 ……………… 134	魏玲玲 ……………… 7
王颖怡 …………… 380	王之成 …………… 219	魏庆培 …………… 337
王永 …………… 33,74,	王芝 ……………… 155	魏如松 …………… 493
350,369,387,393,403,	王芝兰 …………… 101	魏天无 …… 167,193,201,
415,426	王志德 …………… 68	209,225,242,276,311,
王永宏 …………… 498	王志清 ………… 104,150	319,432,438,444
王永华 …………… 415	王治川 ……………… 6	魏巍 ……………… 297
王永慧 …………… 397	王智慧 ………… 41,60	魏先努 ……………… 15
王永胜 …………… 134	王锺陵 …………… 14	魏新刚 …………… 190
王咏桂 …………… 269	王仲明 ………… 21,330	魏艳 ……………… 288
王咏梅 …………… 127	王卓慈 …………… 25	魏一媚 ………… 279,465
王勇 ………… 130,441,488	王宗法 ………… 56,63	魏云 ……………… 306
王攸欣 ………… 361,483	韦白 …………… 40,468	魏志宏 ……………… 13
王雨海 ………… 185,222	韦高选 …………… 166	魏洲 ……………… 221
王玉宝 …………… 519	韦锦 ……………… 130	温长青 …………… 411
王育梅 …………… 363	韦珺 …………… 278,461	温任平[马来西亚]
王育松 …………… 25	韦礼明 …………… 73	…………………… 256
王彧 ……………… 501	韦良 ……………… 139	温儒敏 …………… 495
王元中 …… 68,93,152,	韦琳 ……………… 141	温伟 ……………… 395
154,236,270,287,338,	韦佩仪[新加坡] …… 44	温星 ……………… 143
363,501	维山 ……………… 211	温远辉 …………… 16,37,67,
王圆圆 …………… 249	卫建云 …………… 135	118,307,394
王源 ……………… 98	未央 ……………… 89	温兆海 ………… 303,310
王岳川 ……… 114,144,228	未弋 ……………… 176	温宗军 ……………… 19

文贵良 …………… 333	吴光辉 …………… 85	吴思敬 ……… 3,8,12,31,
文红霞 …… 160,176,251	吴桂良 …………… 179	33,40,55,74,81,90,99,
文青 ……………… 439	吴国珍 …………… 287	110,113,114,119,145,
文殊 ……………… 21	吴国祯 …………… 190	187,188,191,197,209,
文库 ……………… 127	吴海斌 …………… 359	210,215,247,274,275,
文晓村 ……… 222,247,	吴红涛 ………… 396,399	280,300,302,308,323,
260,386	吴怀东 …………… 388	327,349,355,362,386,
文雁 …………… 104,135	吴欢章 ………… 16,200,	389,394,398,409,416,
文贻炜 …………… 98	265,475	420,440,456,461,495
闻立雕 …………… 207	吴家荣 …………… 507	吴腾凰 …………… 119
闻立鹏 …………… 420	吴洁菲 …………… 379	吴投文 ……… 128,250,283,
闻旎 ……………… 380	吴井泉 ………… 31,47,61,	377,395,416,432,498
闻山 …………… 267,371	312,328,334,390,423,	吴薇 ……………… 170
翁奕波 ………… 9,17	445,508	吴武洲 ………… 79,83,84,
乌琼芳 ……… 324,375	吴景明 …………… 377	105,106
邬苏 …………… 108,118	吴景泉 …………… 300	吴锡河 …………… 221
邬锡鑫 …………… 101	吴静 ……………… 323	吴翔宇 ………… 424,457
巫洪亮 ……… 279,367	吴俊杰、董国艳 …… 189	吴向北 …………… 228
巫小黎 ……… 29,34,47,	吴开晋 ……… 6,12,56,81,	吴晓 ………… 36,43,83,
52,222	131,144,147,173,200,	94,100,104,133
无疆 …………… 228,252	302,333,397	吴晓川 ………… 147,338,
无名氏 …………… 471	吴礼丹 …………… 499	342,384,410
吴岸 ……………… 183	吴励生 ………… 74,182,	吴晓东 ……… 1,29,278,
吴奔星 …………… 103	234,284,459	369,448,492,517
吴斌卡 …………… 397	吴亮汝 …………… 58	吴晓静 …………… 350
吴长青 …………… 200	吴凌 …………… 23,506	吴孝成 …………… 247
吴晨骏 …………… 129	吴露 …………… 229,243	吴昕孺 …………… 100
吴凑春 …………… 426	吴满珍 …………… 506	吴新化 …………… 232
吴丹 ……………… 212	吴矛 ……………… 433	吴星 ……………… 71
吴道弘 …………… 138	吴淼 ……………… 442	吴旬初 …………… 266
吴德安 …………… 37	吴其南 ………… 213,292	吴亚明 …………… 198
吴德利 …………… 356	吴其盛 …………… 181	吴颜媛 …………… 37
吴顿 ……………… 392	吴仁援 …………… 12	吴艳 …………… 220,269
吴定宇 ………… 94,158	吴瑞雪 …………… 25	吴艳玲 …………… 238
吴凡 ……………… 515	吴尚华 …………… 128	吴野 ………… 31,82,253
吴干 ……… 70,175,228	吴晟 ……………… 12	吴玉垒 ………… 288,336,
吴戈 …………… 92,169	吴世永 …………… 403	410,484

吴元成 …………………… 64
吴允淑 …………………… 8
吴增龙 …………………… 139
吴直雄 …………………… 268
吴作歆 …………………… 78,182
五木 …………… 116,132,166
伍夫楹 ………… 60,115,232
伍立杨 …………………… 11
伍明春 …… 50,127,157,
　223,243,259,271,275,
　300,321,329,330,337,
　343,346,352,468,475,
　518,519
伍世昭 ………… 77,119,
　135,152,239
仵从巨 ………… 52,64,95
武富荣 …………… 129,137
武继平 …………………… 482
武善增 …………… 246,514
武淑莲 …………………… 387
武小军 …………………… 360
武歆 ……………………… 514
武媛莹 …………………… 490

X

西边 ……………………… 274
西川 …… 38,59,85,87,
　114,226,252,270,282,
　317,469,499,512,520
西村 …………… 90,399,505
西渡 …… 5,34,36,58,
　62,69,87,107,118,
　135,145,148,204,226,
　235,284,303,305,373,
　418,444,470,495,519
西果 …………………… 328
西篱 …………… 75,330

西敏[澳大利亚]
　……………… 15,65,105
西娃 ……………………… 355
西岩 ……………………… 126
奚梅芳[芬兰] …………… 207
奚密[美国] ……… 17,278,
　304,435,437,498,502
席宏伟 …………………… 509
席星荃 …………………… 127
席亚兵 …………… 280,340
席扬 ……………… 84,299
席云舒 …………… 63,109
夏传才 …………………… 66
夏翠柳 …………………… 321
夏冠洲 ………… 154,162,180
夏国珍 …………………… 127
夏宏 ……………………… 403
夏虹冰 …………………… 123
夏俊华 …………………… 291
夏雯 ……………………… 209
夏晓龙 …………………… 488
夏新宇 …………………… 116
夏夜清 ………… 118,129,188
夏衣轻 …………………… 149
夏义生 …………………… 242
夏榆 ……………………… 263
夏元明 ………… 227,333,415
夏中义 …………………… 130
咸立强 ………… 104,156,509
宪之 ……………………… 227
相金科 …………………… 454
向本贵 …………………… 101
向怀林 …………… 240,245
向黎明 …………………… 181
向明 …………… 32,51,104,
　150,180
向涛 ……………………… 200

向天渊 …… 269,275,353,
　359,381,432
向卫国 …… 80,123,136,
　168,189,214,259,267,
　307,326,330,339,352,
　376,387,395,436,441,
　445,511
向以鲜 …………………… 411
向元强 …………………… 262
向远平 …………………… 37
项喜岩 …………………… 515
萧沉 ……………………… 75
萧成 ……………………… 35
萧春雷 …………………… 366
萧蒂岩 …………………… 6
萧开愚（肖开愚）…… 46,
　260,286,387,409
萧映 …………… 412,413
潇潇 ……………………… 318
小郭 ……………………… 134
小海 …………… 2,4,20,
　119,129,200,266,431
小荒 ……………………… 132
小客 …………… 104,258
小宽 ……………………… 135
小鹏 ……………………… 201
小小 ……………………… 421
小榭 ……………………… 86
小易 ……………………… 121
小引 ……………………… 57
小鱼儿 …………………… 78
晓程 ……………………… 2
晓川 ……………………… 58
晓风 …………… 46,219
晓静 ……………………… 487
晓理 …………… 91,109
晓林 ……………………… 93

晓泉 …………… 127	谢会昌 …………… 181	457,505
晓思 …………… 102	谢菊 ……………… 60	谢毓洁 …………… 405
晓婷 …………… 219	谢克强 …………… 206	谢昭新 ……… 60,72,273
晓屋 …………… 388	谢旷新 …………… 79	谢征 ……………… 357
晓雪 ……… 6,103,149,	谢丽 ……………… 279	解芳 ……………… 356
182,201,214	谢伶俐 …………… 481	解非 ……………… 490
晓原 …………… 102	谢冕 ……… 21,23,34,42,	解聿 ……………… 149
肖百容 ………… 336	48,81,94,101,111,125,	解志熙 ……… 50,227,
肖川 …………… 128	148,149,151,158,171,	266,272,296,309,372
肖黛 …………… 274	173,174,202,213,221,	心跃[印尼] ……… 124
肖国栋 ………… 370	224,246,251,267,277,	辛泊平 …… 149,430,478
肖亮 …………… 6	300,307,312,314,318,	辛笛 …………… 23,36,169
肖媄鹿 ………… 190	341,353,356,367,368,	辛杰 ……………… 417
肖朴 …………… 387	376,384,390,406,433,	辛宪 ……………… 412
肖绮雯 ………… 463	448,449,454,478,483,	辛晓玲 …………… 161
肖体仁 ………… 88,348	486,495,501,520	辛酉 ……………… 363
肖伟胜 …… 106,167,189,	谢幕 …………… 453	刑小群 …………… 456
229,329,457	谢南斗 …………… 202	邢海珍 …… 10,26,42,61,
肖向明 ………… 247	谢珊珊 …………… 512	113,205,283,304,306,
肖晓英 …… 131,204,213,	谢世洋 …………… 219	316,357,365,375,378,
214,342,376,452	谢铁金 ………… 177,243	382,393,411,426,429,
肖学周 …… 263,265,432,	谢旺霖 …………… 496	480,518
433,439,500	谢文利 ………… 113,194	邢华 ……………… 231
肖严 …………… 287	谢霞 ……………… 238	邢莉 ……………… 184
肖艳平 ………… 357	谢湘南 …………… 86	邢少红 …………… 468
肖央 …………… 89	谢向红 ……… 106,187,	邢小利 …………… 215
肖怿 …………… 414	190,209,216,228,235,	邢小群 …………… 132
肖鹰 …………… 30,177	286,315	醒石 ……………… 426
肖远骑 ………… 210	谢新华 …………… 257	熊国华 ………… 49,416
肖芸 …………… 204	谢选骏 …………… 20	熊辉 ………… 72,133,
肖宇冰 ………… 1	谢宜兴 ………… 128,129,	146,165,180,184,259,
谢保杰 ………… 267	372,390	309,320,339,340,359,
谢昌余 ………… 102,167	谢应光 ………… 118,120,	380,387,389,433,434,
谢春池 ……… 342,360,	123,158,290	438,446,473,483,489,
371,407	谢有顺 ……… 8,38,49,	494,516
谢海平 ………… 239	113,161,197,275,344,	熊敬忠 …………… 333
谢和安 ………… 483	377,386,442,445,451,	熊礼杭 …………… 197

熊荣 …………… 345	283,292,301,305,332,	148,336
熊盛荣 ………… 95	356,365,368,377,399,	徐岩 …………… 2
熊文莉 ………… 184	412,425,433,453,478	徐一林 ………… 80
修乔 …………… 268	徐静 …………… 52	徐钺 …………… 512
秀实 ………… 117,275	徐凯 …………… 198	徐云浩 ………… 23
胥勋和 ………… 382	徐康 …………… 450	徐兆寿 ………… 41
胥弋 …………… 301	徐珂 …………… 96	徐真华 ………… 93
徐白 …………… 113	徐可 …………… 24	徐振忠 ………… 440
徐成淼 ………… 44	徐鲲 …………… 405	徐志诚 ………… 288
徐承 …………… 431	徐立新 ………… 400	徐志伟 …… 84,95,101,
徐丁林 ………… 142	徐连云 ………… 409	136,141,224,231
徐放 …………… 71	徐炼 …………… 261	徐志新 ………… 154
徐放鸣 ………… 460	徐潋 …………… 362	许大昕 ………… 170
徐非光 ………… 38	徐美恒 …… 257,345,482	许丹成 ………… 287
徐凤敏 ………… 218	徐明求 ………… 179	许道军 …… 87,93,238,
徐改平 ………… 47,61	徐南鹏 ………… 71,140	451,460
徐刚 …………… 196	徐楠 ………… 434,502	许德民 ……… 424,453
徐公持 ………… 145	徐瑞哲 ……… 180,233	许怀中 ………… 71
徐光萍 ………… 35	徐润润 …… 13,174,342,	许辉妮 ………… 414
徐光荣 ………… 39	434,502	许济涛 ………… 187
徐桂梅 ………… 486	徐淑贤 ………… 479	许剑铭 ………… 176
徐国源 …… 121,265,275,	徐松 …………… 254	许江 ………… 91,461
369,475	徐文元 ………… 32	许立业 ………… 448
徐海蛟 ………… 396	徐向昱 ………… 272	许敏 …………… 132
徐海涛 ………… 36	徐小斌 ………… 326	许明煌 ………… 245
徐红妍 ………… 196	徐晓红 ………… 56	许宁 ………… 501,502
徐鸿 ………… 171,237	徐肖楠 ……… 26,42,	许萍 …………… 316
徐鸿涯 ………… 283	179,222	许庆胜 ………… 6
徐怀仁 ………… 65	徐新建 ………… 253	许人俊 ………… 205
徐慧琴 ………… 314	徐新江 ………… 19	许世旭[韩国] ……… 262
徐继东 ………… 273	徐型 …………… 33	许霆 …… 76,81,105,
徐建纲 ………… 500	徐秀 ………… 20,34,59	158,164,174,182,199,
徐建宏 ………… 125	徐秀春 ………… 346	209,225,253,268,285,
徐健 …………… 339	徐学 …………… 155	314,317,318,333,453,
徐江 …… 41,70,79,	徐学鸿 ………… 461	476,485,502,510
137,218,264,274,472	徐雪 …………… 206	许文郁 ………… 2
徐敬亚 … 4,209,251,267,	徐妍 ………… 11,68,107,	许艳 …………… 158

许燕 …………… 92,94	鄢烈山 …………… 368	颜雄 ………… 121,240
许亦善 …………… 112	闫桂萍 …………… 129	晏杰雄 …………… 456
许颖 ……………… 296	闫建华 …………… 480	晏明 ………… 4,47,54,
许正林 …… 4,23,38,83	闫林芳 …………… 495	61,309
许自强 ……… 52,374,	闫艳 ……………… 498	晏青 ………… 511,518
382,415	闫永利 …………… 127	晏榕 ……………… 325
许祖华 ……… 107,287	闫自启 …………… 421	燕世超 ………… 94,282
旭海 ……………… 124	严春友 …………… 64	燕窝 ……………… 213
叙灵 ……………… 140	严加兰 ………… 319,369	羊子 ……………… 112
宣淑君 …………… 410	严军 ………… 68,99,251	阳光 ……………… 126
玄春妍 …………… 414	严力 ………… 234,240	阳丽君 …………… 193
玄鱼 ……………… 116	严琳 ………… 257,346	阳飏 ………… 207,395,
薛蓓蓓 …………… 110	严平 ………… 114,195	441,460,462
薛诚 ……………… 230	严秀英 …………… 514	杨爱芹 …………… 192
薛锋 ……………… 308	严阵 ……………… 68	杨昂 ……………… 28
薛广民 ……… 111,155	严正 ……………… 497	杨本泉 …………… 119
薛家宝 …………… 450	岩宏 ……………… 81	杨斌华 ………… 31,222
薛亮 ……………… 11	岩佐昌暲［日本］	杨博 ……………… 301
薛世昌 ………… 64,286	…………… 140,385	杨传珍 …………… 479
薛卫民 …………… 214	阎安 ……………… 417	杨春光 …………… 128
薛祖清 …………… 299	阎丹红 …………… 30	杨从彪 …………… 304
雪川 ……………… 10	阎定山 …………… 202	杨丹珠 …………… 514
雪峰 ……………… 351	阎凤梧 …………… 191	杨东城 …………… 439
雪漠 ……………… 505	阎敏 ……………… 470	杨菲 ……………… 316
雪潇 ………… 16,300,379	阎奇男 ……… 168,251,279	杨光辉 …………… 130
雪漪 ……………… 289	阎延文 ……… 29,40,43,	杨光治 ……… 4,74,119,
	47,49,81	181,254
Y	阎志芬 …………… 30	杨光祖 …………… 271
哑石 …………… 80,146,	颜艾琳 …………… 324	杨国良 ………… 282,324
156,162,193,266,362,	颜浩 ……………… 161	杨海林 ………… 289,354
389,411	颜红 ………… 271,296,326	杨海燕 …………… 489
痖弦 ………… 32,125,134,	颜炼军 ……… 322,486	杨汉云 …………… 346
144,173,227,247,260,	颜廷奎 …………… 292	杨洪承 ……… 3,401,515
263,264,275,284	颜同林 ……… 143,144,149,	杨华丽 ……… 143,180,323,
亚·彼德洛夫［南斯拉夫］	194,221,230,240,289,	399,413,460
…………………… 159	319,320,346,429,438,	杨桦 …………… 24,440
鄢家发 ……… 155,290,302	439,442,471,473,480	杨慧 ……………… 335

杨建军 ……… 307,335	杨茜 ……………… 289	436,477
杨建民 …………… 231	杨倩 ……………… 333	杨献平 …………… 390
杨剑龙 …… 48,150,250,	杨青 ………… 118,279,	杨小滨 …… 391,403,405
265,316	309,387	杨晓林 …………… 353
杨键 …………… 49,469	杨清发 ……… 369,397,	杨晓民 ………… 64,69
杨洁 ……………… 429	501,509	杨晓宇 …………… 459
杨金砖 …… 108,124,309	杨庆祥 …… 255,362,376	杨晓云 …… 258,289,306
杨锦鸿 …………… 469	杨秋荣 ……… 139,147	杨晓芸 …………… 263
杨景春 ……………… 26	杨泉良 …… 43,87,108	杨邪 ……………… 150
杨景龙 ……… 166,174,	杨然 ………… 64,133	杨新刚 …………… 292
226,249,253,256,327,	杨荣树 …………… 396	杨新涯 …………… 369
387,400,402,404,444,	杨蓉蓉 …………… 340	杨雄 ……………… 390
512,515	杨如雪 ……………… 45	杨学民 …………… 194
杨军 ……………… 93	杨瑞清 …………… 291	杨雪 ………… 349,361
杨凯 ……………… 160	杨若飞 …………… 191	杨艳平 …………… 191
杨克 …… 55,58,64,68,85,	杨若蕙 …………… 296	杨怡之 …………… 354
99,191,200,324,372,	杨森君 …… 290,367,439	杨义 ……………… 419
382,456,501	杨绍军 ……… 343,434	杨迎平 …… 36,174,483
杨匡汉 … 49,53,107,136,	杨实诚 ……………… 9	杨永 ……………… 152
193,306,329,366,500	杨守森 ……… 130,513	杨永明 …………… 433
杨矿 ………… 184,256	杨墅 ……………… 346	杨咏 ……………… 349
杨蕾 ………… 201,223	杨四平 ……… 15,19,22,	杨勇 …… 55,304,458
杨骊 ……………… 112	29,40,45,50,73,84,	杨雨 ………… 438,467
杨黎 ……… 42,285,299	90,112,115,123,128,	杨玉梅 …………… 377
杨里昂 ……………… 90	135,138,150,219,223,	杨玉英 …………… 437
杨立华 ……… 178,354	254,256,258,273,310,	杨远宏 …… 34,53,82,
杨丽霞 …………… 270	329,351,359,364,372,	115,137,170,179,240,
杨励轩 …………… 190	376,392,437,449,464,	281,291,311,334,366,
杨炼 ………… 139,140,	470,496,513,514	388,390,393,398,414
168,186,221,361,476	杨松霖 …………… 297	杨早 ……………… 81
杨林昕 …………… 197	杨汤琛 …… 182,184,380	杨泽明 ……………… 95
杨柳 …………… 30,32,	杨恬 ……………… 422	杨振华 …………… 428
332,421	杨廷贵 …………… 126	杨铮 ……………… 110
杨萌芽 ……………… 26	杨拓 ……………… 154	杨志 …………… 58,181,
杨明贵 …………… 420	杨闻宇 …………… 132	348,396
杨牧 …………… 18,25	杨霞 ……………… 393	杨志学 …… 39,178,182,
杨朴 ……………… 233	杨献锋 ……… 259,418,	308,322,326,334,351,

362,365,369,388,389, 412,419,447,469,483, 486,487	野曼 …… 183,184	伊甸 …… 426
	野松 …… 365	伊湖水 …… 223
	叶碧霞 …… 461	伊沙 …… 22,36,43,67,
杨中标 …… 57,440	叶德浴 …… 108	133,141,153,207,218,
杨忠华 …… 11	叶红 …… 461	223,237
杨兹举 …… 118	叶辉 …… 139	伊索尔 …… 469
杨子 …… 57,422,454	叶娇 …… 198	怡君 …… 225
杨梓 …… 59,88,90	叶隽 …… 244	义海 …… 388
杨宗翰 …… 254,302, 327,409,438	叶匡政 …… 477	艺丹 …… 271
	叶李 …… 78	亦村 …… 1
洋滔 …… 369	叶丽隽 …… 344	亦来 …… 15
姚崇实 …… 252	叶橹 …… 1,20,59,94,	易彬 …… 48,154,172,
姚春光 …… 334,349	118,119,123,129,148,	252,271,281,325,328,
姚玳玫 …… 42,461	159,206,213,281,286,	350,352,355,366,372,
姚国建 …… 108,127, 138,139,206,212,220, 243,294,321	289,317,336,355,370,	386,424,427,430,438,
	375,396,443,494,496	441,457,458,466,471,
	叶苗 …… 178	485,497
	叶敏娟 …… 271	易崇辉 …… 483
姚国军 …… 476	叶世斌 …… 407	易光 …… 83,411,474
姚涵 …… 378,386	叶世祥 …… 63	易仁寰 …… 71,272
姚洪伟 …… 420,466	叶维廉[美国]	易晓莉 …… 218
姚慧卿 …… 278	…… 136,372	阴云 …… 364
姚家育 …… 285,301	叶文福 …… 320	殷红 …… 241
姚璐璐 …… 492	叶向东 …… 274	殷鉴 …… 25,35,156,
姚品文 …… 11	叶延滨 …… 42,47,92,95,	243,459,488
姚维荣 …… 82,99	151,154,167,248,301,	殷丽玉 …… 81,88
姚晓南 …… 164	314,319,320,358,393,	殷龙龙 …… 340
姚晓萍 …… 390	411,416,417,424,432,	吟泠 …… 386
姚新勇 …… 397,409	445,466,487,515	尹宝茹 …… 381
姚尧 …… 8,143	叶永胜 …… 41,488	尹传兰 …… 277
姚依红 …… 100	叶有贵 …… 156	尹嘉明 …… 352,355
姚振函 …… 427	叶玉琳 …… 102	尹奇岭 …… 518
姚智清 …… 171	叶兆言 …… 133,146,288	尹茜 …… 126
瑶莲 …… 261	叶祖贤 …… 147	尹少荣 …… 121,205
耶山 …… 181	一菲 …… 165	尹世全 …… 67
也斯 …… 263	一平 …… 179,290	尹耀飞 …… 379,414
野川 …… 57	一行 …… 366,429,436	尹银廷[韩国] …… 81
野航 …… 303		

印文权 …………… 104	于贞志 ………… 141,384	余禺 ………… 399,517
印子君 …………… 58	于志芹 …………… 57	余云 ………………… 375
应玲素 …………… 214	余斌 ……………… 339	余志平 …………… 390
应忆航 …………… 383	余芳 ……………… 163	於可训 …… 119,193,242
颖隽 ……………… 129	余放成 …………… 362	於贤德 …………… 187
尤雪茜 …………… 140	余光中 ……… 106,155,	俞世芬 …………… 285
由同来 …………… 219	249,459	俞燕 ……………… 199
游离 ……………… 124	余宏超 …………… 391	俞兆平 ……… 134,187,
游刃 ……………… 162	余慧 ……………… 297	248,477
游友基 ……… 3,37,223,	余见 ……………… 179	虞金星 …… 451,452,456
270,322,398	余建荣 ………… 198,240	虞坤林 …………… 76
于阿丽 …………… 382	余姣 ……………… 511	宇文所安[美国]
于艾君 …………… 80	余菁慧 …………… 348	…………… 329,330
于莆 ……………… 113	余开伟 ………… 248,465	宇向 ……………… 112
于贵锋 ……… 92,94,301,	余雷 ……………… 403	雨田 ……………… 72
317,388	余蕾 ……………… 108	玉生 ……………… 186
于宏 ……………… 456	余礼凤 …………… 499	郁葱 ……… 38,66,75,86,
于惠 ……………… 197	余亮 ……………… 103	115,135,168,187,274,
于坚 ……… 46,47,49,50,	余玲 ……………… 131	364,373,390,395,399,
55,57,82,102,113,125,	余玲玲 ………… 107,130	403,412,432,462,481
129,161,217,237,266,	余娜 ……… 174,204,296,	郁笛 ……… 103,155,454
317,330,336,351,399,	344,385	郁勤 ……………… 201
407,434,439,459,461,	余怒 ………… 132,348	育邦 …… 130,241,447,
514	余启明 …………… 286	471,505
于金 ……………… 95	余蔷薇 …………… 453	喻国伟 ………… 9,159
于进 …………… 301,369	余荣虎 …………… 385	喻晓 ……………… 142
于钧博 …………… 485	余世存 …………… 363	喻子涵 …………… 503
于连胜 …………… 299	余松 ……………… 5,327	寓真 ……………… 423
于梅 ……………… 518	余松林 …………… 345	袁爱华 …………… 319
于明秀 …………… 63	余玮 ……………… 208	袁丹丹 …………… 432
于沐阳 …………… 486	余夏云 …… 396,400,424,	袁飞舟 …………… 319
于倩 ……… 270,420,453	438,451,469	袁国兴 …………… 477
于沙 ……………… 129	余晓夕 …………… 129	袁红 ……………… 169
于文海 …………… 14	余学玉 …………… 37	袁建华 ………… 364,380
于文杰 …………… 25	余亚梅 …………… 110	袁靖华 …………… 205
于行前 …………… 519	余艳波 …………… 171	袁可嘉 ………… 54,64
于跃进 …………… 285	余旸 ……… 305,511,514	袁玲玲 …………… 161

袁仕萍 …… 170,277, 383,508	373,381,408,485,495	扎西才让 ………… 332
袁水拍 ………… 212	臧克家 …… 159,160,162	翟大炳 …… 27,161, 224,361
袁婷 …………… 300	臧明华 ………… 110	
袁向彤 ………… 411	臧小平 ………… 139	翟頔 …………… 116
袁晓 …………… 236	臧永清 ………… 47	翟鹏举 ………… 189
袁晓红 ………… 481	曾白云 ………… 189	翟庆萱 ………… 217
袁瑛 …………… 429	曾春先 ………… 302	翟人炳 ………… 297
袁鹰 …………… 486	曾丹 …………… 181	翟瑞青 ………… 167
袁玉敏 …… 174,201	曾方荣 …… 145,294,320, 323,342,354,397	翟泰丰 …… 49,145,175
袁园 …………… 491		翟永明 … 88,102,126,174, 229,316,360,362,363
袁珍琴 ………… 223	曾广志 ………… 45	
袁忠岳 …… 87,129, 136,177,259,281,311, 508,519	曾贵芬 ………… 206	詹艾斌 ………… 252
	曾宏伟 …… 31,48,342, 407,508	詹澈 …………… 217
		詹发民 ………… 35
远村 …………… 352	曾洪伟 …… 208,308,382	詹明欧 ………… 392
远人 …………… 293	曾焕鹏 ………… 334	詹燕 …………… 57
远星 …………… 371	曾纪虎 ………… 151	展涛 …………… 300
月牙儿 ………… 276	曾洁玲 ………… 393	张爱军 ………… 329
岳春梅 ………… 293	曾军 …………… 60	张爱玲 …… 179,463
岳海东 ………… 515	曾立平 …… 265,280	张邦卫 …… 112,196,227
岳洪志 ………… 62	曾令长 ………… 361	张必广 ………… 120
岳凯华 …… 383,433	曾明 …………… 124,199	张秉政 ………… 180
岳明杰 ………… 444	曾庆江 …… 85,89,106, 299,384	张不代 ………… 327
岳青 …………… 499		张彩虹 …… 104,115
岳志华 …… 272,324, 395,445	曾思錡 ………… 260	张彩艳 ………… 465
	曾思艺 ………… 476	张常信 ………… 85
云丹敏 ………… 210	曾小月 …… 177,316	张超群 ………… 211
云虹 …………… 468	曾效葵 ………… 509	张晨曦 ………… 473
云慧霞 ………… 189	曾一 …………… 29	张诚 …………… 245
Z	曾一果 …… 46,107	张承源 ………… 194
	曾一桃 ………… 46	张传敏 ………… 378
臧棣 …… 54,56,64,69, 83,84,100,107,135, 137,148,157,228,235, 237,244,254,266,275, 303,342,350,367,371,	曾一智 ………… 115	张传真 ………… 21
	曾园 …… 342,438	张春旗 ………… 234
	曾阅 …………… 369	张翠 …………… 454
	曾镇南 ………… 43	张存锋 ………… 208
	曾志平 ………… 69	张大为 …… 51,111,114, 123,142,146,159,166,
	曾卓 …………… 52	

169,172,184,196,204,215,264,274,315,335,340,362,373,386,433,450,504
张大伟 …………… 37,62
张德纲 …………… 394
张德明 …………… 16,67,163,192,235,279,291,306,311,326,345,347,348,353,360,395,401,404,411,414,425,435,441,443,450,458,468,484,498,503－505,516
张德新 …………… 330
张典 …………… 176,279
张东 …………… 8,13
张东生 …………… 142
张耳 …………… 471
张发祥 …………… 259
张芳宁 …………… 431
张放 …………… 124,273
张峰 …………… 64
张凤超 …………… 338
张凤燕 …………… 400
张凤渝 …………… 418
张凤云 …………… 157
张芙鸣 …………… 230
张福萍 …………… 90
张高杰 …………… 2,208,394,430
张鹄 …………… 378
张光昕 …………… 454
张广乾 …………… 242
张桂玲 …………… 278,439
张海明 …………… 361
张贺敏 …………… 33
张弘 …………… 345

张闳 …………… 101,198,390,470
张宏生 …………… 422
张洪波 …………… 48,195,251,463
张洪军 …………… 505
张鸿 …………… 421
张鸿才 …………… 388
张鸿声 …………… 491
张华 …………… 43,374
张惠苑 …………… 467
张慧敏 …………… 52
张继红 …………… 239,247,255
张继楼 …………… 77
张骥良 …………… 211
张家惠 …………… 299
张家梅 …………… 121
张嘉蕙 …………… 177
张嘉谚 …………… 116
张建安 …………… 325,370,412,481
张建锋 …………… 13
张建航 …………… 325
张建宏 …………… 13,108,119,187,479,483
张建伟 …………… 131
张建智 …………… 137
张剑阁 …………… 507
张健 …………… 23,372
张江元 …………… 473
张杰 …………… 143,261,316,348,385,421
张洁宇 …………… 8,31,167,175,177,186,216,260,408,419,441,457,496
张金军 …………… 139
张金朔 …………… 321

张锦华 …………… 202
张锦贻 …………… 28,177,406
张劲 …………… 130,322
张经武 …………… 288
张晶晶 …………… 377,464
张景超 …………… 67
张景兰 …………… 35
张婧磊 …………… 108
张靖 …………… 16
张静 …………… 336,353,484
张娟 …………… 172,211,317,442,515
张军 …………… 71,157,158,291,314
张俊才 …………… 354
张俊萍 …………… 101
张俊山 …………… 6
张克 …………… 104,108,152,188
张克军 …………… 75,303
张况 …………… 99
张乐朋 …………… 118
张磊 …………… 339
张磊磊 …………… 336,462
张黎呐 …………… 207
张立杰 …………… 211
张立勤 …………… 18
张立群 …………… 119,190,210,227,238,244,255,261,269,285,311,314,315,322,323,325,332－334,341,342,347,356,362,365,375,379,392,400,402,413,415,421,423,424,429,446,458,491,495,499,500,502,503,511－513,516

张立新 …………… 330	177,196,229,230,233,	张叹凤 …………… 98
张丽军 …………… 474	234,241,248,256,258,	张堂会 ………… 387
张丽君 …………… 207	264,267,269,276,279-	张涛 …………… 132
张丽英 …………… 119	281,283,291,295,304,	张桃洲 …… 22,35,51,59,
张利 ………… 141,146	309,310,316,319,320,	65,66,68,73,86,95,96,
张良春 …………… 402	322,327,331,332,335,	103,113,118,128,131,
张林杰 …… 157,216,234,	337,367,374,382,386,	135,164,188,209,213,
247,263,302,322,400,	397,406,421,423,424,	224,226,229,235,238,
448,517	442,446,452,457-459,	261,271,272,278,293,
张苓苓 …………… 364	470,474,481,503,509,	299,303,310,312,329,
张玲霞 ………… 19,49,326	519	330,338,341,342,353,
张鲁高 …………… 27	张清祥 ………… 100,108,	362,372,379,382,383,
张吕 …………… 212	120,266	385,408,422,427,440,
张淼 ………… 94,250	张庆岭 …………… 486	454,457,493,504,509
张明 ………… 6,13	张庆艳 …………… 477	张天佑 …………… 79
张明廉 …………… 67	张群 …………… 119	张亭立 …………… 511
张鸣 ………… 148,437	张锐锋 …………… 322	张同吾 …… 1,2,30,51,
张墨 …………… 384	张瑞田 …………… 391	77,90,110,116,122,
张墨研 …………… 422	张瑞雪 …………… 478	144,160,175,178,180,
张宁 ………… 40,52,	张尚信 …………… 437	349,373,378,401,413,
136,296	张绍梅 …………… 229	460,514
张宁生 ………… 125,326	张绍民 …………… 387	张未民 …………… 282
张柠 …………… 423	张生 ………… 73,433	张伟 …………… 81
张庞 …………… 146	张诗剑 …………… 135	张伟栋 ………… 425,438,
张平 ………… 418,475	张世英 …………… 6	467,478
张苹英 …………… 246	张世元 …………… 13	张炜 …………… 133
张萍 …………… 388	张守海 ……… 117,215,407	张文初 …………… 458
张祈 …………… 116	张守华 …………… 180	张文刚 …… 62,88,90,
张麒麟 …………… 491	张舒敏 …………… 303	171,237,247,307,507
张器友 ……… 23,28,152,	张曙光 …………… 4,82,	张文浩 …………… 452
438,514	116,266,285,297,335,	张文莉 …………… 354
张强 …………… 512	462,463,469,495,517	张文武 …………… 131
张巧文 …………… 278	张树霞 …………… 27	张锡梅 …………… 396
张锲 …………… 213	张顺兴 …………… 140	张喜华 …………… 334
张琴凤 …………… 165	张松建 ……… 272,331,332,	张细珍 ………… 172,209
张清华 …… 13,50,52,70,	372,470,480,492,519	张向东 …………… 250
74,77,82,83,109,118,	张太保 …………… 289	张小册 …………… 69

张晓光 …………… 422	张艳华 …………… 204	451,487
张晓红［荷兰］…… 194,	张艳梅 …………… 51	张志辉 …………… 137
218,278,438,475	张燕 ……… 239,241,304	张志忠 …………… 224
张晓鸿 …………… 79	张燕玲 …………… 17	张治国 …………… 250
张晓卉 …………… 381	张烨 ………… 139,163	张中宇 ……… 8,22,33,
张晓平 …… 227,235,395	张宜雷 …………… 401	111,126,170,185,190,
张晓琴 …………… 188	张翼 ……… 122,452,468	276,277,314,489
张孝评 …… 97,138,172	张银枝 ………… 274,446	张忠海 …………… 9
张心科 …………… 225	张应中 ………… 72,109	张重岗 …………… 484
张辛汗 …………… 178	张樱宁 …………… 258	张子清 …… 146,159,307,
张新 …………… 61,83	张映勤 …………… 220	310,462,496
张新泉 …………… 13	张永刚 ………… 26,245	张子扬 …………… 115
张新颖 ………… 40,73,	张永健 …… 42,48,85,	张宗刚 ………… 393,480
412,450	116,140,384	张作为 …………… 374
张新珍 …………… 168	张永杰 …………… 16	章德益 …… 9,14,15,115,
张鑫 …… 106,113,137,	张永权 ………… 261,431	147,163,190
166,196,279,491	张勇 …………… 360	章洁思 …………… 155
张旭东 …………… 252	张有根 ………… 45,465	章景曙 …………… 331
张学君 …………… 240	张宇 …………… 150	章凯 …………… 313
张学梦 ………… 60,204	张羽 …………… 76	章启群 …………… 122
张学敏 …………… 217	张羽华 …………… 478	章琼 …………… 315
张学昕 …… 278,405,443,	张语和 …………… 470	章绍嗣 …………… 5
458,463,481,499,502	张玉玲 …… 188,249,257,	章翔 …………… 46
张学新 …………… 230	305,496,516	章亚昕 …… 19,23,32,
张雪飞 …………… 285	张玉庭 …………… 106	33,69,75,295,340,376,
张雪山 …………… 80	张育仁 …………… 405	404,420,425,427,430,
张亚娟 ………… 442,447	张元元 …………… 433	434,507
张延文 ………… 375,490	张园 …………… 79,267	章燕 ………… 173,350
张严锋 …………… 334	张远山 …… 66,74,152	章永林 ………… 121,251
张妍 …………… 447	张云霞 …………… 294	章治萍 …………… 144
张岩 …………… 183	张则会 …………… 57	赵彬 …… 360,386,389,
张岩泉 …… 14,39,236,	张者 ………… 23,133	454,462,472,487
237,244,296,299	张真 …………… 470	赵步阳 …………… 16
张岩松 …… 134,284,308	张振亭 …………… 220	赵婵 …………… 447
张琰 …………… 377	张执浩 ………… 2,271	赵成林 …………… 186
张彦加 ………… 140,159	张志成 …………… 304	赵成孝 …………… 347
张彦龙 …………… 231	张志国 ……… 355,402,	赵春兰 …………… 1

赵丹 …………………… 510	赵秋生 ………………… 142	赵亚宏 ………………… 284
赵德文 …………… 207,365	赵山林 ………………… 122	赵妍 …………………… 337
赵定甲 ………………… 144	赵少琳 ………………… 152	赵彦德 …………………… 7
赵东 …………… 140,142,171,	赵升奎 ………………… 246	赵燕 …………………… 482
426,444,490,508	赵仕才 ………………… 468	赵玉宏 ………………… 28
赵冬颖 ………………… 357	赵蜀玉 ………………… 290	赵元 …………………… 132
赵方传 ………………… 242	赵树勤 ……………… 35,42	赵园 …………………… 424
赵凤山 ………………… 358	赵顺宏 ………………… 207	赵曰北 ………………… 155
赵国宏 ………………… 24	赵思运 ………… 40,67,176,	赵越 …………………… 322
赵国泰 …………… 45,50,472	195,222,251,264,266,	赵朕 …………… 406,505
赵国忠 ………………… 58	270,273,279,312,318,	赵志 …………… 421,475
赵汗青 ………………… 337	328,331,357,376,439,	赵忠山 ………………… 68
赵宏兴 ………………… 263	453,462,477,479,511	赵卓 …………………… 27
赵剑平 ………………… 361	赵四 …………… 391,465	赵宗祥 ………………… 484
赵金祥 ………………… 179	赵天一 ………………… 258	赵祖谟 ………………… 120
赵金钟 ……… 105,120,130,	赵威 …………………… 464	肇星 …………………… 66
139,150,154,169,257,	赵薇 …………………… 427	哲夫 …………………… 153
344,350,368,386,395,	赵卫峰 ………… 292,322,	睁眠 …………………… 383
426,441	385,392,425,455	正青 …………………… 126
赵俊霞 ………………… 153	赵文菊 ………………… 13	郑必颖 ………… 180,221,236
赵恺 …………… 44,92,484	赵文清 ………………… 455	郑长天 ……………… 78,81
赵黎波 ………………… 441	赵锡钧 ………………… 9	郑成志 ……… 331,370,435,
赵黎明 ………………… 485	赵霞 …………………… 76	487,488
赵丽宏 ………………… 162	赵小琪 ………… 9,36,84,	郑单衣 ………………… 264
赵丽华 ………… 42,47,48,	101,105,128,138,145,	郑东辉 ………………… 499
51,96,151,366	160,177,198,203,219,	郑飞中 ………………… 303
赵丽瑾 …………… 186,253	235,275,282,389,397,	郑焕明 ………………… 336
赵莲娜 ………………… 161	421,462,472,495	郑慧如 ………………… 445
赵亮 …………………… 441	赵心宪 ………… 2,7,103,	郑积梅 ………………… 232
赵林 …………………… 373	162,199,260,304,409	郑佳燕 ………………… 208
赵凌河 ………… 167,264,456	赵欣 …………………… 257	郑娟 …………………… 377
赵令珍 ………………… 43	赵欣若 ………………… 248	郑克 ……………… 38,172
赵娜 …………………… 137	赵新江 ………………… 202	郑蕾 …………………… 425
赵琪 …………………… 236	赵学良 ………………… 14	郑丽霞 ………………… 157
赵强 …………………… 473	赵学勇 ………………… 479	郑敏 ………… 40,43,61,76,
赵青 …………………… 347	赵寻 …………………… 20	82,86,87,96,109,110,
赵庆超 ………………… 300	赵璕 …………… 102,158	187,205,211,251,279,

317,323,352,446,484	钟文华 …… 311	周伦佑 …… 203,204
郑培明 …… 434	钟希高 …… 212	周明 …… 131
郑鹏 …… 53	钟扬 …… 305	周明侠 …… 78
郑鹏飞 …… 345	钟友循 …… 175	周佩英 …… 25
郑千山 …… 243	仲伟明 …… 316	周强 …… 114
郑世隆 …… 358	周邦宁 …… 98,284	周墙 …… 340
郑婷娟 …… 468	周斌 …… 117,267	周青蓝 …… 282
郑婉珊 …… 116	周冰心 …… 55	周清林 …… 7
郑薇 …… 59	周成哲 …… 93	周鹊虹 …… 206
郑卫明 …… 302	周大力 …… 361	周瑞敏 …… 384
郑喜群 …… 152	周丹史 …… 408	周少华 …… 202
郑祥安 …… 358	周德波 …… 341,383	周劲馨 …… 177
郑翔 …… 441,501	周登宇 …… 96,136	周思缔 …… 398
郑小琼 …… 302,501,504	周渡 …… 436	周松 …… 244
郑新 …… 284	周锋 …… 254,475,497	周所同 …… 362,486
郑新安 …… 231,249	周公度 …… 484	周探科 …… 91
郑兴富 …… 97,164,	周桂君 …… 290	周涛 …… 21,50,
309,342	周国平 …… 77	125,393
郑云霞 …… 454,456	周海波 …… 100,149	周韬 …… 123
郑振伟 …… 348	周海琳 …… 269,448	周薇 …… 284,343
之道 …… 479	周和军 …… 213	周伟 …… 159,175
支喜梅 …… 303	周红 …… 377	周伟驰 …… 517
支月竹 …… 357	周华 …… 56,61	周炜赟 …… 271,339
止炎 …… 70	周焕灵 …… 332	周文慧 …… 20
智晓静 …… 477	周火岛 …… 215	周文君 …… 320
钟楚 …… 320	周计武 …… 166	周显波 …… 375
钟刚 …… 365	周建军 …… 282,436,	周宪 …… 348
钟光贵 …… 60	504,507	周晓风 …… 131,223,270,
钟华生 …… 423	周建新 …… 197	285,288,308,321,
钟敬文 …… 6	周景雷 …… 12,17	384,509
钟军红 …… 42,46,93,	周敬山 …… 133	周晓明 …… 1
226,445	周静 …… 482	周晓秋 …… 132
钟俊昆 …… 193	周礼红 …… 403,500,516	周新民 …… 35
钟宽洪 …… 388	周丽萍 …… 361	周新萍 …… 79
钟立 …… 111	周良沛 …… 39,44,46,55,	周鑫 …… 56
钟倩 …… 503	75,351,412	周兴发 …… 153
钟淑君 …… 311	周亮 …… 506	周兴杰 …… 443

周星平 …………… 26	朱江 …………… 429	朱向前 …………… 10
周燕芬 …………… 292	朱江天 …………… 332	朱霄华 …………… 184
周怡 …………… 11,105	朱金顺 …………… 88,89	朱小如 …………… 431,474
周拥军 …………… 501	朱晶 …………… 405	朱小松 …………… 361
周玉琳 …………… 265	朱景燕 …………… 124	朱旭晨 …………… 176
周云鹏 …… 27,229,242	朱久兵 …………… 160	朱妍 …………… 334,503
周芸 …………… 5	朱娟 …………… 361	朱炎皇 …………… 388
周允中 …………… 375	朱孔伦 …………… 291	朱耀儒 …………… 168
周瓒 …………… 10,56,74,	朱磊 …………… 210	朱佑红 …………… 353
88,126,174,208,223,	朱立立 …………… 57	朱于新 …………… 346
237,252,257,264,275,	朱连强 …………… 180	朱瑜雯 …………… 461
277,278,281,303,315,	朱玲 …………… 188	朱郁文 …………… 455
327,328,342,435,473,	朱玲琳 …………… 503	朱源 …………… 371
492,493	朱凌波 …………… 339	朱赟斌 …………… 497
周占林 …………… 434	朱零 …………… 195,331	朱云 …………… 299,312,
周志强 …………… 68,428,	朱梅梅 …………… 34	318,451
460,466	朱丕智 …………… 280	朱再枝 …………… 387,420
周志雄 …………… 442	朱奇志 …………… 212	朱增泉 …… 144,191,378
周仲器 …………… 436	朱巧玲 …………… 463	朱忠元 …………… 427
周重新 …………… 304	朱庆和 …………… 94	朱周斌 …………… 308,379
周舟 …………… 363	朱庆华 …………… 205	朱朱 …… 107,158,254
粥样 …………… 413	朱寿桐 …… 29,39,152,	朱子庆 …… 92,155,227,
朱宾中 …………… 396	159,283,313,402	391,414
朱宾忠 …………… 236	朱双一 …………… 184	朱自强 …………… 141
朱彬彬 …………… 452	朱水涌 …………… 197	诸葛师申 …………… 8
朱滨丹 …………… 241,266	朱唐林 …………… 359	竺柏岳 …………… 142,252
朱成甲 …………… 239	朱桃香 …………… 452	祝发能 …………… 32
朱崇科 …………… 371	朱彤 …………… 482	祝峰 …………… 464
朱大可 …… 283,306,508	朱伟华 …………… 70,358	祝杭斌 …………… 80
朱德发 …………… 7,306	朱文斌 …………… 54,126,	祝晓耘 …… 58,146,242,
朱东 …………… 5	152,449,506	375,474
朱多锦 …………… 6,162	朱先树 …… 27,31,47,93,	庄勤早 …………… 353
朱谷忠 …………… 153	105,128,161,214,266,	庄伟杰[澳大利亚]
朱恒 …………… 405,410	270,306,402,426,435,	…………… 104,218,
朱洪军 …………… 114	471,484	226,237,411,414,420,
朱华阳 …………… 311	朱湘渝 …………… 275	465,499
朱佳和 …………… 175	朱向军 …………… 339	庄锡华 …………… 354

庄晓明 …… 228,326,398, 432,440,464	邹承辉 …………… 375	邹贤尧 ………… 13,335
卓光平 …………… 375	邹赴晓 …………… 74	邹向东 …………… 78
卓如 ……………… 196	邹汉明 …… 107,203,493	邹旭林 …………… 242
子策 ……………… 318	邹建军 …… 6,14,34,36,	邹英 ……………… 423
子川 …… 150,167,239, 290,385	53,56,60,61,67,68, 76,97,100,111,125,	邹永常 …… 198,228,238
子荣 ……………… 269	145,175,189,233,254, 258,443,476,479,483,	邹岳汉 …………… 472
子午 ……………… 439	486,490,495,502,505,	祖保泉 …………… 370
子张 ……… 1,18,175, 218,225,256,282,325,	508,511,514,516,519	左春和 …………… 436
328,393,509	邹婕 ……………… 401	左岗 ……………… 354
紫薇 ……………… 222	邹静之 …………… 293	左怀建 …… 129,145,198
紫衣侠 …… 120,148,164	邹郎 ……………… 83	左家雄 …………… 9
宗鄂 ………… 29,63,102	邹立志 …… 11,24,42, 85,285	左敏 ……………… 125
宗仁发 …… 157,187,226, 318,335,374,490	邹姗姗 …………… 396	左小芳 …………… 400
邹爱芳 …………… 514	邹珊颜 …………… 196	左杨 ……………… 413
	邹文元 …………… 349	佐藤普美子[日本] …………… 83,290
		佐佐木久春[日本] … 85

2000 年

1 月

1.《21 世纪：中国诗人的光荣与梦想》，立人，《星星》，2000 年第 1 期，第 5－7 页。

2.《'99 闻一多国际学术研讨会综述》，莫海斌，《文艺研究》，2000 年第 1 期，第 150－151 页。

3.《大题小做》，叶橹，《星星》，2000 年第 1 期，第 10－12 页。

4.《戴望舒与舒婷诗歌创作比较》，陈敢、肖宇冰，《通化师范学院学报》，2000 年第 1 期，第 52－56 页。

5.《"第三代诗歌"的文体走向》，子张，《泰安师专学报》，2000 年第 1 期，第 28－33 页。

6.《定格象征》，丁芒，《诗刊》，2000 年 1 月号，第 64 页。

7.《"更大的世界就在更小的拥有之中"——读蒋三立诗集〈永恒的春天〉》，汪东发，《理论与创作》，2000 年第 1 期，第 26－27 页。

8.《关于〈回眸红岩〉的创作》，立延、亦村，《诗刊》，2000 年 1 月号，第 61－63 页。

9.《贵州诗人的几幅生态剪影》，罗绍书，《诗刊》，2000 年 1 月号，第 56－60 页。

10.《恢复诗性的众多向度》，李振声，《山花》，2000 年第 1 期，第 76－80 页。

11.《简论诗的精神及其衰落》，陈增福、赵春兰，《通化师范学院学报》，2000 年第 1 期，第 57－60 页。

12.《精血与灵魂的联袂——读〈阳光与我〉》，张同吾，《当代文坛》，2000 年第 1 期，第 48 页。

13.《刻骨铭心的美——读张子扬新诗有感》，梁衡，《英才》，2000 年第 1 期，第 102－103 页。

14.《历史、审美、文化的统一：评孙玉石先生的新著〈中国现代主义诗潮史论〉》，吴晓东，《北京大学学报》（哲学社会科学版），2000 年第 1 期，第 155－157 页。

15.《留学族群视域中的新月派》，周晓明，《华中师范大学学报》（人文社会科学版），2000 年第 1 期，第 50－61 页。

16.《论 30 年代现代派诗歌的"现代情绪"》,龙泉明,《湖北第二师范学院学报》,2000 年第 1 期,第 1 – 4 页。

17.《论闻一多学术研究的时代性》,胡绍华,《湖北三峡学院学报》,2000 年第 1 期,第 46 – 52 页。

18.《论新月派创作的现代主义倾向》,张高杰,《齐鲁学刊》,2000 年第 1 期,第 92 – 96 页。

19.《朦胧诗的主体人格形象及贡献》,芦海英,《广东职业技术师范学院学报》,2000 年第 1 期,第 14 – 18 页。

20.《"朦胧诗"对通感手法的传承与发展》,高宏伟,《昌潍师专学报》,2000 年第 1 期,第 37 – 39 页。

21.《朴素的心灵——杨佳富诗集〈生命的微笑〉简评》,徐岩,《文艺评论》,2000 年第 1 期,第 76 – 77 页。

22.《让诗回到诗本身的途径——读〈1998 中国新诗年鉴〉》,魏捷,《文艺评论》,2000 年第 1 期,第 47 – 50 页。

23.《邵子南新诗写作个性阐述》,赵心宪,《文艺理论与批评》,2000 年第 1 期,第 88 – 93 页。

24.《诗的散文美》,晓程,《诗刊》,2000 年 1 月号,第 78 页。

25.《诗歌究竟有多重?》,张执浩,《星星》,2000 年第 1 期,第 24 – 25 页。

26.《诗歌理想和我的写作》,小海,《星星》,2000 年第 1 期,第 33 – 34 页。

27.《诗化哲学——论里尔克对冯至〈十四行集〉的影响》,李建明,《扬州大学学报》(人文社会科学版),2000 年第 1 期,第 32 – 38 页。

28.《诗魂与"失魂"》,潘涌,《诗刊》,2000 年 1 月号,第 77 – 78 页。

29.《诗可以爱——论爱情诗兼评〈田秝援爱情诗选〉》,范震威,《北方论丛》,2000 年第 1 期,第 97 – 102 页。

30.《"诗人"存则诗废人亡》,黄纪苏,《文艺理论与批评》,2000 年第 1 期,第 40 – 44 页。

31.《诗人的心态调整与新诗的出路》,蒋登科,《飞天》,2000 年第 1 期,第 107 – 109 页。

32.《世纪之交 爱国主义诗歌与传统文化》,许文郁,《北京市政法管理干部学院学报》,2000 年第 1 期,第 52 – 56 页。

33.《世纪之交:走出新诗形式建设的困境——关于格律化、自由诗、宽泛性诗体的思考》,陈仲义,《诗刊》,2000 年 1 月号,第 46 – 51 页。

34.《世纪之约和灵魂坚守》,张同吾,《星星》,2000 年第 1 期,第 105 – 109 页。

35.《试解几种"现代主义"》,若愚,《诗刊》,2000 年 1 月号,第 52 – 54 页。

36.《试论瑶族诗人的诗歌创作》,全凤英,《广西民族大学学报》(哲学社会科学版),2000年第1期,第100－103页。

37.《舒婷：呼唤女性诗歌的春天》,吴思敬,《文艺争鸣》,2000年第1期,第64－67页。

38.《四十年代"新生代"诗歌综论》,龙泉明,《中国社会科学》,2000年第1期,第158－170页。

39.《天使·敌人·天使与敌人——中国现当代城市诗诗学主题的比较》,常云霓,《兰州大学学报》(社会科学版),2000年第1期,第135－139页。

40.《闻一多的诗歌文化精神论——从诗人的文化价值取向谈起》,杨洪承、王丽娜,《山东社会科学》,2000年第1期,第96－100页。

41.《我说说"心口呀莫要这么厉害地跳"》,刘章,《星星》,2000年第1期,第102－104页。

42.《〈我用残损的手掌〉：透视戴望舒》,王文彬,《文艺理论与批评》,2000年第1期,第82－87页。

43.《西方现代主义诗歌与九叶诗派的流派特征》,蒋登科,《社会科学研究》,2000年第1期,第143－147页。

44.《向〈"诗歌美育"续议〉请教》,劳犁,《星星》,2000年第1期,第97－101页。

45.《新诗的现状与功能》,南帆、王光明、孙绍振,《当代作家评论》,2000年第1期,第95－101页。

46.《新诗五十年》,潘辛毅,《遵义师范高等专科学校学报》,2000年第1期,第31－34页。

47.《新诗在诗潮激荡中推进现代化》,游友基,《河南师范大学学报》(哲学社会科学版),2000年第1期,第85－88页。

48.《学会热爱你的读者的艺术》,李云鹏,《星星》,2000年第1期,第13－17页。

49.《血与火的祭奠——读高兰的〈我们的祭礼〉》,江锡铨,《名作欣赏》,2000年第1期,第19－23页。

50.《一个艺术精神的体现者——雨田诗歌艺术论》,思云,《当代文坛》,2000年第1期,第49－50页。

51.《艺术至上,生命最美——徐志摩的唯美艺术观和爱情诗创作》,程国君,《甘肃教育学院学报》(社会科学版),2000年第1期,第57－62页。

52.《寓美丽于悲凄之中——读尹玲的〈一只白鸽飞过〉》,古远清,《台声》,2000年第1期,第39页。

53.《在"知识流放"中吟唱——孙越生和他的"干校诗"》,李辉,《当代作家评论》,2000年第1期,第68－73页。

54.《织虹人的路——记台湾女诗人涂静怡》,晏明,《台声》,2000年第1

期,第37-38页。

55.《中国诗歌的道路》,小海,《星星》,2000年第1期,第7-9页。

56.《中西女性诗歌比较的现代性视角——女性主体意识比较》,李蓉,《东方丛刊》,2000年第1辑,第153-165页。

57.《作为诗评人的闻一多》,吕进,《重庆社会科学》,2000年第1期,第52-59页。

2月

58.《20世纪20年代闻一多诗歌理论的思路及其心理动机》,莫海斌,《西南师范大学学报》(人文社会科学版),2000年第1期,第101-105页。

59.《爱心化诗语 润物细无声——徐鲁儿童诗歌的艺术魅力》,蔡莉莉,《写作》,2000年第2期,第6-8页。

60.《"不读诗无以言"——关于新诗教学的一点感想》,刘源,《四川教育学院学报》,2000年第1、2期,第60-61页。

61.《创作时间:诗歌解读的一把钥匙》,刘正国,《荆州师范学院学报》(社会科学版),2000年第1期,第37-40页。

62.《对九十年代的诗歌论坛的回顾》,杨光治,《淮北煤师院学报》(哲学社会科学版),2000年第1期,第6-7页。

63.《二十一世纪:首先做一件事》,高昌,《星星》,2000年第2期,第8-10页。

64.《孤芳自赏的新生代诗歌》,傅建安,《益阳师专学报》,2000年第2期,第35-37页。

65.《关于穆木天在南开学校的生活与著述》,许正林,《新文学史料》,2000年第1期,第35-39、30页。

66.《广纳·融汇·开创——重评"九叶"诗派》,李雁飞,《德州师专学报》,2000年第1期,第43-46页。

67.《九十年代诗歌创作的零度风格》,雷世文,《飞天》,2000年第2期,第107-108、110页。

68.《九十年代诗歌及我的诗学立场》,张曙光,《诗林》,2000年第1期,第91-96页。

69.《崛起论者的聚会》,徐敬亚,《作家》,2000年第2期,第55-57页。

70.《柯仲平延安时期诗歌思想艺术述评》,王琪玖,《延安教育学院学报》,2000年第1期,第30-33页。

71.《灵魂的咏唱——省城部分诗人作家座谈段玫诗集〈流动的河〉》,马青山,《飞天》,2000年第2期,第111-112页。

72.《论诗性意义》,余松,《云南师范大学学报》(哲学社会科学版),2000年第1期,第14-19页。

73.《略论穆旦的诗创作与其所受的大学教育》,艾苍玉,《杭州教育学院学报》,2000年第1期,第37-43页。

74.《磨杵琐忆》,绿原,《新文学史料》,2000年第1期,第124-135页。

75.《穆木天在武汉的抗战文学活动》,章绍嗣,《新文学史料》,2000年第1期,第40-48页。

76.《穆木天著译年表》,陈方竞,《新文学史料》,2000年第1期,第49-60页。

77.《能指与所指的舞蹈:"先锋实验诗"的修辞策略》,骆小所、周芸,《楚雄师专学报》,2000年第1期,第35-37页。

78.《批评慧眼与迷雾遮蔽——评关于诗歌教材讨论的一些情状》,雷业洪,《星星》,2000年第2期,第94-101页。

79.《沙漠之树与热带之花——谈印尼华文诗歌的几个特色》,黄河浪,《华文文学》,2000年第1期,第57-63、35页。

80.《生命是一条流动的河——读段玟〈流动的河〉印象》,栗子,《飞天》,2000年第2期,第109-110页。

81.《诗歌前行的方向》,苍城子,《星星》,2000年第2期,第11-13页。

82.《诗歌意象结构的审美组合》,董小玉,《常州工业技术学院学报》,2000年第1期,第50-52页。

83.《诗歌中的声音问题》,西渡,《淮北煤师院学报》(哲学社会科学版),2000年第1期,第4-5、20页。

84.《诗花丛中的明珠——读〈香港诗歌选〉》,黄益庸,《写作》,2000年第2期,第10-11页。

85.《诗论三诘》,刘家骥,《河南师范大学学报》(哲学社会科学版),2000年第1期,第89-91页。

86.《诗人、学者 革命战士——闻一多》,洪德铭,《红岩春秋》,2000年第1期,第3-10页。

87.《诗人的自觉与独立》,王青,《中国矿业大学学报》,2000年第1期,第78-82页。

88.《诗意+哲理:相得益彰——对诗歌进行议论的粗浅认识》,龙连荣,《黔东南民族师专学报》,2000年第1期,第43-46页。

89.《诗意的形式:试论闻一多新诗格律思想》,郭小聪,《国际关系学院学报》,2000年第1期,第64-69页。

90.《试探世纪之交新诗走向》,黄春芳、朱东,《广西社会科学》,2000年第2期,第121-125页。

91.《谈闻一多的爱国主义诗歌》,马为华,《渭南师范学院学报》,2000年第1期,第21-23页。

92.《探诗集〈月牙泉〉独特的操营方式》,许庆胜,《淮南师专学报》,2000年第1期,第24-25页。

93.《铁依甫江新时期诗歌创作简论》,张明,《乌鲁木齐职业大学学报》,2000年第1期,第32-36、78页。

94.《汪国真抒情诗创作综论》,邹建军,《淮南师专学报》,2000年第1期,第20-23页。

95.《王新民诗歌评论之论》,陈应松,《长江文艺》,2000年第2期,第58-60页。

96.《闻一多与中国新诗——'99闻一多国际学术研讨会侧记》,肖亮,《写作》,2000年第2期,第8-9页。

97.《我读刘小平的诗》,晓雪,《长江文艺》,2000年第2期,第56-57页。

98.《西化与回归:中国现代叙事诗的成型》,朱多锦,《诗刊》,2000年2月号,第77-78页。

99.《现代散文诗的文体流变》,张俊山,《诗刊》,2000年2月号,第60-63页。

100.《心境晴朗——读〈我愿是一片彩云〉》,王治川,《创作评谭》,2000年第1期,第36页。

101.《新边塞诗流变概观》,彭金山,《西北师大学报》(社会科学版),2000年第1期,第37-42页。

102.《新诗:在中西诗艺融汇中发展》,潘颂德,《淮北煤师院学报》(哲学社会科学版),2000年第1期,第1-3、12页。

103.《新诗多元性的审美体验与升华——〈新诗大千〉的启示》,吴开晋,《淮南师专学报》,2000年第1期,第1-3页。

104.《新体诗简论》,萧蒂岩,《西藏大学学报》(汉文版),2000年第1期,第81页。

105.《忆木天》,钟敬文,《新文学史料》,2000年第1期,第33-34、32页。

106.《永不衰败的旗手——试析穆旦的诗〈冬〉》,程勇真,《平顶山学院学报》,2000年第1期,第32-33页。

107.《俞平伯对新诗艺术的贡献》,黄钢,《乌鲁木齐职业大学学报》,2000年第1期,第54-62页。

108.《语言的诗性与诗的语言》,张世英,《中国人民大学学报》,2000年第1期,第34-39页。

109.《〈再别康桥〉艺术特色的层面分析》,吉旭,《盐城师范学院学报》(哲学社会科学版),2000年第1期,第48-51页。

110.《知识经济与新诗命运》,洪迪,《星星》,2000年第2期,第5-7页。

111.《子张和他的现代诗研究:读〈冷雨与热风——现代诗思问录〉》,朱德发,《泰安师专学报》,2000年第1期,第113-114页。

3月

112.《20世纪云南少数民族诗歌的现代转型》,马绍玺,《云南民族大学学报》(哲学社会科学版),2000年第2期,第81-84页。

113.《艾青诗歌美学与创作实践》,郭涛、单晓霞,《泰安教育学院学报岱宗学刊》,2000年第1期,第35-37页。

114.《爱国主义新诗的两次强音——〈死水〉、〈大堰河——我的保姆〉诗歌艺术浅谈》,赵彦德,《安徽广播电视大学学报》,2000年第1期,第16-19页。

115.《澳门乐府——苇鸣〈无心眼集〉印象》,江锡铨,《世界华文文学论坛》,2000年第1期,第28-32页。

116.《大学生眼中的当下诗坛》,石兴泽,《文艺理论与批评》,2000年第2期,第81-83页。

117.《戴望舒诗歌新探》,周清林,《学术探索》,2000年第2期,第94-96页。

118.《当代诗歌的误区与出路》,魏玲玲,《河北广播电视大学学报》,2000年第1期,第7-9页。

119.《抖落铅华见精神——宗白华〈流云〉小诗与中国古典诗歌传统》,范藻,《四川文理学院学报》,2000年第1期,第53-57页。

120.《独步诗坛的千古绝唱——〈天狗〉欣赏》,税海模,《郭沫若学刊》,2000年第1期,第56-58页。

121.《多元分流中的差异和生成——中国现代诗学建构的困扰与对策》,陈仲义,《文艺理论研究》,2000年第2期,第28-32页。

122.《"反传统"的歌唱——卞之琳诗歌的艺术新质》,罗振亚,《文学评论》,2000年第2期,第84-91页。

123.《歌诗的通俗走向与艺术表现——关于歌词的创作与思考》,梁上泉、赵心宪,《重庆教育学院学报》,2000年第1期,第28-31、44页。

124.《孤独感、倾诉意识与追问意识——冯至早期诗集〈昨日之歌〉解读》,安文军,《甘肃社会科学》,2000年第2期,第58-60页。

125.《郭小川对现代格律诗的开拓——关于新诗发展问题》,何休,《四川三峡学院学报》,2000年第2期,第30-37页。

126.《后新诗潮及其批评反思》,姚尧,《诗刊》,2000年3月号,第76页。

127.《"荒原"与"古城"——30 年代北平诗坛对〈荒原〉的接受和借鉴》,张洁宇,《中国现代文学研究丛刊》,2000 年第 1 期,第 11 - 27 页。

128.《浪子的悲歌——八十年代澳门新移民诗人的创作内涵》,刘红林,《世界华文文学论坛》,2000 年第 1 期,第 24 - 28 页。

129.《历史地审视中国诗歌的文体特质》,张中宇,《渝州大学学报》(社会科学版),2000 年第 1 期,第 72 - 75 页。

130.《凌文远诗歌的文化意蕴》,彭斯远,《重庆社会科学》,2000 年第 2 期,第 46 - 50 页。

131.《论闻一多的现代解诗学思想》,孙玉石,《文学评论》,2000 年第 2 期,第 63 - 74 页。

132.《论郑敏前期的现代主义诗作(上)》,张东,《广西民族大学学报》(哲学社会科学版),2000 年第 3 期,第 85 - 91、140 页。

133.《民族特色的诗化——晓雪诗歌风格分析》,龚锐,《云南民族大学学报》(哲学社会科学版),2000 年第 2 期,第 77 - 80 页。

134.《暮秋的梦想——简评师榕的诗集〈初恋的冬天〉》,马步升,《名作欣赏》,2000 年第 2 期,第 121 - 122 页。

135.《穆旦的诗歌想象与基督教话语》,吴允淑,《中国现代文学研究丛刊》,2000 年第 1 期,第 192 - 210 页。

136.《评有关"中国诗歌教材的讨论"文章》,诸葛师申,《诗刊》,2000 年 3 月号,第 78 页。

137.《生命驱动与诗的本体回归——罗亮诗集〈把马鞭折断〉随笔》,阿红,《名作欣赏》,2000 年第 2 期,第 118 - 119 页。

138.《诗歌:在生活与虚构之间》,敬文东,《文艺评论》,2000 年第 2 期,第 64 - 73 页。

139.《诗歌创作的情理迷失》,李运抟,《芳草》,2000 年第 3 期,第 75 - 77 页。

140.《诗歌借鉴及其主要方式》,蒋登科,《平顶山师专学报》,2000 年第 3 期,第 1 - 4 页。

141.《诗歌与什么相关》,谢有顺,《诗选刊》,2000 年第 3 期,第 44 - 46 页。

142.《"诗怪"李金发》,程文迪,《诗刊》,2000 年 3 月号,第 76 页。

143.《诗化人生的写照——读罗亮的诗》,吴思敬,《名作欣赏》,2000 年第 2 期,第 117 - 118 页。

144.《诗教与诗国》,李家欣,《江汉论坛》,2000 年第 3 期,第 77 - 80 页。

145.《"诗界革命"的起点、发展及其评价》,郭廷礼,《文史哲》,2000 年第 2 期,第 5 - 12、127 页。

146.《诗人的自觉与独立——兼谈艾略特、奥登对穆旦诗歌的影响》,王青,《中国矿业大学学报》(社会科学版),2000年第1期,第78-82页。

147.《诗思何为——评〈中国当代新诗潮论〉》,宋伟,《中国图书评论》,2000年第3期,第50-51页。

148.《诗意的关爱与生命的吟唱——读吴谨程的诗集〈缅怀爱情〉》,戴冠青,《名作欣赏》,2000年第2期,第123-125页。

149.《诗与国家神话》,南帆,《诗刊》,2000年3月号,第75页。

150.《"诗之衰落"与"走向个人"》,邵建,《长江文艺》,2000年第3期,第58-60页。

151.《霜叶红于二月花——重读柯岩〈周总理,你在哪里?〉》,蓝青,《星星》(诗歌理论刊),2000年第3期,第107-110页。

152.《思想者的诗——读汤锋诗集〈亲如未来〉》,彭燕郊,《理论与创作》,2000年第2期,第19-24页。

153.《台湾新诗发展的双轨运行现象》,翁奕波,《诗刊》,2000年3月号,第57-59页。

154.《天性美的赞歌——李少白儿童诗剖析》,杨实诚,《理论与创作》,2000年第2期,第16-18页。

155.《文学思潮变迁与闻一多诗歌创作》,陈国恩,《四川三峡学院学报》,2000年第2期,第25-29页。

156.《闻一多诗学探微》,孙小彬,《吕梁高等专科学校学报》,2000年第1期,第13-14页。

157.《西部天籁——读〈飞天〉1999年12期"诗歌专号"》,章德益,《飞天》,2000年第3期,第111-112页。

158.《消解与重构——"后新诗潮"诗歌对"本体"的瓦解与重建》,赵小琪,《当代文坛》,2000年第2期,第36-40页。

159.《新时期新诗潮新论》,赵锡钧,《内蒙古教育学院学报》,2000年第1期,第10-12页。

160.《新中国的穆旦》,宋炳辉,《当代作家评论》,2000年第2期,第82-89页。

161.《徐迟诗歌创作总论》,喻国伟,《柳州师专学报》,2000年第1期,第23-26页。

162.《雪意中行独彳亍的歌者——读诗集〈初恋的冬天〉》,左家雄,《名作欣赏》,2000年第2期,第122页。

163.《雪域军旅诗意浓——浅析杨泽明近期诗篇的意象》,张忠海,《当代文坛》,2000年第2期,第64页。

164.《严酷年代的精神证词——"文革"时期牛汉的诗歌写作》,何言宏,

《当代作家评论》,2000年第2期,第89-95页。

165.《仰望经典与诗性创造》,邢海珍,《文艺评论》,2000年第2期,第90-93页。

166.《一棵树是什么?——"树","对话"和文化差异:细读张枣的〈今年的云雀〉》,[德国]苏姗娜·格丝著、商戈令译,《当代作家评论》,2000年第2期,第109-114页。

167.《"与永恒拔河"的人——隔岸妄论余光中》,王尧,《当代作家评论》,2000年第2期,第96-101页。

168.《在两大传统的阴影下》,黄灿然,《读书》,2000年第3期,第22-31页。

169.《中国当代诗歌五十年文化思考》,李运抟,《暨南学报》(哲学社会科学版),2000年第3期,第13-21页。

170.《中国现代主义诗歌的艺术特征》,蒋益,《长沙大学学报》,2000年第3期,第27-30页。

171.《走来走去的青春(一)——工人老大哥张学梦》,王燕生,《星星》,2000年第3期,第71-73页。

4月

172.《背时的诗与行时的歌》,陈四益,《诗刊》,2000年4月号,第78-79页。

173.《表层的与潜隐的:"文革"中两种形态诗透析》,陈爱中,《佳木斯大学社会科学学报》,2000年第2期,第13-16页。

174.《捕捞人间至美的情思——宋学镰诗歌漫议》,雪川,《星星》,2000年第4期,第44-47页。

175.《不会隐退的风景——序吴国平诗集〈隐退的风景〉》,朱向前,《创作评谭》,2000年第2期,第14-16页。

176.《从大众传播角度重新审视诗歌的社会功能》,毛翰,《涪陵师范学院学报》,2000年第2期,第52-63页。

177.《当代诗歌语言:渐入生命主体的求索》,王向晖,《广播电视大学学报》(哲学社会科学版),2000年第2期,第18-23页。

178.《当代中国先锋诗歌论纲》,周瓒,《广播电视大学学报》(哲学社会科学版),2000年第2期,第12-17页。

179.《好诗与坏诗》,莫非,《诗刊》,2000年4月号,第62页。

180.《胡适〈尝试集〉修辞特色浅析》,程波,《当代修辞学》,2000年第2期,第39页。

181.《进入中年写作的李钢》,何房子,《诗刊》,2000年4月号,第59-60页。

182.《崛起者徐敬亚——〈走来走去的青春〉(二)》,王燕生,《星星》,2000年第4期,第67-70页。

183.《鲁迅前期的新诗创作》,周怡,《山东教育学院学报》,2000年第2期,第20-26页。

184.《论禅宗对东西方诗歌的影响》,薛亮,《西北大学学报》(哲学社会科学版),2000年第2期,第117-121页。

185.《论九叶诗派与新诗传统》,曹卫兵,《唐都学刊》,2000年第2期,第98-101页。

186.《论朦胧诗的终结》,方守金,《安徽大学学报》(哲学社会科学版),2000年第2期,第64-69、80页。

187.《论诗行的语体定位作用》,邹立志,《当代修辞学》,2000年第2期,第19-20页。

188.《略论闻一多诗学理论的特性与价值》,刘殿祥,《山西师大学报》(社会科学版),2000年第2期,第32-35页。

189.《慢慢地写作》,傅宗洪,《星星》,2000年第4期,第9-11页。

190.《朦胧诗艺术赏析》,刘忱,《刊授党校》,2000年第4期,第37-40页。

191.《难忘岁月:我的父亲郭小川——追忆父亲在林县的日子》,郭小林,《诗刊》,2000年4月号,第52-55页。

192.《拼贴管管——何谓诗人?诗在哪里?》,沈奇,《作家》,2000年第4期,第81-83页。

193.《屏息的刹那:诗歌开始说话——对李钢诗歌的阅读和解析》,何房子,《涪陵师专学报》,2000年第2期,第26-32页。

194.《浅论诗歌意象独创性的重要审美价值》,杨忠华,《青岛大学师范学院学报》,2000年第2期,第9-12页。

195.《任洪渊与中国学院派诗人的选择》,李怡,《西南师范大学学报》(人文社会科学版),2000年第2期,第86-94页。

196.《生命的漂泊与追寻——当代中国诗人精神历程分析》,王洪涛、徐妍,《学习与探索》,2000年第2期,第110-114页。

197.《诗:个人化及其另一面》,邵建,《艺术广角》,2000年第2期,第4-10页。

198.《诗歌题材与诗人情怀的拓展——评陶今雁〈秋雁集〉》,姚品文,《江西社会科学》,2000年第4期,第57-61页。

199.《诗人驳辩大有可观》,伍立杨,《诗刊》,2000年4月号,第78页。

200.《诗意的命名与透明的写作——评汪峰诗歌集〈写在宗谱上〉》,褚兢,

《创作评谭》,2000年第2期,第17-20页。

201.《世纪之交话新诗》,吴思敬,《诗刊》,2000年4月号,第77页。

202.《试论"创造"诗派的新诗绘画美(续一)》,江锡铨,《江苏教育学院学报》(社会科学版),2000年第2期,第55-58页。

203.《闻一多、何其芳的新诗格律理论之比较》,高春艳,《西北大学学报》(哲学社会科学版),2000年第2期,第122-126页。

204.《现代派诗歌与语法规范——读诗笔记四则》,邓达泉,《成都大学学报》(社会科学版),2000年第2期,第42-45页。

205.《象征派诗歌的修辞特色》,周景雷,《当代修辞学》,2000年第2期,第41-42页。

206.《象征主义对中国新诗的影响及嬗变》,冯俊峰,《西南师范大学学报》(人文社会科学版),2000年第2期,第95-99页。

207.《新"声"奇"色"——从〈死水〉看闻一多诗歌的"音"与"画"》,吴仁援,《上海大学学报》(社会科学版),2000年第2期,第26-30页。

208.《新诗浪子如何回归古诗家园》,洪迪,《星星》,2000年第4期,第5-8页。

209.《新乡土诗展望》,吴开晋,《诗刊》,2000年4月号,第77-78页。

210.《再谈"现实追寻和艺术转化"》,蓉子,《诗刊》,2000年4月号,第62页。

211.《在阳光与阴影之间——中国现代政治抒情诗与新诗传统》,曹安娜,《山东师大学报》(社会科学版),2000年第2期,第39-42页。

212.《中国象征派诗的价值取向》,吴晟,《广东教育学院学报》,2000年第4期,第1-7页。

213.《中国象征派诗歌与西方象征主义之关系浅探》,唐利群,《张家口师专学报》,2000年第2期,第8-15页。

5月

214.《20世纪末的诗学论争综述》,孙基林,《文史哲》,2000年第3期,第124-126页。

215.《把灵魂抛给太空——谈牟心海诗歌的文化转向》,康启昌,《民族文学研究》,2000年第2期,第39-41页。

216.《卞之琳诗歌艺术浅论》,刘静,《东岳论丛》,2000年第3期,第132-135页。

217.《传扬天山风韵的动听乐章——建国50年来新疆少数民族诗歌创作概观》,张明,《民族文学研究》,2000年第2期,第3-9页。

218.《〈城市桃花〉的韵致》,曹新伟,《枣庄学院学报》,2000年第3期,第10-12页。

219.《从素朴到感伤的文体实验者——论巴音博罗抒情艺术》,王珂,《民族文学研究》,2000年第2期,第10-13页。

220.《"错觉"在诗歌中的审美价值》,徐润润,《诗刊》,2000年5月号,第56-58页。

221.《大题材与小篇幅》,任重远,《诗刊》,2000年5月号,第62页。

222.《戴望舒诗歌的意象》,张建锋,《成都大学学报》(社会科学版),2000年第2期,第46-50页。

223.《当代爱情诗创作流变》,邹贤尧,《当代文坛》,2000年第3期,第32-34页。

224.《读〈诗人贺敬之〉随笔》,刘章,《文艺理论与批评》,2000年第3期,第31-33页。

225.《冯至与里尔克》,范劲,《外国文学评论》,2000年第2期,第120-128页。

226.《黑夜深处的火光:六七十年代地下诗歌的启蒙主题》,张清华,《当代作家评论》,2000年第3期,第48-54页。

227.《胡适的新诗理论与批评》,李志孝、魏志宏,《天水师范学院学报》,2000年第2期,第59-63页。

228.《寂寞者和他的血——"孤岛"诗人辛劳》,赵文菊,《新文学史料》,2000年第2期,第166-174页。

229.《今日商海中,谁能快乐而自由——杨桦诗集〈世纪星相〉读后》,张新泉,《当代文坛》,2000年第3期,第47页。

230.《留级生顾城——〈走来走去的青春〉(之三)》,王燕生,《星星》,2000年第5期,第49-51页。

231.《陇土诗人记评(二题)》,林染,《飞天》,2000年第5期,第85-87页。

232.《论林徽因诗歌的感觉情绪美》,张世元,《湖北三峡学院学报》,2000年第3期,第70-73页。

233.《论闻一多对新诗规范化和民族化的独特贡献》,张建宏,《襄樊学院学报》,2000年第3期,第41-45页。

234.《论郑敏前期的现代主义诗作(下)》,张东,《广西民族大学学报》(哲学社会科学版),2000年第3期,第92-97页。

235.《品味孤独 消解孤独——东林〈八月〉组诗(八首)鉴赏》,降大任,《名作欣赏》,2000年第3期,第15-17页。

236.《奇异的"怀乡病"——20世纪30年代中国现代派诗歌一瞥》,刘振球,《理论与创作》,2000年第3期,第48-53页。

237.《如何准确评价历史题材政治抒情诗——简评〈'97诗韵〉谈评录》,纪鹏,《文艺理论与批评》,2000年第3期,第45-49页。

238.《青海当代诗歌的审美特征》,马有义,《青海社会科学》,2000年第3期,第74-78页。

239.《青史终能定是非——在〈诗人贺敬之〉研讨会上的发言》,李希凡,《文艺理论与批评》,2000年第3期,第25-29页。

240.《诗歌艺术的探索与革命:析中国现代象征主义诗歌的产生与发展》,涂鸿,《怀化师专学报》,2000年第3期,第49-52页。

241.《诗人的聚合与诗坛的分化——40年代与九叶诗派有关的三次论辩述评》,张岩泉,《湖北三峡学院学报》,2000年第3期,第59-64页。

242.《诗心·佛心·童心——论敻虹创作历程及其美学风格》,洪淑苓,《华文文学》,2000年第2期,第32-42页。

243.《诗心相印——谈徐放先生的〈新诗翻译唐诗三百首〉》,于文海、赵学良,《辽宁教育学院学报》,2000年第3期,第96-97页。

244.《时代本质与诗的呈现》,高金光,《诗刊》,2000年5月号,第79-80页。

245.《他一身都是诗——悼念诗人辛劳》,彭燕郊,《新文学史料》,2000年第2期,第159-165页。

246.《谈谈"微型诗"的探索》,蒋人初,《诗刊》,2000年5月号,第59-60页。

247.《王独清轶事钩沉》,李建中,《新文学史料》,2000年第2期,第187-191页。

248.《王晓霞诗词创作综论》,邹建军,《民族文学研究》,2000年第2期,第19-23页。

249.《闻一多诗歌的情感张力》,卢惠余,《盐城师范学院学报》(人文社会科学版),2000年第2期,第26-30页。

250.《"先锋"的误会》,章德益,《诗刊》,2000年5月号,第80页。

251.《现代派诗歌与语法规范读书笔记四则》,邓达泉,《成都大学学报》(社会科学版),2000年第2期,第42-45页。

252.《新格律诗形体美的实证研究》,刘光宇,《绥化师专学报》,2000年第2期,第30-38页。

253.《新诗大众化、民族化与社会政治学模式(下)》,王锺陵,《常熟高专学报》,2000年第3期,第1-18页。

254.《寻访诗人最初的心灵——〈真我集〉的审美价值与闻一多诗歌研究起点问题讨论》,李城希,《广东社会科学》,2000年第3期,第146-150页。

255.《仰望灿烂星光——论孙重贵五首悼念诗》,魏先努,《华文文学》,2000年第2期,第43-45页。

256.《一个特殊的文学典型——流沙河诗的抒情主人公形象》,黄树红,《当代文坛》,2000年第3期,第43-46页。

257.《"一路吟唱民族的琴歌"——记台湾"大海洋"诗社》,古远清,《台声》,2000年第5期,第26-27页。

258.《有关变形的问题》,亦来,《星星》,2000年第5期,第57-58页。

259.《又见舒婷诗篇》,方格,《中国图书评论》,2000年第5期,第46页。

260.《于坚的诗》,[加拿大] Michael Day 著、杨径青译,《作家》,2000年第5期,第58-59页。

261.《阅读汗漫》,章德益,《星星》,2000年第5期,第107-109页。

262.《战士自有战士的情怀——小评〈永远的人〉》,宋歌,《文艺评论》,2000年第3期,第79-80页。

263.《中国当代讽刺诗的新收获——论蒙古族诗人王士圭的讽刺诗》,杨四平,《民族文学研究》,2000年第2期,第14-18页。

264.《棕榈之死:于坚创作的生态意识》,[澳大利亚] 西敏,《作家》,2000年第5期,第59-61页。

265.《作为艾青文体论核心概念的"诗的散文美"》,陈增福,《通化师范学院学报》,2000年第3期,第48-53页。

6月

266.《90年代中国新诗的诗美营造》,吕汉东,《华北水利水电学院学报》(社会科学版),2000年第3期,第19-22页。

267.《跋涉在荒野中的灵魂——穆旦与鲁迅之比较兼及新文学的现代性问题》,段从学,《鲁迅研究月刊》,2000年第6期,第46-52页。

268.《"残花"开过之后——现代性语境与冯乃超的前后诗风》,程文超,《南方文坛》,2000年第3期,第9-13页。

269.《楚辞、巴歌与新诗》,王峰,《江汉论坛》,2000年第6期,第77-82页。

270.《纯情诗漫论》,普丽华,《荆州师范学院学报》(社会科学版),2000年第3期,第31-35页。

271.《从跨文化角度看台湾现代诗的精神取向》,杜心源,《世界华文文学论坛》,2000年第2期,第56-60页。

272.《道教与超现实主义诗歌》,刘文刚,《社会科学研究》,2000年第3期,第140-144页。

273.《第三代诗歌的阅读现状浅析》,赵步阳,《金陵职业大学学报》,2000年第2期,第44-47页。

274.《傅天虹短诗的构思艺术》,吴欢章,《上海大学学报》(社会科学版),2000年第3期,第31-34页。

275.《关注诗歌音乐性》,温远辉,《写作》,2000年第6期,第8-9页。

276.《郭沫若十四行诗补阙》,黄泽佩,《郭沫若学刊》,2000年第2期,第67-70页。

277.《郭小川50年代叙事诗中的革命与恋爱》,贾鉴,《上海大学学报》(社会科学版),2000年第3期,第55-61页。

278.《近访余光中:乡情永远刻在心头》,傅宁军,《世界华文文学论坛》,2000年第2期,第71-73页。

279.《捆绑与挣扎——略论新诗的艺术生成兼及诗体重建问题》,张德明,《荆州师范学院学报》(社会科学版),2000年第3期,第22-24页。

280.《立体思维下的民间诗律研究》,段宝林、过伟、刘琦,《诗刊》,2000年6月号,第60-61页。

281.《〈命运之书〉札记》,雪潇,《阳关》,2000年第3期,第38-40、12页。

282.《平淡:质朴而蕴涵深邃——读张国宏诗集〈圣山神水〉》,刘强,《阳关》,2000年第3期,第45-46页。

283.《青春的激情 集体主义的歌唱》,王富仁,《南方文坛》,2000年第3期,第25-26页。

284.《拳拳故国心 深深恋诗情——读适民的诗》,刘士杰,《世界华文文学论坛》,2000年第2期,第32-34页。

285.《如歌的行板——狄金森与席慕蓉诗歌比较》,张靖,《世界华文文学论坛》,2000年第2期,第61-65页。

286.《诗的包装》,唐德亮,《诗刊》,2000年6月号,第62页。

287.《诗人之路——李金发诗歌创作述评》,张永杰,《蒙自师范高等专科学校学报》,2000年第3期,第27-31页。

288.《诗心恰始童年——评诗集〈有太阳真好〉》,贾丽萍,《中国图书评论》,2000年第6期,第17-18页。

289.《世纪末诗学论争在继续》,孙基林,《诗选刊》,2000年第6期,第43-46页。

290.《试论舒婷诗歌的情感思维方式》,孙秀华,《江淮论坛》,2000年第3期,第86-92页。

291.《受难的囚徒与垂首的玫瑰——怀念诗人昌耀》,韩作荣,《诗刊》,2000年6月号,第54-59页。

292.《谁创造了诗——关于现代派诗歌解读的思考》,周景雷,《锦州师范学院学报》,2000年第3期,第41-43、92页。
293.《太阳说:来,朝前走——话说〈星星〉诗刊关于诗歌教材的讨论》,燎原,《星星》,2000年第6期,第12-26页。
294.《听洛夫深圳谈诗》,李晃,《世界华文文学论坛》,2000年第2期,第25-27页。
295.《透视现、当代中国诗歌——论新诗自身的两大暗疾是导致其远离大众的根本原因》,褚兢,《创作评谭》,2000年第3期,第9-13页。
296.《闻一多诗歌文化品格三元论》,罗昌智、李林,《广东职业技术师范学院学报》,2000年第2期,第8-13页。
297.《我的少年诗歌发掘记》,刘济昆,《世界华文文学论坛》,2000年第2期,第77-79页。
298.《现代诗派的发展与后现代诗派》,王晓初,《重庆师院学报》(哲学社会科学版),2000年第2期,第32-38页。
299.《写在〈"浪子回头"以后〉之后——有关余光中晚近期诗作简评的两点补正》,冯亦同,《世界华文文学论坛》,2000年第2期,第74-76页。
300.《辛笛诗歌的艺术手法解析》,蒋登科,《中国现代文学研究丛刊》,2000年第2期,第73-81页。
301.《新诗走向何方》,范震飚,《北方论丛》,2000年第3期,第100-102页。
302.《寻找诗美的感觉——略论二十世纪初新诗流变轨迹》,李列,《蒙自师范高等专科学校学报》,2000年第3期,第11-16、37页。
303.《一份丰富的精神档案——关于〈郭小川全集〉的对话》,郭晓惠、龙予仲、张燕玲,《南方文坛》,2000年第3期,第18-23页。
304.《"在我们贫瘠的餐桌上":50年代的台湾〈现代诗〉季刊》,[美国]奚密,《中国现代文学研究丛刊》,2000年第2期,第131-161页。
305.《在人生与历史流变中沉思的歌吟——张错诗歌创作管窥》,翁奕波,《世界华文文学论坛》,2000年第2期,第21-24页。
306.《摘果者徐晓鹤——〈走来走去的青春〉之四》,王燕生,《星星》,2000年第6期,第104-106页。
307.《中国西部高地上的翠绿兵歌——序军旅五人诗选〈在西北行走〉》,林染,《阳关》,2000年第3期,第41-44页。
308.《中国现代新诗中宇宙意识的嬗变》,范劲,《求索》,2000年第3期,第100-105页。
309.《追求纯粹与本色——我看"新诗潮"》,董萃,《艺术广角》,2000年第3期,第20-22页。

7月

310.《20世纪神州诗国天空中一颗闪亮的明星——纪念穆木天先生诞辰100周年》,蔡清富,《北京师范大学学报》(人文社会科学版),2000年第4期,第53-59页。

311.《90年代诗歌创作的零度风格》,雷世文,《诗探索》,2000年第1-2辑,第35-40页。

312.《爱的呼唤与力的绝唱——对安安诗作"禅意"的解读》,方航仙,《名作欣赏》,2000年第4期,第120-121页。

313.《爱与美的吟唱——冉庄诗歌的诗情诗意透视》,苏光文,《涪陵师专学报》,2000年第3期,第23-28页。

314.《白云笼罩的玫瑰谷——我读李小雨》,王妍丁,《诗探索》,2000年第1-2辑,第298-306页。

315.《不务文字奇 但歌生民病——关于诗歌的人民性问题》,降大任、东林,《诗刊》,2000年7月号,第53-55页。

316.《曾经沧海后的超越——试论穆旦的晚年诗作》,宋炳辉,《诗刊》,2000年7月号,第76-78页。

317.《重读闻一多〈七子之歌·澳门〉》,贺圣谟,《名作欣赏》,2000年第4期,第42-43页。

318.《传统与现代的历史联结点——论"五四"白话新诗的艰难突围》,龙泉明,《学术月刊》,2000年第7期,第30-36页。

319.《词语麦城:颠覆的技巧与快乐》,雷鸥,《作家》,2000年第7期,第78-80页。

320.《词语这种材料》,树才,《诗探索》,2000年第1-2辑,第278-280页。

321.《从跨文化角度看台湾现代诗的语言策略》,杜心源、李汝成,《齐鲁学刊》,2000年第4期,第70-73页。

322.《大块抒情,坦荡吟诗——漫步在柏桦诗歌的温润境界里》,黄梁,《诗探索》,2000年第1-2辑,第307-315页。

323.《大漠中的苦吟与圣咏——纪念昌耀先生》,沈苇,《星星》,2000年第7期,第8-12页。

324.《独行者昌耀》,杨牧,《星星》,2000年第7期,第5-7页。

325.《读诗的感觉与诗人姜宇清》,张立勤,《名作欣赏》,2000年第4期,第117-118页。

326.《二十则碎语》,沈苇,《诗探索》,2000年第1-2辑,第352-354页。

327.《耕种者的歌谣——吕剑抒情诗审美风格探寻》,子张,《诗探索》,

2000年第1-2辑，第294-297页。

328.《"古园"之"爱"——林庚清华时期的诗歌创作》，张玲霞，《诗探索》，2000年第1-2辑，第66-71页。

329.《呼之欲出的"第三代后"诗学》，章亚昕，《诗探索》，2000年第1-2辑，第376-380页。

330.《回顾作为诗歌语言的现代汉语》，陈东东，《诗探索》，2000年第1-2辑，第269-277页。

331.《继承与超越——臧克家的现代诗论与中国古代诗论》，廖四平，《北京师范大学学报》（人文社会科学版），2000年第4期，第64-70页。

332.《继承与沟通——从一次争论看中国现代诗论的深层理论来源》，徐新江，《社科纵横》，2000年第4期，第82-82、59页。

333.《建构语言的原乡——论田原的诗》，阿羊，《诗探索》，2000年第1-2辑，第324-331页。

334.《交棒人高伐林——〈走来走去的青春〉之五》，王燕生，《星星》，2000年第7期，第32-34页。

335.《解决》，白连春，《诗探索》，2000年第1-2辑，第367-368页。

336.《九言诗的一次小试验》，邵燕祥，《诗探索》，2000年第1-2辑，第118-120页。

337.《犁青论》，章亚昕，《东岳论丛》，2000年第4期，第109-114页。

338.《理性的呼唤——读阿古拉泰诗集〈蜻蜓岛〉》，陈广斌，《理论与创作》，2000年第4期，第28-29页。

339.《林庚先生的新格律诗理论及其意义》，马奔腾，《诗探索》，2000年第1-2辑，第108-117页。

340.《林庚先生的新诗学》，钱志熙，《诗探索》，2000年第1-2辑，第88-93页。

341.《林庚先生和新诗》，洪子诚，《诗探索》，2000年第1-2辑，第62-65页。

342.《林庚新诗格律探索评价》，龙清涛，《诗探索》，2000年第1-2辑，第94-107页。

343.《林庚与〈现代〉杂志》，程光炜，《诗探索》，2000年第1-2辑，第72-73页。

344.《论陈敬容前期诗歌》，唐湜，《诗探索》，2000年第1-2辑，第129-148页。

345.《论第三代诗歌的平民意识》，温宗军，《学术研究》，2000年第7期，第114-118页。

346.《论苗得雨的讽刺诗》，杨四平，《文艺理论与批评》，2000年第4期，第80－82页。

347.《论批判性个人化与穆旦对当下诗歌的意义》，赵寻，《诗探索》，2000年第1－2辑，第201－216页。

348.《论诗的图式及"形异"的价值》，王珂，《诗探索》，2000年第1－2辑，第174－188页。

349.《论诗歌的象征美》，周文慧，《咸阳师范专科学校学报》，2000年第4期，第38－40页。

350.《论施善继和詹澈的诗创作》，古继堂，《文艺理论与批评》，2000年第4期，第98－105页。

351.《论新月诗派的新诗规范化运动》，龙泉明，《求是学刊》，2000年第4期，第80－86页。

352.《美的低诉，疼痛而又幸福——金山诗歌印象》，黑陶，《诗探索》，2000年第1－2辑，第319－323页。

353.《面孔与方式——关于诗歌民族化问题的思考》，小海，《诗探索》，2000年第1－2辑，第355－361页。

354.《缪斯的飞翔与歌唱——海峡两岸女性主义诗歌创作比较》，樊洛平，《文艺研究》，2000年第4期，第93－101页。

355.《民族精神的新视界——读孟伟哉的散文诗〈大原野〉》，谢选骏，《名作欣赏》，2000年第4期，第21－28页。

356.《命名的分裂：读商禽的散文诗〈鸡〉》，欧阳江河，《诗探索》，2000年第1－2辑，第50－57页。

357.《徘徊在现代与古典之间——论林庚的诗》，王晓生，《诗探索》，2000年第1－2辑，第80－87页。

358.《"情象"：中西诗歌的交感化生》，姜玉琴，《诗探索》，2000年第1－2辑，第167－173页。

359.《冉庄诗歌品质散论》，聂作平，《涪陵师专学报》，2000年第3期，第21－22页。

360.《沈苇诗二首点评》，陈旭光，《诗探索》，2000年第1－2辑，第348－351页。

361.《生活情怀与思的品质——中国现代诗内部的分层》，南野，《诗探索》，2000年第1－2辑，第241－248页。

362.《生命的舞蹈——"新生代"诗歌语言批评》，黄灵红，《诗探索》，2000年第1－2辑，第288－293页。

363.《生命的意味——读李瑛的〈生命〉》，叶橹，《诗探索》，2000年第1－2辑，第58－61页。

364.《生命与诗：历万劫奔赴永生——陈敬容论》，徐秀，《诗探索》，2000

年第 1 - 2 辑，第 149 - 160 页。

365.《诗歌由个体承担的理论前提》，邰积意，《诗探索》，2000 年第 1 - 2 辑，第 189 - 200 页。

366.《诗美的发现与表达》，张传真，《写作》，2000 年第 7 期，第 10 页。

367.《诗人：永远割不断民族的血脉——听诗魔洛夫谈诗》，李晃，《诗刊》，2000 年 7 月号，第 75 - 76 页。

368.《十年磨一剑——读罗飞的新诗集〈红石竹花〉》，顾征南，《宁夏社会科学》，2000 年第 4 期，第 103 - 104 页。

369.《时间感，或存在的承担与言说——王小妮写作的女性诗学意义》，荒林，《文艺争鸣》，2000 年第 4 期，第 59 - 66 页。

370.《世界和生命的透视——沈苇诗歌探秘》，王仲明，《诗探索》，2000 年第 1 - 2 辑，第 332 - 339 页。

371.《谁和缪斯更亲近》，莫雅平，《诗探索》，2000 年第 1 - 2 辑，第 41 - 49 页。

372.《瞬间在持续——读沈苇诗札记》，耿占春，《诗探索》，2000 年第 1 - 2 辑，第 340 - 347 页。

373.《送昌耀乘鹰西去》，卢一萍、周涛，《星星》，2000 年第 7 期，第 13 - 14 页。

374.《题型置换：中国初期象征主义诗歌的历史意义》，王毅，《诗探索》，2000 年第 1 - 2 辑，第 230 - 240 页。

375.《细读李金发——兼论中国的现代诗》，高波，《四川大学学报》，2000 年第 4 期，第 60 - 67 页。

376.《向更新的诗艺洞天迈进——余光中诗歌创作纵览》，戴建芳，《四川省干部函授学院学报》，2000 年第 3 期，第 19 - 21 页。

377.《新诗与传统关系断想》，孙玉石，《诗探索》，2000 年第 1 - 2 辑，第 4 - 8 页。

378.《新诗与新的百年》，谢冕，《诗探索》，2000 年第 1 - 2 辑，第 1 - 3 页。

379.《一份"现代性"的美丽》，王家新，《诗探索》，2000 年第 1 - 2 辑，第 74 - 79 页。

380.《一颗虔诚的诗心——林庚先生新诗创作与新诗理论研讨会综述》，文殊，《诗探索》，2000 年第 1 - 2 辑，第 121 - 128 页。

381.《一片纯净的美感境界——读姜宇清的组诗》，苏庆昌，《名作欣赏》，2000 年第 4 期，第 118 - 119 页。

382.《一曲深挚而优美的心灵之歌——读戴望舒的〈寻梦者〉》，孙希娟，《名作欣赏》，2000 年第 4 期，第 71 - 74 页。

383.《移植的生命——论中国的十四行诗》,陈观亚,《郑州大学学报》(哲学社会科学版),2000年第4期,第101－104页。

384.《以诗代史:20世纪汉语诗歌叙述》,张桃洲,《诗探索》,2000年第1－2辑,第9－16页。

385.《引进与还原——当前诗歌写作的两个语言路向》,马俊华,《诗探索》,2000年第1－2辑,第281－287页。

386.《有话要说》,伊沙,《诗探索》,2000年第1－2辑,第362－366页。

387.《在恒久的爱里,永葆一种诗歌的心情——透视川江号子的散文诗》,林涛,《当代文坛》,2000年第4期,第51页。

388.《在山水中发现理性美——评薛宗碧诗集〈越过山水〉》,邱景华,《当代文坛》,2000年第4期,第54－55页。

389.《在伤逝中生长的勇气》,侯马,《诗探索》,2000年第1－2辑,第316－318页。

390.《曾卓的潜在写作:一九五五——一九七六》,何向阳,《当代作家评论》,2000年第4期,第29－49页。

391.《中国诗歌:世纪末论争与反思》,沈奇,《诗探索》,2000年第1－2辑,第17－34页。

392.《中国诗歌百年回顾与思考》,张中宇,《复旦学报》(社会科学版),2000年第4期,第26－30、85页。

393.《中国现代诗歌的智性建构——论卞之琳的诗歌艺术》,龙泉明、汪云霞,《武汉大学学报》(人文社会科学版),2000年第4期,第554－558页。

394.《中国现代主义诗歌主题类型之省思》,杨四平,《诗探索》,2000年第1－2辑,第217－229页。

395.《走进艾青的世界——读〈土地与太阳:艾青的世界〉》,陈灵强,《诗探索》,2000年第1－2辑,第371－375页。

8月

396.《〈尝试集〉趋向散文文化的原因》,李丹,《枣庄学院学报》,2000年第4期,第33－35页。

397.《〈尝试集〉与诗歌话语转换》,毛瑞江,《西安文理学院学报》(社会科学版),2000年第3期,第52－54页。

398.《从创作方法看中国新诗发展的基本轮廓》,丁宁,《西北第二民族学院学报》(哲学社会科学版),2000年第4期,第64－68页。

399.《从符号到隐喻——以〈弃妇〉为例对现代诗作结构分析》,贺昌,《淮阴师范学院学报》(哲学社会科学版),2000年第4期,第109－113页。

400.《重庆"三套车"》，吕进，《星星》（诗歌理论刊），2000年第8期，第105－107页。

401.《大地，我的另一个母亲——论回族青年诗人阮殿文诗歌中的大地品质》，马绍玺，《民族文学研究》，2000年第3期，第77－80页。

402.《大地应该经常在诗里出现》，何房子，《星星》，2000年第8期，第15－17页。

403.《当代诗歌承担了什么——西川、王家新、蓝棣之、崔卫平四人谈》，张者，《红岩》，2000年第4期，第118－124页。

404.《悼念"九叶"诗友杭约赫》，辛笛，《新文学史料》，2000年第3期，第90－91页。

405.《都市心语——评韦娅诗集〈泉与少女〉》，许正林，《华文文学》，2000年第3期，第76－77页。

406.《对北大歌谣运动的再认识》，陈永香，《上海师范大学学报》，2000年第3期，第84－89页。

407.《对一个口吃者的精神分析——诗人昌耀论》，敬文东，《南方文坛》，2000年第4期，第53－57页。

408.《飞天的新生代——〈飞天〉大学生诗苑述评》，谢冕，《飞天》，2000年第7－8期，第351－356页。

409.《废名〈谈新诗〉之我见》，张健，《锦州师范学院学报》（哲学社会科学版），2000年第3期，第50－51页。

410.《胡适：中国现代第一个"白话诗人"》，顾庆，《枣庄学院学报》，2000年第4期，第30－31页。

411.《回忆与漫谈——关于新诗的创作与评论》，唐湜，《新文学史料》，2000年第3期，第133－136页。

412.《纪弦的"三级跳"》，章亚昕，《山西大学学报》（哲学社会科学版），2000年第3期，第52－54页。

413.《简论新诗常用韵法》，高明强，《丽水师范专科学校学报》，2000年第4期，第21－24页。

414.《解构者的痛苦与迷失——新生代诗歌中的精神意向》，张器友，《安庆师范学院学报》（社会科学版），2000年第4期，第73－78页。

415.《"旧瓶新酒"与"新瓶陈酿"——从尝试期白话诗与自由体诗看中国早期新诗的传统因素》，吴凌，《贵州社会科学》，2000年第4期，第87－89页。

416.《离愁深似海，泣血盼回归——谈余光中"咏怀诗"》，徐云浩，《周口师范高等专科学校学报》，2000年第4期，第27－28页。

417.《鲁迅诗歌意象简论》，罗嘉慧，《周口师范高等专科学校学报》，2000年第4期，第22－24页。

418.《论卞之琳诗歌意境中的传统意蕴》,彭国庆,《广西社会科学》,2000年第4期,第89-92页。

419.《论戴望舒的诗歌道路》,徐可,《湖州师范学院学报》,2000年第4期,第33-36页。

420.《论古典诗艺传统在20世纪新诗中的嬗变》,邓齐平,《怀化师专学报》,2000年第4期,第72-76页。

421.《论古今诗人的民歌情结》,刘中顼,《江西社会科学》,2000年第8期,第108-111页。

422.《论诗歌言语运动的两个变项》,郎毛、刘冬冰,《郑州大学学报》(哲学社会科学版),2000年第4期,第94-100页。

423.《论诗魂——兼评当前诗歌创作中的"失魂"现象》,潘涌,《艺术广角》,2000年第4期,第48-50页。

424.《论意象的沉默姿势》,费勇,《学术研究》,2000年第8期,第115-118页。

425.《论中国现代初期白话诗在语义层的追求》,赵国宏,《济南大学学报》(社会科学版),2000年第4期,第63-65页。

426.《略论沈从文的新诗评论》,潘颂德,《鄂州大学学报》,2000年第3期,第34-35页。

427.《民族心灵的抒情之歌——读傈僳族诗人杨泽文诗集〈回望〉》,舒家骅,《民族文学研究》,2000年第3期,第64-67页。

428.《牛汉:与诗相依为命》,李鸿然,《民族文学研究》,2000年第3期,第47-53页。

429.《女性自我意识:主体/幻象/镜像/主体——剖析蓉子〈我的妆镜是一只弓背的猫〉》,何金兰,《华文文学》,2000年第3期,第5-13页。

430.《青山绿水 溢彩流光——评〈冉庄诗选〉》,雷业洪,《乐山师范学院学报》,2000年第4期,第53-56页。

431.《全盘否定传统:一种策略及其后遗症》,蒋登科,《西南民族学院学报》(哲学社会科学版),2000年第4期,第60-62页。

432.《生命的张力——简论江一涯诗作》,刘登翰,《华文文学》,2000年第3期,第39-42页。

433.《失乐园的哀歌——试论李金发象征主义诗歌创作》,李力、杨桦,《浙江大学学报》(人文社会科学版),2000年第4期,第46-52页。

434.《诗歌语体的隐性语义变异》,邹立志,《首都师范大学学报》,2000年第4期,第72-80页。

435.《世纪回眸:新古典主义诗美流向——台湾当代女性诗歌综论之一》,王金城,《牡丹江师范学院学报》(哲学社会科学版),2000年第4期,第46-

50页。

436.《谈谈现代诗歌的赏析》,刘铭汉、周佩英,《读写月报》,2000年第8期,第21-22页。

437.《闻一多的"诗歌情结"》,王卓慈,《唐都学刊》,2000年第4期,第106-109页。

438.《闻一多诗歌的色彩美》,闵似蓉,《写作》,2000年第8期,第14-16页。

439.《闻一多诗歌的文化价值取向》,罗昌智、吴瑞雪,《荆州师范学院学报》,2000年第4期,第32-35页。

440.《"西部"诗意:八九十年代中国诗歌勘探》,姜耕玉,《文学评论》,2000年第4期,第53-62页。

441.《现代汉诗的元文学倾向》,李凯霆,《安庆师范学院学报》(社会科学版),2000年第4期,第79-83页。

442.《现代主义诗魂的呐喊:评王新民诗歌理论集〈诗的自白〉》,涂怀章、陈麟,《芳草》,2000年第8期,第69-70页。

443.《心底的困惑与生命的本原——读杨金砖〈寂寥的籁响〉》,陈仲庚,《邵阳师范高等专科学校学报》,2000年第4期,第111-112页。

444.《新苗才树莲——〈走来走去的青春〉之七》,王燕生,《星星》,2000年第8期,第54-56页。

445.《阎志诗歌几个意象的简析》,王育松,《鄂州大学学报》,2000年第3期,第43-44页。

446.《杨牧答〈时代青年〉记者问》,杨牧,《阳关》,2000年第4期,第41-43页。

447.《一个纯真脆弱的童话世界——论顾城的诗》,戈雪,《江汉大学学报》(社会科学版),2000年第4期,第69-72页。

448.《意象旷远 哲思隽永——论壮族诗人瑙尼的抒情诗艺术》,黄绍清,《民族文学研究》,2000年第3期,第68-71页。

449.《隐喻:卞之琳诗歌的主要表现策略》,殷鉴,《湛江师范学院学报》(社会科学版),2000年第3期,第37-40页。

450.《语词的欢宴——福建先锋诗群谭》,陈仲义,《作家》,2000年第8期,第88-91页。

451.《在普遍中显示永恒——论从药汀与新世纪诗学精神》,于文杰,《民族文学研究》,2000年第3期,第74-76页。

452.《真正的水手必然远航——读贾羽诗集〈立体的船舶〉》,栗原小荻,《民族文学研究》,2000年第3期,第72-73页。

453.《中国新诗的尴尬》,虫儿,《星星》,2000年第8期,第108-109页。

454.《"中年写作":文化转型年代的诗与思——90年代先锋诗歌诗学话语研究之四》,陈旭光、谭五昌,《艺术广角》,2000年第4期,第40-44页。

455.《浊世中以脚思想者的苍凉战叫——解析超现实主义诗人商禽的部分诗作》,陶保玺,《华文文学》,2000年第3期,第14-19、79页。

456.《作为诗人的戴保清先生——读戴先生诗作感言》,顾绍柏,《沿海企业与科技》,2000年第4期,第54、35页。

9月

457.《差异自有契合在——鲁迅〈呐喊〉和郭沫若〈女神〉创作风格之比较》,李乐平,《郭沫若学刊》,2000年第3期,第43-51页。

458.《昌耀:高地上的奴隶与圣者》,燎原,《作家》,2000年第9期,第84-91页。

459.《吹芦笛的诗人和吹号角的诗人——艾青、郭小川诗歌创作比较论》,杨景春,《石家庄师范专科学校学报》,2000年第3期,第18-22页。

460.《从"裸体的诗"到构造"诗的躯壳"——中国现代诗学中的"艺术化"倾向探源》,杨萌芽,《河南大学学报》(社会科学版),2000年第5期,第58-63页。

461.《当下汉语诗歌写作问题三人谈》,谭五昌、陈旭光、谯达摩,《诗潮》,2000年9-10月号,第44-46页。

462.《关于"知识分子写作"和"民间写作"——对诗坛论争和诗歌写作方向的思考》,张永刚,《文艺争鸣》,2000年第5期,第53-56页。

463.《郭沫若之诗人气质与中西文化之合取关系》,孙进增,《东岳论丛》,2000年第5期,第131-133页。

464.《经验改写与经验夸张——论九十年代诗现实主义的流变及其危机》,陈代云,《河池师范高等专科学校学报》,2000年第3期,第15-18页。

465.《浪漫主义文学思潮与郭沫若的诗歌》,李标晶,《郭沫若学刊》,2000年第3期,第18-21页。

466.《灵魂的痛感与血肉的焦灼——序吕天琳诗集〈心里的故乡〉》,邢海珍,《文艺评论》,2000年第5期,第81-86页。

467.《论法国象征派文学对戴望舒中后期创作的影响》,李玫,《西安外国语大学学报》,2000年第3期,第60-63页。

468.《论李金发的诗》,徐肖楠,《文学评论》,2000年第5期,第52-59页。

469.《论徐志摩的诗歌之美》,周星平,《昆明师范高等专科学校学报》,2000年第3期,第27-30页。

470.《论朱湘的十四行诗》,周云鹏,《理论与创作》,2000年第5期,第54-57页。

471.《略论何其芳的文学理论遗产》,蓝棣之,《文学评论》,2000年第5期,第44-51页。

472.《绿色伦理的放号者——诗人徐刚〈伐木者,醒来〉的生态解读》,任秀芹,《学术探索》,2000年第5期,第93-94页。

473.《盲流杨牧——〈走来走去的青春〉之六》,王燕生,《星星》,2000年第9期,第24-27页。

474.《美与真:诗歌女神的双翼》,李少咏,《当代文坛》,2000年第5期,第23-25页。

475.《蒙古族战士的爱情诗——读〈永远的其其格〉》,李靖国,《名作欣赏》,2000年第5期,第99-102页。

476.《梦想与追求——徐志摩思想源流简论》,胡建军,《哈尔滨学院学报》,2000年第5期,第72-78页。

477.《蓬山此去无多路——蓉子、舒婷诗歌比较》,谈凤霞,《世界华文文学论坛》,2000年第3期,第50-54页。

478.《评龙泉明〈中国新诗流变论〉》,李怡,《文学评论》,2000年第5期,第150-152页。

479.《秋天,不仅仅是收获——读高万红的两首诗》,陈松叶,《写作》,2000年第9期,第47-48页。

480.《散文诗,香港文坛的另一风景带》,黄永健,《世界华文文学论坛》,2000年第3期,第25-29页。

481.《诗歌的美感》,李少咏,《诗刊》,2000年9月号,第58-60页。

482.《诗意与旋律——鲁迅散文诗〈复仇〉〈复仇(其二)〉赏析》,赵卓,《名作欣赏》,2000年第5期,第11-14页。

483.《时间老去 真情永存——木斧和他的书信诗》,朱先树,《诗刊》,2000年9月号,第61页。

484.《"时尚胡闹"与诗意的丧失——第三代诗潮的得失回顾》,黄树红、翟大炳,《社会科学战线》,2000年第5期,第270-272页。

485.《试论〈女神〉中个体意识与民族意识的矛盾运动及其审美表现形式》,张鲁高,《四川大学学报》(哲学社会科学版),2000年第5期,第55-61页。

486.《是谁在阳光下歌唱》,彭荔卡,《文艺评论》,2000年第5期,第87-89页。

487.《唐湜的诗学观》,张树霞,《河北学刊》,2000年第5期,第73-76页。

488.《现代新诗教学拾零》,王兆本,《石油教育》,2000年第9期,第49-

50页。

489.《象征主义与浪漫主义不同论》,刘淮南,《忻州师范学院学报》,2000年第3期,第12-16、40页。

490.《写诗理应战战兢兢》,黄亚洲,《文学自由谈》,2000年第5期,第44-45页。

491.《新人类·卡通一代诗在中国》,世宾、杨昂,《诗刊》,2000年9月号,第77-78页。

492.《新诗:"别种的散文小品"——论周作人的诗体论》,廖四平,《沈阳师范学院学报》(社会科学版),2000年第5期,第14-19、96页。

493.《新诗的民族化》,王泽龙,《理论与创作》,2000年第5期,第58-59页。

494.《新诗呼喊民族传统回归——评〈刘章新诗〉》,丁芒,《石家庄学院学报》,2000年第3期,第7-9、12页。

495.《新诗民族化的珍果——民歌风格派论略》,张器友,《西安教育学院学报》,2000年第3期,第41-45页。

496.《〈野草〉情爱道德主题辨析》,李天明,《中国现代文学研究丛刊》,2000年第3期,第49-85页。

497.《一束爱的诗篇——读诗集"说给祖国妈妈的悄悄话"》,张锦贻,《理论与创作》,2000年第5期,第29-30页。

498.《隐居在诗歌里的诗人李老乡》,高凯,《诗刊》,2000年9月号,第55-57页。

499.《永恒的茧——尹玲诗集〈当夜绽放如花〉中的哲学思想》,陈君华、赵玉宏,《同济大学学报》(社会科学版),2000年第3期,第34-39页。

500.《运动文学与运动群众——从两次奇特的农民诗歌运动谈起》,孙兰,《文艺评论》,2000年第5期,第74-77页。

501.《在〈野草〉学园里深入开拓——简评闵抗生的〈野草〉研究》,潘颂德,《鲁迅研究月刊》,2000年第9期,第78-80、88页。

502.《在诗歌的高速公路上》,谭延桐,《星星》,2000年第9期,第28-29页。

503.《詹文的〈火炬树〉及其它诗歌的创作特色》,刘章,《石家庄师范专科学校学报》,2000年第3期,第10-12页。

504.《浙籍诗人与中国现代主义诗潮》,汪亚明,《浙江师大学报》,2000年第5期,第7-10页。

505.《中国现代诗歌翻译概述》,河洛易,《解放军外国语学院学报》,2000年第5期,第105-108页。

506.《追问诗歌——评曹纪祖〈批评与思考:中国新时期诗歌〉》,王骏飞,

《当代文坛》,2000年第5期,第30页。

507.《作为超验写作者的诗人》,曾一,《诗刊》,2000年9月号,第77页。

10月

508.《把生命的火焰塑形为诗——牛汉访谈录》,阎延文,《诗刊》,2000年10月号,第54-59页。

509.《感觉的升腾——析读牟心海诗集〈空旷也是宇宙〉》,杨四平,《艺术广角》,2000年第5期,第16-19页。

510.《共和国成立以后的李金发研究》,巫小黎,《嘉应大学学报》,2000年第5期,第23-29页。

511.《汉语诗歌节奏的形成》,陈本益,《西南师范大学学报》(人文社会科学版),2000年第5期,第131-136页。

512.《何来诗歌品质探秘》,聂作平,《涪陵师范学院学报》,2000年第4期,第19-22页。

513.《绝望的诗歌》,洪治纲,《南方文坛》,2000年第5期,第30-32页。

514.《抗战时期街头诗理论批评述略》,潘颂德,《固原师专学报》(社会科学版),2000年第5期,第20-22页。

515.《李金发的现代性体验及诗学意义》,吴晓东,《嘉应大学学报》,2000年第5期,第18-22页。

516.《李金发与中国新诗的现代主义传统》,朱寿桐,《嘉应大学学报》,2000年第5期,第10-14页。

517.《"陇东诗"的现代美感》,宗鄂,《诗刊》,2000年10月号,第25-26页。

518.《鲁迅为胡适删诗信件的发现》,陈平原,《鲁迅研究月刊》,2000年第10期,第5-7页。

519.《论形异诗的文体价值》,王珂,《艺术广角》,2000年第5期,第39-45页。

520.《吕进诗论的学术品格》,蒋登科,《飞天》,2000年第10期,第96-100页。

521.《吕进与中国现代诗学的体系建构》,蒋登科,《西南师范大学学报》(人文社会科学版),2000年第5期,第33-41页。

522.《诗歌戏剧化的风格追求——现代诗人杜运燮创作风格管见》,廖正碧,《西南民族大学学报》(人文社科版),2000年第10期,第86-87页。

523.《诗是艺术地表现平民性情感的语言艺术——论现代汉诗的现实出路》,王珂,《东南学术》,2000年第5期,第103-106页。

524.《时间是不流血的战争——尹玲诗集〈当夜绽放如花〉主题研究》,陈君华,《镇江师专学报》(社会科学版),2000年第4期,第41-44页。

525.《为心而歌——读杨金砖〈寂寥的籁响〉》,阎志芬,《荆门职业技术学院学报》,2000年第5期,第107-108页。

526.《文化同源与母语融铸——关于台湾诗歌的随想》,张同吾,《诗刊》,2000年10月号,第60-62页。

527.《相通与互补的诗歌写作——我看"民间写作"与"知识分子写作"》,王光明,《南方文坛》,2000年第5期,第26-27页。

528.《湘籍诗人邓深、邓湘皋的创作及成就》,杨柳,《中国文学研究》,2000年第4期,第64-67页。

529.《新诗:散文化与含蓄蕴藉——论周作人的诗体论与风格论》,廖四平,《华北电力大学学报》(社会科学版),2000年第4期,第68-73页。

530.《新诗汉语本性的失落与追寻》,姜耕玉,《诗刊》,2000年10月号,第78页。

531.《新世纪中国诗歌的展望——访文学评论家孙琴安先生》,阎丹红,《探索与争鸣》,2000年第10期,第35-37页。

532.《异国的与城市的——李金发诗歌意象创造之一侧面》,孙玉石,《嘉应大学学报》,2000年第5期,第5-9页。

533.《真理的诱惑》,耿占春,《南方文坛》,2000年第5期,第28-29页。

534.《"真与美"的寻绎——方敬诗歌世界精神透视》,苏光文,《西南师范大学学报》(人文社会科学版),2000年第5期,第26-32页。

535.《中国新诗的"现代"潮流》,刘登翰,《东南学术》,2000年第5期,第96-102页。

536.《走向世界的朦胧:新诗潮再解读》,肖鹰,《广东社会科学》,2000年第5期,第146-150页。

11月

537.《卞之琳与法国象征主义》,江弱水,《外国文学评论》,2000年第4期,第49-58页。

538.《持论精当 自成一家——读〈当代新诗论〉》,冰迪,《东岳论丛》,2000年第6期,第114页。

539.《纯粹的徘徊》,哨兵,《星星》,2000年第11期,第98-101页。

540.《从沉郁到振奋,从振奋到低沉——戴望舒诗歌创作浅谈》,凌冰,《云梦学刊》,2000年第6期,第66-67、72页。

541.《"独行侠"的诗旅——蔡其矫在西藏》,邱景华,《诗刊》,2000年11

月号,第48-49页。

542.《古典情怀与当下感念——评曲有源"白话诗"技术特点》,陈仲义,《当代作家评论》,2000年第6期,第101-104页。

543.《郭小川对诗歌的贡献——浅谈郭小川抒情诗的"四化"倾向》,王嘉庚,《宿州学院学报》,2000年第4期,第52-54、45页。

544.《胡风的编辑思想与七月诗派》,吴井泉,《北方论丛》,2000年第6期,第131-137页。

545.《李金发在旧中国的沉浮》,李明心,《华文文学》,2000年第4期,第5-13页。

546.《李金发在中国新诗史上的地位》,黄河浪,《华文文学》,2000年第4期,第20-24页。

547.《立足本土 书写历史——读香港青年诗人有关"回归"题材的诗有感》,苗晓霞,《文艺理论与批评》,2000年第6期,第70-72页。

548.《裂变与分化:世纪之交的先锋诗坛》,吴思敬,《文艺研究》,2000年第6期,第22-25页。

549.《岭南现代诗怪李金发——纪念诗人诞辰百周年》,潘亚暾,《华文文学》,2000年第4期,第28、13页。

550.《令人心情复杂的诗坛》,杨斌华,《文学自由谈》,2000年第6期,第99-101页。

551.《弄潮冲浪赴中流——话说河北诗人》,刘向东、大解,《诗刊》,2000年11月号,第50-54页。

552.《女巫的歌唱——靳晓静近期诗歌创作简评》,孙建军,《当代文坛》,2000年第6期,第61-62页。

553.《三十年代北平现代主义诗坛的集聚》,张洁宇,《新文学史料》,2000年第4期,第172-182页。

554.《散曲与新诗》,宋浩庆,《北京社会科学》,2000年第4期,第136-141页。

555.《生活在友情的激流中——木斧诗四人谈》,木斧、柯愈勋、朱先树、吴野,《淮南师专学报》,2000年第4期,第12-16页。

556.《诗的音乐美与诗的朗诵》,梁昌明,《淮南师专学报》,2000年第4期,第17-19页。

557.《诗歌也是一种造型艺术》,刘福智,《写作》,2000年第11期,第8-9页。

558.《诗坛:世纪末的论争与反思》,沈奇,《上海文学》,2000年第11期,第78-80页。

559.《试论"五四"时期鲁迅的新诗》,曾宏伟,《川北教育学院学报》,2000

年第 4 期，第 14 - 18、22 页。

560.《试论陶保玺的诗学之路》，章亚昕，《淮南师专学报》，2000 年第 4 期，第 1 - 4 页。

561.《她为我们呈现无限的诗美世界——评陶保玺的学术专著〈新诗大千〉》，李春林，《淮南师专学报》，2000 年第 4 期，第 5 - 11 页。

562.《恬静沉思的诗美——读郁葱诗集〈自由之梦〉》，刘士杰，《乐山师范学院学报》，2000 年第 4 期，第 49 - 52 页。

563.《颓废与浪漫的自我表现——李金发诗作试析》，王炯，《华文文学》，2000 年第 4 期，第 25 - 27 页。

564.《"文革"时期流放者诗歌简论》，王家平，《文艺争鸣》，2000 年第 6 期，第 4 - 11 页。

565.《鲜血淋漓的事实与涂脂抹粉的诗人——读余光中〈海祭〉》，古木，《书屋》，2000 年第 11 期，第 56 - 57 页。

566.《现代的两位诗人——方敬与何其芳》，李岫，《诗刊》，2000 年 11 月号，第 78 - 79 页。

567.《乡里二佬偌刘犁——〈走来走去的青春〉之八》，王燕生，《星星》，2000 年第 11 期，第 93 - 97 页。

568.《新诗史论研究的重要收获——龙泉明〈中国新诗流变论〉评介》，白杨，《文艺争鸣》，2000 年第 6 期，第 77 - 78 页。

569.《新时期诗歌特点及倾向》，胡家琼，《六盘水师范学院学报》，2000 年第 4 期，第 21 - 24 页。

570.《用诗意的眼光解读诗意》，黄厚江，《语文教学通讯》，2000 年第 21 - 22 期，第 86 - 87 页。

571.《音容俱杳说新诗》，向明，《诗刊》，2000 年 11 月号，第 56 - 58 页。

572.《至真、至善、至美：西部诗人昌耀的审美追求》，杨柳，《浙江学刊》，2000 年第 6 期，第 99 - 102 页。

573.《质朴率真的情感流露——评潘先佐诗集〈关于爱情〉》，峻冰，《当代文坛》，2000 年第 6 期，第 63 - 64 页。

574.《中国当代诗歌状态及其价值取向》，徐文元，《书屋》，2000 年第 11 期，第 52 - 56 页。

575.《中国诗歌中悬念技巧之管见》，祝发能，《六盘水师范学院学报》，2000 年第 4 期，第 18 - 20 页。

576.《中国现代诗学美学基点论——建构历程的检讨与中西诗学内在美学架构》，姜玉琴，《东岳论丛》，2000 年第 6 期，第 129 - 132 页。

577.《中国象征主义的先驱》，痖弦，《华文文学》，2000 年第 4 期，第 14 - 15、39 页。

578.《中国新诗的西诗艺术影响》，黄钢，《乌鲁木齐职业大学学报》，2000年第4期，第78-88页。

579.《朱自清的新诗创作》，徐型，《南通师范学院学报》（哲学社会科学版），2000年第4期，第33-35页。

12月

560.《艾青：新诗史上四足鼎立的辉煌》，吕汉东，《海南师范学院学报》（人文社会科学版），2000年第4期，第11-16页。

561.《艾青诗歌的绘画美》，雷丽平，《北京青年政治学院学报》，2000年第4期，第74-76页。

562.《半个世纪的绝唱——贺敬之〈回延安〉赏评》，高云雷，《哈尔滨师专学报》，2000年第6期，第18-19页。

563.《"毕肖普"的启示》，王永，《诗探索》，2000年第3-4辑，第75-80页。

564.《部分新诗的失误及其原因》，张中宇，《重庆大学学报》（社会科学版），2000年第4期，第112-116页。

565.《传统意境内涵在现代诗歌创作中的变异更新》，李舒杨，《唐山师专学报》，2000年第6期，第27-29页。

566.《从"散文化"到"诗化"——对"五四体九言诗"的再思考》，郭小聪，《文学前沿》，2000年第2期，第7-9页。

567.《从〈拂拭岁月〉看"政治抒情诗"写作》，蓝棣之，《诗刊》，2000年12月号，第62页。

568.《从艾青佚简感受诗人心境》，陈益民，《聊城师范学院学报》（哲学社会科学版），2000年第6期，第65-67、64页。

569.《存在境遇和生命哲学的诗性传达——再论"文革"时期"流放者诗歌"》，王家平，《文学前沿》，2000年第2期，第212-225页。

570.《大西南文化与新时期诗歌的消长》，李怡，《诗探索》，2000年第3-4辑，第11-27页。

571.《当代城市诗格局中的叶延滨》，常立霓，《诗探索》，2000年第3-4辑，第254-262页。

572.《当今诗歌：圣化写作与俗化写作》，吴思敬，《星星》，2000年第12期，第106-109页。

573.《"第一奇功休让人，开国文章我自始"——论吴芳吉的诗歌创新》，张贺敏，《中山大学研究生学刊》（社会科学版），2000年第4期，第25-31页。

574.《对情感世界的不懈追求——读袁忠岳近著〈诗学心程〉》，章亚昕，

《诗探索》，2000年第3-4辑，第287-292页。

575.《对诗歌语言技法的科学分析》，朱梅梅，《内蒙古科技与经济》，2000年文献版，第278-280页。

576.《方敬诗歌创作片论》，刘扬烈，《西南师范大学学报》（人文社会科学版），2000年第6期，第20-25页。

577.《高长虹诗论》，郝雨，《中国现代文学研究丛刊》，2000年第4期，第203-225页。

578.《"公共话语空间"的诞生》，陈旭光，《诗探索》，2000年第3-4辑，第263-267页。

579.《关于当代中国新诗一些具体话题的对话》，沈浩波、侯马、李红旗，《诗探索》，2000年第3-4辑，第51-59页。

580.《郭沫若现代诗论新论》，廖四平，《东方论坛》，2000年第4期，第33-37页。

581.《郭沫若与闻一多诗体艺术比较论》，邹建军，《郭沫若学刊》，2000年第4期，第47-54页。

582.《胡适的实验和王力的诗法——对20世纪中国现代汉语诗歌写作学研究两个节点的提出与梳理》，桑克，《诗探索》，2000年第3-4辑，第1-10页。

583.《华章一叶咏人生——读辛笛〈蝴蝶、蜜蜂和常青树〉》，潘颂德，《诗探索》，2000年第3-4辑，第178-182页。

584.《纪念一位最安静的作家》，王家新，《诗探索》，2000年第3-4辑，第28-45页。

585.《揭示新诗流变的历史过程——评〈中国新诗流变论〉兼论新诗史写作》，王晓生，《诗探索》，2000年第3-4辑，第293-298页。

586.《九十年代诗歌中的叙事与知识分子问题》，杨远宏，《红岩》，2000年第6期，第128-132页。

587.《李金发研究述评——纪念李金发诞辰一百周年》，巫小黎，《中国现代文学研究丛刊》，2000年第4期，第226-252页。

588.《历史无法湮没的声音——林庚新诗探索之论评》，马相武，《文学前沿》，2000年第2期，第28-31页。

589.《历史阴影的显现》，孙文波，《诗探索》，2000年第3-4辑，第46-50页。

590.《林庚的诗歌精神》，谢冕，《文学前沿》，2000年第2期，第2-4页。

591.《林庚的意义》，王光明，《文学前沿》，2000年第2期，第5-6页。

592.《林庚新诗格律理论批评》，西渡，《文学前沿》，2000年第2期，第10-20页。

593.《林庚新诗格律理论探讨》，徐秀，《文学前沿》，2000年第2期，第21

-27页。

594.《伶仃的荒原狼》,金元浦,《诗探索》,2000年第3-4辑,第229-235页。

595.《论〈装饰集〉》,殷鉴,《天中学刊》,2000年第6期,第54-58页。

596.《论郭沫若"泛神"的艺术思维方式》,刘悦坦、魏建,《郭沫若学刊》,2000年第4期,第4-10页。

597.《论十四行诗式的中国化》,北塔,《中国现代文学研究丛刊》,2000年第4期,第159-188页。

598.《论田间的街头诗的现代性》,周新民、段炜,《淮北煤师院学报》(哲学社会科学版),2000年第4期,第7-10页。

599.《论新诗在40年代和90年代的对应性特征》,张桃洲,《中国现代文学研究丛刊》,2000年第4期,第189-202页。

600.《论新月诗人的诗学探索及其文学史地位》,李思清,《福建论坛》(文史哲版),2000年第6期,第9-14页。

601.《论余光中诗歌的中国情结》,徐光萍,《烟台师范学院学报》(哲学社会科学版),2000年第4期,第79-82、95页。

602.《论余光中诗歌的祖国情结》,张景兰,《淮海工学院学报》(自然科学版),2000年第S2期,第20-22页。

603.《马华诗人郁人诗歌的审美特点浅析》,萧成,《世界华文文学论坛》,2000年第4期,第54-57页。

604.《年轻的姿态与年轻的力量——解读杨晓林及其诗集〈在生命激情中咏叹〉》,詹发民,《创作评谭》,2000年第6期,第30-31页。

605.《浓浓乡情 郁郁诗情——高凯陇东乡土诗研讨会纪要》,唐翰存,《飞天》,2000年第12期,第107-108页。

606.《漂泊情怀总是诗——读台湾绿蒂〈沉淀的潮声〉》,古远清,《写作》,2000年第12期,第11-12页。

607.《评龙泉明的新著〈中国新诗流变论〉》,罗振亚,《中国现代文学研究丛刊》,2000年第4期,第316-320页。

608.《清流一溪自在诗——读夏菁的诗》,沈奇,《世界华文文学论坛》,2000年第4期,第60-61页。

609.《邵洵美研究综述》,王小敬,《哈尔滨学院学报》,2000年第6期,第11-14页。

610.《渗透与超越——新月派美学主张对戴望舒诗歌创作的影响》,李曙豪,《怀化师专学报》,2000年第6期,第64-66页。

611.《生命的悲歌、战歌与欢歌——彭燕郊的创作道路》,赵树勤、王福湘,《诗探索》,2000年第3-4辑,第195-205页。

612.《生命体验的艺术概括——读冷克明散文诗组〈漂泊或漫游〉》,丁芒,《创作评谭》,2000年第6期,第28-29页。

613.《诗的荒诞美与变形》,吴晓,《写作》,2000年第12期,第10-11页。

614.《诗的意象化与抽象化》,洪迪,《诗探索》,2000年第3-4辑,第119-122页。

615.《诗歌的结句艺术》,邹建军,《诗刊》,2000年12月号,第63页。

616.《诗事近谈》,吕剑,《诗探索》,2000年第3-4辑,第303-307页。

617.《诗之和弦 芳馨醉人——论莫文征的诗》,刘士杰,《诗探索》,2000年第3-4辑,第247-253页。

618.《施蛰存与30年代的现代派诗歌》,黄忠来、杨迎平,《荆州师范学院学报》,2000年第6期,第21-24页。

619.《试论昌耀诗歌中的"时间意识"——从昌耀散文诗〈时间客店〉谈起》,程波,《诗探索》,2000年第3-4辑,第236-246页。

620.《诉说自己》,彭燕郊,《诗探索》,2000年第3-4辑,第219-228页。

621.《他创造了"新的颤栗"——略谈彭燕郊的散文诗》,龚旭东,《诗探索》,2000年第3-4辑,第214-218页。

622.《台湾诗歌对后现代主义的接受与变形》,赵小琪,《学习与探索》,2000年第6期,第105-111页。

623.《台湾现代派诗歌与西方影响》,廖四平,《宝鸡文理学院学报》(社会科学版),2000年第4期,第1-7、35页。

624.《谈林庚关于九言诗的理论》,北塔,《文学前沿》,2000年第2期,第32-40页。

625.《"天籁之音"——〈昨日之歌〉与冯至的早期诗创作》,徐海涛,《诗探索》,2000年第3-4辑,第138-149页。

626.《为了天生的浪漫主义者——读〈娃娃歌谣〉》,梁长森,《中国图书评论》,2000年第12期,第61-62页。

627.《我与诗》,辛笛,《诗探索》,2000年第3-4辑,第183-194页。

628.《我在我说——回答"90年代汉语诗研究论坛"》,伊沙,《诗探索》,2000年第3-4辑,第270-277页。

629.《无核之云——现代汉诗断想之九》,沈奇,《飞天》,2000年第12期,第96-99页。

630.《误读:在写作的边境上》,宋逖,《诗探索》,2000年第3-4辑,第283-286页。

631.《析臧棣的〈新建议〉》,西渡,《诗探索》,2000年第3-4辑,第60-74页。

632.《险峰独步的彭燕郊》,石天河,《诗探索》,2000年第3-4辑,第206

—213页。

633.《现代诗学的创造性阐释——孙玉石学术研究述评》,黄科安,《诗探索》,2000年第3-4辑,第308-319页。

634.《橡树 钥匙 一代人——"朦胧诗"意象评析》,余学玉,《六安师专学报》,2000年第4期,第35-38页。

635.《辛笛对中国诗歌现代化的贡献》,游友基,《诗探索》,2000年第3-4辑,第171-177页。

636.《新诗的第一次整合——在自由地追求中开创诗歌的新格局》,龙泉明,《郭沫若学刊》,2000年第4期,第11-23页。

637.《新诗与中国传统文化》,吴颜媛,《思想战线》,2000年第6期,第88-91页。

638.《新时期何其芳诗歌研究述略》,向远平,《重庆教育学院学报》,2000年第4期,第65-67页。

639.《一份笔记:诗歌的神秘与神圣》,十品,《诗探索》,2000年第3-4辑,第278-282页。

640.《在现代困境中寻找精神家园——试谈近年甘肃青年诗人的创作》,张大伟,《飞天》,2000年第12期,第105-106页。

641.《在智性抒情的"僻路"上——评金克木的诗》,罗振亚,《诗探索》,2000年第3-4辑,第150-160页。

642.《长篇叙事诗〈乡曲〉的文学意义——杨骚诗歌创作论》,程贤章、温远辉,《漳州师范学院学报》(哲学社会科学版),2000年第4期,第8-11页。

643.《中国当代诗人和希尼的诗歌艺术》,吴德安,《诗探索》,2000年第3-4辑,第320-330页。

644.《中国现当代知性诗的演变轨迹》,常文昌,《飞天》,2000年第12期,第100-104页。

645.《中国新诗的文化根源》,陈本益,《诗探索》,2000年第3-4辑,第89-110页。

646.《注重自我感触与现代意境的营造——辛笛早期的诗歌创作》,蒋登科,《诗探索》,2000年第3-4辑,第161-170页。

647.《走向中国新诗的"现代化"——论四十年代"中国新诗"派诗学思想的深化与成熟》,陈旭光,《学术界》,2000年第6期,第240-249页。

2001 年

1 月

1.《20 世纪，诗歌的回顾和思考——答西班牙〈虚构〉杂志四问》，西川，《诗潮》，2001 年 1 - 2 月号，第 45 - 48 页。

2.《20 世纪中国诗歌民族化历程的回眸》，王泽龙，《人文杂志》，2001 年第 1 期，第 90 - 96 页。

3.《21 世纪湖北诗歌展望》，许正林，《长江文艺》，2001 年第 1 期，第 71 页。

4.《爱在西藏——追念诗人杨星火》，郑克，《西藏文学》，2001 年第 1 期，第 127 - 128 页。

5.《别样的风景——谭朝春诗歌中的反讽意味》，蒋登科，《写作》，2001 年第 1 期，第 10 - 11 页。

6.《曾卓诗〈有赠〉〈我遥望〉赏析》，程光炜，《名作欣赏》，2001 年第 1 期，第 60 - 63 页。

7.《昌耀的悲剧》，马丁，《青海湖》，2001 年 1 月号，第 58 - 63 页。

8.《"纯诗"的"偏至"与"文学的启蒙"——论"象征派"诗人群的形成及思想特色》，陈旭光，《文艺理论研究》，2001 年第 1 期，第 52 - 59 页。

9.《词语的冲突及其缓解方式》，谢有顺，《当代作家评论》，2001 年第 1 期，第 45 - 51 页。

10.《从〈春雨〉说开去——在志昂同志叙事长诗〈春雨〉研讨会上的书面发言》，徐非光，《文艺理论与批评》，2001 年第 1 期，第 56 - 58 页。

11.《当代中国诗人答问录》，郁葱，《诗选刊》，2001 年第 1 期，第 23 - 29 页。

12.《冬天里的诗歌——读北京专辑诗歌作品》，李犁，《诗潮》，2001 年 1 - 2 月号，第 22 - 23 页。

13.《都市放歌——评徐迟 20 世纪 30 年代的诗》，罗振亚，《北方论丛》，2001 年第 1 期，第 103 - 107 页。

14.《对神秘之物的敬意——麦城的诗歌方式》，陈超，《当代作家评论》，2001 年第 1 期，第 55 - 57 页。

15.《废名的意义》，格非，《文艺理论研究》，2001 年第 1 期，第 47 - 51 页。

16.《更内心、更自由、更现代》,彭燕郊,《芙蓉》,2001 年第 1 期,第 77 – 78 页。

17.《关于"校园诗抄"的思考》,巴音博罗,《诗潮》,2001 年 1 – 2 月号,第 37 页。

18.《海子:史诗神话的破灭》,秦巴子,《青海湖》,2001 年 1 月号,第 64 – 72 页。

19.《韩东是个好厨师——品尝韩东的〈你见过大海〉》,杨志学,《名作欣赏》,2001 年第 1 期,第 55 – 59 页。

20.《回答》,柳湜,《诗选刊》,2001 年第 1 期,第 59 页。

21.《几经风雨知情重——记诗人贺敬之与柯岩》,徐光荣,《诗潮》,2001 年 1 – 2 月号,第 42 – 43 页。

22.《节日庆典与广场狂欢:红卫兵诗歌的精神特质之一》,王家平,《中国现代文学研究丛刊》,2000 年第 1 期,第 203 – 220 页。

23.《历史的起点与历史的选择——关于现代文学研究中对歌词缺乏关注的思考》,陈煜斓,《词刊》,2001 年第 1 期,第 36 – 39 页。

24.《令人失望的序言》,朵渔,《文学自由谈》,2001 年第 1 期,第 94 – 96 页。

25.《刘半农对民歌俗曲的借鉴与研究》,陈泳超,《中国现代文学研究丛刊》,2001 年第 1 期,第 240 – 253 页。

26.《论古今田园诗歌的脉承与发展》,刘中顼,《中国文学研究》,2001 年第 1 期,第 76 – 81、85 页。

27.《论胡适的诗论》,廖四平,《河北学刊》,2001 年第 1 期,第 26 – 30 页。

28.《论九叶诗派的意象艺术》,张岩泉,《中国文学研究》,2001 年第 1 期,第 61 – 65 页。

29.《论中国现代诗歌对古典意象的继承和改造》,朱寿桐,《福建论坛》,2001 年第 1 期,第 55 – 62 页。

30.《论中国新诗八十年来诗思路子的拓展与调控》,骆寒超,《文学评论》,2001 年第 1 期,第 21 – 33 页。

31.《〈麦城诗集〉散论》,沈奇,《山花》,2001 年第 1 期,第 76 – 79 页。

32.《美丽的毁灭——闻一多的死亡意识》,孔庆东,《中国现代文学研究丛刊》,2001 年第 1 期,第 254 – 259 页。

33.《穆旦漫议》,周良沛,《文艺理论与批评》,2001 年第 1 期,第 67 – 77 页。

34.《欧美象征派诗歌翻译与 30 年代中国现代派诗歌创作》,耿纪永,《中国比较文学》,2001 年第 1 期,第 74 – 89 页。

35.《七十年代的诗人及创作》,蒋浩,《鸭绿江》,2001年第1期,第66-67页。

36.《浅论中国当代讽刺诗》,杨四平,《诗刊》,2001年1月号,第57-60页。

37.《缺少反省的大陆先锋诗歌》,陈仲义,《粤海风》,2001年第1期,第28-29页。

38.《三十年代的"现代"诗派与中国现代都市诗的产生》,陈旭光,《浙江学刊》,2001年第1期,第61-65页。

39.《呻吟中的突围——女性诗歌对男权镜像的解构与颠覆》,赵思运,《文艺争鸣》,2001年第1期,第54-61页。

40.《诗歌,愚人节的礼物?》,敬文东,《粤海风》,2001年第1期,第26-27页。

41.《诗歌是生命的散播——屠岸访谈录》,阎延文,《诗刊》,2001年1月号,第51-56页。

42.《诗所呼唤的》,林荣居,《诗选刊》,2001年第1期,第47页。

43.《诗在哪里》,贾清云,《诗选刊》,2001年第1期,第58页。

44.《世纪之骗——"中国新诗"》,李珂,《山西文学》,2001年第1期,第50-51页。

45.《是悲曲,更是浩歌——解读〈鱼化石〉的"深层意蕴"》,曹津源,《读写月报》,2001年第1期,第30-31页。

46.《谁去谁留及非选择性——析欧阳江河的〈谁去谁留〉》,张宁,《名作欣赏》,2001年第1期,第64-69页。

47.《先行到失败中去——读〈麦城诗集〉》,唐晓渡,《当代作家评论》,2001年第1期,第52-54页。

48.《现代诗:个体生命的瞬间展开——〈向诗而生〉之一》,陈超,《星星》,2001年第1期,第105-110页。

49.《新诗究竟有没有传统?》,郑敏、吴思敬,《粤海风》,2001年第1期,第22-23页。

50.《学院空间、社会现实和自我内外——西南联大的现代主义诗群》,张新颖,《当代作家评论》,2001年第1期,第27-37页。

51.《雪花变成春天——谈诗歌的"暴力组合"》,林德荣,《阅读与写作》,2001年第1期,第46页。

52.《以无为有——诗的艺术辩证法举要》,马立鞭,《写作》,2001年第1期,第8-9页。

53.《与诗有关的若干呓语》,韦白,《诗选刊》,2001年第1期,第49页。

54.《陨落了,雪域文坛的明星——怀念女诗人杨星火》,李佳俊,《西藏文学》,2001 年第 1 期,第 124 – 126 页。

55.《在文化突围中宁静地审智——论麦城的诗》,孙绍振,《当代作家评论》,2001 年第 1 期,第 38 – 44 页。

56.《这时代诗人的际遇》,何中华,《粤海风》,2001 年第 1 期,第 24 – 25 页。

2 月

57.《"纯诗"说·"象征"说·"契合"说——论梁宗岱的诗论》,廖四平,《江苏社会科学》,2001 年第 2 期,第 110 – 115 页。

58.《浪漫主义诗人郭沫若》,冯锡刚,《中国语言文学》,2001 年第 1 期,第 21 页。

59.《穆旦 1976 年诗作中的死亡意识》,邓集田,《温州师范学院学报》,2001 年第 1 期,第 42 – 45 页。

60.《嬗变与转型:20 世纪初期的中国叙事诗创作》,王荣,《陕西教育学院学报》,2001 年第 1 期,第 41 – 43 页。

61.《诗歌改革刍议》,徐兆寿,《飞天》,2001 年第 2 期,第 98 – 103 页。

62.《诗歌技艺究竟是什么》,树才,《鸭绿江》,2001 年第 2 期,第 64 – 65 页。

63.《诗行排列奇妙的现代短诗》,黄秀琴,《读写月报》,2001 年第 2 期,第 20 页。

64.《像早霞一样新鲜——读彭四梁近作》,彭燕郊,《书屋》,2001 年第 2 期,第 72 – 78 页。

65.《这透明缘自"对世界之苍白的凝视"——艾青和他的〈透明的夜〉》,李本东,《黔南民族师范学院学报》(社会科学版),2001 年第 1 期,第 15 – 18 页。

3 月

66.《20 世纪中国新诗中的现代主义》,陈旭光,《文艺研究》,2001 年第 2 期,第 77 – 87 页

67.《爱与生的思索——解读穆旦诗一首》,王智慧,《名作欣赏》,2001 年第 2 期,第 31 – 33 页。

68.《春心与共花争发——海峡两岸爱情诗比较》,叶永胜、刘桂荣,《当代文坛》,2001 年第 2 期,第 52 – 54 页。

69.《从头再来——1999 – 2001 年:诗人的被缚与诗歌的内在抗争》,徐江,《芙蓉》,2001 年第 2 期,第 130 – 135 页。

70.《从言语行为接受方式考察诗歌语体》,邹立志,《修辞学习》,2001 第 2 期,第 13 – 14 页。

71.《答〈诗选刊〉21 问》,鲁西西,《诗选刊》,2001 年第 3 期,第 46 – 47 页。

72.《答〈诗选刊〉21 问》,赵丽华,《诗选刊》,2001 年第 3 期,第 43 – 45 页。

73.《答〈诗选刊〉问》,叶延滨,《诗选刊》,2001 年第 3 期,第 40 – 42 页。

74.《打开天窗说亮话——〈2000 年中国诗年选〉序》,杨黎,《芙蓉》,2001 年第 2 期,第 120 – 122 页。

75.《大连诗会——中国新诗百年绝响》,梁溪子,《山花》,2001 年第 3 期,第 84 – 85 页。

76.《当代女性诗学的理论建构及其流变》,赵树勤,《文艺研究》,2001 年第 2 期,第 95 – 104 页。

77.《当代诗歌:业余诗人专业写作的开始》,侯马,《芙蓉》,2001 年第 2 期,第 146 – 150 页。

78.《告别二十世纪——在大连诗歌研讨会上的发言》,谢冕,《当代作家评论》,2001 年第 2 期,第 35 – 36 页。

79.《胡适新诗创作及理论的定位分析——兼论进化论的文学史观与 20 世纪新诗批评》,钟军红,《文艺研究》,2001 年第 2 期,第 88 – 94 页。

80.《"空降兵"简宁——〈走来走去的青春〉之十二》,王燕生,《星星》,2001 年第 3 期,第 57 – 59 页。

81.《李金发:中国古典愁郁心灵的现代守护者》,徐肖楠,《华东师范大学学报》(哲学社会科学版),2001 年第 2 期,第 111 – 116 页。

82.《李金发双重身份的考察》,姚玳玫,《文艺研究》,2001 年第 2 期,第 154 – 156 页。

83.《灵智而高远的诗学建树——梁南诗论集〈在缪斯伞下〉评述》,邢海珍,《文艺评论》,2001 年第 2 期,第 60 – 64 页。

84.《刘小平诗歌特色刍议》,江之永,《写作》,2001 年第 3 期,第 10 – 11 页。

85.《流动的情感——评黄广庄诗集〈飘香的玫瑰〉》,峻冰,《当代文坛》,2001 年第 2 期,第 56 – 57 页。

86.《论新乡土诗派的诗品与文心》,欧阳友权,《中南工业大学学报》(社会科学版),2001 年第 1 期,第 55 – 59 页。

87.《论余光中思乡恋土诗歌的特色》,张永健,《世界华文文学论坛》,2001 年第 1 期,第 41 – 44 页。

88.《穆木天、王独清早期诗论与法国象征主义诗派》,廖四平,《齐鲁学刊》,2001年第2期,第90-93页。

89.《生命:另一种"纯粹"——〈向诗而生〉之三》,陈超,《星星》,2001年第3期,第104-107页。

90.《"诗的神髓"是散文诗的生命》,林子,《世界华文文学论坛》,2001年第1期,第30-32页。

91.《诗歌的幻美之旅——蔡其矫访谈录》,阎延文,《诗刊》,2001年3月号,第54-59页。

92.《诗歌意象的符号质、系统质、功能质》,吴晓,《浙江大学学报》(人文社会科学版),2001年第2期,第116-124页。

93.《诗歌之死——主要是对狂奔在"牛B"路上的"下半身"诗歌团体的必要警惕》,马策,《芙蓉》,2001年第2期,第141-145页。

94.《诗坛不是江湖——2001年初〈诗江湖〉讨论版论战中的面孔》,李樯,《芙蓉》,2001年第2期,第136-140页。

95.《诗意与神秘的存在》,靳晓静,《星星》,2001年第3期,第60-61页。

96.《诗友志洁,手足情深——评〈蔡氏兄妹四人诗选〉》,曾镇南,《理论与创新》,2001年第2期,第26-31页。

97.《实践意义上的梁宗岱"纯诗"理论》,段美乔,《北京大学学报》(哲学社会科学版),2001年第2期,第59-66页。

98.《试论徐志摩诗的"浅"——兼与一些评论者商榷》,杨泉良,《青海师专学报》(社会科学版),2001年第2期,第43-46页。

99.《试析舒婷诗歌风格的变化》,张华,《新疆大学学报》(社会科学版),2001年第1期,第129-132页。

100.《蜀中诗歌今何为》,曹纪祖,《星星》,2001年第3期,第108-110页。

101.《说说六个浙江诗人》,沈泽宜,《诗潮》,2001年3-4月号,第35-37页。

102.《谈林徽因的三首情诗》,蓝棣之,《诗潮》,2001年3-4月号,第44-45页。

103.《我的几点意见》,郑敏,《当代作家评论》,2001年第2期,第37-39页。

104.《西方现代语言学与中国新诗研究》,赵令珍,《四川大学学报》(哲学社会科学版),2001年第2期,第65-70页。

105.《西方影响与九叶诗人的新诗现代化构想》,谭桂林,《文学评论》,2001年第2期,第107-116页。

106.《现场直击:2000年中国新诗关键词》,伊沙,《芙蓉》,2001年第2期,第123-129页。

107.《现代诗的线性、事件与叙述》,沈天鸿,《诗潮》,2001年3-4月号,第46-48页。

108.《现代文化的读本:中国新诗的几个文本》,李怡,《名作欣赏》,2001年第2期,第21-27页。

109.《香港:现代散文诗的天然沃土》,徐成淼,《世界华文文学论坛》,2001年第1期,第23-26页。

110.《香港散文诗创作现状及走向》,黄永健,《深圳大学学报》(人文社会科学版),2001年第2期,第91-95页。

111.《香港散文诗的特色》,春华,《世界华文文学论坛》,2001年第1期,第27-29页。

112.《香港散文诗印象》,郭风,《世界华文文学论坛》,2001年第1期,第19-22页。

113.《新诗应当有自己的"古文运动"》,赵恺,《诗刊》,2001年3月号,第60-61页。

114.《徐志摩比较研究述评》,谈凤霞,《南京师大学报》(社会科学版),2001年第2期,第105-111页。

115.《寻找新的文学空间——香港散文诗研讨会综述》,大壑,《世界华文文学论坛》,2001年第1期,第33-35页。

116.《永远的寂寞——痛悼卞之琳》,周良沛,《文艺理论与批评》,2001年第2期,第119-124页。

117.《余光中的诗歌美学思想》,彭立勋,《世界华文文学论坛》,2001年第1期,第36-40页。

118.《余光中研究在新马》,[新加坡]韦佩仪,《世界华文文学论坛》,2001年第1期,第45-49页。

119.《"自我表现"说与"自然流露"说——郭沫若的现代诗论》,廖四平,《四川师范大学学报》(社会科学版),2001年第2期,第101-107页。

120.《在中西文化的交汇点上——读卞之琳30年代诗有感》,陈可培,《东方丛刊》,2001年第1辑,第213-222页。

121.《中国诗歌在困境中沉思》,牛汉,《中华文学选刊》,2001年第3期,第1页。

122.《中国现代新诗意象观念的生成》,雷世文,《湖南大学学报》(社会科学版),2001年第1期,第105-111页。

123.《〈中国新诗流变论〉》,谭桂林,《文艺研究》,2001年第2期,第150-156页。

4月

124.《别丢掉 难丢掉——读林徽因〈别丢掉〉》,曾广志,《写作》,2001年第4期,第14-15页。

125.《不应被文学史家遗忘的一部长篇叙事诗——〈奴隶王国的来客〉》,陆耀东,《中国文学研究》,2001年第2期,第55-60页。

126.《充满悟性的诗话写作——从何来的〈未彻之悟〉谈起》,蒋登科,《诗刊》,2001年4月号,第60-61页。

127.《答〈诗选刊〉21问》,安琪,《诗选刊》,2001年第4期,第57-59页。

128.《答〈诗选刊〉21问》,大解,《诗选刊》,2001年第4期,第53-54页。

129.《答〈诗选刊〉21问》,杨如雪,《诗选刊》,2001年第4期,第55-56页。

130.《感悟:始于喜悦 终于智慧——进入诗歌的创作态》,普丽华,《写作》,2001年第4期,第12-13页。

131.《关于长诗热现象的对话——兼谈长诗〈邓小平〉与〈共和国第一旗〉》,赵国泰、罗高林,《长江文艺》,2001年第4期,第62-64页。

132.《几位现代中国诗人的文学史意义》,王毅,《中国现代文学研究丛刊》,2001年第2期,第46-59页。

133.《李光武和他的诗歌》,钱明辉,《绿洲》,2001年第2期,第98-102页。

134.《论安谧诗歌的创作方法》,宝音巴图,《草原》,2001年第4期,第70-72页。

135.《论戴望舒晚年的创作思想》,王文彬,《中国现代文学研究丛刊》,2001年第2期,第127-144页。

136.《马凡陀:中国现代讽刺诗写作的重镇》,杨四平,《中国现代文学研究丛刊》,2001年第2期,第240-256页。

137.《魔幻麦城:历史哲学的隐喻谜语——关于诗歌文本的一种解析方式》,蔡平、雷鸣,《山花》,2001年第4期,第82-89页。

138.《穆旦研究综述》,陈林,《中国现代文学研究丛刊》,2001年第2期,第257-282页。

139.《旗帜下的情思——读长篇抒情诗〈共和国第一旗〉》,彭卫鸿,《写作》,2001年第4期,第21-23页。

140.《诗歌的表现与表现性》,张有根,《读写月报》,2001年第4期,第19页。

141.《似浅非浅　平中见奇——提倡一种淡远朴实的诗风》，马立鞭，《阅读与写作》，2001年第4期，第29－30页。

142.《我是风中最敏感的一根须——路也诗歌论》，耿建华，《山东文学》，2001年第4期，第62－64页。

143.《西藏高原传来的最强音——夏川同志〈雪域放歌〉读后漫笔》，李岳南，《西藏文学》，2001年第4期，第129－130页。

144.《现代诗的基本性质——〈向诗而生〉之四》，陈超，《星星》，2001年第4期，第106－109页。

145.《朱自清日记中的闻一多》，商金林，《中国现代文学研究丛刊》，2001年第2期，第283－300页。

5月

146.《2000年的诗歌》，陈超，《诗选刊》，2001年第5期，第61－63页。

147.《爱情永恒　风景长存——卞之琳〈断章〉创作原意解读》，曾一果、曾一桃，《名作欣赏》，2001年第3期，第18－22页。

148.《差异里的建构——梁宗岱的新诗理论及其启示》，陈太胜，《北京师范大学学报》（人文社会科学版），2001年第3期，第54－60页。

149.《穿透季节飞翔——读达夫诗集〈花落知多少〉》，章翔，《当代文坛》，2001年第3期，第63－64页。

150.《从文献史料看胡适对旧诗的态度——兼论诗文传统断裂的原因》，钟军红，《学术研究》，2001年第5期，第85－89页。

151.《答〈诗选刊〉问》，巴音博罗，《诗选刊》，2001年第5期，第50－51页。

152.《答〈诗选刊〉问》，李元胜，《诗选刊》，2001年第5期，第52－53页。

153.《答〈诗选刊〉问》，于坚，《诗选刊》，2001年第5期，第46－49页。

154.《戴望舒诗歌的特质情思与传达策略》，罗振亚，《文艺理论研究》，2001年第3期，第89－96页。

155.《丹心白花铁骨铮铮》，晓风，《新文学史料》，2001年第2期，第75－78页。

156.《对当前几个诗学热点问题的思考》，黎风，《文艺评论》，2001年第3期，第46－53页。

157.《饿⟵⟶愁：中国女作家点滴》，肖开愚，《读书》，2001年第5期，第35－40页。

158.《关于诗的两封信》，周良沛，《文学理论与批评》，2001年第3期，第55－62页。

159.《还阿垅以真实面目》，王增铎，《新文学史料》，2001年第2期，第68-74页。

160.《胡适早期诗文创作论》，徐改平，《河北学刊》，2001年第3期，第52-55页。

161.《蝴蝶之美——或我们为什么要反复写到飞翔?》，赵丽华，《诗刊》，2001年5月号，第61-62页。

162.《精致的理趣 朦胧的诗风——卞之琳四首诗解读》，王泊、李蓓，《名作欣赏》，2001年第3期，第13-17页。

163.《老骥嘶风，驰骋诗坛——刘征访谈录》，阎延文，《诗刊》，2001年5月号，第52-56页。

164.《礼赞生命的〈半棵树〉》，崔敬之，《读写月报》，2001年第5期，第21页。

165.《李金发和他的〈岭东恋歌〉》，巫小黎，《新文学史料》，2001年第2期，第64-65页。

166.《论李金发诗歌的意向构建》，孙玉石，《新文学史料》，2001年第2期，第33-50页。

167.《论七月诗派的情思世界与价值取向》，吴井泉，《北方论丛》，2001年第3期，第105-109页。

168.《论新诗对于古典诗歌的传承》，蓝棣之，《文学遗产》，2001年第3期，第4-12页。

169.《牟心海：诗性的超越个案》，臧永清、刘恩波，《当代作家评论》，2001年第3期，第95-97、94页。

170.《飘飘何所似，天地一沙鸥——记老诗人、评论家、编辑家沙鸥（上）》，晏明，《新文学史料》，2001年第2期，第148-166页。

171.《生存意义的关怀与探寻——读冯至〈十四行集〉的一个视角》，马绍玺，《思想战线》，2001年第3期，第69-73页。

172.《诗歌、印刷和网络》，黄子平，《东方》，2001年第4-5期，第115-118页。

173.《诗花烂漫的山谷》，刘传进，《山东文学》，2001年第5期，第59-60页。

174.《诗情的光辉——读〈夕阳里的玫瑰〉》，朱先树，《诗潮》，2001年5-6月号，第47-48页。

175.《诗人何为》，耿建华，《诗潮》，2001年5-6月号，第46-47页。

176.《诗学札记》，叶延滨，《理论与创新》，2001年第3期，第43-46页。

177.《诗言体》，于坚，《芙蓉》，2001年第3期，第69-88页。

178.《诗中真歌吟——评李青松先生的〈我的歌〉》，谭仲池，《理论与创新》，2001年第3期，第51-52页。

179.《试论昌耀的诗》，易彬，《青海湖》，2001年5月号，第50-61页。

180.《守旧者说——在一个诗歌讨论会上的发言——〈向诗而生〉之五》，陈超，《星星》，2001年第5期，第106-108页。

181.《我看"后新诗潮"》，龙泉明，《文学评论》，2001年第3期，第148-150页。

182.《无诗年代的诗语言说》，黎风，《诗刊》，2001年5月号，第57-60页。

183.《五四时期鲁迅李大钊新诗之比较》，曾宏伟，《四川师范学院学报》（哲学社会科学版），2001年第3期，第18-22页。

184.《先锋诗歌内部的"圈地运动"》，林霆，《文学自由谈》，2001年第3期，第115-118页。

185.《现代主义诗歌的中国面孔》，李自芬，《四川师范学院学报》（哲学社会科学版），2001年第3期，第23-27页。

186.《新诗会消亡吗？——兼评当代新诗与古典诗歌传统》，代迅，《文艺评论》，2001年第3期，第37-45页。

187.《阅尽人间春色——读诗集〈俯瞰人间〉》，张永健，《理论与创新》，2001年第3期，第47-49页。

188.《"在向着精细的地方发展"——论李金发象征派诗歌的艺术张力》，杨剑龙，《新文学史料》，2001年第2期，第57-63页。

189.《中国现代象征诗第一人——论李金发兼及他的诗歌影响》，谢冕，《新文学史料》，2001年第2期，第33-50页。

6月

190.《被淹没的辉煌——论"文革"地下诗歌》，李润霞，《江汉论坛》，2001年第6期，第73-78页。

191.《答〈诗选刊〉21问》，张洪波，《诗选刊》，2001年第6期，第55-56页。

192.《答〈诗选刊〉问》，曹增书，《诗选刊》，2001年第6期，第57-58页。

193.《答〈诗选刊〉问》，柳漂，《诗选刊》，2001年第6期，第53-54页。

194.《对话》，赵丽华，《诗选刊》，2001年第6期，第59-63页。

195.《古典情怀的现代重构——论戴望舒诗歌向传统回归倾向》，龙泉明、程振兴，《人文杂志》，2001年第6期，第84-88页。

196.《建构新诗史研究的深度模式》，王国绶，《江汉论坛》，2001年第6期，第71-72页。

197.《解构重释与整合重建——评龙泉明〈中国新诗流变论〉》,程金城,《南方文坛》,2001年第3期,第54-55页。

198.《"口语诗"断想》,李以亮,《星星》,2001年第6期,第74-76页。

199.《融抒情与哲理于一体的世纪画卷》,翟泰丰,《诗刊》,2001年6月号,第56-60页。

200.《诗歌审美特征:个人话语——〈向诗而生〉之六》,陈超,《星星》,2001年第6期,第106-109页。

201.《史笔与论难——读〈中国新诗流变论〉兼及新诗史的写作问题》,杨匡汉,《江汉论坛》,2001年第6期,第66-68页。

202.《竖和他的〈广州赛马场〉(节选)》,韩东,《诗选刊》,2001年第6期,第23-26页。

203.《霜余已失长淮阔——浅析〈再别康桥〉的双重意蕴》,姜深香,《牡丹江师范学院学报》(哲学社会科学版),2001年第3期,第39-40页。

204.《鲜红的诗歌:永远书写在中国大地上——贺敬之访谈录》,阎延文,《诗刊》,2001年6月号,第61-65页。

205.《现代诗,你让我好糊涂》,孙涛,《山西文学》,2001年第6期,第52-54页。

206.《硝烟弥漫诗江湖》,李樯,《诗选刊》,2001年第6期,第27-28页。

207.《寻求新诗史研究的突破与超越——中国新诗史写作与〈中国新诗流变论〉》,江锡铨,《江汉论坛》,2001年第6期,第68-71页。

208.《一个世纪的交代——读梁小斌》,杨键,《北京文学》,2001年第6期,第83-85页。

209.《怎样做一个诗人》,王黎明,《北京文学》,2001年第6期,第86-88页。

210.《"中国新诗净化"之举——读〈现代诗手术台〉》,王同书,《世界华文文学论坛》,2001年第2期,第25-28页。

211.《真情、至性、唯美——评台湾诗人绿蒂〈沉淀的潮声〉》,熊国华,《世界华文文学论坛》,2001年第2期,第54-55页。

212.《真正的写作都是后退的》,于坚、谢有顺,《南方文坛》,2001年第3期,第28-33页。

7月

213.《1911-1949清华诗歌寻踪》,张玲霞,《诗探索》,2001年第1-2辑,第20-37页。

214.《2000年的中国新诗》,韩作荣,《诗探索》,2001年第1-2辑,第72

-77页。

215.《艾青与"七月"派诗歌》,王晓初,《贵州大学学报》(社会科学版),2001年第4期,第57-62页。

216.《爱的呼声——读舒婷的诗》,胡亭亭,《哈尔滨学院学报》,2001年第4期,第21-23页。

217.《边缘的作为——论"归来诗人"的诗艺探索》,伍明春,《诗探索》,2001年第1-2辑,第38-54页。

218.《卞之琳:沟通中西诗艺的"寻梦者"》,孙玉石,《诗探索》,2001年第1-2辑,第183-187页。

219.《从精神分裂的方向看——食指论》,张清华,《当代作家评论》,2001年第4期,第89-99页。

220.《答〈诗选刊〉问》,车前子,《诗选刊》,2001年第7期,第58页。

221.《答诗友问》,黎焕颐,《文学自由谈》,2001年第4期,第155-157页。

222.《答痖弦先生二十问》,李金发,《诗探索》,2001年第1-2辑,第163-175页。

223.《当代诗歌的民间传统》,于坚,《当代作家评论》,2001年第4期,第84-88页。

224.《风度 情怀 精神——读陈仲义〈扇性的展开——中国现代诗学谫论〉》,沈奇,《诗探索》,2001年第1-2辑,第333-335页。

225.《歌声多么稀薄》,周涛,《诗探索》,2001年第1-2辑,第297-298页。

226.《古典与现代纠结的艺术迷宫——走进〈微雨〉的世界》,孙良好,《诗探索》,2001年第1-2辑,第124-134页。

227.《关于"长诗热现象"的对话——兼谈长诗〈邓小平〉与〈共和国第一旗〉》,赵国泰、罗高林,《广州文艺》,2001年第7期,第74-77页。

228.《关于卞之琳前期诗歌评价的几点思考》,陈丙莹,《诗探索》,2001年第1-2辑,第188-195页。

229.《关于姿态——曾卓〈铁栏与火〉赏析》,黄灯,《诗探索》,2001年第1-2辑,第226-233页。

230.《汉诗的空间——说说校园诗人》,杨四平,《诗潮》,2001年7-8月号,第85页。

231.《"和而不同":新形式诗学探源》,解志熙,《文学评论》,2001年第4期,第115-125页。

232.《何其芳诗〈预言〉、〈我为少男少女们歌唱〉赏析》,王丽丽,《名作欣赏》,2001年第4期,第23-26页。

233.《互联网时代的中文诗歌》,桑克,《诗探索》,2001年第1-2辑,第5-19页。

234.《活法,写法——谈两年来的诗歌印象》,树才,《诗探索》,2001年第1-2辑,第78-81页。

235.《苦难的升华——论曾卓的诗》,罗振亚、龙泉明,《诗探索》,2001年第1-2辑,第209-225页。

236.《李金发诗歌中的古典与现代》,李俏梅,《诗探索》,2001年第1-2辑,第144-155页。

237.《李金发在台湾》,向明,《诗探索》,2001年第1-2辑,第156-162页。

238.《论"新民歌运动"的现代来源——关于新诗发展的一个症结性难题》,张桃洲,《社会科学研究》,2001年第4期,第141-145页。

239.《论穆旦诗的现代主义意识》,杜心源,《南京大学学报》(哲学·人文科学·社会科学版),2001年第4期,第54-61页。

240.《论穆旦诗歌中的"异化"主题》,李荣明,《中国现代文学研究丛刊》,2001年第3期,第249-259页。

241.《论中国现代诗人的人格危机与人格重建》,张艳梅,《东北大学报》(哲学社会科学版),2001年第4期,第78-84页。

242.《美神朝圣者穿过暗夜的空谷——刁永泉论》,张大为,《诗探索》,2001年第1-2辑,第267-274页。

243.《穆旦与〈圣经〉——兼论穆旦的三部诗剧》,鲍昌宝,《思想战线》,2001年第4期,第70-74页。

244.《女诗人们》,赵丽华,《诗选刊》,2001年第7期,第61-63页。

245.《亲和力,是诗的一种魅力——评余文法的新诗近作》,刘士杰,《诗探索》,2001年第1-2辑,第275-280页。

246.《诗的美学随笔》,张同吾,《诗潮》,2001年7-8月号,第94-95页。

247.《诗歌:修辞与想象例话》,胡晓靖,《南都学坛》(哲学社会科学版),2001年第4期,第74-75页。

248.《诗歌的"70后"与我》,沈浩波,《诗选刊》,2001年第7期,第24-27页。

249.《诗人"玲君"之谜》,彭放,《诗探索》,2001年第1-2辑,第315-320页。

250.《诗人的精神之旅——读〈红石竹花〉》,闵抗生,《宁夏大学学报》(人文社会科学版),2001年第4期,第40-43页。

251.《诗谭二题》,刘松林,《诗探索》,2001年第1-2辑,第309-312页。

252.《诗谊如水——辛笛与卞之琳的多年交往》,王圣思,《诗探索》,2001年第1-2辑,第196-202页。

253.《诗与诗人的品性——我读北野》,仵从巨,《诗探索》,2001年第1-2辑,第299-304页。

254.《诗在新疆——北野诗歌谈片》,韩子勇,《诗探索》,2001年第1-2辑,第292-296页。

255.《时代、精神与诗人的自我叙述——90年代诗歌个案研究之一》,张宁,《郑州大学学报》(哲学社会科学版),2001年第4期,第84-88页。

256.《时空两无限——〈乡愁〉赏析》,徐静、王益民,《现代语文》,2001年第7期,第51-52页。

257.《史与诗:程步奎的诗作》,张慧敏,《诗探索》,2001年第1-2辑,第281-291页。

258.《世纪伊始的诗歌观察》,张清华,《诗潮》,2001年7-8月号,第92-93页。

259.《视角、音乐性与诗意——重读艾青〈大堰河——我的保姆〉》,曹安娜,《名作欣赏》,2001年第4期,第47-49页。

260.《守望者的倾听》,汪剑钊,《诗探索》,2001年第1-2辑,第336-340页。

261.《疏淡:另一种"意象密度"——〈向诗而生〉之七》,陈超,《星星》,2001年第7期,第107-110页。

262.《说不尽的李金发——李金发学术研讨会综述》,巫小黎,《诗探索》,2001年第1-2辑,第176-182页。

263.《谈歌词与诗的审美互补》,许自强,《诗探索》,2001年第1-2辑,第101-106页。

264.《痛苦的灵魂——论穆旦40年代的诗歌创作》,龙泉明、汪云霞,《中山大学学报》(社会科学版),2001年第4期,第40-47页。

265.《痛苦的升华 泪水的结晶——舒婷诗歌创作新论》,刘广涛,《上海师范大学学报》(哲学社会科学版),2001年第4期,第52-57页。

266.《痛苦而欢乐的歌——曾卓〈有赠〉赏析》,汪云霞,《诗探索》,2001年第1-2辑,第234-240页。

267.《闻一多文艺思想论——兼驳其并非"极端唯美论者"说》,李乐平,《文艺争鸣》,2001年第4期,第61-64页。

268.《我的生活道路和文学道路》,曾卓,《诗探索》,2001年第1-2辑,第241-252页。

269.《我看沈韩之争》,车前子等,《诗选刊》,2001年第7期,第49-53页。

270.《我坦白,我是这样成为诗人的》,宋晓贤,《星星》,2001年第7期,第62-64页。

271.《"问余何适,廓尔之言"——答〈诗选刊〉问》,杨远宏,《诗选刊》,2001年第7期,第56-57页。

272.《西川的〈致敬〉:社会变革之中的中国先锋诗歌》,[荷兰]柯雷著、穆青译,《诗探索》,2001年第1-2辑,第341-370页。

273.《献上一支心中的歌——序〈党啊,亲爱的妈妈〉》,蒋祖垣,《理论与创新》,2001年第4期,第39页。

274.《"现实问题"、"语言资源"、"向上的路"与"向下的路"——世纪之交诗坛态势之旁观者言》,陈旭光,《诗探索》,2001年第1-2辑,第58-65页。

275.《消失的天鹅——几首中国当代天鹅母题的诗歌略论》,郑鹏,《诗探索》,2001年第1-2辑,第107-123页。

276.《小题大做说新诗》,刘章,《山西文学》,2001年第7期,第54-55页。

277.《心灵的飞翔 诗意的追求——海子〈亚洲铜〉简析》,任德孝,《读写月报》,2001年第7期,第29-30页。

278.《叶延滨90年代抒情诗创作综论》,邹建军,《诗探索》,2001年第1-2辑,第253-266页。

279.《夜候疲乏之兽群——李金发诗歌的理性雕塑美》,黄咏梅,《诗探索》,2001年第1-2辑,第135-143页。

280.《一个时代的出场——关于"70后"诗群》,安琪,《诗选刊》,2001年第7期,第31-32页。

281.《一个时代的诗歌演义——关于"70后"诗歌状况的始末》,黄礼孩,《诗选刊》,2001年第7期,第27-30页。

282.《一些旧事和老观点:〈诗选刊〉答问录》,侯马,《诗选刊》,2001年第7期,第59-60页。

283.《以大智慧传达人类真实的声音》,杨匡汉,《诗探索》,2001年第1-2辑,第1-4页。

284.《以细读为基础的诗歌史研究的新收获——评王毅的〈中国现代主义诗歌史论(1925-1949)〉》,龙泉明,《中国现代文学研究丛刊》,2001年第3期,第281-283页。

285.《忧郁的诗魂——戴望舒诗歌的美学特征》,谭德晶,《思想战线》,2001年第4期,第75-79页。

286.《在多种语言和部落间穿行——新疆的生活、诗意和文学》,北野,《诗探索》,2001年第1-2辑,第305-308页。

287.《中国现代新诗流变与外来影响》,陈晖,《中国现代文学研究丛刊》,2001年第3期,第113-131页。

288.《重视八十年代的传统》,沈浩波,《鸭绿江》,2001年第7期,第57页。

289.《壮大诗歌队伍 建设诗歌大省——"世纪之春·甘肃诗会"讨论综述》,高凯,《飞天》,2001年第7期,第109-111页。

290.《走向消费时代的诗歌》,沈健,《诗探索》,2001年第1-2辑,第66-71页。

8月

291.《艾青诗歌意象的类型、组合、转换》,范兰德,《江汉论坛》,2001年第8期,第86-88页。

292.《卞之琳的诗歌》,陈丙莹,《新文学史料》,2001年第3期,第71-77页。

293.《卞之琳老师永垂不朽——在卞之琳先生追思会暨学术讨论会上的发言》,袁可嘉,《新文学史料》,2001年第3期,第61-66页。

294.《卞之琳先生的情诗与情事》,北塔,《新文学史料》,2001年第3期,第78-84页。

295.《关于"口语写作"和"抒情"》,秦巴子,《星星》,2001年第8期,第28-29页。

296.《海子〈亚洲铜〉:作为文化反思的文本》,崔勇,《温州师范学院学报》(哲学社会科学版),2001年第4期,第10-14页。

297.《弘扬民族文化 培养创作个性——一个土家族诗人的自述》,刘小平,《写作》,2001年第8期,第3-4页。

298.《回归与融合:联结中西艺术的桥梁——论海外华文诗歌与中国诗学传统》,朱文斌,《汕头大学学报》(人文科学版),2001年第3期,第96-101页。

299.《假如我们真的不知道我们在写些什么……——答诗人西渡的书面采访》,臧棣,《山花》,2001年第8期,第81-93页。

300.《论20世纪30年代现代派的"纯诗"追求》,汪云霞,《江汉论坛》,2001年第8期,第89-92页。

301.《论闻一多诗学的现代性》,刘海波,《上海大学学报》(社会科学版),2001年第4期,第11-16页。

302.《飘飘何所似,天地一沙鸥——记老诗人、评论家、编辑家沙鸥(中)》,晏明,《新文学史料》,2001年第3期,第137-156页。

303.《师生情谊四十年——悼卞之琳先生》,屠岸,《新文学史料》,2001年第3期,第67-71页。

304.《诗歌分流还看诗》,沈检江,《北方文学》,2001年第8期,第64-65页。

305.《诗歌公社的生产美学》,王晓渔,《上海文学》,2001年第8期,第69－71页。

306.《诗歌内部有"奸细"》,虫儿,《诗选刊》,2001年第8期,第72页。

307.《试验诗对结构的贡献——〈向诗而生〉之八》,陈超,《星星》,2001年第8期,第108－110页。

308.《微型诗的表达策略》,刘静,《写作》,2001年第8期,第5－7页。

309.《我的诗歌写作》,杨勇,《诗选刊》,2001年第8期,第64页。

310.《我看诗歌现状》,王俭庭,《诗刊》,2001年8月号,第59－60页。

311.《徐志摩后期没有流入"怀疑的颓废"》,王晓林,《重庆大学学报》(社会科学版),2001年第3期,第56－62页。

312.《永远的寂寞——痛悼诗人卞之琳》,周良沛,《新文学史料》,2001年第3期,第85－90页。

313.《曾卓与20世纪三四十年代》,何向阳,《南方文坛》,2001年第4期,第4－9、14页。

314.《张扬诗歌魅力的迷人盛宴——"梁平诗歌研讨会"侧记》,周冰心,《星星》,2001年第8期,第73－77页。

315.《中学生与当代诗歌》,刘绍菊,《诗刊》,2001年8月号,第60－61页。

316.《宗白华小诗创作风格与诗美观念初探》,王德胜,《首都师范大学学报》(社会科学版),2001年第4期,第87－98页。

9月

317.《20世纪中国诗论的一种独特声音——于坚的诗歌理论述评》,陈友康、马绍玺,《宁夏大学学报》(人文社会科学版),2001年第5期,第38－44页。

318.《跋涉在诗歌评论的道路上》,吴思敬,《山花》,2001年第9期,第64－65页。

319.《从诗人的泛神论观念到诗歌的终极关系》,马丁,《青海湖》,2001年9月号,第67－69页。

320.《答〈诗选刊〉21问》,魏克,《诗选刊》,2001年第9期,第56－58页。

321.《答〈诗选刊〉问》,路也,《诗选刊》,2001年第9期,第53－55页。

322.《答二十问》,杨克,《诗选刊》,2001年第9期,第50－52页。

323.《当代汉语诗歌的几个诗学问题》,胡彦,《当代文坛》,2001年第5期,第10－13页。

324.《当代诗歌:抒情,还是反抒情?》,沈奇、于坚等,《诗潮》,2001年9

—10月号，第44-45页。

325.《道旁的智慧——诗人臧棣论》，敬文东，《当代作家评论》，2001年第5期，第110-115页。

326.《孤帆远影——白渔新诗集〈白渔短诗选萃〉印象》，唐涓，《青海湖》，2001年9月号，第70-71页。

327.《古典诗美与现代诗韵——读王鸣久〈最后的执灯者〉》，吴开晋，《满族文学》，2001年第5期，第59-60页。

328.《关于诗的对话》，罗振亚、李琦，《文艺评论》，2001年第5期，第58-62页。

329.《海外赤子的情思——读柯清淡的乡愁诗》，王宗法，《世界华文文学论坛》，2001年第3期，第18-21页。

330.《何其芳〈预言〉的情思空间与艺术殊相》，罗振亚，《江汉论坛》，2001年第9期，第80-83页。

331.《红卫兵"小报"及其诗歌的基本形态》，王家平，《文艺争鸣》，2001年第5期，第4-9页。

332.《寂寞的诗魂——戴望舒诗〈印象〉赏析》，徐晓红，《名作欣赏》，2001年第5期，第58-60页。

333.《李金发诗歌成败论》，龙泉明、罗振亚，《中州学刊》，2001年第5期，第99-104页。

334.《联大精神与现代主义诗风》，周鑫，《海南大学学报》（人文社会科学版），2001年第3期，第57-60页。

335.《论当代汉语诗歌的书写者——臧棣》，周瓒，《当代作家评论》，2001年第5期，第116-123页。

336.《论当前诗歌写作的几种可能性》，蓝棣之，《文学评论》，2001年第5期，第35-40页。

337.《论陶里的现代诗论》，李欢鼎，《世界华文文学论坛》，2001年第3期，第31-36页。

338.《论叶延滨抒情诗的艺术探索》，邹建军，《理论与创新》，2001年第5期，第27-31页。

339.《面对无人看守的诗歌——答诗人西渡的书面采访》，臧棣，《诗潮》，2001年9-10月号，第40-43页。

340.《面对现代诗：你真的好糊涂》，东林，《山西文学》，2001年第9期，第57-58页。

341.《批评的身份——对90年代诗歌批评的一种审视》，周华，《当代文坛》，2001年第5期，第14-16页。

342.《虔诚萌动诗美的和弦——莫文征〈芽与根的和弦〉印象》，李青松，

《理论与创新》，2001 年第 5 期，第 39 - 41 页。

343.《生命的意味和声音——〈向诗而生〉之九》，陈超，《星星》，2001 年第 9 期，第 108 - 110 页。

344.《诗歌，不仅需要激情》，南翔，《书与人》，2001 年第 5 期，第 45 - 46 页。

345.《诗歌里的软木塞》，陈志昂，《文艺理论与批评》，2001 年第 5 期，第 56 - 60 页。

346.《诗歌与读者》，李曙白，《诗刊》，2001 年 9 月号，第 63 页。

347.《写作：对相关问题的解释》，孙文波，《红岩》，2001 年第 5 期，第 127 - 135 页。

348.《食指：凄凉的悲壮》，杨子，《鸭绿江》，2001 年第 9 期，第 70 - 78 页。

349.《史与诗——评〈菲律宾不流血的革命〉兼谈海外华文文学的"宏大叙事"》，钱虹，《世界华文文学论坛》，2001 年第 3 期，第 22 - 25 页。

350.《试论贺敬之诗歌的音乐美》，詹燕，《学术论坛》，2001 年第 5 期，第 102 - 105 页。

351.《透视网络诗歌》，小引，《星星》，2001 年第 9 期，第 33 - 38 页。

352.《"网上诗歌"我见》，刘春，《星星》，2001 年第 9 期，第 31 - 32 页。

353.《我看中国新诗》，于坚，《鸭绿江》，2001 年第 9 期，第 56 页。

354.《我与诗歌》，野川，《星星》，2001 年第 9 期，第 51 - 52 页。

355.《五人评说〈春天在哪里〉》，朵朵等，《诗选刊》，2001 年第 9 期，第 59 页。

356.《新时期诗歌对诗歌传统的反叛》，刘慧芳，《理论学刊》，2001 年第 5 期，第 123 - 124 页。

357.《一片深情遮隐忧——读〈再别康桥〉》，于志芹、张则会，《现代语文》，2001 年第 9 期，第 21 页。

358.《有话也要说——读〈麦城，我想对你说〉与快克先生商榷》，杨中标，《诗选刊》，2001 年第 9 期，第 49 页。

359.《缘情而生　因情而灭——试析徐志摩文学创作发生、衰竭之因》，陈伟华，《宁夏大学学报》（人文社会科学版），2001 年第 5 期，第 45 - 52 页。

360.《在传统与现代之间》，梁平，《山花》，2001 年第 9 期，第 71 页。

361.《在家的感觉——解读月曲了的诗》，朱立立，《世界华文文学论坛》，2001 年第 3 期，第 26 - 30 页。

362.《中国早期新诗的象征派——从闻一多到戴望舒》，孙绍振，《福建论坛》，2001 年第 5 期，第 85 - 90 页。

363.《自我·先知·超验——论当代先锋诗歌人文主体的构成》，胡彦，《社会科学研究》，2001 年第 5 期，第 140 - 143 页。

364.《作为诗人的王忠瑜》,彭放、晓川,《文艺评论》,2001年第5期,第75-77页。

10月

365.《变血为墨迹的阵痛——〈向诗而生〉之十》,陈超,《星星》,2001年第10期,第101-103页。

366.《传统与现代的默契——筏子诗集〈典雅的光芒〉读后》,马立鞭,《阅读与写作》,2001年第10期,第32-33页。

367.《从"家人不读"谈起》,吴亮汝,《诗刊》,2001年10月号,第63页。

368.《芳村诗话四则》,老刀,《诗刊》(下半月刊),2001年10月试刊号,第53-54页。

369.《访谈录》,印子君、白连春,《星星》,2001年第10期,第104-107页。

370.《好诗与坏诗的距离》,西渡,《诗选刊》,2001年第10期,第51页。

371.《〈记忆〉——与〈自行车〉有关的广西诗歌背景》,杨克,《南方文坛》,2001年第5期,第49-51页。

372.《坚持〈自行车〉的方向继续前进——浅谈广西青年诗歌的状况》,盘妙彬,《南方文坛》,2001年第5期,第55-56页。

373.《坚守在黄土高原的歌者——陕西诗人群像》,尚飞鹏,《诗刊》,2001年10月号,第56-62页。

374.《九叶派诗歌批评理论探源》,蓝棣之,《中国现代文学研究丛刊》,2001年第4期,第1-13页。

375.《林徽因的佚诗及其他》,赵国忠,《山西文学》,2001年第10期,第76-77页。

376.《论古今山水诗的衰变》,杨志,《中国现代文学研究丛刊》,2001年第4期,第28-46页。

377.《论李广田三十年代的诗歌创作》,秦林芳,《中国现代文学研究丛刊》,2001年第4期,第14-27页。

378.《论现代派诗人卞之琳初期诗作的审美意蕴》,祝晓耘,《青海民族学院学报》(社会科学版),2001年第4期,第118-122页。

379.《马莉与诗歌状态》,马莉,《诗选刊》,2001年第10期,第56页。

380.《世俗角色和诗歌写作》,刘青,《南方文坛》,2001年第5期,第52-53页。

381.《托着半只梯子的诗写者》,道辉,《诗选刊》,2001年第10期,第50页。

382.《我看近年的广西诗歌》,非亚,《南方文坛》,2001年第5期,第53-54页。

383.《狭窄的人生,辽阔的写作》,沈伟,《诗选刊》,2001年第10期,第60页。

384.《现代诗不是自由诗》,傅浩,《山西文学》,2001年第10期,第61-62页。

385.《信笔写来》,叶橹,《星星》,2001年第10期,第34-35页。

386.《有关〈南风:献给田野的鲜花〉之杂说》,古马,《诗刊》(下半月刊),2001年10月试刊号,第62-63页。

387.《在鲁迅故乡谈诗——诗刊社绍兴会议纪要》,艾龙,《诗刊》(下半月刊),2001年10月试刊号,第4-9页。

388.《真情、生命与美——读胡风的〈野花与箭〉》,程玖,《黔南民族师范学院学报》(社会科学版),2001年第4期,第45-50页。

11月

389.《"暗香浮动"的现代诗——我省现代诗歌述评》,郑薇、彭晓川,《文艺评论》,2001年第6期,第68-71页。

390.《〈悲歌〉不尽的意义——评大解叙事长诗〈悲歌〉》,程光炜,《诗选刊》,2001年第11期,第52页。

391.《超级漫游者——漫谈大解的〈悲歌〉》,陈超,《诗选刊》,2001年第11期,第53-54页。

392.《沉钟之声:"将真和美的歌唱给寂寞的人们"——论冯至早期的叙事诗创作》,王荣,《陕西教育学院学报》,2001年第4期,第41-43页。

393.《从胸臆中流出的〈雨巷〉》,徐秀,《现代语文》,2001年第11期,第39-40页。

394.《存在之思:非永恒性及其魅力——从整体上读解冯至的〈十四行诗〉》,张桃洲,《名作欣赏》,2001年第6期,第56-64页。

395.《答〈诗选刊〉21问》,安石榴,《诗选刊》,2001年第11期,第59-61页。

396.《答〈诗选刊〉21问》,浪波,《诗选刊》,2001年第11期,第55-56页。

397.《答〈诗选刊〉21问》,杨梓,《诗选刊》,2001年第11期,第57-58页。

398.《大解〈悲歌〉之大》,西川,《诗选刊》,2001年第11期,第49-50页。

399.《冯至的两首同题诗——〈威尼斯〉》,高恒文,《新文学史料》,2001年第4期,第73-75页。

400.《冯至与徐梵澄》,冯姚平,《新文学史料》,2001年第4期,第62-

72页。

401.《感受〈悲歌〉》,张学梦,《诗选刊》,2001年第11期,第50-51页。

402.《郭沫若"泛神"的艺术思维方式与其前期新诗创作中的"返祖"意识》,刘悦坦,《东岳论丛》,2001年第6期,第139-142页。

403.《胡沙岸诗作印象》,曾军,《长江文艺》,2001年第11期,第65-66页。

404.《"火的乡音千年不变"——廖志理诗歌印象》,王燕生,《理论与创新》,2001年第6期,第11-12页。

405.《开创21世纪华文诗歌研究的新局面——2001年国际华文诗歌研讨会综述》,谢昭新,《安徽师范大学学报》(人文社会科学版),2001年第4期,第469-472页。

406.《"看这满园的欲望多么美丽"——浅析穆旦的〈春〉》,王智慧,《名作欣赏》,2001年第6期,第43-45页。

407.《嘹亮晚号 诗心不老——评阮章竞的〈晚号集〉》,伍夫楹,《广东教育学院学报》,2001年第4期,第40-42页。

408.《灵感:进入诗苑的入场券——论意境的感知》,钟光贵,《广东教育学院学报》,2001年第4期,第34-39页。

409.《刘川:〈留言条〉及其评论》,刘洁岷,《诗选刊》,2001年第11期,第42页。

410.《论九叶派诗歌中的毁灭和复活话语》,蒋登科,《四川大学学报》(哲学社会科学版),2001年第6期,第63-71页。

411.《论林徽因创作的文化内涵及其现实意义》,谢菊,《兰州大学学报》(社会科学版),2001年第6期,第18-21页。

412.《论诗意象的总体特征》,王秋丽,《西北大学学报》(哲学社会科学版),2001年第4期,第129-133页。

413.《论中国当代"颂歌文学"的文化意识》,李运抟,《山东文学》,2001年第11期,第55-59页。

414.《迷人的情思 风流的云——野曼情诗的创作个性》,邹建军,《特区文学》,2001年第6期,第157-160页。

415.《面向大地的沉思——郑敏〈金黄的稻束〉赏析》,顾颖,《名作欣赏》,2001年第6期,第46-48页。

416.《穆木天:新诗先锋性的探索者——纪念穆木天诞辰一百周年》,孙玉石,《文学评论》,2001年第6期,第118-124页。

417.《女性自尊的觉醒——舒婷的〈致橡树〉解读》,刘双贵,《北方论丛》,2001年第6期,第67-70页。

418.《片语解读〈悲歌〉》,斧锐,《诗选刊》,2001年第11期,第51-52页。

419.《飘飘何所似,天地一沙鸥——记老诗人、评论家、编辑家沙鸥(下)》,晏明,《新文学史料》,2001年第4期,第138-151页。

420.《七月诗派的理论基石——胡风的诗学思想》,吴井泉、陈世澄,《中国青年政治学院学报》,2001年第6期,第94-98页。

421.《栖居于诗意中的歌者——王立宪诗歌论》,邢海珍,《文艺评论》,2001年第6期,第72-77页。

422.《企图冲击新诗的几股思潮》,郑敏,《文学评论》,2001年第6期,第151-152页。

423.《情系华文诗坛——第六届国际华文诗人笔会述评》,孙晓娅,《文艺争鸣》,2001年第6期,第76-78页。

424.《塞原诗人章叶频论》,毕力工,《内蒙古大学学报》(人文社会科学版),2001年第6期,第90-95页。

425.《生命、自由VS拯救期待——鲁西西诗歌批评》,梁艳萍,《长江文艺》,2001年第11期,第67-70页。

426.《圣人的事业,凡人的情怀——〈尝试后集〉与胡适的情感世界》,徐改平,《齐鲁学刊》,2001年第6期,第35-38页。

427.《诗的话语建构:"寻言"与"寻思"——中国现代诗创作法则论研究之一》,邹建军,《中南民族学院学报》(人文社会科学版),2001年第6期,第181-184页。

428.《诗的品质》,韩作荣,《鸭绿江》,2001年第11期,第39页。

429.《诗人王家新访谈》,金小凤,《红岩》,2001年第6期,第141-147页。

430.《诗人之路——革命诗人陈辉遇难56周年(为纪念建党80周年而作)》,何辛,《理论与创新》,2001年第6期,第54-58页。

431.《试论艾青诗的宗教意识》,柏钰,《湖北大学学报》(哲学社会科学版),2001年第6期,第56-59页。

432.《试验诗的结构特征——〈向诗而生〉之十一》,陈超,《星星》,2001年第11期,第105-109页。

433.《我对新诗的几点意见》,郑敏,《诗潮》,2001年11-12月号,第43-44页。

434.《现象透析——初期白话诗与90年代诗歌的几种比照》,周华,《当代文坛》,2001年第6期,第45-47页。

435.《新诗中的蝴蝶意象》,张新,《复旦学报》(社会科学版),2001年第6期,第134-139页。

436.《形态差别与文化渊源:中西诗歌爱情主题探究》,代迅,《学习与探索》,2001年第6期,第93-98页。

437.《一颗为我们遗落的明珠——丽尼〈梦恋(sonnet八章)〉解读》,刘继业,《名作欣赏》,2001年第6期,第49-55页。

438.《一面旗子:更高的目标——说给院校诗歌的几句话》,唐荣尧,《诗潮》,2001年11-12月号,第41页。

439.《一首诗主义》,方里,《诗刊》,2001年11月号,第62页。

440.《以全新的眼光审视当代儿童诗——儿童诗人吴导诗集浅析》,蒋青林,《当代文坛》,2001年第6期,第48-50页。

441.《永远的风景——卞之琳〈断章〉导读》,黄丽君,《读写月报》,2001年第11期,第28-29页。

442.《赵丽华:〈一个渴望爱情的女人〉及其评论》,岳洪志,《诗选刊》,2001年第11期,第40-41页。

443.《走向文化诗学的中国现代诗学》,陈太胜,《文学评论》,2001年第6期,第41-45页。

12月

444.《昌耀诗歌创作中的生命意识》,张大伟,《飞天》,2001年第12期,第118-121页。

445.《穿透跨跃,平中见奇——舒兰"乡愁诗"两首赏析》,黄佳岩,《写作》,2001年第12期,第5-6页。

446.《答〈诗选刊〉21问》,老刀,《诗选刊》,2001年第12期,第78-79页。

447.《答〈诗选刊〉问》,沈天鸿,《诗选刊》,2001年第12期,第76-77页。

448.《答〈诗选刊〉问》,西渡,《诗选刊》,2001年第12期,第74-75页。

449.《当前儿童诗面临的难题》,谭旭东,《诗探索》,2001年第3-4辑,第313-319页。

450.《反叛与游戏——对中国20世纪最后15年诗歌实验的考察》,黄天勇,《诗探索》,2001年第3-4辑,第64-74页。

451.《关于"九叶"》,邵燕祥,《诗探索》,2001年第3-4辑,第108-109页。

452.《花雪世界,风月无边——徐志摩诗歌新解》,张文刚,《湖南大学学报》(社会科学版),2001年第4期,第73-77页。

453.《话语策略中的幽默事件——读2000年〈星星〉诗刊随想》,雷业洪,《星星》,2001年第12期,第97-101页。

454.《回到真实——致沈奇》,树才,《诗探索》,2001年第3-4辑,第347-249页。

455.《火焰或升阶书——〈向诗而生〉之十二》,陈超,《星星》,2001年第12期,第105-108页。

456.《积极求索的诗学主张——龙彼德〈中国式现代诗〉阐释》,王学海,《诗探索》,2001年第3-4辑,第354-357页。

457.《简约、自由、合心性——致树才》,沈奇,《诗探索》,2001年第3-4辑,第350-353页。

458.《困顿中的反思——关于世纪之交的诗坛现状及其局限》,席云舒,《诗探索》,2001年第3-4辑,第55-63页。

459.《老去的只是时间——九叶诗派研讨会暨九叶文库入库仪式综述》,于明秀,《诗探索》,2001年第3-4辑,第138-145页。

460.《灵魂的冒险——读孙玉石著〈中国现代主义诗潮史论〉》,龙泉明、程振兴,《江汉论坛》,2001年第12期,第90-91页。

461.《论20世纪汉语诗歌文体建设难的三大原因》,王珂,《诗探索》,2001年第3-4辑,第12-39页。

462.《论当代台湾文学中的乡愁诗——兼评焦桐的〈大陆的台湾现代诗评论〉》,王宗法,《世界华文文学论坛》,2001年第4期,第3-6页。

463.《论九叶诗派的废墟意识》,万安伦,《诗探索》,2001年第3-4辑,第115-122页。

464.《论痖弦诗歌的意象世界》,黄书田,《世界华文文学论坛》,2001年第4期,第58-61页。

465.《模仿的顺便与超越的艰难——论袁可嘉的诗》,北塔,《诗探索》,2001年第3-4辑,第146-159页。

466.《穆旦〈诗八首〉细读》,李俏梅,《诗探索》,2001年第3-4辑,第40-54页。

467.《"女性诗"界说》,呢喃,《诗探索》,2001年第3-4辑,第288-299页。

468.《浅论新诗的绘画美》,宋长江,《写作》,2001年第12期,第3-5页。

469.《青春与诗同行——第17届"青春诗会"侧记》,宗鄂,《诗刊》,2001年12月号,第4-9页。

470.《缺乏四分之三的新诗》,刘家魁,《星星》,2001年第12期,第102页。

471.《日常生活的诗意守望——侯马诗歌创作浅论》,叶世祥,《诗探索》,2001年第3-4辑,第203-210页。

472.《上苑札记:一份与诗歌有关的问题提纲》,孙文波,《诗探索》,2001年第3-4辑,第320-332页。

473.《诗的方向》,[新加坡]适民,《诗探索》,2001年第3-4辑,第345-346页。

474.《诗歌的尴尬》,严春友,《山西文学》,2001年第12期,第62-63页。
475.《诗歌泛灵写作的品质建筑》,杨然,《诗探索》,2001年第3-4辑,第75-91页。
476.《诗歌是含蓄的艺术——席慕容短诗〈疑问〉解读》,张峰,《读写月报》,2001年第12期,第18页。
477.《诗与诗人的品性——读北野〈马嚼夜草的声音〉》,仵从巨,《绿洲》,2001年第6期,第106-108页。
478.《十字街头上的十字架——论罗门的都市诗及理论》,鲍昌宝,《世界华文文学论坛》,2001年第4期,第54-57页。
479.《试论八九十年代新诗创作中的口语化倾向》,林少阳,《诗探索》,2001年第3-4辑,第211-226页。
480.《是什么东西遮住了他们的眼睛》,谭延桐,《诗探索》,2001年第3-4辑,第340-344页。
481.《我们和诗歌的现代冲突》,薛世昌,《诗探索》,2001年第3-4辑,第1-11页。
482.《我们心中的宝库——谈谈我的儿童诗创作》,金波,《诗探索》,2001年第3-4辑,第300-312页。
483.《我与现代派》,袁可嘉,《诗探索》,2001年第3-4辑,第187-202页。
484.《写作立场》,杨克,《诗探索》,2001年第3-4辑,第235-243页。
485.《新诗的象征情结》,黄钢,《新疆大学学报》(社会科学版),2001年第4期,第90-98页。
486.《"新诗现代化":袁可嘉的诗论》,廖四平,《诗探索》,2001年第3-4辑,第160-179页。
487.《杨晓民论——兼论后海子时代的中国诗坛》,郎毛、吴元成,《诗探索》,2001年第3-4辑,第244-263页。
488.《杨晓民诗二首点评》,陈旭光,《诗探索》,2001年第3-4辑,第264-269页。
489.《一个富有悠久艺术魅力的诗歌流派——为〈九叶集〉出版20周年》,孙玉石,《诗探索》,2001年第3-4辑,第110-114页。
490.《一个小诗人》,杨晓民,《诗探索》,2001年第3-4辑,第270-271页。
491.《一首伟大的诗 可以有多短》,臧棣,《读书》,2001年第12期,第43-48页。
492.《以论见史,论史互证》,李青果,《诗探索》,2001年第3-4辑,第358-363页。
493.《用智慧优势打造精神品牌——读田海哲理长诗〈优势〉》,秦在东,

《诗选刊》,2001年第12期,第73页。

494.《与沙四光同志谈诗》,徐怀仁,《青海湖》,2001年12月号,第69-70页。

495.《在求索"终极之诗"的路途中》,谭五昌,《诗探索》,2001年第3-4辑,第333-339页。

496.《在商品中散步:〈笨拙的手指〉读后感》,[澳大利亚]西敏,《诗探索》,2001年第3-4辑,第227-234页。

497.《中国女性诗歌现代衍进的主题表征》,李蓉,《诗探索》,2001年第3-4辑,第272-287页。

498.《重提新诗的格律问题》,张桃洲,《诗探索》,2001年第3-4辑,第92-101页。

2002 年

1 月

1.《20 世纪中国新诗话语研究》,张桃洲,《江海学刊》,2002 年第 1 期,第 175 – 179 页。

2.《别一抒情话语——论戴望舒诗歌的意义》,刘祥安,《文学评论》,2002 年第 1 期,第 62 – 69 页。

3.《撑起一把遮风蔽雨的大伞——张新泉的〈朋友〉赏析》,任穆,《阅读与写作》,2002 年第 1 期,第 192 – 200 页。

4.《穿越蒙蒙迷雾,追溯历史真实——中国现代主义诗歌的崛起》,王丽华,《辽宁师专学报》,2002 年第 1 期,第 22 – 24 页。

5.《从"向日葵花"到"经霜枫叶"——诗人刘章及其诗美追求》,韩进廉,《石家庄师范专科学校》,2002 年第 1 期,第 26 – 31 页。

6.《当明月升起在东方山顶——六世达赖喇嘛仓央嘉措的诗化人生》,马丽华,《西藏文学》,2002 年第 1 期,第 4 – 8 页。

7.《对"球形天才"的再思考——世纪之交看郭沫若研究与评价》,刘悦坦,《兰州大学学报》(社会科学版),2002 年第 1 期,第 24 – 28 页。

8.《答〈诗刊〉记者问》,肇星,《诗刊》(下半月刊),2002 年 1 月号,第 42 – 43 页。

9.《点击诗歌》,梁笑梅,《诗刊》(上半月刊),2002 年 1 月号,第 59 页。

10.《郭沫若泛神论本质上是美学》,税海模,《贵州社会科学》,2002 年第 1 期,第 48 – 52 页。

11.《感受到震撼时你抬头仰望》,郁葱,《诗潮》,2002 年 1 – 2 月号,第 72 – 74 页。

12.《关于新诗和旧诗的创作问题》,夏传才,《河北学刊》,2002 年第 1 期,第 90 – 96 页。

13.《关于张曙光的〈致奥哈拉〉》,孙文波,《诗潮》,2002 年 1 – 2 月号,第 35 – 37 页。

14.《汉语的奇迹:自画像》,张远山,《名作欣赏》,2002 年第 1 期,第 20 – 21 页。

15.《汉语诗的"建筑美"散论》,陈本益,《当代文坛》,2002 年第 1 期,第27-28页。

16.《回头的浪子——聆听余光中》,唐韧,《阅读与写作》,2002年第1期,第1-4页。

17.《呼唤回归精神家园——海子〈面朝大海,春暖花开〉试解》,曹兴戈,《现代语文》,2002年第1期,第26-27页。

18.《诘问与哀悼中的生命警示——读余光中新诗〈九月之恸〉》,张德明,《名作欣赏》,2002年第1期,第25-26页。

19.《寄居都市的乡村歌者》,立虎,《诗刊》(下半月刊),2002年1月号,第17-19页。

20.《拒绝命名的焦虑》,伊沙,《诗潮》,2002年1-2月号,第74页。

21.《简析席慕蓉的诗与文》,孟芳,《中州大学学刊》,2002年第1期,第70-72页。

22.《具有"活体"意义的一代诗人》,温远辉,《诗选刊》,2002年第1期,第69-70页。

23.《康河情·丁香结——〈再别康桥〉与〈雨巷〉的比较解读》,曹为,《安徽教育学院学报》,2002年第1期,第68页-71页。

24.《浪比海高——读王涛诗集〈只有浪知道我们相爱最深〉》,孙晓娅,《当代文坛》,2002年第1期,第34-35页。

25.《论"诗是经验的传达"——中国现代诗学观探讨之一》,龙泉明、邹建军,《常德师范学院学报》(社会科学版),2002年第1期,第12-15页。

26.《论二十世纪前半叶现代汉诗的形体建设》,王珂,《广西社会科学》,2002年第1期,第168-171页。

27.《论冯至的叙事诗》,黄岚,《云南师范大学学报》(哲学社会科学版),2002年第1期,第128-131页。

28.《李金发及其诗作的异质色彩》,张明廉,《天水师范学院学报》,2002年第1期,第11-15页。

29.《历史的延伸》,张景超,《文艺争鸣》,2002年第1期,第10-14页。

30.《历史需要沉淀——论朦胧诗》,葛乃福,《海南师范学院学报》(人文社会科学版),2002年第1期,第50-55页。

31.《略谈巴金早期的新诗(节选)》,岑光,《诗刊》(上半月刊),2002年1月号,第7页。

32.《梦中星空,清纯如许——简评绿风诗集〈梦中的星空〉》,尹世全、赵思运,《当代文坛》,2002年第1期,第36-37页。

33.《彭燕郊的散文诗:土地,道路,精神创伤》,林贤治,《当代作家评论》,2002年第1期,第23-28页。

34.《"前古典派"可以杀毒》,马俊华,《诗刊》(下半月刊),2002年1月号，第 53 - 55 页。

35.《神性的缺席与贫困的消解——读张平的诗歌〈奶奶〉》，李少咏，《当代文坛》，2002 年第 1 期，第 38 - 39 页。

36.《生命的世俗沦陷——"第三代"诗人生命哲学析疑》，徐妍、崔海燕，《北方论丛》，2002 年第 1 期，第 107 - 112 页。

37.《诗的表达策略："在表现与隐藏之间"》，邹建军、龙泉明，《青海社会科学》，2002 年第 1 期，第 70 - 73 页。

38.《诗中异品：戏剧化独白——余光中〈与李白同游高速公路〉赏析》，钱学武，《名作欣赏》，2002 年第 1 期，第 26 - 29 页。

39.《诗歌欣赏漫谈——同理工科大学生谈诗》，李锐，《凉山大学学报》，2002 年第 1 期，第 133 - 136 页。

40.《诗界革命与五四新诗运动》，王元中，《天水师范学院学报》，2002 年第 1 期，第 16 - 19 页。

41.《时间睡了，但我醒着——杨雪帆诗歌点评》，杨克，《福建文学》，2002 年第 1 期，第 80 页。

42.《实感·超越——读〈渔家女〉》，何晨，《阅读与写作》，2002 年第 1 期，第 43 页。

43.《诗的复活与复活的诗——1976 年诗潮断想》，严军、王志德，《淮阴师范学院学报》（哲学社会科学版），2002 年第 1 期，第 102 - 106 页。

44.《诗歌的模糊魅力及其手法》，赵忠山，《写作》（上旬刊），2002 年第 1 期，第 18 - 19 页。

45.《诗歌的位置》，张桃洲，《诗潮》，2002 年 1 - 2 月号，第 70 - 72 页。

46.《诗坛多面观》，冬婴，《诗刊》（上半月刊），2002 年 1 月号，第 59 - 60 页。

47.《诗歌是被消费的吗?》，周志强，《诗刊》（上半月刊），2002 年 1 月号，第 60 - 61 页。

48.《诗歌，一种超越语法的行为》，富华，《嘉兴学院学报》，2002 年第 1 期，第 34 - 38 页。

49.《诗是不是真的死定了?》，严阵，《诗刊》（上半月刊），2002 年 1 月号，第 13 - 15 页。

50.《四面八方的诗歌——关于一本未出版的书的电话访谈》，蓝野，《诗刊》（下半月刊），2002 年 1 月号，第 72 - 73 页。

51.《思想者的艺术——论唐湜、岑琦、骆寒超汉式十四行诗的文化蕴含》，李春林，《沈阳师范学院学报》（社会科学版），2002 年第 1 期，第 31 - 35 页。

52.《说说于艾君的诗》，柳木，《诗潮》，2002 年 1 - 2 月号，第 55 页。

53.《谈戴望舒的成名作〈雨巷〉》，蓝棣之，《名作欣赏》，2002 年第 1 期，第 37 - 39 页。

54.《童年生命的诗意谐奏——传统儿歌的魅力探源》,曾志平,《玉林师范学院学报》,2002 年第 1 期,第 72 - 74 页。

55.《我多么期望,我的内部有人呼应——当代诗人生命意识释例:海子》,刘田,《当代文坛》,2002 年第 1 期,第 32 - 34 页。

56.《为沉默的诗人作些脚注》,黄梵,《山花》,2002 年第 1 期,第 80 页。

57.《无焦虑写作——谈王敖:他的姿态,他的语感,他的意义》,臧棣,《诗潮》,2002 年 1 - 2 月号,第 29 - 34 页。

58.《析评郑愁予三首爱情诗》,古继堂,《名作欣赏》,2002 年第 1 期,第 30 - 31 页。

59.《新时期穆旦研究述评》,刘继业,《云梦学刊》,2002 年第 1 期,第 61 - 63 页。

60.《选择与创造——论当代新诗的发展趋势》,章亚昕,《东岳论丛》,2002 年第 1 期,第 82 - 85 页。

61.《"信阳诗人方阵":一个值得关注的文学现象》,李连赢、刘保卫,《周口师范高等专科学校学报》,2002 年第 1 期,第 40 - 42 页。

62.《新感觉派小说与现代派诗歌的互动与共生——以〈无轨列车〉、〈新文艺〉与〈现代〉为中心》,葛飞,《中国现代文学研究丛刊》,2002 年第 1 期,第 164 - 178 页。

63.《陷入语言误区的当代诗歌写作——兼谈诗歌文本的解读》,李子荣,《嘉兴学院学报》,2002 年第 1 期,第 42 - 45 页。

64.《现当代城市诗的人性探求》,常立霓,《西北师大学报》(社会科学版),2002 年第 1 期,第 68 - 72 页。

65.《新诗透视访谈录——答〈诗潮〉12 问》,陈超、莫非、西渡、桑克、朵渔,《诗潮》,2002 年 1 - 2 月号,第 13 - 20 页。

66.《形式建设——一个重新提起的话题》,彭金山,《诗刊》(上半月刊),2002 年 1 月号,第 61 页。

67.《叙述性:对口语的运用与改造》,龙彼德,《诗潮》,2002 年 1 - 2 月号,第 69 页。

68.《寻找诗歌的漂流瓶》,张小册,《星星》,2002 年第 1 期,第 101 - 108 页。

69.《写在新诗边上》,邵燕祥,《诗刊》(下半月刊),2002 年 1 月号,第 50 - 53 页。

70.《一个小诗人——我关注的三个诗学问题》,杨晓民,《诗刊》(下半月刊),2002 年 1 月号,第 14 - 15 页。

71.《优美地说出全新的诗意》,沈检江,《学习与探索》,2002 年第 1 期,第 113 - 119 页。

72.《有灵性的小诗》,吴干,《阅读与写作》,2002年第1期,第19-20页。

73.《余光中作品乡国情的文化读解》,龙协涛,《南通师范学院学报》(哲学社会科学版),2002年第1期,第62—68页。

74.《永远的高地——并有关山东青年的青年诗界》,张清华,《诗潮》,2002年1-2月号,第22-23页。

75.《在爱中与世界相遇——读叶玉琳诗作随感》,马永波,《福建文学》,2002年第1期,第76页。

76.《在精神的乡土上——试论"两栖人"乡土诗的诗歌意绪指向》,王昌忠,《当代文坛》,2002年第1期,第29-31页。

77.《在民间与启蒙之间——"五四"时期周作人的民间理论》,王光东,《文艺争鸣》,2002年第1期,第67-70页。

78.《中国现代诗学历史发展论》,龙泉明,《文学评论》,2002年第1期,第51-61页。

79.《中国新诗创始期的旧中之新与新中之旧——沈尹默〈月夜〉、〈三弦〉的重新解读》,朱伟华,《贵州社会科学》,2002年第1期,第53-56页。

80.《这一代人的诗与事》,徐江,《诗潮》,2002年1-2月号,第74-75页。

2月

81.《爱,在现代意识下重新体验——读朱谷忠〈现代爱情〉》,倪比,《福建文学》,2002年第2期,第17页。

82.《暗夜中,诗性之火点燃的生命——穆旦诗〈停电之后〉主题解读》,马绍玺,《阅读与写作》,2002年第2期,第13页。

83.《从冷峻到宁静——另外一个伊路》,孙绍振,《福建文学》,2002年第2期,第36页。

84.《诞生于世界屋脊的大诗——蔡其矫〈在西藏〉解读》,邱景华,《福建文学》,2002年第2期,第6页。

85.《对朦胧诗论争中两个焦点的反思》,楚宗礼,《潍坊学院学报》,2002年第1期,第31-34页。

86.《〈饿死诗人〉:诗歌的误读与生长》,徐江,《诗刊》(下半月刊),2002年2月号,第26-27页。

87.《〈饿死诗人〉亮出的警告》,止炎,《诗刊》(下半月刊),2002年2月号,第25-26页。

88.《饿死诗人事小,饿死诗歌事大》,韩欹,《诗刊》(下半月刊),2002年2月号,第28页。

89.《鼓舞与启示——读外交诗人李肇星的〈青春中国〉》,苗得雨,《山东文学》,2002 年第 2 期,第 64 - 65 页。

90.《海韵独吟——读刘小龙近年诗作》,阿里,《福建文学》,2002 年第 2 期,第 27 页。

91.《话到沧桑句便工——李龙年和他的组诗〈岩石和绿意的闽北〉》,清风,《福建文学》,2002 年第 2 期,第 33 页。

92.《黄文忠山水》,蔡华栋,《福建文学》,2002 年第 2 期,第 21 页。

93.《获救的舌头——读还非的诗作〈农事与俚语中的叙述岔路〉》,徐南鹏,《福建文学》,2002 年第 2 期,第 24 页。

94.《呼唤当代诗歌的崇高美》,易仁寰,《诗刊》(上半月刊),2002 年 2 月号,第 63 - 64 页。

95.《剑气与箫音——李肇星的诗集〈青春中国〉》,桑新华,《山东文学》,2002 年第 2 期,第 66 - 68 页。

96.《"看"的视角:诗与思——与龙泉明先生商榷》,姜耕玉,《诗刊》(上半月刊),2002 年 2 月号,第 79 - 80 页。

97.《李金发诗歌的现代性》,彭勇,《楚雄师范学院学报》,2002 年第 1 期,第 35 - 38 页。

98.《论 90 年代中国诗歌主导形象》,吴星,《荆州师范学院学报》(社会科学版),2002 年第 1 期,第 78 - 81 页。

99.《魅力卓然的华彩乐段——评张新泉的〈鸟落民间〉等三部诗集》,雷业洪,《乐山师范学院学报》,2002 年第 1 期,第 39 - 43 页。

100.《漫谈张烨诗的情感历程》,孙祖娟,《荆州师范学院学报》(社会科学版),2002 年第 1 期,第 75 - 77 页。

101.《让我们一起来善待诗歌——兼与唐韧先生商榷》,楚宗礼,《阅读与写作》,2002 年第 2 期,第 4 页。

102.《热情·激情·真情——读蒋夷牧〈洁白的重阳〉等诗》,许怀中,《福建文学》,2002 年第 2 期,第 10 页。

103.《弱势文化下的诗歌传统问题》,徐放,《诗刊》(上半月刊),2002 年 2 月号,第 62 - 63 页。

104.《诗化的理性——浅评张方的诗》,郭志杰,《福建文学》,2002 年第 2 期,第 14 页。

105.《说理与抒情——读〈根(外二首)〉》,何植,《阅读与写作》,2002 年第 2 期,第 41 页。

106.《诗的平衡》,张军,《写作》(上旬刊),2002 年第 2 期,第 6 - 7 页。

107.《诗歌教育:旧体与新诗并重——访中国人民大学校长纪宝成》,艾龙,《诗刊》(下半月刊),2002 年 2 月号,第 52 - 53 页。

108.《谈〈雨巷〉的欲望叙事》,罗惠敏,《温州师范学院学报》,2002年第1期,第33-37页。

109.《屠岸先生致〈诗刊·下半月刊〉的信》,屠岸,《诗刊》(上半月刊),2002年2月号,第1页。

110.《疼痛的命运与诗歌——读杨晓民诗集〈羞涩〉》,石一龙,《长江文艺》,2002年第6期,第67页。

111.《饕餮年头诗人的厌食》,车前子,《诗刊》(下半月刊),2002年2月号,第24页。

112.《体验与创造》,雨田,《星星》,2002年第2期,第17页。

113.《"五四"新诗:胡适与胡先骕》,孙绍振,《江苏行政学院学报》,2002年第1期,第123-130页。

114.《校园菁菁,情思悠悠——冬婴校园诗赏析》,熊辉,《涪陵师范学院学报》,2002年第1期,第48-49页。

115.《新时期冯至诗歌研究综述》,罗绂文,《涪陵师范学院学报》,2002年第1期,第26-29页。

116.《新时期湖北诗歌流变简论》,江胜清,《孝感学院学报》,2002年第1期,第5-9页。

117.《希望在脚下——中国新诗八十年之我见》,石天河,《诗刊》(上半月刊),2002年2月号,第57-61页。

118.《一个诗的音调》,吕德安,《福建文学》,2002年第2期,第47页。

119.《隐秘的"平衡术"——读汤养宗的诗歌》,还非,《福建文学》,2002年第2期,第43页。

120.《余禺的冥想诗》,邱景华,《福建文学》,2002年第2期,第30页。

121.《曾宏诗辑小引》,陈东东,《福建文学》,2002年第2期,第50页。

122.《杂色文化背景下的甘肃诗歌群落》,林野,《飞天》,2002年第2期,第109-112页。

123.《自我诉求的隐喻书写——读黄锦萍的几首诗》,石华鹏,《福建文学》,2002年第2期,第39页。

3月

124.《2001年国际华文诗歌研讨会综述》,谢昭新整理,《文学评论》,2002年第2期,第189-191页。

125.《20世纪70年代出生诗人创作现状批评》,张应中,《安徽师范大学学报》(人文社会科学版),2002年第2期,第159-162页。

126.《艾青诗歌的象征美》,雷丽平,《北京青年政治学院学报》,2002年第

1期,第77-80页。

127.《爱情之花在青春凋谢中枯萎——试论郭沫若〈瓶〉的主题意蕴》,王鸣剑,《社会科学研究》,2002年第2期,第139-142页。

128.《安高诗歌奖特辑》,廖伟棠、凌越、蔡天新等,《山花》,2002年第3期,第90-96页。

129.《被带到"葵花之外"的"孤独之王"——海子诗歌中的死亡意识解读》,黄其恕,《当代文坛》,2002年第2期,第52-54页。

130.《"不纯"的诗》,张新颖,《当代作家评论》,2002年第2期,第109-112页。

131.《不负凌云一寸心——校园诗歌杂谈》,谭解文,《当代文坛》,2002年第2期,第55-57页。

132.《策划家的诗情——访著名策划人张鸿雁》,艾龙,《诗刊》(下半月刊),2002年3月号,第46-47页。

133.《从"活剥"到被剥——谈鲁迅的"剥体诗"及其他》,蔡清富,《鲁迅研究月刊》,2002年第3期,第14-19页。

134.《从艾青的诗谈新诗的散文美》,王向晖,《当代文坛》,2002年第2期,第49-51页。

135.《从激越飞扬到感时伤世到冲淡平和——流沙河创作思维的两次转型》,罗显勇,《当代文坛》,2002年第2期,第36-38页。

136.《从浪漫诗学走向后浪漫诗学——90年代抒情诗的情感变异》,陈仲义,《文艺丛刊》,2002年第3期,第112-114页。

137.《从审美幻觉到真实的介入——对刘春诗歌风格转向的考察》,韦礼明、荣光启,《南方文坛》,2002年第2期,第51-56、47页。

138.《从施蛰存的编辑理念看〈现代〉杂志的特征》,张生,《文艺争鸣》,2002年第2期,第66-69页。

139.《重读胡适的"八事"》,杨四平,《诗刊》(下半月刊),2002年3月号,第13页。

140.《重新设置写作的"难度"》,张桃洲,《诗刊》(下半月刊),2002年3月号,第12-13页。

141.《打磨新瓶》,王珂,《诗刊》(下半月刊),2002年3月号,第11-12页。

142.《大众传媒"信息时代"的诗歌写作》,陈超,《莽原》,2002年第2期,第159-163页。

143.《大众化与文化民族性的重建——社会理论视野中的1958—1959年新诗讨论》,陶东风,《文艺研究》,2002年第2期,第17-30页。

144.《当下女性诗歌的走向及其他——答〈诗潮〉编者问》,吴思敬、李小雨、周瓒、蓝蓝、马策、穆青、安琪,《诗潮》,2002年3-4月号,第34-35页。

145.《东方情思的凝结——论20世纪20年代初期的小诗诗潮》,凡尼,《东方丛刊》,2002年第1辑,第203-222页。

146.《端正而颇有力度的脚印——读黄海的诗》,杨光治,《特区文学》,2002年第2期,第151-152页。

147.《对现实主义与现代主义诗歌中"写实"的透视》,王昌忠,《玉林师范学院学报》,2002年第3期,第64-66页。

148.《对有效性和活力的追寻》,陈超,《诗刊》(下半月刊),2002年3月号,第8-9页。

149.《俄苏诗歌与中国现代诗的成熟》,汪剑钊,《社会科学辑刊》,2002年第2期,第158-164页。

150.《饿而不死——简评七个陕西诗人》,邹赴晓,《诗潮》,2002年3-4月号,第54-57页。

151.《返回童年——论徐鲁少年抒情诗》,王金禾,《山东教育学院学报》,2002年第2期,第74-76页。

152.《拂尽狂沙始到金——曲有源诗歌片论》,林举,《长江文艺》,2002年第2期,第75页。

153.《告别时尚写作——也谈新诗标准问题》,沈奇,《诗刊》(下半月刊),2002年3月号,第9-10页。

154.《皈依诗神——诗组〈白蜡树〉读后》,路地,《满族文学》,2002年第2期,第59-60页。

155.《汉语的奇迹:内心风景画》,张远山,《名作欣赏》,2002年第2期,第16-23页。

156.《"好日子就要来了"么——世纪初的诗歌观察》,张清华,《当代作家评论》,2002年第2期,第77-87页。

157.《好诗人拒绝撒娇——刘虹诗创作简谈》,吴励生,《特区文学》,2002年第2期,第153-155页。

158.《后朦胧诗整体观》,罗振亚,《文学评论》,2002年第2期,第63-68页。

159.《活力的勘测与精神的施洗——评陈仲义〈扇形的展开〉》,王永,《福建文学》,2002年第3期,第85页。

160.《疾驶的诗情》,李松涛,《诗潮》,2002年3-4月号,第49页。

161.《今天我们应怎样善待诗歌》,唐韧,《阅读与写作》,2002年第3期,第24-25页。

162.《空谷足音"自然"颂——读刘文玉的〈生命在歌唱〉》,彭定安,《诗潮》,2002年3-4月号,第73-75页。

163.《狂舞的疯玫瑰——关于中国新生代诗歌的思考》,张克军,《飞天》,2002年第3期,第110-112页。

164.《离开诗——关于诗篇、诗人、传统和语言的一次讲演》,郜元宝,《当代作家评论》,2002年第2期,第32-39页。

165.《流行歌词的流行病》,涂建华,《阅读与写作》,2002年第3期,第26-27页。

166.《论20世纪前半期中国妇女诗歌的抒情模式及性别意识》,王珂,《天津社会科学》,2002年第2期,第147-151页。

167.《论戴望舒诗中的抒情主人公形象》,苏文兰,《宁夏社会科学》,2002年第2期,第119-122页。

168.《论二十世纪华夏诗坛的"哀兵模式"》,章亚昕,《文学评论》,2002年第2期,第69-74页。

169.《论海子诗中潜流的民族血脉》,罗宗强,《南开学报》(哲学社会科学版),2002年第2期,第36-47页。

170.《漫谈当代诗歌的阅读、阐释及写作问题》,陈旭光、谭五昌等,《星星》,2002年第3期,第107-110页。

171.《矛盾的〈蓝花·蓝花〉》,石帆,《阅读与写作》,2002年第3期,第44页。

172.《"朦胧诗"——永远的丰碑》,牛殿庆,《学术交流》,2002年第2期,第129-132页。

173.《平淡中见奇巧,简洁中蕴繁复——论卞之琳诗歌的言语形式》,何宇宏,《湖南大学学报》(社会科学版),2002年第2期,第68-71页。

174.《肉身化诗写刍议》,陈仲义,《南方文坛》,2002年第2期,第36-38、41页。

175.《如歌的行板——北美华文网络文学中的诗歌评述》,[美国]安娜,《世界华文文学论坛》,2002年第1期,第23-28页。

176.《生活在诗中——读江冠宇诗集〈月亮泡软的情歌〉》,西篱,《特区文学》,2002年第2期,第156-159页。

177.《诗歌的另一种表情——中国民间诗歌及民间报刊发展的回顾与展望》,郁葱,《诗选刊》,2002年第3期,第4-8页。

178.《诗歌鸡肋谈》,萧沉,《文学自由谈》,2002年第1期,第137-142页。

179.《诗歌之敌》,周良沛,《文艺理论与批评》,2002年第2期,第28-36页。

180.《诗是生命的星云——评少木森的诗》,刘忠诚,《福建文学》,2002年第3期,第88页。

181.《诗与悟性》,郑敏,《诗刊》(下半月刊),2002年3月号,第7页。

182.《试论诗歌语言的整合性》,范肖丹,《桂林师范高等专科学校学报》,2002年第2期,第34-37页。

183.《试论新诗的"飞鸟"情结》,张羽,《北方论丛》,2002年第2期,第85-88页。

184.《是与非:对立二元的共在——"十七年诗歌"反思》,罗振亚,《江汉论坛》,2002年第3期,第87-89页。

185.《涂鸦笔记四则》,赵霞,《莽原》,2002年第2期,第179-187页。

186.《颓败线的颤动》,郜元宝,《当代作家评论》,2002年第2期,第30-31页。

187.《为了叫出自己的汉语世纪》,任洪渊,《山花》,2002年第3期,第84-89页。

188.《我的诗歌国际观》,〔日本〕田原,《莽原》,2002年第2期,第164-172页。

189.《芜乱来自于真正的批评家的"缺席"》,李怡,《诗刊》(下半月刊),2002年3月号,第10-11页。

190.《现代诗歌审美价值标准论》,龙泉明、邹建军,《中山大学学报》(社会科学版),2002年第2期,第66-74页。

191.《现代诗学的两个课题》,吕进,《重庆社会科学》,2002年第2期,第48-50页。

192.《向日常生活敬献天堂的水印》,刘翔,《莽原》,2002年第2期,第173-178页。

193.《新诗的现代品格》,许霆,《江苏社会科学》,2002年第2期,第185-190页。

194.《新诗研究领域的一缕清新气息——评林焕标的〈中国现代新诗的流变与建构〉》,罗良清,《南方文坛》,2002年第2期,第58-59页。

195.《也谈徐志摩早年日记》,虞坤林,《山西文学》,2002年第3期,第75-76页。

196.《一杯清凉而忧伤的薄醉浮情——评小引及其网络诗歌》,彭彤,《当代文坛》,2002年第2期,第58-59页。

197.《一枝芦笛 两色清音——现代诗派中主情与主知的审美分野》,罗振亚,《北方论丛》,2002年第2期,第81-84页。

198.《以个人方式包容世界——90年代的中国诗歌》,王光明,《花城》,2002年第2期,第197-207页。

199.《与非马谈诗》,刘强,《诗刊》(上半月刊),2002年3月号,第39页。

200.《宇宙的全息之光——神游诗坛宿将彭燕郊〈混沌初开〉所感》,李青松,《理论与创作》,2002年第2期,第22-24页。

201.《在"诗"与"歌"之间的振荡》,高小康,《文学评论》,2002年第2期,第56-62页。

202.《在非诗的时代展开诗歌——论90年代的中国诗歌》,王光明,《中国社会科学》,2002年第2期,第139-151页。

203.《在现实的"私处"——张宏志诗歌读札》,张清华,《当代作家评论》,2002年第2期,第102-108页。

204.《枣树意象和雨的精魂——我眼中的诗家鲁迅》,张同吾,《诗潮》,2002年3-4月号,第76-77页。

205.《真情,生命与美——读胡风的〈野花与箭〉》,程玖,《克山师专学报》,2002年第1期,第59-63页。

206.《中国"歌德"之道路——论郭沫若解放后的思想和文艺活动》,程光炜,《海南师范学院学报》(人文社会科学版),2002年第2期,第15-22页。

207.《中国当前诗歌的走向与误区——评〈2000年中国诗歌精选〉》,季桂起,《德州学院学报》(哲学社会科学版),2002年第1期,第27-32页。

208.《中国诗歌的现代嬗变》,高波,《四川大学学报》(哲学社会科学版),2002年第2期,第69-75页。

209.《中国新诗理论国际研讨会综述》,孟泽,《文艺研究》,2002年第2期,第151-153页。

210.《中西文化互阐中的"无目的"论——郭沫若早期诗学话语简论》,伍世昭,《中山大学学报》(社会科学版),2002年第2期,第75-81页。

4月

211.《剽悍勇敢的心灵赞歌——读李瑛近作〈倾诉〉》,古远清,《写作》(上旬刊),2002年第4期,第11-12页。

212.《当代优美小诗选赏》,谭旭东,《阅读与写作》,2002年第4期,第17-18页。

213.《冬日废墟上圆柱的宁静》,耿林莽,《诗刊》(上半月刊),2002年4月号,第58-59页。

214.《答〈诗刊·下半月刊〉问》,周国平,《诗刊》(下半月刊),2002年4月号,第56-57页。

215.《但愿留传三、五首——我是怎样写儿歌的》,张继楼,《涪陵师范学院学报》,2002年第2期,第44-45页。

216.《E代诗歌:先锋精神的丧失》,剑疤,《诗选刊》,2002年第4期,第

79页。

217.《"返祖"情结与当代意识——郭沫若精神结构解析》,刘悦坦,《信阳师范学院学报》(哲学社会科学版),2002年第2期,第93-96页。

218.《顾城后期诗歌美学理念与艺术方法管窥》,邹向东,《济宁师专学报》,2002年第2期,第30-32页。

219.《关露的新诗观》,王芳,《中国现代文学研究丛刊》,2002年第2期,第123-130页。

220.《个体生存与文化的复杂表意——车前子组诗〈北京胡同〉的几点感想》,陈旭光,《诗刊》(上半月刊),2002年4月号,第12页。

221.《广州青年诗家五人谈》,黄金明、吴作歆、黎怀骏、黄春红、陈会玲,《星星》,2002年第4期,第100-110页。

222.《华语网络诗歌不完全梳理》,小鱼儿,《诗选刊》,2002年第4期,第77-78页。

223.《九叶诗派的内向性美学探求》,叶李,《孝感学院学报》,2002年第2期,第70-73页。

224.《宽阔明澈的河流——秦安江诗歌述评》,彭惊宇,《绿洲》,2002年第2期,第108-109页。

225.《论家庭背景对"白洋淀诗群"的影响》,汪洁,《济宁师专学报》,2002年第2期,第26-29页。

226.《论穆旦50年代的诗歌创作》,段从学,《涪陵师范学院学报》,2002年第2期,第14-20页。

227.《默默忍受着的灵魂——读食指的诗〈相信未来〉》,安春华,《阅读与写作》,2002年第4期,第15-16页。

228.《"穆木天先生学术思想讨论会"综述》,蔡清富,《中国现代文学研究丛刊》,2002年第2期,第292-296页。

229.《彭燕郊后期诗歌理论与创作中的现代主义影响》,郑长天、周明侠,《广东社会科学》,2002年第2期,第138-142页。

230.《求新求美的坚进气概——张继楼儿童诗述评》,谭旭东,《涪陵师范学院学报》,2002年第2期,第41-43页。

231.《人文关怀:激情与浪漫——诗歌品质论》,任桂秋,《艺术广角》,2002年第2期,第9-12页。

232.《若干重要诗集创作与评价上的理论问题》,蓝棣之,《中国现代文学研究丛刊》,2002年第2期,第70-79页。

233.《让灾难化为平稳墨迹的持久阵痛——陈超诗歌综论》,刘翔,《山花》,2002年第4期,第89-91页。

234.《颂辞与感恩——冉仲景诗歌片谈》,路曲,《涪陵师范学院学报》,2002

年第 2 期,第 46 – 48 页。

235.《诗化的生存体验——〈野草〉意象解读》,张园,《鲁迅研究月刊》,2002 年第 4 期,第 27 – 34 页。

236.《世纪初当诗歌遭遇网络》,徐江,《诗选刊》,2002 年第 4 期,第 73 – 74 页。

237.《沈苇:寻访一个地区的灵魂》,耿占春,《诗刊》(下半月刊),2002 年 4 月号,第 34 – 35 页。

238.《我读红孩》,王宏甲,《诗刊》(上半月刊),2002 年 4 月号,第 60 – 61 页。

239.《文字的美丽:从诗歌网站谈起》,张晓鸿,《诗刊》(上半月刊),2002 年 4 月号,第 58 页。

240.《"吴奔星先生 70 年文学道路"学术研讨会综述》,周新萍,《中国现代文学研究丛刊》,2002 年第 2 期,第 297 – 299 页。

241.《"向日葵"——一个诗歌意象的文化分析》,张天佑,《中国现代文学研究丛刊》,2002 年第 2 期,第 100 – 113 页。

242.《寻找突破的当代诗歌》,沙林,《诗刊》(上半月刊),2002 年 4 月号,第 79 – 80 页。

243.《郁达夫诗出自唐诗考》,刘麟,《中国现代文学研究丛刊》,2002 年第 2 期,第 114 – 122 页。

244.《幽婉的情思与哲理的追寻——论冯至 20 年代的抒情诗》,吴武洲,《上饶师范学院学报》,2002 年第 2 期,第 58 – 62 页。

245.《寓无限于极有限的微雕艺术——论微型小诗》,马立鞭,《写作》(上旬刊),2002 年第 4 期,第 9 – 10 页。

246.《在东西文化的融通中铸造真善美——论池莲子的诗》,谢旷新,《华文文学》,2002 年第 2 期,第 58 – 62 页。

247.《左顾右盼的车前子》,韩作荣,《诗刊》(上半月刊),2002 年 4 月号,第 11 – 12 页。

248.《中国新诗自由形式的必然性及其走向》,梁平,《涪陵师范学院学报》,2002 年第 2 期,第 21 – 23 页。

249.《知性理论与新诗艺术方向的转变》,李嫒,《清华大学学报》(哲学社会科学版),2002 年第 2 期,第 144 页。

5 月

250.《20 世纪 20 年代新诗的文体建设》,王珂,《南都学坛》,2002 年第 3 期,第 59 – 65 页。

251.《艾青其人其诗》，刘晓平，《理论与创作》，2002年第3期，第52页。

252.《暗潮汹涌，明浪飞腾——论战不断的20世纪90年代台湾现代诗坛》，古远清，《南方文坛》，2002年第3期，第67-72页。

253.《标准的丧失》，江一郎，《诗刊》（下半月刊），2002年5月号，第8-9页。

254.《重读洛夫》，沈奇，《名作欣赏》，2002年第3期，第72-78页。

255.《尘世生活的赞歌》，祝杭斌，《阅读与写作》，2002年第5期，第6页。

256.《答〈诗刊·下半月刊〉问》，黄锦奎，《诗刊》（下半月刊），2002年5月号，第51页。

257.《答〈诗刊选〉21问》，彭国梁，《诗选刊》，2002年第5期，第70-71页。

258.《点击福建六诗人》，年长，《诗潮》，2002年5-6月号，第39-43页。

259.《歌德与郭沫若：没落帝国的文化振兴及其表达》，张雪山，《成都大学学报》，2002年第2期，第12-17页。

260.《孤独之思与广博之爱——读张烨〈生命路上的歌〉》，孙祖娟，《当代文坛》，2002年第3期，第50-51页。

261.《关联与互动——论卞之琳翻译与创作的关系》，唐立新，《云梦学刊》，2002年第3期，第73-76页。

262.《关于诗及诗人的随想》，金汝平，《山花》，2002年第5期，第89-93页。

263.《关于新诗标准和新诗难度》，桑克，《诗刊》（下半月刊），2002年5月号，第7-8页。

264.《好诗不是制造出来的》，于艾君，《诗刊》（下半月刊），2002年5月号，第9-10页。

265.《极地徘徊：论昌耀早期诗歌的意义》，向卫国，《当代文坛》，2002年第3期，第41-43页。

266.《几则抄录》，哑石，《诗刊》（下半月刊），2002年5月号，第28-30页。

267.《简答〈诗刊选〉21问》，刘洁岷，《诗选刊》，2002年第5期，第72-73页。

268.《简论台湾诗人痖弦》，徐一林，《社会科学家》，2002年第3期，第87-90页。

269.《建国初10年浪漫主义诗歌的美学特征》，白薇、安曹，《中央民族大学学报》（哲学社会科学版），2002年第3期，第74-79页。

270.《建国后新诗格律探讨的回顾与思考》，吉发涵，《文史哲》，2002年第3期，第15-21页。

271.《将军襟怀士兵情——读姚成友长诗集〈人生进行曲〉》,柯原,《特区文学》,2002年第3期,第148-150页。

272.《解析现代诗的审美意向》,孙飞龙,《写作》(上旬刊),2002年第5期,第14-15页。

273.《眷念与决绝——〈野草〉中的"我"和"你"》,杨早,《鲁迅研究月刊》,2002年第5期,第41-47页。

274.《梁平的诗歌世界及其建构方式》,蒋登科,《当代文坛》,2002年第3期,第44-46页。

275.《鲁迅早期新诗解读》,岩宏,《宁夏社会科学》,2002年第3期,第121-123页。

276.《论冯至四十年代的思想、创作的转变》,殷丽玉,《文艺理论研究》,2002年第3期,第17-24页。

277.《论孙大雨对新诗"音组"说创立的贡献》,许霆,《文艺理论研究》,2002年第3期,第25-34页。

278.《论辛笛诗歌的意象营构与文本策略》,汤凌云,《云梦学刊》,2002年第3期,第66-68页。

279.《论新诗第一个十年的流派嬗变》,孙绍振,《文艺理论研究》,2002年第3期,第2-16页。

280.《论徐成淼的散文诗世界》,李标晶,《当代文坛》,2002年第3期,第47-49页。

281.《论余光中的乡愁诗》,[韩国]尹银廷,《东岳论丛》,2002年第3期,第123-125页。

282.《论中国新诗》,谢冕,《文学评论》,2002年第3期,第100-111页。

283.《略论21世纪华文诗歌的发展走向》,吴开晋,《东岳论丛》,2002年第3期,第110-113页。

284.《牛汉:一块仍在疼痛的历史伤疤》,牛汉、王光明、吴思敬等,《粤海风》,2002年第3期,第40-42页。

285.《彭燕郊早期创作中的现代主义影响》,郑长天,《云梦学刊》,2002年第3期,第79-81页。

286.《让新时代的诗歌走向人民——著名政治抒情诗人陈景文访谈录》,阎延文,《诗刊》(上半月刊),2002年5月号,第79-80页。

287.《榕树下访谈录》,even、天骄,《青年作家》,2002年第5期,第4-5页。

288.《肉体、心灵与玄思的交响——穆旦〈诗八首〉细读》,李俏梅,《名作欣赏》,2002年第3期,第52-60页。

289.《生命的哲思》,张伟,《诗潮》,2002年5-6月号,第76-78页。

290.《生命与诗同在——蓝海文及其新古典主义评介》,姚维荣,《安康师专学报》,2002年第3期,第46-47页。

291.《生命之根的不倦歌者——读诗人马安信〈满帘幽梦〉感言》,吴野,《当代文坛》,2002年第3期,第57-58页。

292.《诗歌的价值——第一份辩解》,天骄,《青年作家》,2002年第5期,第6-8页。

293.《诗歌的现状与可能——答〈诗潮〉编者问》,王家新、张曙光、张清华、杨远宏,《诗潮》,2002年5-6月号,第28-33页。

294.《食指是大诗人吗?》,金汝平,《诗选刊》,2002年第5期,第78-79页。

295.《世界在上面,诗歌在下面——回答诗人朵渔书面提问》,于坚,《诗潮》,2002年5-6月号,第68-75页。

296.《随想ABC》,谷禾,《诗刊》(下半月刊),2002年5月号,第13页。

297.《谈新诗写作的"无标准"与"无难度"》,童蔚,《诗刊》(下半月刊),2002年5月号,第12页。

298.《闻一多"唯美主义"研究的分类和反思》,李乐平,《学术交流》,2002年第3期,第123-127页。

299.《现代新诗:我们所期待的收获》,慧玮,《诗刊》(下半月刊),2002年5月号,第11页。

300.《现代主义诗歌:中国对西方的形式汲取》,罗振亚,《天津社会科学》,2002年第3期,第91-95页。

301.《形式 创新 语言——论罗洛诗歌的艺术表现》,孙琴安,《当代作家评论》,2002年第3期,第92-96页。

302.《哑石〈驳相对论〉读后感》,史幼波,《诗刊》(下半月刊),2002年5月号,第33页。

303.《杨山诗的品格》,盛海耕,《红岩》,2002年第3期,第125-128页。

304.《忆冯至吾师——重读〈十四行集〉》,郑敏,《当代作家评论》,2002年第3期,第86-91页。

305.《余光中说徐志摩〈偶然〉》,渔歌子摘自《徐志摩诗小论》,《名作欣赏》,2002年第3期,第1页。

306.《在革命的星空下——20世纪中国文学中的"革命"主题》,敬文东,《文艺争鸣》,2002年第3期,第40-46页。

307.《自由、年代、诗丛——"年代诗丛"序》,韩东,《芙蓉》,2002年第3期,第166页。

6月

308.《40 年代穆旦的诗歌》,[韩国]金素贤,《诗探索》,2002 年第 1 - 2 辑,第 214 - 221 页。

309.《八十年代先锋诗的生存境遇及演变态势透视》,王珂,《云南社会科学》,2002 年第 3 期,第 86 - 91 页。

310.《超越"诗人神话"》,[日本]佐藤普美子,《诗探索》,2002 年第 1 - 2 辑,第 30 - 39 页。

311.《朝向自身的世界——冉冉诗歌创作论》,易光,《涪陵师范学院学报》,2002 年第 3 期,第 22 - 26 页。

312.《创造社:浪漫主义与宗教情感》,许正林,《江汉论坛》,2002 年第 6 期,第 71 - 75 页。

313.《从电视艺术到诗歌艺术——读潘德铭的电视与诗歌作品》,郭志杰,《福建文学》,2002 年第 6 期,第 82 - 83 页。

314.《从意象化抒情到事件化抒情》,陈太胜,《诗探索》,2002 年第 1 - 2 辑,第 126 - 136 页。

315.《"存在与超越"——论冯至〈十四行集〉的哲学追寻》,吴武洲,《徐州师范大学学报》(哲学社会科学版),2002 年第 2 期,第 59 - 63 页。

316.《答〈诗选刊〉21 问》,陈德胜,《诗选刊》,2002 年第 6 期,第 78 - 79 页。

317.《答〈诗选刊〉21 问》,臧棣,《诗选刊》,2002 年第 6 期,第 73 - 77 页。

318.《大地与内心的歌者——对冉冉诗歌的一种释读》,邹郎,《涪陵师范学院学报》,2002 年第 3 期,第 27 - 35 页。

319.《大陆先锋诗歌(1976 - 2001)四种写作向度》,陈仲义,《诗探索》,2002 年第 1 - 2 辑,第 115 - 125 页。

320.《东西方文化论争背景下的中国现代小诗》,张新,《学术月刊》,2002 年第 6 期,第 58 - 65 页。

321.《独特的审美发现,别致的结构方式——读非马的诗》,刘士杰,《世界华文文学论坛》,2002 年第 2 期,第 13 - 16 页。

322.《读诗笔记》,刘福春,《诗探索》,2002 年第 1 - 2 辑,第 236 - 248 页。

323.《尴尬时代的抒情诗歌——论在中国当代诗歌格局中抒情诗的地位和意义》,刘翔,《诗探索》,2002 年第 1 - 2 辑,第 9 - 23 页。

324.《个人化写作语境下的诗歌阅读与批评》,吴晓,《浙江学刊》,2002 年第 6 期,第 52 - 56 页。

325.《关于诗歌的"标准"与"难度"》,张清华,《诗刊》(下半月刊),

2002年6月号，第26-27页。

326.《汉语诗学本体论的再审与重构》，罗振亚、徐志伟，《诗探索》，2002年1-2辑，第325-333页。

327.《"糊涂"与"朦胧"——新诗现代品质的二度萌发》，黎明，《涪陵师范学院学报》，2002年第3期，第19-21页。

328.《几句话——也算诗观》，孙文波，《星星》，2002年第6期，第10-11页。

329.《记忆的诗歌叙事学——细读西渡的〈一个钟表匠的记忆〉》，臧棣，《诗探索》，2002年第1-2辑，第54-73页。

330.《经验之歌——孙文波〈六十年代的自行车〉》，傅维，《星星》，2002年第6期，第11-13页。

331.《开拓创新，构建21世纪世界华文诗歌蓝图——2001'国际华文诗歌研讨会概述》，戴洁，《世界华文文学论坛》，2002年第2期，第17-18页。

332.《蓝星诗社对西方象征主义表情论的接受与化用》，赵小琪，《诗探索》，2002年1-2辑，第137-150页。

333.《历史感、理论自觉与当代情怀——中国新诗理论国际研讨会综述》，孟泽，《诗探索》，2002年第1-2辑，第151-154页。

334.《刘川：在院子里给万物重新命名》，杨四平，《诗刊》（下半月刊），2002年6月号，第37页。

335.《伦理、时空、意象——关于台港澳与海外"华文诗歌"修辞行为的泛性分析》，席扬，《世界华文文学论坛》，2002年第2期，第8-12页。

336.《论冯至〈十四行集〉的哲学追寻》，吴武洲，《华南理工大学学报》（社会科学版），2002年第2期，第66-70页。

337.《论郭沫若的城市意识与城市诗（上）》，孙玉石，《荆州师范学院学报》，2002年第3期，第42-49页。

338.《论惠特曼对郭沫若诗歌创作的影响》，齐㧑一、高静芳，《青岛大学师范学院学报》，2002年第2期，第19-22页。

339.《论女性诗歌中的性别意识》，高雪，《山东文学》，2002年第6期，第67-68页。

340.《论中外诗歌中形异及形异诗的价值》，王珂，《南京社会科学》，2002年第6期，第53-60页。

341.《洛夫访谈录》，《诗探索》编辑部，《诗探索》，2002年第1-2辑，第269-293页。

342.《洛夫诗二首点评》，沈奇，《诗探索》，2002年第1-2辑，第294-298页。

343.《洛夫与中国现代诗》，龙彼德，《诗探索》，2002年第1-2辑，第249

-267页。

344.《美的追寻与生命的体验——评蔡丽双的散文诗》,陈志泽,《福建文学》,2002年第6期,第85-86页。

345.《内行的工作》,西川,《诗选刊》,2002年第6期,第66-67页。

346.《让世界更美好　让人间更温馨——读刘安诗集〈平衡集〉》,张永健,《长江文艺》,2002年第6期,第66页。

347.《日中现代诗之比较研究——由两国儿童诗引发的思考》,[日本]佐佐木久春,《诗探索》,2002年1-2辑,第317-324页。

348.《诗,超语言的语言艺术》,吴光辉,《艺术广角》,2002年第3期,第43-44页。

349.《诗,应有共同的审美标准》,刘家骥,《写作》(上旬刊),2002年第6期,第4-5页。

350.《诗歌空间的语言塑造》,张常信、华希,《诗探索》,2002年第1-2辑,第185-187页。

351.《诗歌语体的言语行为解释》,邹立志,《诗探索》,2002年第1-2辑,第169-184页。

352.《诗美在重新发现中闪光——读流逸的近作》,刘士杰,《诗探索》,2002年第1-2辑,第199-204页。

353.《诗之真伪》,傅浩,《诗刊》(下半月刊),2002年6月号,第25-26页。

354.《试论台湾女性诗歌中的神话因素》,刘红林,《诗刊》(上半月刊),2002年6月号,第60-61页。

355.《思考在技艺与现实之外——追寻当代诗歌的文化理想》,王向晖,《诗探索》,2002年第1-2辑,第74-87页。

356.《田禾用诗歌"一意孤行"——田禾诗歌研讨会综述》,曾庆江,《长江文艺》,2002年第6期,第69页。

357.《韦从芜及其长诗〈君山〉》,杨克,《诗探索》,2002年第1-2辑,第231-235页。

358.《西诗影响与中国现代主知诗学的探索》,汪亚明,《诗探索》,2002年第1-2辑,第101-114页。

359.《先锋:一种姿态的两种向度》,黄曙光,《西南交通大学学报》(社会科学版),2002年第2期,第120-124页。

360.《向虚拟空间绽放的"诗之花"——"网络诗歌"理论研究现状的考察与刍议》,胡慧翼,《诗探索》,2002年第1-2辑,第188-198页。

361.《谢湘南诗歌两首点评》,安石榴,《诗探索》,2002年第1-2辑,第312-316页。

362.《谢湘南需要什么样的诗歌》,小榭,《诗探索》,2002 年第 1 - 2 辑,第 299 - 302 页。

363.《心存敬畏》,李以亮,《诗刊》(上半月刊),2002 年 6 月号,第 29 页。

364.《宣泄爱情与玩味爱情——满族女诗人匡文留、娜夜爱情诗抒情风格比较》,王珂,《飞天》,2002 年第 6 期,第 107 - 112 页。

365.《一份诗歌小报告》,冉云飞,《星星》,2002 年第 6 期,第 51 - 52 页。

366.《疑问,或有待整理的空间》,谢湘南,《诗探索》,2002 年第 1 - 2 辑,第 303 - 311 页。

367.《有关散文诗的十一个问题》,郁葱,《诗选刊》,2002 年第 6 期,第 51 页。

368.《中国诗歌的"中国性"》,孙文波,《诗探索》,2002 年第 1 - 2 辑,第 1 - 8 页。

369.《中国现代诗歌发展纵论》,彭瑞琪,《贵州教育学院学报》,2002 年第 3 期,第 28 - 30 页。

370.《中国现代诗学研究:断想与感言》,孙玉石,《诗探索》,2002 年第 1 - 2 辑,第 93 - 100 页。

371.《中国新诗话语研究论纲》,张桃洲,《诗探索》,2002 年第 1 - 2 辑,第 155 - 168 页。

372.《中国新诗能向古典诗歌学些什么?》,郑敏,《诗探索》,2002 年第 1 - 2 辑,第 24 - 29 页。

373.《众人话说乡土诗》,卢有泉、陈立胜,《诗刊》(上半月刊),2002 年 6 月号,第 78 - 80 页。

374.《众声交响:汇聚在汉诗复兴的宏大水域——21 世纪中国首届现代汉诗研讨会综述》,沈健,《诗探索》,2002 年第 1 - 2 辑,第 88 - 92 页。

7 月

375.《20 世纪 90 年代河北诗人简评》,郁葱,《河北学刊》,2002 年第 4 期,第 85 - 87 页。

376.《20 世纪新诗史料工作述评》,刘福春,《中国现代文学研究丛刊》,2002 年第 3 期,第 245 - 272 页。

377.《艾青抗战诗歌"忧郁"的抒情风格》,王劲松,《重庆大学学报》(社会科学版),2002 年第 4 期,第 29 - 31 页。

378.《白天的对抗与夜晚的坚守——漫谈哑地和赵明舒的诗歌》,李犁,《诗潮》,2002 年 7 - 8 月号,第 36 - 39 页。

379.《宝塔诗在现代诗学视野中的文体价值》,王珂,《贵州社会科学》,

2002年第4期,第62-66页。

380.《被平庸情感裹挟着的诗歌写作》,林世宾,《诗选刊》,2002年第7期,第77-79页。

381.《奔腾的河流——读瑶族诗人黄爱平〈边缘之水〉》,蔡测海,《理论与创作》,2002年第4期,第36页。

382.《卞之琳〈距离的组织〉情感线索追踪》,高蔚,《辽宁教育学院学报》,2002年第7期,第81-83页。

383.《卞之琳前期诗歌意象的美学特征》,董卫民,《淮阴师范学院学报》(哲学社会科学版),2002年第4期,第531-536页。

384.《超越时空的心灵契合——论何其芳与李商隐的创作因缘》,董乃斌,《文学评论》,2002年第4期,第5-15页。

385.《冲破虚伪的真爱体验——试论汪静之的〈蕙的风〉》,杨泉良,《青海师专学报》(社会科学版),2002年第4期,第34-39页。

386.《"沉沦的圣殿"》,许道军,《莽原》,2002年第4期,第233-235页。

387.《创作与艺术转换关于——我的创作历程》,郑敏,《诗刊》(下半月刊),2002年7月号,第18-20页。

388.《从理性思考走向感觉或体验——解读姚振函》,封秋昌,《河北学刊》,2002年第4期,第80-84页。

389.《从朦胧诗到新生代诗——"新时期文学"回叙之二》,毕光明,《海南师范学院学报》(人文社会科学版),2002年第4期,第27-35页。

390.《从绚烂走向平实——牛波访谈录》,牛波、林莽,《诗刊》(下半月刊),2002年7月号,第76-79页。

391.《从一本没有封面的诗集说起——访司徒杰》,艾龙,《诗刊》(下半月刊),2002年7月号,第52-53页。

392.《答汉学家13问》,西川,《星星》,2002年第7期,第101-106页。

393.《答诗选刊21问》,祈胜勇,《诗选刊》,2002年第7期,第75-76页。

394.《二十世纪中国新诗的形式探求及其经验教训》,骆寒超,《中国社会科学》,2002年第4期,第151-161页。

395.《反向的相遇》,马策,《诗潮》,2002年7-8月号,第50-53页。

396.《丰美的诗人家园——钟永华其人其诗》,景鲁,《特区文学》,2002年第4期,第154-157页。

397.《关于〈天堂金曲〉——致逢金》,袁忠岳,《山东文学》,2002年第7期,第67页。

398.《还是要提倡给老百姓写诗——从诗集〈挑战命运〉谈起》,高深,《诗刊》(上半月刊),2002年7月号,第55-56页。

399.《海子〈弥赛亚〉中的陌生老人》,西渡,《诗潮》,2002年7-8月号,第 60 - 63 页。

400.《含"泪"面"海"的抒情歌手——从意象角度看舒婷诗歌的价值和意义》,张文刚,《云南师范大学学报》(哲学社会科学版),2002 年第 4 期,第 74 - 79 页。

401.《红卫兵诗歌:虚拟战争的写照》,王朝阳,《粤海风》,2002 年第 4 期,第 16 - 19 页。

402.《〈何其芳全集〉佚文考略》,朱金顺,《中国现代文学研究丛刊》,2002 年第 3 期,第 273 - 281 页。

403.《悔不该出家——徐志摩诗〈"两尼姑"或"强修行"〉赏析》,苏艳梅,《写作》(上旬刊),2002 年第 7 期,第 12 - 13 页。

404.《纪弦抗战前后的"历史问题"》,古远清,《文艺理论与批评》,2002 年第 4 期,第 98 - 103 页。

405.《坚实的足迹》,吉狄马加,《红岩》,2002 年第 4 期,第 129 - 130 页。

406.《坚守是美丽的》,唐韵,《诗刊》(上半月刊),2002 年 7 月号,第 12 - 13 页。

407.《简评翟永明诗歌写作的三个阶段》,周瓒,《星星》,2002 年第 7 期,第 17 - 19 页。

408.《浪漫主义女诗人米蕾及其抒情诗》,常秀莉,《阅读与写作》,2002 年第 7 期,第 8 - 9 页。

409.《历史的诡计与反讽——细读萧开愚〈为一帧遗照而作〉》,刘复生,《名作欣赏》,2002 年第 4 期,第 21 - 25 页。

410.《流沙河诗歌的形式美》,肖体仁,《重庆大学学报》,2002 年第 4 期,第 32 - 34 页。

411.《论冯至四十年代对歌德思想的接受与转变》,殷丽玉,《文学评论》,2002 年第 4 期,第 125 - 131 页。

412.《没有灰烬的火光——随笔甘肃青年诗人 8 人新作》,孙建军,《星星》,2002 年第 7 期,第 49 - 51 页。

413.《朦胧的自我——李白凤诗歌意象赏析》,[韩国]崔允瑄,《名作欣赏》,2002 年第 4 期,第 75 - 76 页。

414.《内心的个人宗教》,翟永明,《星星》,2002 年第 7 期,第 16 - 17 页。

415.《鸟巢下的风景很迷人》,李晃,《理论与创作》,2002 年第 4 期,第 35 页。

416.《宁夏青年诗人创作漫评》,杨梓,《朔方》,2002 年第 7 期,第 71 - 79 页。

417.《浅谈意象在诗歌中的地位和作用》,胡晓靖,《许昌师专学报》,2002 年第 4 期,第 61 - 62 页。

418. 《且说〈爱眉小札〉重排本序》, 朱金顺, 《山西文学》, 2002年第7期, 第78页。

419. 《让阳光照射思维的底层——我看顾城和他的诗》, 肖央, 《岳阳职工高等专科学校学报》, 2002年第4期, 第43-46页。

420. 《日益走向开放的儿童诗》, 曾庆江, 《益阳师专学报》, 2002年第4期, 第30-31页。

421. 《善待这世界》, 沈泽宜, 《诗刊》(上半月刊), 2002年7月号, 第34-35页。

422. 《神与物游: 把握世界的方式》, 龙彼德, 《诗潮》, 2002年7-8月号, 第67页。

423. 《诗词作品审美散论》, 喇国玮, 《广东技术师范学院学报》, 2002年第3期, 第60-63页。

424. 《诗歌与读者距离多远》, 范震飚, 《北方论丛》, 2002年第4期, 第88-89页。

425. 《诗人郭沫若社会理想和政治情怀的人性阐释》, 李生滨, 《宁夏大学学报》(人文社会科学版), 2002年第5期, 第27-31页。

426. 《始终钟情于生活——读蒋国鹏〈性灵之旅〉》, 未央, 《理论与创作》, 2002年第4期, 第37页。

427. 《试论中国诗歌情感造型的量化表现方法》, 范肖丹, 《桂林师范高等专科学校学报》, 2002年第4期, 第43-45页。

428. 《"私典探秘"的独创与偏至——评李天明〈难以直说的苦衷——鲁迅〈野草〉探秘〉》, 裴春芳, 《中国现代文学研究丛刊》, 2002年第3期, 第288-296页。

429. 《"他于是遇到火, 而且我以为这火是真的"——鲁迅的〈秋夜〉破译》, 胡尹强, 《中国现代文学研究丛刊》, 2002年第3期, 第198-210页。

430. 《疼痛与真实——我的诗学体验》, 寒烟, 《诗刊》(下半月刊), 2002年7月号, 第25-26页。

431. 《挺住, 意味着一切——寒烟诗歌印象》, 格式, 《诗刊》(下半月刊), 2002年7月号, 第29页。

432. 《我的诗歌观》, 孙文波, 《诗潮》, 2002年7-8月号, 第72-75页。

433. 《我们能否在尴尬中自拔?》, 刘立云, 《诗刊》(上半月刊), 2002年7月号, 第11-12页。

434. 《"文革"地下诗歌的现代性追求》, 陈祖君, 《当代文坛》, 2002年第4期, 第31-33页。

435. 《武者小路实笃与周作人的诗歌交往》, 林恒青, 《福建师范大学学报》(哲学社会科学版), 2002年第3期, 第95-99页。

436.《西方"语言转向"与当代中国诗歌的"语言实验"》,容晓明,《宁夏大学学报》(人文社会科学版),2002年第5期,第45-46页。

437.《西海固诗歌刍议》,杨梓,《宁夏大学学报》(人文社会科学版),2002年第5期,第42-44页。

438.《现代文化的读本:中国新诗的几个文本》,李怡,《名作欣赏》,2002年第4期,第69-72页。

439.《香港散文诗中的都市风景线》,古远清,《青海社会科学》,2002年第4期,第81-84页。

440.《湘人对于新诗的贡献》,杨里昂,《理论与创作》,2002年第4期,第63-65页。

441.《校园民谣:生命与时间的对抗》,张福萍,《粤海风》,2002年第4期,第55-57页。

442.《心灵走过的道路,就是历史走过的道路——析梁小斌创作倾向的变异》,吕周聚,《名作欣赏》,2002年第4期,第79-82页。

443.《新中国成立后17年新诗创作中的伪浪漫主义》,白薇、安曹,《宁夏大学学报》(人文社会科学版),2002年第5期,第38-41页。

444.《学诗漫忆》,白峡,《诗刊》(上半月刊),2002年7月号,第56-58页。

445.《雪国风韵 盛世豪情——读陈景文新作〈在风雪中放歌〉》,张同吾,《北方论丛》,2002年第4期,第2页。

446.《寻找重庆的诗歌精神》,波佩,《诗潮》,2002年7-8月号,第27-33页。

447.《叶硬经霜绿,花肥映雪红——〈他们〉述评》,吴思敬,《贵州社会科学》,2002年第4期,第59-61页。

448.《以梦为马——海子抒情诗的诗性解读》,钱静,《江苏教育学院学报》(社会科学版),2002年第4期,第61-64页。

449.《悠悠乡情——关于杨金砖先生的〈寂寥的籁响〉》,秦小珊,《零陵师范高等专科学校学报》,2002年第3期,第56-57页。

450.《在"古典盛宴"和"现代窗口"之间吟唱的诗人——闻一多诗歌审美意象解析》,张文刚,《河南大学学报》(社会科学版),2002年第4期,第31-35页。

451.《在尘世中寻找天堂?——海子〈面朝大海,春暖花开〉解读》,杨四平,《名作欣赏》,2002年第4期,第103-104页。

452.《在非洲写诗的中国女人——燃仙诗集〈流浪的天堂〉评述》,西村,《当代文坛》,2002年第4期,第34-35页。

453.《在平衡中拓展诗歌天地——论西南联大现代主义诗群诗学特征》,李丽平,《四川师范学院学报》(哲学社会科学版),2002年第4期,第86-89页。

454.《在诗歌的怀抱里——桑克答21问》,桑克,《诗选刊》,2002年第7期,第69-74页。

455.《在真实与想象之间——论〈望舒草〉》,许江,《新疆师范大学学报》,2002年第3期,第73-80页。

456.《早期新诗的"阅读问题"》,姜涛,《中国现代文学研究丛刊》,2002年第3期,第182-197页。

457.《知性理论与三十年代新诗艺术方向的转变》,李媛,《中国现代文学研究丛刊》,2002年第3期,第162-181页。

458.《"中间人心态"、"纯诗"立场与"现代"价值观念——论"现代派"诗人群体的思想特色与文化心态》,陈旭光,《社会科学》,2002年第7期,第76-80页。

459.《中西艺术结合的宁馨儿——论闻一多对唯美主义的借鉴和对民族特色的继承》,李乐平,《甘肃社会科学》,2002年第4期,第27-29页。

8月

460.《艾青的诗艺创造性》,王劲松,《涪陵师范学院学报》,2002年第4期,第16-19页。

461.《标准的轮廓》,晓理,《诗刊》(下半月刊),2002年8月号,第33-34页。

462.《灿烂多彩的诗情——读〈力群诗选〉随想》,马作楫,《山西大学学报》(哲学社会科学版),2002年第4期,第97-98页。

463.《刹那见终古——洛夫诗〈未寄〉点评》,沈奇,《写作》(上旬刊),2002年第8期,第3页。

464.《呈现人类精神里普遍、永恒的部分》,刘松林,《诗刊》(下半月刊),2002年8月号,第34-35页。

465.《从"独句诗"到"超短诗"》,周探科,《阅读与写作》,2002年第8期,第38-39页。

466.《答〈诗选刊〉21问》,马永波,《诗选刊》,2002年第8期,第75-77页。

467.《答〈诗选刊〉21问》,欧亚,《诗选刊》,2002年第8期,第78-79页。

468.《观念写作的误区》,刘川,《诗刊》(下半月刊),2002年8月号,第31-33页。

469.《汉语诗歌:叙事的可能性》,大解,《诗刊》(下半月刊),2002年8月号,第39-40页。

470.《论郭沫若的城市意识与城市诗（下）》，孙玉石，《荆州师范学院学报》，2002年第4期，第24-29页。

471.《论台港及海外华文图象诗》，王珂，《华文文学》，2002年第4期，第12-20页。

472.《论徐志摩的诗歌策略》，陈树萍、李相银，《贵州师范大学学报》（社会科学版），2002年第4期，第72-75页。

473.《言　陌生而本色——论东南亚华文现代诗的语言特色》，许燕，《华文文学》，2002年第4期，第4-10页。

474.《〈情系军营〉序》，柯岩，《诗刊》（上半月刊），2002年8月号，第6-8页。

475.《人生驿站中的感悟——读〈人生之旅〉》，宁江水，《阅读与写作》，2002年第8期，第45页。

476.《"松开鞋带"与"新诗标准"》，姜耕玉，《诗刊》（下半月刊），2002年8月号，第37页。

477.《诗歌大于一切材料的总和》，黄金明，《诗刊》（下半月刊），2002年8月号，第36-37页。

478.《诗歌的平庸缘于诗人生活的平庸》，马俊华，《诗刊》（下半月刊），2002年8月号，第35-36页。

479.《诗歌自身的效力——试论昌耀的诗歌形象》，于贵锋，《青海湖》，2002年8月号，第66-69页。

480.《诗过天山——读子川的诗》，赵恺，《诗刊》（上半月刊），2002年8月号，第62页。

481.《诗学札记（续）》，叶延滨，《海峡》，2002年第4期，第132-136页。

482.《武夷山下谈诗——访陈祥龙》，艾龙，《诗刊》（下半月刊），2002年8月号，第62-63页。

483.《要害是"平"——小议〈西部盛开的歌谣〉》，吴戈，《阅读与写作》，2002年第8期，第46页。

484.《也说新诗标准》，荣荣，《诗刊》（下半月刊），2002年8月号，第32-33页。

485.《一种媒体的贱和一次革命冲动的合谋——评〈南方周末〉和它刊登的〈与诗歌的庸俗和平庸作斗争〉一文》，李保平，《诗选刊》，2002年第8期，第64-66页。

486.《与诗歌的庸俗和平庸作斗争》，朱子庆，《诗选刊》，2002年第8期，第57-63页。

487.《与唐诗对质——读伊沙长诗〈唐〉》，沈奇，《星星》，2002年第8期，第11-13页。

488.《走向世俗：文化转型期先锋诗的运行轨迹》，王珂，《湖北社会科学》，2002年第8期，第36－37页。

9月

489.《20世纪20年代"小诗运动"摭论》，杨军、周成哲，《商洛师范专科学校学报》，2002年第3期，第40－42页。

490.《30年代中国新诗的初步整合与超越——艾青"密云期"诗歌创作简论》，王瑞，《中州学刊》，2002年第5期，第74－78页。

491.《标准与难度》，晓林，《诗刊》（上半月刊），2002年9月号，第22页。

492.《超现实主义诗人的创作实践》，徐真华、王淑艳，《学术研究》，2002年第9期，第119－123页。

493.《初识〈白马〉》，陆健，《诗潮》，2002年9－10月号，第73－74页。

494.《传统与现代的冲撞——读〈玉米、大麦都唱你的歌〉》，陈犁，《阅读与写作》，2002年第9期，第39页。

495.《词语与经验之间的灵性表达——近年来天水诗歌的个人观照》，王元中，《飞天》，2002年第9期，第105－109页。

496.《从"读不懂"现象看诗歌审美的公共空间》，许道军，《飞天》，2002年第9期，第110－111页。

497.《二十世纪下半叶的中国新诗研究》，吕进，《文学评论》，2002年第5期，第74－81页。

498.《飞行者的秘密生活》，波佩，《星星》，2002年第9期，第10－13页。

499.《飞翔的词语》，高伟，《文学自由谈》，2002年第5期，第145－147页。

500.《贵州方阵：置身前沿的集结》，燎原，《星星》，2002年第9期，第45－47页。

501.《过渡状态：打工一族的诗歌写作》，柳冬妩，《粤海风》，2002年第5期，第51－57页。

502.《胡适的"作诗如作文"与宋诗的"以文为诗"》，钟军红，《广东职业技术师范学院学报》，2002年第3期，第13－17页。

503.《回顾与超越：面向21世纪——广西青年诗会纪要》，刘伍吉整理，《南方文坛》，2002年第5期，第66－68页。

504.《记忆或忘却：90年代诗歌命题解读》，刘忠，《华东师范大学学报》（哲学社会科学版），2002年第5期，第55－61页。

505.《记忆与追寻之歌——读温青的诗》，朱先树，《当代文坛》，2002年第5期，第95页。

506.《解读殷龙龙》，君儿，《诗刊》（上半月刊），2002年9月号，第29页。

507.《来自英伦三岛的海风——论郭沫若与英国文学》,吴定宇,《中山大学学报》(社会科学版),2002年第5期,第15-21页。

508.《论艾青的都市诗及文化成因》,汪亚明,《文艺理论与批评》,2002年第5期,第67-73页。

509.《论诗歌意象的特性》,彭建明、黄越,《湘潭师范学院学报》(社会科学版),2002年第5期,第93-100页。

510.《论新诗潮》,谢冕,《中山大学学报》(社会科学版),2002年第5期,第1-14页。

511.《论云鹤诗歌语言的语法变异组合》,许燕,《世界华文文学论坛》,2002年第3期,第41-43页。

512.《略论诗之"理趣"》,张淼,《山东文学》,2002年第9期,第60-62页。

513.《略论中国西部诗群的崛起及其审美追求》,何休,《新疆大学学报》(社会科学版),2002年第3期,第109-114页。

514.《"朦胧诗"派的心理诗学观念与中外诗学传统》,陈学祖,《文艺理论研究》,2002年第5期,第25-34页。

515.《穆旦的诗〈赞美〉语言赏析》,侯现杰,《现代语文》,2002年第9期,第14页。

516.《批判的武器难以创新——论"五四"前后白话诗人对民间歌谣的扬弃》,燕世超,《文学评论》,2002年第5期,第157-161页。

517.《青年诗人:成长的向度——答〈诗潮〉编者问》,韩博、吕约、朱庆和、南人,《诗潮》,2002年9-10月号,第68-72页。

518.《"人间烟火"与"高天云霓"——张新泉〈渔人〉赏析》,李蓉,《名作欣赏》,2002年第5期,第31-33页。

519.《人与世界的深层应对》,吴晓,《诗刊》(上半月刊),2002年9月号,第20-21页。

520.《日常生活与诗——略谈于坚的诗学追求》,邓云川,《当代文坛》,2002年第5期,第64-67页。

521.《神性的诗歌文本——评李青松〈我之歌〉》,叶橹,《理论与创作》,2002年第5期,第26-29页。

522.《诗歌的梦想》,于贵锋,《诗刊》(上半月刊),2002年9月号,第18-19页。

523.《诗歌基本理论问题与我国诗歌的发展》,丁鲁,《湘潭师范学院学报》(社会科学版),2002年第5期,第101-105页。

524.《诗歌在哪里?》,陈仲义,《诗选刊》,2002年第9期,第63-66页。

525.《书写红色的情感传奇》,刘东辉,《诗刊》(上半月刊),2002年9月号，第 58 - 59 页。

526.《谈诗两题》，叶延滨，《理论与创作》，2002 年第 5 期，第 55 - 56 页。

527.《王者之鹰——洛夫诗〈危崖上蹲有一只独与天地精神往来的鹰〉点评》，沈奇，《写作》（上旬刊），2002 年第 9 期，第 11 - 13 页。

528.《网络诗歌：狂欢后的浮躁和苍白》，熊盛荣，《山西文学》，2002 年第 9 期，第 66 - 67 页。

529.《细处着彩，小屋生辉——林徽因诗形一瞥》，高明艳，《上海大学学报》（社会科学版），2002 年第 5 期，第 26 - 31 页。

530.《现代汉语的诗性空间——论 20 世纪中国新诗语言问题》，张桃洲，《中国社会科学》，2002 年第 5 期，第 164 - 174 页。

531.《现代文化的读本：中国新诗的几个文本》，李怡，《名作欣赏》，2002 年第 5 期，第 78 - 81 页。

532.《现代主义：一面虚张声势的旗——台湾现代派文学的另一种解读》，邓全明，《世界华文文学论坛》，2002 年第 3 期，第 8 - 12 页。

533.《现代主义诗歌：中国对西方的精神接受》，罗振亚，《文艺理论研究》，2002 年第 5 期，第 19 - 24 页。

534.《相对性：诗与科学的联系》，龙彼德，《诗潮》，2002 年 9 - 10 月号，第 63 页。

535.《写诗的心情》，杨泽明，《当代文坛》，2002 年第 5 期，第 71 - 72 页。

536.《"心底"涌出的"桃花"——读〈故乡·诗〉》，于金，《阅读与写作》，2002 年第 9 期，第 38 页。

537.《新诗的散文美与散文化》，黄钢，《新疆大学学报》（社会科学版），2002 年第 3 期，第 103 - 108 页。

538.《新诗的无标准与有标准》，马立鞭，《诗刊》（上半月刊），2002 年 9 月号，第 17 - 18 页。

539.《新时期女性主义诗歌漫谈》，郭晴云，《德州学院学报》（哲学社会科学版），2002 年第 3 期，第 17 页。

540.《选择与变异——论李金发对象征主义的接受》，陈希，《中山大学学报》（社会科学版），2002 年第 5 期，第 25 - 31 页。

541.《言的窘迫："后朦胧诗"语言观症候批评》，徐志伟，《天津社会科学》，2002 年第 5 期，第 109 - 114 页。

542.《眼前的秋叶——读莫西芬先生诗集〈日月星华〉》，蔺洪生，《山东文学》，2002 年第 9 期，第 62 页。

543.《阳光因诗人的光辉而灿烂》，仵从巨，《文学自由谈》，2002 年第 6 期，第 112 - 115 页。

544.《一个既简单又复杂的文本——细读伊沙〈张常氏，你的保姆〉》，王毅,《名作欣赏》,2002 年第 5 期,第 20 – 25 页。

545.《一眼看不透的诗歌》,燎原,《诗刊》(上半月刊),2002 年 9 月号,第 20 – 21 页。

546.《永葆本真的诗心——评本尘的诗作〈无根的心〉》,王福东、徐珂,《当代文坛》,2002 年第 5 期,第 68 – 70 页。

547.《与时俱进为人民歌唱——访卫克兴》,东林,《诗刊》(上半月刊),2002 年 9 月号,第 49 页。

548.《与心安处——读苗强的诗》,高岩,《诗潮》,2002 年 9 – 10 月号,第 45 页。

549.《远方是心灵的牧放之地》,匡文立,《诗刊》(上半月刊),2002 年 9 月号,第 42 – 43 页。

550.《在多元诗歌传统基础上综合创新》,邱景华,《诗刊》(上半月刊),2002 年 9 月号,第 21 – 22 页。

551.《张枣诗的诗意隐藏》,高蔚,《新疆大学学报》(社会科学版),2002 年第 3 期,第 115 – 118 页。

552.《致野曼》,贺敬之,《文艺理论与批评》,2002 年第 5 期,第 14 – 15 页。

553.《中国诗歌的几个热点及广西的对应——在广西青年诗会上的发言(节选)》,刘春,《南方文坛》,2002 年第 5 期,第 69 – 72 页。

554.《中国诗坛大有希望》,林希,《诗刊》(上半月刊),2002 年 9 月号,第 60 – 61 页。

555.《中国新诗八十年反思》,郑敏,《文学评论》,2002 年第 5 期,第 68 – 73 页。

556.《主体意识:介于个体和群体之间——中国新诗的两种人称辨析》,张桃洲,《江汉论坛》,2002 年第 9 期,第 82 – 85 页。

10 月

557.《本真的写作——读大雁的诗》,马永波,《广西文学》,2002 年第 10 期,第 68 页。

558.《迟到的,是我们的美学》,汪剑钊,《诗选刊》,2002 年第 10 期,第 25 – 26 页。

559.《答原上白马 12 问》,赵丽华,《星星》,2002 年第 10 期,第 102 – 108 页。

560.《多彩的情境反讽——读痖弦的诗〈船中之鼠〉》,周登宇,《楚雄师范学院学报》,2002 年第 5 期,第 38 – 39 页。

561.《飞翔的诗歌——读扎西才让的诗》,瘦水,《飞天》,2002 年第 10 期,第 98 - 99 页。

562.《古典的现代咏叹——台湾部分现代诗浅识》,刘谷诚,《湛江师范学院学报》,2002 年第 5 期,第 64 - 69 页。

563.《海子:没落诗国的神话》,王士民,《诗选刊》,2002 年第 10 期,第 75 - 77 页。

564.《简单生活与粗糙的诗观》,天乐,《诗刊》(下半月刊),2002 年 10 月号,第 18 - 19 页。

565.《简论蓉子、席慕蓉诗歌的乡愁情结和女性意识》,王泉,《华文文学》,2002 年第 5 期,第 47 - 59 页。

566.《简论诗的意象运动》,张孝评、王小侠,《西北大学学报》(哲学社会科学版),2002 年第 4 期,第 123 - 125 页。

567.《将超越化为永恒——洛夫诗歌中的时间意识》,李建东,《华文文学》,2002 年第 5 期,第 38 - 41 页。

568.《里尔克,冯至的精神渊源》,屠茂芹,《山东文学》,2002 年第 10 期,第 56 - 58 页。

569.《论陈有才 20 世纪 90 年代抒情诗的嬗变》,邹建军,《信阳师范学院学报》(哲学社会科学版),2002 年第 5 期,第 93 - 96 页。

570.《论流沙河诗歌的审美特色》,刘跃敏、冯彪,《华南师范大学学报》(社会科学版),2002 年第 5 期,第 55 - 57 页。

571.《论浅草 - 沉钟社文化心理的嬗变》,秦林芳,《贵州师范大学学报》(社会科学版),2002 年第 5 期,第 97 - 101 页。

572.《论闻一多"格式"论的贡献和局限》,陈本益,《汕头大学学报》(人文社会科学版),2002 年第 5 期,第 25 - 30 页。

573.《论中国现代新诗的死亡意识》,刘保昌,《西南师范大学学报》(人文社会科学版),2002 年第 5 期,第 147 - 151 页。

574.《人长寿诗长新——新边塞诗人洋雨》,郑兴富,《绿洲》,2002 年第 5 期,第 111 - 119 页。

575.《生命意识:闻一多诗歌与荆楚文化内在精神的契合与同构》,罗昌智,《中国文学研究》,2002 年第 4 期,第 13 - 16 页。

576.《诗的感觉,诗的形象》,刘直,《阅读与写作》,2002 年第 10 期,第 37 页。

577.《诗的灵魂永远光亮——读李瑛组诗〈燃烧的生命〉》,曹纪祖,《星星》,2002 年第 10 期,第 11 - 13 页。

578.《诗歌与生命同行——答〈诗刊·下半月刊〉问》,谭仲池,《诗刊》(上半月刊),2002 年 10 月号,第 44 - 47 页。

579.《试论和权诗歌的文化观念》,林怀宇,《华文文学》,2002 年第 5 期,第 26－30 页。

580.《我在"青春诗会"的读稿笔记（节选）》，梁小斌，《诗刊》（上半月刊），2002 年 10 月号，第 72－75 页。

581.《现代汉语诗歌文体的构建策略前瞻》，王珂，《广东社会科学》，2002 年第 5 期，第 118－122 页。

582.《优秀诗人的奠基石——读徐国志诗集〈蓝色诱惑〉》，万龙生，《涪陵师范学院学报》，2002 年第 5 期，第 11－13 页。

583.《一棵苦楝树上的爱情果——评诗人徐国志的爱情诗》，周邦宁，《涪陵师范学院学报》，2002 年第 5 期，第 19－22 页。

584.《杂谈诗歌艺术在新闻写作中的运用》，文贻炜，《阅读与写作》，2002 年第 10 期，第 33－34 页。

585.《在都市的身体中穿行》，冰马，《星星》，2002 年第 10 期，第 52－54 页。

586.《中国情境中的西方诗潮——浅析象征主义在中国现代诗歌中的发展、流变》，王源，《山东文学》，2002 年第 10 期，第 54－57 页。

587.《中间——浅析诗歌的艺术理想》，冯艳冰，《广西文学》，2002 年第 10 期，第 69 页。

588.《自由·灵性·美》，胡瀛，《北方文学》，2002 年第 10 期，第 79－80 页。

589.《总会有人欣赏你》，宋尾，《诗刊》（上半月刊），2002 年 10 月号，第 22－23 页。

590.《走向现代与回归传统——徐国志新诗创作得失谈》，彭斯远，《涪陵师范学院学报》，2002 年第 5 期，第 14－18 页。

11 月

591.《1990 年代诗歌中的叙事性问题》，钱文亮，《文艺争鸣》，2002 年第 6 期，第 14－17 页。

592.《20 世纪 90 年代内蒙古诗歌的难题与选择——兼评伊勒特诗歌创作》，托娅，《内蒙古社会科学》（汉文版），2002 年第 6 期，第 84－87 页。

593.《把寂寞变成青稞或青稞酒的诗人》，古马，《诗刊》（上半月刊），2002 年 11 月号，第 71 页。

594.《把鱼钩扔回给偶然性——读臧棣的诗》，汪剑钊，《星星》，2002 年第 11 期，第 41－44 页。

595.《白银时代的挽歌》，耿占春，《莽原》，2002 年第 6 期，第 204－210 页。

596.《纯真的不断成长的诗魂——何其芳的〈预言〉与〈夜歌〉论评》，杜秀华，《沈阳师范学院学报》（社会科学版），2002 年第 6 期，第 30－33 页。

597.《从宫中坠落民间——评"第三条道路"诗人凸凹》，张叹凤，《当代文坛》，2002年第6期，第62-63页。

598.《从民间走来的"泥土诗人"——简论徐玉诺和他的诗》，韩爱平，《商丘师范学院学报》，2002年第6期，第28-30页。

599.《二十世纪新诗理论的几个焦点问题》，吴思敬，《文学评论》，2002年第6期，第107-117页。

600.《风筝牵扯出的情思——评鲁迅散文诗〈风筝〉》，刘爱琳，《江苏教育学院学报》（社会科学版），2002年第6期，第80-83页。

601.《高扬主旋律，讴歌一代人——朗诵诗〈瀑布：站立的河流〉赏析》，李世琦，《名作欣赏》，2002年第6期，第38-40页。

602.《歌词与现代诗的审美差异》，吴思敬，《江苏行政学院学报》，2002年第4期，第122-124页。

603.《"归来"：历史性情感的诗意表述》，严军，《文艺争鸣》，2002年第6期，第10-13页。

604.《贵州高原的风景——读〈秋风（外一首）〉》，何直，《阅读与写作》，2002年第11期，第40页。

605.《郭沫若前期浪漫诗学的现代性观照》，黄曼君，《华中师范大学学报》（人文社会科学版），2002年第6期，第19-25页。

606.《激情时代的终结——20世纪90年代女性诗歌综述》，方雪梅，《当代文坛》，2002年第6期，第54-58页。

607.《简论蓝海文的诗歌创作》，姚维荣，《当代文坛》，2002年第6期，第85-86页。

608.《建构在现实图标上的诗歌向度——访戚建国》，艾龙，《诗刊》（下半月刊），2002年11月号，第52-53页。

609.《老刀其人其诗》，张况，《诗刊》（下半月刊），2002年11月号，第32-33页。

610.《刘春：手指在键盘上行走》，杨克，《广西文学》，2002年第11期，第62页。

611.《论浅草-沉钟社个性主题的表现模式》，秦林芳，《辽宁师范大学学报》（社会科学版），2002年第6期，第67-71页。

612.《论微型诗》，刘静，《当代文坛》，2002年第6期，第59-61页。

613.《论徐志摩诗歌的动态美》，马丽，《理论与创作》，2002年第6期，第44-45页。

614.《朦胧诗与现代性》，孙基林，《文史哲》，2002年第6期，第144-148页。

615.《面对沉甸甸的成熟——罗振亚的诗歌研究综论》，孙德喜，《北方论丛》，2002年第6期，第102-104页。

616.《陌生化世界里的诗人——张岩松诗歌断想》,梁小斌,《诗潮》,2002年11-12月号,第38-39页。

617.《穆旦诗思方式新探》,陈彦,《淮阴师范学院学报》(哲学社会科学版),2002年第6期,第769-774页。

618.《青年诗人:崭新的可能——答〈诗潮〉编者问》,晶晶、李云枫、宋烈毅、李有葱,《诗潮》,2002年11-12月号,第68-71页。

619.《清洁的河流——李琦诗歌的价值定位》,罗振亚,《学习与探索》,2002年第6期,第106-111页。

620.《邱易东其人其诗》,黄明超,《当代文坛》,2002年第6期,第64-65页。

621.《人生最美是婵娟——龚鹏飞诗文读后》,吴昕孺,《理论与创作》,2002年第6期,第53-54页。

622.《失落的女神——〈女神〉及其新诗"现代性"问题》,周海波,《齐鲁学刊》,2002年第6期,第73-77页。

623.《诗歌的风箱》,臧棣,《星星》,2002年第11期,第38-40页。

624.《诗歌多维表义特征的内在关系》,姚依红、马清华,《宁夏社会科学》,2002年第6期,第110-113页。

625.《诗歌意境、意象及其辩证关系新探》,彭小明,《广西社会科学》,2002年第6期,第121-123页。

626.《诗歌意象功能论》,曹苇舫、吴晓,《文学评论》,2002年第6期,第118-125页。

627.《"诗性"的追问与探索——普丽华〈诗歌文体论稿〉序》,黄曼君,《写作》(上旬刊),2002年第11期,第5-6页。

628.《诗与细节》,老刀,《诗刊》(下半月刊),2002年11月号,第29页。

629.《试论〈女神〉的意象类型与构造》,张清祥,《南都学坛》,2002年第6期,第82-84页。

630.《韦启文诗歌创作综论》,邹建军,《中南民族大学学报》(人文社会科学版),2002年第6期,第96-99页。

631.《我看小诗创作的当下意义》,沈奇,《诗刊》(上半月刊),2002年11月号,第60-62页。

632.《我们时代的诗歌写作》,敬文东,《文艺争鸣》,2002年第6期,第4-9页。

633.《现代诗的虚拟性与真实性例说》,姜岚,《海南师范学院学报》(社会科学版),2002年第6期,第59-63页。

634.《现代主义的本土化——论"诗帆"诗群》,汪亚明,《文学评论》,2002年第6期,第50-55页。

635.《小海的诗学》，王尧，《当代作家评论》，2002年第6期，第134－136页。

636.《小海的抒情诗》，张闳，《当代作家评论》，2002年第6期，第127－131页。

637.《心灵放飞的诗章——〈泛舟长河〉序》，向本贵，《理论与创作》，2002年第6期，第52－53页。

638.《新诗标准讨论：众声喧哗说标准》，李商雨、陈傻子等，《诗刊》（下半月刊），2002年11月号，第20－27页。

639.《寻找再生之地——读彭燕郊的〈混沌初开〉》，骆晓戈，《湖南社会科学》，2002年第6期，第105－106页。

640.《杨克早期诗歌的文化透视》，陈敢，《常德师范学院学报》（社会科学版），2002年第6期，第90－91页。

641.《也谈〈雨巷〉——兼与〈谈戴望舒的成名作〈雨巷〉〉一文商榷》，张俊萍，《名作欣赏》，2002年第6期，第99－101页。

642.《野草的超现实主义倾向——〈野草〉超现实组合形式论（上）》，赵小琪、李朝明，《广西文学》，2002年第11期，第23－30页。

643.《彝族叙事诗中民众的人性美和人情美》，邬锡鑫，《贵州社会科学》，2002年第6期，第71－75页。

644.《"意象征"——现代诗掌握世界的基本方式》，陈仲义，《学术研究》，2002年第11期，第119－123页。

645.《隐遁的忧伤与重现的疼痛——孔令更诗歌创作略论》，李少咏，《周口师范高等专科学校学报》，2002年第6期，第25－28页。

646.《在李瑛诗歌研讨会上的发言》，谢冕，《诗刊》（上半月刊），2002年11月号，第76－77页。

647.《中国现代主义诗歌在40年代的调整与转化》，龙泉明，《文艺理论研究》，2002年第6期，第65－70页。

648.《值得信赖的诗评家——读吴思敬的〈诗学沉思录〉》，罗振亚、徐志伟，《南方文坛》，2002年第6期，第60－62页。

649.《中间代：一个策划的诗歌伪命名》，梁艳萍，《文艺争鸣》，2002年第6期，第18－19页。

650.《追随时代，还诗于民读——读苏子龙诗集〈蟹语〉》，陈白子，《文艺理论与批评》，2002年第6期，第102－106页。

651.《自然美与雕琢美》，王芝兰，《阅读与写作》，2002年第11期，第31页。

12 月

652.《1994 年以来新诗流派研究述评》,刘继业,《徐州师范大学学报》(哲学社会科学版),2002 年第 4 期,第 37-41 页。

653.《四种原始冲突》,大解,《诗选刊》,2002 年第 12 期,第 123 页。

654.《90 年代诗歌中的李瑛》,马新莉,《诗探索》,2002 年第 3-4 辑,第 171-174 页。

655.《捕捉灵魂的光环——访于英太》,李品,《诗刊》(下半月刊),2002 年 12 月号,第 48-51 页。

656.《不要忘记诗歌的姓》,叶玉琳,《诗探索》,2002 年第 3-4 辑,第 248-250 页。

657.《灿烂诗空中一颗明亮的星——重读闻捷和闻捷的诗》,谢昌余,《飞天》,2002 年第 12 期,第 112-114 页。

658.《戴着镣铐跳舞的歌词与自由翱翔的新诗》,孙允文,《诗探索》,2002 年第 3-4 辑,第 89-102 页。

659.《丹心正气 历史画卷——石英近作评析》,晓原、晓思,《诗刊》(上半月刊),2002 年 12 月号,第 54-56 页。

660.《当此关口,回到未来——"字思维"与中国现代诗学第二次研讨会综述》,孟泽,《诗探索》,2002 年第 3-4 辑,第 79-88 页。

661.《当男权遇到女权》,翟永明,《诗选刊》,2002 年第 12 期,第 117 页。

662.《讽刺诗的尴尬与出路》,宗鄂,《诗刊》(上半月刊),2002 年 12 月号,第 51 页。

663.《高洪波诗作品评》,高平,《飞天》,2002 年第 12 期,第 118-120 页。

664.《关于诗歌现状与问题对话》,程光炜、钱文亮、姜涛、陈均,《广西文学》,2002 年第 12 期,第 63 页。

665.《汉诗是用汉字写出的艺术品》,吕家乡,《诗探索》,2002 年第 3-4 辑,第 68-72 页。

666.《后朦胧诗的语言态度》,罗振亚,《诗探索》,2002 年第 3-4 辑,第 32-43 页。

667.《还需要多久,一场大雪才能从写作中升起?——王家新〈伦敦随笔〉细读》,赵璕、王家新,《诗探索》,2002 年第 3-4 辑,第 136-150 页。

668.《海外华文诗歌的话语历程》,方维保,《华文文学》,2002 年第 6 期,第 56-60 页。

669.《回答一个问题》,于坚,《诗选刊》,2002 年第 12 期,第 121 页。

670.《惠灵毓秀显嵯峨——旭宇诗歌创作艺术浅说》,刘松林,《诗探索》,

2002年第3-4辑，第265-369页。

671.《健朗开放的诗歌之路——从蔡克霖的诗谈起》，晓雪，《诗刊》（上半月刊），2002年12月号，第57-58页。

672.《近20年新诗研究评述》，张桃洲，《荆州师范学院学报》，2002年第6期，第77-81页。

673.《看不见的洪水》，郁笛，《星星》，2002年第12期，第81-83页。

674.《可能与局限——关于"字·思维"与现代汉诗的几点断想》，沈奇，《诗探索》，2002年第3-4辑，第44-53页。

675.《冷眼观潮看"辉煌"》，晨枫，《诗探索》，2002年第3-4辑，第120-129页。

676.《理性主义：一个贯穿新诗历史的原则》，邓程，《广东社会科学》，2002年第6期，第133-139页。

677.《梁秉钧：与城市对话》，王光明，《诗探索》，2002年第3-4辑，第198-206页。

678.《论中法诗歌现代化进程中自由诗革命的差异——兼论法国自由诗对中国新诗的影响》，王珂，《青岛科技大学学报》（社会科学版），2002年第4期，第47-54页。

679.《民间和声与生存暖意》，燎原，《诗探索》，2002年第3-4辑，第251-264页。

680.《那无形的存在——读盘妙彬的诗》，程光炜，《广西文学》，2002年第10期，第68页。

681.《难忘的忘年交》，北塔，《诗探索》，2002年第3-4辑，第194-197页。

682.《牛庆国诗二首评点》，余亮，《诗探索》，2002年第3-4辑，第229-233页。

683.《蓬勃的生命在呼啸——喜读李瑛的〈故宫的青草〉》，吴奔星，《诗探索》，2002年第3-4辑，第155-158页。

684.《浅者不觉深，深者不觉浅——赵丽华诗歌批判》，牧野，《诗探索》，2002年第3-4辑，第276-283页。

685.《认识李瑛》，韩瑞亭，《诗探索》，2002年第3-4辑，第151-154页。

686.《沙鸥诗论意象观念的形成及其"规定性界说"》，赵心宪，《涪陵师范学院学报》，2002年第6期，第22-28页。

687.《深入传统》，傅宗洪，《诗探索》，2002年第3-4辑，第115-119页。

688.《诗·食物·城市》，梁秉钧，《诗探索》，2002年第3-4辑，第216-224页。

689.《诗的使命与诗的美学——艾青诗论初探》，陈良运，《诗探索》，2002

年第 3－4 辑，第 301－319 页。

690.《诗的艺术魅力如何迸射》，[澳大利亚]庄伟杰，《写作》（上旬刊），2002 年第 12 期，第 8－10 页。

691.《诗歌：关于苦难的感知和叙事——谈牛庆国的诗歌写作》，唐翰存，《诗探索》，2002 年第 3－4 辑，第 225－228 页。

692.《诗歌及其他》，刘春，《诗探索》，2002 年第 3－4 辑，第 290－300 页。

693.《诗歌是你的生命——致保尔式的诗人林柏松》，刘兆林，《诗刊》（上半月刊），2002 年 12 月号，第 58－59 页。

694.《诗歌是一种永远的痛》，梁平，《诗选刊》，2002 年第 12 期，第 127 页。

695.《诗是未知的探求——窥诗手记四则》，向明，《诗探索》，2002 年第 3－4 辑，第 284－289 页。

696.《诗意流变——九十年代诗歌症候分析》，张彩虹，《克山师专学报》，2002 年第 4 期，第 41－43 页。

697.《诗与歌的分离》，吴晓、曹苇舫，《诗探索》，2002 年第 3－4 辑，第 130－135 页。

698.《时代的歌者——"李瑛诗歌创作研讨会"综述》，马艺，《诗探索》，2002 年第 3－4 辑，第 182－186 页。

699.《世纪末的省思——评刘士杰〈走向边缘的诗神〉》，小客，《诗探索》，2002 年第 3－4 辑，第 347－351 页。

700.《试论乡土诗的精神》，唐德亮，《诗刊》（上半月刊），2002 年 12 月号，第 60－61 页。

701.《试论中国现代文学乡愁诗中的几个原型意象》，咸立强、白玉玲，《克山师专学报》，2002 年第 4 期，第 34－40 页。

702.《台湾乡愁诗两首赏析》，印文权、吉传琴，《阅读与写作》，2002 年第 12 期，第 17 页。

703.《讨论：诗人重要还是作品重要？》，姜涛、钱文亮、陈均，《星星》，2002 年第 12 期，第 100－107 页。

704.《体合"天地之心"的诗美追求——秀实诗歌评论》，王志清，《世界华文文学论坛》，2002 年第 4 期，第 58－61 页。

705.《文化之间与之内的现实生存：论冯世才诗歌写作的一个侧面》，莫海斌、文雁，《华文文学》，2002 年第 6 期，第 66－70 页。

706.《闻一多诗歌主张"绘画美"论》，施军，《江西社会科学》，2002 年第 12 期，第 23－26 页。

707.《我要写什么样的诗歌》，刘春，《诗刊》（下半月刊），2002 年 12 月号，第 19 页。

708.《吴兵诗印象》，张克，《诗刊》（上半月刊），2002 年 12 月号，第 33－

709.《吴兴华:新诗诗学与50年代台湾诗坛》,贺麦晓,《诗探索》,2002年第3-4辑,第320-336页。

710.《现代歌词:现代社会与文化发展的产物》,苗菁,《诗探索》,2002年第3-4辑,第103-114页。

711.《限定》,格式,《诗选刊》,2002年第12期,第88-89页。

712.《写诗》,车前子,《诗选刊》,2002年第12期,第79页。

713.《新诗史写作模式的突破与重塑——读〈中国现代新诗的流变与建构〉兼论新诗史写作》,吴武洲,《东方丛刊》,2002年第4辑,第248-253页。

714.《新诗戏剧化体式例释》,许霆,《荆州师范学院学报》,2002年第6期,第71-76页。

715.《新时期诗歌检阅》,赵金钟,《信阳师范学院学报》(哲学社会科学版),2002年第6期,第94-97页。

716.《〈野草〉的超现实主义倾向——〈野草〉超现实组合形式论(下)》,赵小琪、李朝明,《广西文学》,2002年第12期,第17-24页。

717.《叶玉琳的诗路追寻》,朱先树,《诗探索》,2002年第3-4辑,第238-242页。

718.《叶玉琳诗二首点评》,大解,《诗探索》,2002年第3-4辑,第243-247页。

719.《一种写作范式的基本构成及其有效性——读李瑛诗札记》,孟泽,《诗探索》,2002年第3-4辑,第175-181页。

720.《元文学与现代诗写作》,李凯霆,《诗探索》,2002年第3-4辑,第1-8页。

721.《远行,向那宁静的深秋》,李方,《诗探索》,2002年第3-4辑,第187-193页。

722.《在散文诗园地里持续耕耘——读〈散文诗新论〉》,陈辽,《诗探索》,2002年第3-4辑,第352-354页。

723.《战士的苦闷与叛逆者的忧郁——〈野草〉与〈巴黎的忧郁〉比较》,周怡,《鲁迅研究月刊》,2002年第12期,第67-73页。

724.《正面斜视的徐江》,任知,《诗探索》,2002年第3-4辑,第270-275页。

725.《中国现代主义诗学:视界整合与学理批判——评陈旭光〈中西诗学的会通〉》,陈太胜,《诗探索》,2002年第3-4辑,第342-346页。

726.《自然与自我的关系:从抒情到"反抒情"》,[澳大利亚]西敏,《诗探索》,2002年第3-4辑,第9-23页。

2003 年

1 月

1.《20 世纪 90 年代诗歌事件的文化意味》,刘大先,《唐山师范学院学报》,2003 年第 1 期,第 29 - 33 页。

2.《20 世纪中国散文诗文体的流变轨迹及特点》,王珂,《徐州师范大学学报》(哲学社会科学版),2003 年第 1 期,第 32 - 37 页。

3.《21 世纪初中国诗坛事件与新西部诗群的崛起(上)》,尚飞鹏,《绿风》,2003 年第 1 期,第 120 - 128 页。

4.《21 世纪诗歌:回到汉语的诗歌——"21 世纪汉语诗歌暨洛夫作品研讨会"纪要》,谢向红,《扬子江诗刊》,2003 年第 1 期,第 78 - 79 页。

5.《爱的灼热与孤独的自我》,肖伟胜,《当代文坛》,2003 年第 1 期,第 90 - 92 页。

6.《安琪:诗歌就是生活》,康城,《绿风》,2003 年第 1 期,第 54 - 56 页。

7.《北京大学教授的不同选择——以鲁迅与胡适为中心》,钱理群,《文艺争鸣》,2003 年第 1 期,第 4 - 6 页。

8.《〈北游〉:放逐者的自在诉求与理性追索——兼论冯至的诗学转型》,吴武洲,《西南交通大学学报》(社会科学版),2003 年第 1 期,第 97 - 101 页。

9.《被诱于那一泓魔幻的蓝——〈二十世纪中国海洋诗精品赏析选集〉序》,余光中,《湖南城市学院学报》(人文社会科学版),2003 年第 1 期,第 118 - 122 页。

10.《"被诱于那一泓魔幻的蓝"——〈二十世纪中国海洋诗精品赏析精选集〉大陆首发式暨海洋文学座谈会纪要》,曾庆江,《海南师范学院学报》(社会科学版),2003 年第 1 期,第 43 - 45 页。

11.《笔力坚韧意趣新——简评长篇诗报告〈好雨〉的创作特色》,蓝歌,《新蕾》,2003 年第 1 期,第 58 页。

12.《冰凉世界的叙述者》,马步升,《安徽文学》,2003 年第 1 期,第 11 - 14 页。

13.《承担天使的一份罪》,李保平,《诗潮》,2003 年 1 - 2 月号,第 44 - 45 页。

14.《重读冰心》,汪卫东、张鑫,《中国现代文学研究丛刊》,2003 年第 1 期,第 232 - 241 页。

15.《重读〈致橡树〉》,张玉庭,《阅读与写作》,2003 年第 1 期,第 45 页。

16.《重识中国新诗传统》,臧棣、朱朱、西渡、敬文东等,《扬子江诗刊》,2003年第1期,第47－52页。

17.《吹拂——对西楚〈妖精传〉的一次历险》,木朵,《星星》(下半月刊),2003年第1期,第16－21页。

18.《春天,祈祷幸福的海子——〈面朝大海,春暖花开〉浅析》,余玲玲,《名作欣赏》,2003年第1期,第34页。

19.《纯粹的歌咏——海子〈面朝大海,春暖花开〉解读》,曾一果,《名作欣赏》,2003年第1期,第28－30页。

20.《从现代到古代——叶维廉及其诗歌创作论》,许祖华,《华中师范大学学报》(人文社会科学版),2003年第1期,第98－103页。

21.《打工者的形象写真——〈工卡背后的情诗〉读后》,木斧,《绿风》,2003年第1期,第110－111页。

22.《当今诗坛的一股浊流——浅析"反文化"和"下半身"现象》,刘海清,《当代人》,2003年第1期,第75－76页。

23.《当前诗歌的媚俗倾向》,楠生,《作品与争鸣》,2003年第1期,第73－74页。

24.《读李怡〈七月派作家评传〉》,孙晓娅,《中国现代文学研究丛刊》,2003年第1期,第278－281页。

25.《断魂的诗语——论戴望舒诗歌中的死亡意识》,王传习,《常熟高专学报》,2003年第1期,第71－74页。

26.《樊忠慰访谈(附评论)》,邹汉明,《滇池》,2003年第1期,第45－47页。

27.《风格或语词的歧义——浙江五诗人述评》,何家炜,《诗歌月刊》,2003年第1期,第63－64页。

28.《古马是匹什么马》,马步升,《星星》(上半月刊),2003年第1期,第81－84页。

29.《广西诗歌现状四人谈》,谭五昌、徐妍、王晓生、谭旭东,《广西文学》,2003年第1期,第85－88页。

30.《含蓄隽永　情深意长——徐志摩〈再别康桥〉品赏》,李道芳,《中学语文》(上半月),2003年第1期,第30页。

31.《胡适:新文化园地里的孤独守望》,李新宇,《南方文坛》,2003年第1期,第35－37页、55页。

32.《激情年代的诗歌及其他——访傅卓洋》,艾龙,《诗刊》(下半月刊),2003年1月号,第50－52页。

33.《汲诗润歌》,杨匡汉,《词刊》,2003年第1期,第30－32页。

34.《接续"五四"精神　重建新诗传统——论艾青重归诗坛与其诗歌创

作》,蔡莉莉,《东疆学刊》,2003年第1期,第89-92页。

35.《精神创伤的置换与升华——论高长虹诗歌创作的主题》,张清祥,《南阳师范学院学报》(社会科学版),2003年第1期,第87-90页。

36.《精神的守望与诗心的颤动——评文紫湘先生的〈忽远忽近〉》,杨金砖、胡宗健,《零陵学院学报》,2003年第1期,第45-48页。

37.《"九叶"私观》,叶德浴,《黄河文学》,2003年第1期,第89-94页。

38.《练习在诗中"消失"——回答普美子》,王家新,《诗潮》,2003年1-2月号,第71-74页。

39.《料峭冬寒中的诗意微醺——著名诗人洛夫在南京》,邬苏,《扬子江诗刊》,2003年第1期,第76页。

40.《林庚的"半逗律"论和"典型诗行"论评析》,陈本益,《当代文坛》,2003年第1期,第61-63页。

41.《林徽音两篇怀念徐志摩作品之对比分析》,杨泉良,《安庆师范学院学报》(社会科学版),2003年第1期,第79-81页。

42.《略谈穆旦诗歌中"上帝"的意义》,凌孟华,《青海民族学院学报》(教育科学版),2003年第1期,第51-54页。

43.《论戴望舒诗歌中的女性意象》,张婧磊,《东疆学刊》,2003年第1期,第93-96页。

44.《论郭沫若的文化选择及其"生命底文学"》,龙泉明、张克,《贵州社会科学》,2003年第1期,第61-65页。

45.《论郭沫若新诗的艺术风格及情感方式》,张建宏,《襄樊学院学报》,2003年第1期,第62-65页。

46.《论海子抒情诗中的浪漫精神》,余蕾,《求索》,2003年第1期,第203-204页。

47.《论建国后的何其芳》,王雪伟,《山东社会科学》,2003年第1期,第95-96页。

48.《论九叶派诗歌的戏剧化追求》,蒋登科,《沈阳师范大学学报》(社会科学版),2003年第1期,第17-23页。

49.《论牛汉诗歌的形象世界》,姚国建,《写作》(上旬刊),2003年第1期,第8-10页。

50.《论散文诗的文体形式及文体价值》,王珂,《学海》,2003年第1期,第181-186页。

51.《论诗歌节奏表现的诗美》,普丽华,《荆门职业技术学院学报》,2003年第1期,第19-24页。

52.《论新诗的职能单一对诗体建设的负面影响》,王珂,《学术交流》,2003年第1期,第130-135页。

53.《论新诗革命的非诗生态及非诗特征》,王珂,《宁夏大学学报》(人文社会科学版),2003年第1期,第81-86页。

54.《论许淇的散文诗创作》,李标晶,《阴山学刊》(社会科学版),2003年第1期,第48-52页。

55.《论〈野草〉的生命意识》,郭翠英,《辽宁教育学院学报》,2003年第1期,第89-92页。

56.《论朱湘诗的古典美及外来融合》,彭彩云,《求索》,2003年第1期,第197-199页。

57.《〈面朝大海,春暖花开〉索解》,张应中,《名作欣赏》,2003年第1期,第35-36页。

58.《面对人生理想的独吟——徐志摩与中国自由主义诗歌片论》,李文平,《西南民族学院学报》(哲学社会科学版),2003年第1期,第190-193页。

59.《拧一支柳 哨吹春天——感悟〈好雨〉》,白天光,《新蕾》,2003年第1期,第55页。

60.《女性生命和情感的写真——舒婷诗歌创作回眸》,王雅平,《求索》,2003年第1期,第200-202页。

61.《泡沫中的诗坛:在艺术与垃圾之间——关于世纪之交的诗坛现状及其局限》,席云舒,《扬子江诗刊》,2003年第1期,第71-74页。

62.《评朱多锦的现代叙事诗》,耿建华,《山东文学》,2003年第1期,第66-68页。

63.《前人旧事入梦来——〈颓败线的颤动〉重读》,刘彦荣,《江西师范大学学报》(哲学社会科学版),2003年第1期,第31-35页。

64.《浅谈闻一多诗歌的思想倾向与艺术风格》,程维新,《江苏教育学院学报》(社会科学版),2003年第1期,第85-88页。

65.《"轻"和"离开"的艺术》,晓理,《诗刊》(下半月刊),2003年1月号,第22页。

66.《秋歌激越秋景美 战士情怀总是诗——郭小川〈团泊洼的秋天〉主旨辨析》,陈才河,《牡丹江师范学院学报》(哲学社会科学版),2003年第1期,第33-34、40页。

67.《全球化时代的诗人》,郑敏,《诗潮》,2003年1-2月号,第68-70页。

68.《人民需要干货》,张清华,《扬子江诗刊》,2003年第1期,第37-40页。

69.《如火诗心 若水诗怀——读孙旭辉长篇诗报告〈好雨〉》,王聪颖,《新蕾》,2003年第1期,第56-57页。

70.《散文诗的文类批评》,代绪宇、王珂,《南都学坛》,2003年第1期,第80-85页。

71.《"蛇"隐喻在现实语境中的转化——从现代文学史上几首相关诗作谈

起》,臧明华,《海南师范学院学报》(社会科学版),2003年第1期,第137-140页。

72.《沈祖棻早期新诗创作简论》,王芳,《泰山学院学报》,2003年第1期,第36-39页。

73.《生命炼狱边的小花——曾卓苦难之中的爱与希望之歌》,刘志荣,《芙蓉》,2003年第1期,第163-168页。

74.《生命姿态的逼真展示——评牛庆国的诗歌创作》,吴思敬,《飞天》,2003年第1期,第89-91页。

75.《"诗潮"化雨润心田》,刘镇,《诗潮》,2003年1-2月号,第80页。

76.《诗的困境与生机》,陈超,《诗刊》(上半月刊),2003年1月号,第59-60页。

77.《诗的守望与期盼》,张同吾,《长江文艺》,2003年第1期,第1-3页。

78.《诗歌:小资生活的怪味佐料》,苏崔,《扬子江诗刊》,2003年第1期,第77-78页。

79.《诗歌和生活》,杨铮,《诗歌月刊》,2003年第1期,第70-71页。

80.《诗歌写作中的悖论》,刘自立,《扬子江诗刊》,2003年第1期,第41-44页。

81.《诗化人生:传统文化精神品格的架构——试论徐志摩的情诗对中国传统诗歌文化的继承》,黄小珍、余亚梅,《上海大学学报》(社会科学版),2003年第1期,第56-61页。

82.《诗人到死诗方尽》,郑敏,《诗刊》(上半月刊),2003年1月号,第20-21页。

83.《诗人古马,世界黝黑小径上的行者》,人邻,《星星》(上半月刊),2003年第1期,第85-87页。

84.《守望方寸之地的审美世界——读张彦加新著〈散文诗新论〉》,丁帆、傅元峰,《唯实》,2003年第1期,第94-96页。

85.《四十年代的诗人节及其争论》,王家康,《中国现代文学研究丛刊》,2003年第1期,第67-86页。

86.《唐祈诗歌的牧歌意绪与新诗的"南北"交融》,蒋登科,《重庆三峡学院学报》,2003年第1期,第24-28页。

87.《唯美人生邵洵美》,陈梦熊、董德兴,《东方剑》,2003年第1期,第42-45页。

88.《闻一多早期诗歌活动的现代品格》,胡绍华,《三峡大学学报》(人文社会科学版),2003年第1期,第43-46、58页。

89.《无法走进的春天——读海子〈面朝大海,春暖花开〉》,薛蓓蓓,《名作欣赏》,2003年第1期,第31-33页。

90.《"雾"里看"月" 拨云见"日"——杨骚诗歌主题意象解读》,高云,《广州大学学报》(社会科学版),2003年第1期,第26-31页。

91.《现代诗的空间建构》,王剑,《当代文坛》,2003年第1期,第59-60页。

92.《现代诗歌:对人类生命的终极关怀》,薛广民,《淮南师范学院学报》,2003年第1期,第114-116页。

93.《现代诗学中的诗歌本质特征论》,邹建军,《海南师范学院学报》(社会科学版),2003年第1期,第70-81页。

94.《新诗审美重构中的诗人姿态》,李公文,《当代文坛》,2003年第1期,第57-58页。

95.《学养与人格》,谢冕,《当代人才》,2003年第1期,第1页。

96.《一份不应忘记的现代派重要诗刊——论〈大公报·文艺·诗特刊〉》,曹万生,《中国现代文学研究丛刊》,2003年第1期,第167-176页。

97.《以灵动方式讴歌时代英雄——序孙旭辉长篇纪实诗报告〈好雨〉》,胡世宗,《新蕾》,2003年第1期,第53-54页。

98.《以生命和热血谱写的华章——评李松涛的长诗〈黄之河〉》,邓荫柯,《诗潮》,2003年1-2月号,第26-27页。

99.《以自己的方式获得世界——河南六诗人素描》,李少咏,《诗潮》,2003年1-2月号,第38-39页。

100.《硬币的另一面——论胡适诗歌翻译转型期中的译者主体性》,廖七一,《中国比较文学》,2003年第1期,第97-108页。

101.《忧伤的画意——席慕容诗歌品评》,高云,《阜阳师范学院学报》(社会科学版),2003年第1期,第84-86页。

102.《韵律与中国诗歌繁荣的相关度分析》,张中宇,《重庆大学学报》(社会科学版),2003年第1期,第87-90页。

103.《在现代和传统之间:戴望舒诗歌的审美追求及其民族化特色》,李明,《求索》,2003年第1期,第193-196页。

104.《真正粗糙的土地——试析海子抒情短诗的受难主题之一:生存》,钟立,《襄樊学院学报》,2003年第1期,第58-61页。

105.《郑敏访谈录》,张大为,《诗刊》(上半月刊),2003年1月号,第17-19页。

106.《挣脱羁绊的蜕变与永难止遏的演进——20世纪中国新诗现代化之检讨》,罗昌智,《江汉论坛》,2003年第1期,第99-102页。

107.《政治诗?爱情诗?——也说〈再别康桥〉》,黄宇,《长沙电力学院学报》(社会科学版),2003年第1期,第95-96页。

108.《中国现代诗歌的发展(上篇)》,王富仁,《江苏社会科学》,2003年第 1 期，第 107－118 页。

109.《朱湘诗学（上）》，张邦卫，《长沙电力学院学报》（社会科学版），2003 年第 1 期，第 91－94 页。

110.《追求诗美　忠于爱情——论毕东海爱情诗创作》，谭旭东，《石家庄师范专科学校学报》，2003 年第 1 期，第 38－40、54 页。

111.《最"近"的诗意》，燎原，《星星》（上半月刊），2003 年第 1 期，第 12－14 页。

112.《作为评论家的唐湜》，孙良好，《中国现代文学研究丛刊》，2003 年第 1 期，第 224－231 页。

2 月

113.《悲情浪漫与决绝选择——中国当代诗人精神失落现象的思考》，许亦善，《龙岩师专学报》，2003 年第 1 期，第 43－44 页。

114.《边缘的恪守　中心的叩问——当代少数民族四位诗人创作片论》，杨骊，《民族文学研究》，2003 年第 1 期，第 103－107 页。

115.《标准与平台——关于当代中国诗学发展的思考》，李怡，《诗刊》（上半月刊），2003 年 2 月号，第 62 页。

116.《冰心诗歌中母亲形象及其文化含义探寻》，陆正兰，《重庆教育学院学报》，2003 年第 1 期，第 46－51 页。

117.《灿烂下的孤寂——试探林徽因的孤独本质》，黄艳琴，《郴州师范高等专科学校学报》，2003 年第 1 期，第 59－62 页。

118.《产地山东——浅谈山东诗歌和部分现居山东的诗人》，宇向，《诗歌月刊》，2003 年第 2 期，第 29－30 页。

119.《沉默像山，沉默像阳光——诗人牛放及其诗集〈展读高原〉的一种解读》，羊子，《草地》，2003 年第 1 期，第 60－64 页。

120.《春天的火焰：胡适作为中国新诗先驱者的诗学意义》，杨四平，《黄山师院学报》，2003 年第 1 期，第 15－20 页。

121.《醇浓悠长的高原咏叹调：读草原诗人牛放的诗集〈展读高原〉》，唐梅，《草地》，2003 年第 1 期，第 56－58 页。

122.《答〈诗选刊〉21 问》，陈衍强，《诗选刊》，2003 年第 2 期，第 94－95 页。

123.《答〈诗选刊〉21 问》，宋峻梁，《诗选刊》，2003 年第 2 期，第 92－93 页。

124.《单纯清明亦为美——序诗集〈挽着青春出行〉》，刘松林，《北大荒文学》，2003 年第 2 期，第 82－83 页。

125.《当下诗的民间性》,陈爱中,《文艺评论》,2003年第1期,第29-33页。

126.《当真》,刘向东,《诗刊》(上半月刊),2003年2月号,第64页。

127.《第三代诗歌的四个状态》,徐白,《广播电视大学学报》(哲学社会科学版),2003年第1期,第10-13页。

128.《读诗断想》,绿原,《诗刊》(上半月刊),2003年2月号,第22页。

129.《对宇宙基本元素的个性化想象——读鲁迅〈死火〉、〈雪〉、〈腊叶〉》,钱理群,《苏州科技学院学报》(社会科学版),2003年第1期,第80-84页。

130.《繁荣背后的贫瘠——读网络先锋诗有感》,李俏梅,《广州大学学报》(社会科学版),2003年第2期,第20-24页。

131.《反抗隐喻,面对事实》,于坚、谢有顺,《东方》,2003年第2期,第40-45页。

132.《感应世界诗潮的脉搏》,蓝棣之,《鹿鸣》,2003年第2期,第54-56页。

133.《关于诗的几个本质要素的辨析》,于苇,《文艺评论》,2003年第1期,第9-13页。

134.《"归来诗人"与诗的"回归"——论"归来诗人"文学身份的再确认》,黄建烽,《龙岩师专学报》,2003年第1期,第40-42页。

135.《和独白的余光中对白》,黄维樑,《名作欣赏》,2003年第2期,第104-108页。

136.《和赵丽华共用诗歌的屋子》,安琪,《诗林》,2003年第1期,第106-108页。

137.《胡适与陈衡哲》,杜方智,《书屋》,2003年第2期,第60-66页。

138.《沪杭道上》,张桃洲,《读书》,2003年第2期,第34-40页。

139.《或明或暗的关系——谈诗论人书简四封》,刘春,《星星》(下半月刊),2003年第2期,第72-76页。

140.《镜内的禅境,镜外的人生——浅谈废名诗歌创作中佛禅思想的影响》,张鑫,《重庆社会科学》,2003年第1期,第40-42页。

141.《"看海去看海去我们看海去"——我认识的潘洗尘》,谢文利,《诗林》,2003年第1期,第73-75页。

142.《空灵话语中的诗性表达——殷常青诗歌论》,邢海珍,《地火》,2003年第1期,第125-128页。

143.《浪漫诗人的古典寻求——新月派审美观念的主要形态及其古典寻求的诗学意义》,程国君,《天津师范大学学报》(社会科学版),2003年第1期,第51-57页。

144.《李金发与中国象征主义诗学》,吴思敬,《首都师范大学学报》(社会科学版),2003年第1期,第90-94页。

145.《历史才是真实的：简评王耀东主编的中英文对照版本〈中国新诗选〉》，石葳，《青岛文学》，2003年第2期，第43-44页。

146.《临川与石歌的对话》，临川、石歌，《星星》（下半月刊），2003年第2期，第63-64页。

147.《临川质疑》，临川，《星星》（下半月刊），2003年第2期，第63页。

148.《六点看法和一个结论：这一代诗人缺乏诗歌教育》，南阳崔鹤，《星星》（下半月刊），2003年第2期，第100-102页。

149.《绿原访谈录》，张大为，《诗刊》（上半月刊），2003年2月号，第20-21页。

150.《论陈有才抒情诗的生命意识》，刘景兰，《涪陵师范学院学报》，2003年第1期，第60-63页。

151.《论〈芳土儿歌〉的童真艺术》，孙士英、孙金葵，《盐城师范学院学报》（人文社会科学版），2003年第1期，第136-139页。

152.《论梁志鸿的文学创作及对新诗诗体建设的贡献》，代绪宇、王珂，《都市》，2003第1期，第74-79页。

153.《论诗歌蒙太奇的借鉴生成》，刘传卫、龚奎林，《黔东南民族师范高等专科学校学报》，2003年第1期，第46-48页。

154.《论新诗的诗行性能》，严平，《琼州大学学报》，2003年第1期，第76-78页。

155.《论徐志摩诗歌的古典美》，王彦锐，《运城学院学报》，2003年第1期，第66-68页。

156.《论曾卓诗歌创作的心路历程》，江胜清，《咸宁学院学报》，2003年第1期，第38-41页。

157.《洛夫：用伤口吟唱的诗人》，朱洪军，《东方》，2003年第2期，第32-39页。

158.《洛夫：在天涯"雪楼"行吟》，朱洪军，《人物》，2003年第2期，第127-133页。

159.《吕进的中国现代诗学体系》，蒋登科，《涪陵师范学院学报》，2003年第1期，第25-29页。

160.《明亮的诗歌花园——江苏部分诗人扫描》，周强，《诗刊》（上半月刊），2003年2月号，第56-61页。

161.《女性诗歌的突现或许意味着一个新的诗歌发展时期的到来（文摘）》，吴思敬、林祁、西川、王岳川等，《诗刊》（上半月刊），2003年2月号，第18-25页。

162.《浅论朱湘的现代叙事诗创作及理论》，王荣，《陕西教育学院学报》，2003年第1期，第52-55页。

163.《情趣盎然——读李伍福的诗集〈情趣〉》,董耀章,《都市》,2003年第1期,第104-105页。

164.《燃烧的李光武》,章德益,《绿洲》,2003年第1期,第11-12页。

165.《让这些无聊的诗到一边无聊去》,王长英,《作品与争鸣》,2003年第2期,第69页。

166.《色彩、意象与艾青的诗》,孙中田,《吉林师范大学学报》(人文社会科学版),2003年第1期,第57-62页。

167.《深切的体验 诗美的追求——略论香港诗人张诗剑的诗歌创作》,伍夫楹,《广东教育学院学报》,2003年第1期,第65-68页。

168.《诗标准的"认证"及诗写难度》,陈仲义,《诗歌月刊》,2003年第2期,第75-77页。

169.《诗歌,艺术生命的延伸——答记者问》,张子扬,《诗林》,2003年第1期,第118-123页。

170.《诗歌重建的标尺:评吕进〈对话与重建〉》,任洪国,《涪陵师范学院学报》,2003年第1期,第30-31页。

171.《诗歌创新与民族化思考》,冉庄,《民族文学研究》,2003年第1期,第80-81页。

172.《诗歌中的爱欲生死——罗赛蒂与徐志摩生命中的三个女性》,刘介民,《广州大学学报》(社会科学版),2003年第2期,第7-14页。

173.《诗人洗尘》,曾一智,《诗林》,2003年第1期,第76-77页。

174.《诗坛的尴尬与无奈》,阿西,《青春阅读》,2003年第2期,第79-80页。

175.《诗意裁判——世纪末诗坛论争析疑》,张彩虹,《平顶山师专学报》,2003年第1期,第32-35页。

176.《王家新的剪刀》,杨远宏,《星星》(下半月刊),2003年第2期,第9-12页。

177.《我观今日诗坛》,郁葱,《诗刊》(上半月刊),2003年2月号,第63-64页。

178.《〈乡愁〉之外的余光中——余光中访谈》,傅光明,《文汇读书周报》,2003年2月28日,第10版。

179.《心灵化的艺术世界——简论散文诗的审美特征》,廖安厚,《内江师范学院学报》,2003年第1期,第56-59页。

180.《徐志摩的诗:诗化生活的分行抒写?》,杨四平,《涪陵师范学院学报》,2003年第1期,第13-19页。

181.《"雪花的意象"——徐志摩:激情、浪漫背后的宿命》,林亚斐,《江西科技师范学院学报》,2003年第1期,第37-40页。

182.《痖弦诗歌意象论》，黄书田，《华文文学》，2003年第1期，第76-77页。

183.《一个诗人的印象》，张曙光，《诗林》，2003年第1期，第99-100页。

184.《英国浪漫主义诗歌对五四时期中国新诗的影响》，夏新宇，《重庆工学院学报》，2003年第1期，第87-91页。

185.《悠悠乡土情 浓浓游子意——论田禾的乡土诗》，张永健，《心潮诗词》，2003年第1期，第22-24页。

186.《语调与语势——诗歌语言艺术性探讨》，陈丽琳，《西南民族学院学报》（哲学社会科学版），2003年第2期，第244-249页。

187.《与诗同行》，李汀，《诗刊》（上半月刊），2003年2月号，第53-55页。

188.《在东西中游走——浅论梁秉钧诗集〈东西〉中的另一种书写》，郑婉珊，《今日文坛》，2003年春之卷，第41-42页。

189.《在温婉蕴藉的诉说中营构情感的艺术空间——简论秦岭雪的抒情诗集〈明月无声〉》，戴冠青，《泉州文学》，2003年第1期，第47-48页。

190.《在诗意的天空翱翔》，冯源，《草地》，2003年第1期，第50-55页。

191.《再识牛放——写在诗人牛放诗集〈展读高原〉出版前》，李赛，《草地》，2003年第1期，第58-60页。

192.《真情的潮汐与哲思的升腾——满族诗人路地诗歌论》，王科，《民族文学研究》，2003年第1期，第93-97页。

193.《张祈与程晓蓓的对话》，张祈、程晓蓓，《星星》（下半月刊），2003年第2期，第103-106页。

194.《纸面上的交谈——阅读田禾》，柳宗宣，《芳草》，2003年第2期，第68-69页。

195.《中国诗歌行为初探》，玄鱼，《星星》（下半月刊），2003年第2期，第95-99页。

196.《中国诗歌与全球语境》，李文军，《内蒙古师范大学学报》（哲学社会科学版），2003年第1期，第70-73页。

197.《中文是我惟一的行李——北岛访谈》，翟頔，《书城》，2003年第2期，第39-42页。

198.《追寻梦幻的浪漫骑手》，张嘉谚，《今日文坛》，2003年春之卷，第38-40页。

199.《自己的标准（访谈）》，丑石、五木，《星星》（上半月刊），2003年第2期，第12-14页。

200.《壮丽的英雄画卷——长诗〈罗布泊之声〉》，张同吾，《神剑》，2003年第1期，第142-144页。

201.《追求与背离——关于中国20世纪20年代"纯诗理论"的思考》,康苗,《涪陵师范学院学报》,2003年第1期,第57-59页。

3月

202.《1979年到八十年代:重庆新诗的第二次高潮》,吕进,《中外诗歌研究》,2003年第1期,第6-14页。

203.《2002年中国高校诗歌之一瞥》,谭五昌,《南方文坛》,2003年第2期,第25-27页。

204.《21世纪初中国诗坛事件与新西部诗群的崛起(下)》,尚飞鹏,《绿风》,2003年第2期,第124-128页。

205.《30年代现代派对中西纯诗理论的引入及其变异》,曹万生,《文学评论》,2003年第2期,第171-179页。

206.《边缘伫立:冯世才诗作的土地感》,秀实,《世界华文文学论坛》,2003年第1期,第15-17页。

207.《不解诗群和它的语言本体观》,周斌,《红豆》,2003年第2期,第61-62页。

208.《不尽的追思——忆外公冯乃超》,李丹阳,《人物》,2003年第3期,第74-82页。

209.《草原,我是为你灵魂放哨的诗人——评伊勒特诗歌的情感体验及审美意向》,托娅,《民族文学》,2003年第3期,第87-90页。

210.《超越爱情的悲歌 指向人性的关怀——浅论冯至早期的四首叙事诗》,刘小微,《牡丹江师范学院学报》(哲学社会科学版),2003年第2期,第22-25页。

211.《穿过巴河,在世纪的交点找寻阳光——评析巴岸的诗集〈一个世纪的怀念〉》,刘继林,《长江文艺》,2003年第3期,第70-71页。

212.《春天像开场锣鼓——评潘志光诗集》,潘以骥,《文学港》,2003年第2期,第112-113页。

213.《词与物:从最小的可能性开始——由沈鱼的诗引发对语言问题的一点泛思考》,罗盘,《星星》(下半月刊),2003年第3期,第18-20页。

214.《从〈雪花飘舞……〉看胡宽对中国当代诗歌后现代性的超越》,郭文庭,《桂林师范高等专科学校学报》,2003年第1期,第32-36页。

215.《从〈预言〉到〈夜歌〉:梦中道路上的艰难跋涉——论何其芳诗歌风格的成因及其演变》,张守海,《克山师专学报》,2003年第1期,第31-32页。

216.《从家庭角度浅析当代女性诗歌中的女性处境》,陈荣香,《江苏工业学院学报》(社会科学版),2003年第1期,第40-43页。

217.《从主谓句的角度看以句构篇的几首新诗》,仇小屏,《阜阳师范学院学报》(社会科学版),2003年第2期,第15-18页。

218.《大音:化血为墨——边读边写紫薇诗集〈踏雪〉》,汪峰,《创作评谭》,2003年第3期,第27-29页。

219.《戴望舒〈寻梦者〉》,叶橹,《扬子江诗刊》,2003年第2期,第30-31页。

220.《当代诗歌的南京场景》,邹苏,《山花》,2003年第3期,第102-107页。

221.《当代诗人的现实感》,西渡、陈东东、黄梵等,《扬子江诗刊》,2003年第2期,第51-55页。

222.《当代诗人应有的精神根基》,夏夜清,《扬子江诗刊》,2003年第2期,第75页。

223.《到底妥协到什么时候?》,黄昌成,《诗刊》(下半月刊),2003年3月号,第29页。

224.《登高长啸有诗魂——浅读边新文的短诗》,蒋元明,《诗刊》(上半月刊),2003年3月号,第62页。

225.《第二届何其芳国际学术研讨会综述》,谢应光、何休、陶德宗,《文学评论》,2003年第2期,第189-191页。

226.《点击广东六诗人》,温远辉,《诗潮》,2003年3-4月号,第45页。

227.《读诗如观潮——义海的诗〈翻译〉赏析》,张乐朋,《名作欣赏》,2003年第3期,第11-13页。

228.《对于乡土的怀想——评峻冰诗集〈乡土与人生的恋歌〉》,杨青,《当代文坛》,2003年第2期,第78-79页。

229.《多多〈手艺〉》,张桃洲,《扬子江诗刊》,2003年第2期,第31-32页。

230.《儿童诗的韵律化与散文化》,彭斯远,《重庆师院学报》(哲学社会科学版),2003年第1期,第10-13页。

231.《二〇〇二年中国诗歌一瞥》,张清华,《理论与创作》,2003年第2期,第40-43页。

232.《法国象征主义诗歌对中国现代主义诗歌的影响(上)》,王泽龙,《湖北经济学院学报》,2003年第2期,第100-104页。

233.《反边缘的写作》,黄运特,《扬子江诗刊》,2003年第2期,第75-76页。

234.《非马诗魂:一只自由飞出飞入的鸟》,杨兹举,《海南师范学院学报》(社会科学版),2003年第2期,第69-71页。

235.《〈甘蔗林——青纱帐〉及姐妹篇的艺术魅力》,张丽英,《集宁师专学报》，2003年第1期，第59-61页。

236.《歌唱的诗与阅读的诗》，吴思敬，《词刊》，2003年第3期，第38-41页。

237.《个人话语与时代语境的脱离与融合——何其芳前期思想与创作》，何休，《文学评论》，2003年第2期，第35-39页。

238.《故土惹人闲不得——访台湾著名诗人丁颖先生》，史挥戈、吴腾凰，《江淮文史》，2003年第1期，第87-96页。

239.《关于〈他们〉》，小海，《中外诗歌研究》，2003年第1期，第52-54页。

240.《郭沫若、闻一多、艾青爱国新诗诗美创造比较论》，张建宏，《郭沫若学刊》，2003年第1期，第48-53页。

241.《郭沫若〈《民谣集》序〉的真实性及其价值》，孙玉石，《北京大学学报》（哲学社会科学版），2003年第2期，第37-43页。

242.《郭沫若新诗理论的奠基性》，雷业洪，《郭沫若学刊》，2003年第1期，第41-47页。

243.《郭沫若早期诗学与创作实践》，伍世昭，《文学评论》，2003年第2期，第163-170页。

244.《含蕴无尽：生命的光彩与韵律——王任叔散文诗〈我将以时间为马〉论说》，竞翔，《丹东师专学报》，2003年第1期，第12-14页。

245.《汉语诗歌句式的构成和演变的规律》，陈本益，《南昌大学学报》（人文社会科学版），2003年第2期，第96-100页。

246.《呼唤长诗杰作——序〈从百年华语诗坛十二家〉》，叶橹，《中外诗歌研究》，2003年第1期，第15-24页。

247.《话说〈我的自白书〉》，杨光治、杨本泉，《中外诗歌研究》，2003年第1期，第74-76页。

248.《欢欣的张望》，刘川，《诗刊》（上半月刊），2003年3月号，第59页。

249.《回归传统：20世纪50年代诗学的格律化趋向——当代新诗形式讨论中的诗学问题》，於可训，《南京师范大学文学院学报》，2003年第1期，第106-111页。

250.《回首中的名与实——"后新诗潮"后现代性的艺术再探》，张立群、王君义，《辽宁教育学院学报》，2003年第3期，第70-71页。

251.《坚定果敢的足音——解读北岛的〈走吧〉》，张群，《语文月刊》，2003年第3期，第4页。

252.《借丹心做诗情 燃生命成韵律——路翎晚年诗歌浅析》，邓姿，《云梦学刊》，2003年第2期，第69-71页。

253.《警惕多元语境中的误区》，蒋登科，《诗刊》（上半月刊），2003年3

月号,第 58 页。

254.《九十年代先锋诗歌的"叙事诗学"》,罗振亚,《文学评论》,2003 年第 2 期,第 88 - 93 页。

255.《咀嚼与清理:再论"朦胧诗"兼及新诗的读法与作法》,赵金钟,《河南师范大学学报》(哲学社会科学版),2003 年第 2 期,第 100 - 103 页。

256.《"口语"与"粗口"》,紫衣侠,《扬子江诗刊》,2003 年第 2 期,第 77 页。

257.《快雪时晴贴——拟创作谈》,邵燕祥,《星星》(上半月刊),2003 年第 3 期,第 10 - 11 页。

258.《〈理想〉的背后——诗人流沙河走过的路》,赵祖谟,《语文建设》,2003 年第 3 期,第 21 - 23 页。

259.《冷叙述与热抒情——现代诗歌抒情格调琐谈》,张必广,《西南交通大学学报》(社会科学版),2003 年第 2 期,第 84 - 86 页。

260.《论"境界"说及其对新诗批评理论建设的意义》,陈玉兰,《文学评论》,2003 年第 2 期,第 153 - 162 页。

261.《论〈尝试集〉的现代品性》,刘东方,《聊城大学学报》(社会科学版),2003 年第 2 期,第 94 - 96 页。

262.《论〈女神〉的意象世界》,张清祥,《郭沫若学刊》,2003 年第 1 期,第 75 - 80、88 页。

263.《论 19 世纪末 20 世纪初汉语诗歌文体革命的特征及后果》,王珂,《河南社会科学》,2003 年第 2 期,第 9 - 12 页。

264.《论 20 世纪 90 年代诗学批评中的"身份"问题》,刘复生,《河南社会科学》,2003 年第 2 期,第 7 - 8、12 页。

265.《论大西南民间情歌的开放性》,马华祥,《中南民族大学学报》(人文社会科学版),2003 年第 2 期,第 125 - 128 页。

266.《论何其芳诗歌叙事因素的迁移》,谢应光,《文学评论》,2003 年第 2 期,第 31 - 34 页。

267.《论莱蒙托夫诗风的巨变及对中国诗坛的启示》,王珂,《四川外语学院学报》,2003 年第 2 期,第 29 - 33 页。

268.《论诗歌意象与意境的创造》,干天全,《温州大学学报》,2003 年第 1 期,第 18 - 21 页。

269.《论现代汉诗写作的元文学倾向》,苍耳,《扬子江诗刊》,2003 年第 2 期,第 21 - 24 页。

270.《论现代新诗的文体建设》,王珂,《四川师范大学学报》(社会科学版),2003 年第 2 期,第 86 - 94 页。

271.《论新诗(1917 - 1949)历史发展的分期》,章永林,《盐城工学院学报》(社会科学版),2003年第1期,第46-49页。

272.《论徐志摩诗歌的"无关拦"》,刘玉凯,《河北大学学报》(哲学社会科学版),2003年第1期,第22-27页。

273.《论因诗称名的现象》,张家梅,《阜阳师范学院学报》(社会科学版),2003年第2期,第30-32页。

274.《论余光中诗歌的文化品格》,罗昌智,《西南民族学院学报》(人文社会科学版),2003年第3期,第323-326页。

275.《论战及眼球诗学》,小易,《扬子江诗刊》,2003年第2期,第76页。

276.《论中国现代诗学的三大重建》,吕进,《文艺研究》,2003年第2期,第48-54页。

277.《略论穆旦诗作中的"智性化抒情"》,宋海婷,《西安建筑科技大学学报》(社会科学版),2003年第1期,第71-75页。

278.《媚俗的改写》,刘再复、林岗,《天涯》,2003年第2期,第156-165页。

279.《"朦胧"的意象与语言——论朦胧诗派的艺术建构》,徐国源,《中外诗歌研究》,2003年第1期,第25-27页。

280.《"梦一样站立"的歌吟者——浅谈扶桑诗歌的艺术风格》,刘小微,《北方论丛》,2003年第2期,第77-81页。

281.《民族历史的知性反思——论刘虔的散文诗创作》,李标晶,《当代文坛》,2003年第2期,第75-77页。

282.《"年代诗丛"出版的深意与第三代诗人的归途》,李润霞,《扬子江诗刊》,2003年第2期,第76-77页。

283.《欧洲文艺思潮对戴望舒诗歌的影响》,金安利,《重庆广播电视大学学报》,2003年第1期,第40-42页。

284.《彭燕郊访谈录——诗之思》,颜雄,《诗刊》(上半月刊),2003年3月号,第22-26页。

285.《青春的寂寞缥缈 爱情的憧憬轻柔——何其芳早期的象征诗》,尹少荣,《南华大学学报》(社会科学版),2003年第1期,第48-50页。

286.《情趣盎然——读李福伍诗集〈情趣〉》,董耀章,《火花》,2003年3期,第10-11页。

287.《情思的深化,诗艺的提升——浅论卞之琳三十年代中期诗歌的情感转向》,刘子琦,《海南师范学院学报》(社会科学版),2003年第2期,第131-135页。

288.《人格、诗格自成高格》,唐政,《星星》(上半月刊),2003年第3期,第12-14页。

289.《人格的重建与道德价值的重估——论〈野草〉中生与死的对抗》,林双泉,《福建师范大学学报》（哲学社会科学版）,2003年第3期,第97-102页。

290.《少年诗歌的探索性美学追求——邱易东少年诗略论》,王昆建,《昆明师范高等专科学校学报》,2003年第1期,第30-34页。

291.《沈尹默的诗文》,孙郁,《群言》,2003年第3期,第34页。

292.《生存的现实与梦——张新泉〈朋友〉诗赏析》,刘瑾,《成都教育学院学报》,2003年第3期,第79-80页。

293.《生态视角·悲悯情怀——读〈聆听大地——民歌艺术精神新探〉》,居其宏,《中国图书评论》,2003年第3期,第43-44页。

294.《声音来自何方》,宁珍志,《诗潮》,2003年3-4月号,第76-78页。

295.《诗歌评论中的缺憾与造势》,张翼,《青春阅读》,2003年第3期,第79-80页。

296.《诗歌审美创造中紫色与黑色意象抒情范式》,陶陶,《湖北广播电视大学学报》,2003年第1期,第107-109页。

297.《诗歌现场：追悼根性的修正》,李志元,《当代文坛》,2003年第2期,第72-74页。

298.《诗歌象征意象赏析》,胡海鹏,《写作》（上旬刊）,2003年第3期,第8-9页。

299.《诗歌要坚持先进文化的方向》,吉狄马加,《诗刊》（上半月刊）,2003年3月号,第60页。

300.《诗化而奇幻凄艳的人性悲歌——论冯至早期的叙事诗》,普丽华,《华中师范大学学报》（人文社会科学版）,2003年第2期,第116-120页。

301.《诗就是诗》,谷禾,《诗刊》（下半月刊）,2003年3月号,第27-28页。

302.《诗人是一条河流——读于坚〈棕皮手记·活页夹〉》,丁国强,《青岛文学》,2003年第3期,第44-45页。

303.《诗人自杀究竟有什么意义——评刘小枫先生的一个观点兼谈海子自杀事件》,章启群,《学术界》,2003年第2期,第140-148页。

304.《诗艺求索在路上——评谭五昌的诗》,谭旭东,《创作评谭》,2003年第3期,第24-26页。

305.《时代之光与民族之魂——李瑛诗歌的文化意蕴》,张同吾,《唯实》,2003年第3期,第91页。

306.《试论郭沫若的"酒神精神"》,胡垚,《郭沫若学刊》,2003年第1期,第70-74页。

307.《试论旧体词曲与新文学诗歌创作的关系》,赵山林,《华东师范大学学报》（哲学社会科学版）,2003年第2期,第59-66页,123页。

308.《视野的拓展与研究的深化——纪念何其芳90周年诞辰暨第二届何其芳国际学术研讨会综述》，何休、谢应光，《中外诗歌研究》，2003年第1期，第33－35页。

309.《谈小诗》，沈奇，《写作》（上旬刊），2003年第3期，第6－7页。

310.《万般妙意　归于趣象——余光中诗歌意象世界初探》，蔡菁，《台湾研究集刊》，2003年第1期，第93－100页。

311.《网络诗歌：边缘处的呼喊》，王晓瑜，《重庆三峡学院学报》，2003年第2期，第38－41页。

312.《我爱口语诗》，陈傻子，《诗刊》（下半月刊），2003年3月号，第26－27页。

313.《我有我的主题——虔诚的诗路跋涉者刘章》，周韬、李延江，《石家庄师范专科学校学报》，2003年第2期，第24－30页。

314.《乌托邦的"狂欢"：1958年民歌运动》，张大为，《粤海风》，2003年第2期，第20－22页。

315.《无序·多元与革新·使命》，叶橹，《扬子江诗刊》，2003年第2期，第19－21页。

316.《五四新文化运动的"预演"——"诗界革命"与黄遵宪之本心》，柯玲，《华东师范大学学报》（哲学社会科学版），2003年第2期，第67－74、123－124页。

317.《西方视角中的何其芳及其诗歌》，蒋登科，《中外诗歌研究》，2003年第1期，第43－51页。

318.《现代焦虑的诗性表达——戴望舒新诗创作的欲望化嬗变》，杨四平，《安徽师范大学学报》（人文社会科学版），2003年第2期，第208－214页。

319.《现代诗坛的"蔚蓝花"——戴望舒的诗歌艺术》，夏虹冰，《安徽师范大学学报》（人文社会科学版），2003年第2期，第215－219页。

320.《小海：北凌河的漂泊与村庄的宿命》，彭一田，《中外诗歌研究》，2003年第1期，第55－56、76页。

321.《写诗真的那么容易?》，向卫国，《诗选刊》，2003年第3期，第81－82页。

322.《写有中国特色的现代格律诗——关于新诗形式的一点想法》，方政，《诗刊》（上半月刊），2003年3月号，第56－57页。

323.《新诗要表现汉语之美》，姜耕玉，《诗刊》（上半月刊），2003年3月号，第55页。

324.《新时期女性主义诗歌创作论》，金文野，《当代文坛》，2003年第2期，第68－71页。

325.《新月派：诗艺探索与文化诉求》，黄昌勇，《浙江学刊》，2003年第2

期，第 75-83 页。

326.《眼中有泪，心中有梦，诗中有画——谈谈顾城诗歌中的绘画感》，朱景燕，《景德镇高专学报》，2003 年第 1 期，第 40-42 页。

327.《雁翼诗歌美学思想初探》，刘扬烈，《重庆广播电视大学学报》，2003 年第 1 期，第 36-39 页。

328.《杨骚研究综述》，高云、陈旋波，《中外诗歌研究》，2003 年第 1 期，第 59-65 页。

329.《遥远的回声与生命的旅程——读黄爱平的〈边缘之水〉》，杨金砖，《湘潭师范学院学报》（社会科学版），2003 年第 2 期，第 75-78 页。

330.《也说"口语诗"》，游离，《诗刊》（下半月刊），2003 年 3 月号，第 30 页。

331.《也谈象征主义诗歌的朦胧美——浅析戴望舒〈雨巷〉》，旭海，《南方论刊》，2003 年第 3 期，第 48-50 页。

332.《一半像神话 一半像幻想——论古典文学对梁上泉诗歌的影响》，曾明、王进，《西南民族学院学报》（人文社会科学版），2003 年第 3 期，第 207-210 页。

333.《一个诗人与一个时代——论食指在文革时期的诗歌创作》，李润霞，《芙蓉》，2003 年第 2 期，第 146-153 页。

334.《一个时代的恋爱——论梁上泉先生与他的诗》，张放，《西南民族学院学报》（人文社会科学版），2003 年第 3 期，第 211-213 页。

335.《以"重建日常生活的尊严"为诗学的最高境界——论于坚的诗》，邓云川，《云南民族学院学报》（哲学社会科学版），2003 年第 2 期，第 109-112 页。

336.《以诗的悲哀，征服生命的悲——周梦蝶其人其诗》，李立平，《世界华文文学论坛》，2003 年第 1 期，第 39-42 页。

337.《艺术生命从摇篮中开始——记诗人张天授》，陈嘉祥，《中外诗歌研究》，2003 年第 1 期，第 72-73 页。

338.《艺术天地的延伸——论朦胧诗对意象思维的新拓展》，任南南，《绥化师专学报》，2003 年第 1 期，第 76-77 页。

339.《印尼文与华文诗歌交汇的文学意义——试论〈印度尼西亚的轰鸣〉双语诗集》，[印尼] 心跃，《世界华文文学论坛》，2003 年第 1 期，第 11-15 页。

340.《拥抱朴素》，李犁，《诗潮》，2003 年 3-4 月号，第 49 页。

341.《永远的"哈姆莱特"——一类中国现代知识分子的矛盾心态和思想特色》，陈旭光，《海南师范学院学报》（社会科学版），2003 年第 2 期，第 26-30 页。

342.《有个诗派叫"坚定"》，徐建宏，《山西文学》，2003 年第 3 期，第 55

-56页。

343.《有关北野及其诗歌的评论》，周涛、韩子勇等，《诗刊》（下半月刊），2003年3月号，第24-25页。

344.《在时间饥饿的城堡——曹有云诗歌创作探析》，阿甲，《青海湖》，2003年3月号，第67-69页。

345.《在文化视角中的何其芳——何其芳的文化选择与创作倾向》，陶德宗，《文学评论》，2003年第2期，第25-30页。

346.《翟永明采访记》，宋冬游，《诗选刊》，2003年第3期，第87-88页。

347.《整体缺失：新诗研究的最大遮蔽——与吕进先生商榷》，陈仲义，《南方文坛》，2003年第2期，第44-49页。

348.《质朴无华，不尚雕饰——边新文诗三首》，谢冕，《诗刊》（上半月刊），2003年3月号，第61页。

349.《中国的咸——于坚访谈》，于坚、欧亚，《星星》（下半月刊），2003年第3期，第94-102页。

350.《中国现代诗歌创作的民族化追求》，王桂荣，《哈尔滨学院学报》，2003年第3期，第110-112页。

351.《中国现代诗歌的发展（下篇）》，王富仁，《江苏社会科学》，2003年第2期，第53-65页。

352.《中国新诗"发展论"概评》，龙泉明、邹建军，《文艺研究》，2003年第2期，第55-63页。

353.《中国新诗知性品格的建构》，左敏、陈国恩，《宁波大学学报》（人文科学版），2003年第1期，第10-13页。

354.《追求禅趣》，龙彼德，《诗潮》，2003年3-4月号，第75页。

355.《拙朴而有味的诗——评〈村小：生字课〉》，胡丽娜，《中国图书评论》，2003年第3期，第52-53页。

356.《最早的与最好的——想起李金发》，痖弦，《扬子江诗刊》，2003年第2期，第74页。

4月

357.《20世纪中国女性诗歌主体意识发展概观》，李蓉，《浙江师范大学学报》（社会科学版），2003年第2期，第18-22页。

358.《20世纪中国散文诗文体建设的历史回顾》，王珂，《贵州师范大学学报》（社会科学版），2003年第2期，第79-84、89页。

359.《走向海子》，张宁生，《安庆师范学院学报》（社会科学版），2003年第2期，第88-91页。

360.《八十年代以来现代叙事诗研究》,普丽华,《中国现代文学研究丛刊》,2003年第2期,第233-244页。

361.《白垩的状态》,尹茜,《诗刊》(上半月刊),2003年4月号,第36-37页。

362.《被看群体的激情逃亡——当代中国女性诗歌扫描》,李保平,《艺术广角》,2003年第2期,第4-11页。

363.《背向太阳的葵花——对〈阳光中的向日葵〉的文化解读》,靳兰芳,《语文月刊》,2003年第4期,第5页。

364.《不应高估"无韵诗"的诗学价值——重新评估"无韵诗"》,张中宇,《重庆工商大学学报》(社会科学版),2003年第2期,第35-38页。

365.《不应忽视无韵诗的价值——与张中宇先生商榷》,蒋登科,《重庆工商大学学报》(社会科学版),2003年第2期,第31-34页。

366.《长江的儿子——闻捷和他的长诗〈长江万里〉》,宋志成,《镇江社会科学》,2003年第2期,第69-70页。

367.《唱出自己的果实——马青山诗歌印象》,李云鹏,《飞天》,2003年第4期,第108-109页。

368.《穿越人格的生命追寻》,洪治纲,《橄榄绿》,2003年第2期,第70-72页。

369.《词语与激情共舞——翟永明书面访谈录》,翟永明、周瓒,《作家》,2003年第4期,第7-16页。

370.《从"丁香"的出处谈起——也谈〈雨巷〉兼与蓝棣之、张俊萍二位先生商榷》,姜源傅,《名作欣赏》,2003年第4期,第13-14页。

371.《从歌唱到深思的江非》,西岩,《诗刊》(下半月刊),2003年4月号,第22-24页。

372.《大话"诗江湖"——纪念"诗江湖"网站成立三周年》,南人,《星星》(下半月刊),2003年第4期,第94-98页。

373.《单恋者·寻梦者·乐园鸟——析〈望舒草〉的抒情意象》,李公文,《涪陵师范学院学报》,2003年第2期,第29-32页。

374.《独立苍茫自咏诗——冯至〈我是一条小河〉之解读》,朱文斌,《语文建设》,2003年第4期,第37-38页。

375.《放不下的眷顾——访卞国福》,正青,《诗刊》(下半月刊),2003年4月号,第31-33页。

376.《放飞你的想象——〈阳光,是一种语言〉赏析》,阳光,《语文月刊》,2003年第4期,第7页。

377.《放飞于情感的天地——读冷克明诗集〈灵魂之羽〉》,杨廷贵,《九江师专学报》,2003年第2期,第60-63页。

378.《工具意识与胡适的诗歌设计"原理"》,孟泽,《首都师范大学学报》(社会科学版),2003年第2期,第80-85页。

379.《关于"丑石诗群"》,邱景华,《诗歌月刊》,2003年第4期,第72-74页。

380.《郭沫若与田汉的友谊》,沈宏鑫,《名人传记》(上半月),2003年第4期,第78-80页。

381.《湖北诗歌片论》,王咏梅、刘洁岷,《江汉大学学报》(人文科学版),2003年第2期,第18-23页。

382.《急先锋的另一面——胡适早期新诗主张中的自我论述》,伍明春,《首都师范大学学报》(社会科学版),2003年第2期,第73-79页。

383.《绛色的沉哀——戴望舒前期诗歌的情思特质》,曹丙燕,《涪陵师范学院学报》,2003年第2期,第26-28页。

384.《康桥波里话诗魂——徐志摩〈再别康桥〉赏析》,夏国珍,《语文知识》,2003年第4期,第47-48页。

385.《两种幸福,两难选择——〈面朝大海,春暖花开〉解读》,闫永利,《名作欣赏》,2003年第4期,第34-37页。

386.《论19世纪末20世纪初中英自由诗运动的差异》,王珂,《外国文学研究》,2003年第2期,第107-113页。

387.《论荆楚文化对郭沫若创作个性与心理的影响》,罗昌智,《中南民族大学学报》(人文社会科学版),2003年第4期,第32-35页。

388.《论林徽因诗歌语言的审美特性》,李丽,《乐山师范学院学报》,2003年第2期,第57-61页。

389.《论吴芳吉的现代格律诗》,李坤栋,《重庆工商大学学报》(社会科学版),2003年第2期,第22-26页。

390.《论新诗革命选择极端方式的原因及后果》,王珂,《汕头大学学报》(人文社会科学版),2003年第2期,第34-43页。

391.《论徐志摩诗歌语言基质的构成》,刘景兰,《邢台职业技术学院学报》,2003年第2期,第44-45页。

392.《矛盾与暗示的天然之作——读〈面朝大海,春暖花开〉》,席星荃,《名作欣赏》,2003年第4期,第38-39页。

393.《美丽的淦源河——评杨秉任的抒情长诗〈淦源河〉》,晓泉,《山东文学》,2003年第4期,第73-74页。

394.《土地最忠诚的歌者——艾青〈我爱这土地〉艺术欣赏》,姚国建,《语文建设》,2003年第4期,第19-20页。

395.《闻捷的诗与死》,文庠,《钟山风雨》,2003年第2期,第37-39页。

396.《我的三点意见——关于诗歌的"写什么"和"怎么写"》,刘春,《诗刊》(上半月刊),2003年4月号,第56-57页。

397.《我们终将成为自己——回答〈壹诗刊〉六个问题》,沈浩波,《星星》(下半月刊),2003年第4期,第103-107页。

398.《先说这些》,邰筐,《诗刊》(下半月刊),2003年4月号,第25页。

399.《先有歌,后有诗——读于燕青诗集〈漫过水面〉》,海迪,《福建文学》,2003年第4期,第95页。

400.《现代诗的发展问题和第三代诗人的界定》,杨春光,《星星》(上半月刊),2003年第4期,第96-102页。

401.《陷落在词语的核心——〈饶舌与罗盘〉初解》,张桃洲,《星星》(下半月刊),2003年第4期,第19-21页。

402.《现实观照与历史叙事:渡也80年代诗歌的人文精神》,吴尚华,《华文文学》,2003年第2期,第56-59页。

403.《乡土情结与文化象征——读〈田禾乡土诗选〉》,朱先树,《长江文艺》,2003年第4期,第70页。

404.《享受诗歌》,谢宜兴,《诗歌月刊》,2003年第4期,第65-66页。

405.《新诗革命及白话诗生成的五大非诗原因》,王珂,《湛江师范学院学报》,2003年第2期,第67-70页。

406.《新诗重在精神》,杨四平,《重庆教育学院学报》,2003年第2期,第56-58页。

407.《新中国西部开发之强音——重读贺敬之〈西去列车的窗口〉》,肖川,《朔方》,2003年第4期,第65-66页。

408.《严酷时代里无言的抗争 精神重压下不屈的尊严——论曾卓的诗〈悬崖边的树〉》,江胜清,《沙洋师范高等专科学校学报》,2003年第2期,第41-43页。

409.《由诗乐合一展望诗歌的大众化》,任震钧,《艺术广角》,2003年第2期,第11-14页。

410.《由写诗谈开去》,黎焕颐,《诗刊》(上半月刊),2003年4月号,第52页。

411.《〈再别康桥〉中"梦"的解析》,黄宗广,《语文建设》,2003年第4期,第39-40页。

412.《张默诗歌的生命宇宙化倾向》,赵小琪,《华文文学》,2003年第2期,第60-63、55页。

413.《中国当代诗歌意象类析》,任庆文,《西北民族学院学报》(哲学社会科学版),2003年第2期,第88-91页。

414.《朱湘、冯至叙事诗比较论》,吴投文,《江汉论坛》,2003年第4期,第97-99页。

5月

415.《20世纪中国诗歌创作的现代化探寻》,王桂荣,《北方论丛》,2003年第3期,第93-95页。

416.《版本与中国现代文学研究——以郭沫若〈匪徒颂〉和闻一多〈洗衣歌〉为例》,颖隽,《华中科技大学学报》(社会科学版),2003年第3期,第121-124页。

417.《比较感悟与意象赏析——中小学诗歌教学方法论初探》,方守金,《珠海教育学院学报》,2003年第2期,第64-68页。

418.《变形描写与打破语法规范——诗歌语言特点浅议》,武富荣、刘凤英,《火花》,2003年第5期,第40-41页。

419.《不只是语言问题》,夏夜清,《扬子江诗刊》,2003年第3期,第75页。

420.《从"不是诗"说起》,于沙,《理论与创作》,2003年第3期,第74-75页。

421.《答西班牙诗人Emilio Araúxo九问》,于坚,《诗潮》,2003年5-6月号,第74-77页。

422.《杜马兰及其诗歌》,吴晨骏、海力洪、小海、李冯,《作家》,2003年第5期,第92-93页。

423.《对诗歌平面化说"不"》,袁忠岳,《山东文学》,2003年第5期,第66-67页。

424.《法国象征主义诗歌对中国现代主义诗歌的影响(下)》,王泽龙,《湖北经济学院学报》,2003年第3期,第102-107页。

425.《废名〈理发店〉》,叶橹,《扬子江诗刊》,2003年第3期,第30页。

426.《冯至诗歌研究八十年(上)——谨以此文纪念冯至先生逝世十周年》,左怀建,《贵州社会科学》,2003年第3期,第63-65页。

427.《福建青年诗人五人谈》,谢宜兴等,《星星》(上半月刊),2003年第5期,第85-92页。

428.《复杂心态的曲折流露——郭沫若〈百花齐放〉的重新解读》,刘涵华,《贵州社会科学》,2003年第3期,第70-73页。

429.《感觉与诗》,潘大华,《阅读与写作》,2003年第5期,第13-14页。

430.《光未然抗战时期昆明诗作新论》,余晓夕,《云南艺术学院学报》,2003年第2期,第53-55页。

431.《韩东访谈录》,汪继芳,《诗选刊》,2003年第5期,第89-93页。

432.《何其芳现象及其泛政治心态》,闫桂萍,《重庆三峡学院学报》,2003年第3期,第23-25页。

433.《后殖民语境中的余光中创作》,童八生,《当代文坛》,2003 年第 3 期,第 99 - 101 页。

434.《华兹华斯和徐志摩比较研究》,王勇,《许昌学院学报》,2003 年第 3 期,第 70 - 72 页。

435.《魂魄健 花容艳 云裳美——浅谈纪宇的诗韵理念及用韵艺术》,梁前刚,《理论月刊》,2003 年第 5 期,第 95 - 98 页。

436.《活出自己的风景——王贤良诗集〈心灵的风景〉序》,张劲,《今日文坛》,2003 年夏之卷,第 34 - 35 页。

437.《激荡着楚辞、汉赋精神的当代杰作——〈含苞的太阳〉读后》,唐先田,《安徽文学》,2003 年第 5 期,第 66 - 69 页。

438.《经验的局限》,育邦,《扬子江诗刊》,2003 年第 3 期,第 75 - 76 页。

439.《乐园·憩园·精神家园——鲁迅心中"野草"意象的深刻蕴含》,林雪飞、杨光辉,《沈阳师范大学学报》(社会科学版),2003 年第 3 期,第 35 - 38 页。

440.《离乡与返乡 疏离与追寻——对王家新〈祖国〉的细读》,李明彦,《中文自学指导》,2003 年第 3 期,第 31 - 33 页。

441.《梁宗岱:诗论、诗艺及诗性》,夏中义、富玲云,《中文自学指导》,2003 年第 3 期,第 14 - 16 页。

442.《炉旁烤火的石油人》,韦锦,《诗刊》(上半月刊),2003 年 5 月号,第 10 页。

443.《论冰心、林徽因诗歌精神的现代性》,白薇,《中国青年政治学院学报》,2003 年第 3 期,第 125 - 128 页。

444.《论郭小川建国后的心路历程》,杨守森,《郑州大学学报》(社会科学版),2003 年第 3 期,第 112 - 118 页。

445.《论穆旦诗歌的语言艺术》,余玲玲,《阅读与写作》,2003 年第 5 期,第 3 - 5 页。

446.《论日、印、俄现代诗歌对我国新诗文体建设的影响》,王珂,《湘潭师范学院学报》(社会科学版),2003 年第 3 期,第 79 - 85 页。

447.《论十七年诗对结构的放逐——中国当代诗歌检讨之一》,赵金钟,《贵州社会科学》,2003 年第 3 期,第 66 - 69、73 页。

448.《论英美意象派诗歌对中国新诗初期诗体的影响》,王珂,《思想战线》,2003 年第 3 期,第 74 - 78 页。

449.《论郑敏的诗学理论及其批评》,谭桂林,《广东社会科学》,2003 年第 3 期,第 37 - 44 页。

450.《论中国现代散文诗文体的诞生及第一个创作高峰》,王珂,《青海社会科学》,2003 年第 3 期,第 64 - 67 页。

451.《论作为现代文学传统的新诗艺术系统》,周晓风、余玲,《社会科学研究》,2003 年第 3 期,第 139 – 144 页。

452.《马边建设的时代画卷——有感于〈小凉山之魂〉的生命激情》,周明,《四川文学》,2003 年第 5 期,第 64 – 65 页。

453.《漫谈中国新诗地理》,蓝野整理,《诗刊》(下半月刊),2003 年 5 月号,第 38 – 46 页。

454.《芒克〈雪地上的夜〉》,张桃洲,《扬子江诗刊》,2003 年第 3 期,第 30 – 32 页。

455.《"媚俗"的必要——从林夕身上得来的启示》,张文武,《河北理工学院学报》(社会科学版),2003 年第 2 期,第 136 – 138 页。

456.《萌发前的"冬眠"》,吴开晋,《诗刊》(上半月刊),2003 年 5 月号,第 59 页。

457.《朦胧诗的发展、变异及其文学史叙述》,李平,《广播电视大学学报》(哲学社会科学版),2003 年第 2 期,第 17 – 22 页。

458.《梦境缠绕的销魂踪迹——再读〈再别康桥〉》,李铁秀,《北方论丛》,2003 年第 3 期,第 96 – 98 页。

459.《民间的尊严》,黄金明,《星星》(下半月刊),2003 年第 5 期,第 99 – 100 页。

460.《命运的诗歌浮世绘——简析桑克的〈夜泊秦淮〉》,张桃洲,《诗林》,2003 年第 2 期,第 98 – 101 页。

461.《穆旦诗歌之智性思辨特征——以〈我歌颂肉体〉为例》,肖晓英,《茂名学院学报》,2003 年第 2 期,第 20 – 23 页。

462.《牛汉诗歌的美学风格与"七月"、"九叶"诗派》,孙晓娅,《东北师大学报》(哲学社会科学版),2003 年第 3 期,第 89 – 94 页。

463.《浓郁的爱恋 温婉的思情——海涅和冰心两首抒情诗赏析比较》,张建伟,《长江文艺》,2003 年第 5 期,第 70 – 71 页。

464.《女性诗歌的"门"与"墙"》,屈雅红,《扬子江诗刊》,2003 年第 3 期,第 21 – 24 页。

465.《〈女子诗报〉与女性诗歌》,肖晓英,《红豆》,2003 年第 3 期,第 68 – 69 页。

466.《潜在的力量:关注高校诗歌写作》,谭旭东,《诗歌月刊》,2003 年第 5 期,第 62 – 63 页。

467.《情绪的高涨与诗美的失落——郭沫若诗歌创作得失谈》,李征宙,《五邑大学学报》(社会科学版),2003 年第 2 期,第 43 – 46 页。

468.《让伤痛的肉体发出诗性的光芒》,李少咏,《东京文学》,2003 年第 3 期,第 90 – 93 页。

469.《人有病，人知否——读李松涛长诗〈黄之河〉断想》，刘立波，《西北军事文学》，2003年第3期，第108-112页。

470.《日本和歌与郭沫若早期诗歌》，靳明全，《文艺研究》，2003年第3期，第67-71页。

471.《溶解与重铸——序陈尧诗集〈绿依〉》，杨闻宇，《西北军事文学》，2003年第3期，第106-107页。

472.《如诗的神秘的格律派三诗人》，田慧霞，《华北水利水电学院学报》（社会科学版），2003年第2期，第34-36页。

473.《失落的诗星 玲君生平纪略》，陆伟然，《北方文学》，2003年第5期，第58-66页。

474.《诗，可为殉道者的宗教——昌耀论》，何清，《苏州科技学院学报》（社会科学版），2003年第2期，第94-97页。

475.《"诗歌是幻觉、隐喻和液体"》，木朵，《星星》（下半月刊），2003年第5期，第59-62页。

476.《诗情中的真情：读乔大学〈蒲公英集〉》，陈锐锋，《今日文坛》，2003年夏之卷，第36-37页。

477.《诗人心中的苹果树——黑龙江六诗人印象》，铭越，《诗潮》，2003年5-6月号，第41页。

478.《诗为何与诗何为》，苍耳，《扬子江诗刊》，2003年第3期，第18-21页。

479.《石头与水：难平的时间之意——读北塔的诗集〈正在锈蚀的指针〉》，赵元，《地火》，2003年第2期，第127-128页。

480.《时候到了》，梁小斌，《星星》（上半月刊），2003年第5期，第15-17页。

481.《试论〈新诗戏剧化〉和英美新批评的影响》，周晓秋，《济南大学学报》（社会科学版），2003年第3期，第56-58页。

482.《试析郭沫若在大跃进年代的诗歌活动——从〈百花齐放〉到〈红旗歌谣〉》，邢小群，《中国青年政治学院学报》，2003年第3期，第120-124页。

483.《是"口语诗"还是"口水诗"?》，谭延桐，《诗刊》（上半月刊），2003年5月号，第63页。

484.《守望与期待——2003年5月份〈诗歌月刊〉"新人新诗作特大号"会议纪要》，王明韵、余怒、五木、小荒、孔阳、许敏，《诗歌月刊》，2003年第5期，第4-5页。

485.《树作为树一直沉默——张忠军诗集〈之间〉读后》，张涛，《满族文学》，2003年第3期，第58-59页。

486.《竖和他的〈广州赛马场〉》，韩东，《星星》（下半月刊），2003年第5

期,第 86 - 87 页。

487.《缩略时代的大风歌——读成路的诗》,马步升,《黄河文学》,2003 年第 3 期,第 102 - 104 页。

488.《谈谈桑克》,孙文波,《诗林》,2003 年第 2 期,第 102 - 103 页。

489.《天空铭记你的飞翔——散谈诗人张洪波》,任林举,《地火》,2003 年第 2 期,第 123 - 124 页。

490.《〈田禾乡土诗选〉印象》,林染,《绿风》,2003 年第 3 期,第 125 - 127 页。

491.《涂抹着橄榄绿的边地情思——读周承强诗集〈背对月光旅行〉》,熊辉,《当代文坛》,2003 年第 3 期,第 69 - 70 页。

492.《汪静之〈蕙的风〉的版本变迁及得失》,王鸣剑,《求索》,2003 年第 3 期,第 194 - 195 页。

493.《王辛笛诗歌的禅学意蕴》,吴晓、王芳,《文艺理论研究》,2003 年第 3 期,第 88 - 94 页。

494.《微型诗话补》,绿原,《黄河文学》,2003 年第 3 期,第 87 - 89 页。

495.《为民族化新诗探路——读诸加先生〈杂咏两组〉》,高嵩,《黄河文学》,2003 年第 3 期,第 103 - 105 页。

496.《文高谱诗篇　情深洒杏坛——记著名诗人、诗评家陈超教授》,杜娜,《大时代》,2003 年第 5 期,第 10 - 12 页。

497.《闻一多对屈原认识的转变及其原因析》,李乐平,《文艺理论研究》,2003 年第 3 期,第 83 - 87 页。

498.《我需要我》,谭延桐,《黄河文学》,2003 年第 3 期,第 94 - 95 页。

499.《我在伟大诗歌的原乡》,伊沙,《诗林》,2003 年第 2 期,第 121 - 124 页。

500.《无辜的生活是一种诠释——序韩高琦诗集〈饿鹰叫雪〉》,何锐,《山花》,2003 年第 5 期,第 110 - 111 页。

501.《先锋诗的"多事之秋":世纪末的论争和分化》,罗振亚、周敬山,《北方论丛》,2003 年第 3 期,第 86 - 92 页。

502.《现代汉语精粹短诗点评》,杨然,《名作欣赏》,2003 年第 5 期,第 61 页。

503.《现代中国象征论诗学流变年表(1918 - 1949)》,贺昌盛整理,《新文学史料》,2003 年第 2 期,第 181 - 188 页。

504.《小说家谈诗》,张炜、叶兆言、毕飞宇、张者,《诗选刊》,2003 年第 5 期,第 85 - 88 页。

505.《写诗和阅读没那么容易——与向卫国先生商榷》,沈浩波,《诗选刊》,2003 年第 5 期,第 77 - 78 页。

506.《心灵世界的象征——论散文诗的审美特征》,廖安厚,《当代文坛》,2003年第3期,第64-66页。

507.《新人文主义与中国现代格律诗派的缘起》,俞兆平,《文史哲》,2003年第3期,第24-31页。

508.《新诗的汉语诗性传统的失落考略》,姜耕玉,《江苏行政学院学报》,2003年第2期,第118-125页。

509.《新诗研究:谁制造盲区?——20世纪最后20年先锋诗歌研究并与吕进先生商榷》,陈仲义,《扬子江诗刊》,2003年第3期,第45-48页。

510.《徐志摩的自然观探析》,黄宇,《理论与创作》,2003年第3期,第53-55页。

511.《喧哗与骚动:80年代大学生诗歌的文学史意义》,刘学明,《贵州社会科学》,2003年第3期,第74-85页。

512.《雪域奇葩 尽展人生风流——读军旅诗人杨泽民诗选〈唐柳〉》,王之,《西藏文学》,2003年第3期,第86-88页。

513.《要有大诗观》,卢永璋,《诗刊》(上半月刊),2003年5月号,第61页。

514.《也谈诗歌审美》,箭在弦上,《扬子江诗刊》,2003年第3期,第76页。

515.《一个清醒者的说梦——读王家新诗学随笔集〈没有英雄的诗〉》,欧阳斌,《文汇读书周报》,2003年5月2日,第10版。

516.《一首诗的背后》,痖弦,《扬子江诗刊》,2003年第3期,第72页。

517.《以画入诗——浅析牛汉诗歌的形象性》,孙晓娅,《当代文坛》,2003年第3期,第67-68页。

518.《永远在过程中——何小竹访谈》,小郭,《星星》(下半月刊),2003年第5期,第104-107页。

519.《用心追寻鹰翅和马蹄——解读〈从一只鹰开始〉的草原情怀》,梁梁,《阴山学刊》(社会科学版),2003年第3期,第28-29页。

520.《忧郁的歌者·追问的诗人——〈预言〉疑问手法的解读》,任洪国,《重庆三峡学院学报》,2003年第3期,第20-22页。

521.《与诗结缘(创作谈)》,张岩松,《星星》(下半月刊),2003年第5期,第13-14页。

522.《〈再别康桥〉与徐志摩的心路历程》,王永胜、李素荣,《锦州师范学院学报》(哲学社会科学版),2003年第3期,第21-22页。

523.《在黑暗中所有的东西都像人》,格式,《星星》(下半月刊),2003年第5期,第15-18页。

524.《在人间爱着焉能不负伤》,黄毅,《绿风》,2003年第3期,第123-124页。

525.《早期象征诗学理论在汉语语境中的转换》,贺昌、黄云霞,《华中科技大学学报》(社会科学版),2003年第3期,第112-116页。

526.《翟永明:完成之后又怎样》,艾云,《南方文坛》,2003年第3期,第62-66页。

527.《赵丽华其人其诗》,郁葱,《文学港》,2003年第3期,第114-118页。

528.《指点江山,细看风云——关于〈诗选刊〉2002年中国诗歌年代大展》,小宽,《诗选刊》,2003年第5期,第72-76页。

529.《"只求温暖照人间"——评王清玉诗集〈黑太阳〉》,谷丰登,《草原》,2003年第5期,第94-96页。

530.《中国诗学现代转型与西方美学:问题、论域及思维路向》,陈学祖,《江汉论坛》,2003年第5期,第78-82页。

531.《中国新诗二十年》,王明韵,《诗刊》(上半月刊),2003年5月号,第62页。

532.《中国新诗语言:成熟及其他》,敬文东、臧棣、西渡等,《扬子江诗刊》,2003年第3期,第51-54页。

533.《中国性质和本土在场:印尼华文诗人冯世才的写作》,莫海斌、文雁,《暨南学报》(哲学社会科学版),2003年第3期,第75-80页。

534.《"中间代"的"代"》,张桃洲,《诗林》,2003年第2期,第115-120页。

535.《中西合璧的"宁馨儿":从闻一多格律诗的后续影响谈起》,毛海莹,《贵州教育学院学报》,2003年第3期,第1-4、23、95页。

536.《中西文化互释中的郭沫若早期诗学》,伍世昭、李江山,《文艺研究》,2003年第3期,第59-66页。

537.《追求深沉 追求张力——序雨霖散文诗选〈想象漫于斗室〉》,柯蓝,《新蕾》,2003年第3期,第60-61页。

538.《自我封闭者的一曲挽歌——解读〈面朝大海,春暖花开〉兼与苗立源先生商榷》,卫建云、刘国良,《语文月刊》,2003年第5期,第3-4页。

539.《作为文本的诗歌》,杨四平,《诗刊》(上半月刊),2003年5月号,第60页。

6月

540.《艾青:在时代要求与个性追求的矛盾冲突中艰难行进》,石兴泽,《淮北煤炭师范学院学报》(哲学社会科学版),2003年第3期,第61-65页。

541.《爱在她的诗核里——访蔡丽双》,张诗剑,《诗刊》(下半月刊),2003年6月号,第52-54页。

542.《稗史写作的非自觉者：安遇》，胡亮，《星星》（上半月刊），2003年第6期，第58-59页。

543.《不离泥土和海水的诗篇：何信峰〈浸过海水的诗〉序》，袁忠岳，《海中洲》，2003年第3期，第61-63页。

544.《出站入站：错位、郁结、文化争战——我在五六十年代的诗思》，［美国］叶维廉，《诗探索》，2003年第1-2辑，第190-207页。

545.《此时无声胜有声——洛夫〈湖南大雪〉解读》，丁纯，《语文月刊》，2003年第6期，第2页。

546.《从独唱到合唱再到独唱——论顾城的诗歌创作》，李彦文，《邯郸师专学报》，2003年第2期，第18-20、22页。

547.《从林徽因诗歌的解读看中国传统解读方法的局限》，彭松乔，《江汉大学学报》（人文科学版），2003年第3期，第38-41页。

548.《大平原的呼吸——刘松林乡土诗印象》，杜霞，《诗探索》，2003年第1-2辑，第268-272页。

549.《当代女作家谈艺录——虹影卷》，虹影，《青年文学月刊》，2003年第6期，第4-7页。

550.《笛孔吹出了最强音——读〈七只笛孔洞穿的一支歌〉》，耿林莽，《中外诗歌研究》，2003年第2期，第27-28页。

551.《〈短句〉点评》，张宁，《诗探索》，2003年第1-2辑，第262-264页。

552.《对12位诗人的随意阅读与仔细品味》，徐志伟，《星星》（下半月刊），2003年第6期，第58-61页。

553.《对接传统——为国际诗人笔会而作》，杨匡汉，《诗探索》，2003年第1-2辑，第1-5页。

554.《多色调的回眸——谈痖弦诗中的过去时空》，周登宇、李建东，《连云港师范高等专科学校学报》，2003年第2期，第20-23页。

555.《反对"语言"乌托邦——并答沈浩波先生》，向卫国，《星星》（下半月刊），2003年第6期，第102-106页。

556.《反思与探索——当代大学生诗歌创作研讨会综述》，汪云霞，《诗探索》，2003年第1-2辑，第315-319页。

557.《泛神论　中心形象　人生哲学——〈女神〉与〈草叶集〉比较谈（上）》，陈永志，《郭沫若学刊》，2003年第2期，第31-38页。

558.《非典的城市民谣》，傅谨，《博览群书》，2003年第6期，第13-17页。

559.《冯至与里尔克》，陆耀东，《外国文学研究》，2003年第3期，第109-113页。

560.《感受理论的魅力——读向天渊〈现代汉语诗学话语（1917～1937)〉》，张鑫，《中外诗歌研究》，2003年第2期，第47-49页。

561.《给精神以家园——诗歌品质论》,任桂秋,《艺术广角》,2003 年第 3 期,第 4 – 9 页。

562.《给诗歌的献词(2003)》,徐江,《诗探索》,2003 年第 1 – 2 辑,第 293 – 298 页。

563.《功夫在诗外,功夫在自由》,刘以林,《诗刊》(上半月刊),2003 年 6 月号,第 50 页。

564.《关露和她的诗》,张建智,《文汇读书周报》,2003 年 6 月 20 日,第 12 版。

565.《关于六十年代出生的诗人》,臧棣,《莽原》,2003 年第 3 期,第 196 – 208 页。

566.《郭新民诗的艺术特征》,武富荣,《忻州师范学院学报》,2003 年第 3 期,第 13 – 15 页。

567.《海子的诗歌精神》,张志辉、彭万能,《四川教育学院学报》,2003 年 6 月增刊,第 147 – 148 页。

568.《喝进火焰吐出血——说说雨田的几首诗》,杨远宏,《星星》(上半月刊),2003 年第 6 期,第 17 – 19 页。

569.《合理的误读——谈梁宗岱对诗歌意象化的理论建设》,[韩国]崔允瑄,《中外诗歌研究》,2003 年第 2 期,第 71 – 75 页。

570.《何其芳诗歌的语境矛盾与神性嬗变》,罗文军,《德州学院学报》(哲学社会科学版),2003 年第 3 期,第 31 – 33 页、48 页。

571.《胡风的文学流派理念及其对七月诗派形成的影响》,钱志富,《宁波大学学报》(人文科学版),2003 年第 2 期,第 45 – 48 页。

572.《"湖畔诗社"常青树 世纪诗翁汪静之》,纪鹏,《海内与海外》,2003 年第 3 期,第 40 – 43 页。

573.《回答普美子的二十五个诗学问题》,王家新,《诗探索》,2003 年第 1 – 2 辑,第 6 – 27 页。

574.《激情癫狂:1958 年新民歌的理论话题》,王晓生,《淮北煤炭师范学院学报》(哲学社会科学版),2003 年第 3 期,第 6 – 12 页。

575.《解读〈雨巷〉》,马振宏,《咸阳师范学院学报》,2003 年第 3 期,第 61 – 63 页。

576.《精神的叙事——读〈祖国之书,或其他〉》,陈均,《诗探索》,2003 年第 1 – 2 辑,第 71 – 85 页。

577.《绝望的"稻草"——读鲁迅的〈野草〉》,赵娜,《语文学刊》,2003 年第 3 期,第 34 – 36 页。

578.《口语诗歌的可能与限度》,李公文,《诗刊》(上半月刊),2003 年 6 月号,第 60 页。

579.《蓝星诗社对象征派诗美建构策略的化用》,赵小琪,《外国文学研究》,2003 年第 3 期,第 127－132 页。

580.《浪漫的回退　现时的抗争——读北塔诗集〈正在锈蚀的时针〉》,莫海斌,《中外诗歌研究》,2003 年第 2 期,第 29－33 页。

581.《浪漫奇谲:〈女神〉与荆楚文化审美价值的趋同》,罗昌智,《荆州师范学院学报》,2003 年第 3 期,第 70－72 页。

582.《李金发作为中国象征诗派先驱的诗学意义》,杨四平,《淮北煤炭师范学院学报》(哲学社会科学版),2003 年第 3 期,第 13－18 页。

583.《历史的瞬间　撕心的伤痛——食指〈这是四点零八分的北京〉赏析》,姚国建,《阅读与写作》,2003 年第 6 期,第 14－15 页。

584.《梁平的诗:向上生长的"礁石"》,刘春,《中外诗歌研究》,2003 年第 2 期,第 24－26 页。

585.《梁宗岱对象征主义的中国化阐释》,李敦东,《郴州师范高等专科学校学报》,2003 年第 3 期,第 28－31 页。

586.《临清才子意纵横——序陈克会诗集》,吴道弘,《中国图书评论》,2003 年第 6 期,第 45 页。

587.《旅游:亚洲的后殖民记忆——评诗集〈我想像一头骆驼〉兼述陈慧桦诗中的几种基调》,古添洪,《华文文学》,2003 年第 3 期,第 43－45、56 页。

588.《论〈大堰河——我的保姆〉的对比艺术》,孙平辛,《佳木斯教育学院学报》,2003 年第 3 期,第 42－44 页。

589.《论戴望舒诗歌与屈骚的艺术联系》,王卫湘,《船山学刊》,2003 年第 2 期,第 123－127 页。

590.《论俄语诗歌对新诗革命及新诗文体建设的影响》,王珂,《新疆师范大学学报》(哲学社会科学版),2003 年第 2 期,第 128－134 页。

591.《论蓝云抒情诗的精神指向》,刘景兰,《理论月刊》,2003 年第 6 期,第 106－108 页。

592.《论李金发诗歌的古典意蕴》,金传道、钱绿怡,《西北民族大学学报》(哲学社会科学版),2003 年第 3 期,第 100－105 页。

593.《论梁宗岱的诗学观》,富玲云,《学术研究》,2003 年第 6 期,第 148－150 页。

594.《论抒情诗的生命结构》张孝评,《咸阳师范学院学报》,2003 年第 3 期,第 45－48 页。

595.《论外国散文诗的文体生成及对中国新诗文体建设的影响》,王珂,《东方论坛》,2003 年第 3 期,第 33－40 页。

596.《论新诗中"时间定格"的现象与美感——以久暂章法切入》,仇小屏,《毕节师范高等专科学校学报》,2003 年第 2 期,第 12－21 页。

597.《论郑敏诗歌的语言魅力》,姚国建,《修辞学习》,2003年第3期,第43－45页。

598.《论中国古代诗意境的特征及其文化根源——兼论西方诗和中国现代诗不具有这些特征》,陈本益,《中外诗歌研究》,2003年第2期,第50－58页。

599.《罗洛诗论述评》,孙光萱,《诗探索》,2003年第1－2辑,第125－133页。

600.《罗洛诗歌论》,张烨,《诗探索》,2003年第1－2辑,第134－145页。

601.《耄耋臧克家与台湾作家陈映真的诗之缘》,臧小平,《中华儿女》(国内版),2003年第6期,第63－65页。

602.《面具背后的历史之光——森子90年代诗歌探析》,郭瑶琴,《诗探索》,2003年第1－2辑,第280－292页。

603.《面向事物自身的因缘之诗——对马永波诗歌的一种解读》,王晓华,《文艺评论》,2003年第3期,第54－60页。

604.《民族精神视角下的新诗——对20世纪中国诗歌的一种解读》,赵金钟,《信阳师范学院学报》(哲学社会科学版),2003年第3期,第99－102页。

605.《民族与地域:苦难的辩证——西海固诗歌断想》,牛学智,《朔方》,2003年第5－6期,第156－160页。

606.《冥思板块的移动——杨炼、叶辉对谈录》,杨炼、叶辉,《诗探索》,2003年第1－2辑,第223－241页。

607.《内陆:重构并痛着——山西诗界扫描》,少飞,《诗歌月刊》,2003年第6期,第33－35页。

608.《内心情感与异域文化的交错和碰撞——李金发诗作"怪诞、晦涩"的文化历史原因》,何霄燕,《宁波职业技术学院学报》,2003年第3期,第56－58页。

609.《鸟儿飞往不同的地方——海子的隐逸情怀兼与陶渊明之比较》,杨秋荣,《北京教育学院学报》,2003年第2期,第21－27页。

610.《庞德、叶维廉和在美国的中国诗》,[美国]罗森堡著、蒋洪新译,《诗探索》,2003年第1－2辑,第320－326页。

611.《虔诚追逐诗国圣光的当代"夸父"——孙玉石现代诗歌批评诠释》,韦良,《诗探索》,2003年第1－2辑,第304－311页。

612.《浅谈诗歌教学的含蓄性与模糊性》,张金军、吴增龙,《语文学刊》,2003年第3期,第80、95页。

613.《青春旅程中的少年情怀:读〈谭五昌的诗〉有感》,林喦,《草地》,2003年第3期,第43－45页。

614.《让诗歌拥有一颗平常心》,荣荣,《诗刊》(上半月刊),2003年6月号,第61－64页。

615.《人类良知的守夜者——评剑云新作〈诗人的血是什么〉》,黄涛梅,《飞天》,2003年第6期,第111-112页。

616.《任溶溶儿童诗的情境化语言》,庞灵芝,《浙江师范大学学报》(社会科学版),2003年第3期,第45-48页。

617.《如何置身于潮流之外——评邓万鹏的诗歌》,孟繁华,《诗探索》,2003年第1-2辑,第273-276页。

618.《若干郭沫若诗歌的写作背景》,[日本]岩佐昌暲,《诗探索》,2003年第1-2辑,第98-111页。

619.《散文诗与杂文异同论》,张彦加,《天津市财贸管理干部学院学报》,2003年第2期,第39-42页。

620.《圣化写作的经验——评南永前的图腾诗》,尤雪茜,《北方民族》,2003年第2期,第83-86页。

621.《诗,应当是艺术的美的——论新月派诗歌的意境美》,黄志雄,《抚州师专学报》,2003年第2期,第70-74页。

622.《诗,自我怀疑的形式》,杨炼,《诗探索》,2003年第1-2辑,第242-249页。

623.《诗的语法》,刘晓南,《中国文学研究》,2003年第2期,第19-22、39页。

624.《诗歌给予我们暂短却又完全的快乐》,徐南鹏,《诗歌月刊》,2003年第6期,第64-65页。

625.《诗歌要接近于人——吴晨骏访谈录》,欧亚、叙灵,《大家》,2003年第3期,第79-80页。

626.《诗是语言和灵魂的共同生长——首届"华文青年诗人奖"获得者哑石访谈录》,李拜天,《星星》(下半月刊),2003年第6期,第96-99页。

627.《诗意的多向建构——吕进〈对话与重建——现代诗学札记〉述评》,刘康凯,《中外诗歌研究》,2003年第2期,第37-40页。

628.《诗语与诗思——陈本益〈中外诗歌与诗学论集〉评介》,赵东,《中外诗歌研究》,2003年第2期,第41-43页。

629.《诗与战士——兼论刘安同志的军旅诗》,张永健,《心潮诗词》,2003年第3期,第26-30页。

630.《试论卞之琳早期诗歌的美学追求》,王继霞,《语文学刊》,2003年第3期,第37-38、45页。

631.《试析创制诗作意象的方法及其意象类型》,张顺兴,《延边大学学报》(社会科学版),2003年第2期,第102-104页。

632.《试析戴望舒〈雨巷〉意境的魅力》,王一亮,《呼兰师专学报》,2003年第2期,第21-22页。

633.《谁见证谁的高度》,陈鱼,《星星》(下半月刊),2003年第6期,第20-22页。

634.《太阳的守望者——细读痖弦的诗〈上校〉》,康苗,《写作》(上旬刊),2003年第6期,第9-14页。

635.《谈张从海诗集〈草根〉情景理交融的特点》,孟宪华,《邢台学院学报》,2003年第2期,第30-31页。

636.《疼痛之诗——为诗人林柏松而作》,林荼居,《诗探索》,2003年第1-2辑,第277-279页。

637.《贴近先锋精神的深刻内省——评吕周聚〈中国当代先锋诗歌研究〉》,罗振亚、徐志伟,《诗探索》,2003年第1-2辑,第312-314页。

638.《童诗怎么个写法》,朱自强,《诗刊》(上半月刊),2003年6月号,第80页。

639.《外国诗歌汉译与现代格律诗》,万龙生,《中外诗歌研究》,2003年第2期,第59-62页。

640.《为现实主义申辩,为伟大时代讴歌——诗人罗洛的诗歌理论建树和诗歌创作实践》,林希,《诗探索》,2003年第1-2辑,第112-124页。

641.《我做故我说》,伊沙,《星星》(下半月刊),2003年第6期,第100-101页。

642.《吴晨骏印象记》,粲然,《大家》,2003年第3期,第81页。

643.《现代中国诗学三大派别之得失论衡》,李咏吟,《东方丛刊》,2003年第2辑,第19-36页。

644.《"写给世界的一封情书"》,王晓渔,《诗探索》,2003年第1-2辑,第250-258页。

645.《写在〈顿首北方〉后面的话》,陈修文,《北极光》,2003年第3期,第64页。

646.《新诗鉴赏中错误项的设置特点》,韦琳,《语文学刊》,2003年第3期,第81-83页。

647.《新时期大学生诗歌创作研讨会综述》,张利,《荆州师范学院学报》,2003年第3期,第113页。

648.《徐志摩的心理世界探寻》,高燕,《绥化师专学报》,2003年第2期,第54-57页。

649.《寻找现代诗歌的根基》,于贞志,《诗刊》(上半月刊),2003年6月号,第51-52页。

650.《杨炼诗歌中的主观性》,[英国]米娜著、王秋海译,《诗探索》,2003年第1-2辑,第208-222页。

651.《摇曳的绿火,诗歌的精灵——从火的意象看穆旦诗的变体构想》,钱荷娣,《宁波广播电视大学学报》,2003 年第 1 期,第 17 - 20 页。

652.《〈野草〉对新世纪散文的启示》,古耜,《写作》(上旬刊),2003 年第 6 期,第 3 - 4 页。

653.《〈野葵花〉点评》,陈东东,《诗探索》,2003 年第 1 - 2 辑,第 259 - 261 页。

654.《叶维廉诗掠影》,柯庆明,《诗探索》,2003 年第 1 - 2 辑,第 157 - 174 页。

655.《叶维廉诗学术语辑释》,蒋登科,《诗探索》,2003 年第 1 - 2 辑,第 175 - 189 页。

656.《叶文福和他的〈东湖散〉》,喻晓,《随笔》,2003 年第 3 期,第 91 - 96 页。

657.《伊蕾访谈录:"我无边无沿"》,朵渔,《诗选刊》,2003 年第 6 期,第 92 - 94 页。

658.《亦官亦诗商国华》,张东生,《芒种》,2003 年第 6 期,第 74 - 75 页。

659.《意象派诗歌的文体源流及对新诗革命和新诗文体的影响》,王珂、代绪宇,《重庆工商大学学报》(社会科学版),2003 年第 3 期,第 80 - 85 页。

660.《音律:诗与音乐相通——对中国新诗音乐美的探索》,靳新来,《艺术广角》,2003 年第 3 期,第 10 - 14 页。

661.《永不驻步的漂泊者——李尚朝诗歌印象》,崔莉,《中外诗歌研究》,2003 年第 2 期,第 34 - 36 页。

662.《诵咏回环 境界幽远——谈冰心的〈一句话〉》,竺柏岳,《阅读与写作》,2003 年第 6 期,第 13 - 14 页。

663.《有了爱便有了一切——冰心"爱的哲学"读解》,徐丁林,《廊坊师范学院学报》,2003 年第 2 期,第 24 - 26、37 页。

664.《于坚访谈录》,张大为,《诗刊》(上半月刊),2003 年 6 月号,第 33 - 35 页。

665.《与许世旭教授谈现代诗》,蒋登科,《中外诗歌研究》,2003 年第 2 期,第 63 - 68 页。

666.《语言"炼金术"及其后遗症》,赵东,《诗刊》(上半月刊),2003 年 6 月号,第 61 页。

667.《再唱一曲送公刘》,高羽,《钟山风雨》,2003 年第 3 期,第 23 - 24 页。

668.《在记忆与表象之间——〈琼斯敦〉解读》,钱文亮,《诗探索》,2003 年第 1 - 2 辑,第 64 - 70 页。

669.《在迷茫与颓废之中吟咏希望——冯乃超〈红纱灯〉和〈现在〉的比较分析》,赵秋生,《晋东南师范专科学校学报》,2003 年第 3 期,第 48 - 51 页。

670.《在诗性的真情中追索美与崇高》,范震威,《北极光》,2003 年第 3

期，第 61 - 63 页。

671.《在时代潮流的浪尖上：九叶派诗歌的时代性及其对现代派诗歌民族化的突出贡献》，李明，《江汉论坛》，2003 年第 6 期，第 90 - 92 页。

672.《在乡村与城市之间——叶赛宁和臧克家的城乡观比较》，颜同林，《柳州师专学报》，2003 年第 2 期，第 24 - 26 页。

673.《臧克家新诗文体的音乐方式》，姚尧，《中外诗歌研究》，2003 年第 2 期，第 14 - 23 页。

674.《只是碎片》，蓝蓝，《诗探索》，2003 年第 1 - 2 辑，第 265 - 267 页。

675.《自由与自律》，沈泽宜，《诗刊》（上半月刊），2003 年 6 月号，第 59 页。

676.《"中国气派"与"人神合一"》，林莽访谈、艾龙整理，《诗刊》（下半月刊），2003 年 6 月号，第 20 - 26 页。

677.《中国现代新诗的建设及深入拓展》，王家新，《淮北煤炭师范学院学报》（哲学社会科学版），2003 年第 3 期，第 1 - 5 页。

678.《中学语文教材中郭沫若作品的选用与阅读研究》，张杰，《郭沫若学刊》，2003 年第 2 期，第 39 - 47 页。

679.《邹绛：一生交给诗》，可尔因，《中外诗歌研究》，2003 年第 2 期，第 69 - 70 页。

680.《哲思的诗化与心灵的升华——座谈〈芦苇荡〉》，吕家乡，《诗探索》，2003 年第 1 - 2 辑，第 299 - 303 页。

681.《纵横打量下的一部"中观"式学术力作——评蒋登科〈九叶诗派的合璧艺术〉》，杨华丽，《中外诗歌研究》，2003 年第 2 期，第 44 - 46 页。

682.《左右逢源的寻欢者：白鹤林——评白鹤林诗集〈四个短途旅行〉》，胡亮，《草地》，2003 年第 3 期，第 47 - 48 页。

7 月

683.《1999—2002 中国新诗状况述评》，谭五昌，《海南师范学院学报》（社会科学版），2003 年第 4 期，第 22 - 30 页。

684.《20 世纪中国与西方诗歌的互动和发展》，鲁西，《广西民族学院学报》（哲学社会科学版），2003 年第 4 期，第 125 - 128 页。

685.《83 路车上的一个乘客》，雷平阳、温星，《诗刊》（下半月刊），2003 年 7 月号，第 31 - 33 页。

686.《暧昧的诗——〈当前诗歌几种流向〉之二》，刘春，《扬子江诗刊》，2003 年第 4 期，第 72 页。

687.《爱诗如痴的赵琦》，朱增泉，《诗刊》（上半月刊），2003 年 7 月号，第 55 - 56 页。

688.《百无一用是诗人——记哈克诗想》,痖弦,《扬子江诗刊》,2003 年第 4 期,第 71 页。

689.《奔腾的无岸之河——牛汉的魅力》,张同吾,《诗潮》,2003 年 7 - 8 月号,第 75 - 76 页。

690.《边缘的诗歌与诗歌的边缘》,黑黑,《山花》,2003 年第 7 期,第 100 - 104 页。

691.《卞之琳的贡献——〈卞之琳文集〉的阅读和思考》,王文彬,《中国现代文学研究丛刊》,2003 年第 3 期,第 139 - 153 页。

692.《病句诗与薛蟠体:新诗 90 年代的两种表现》,邓程,《常德师范学院学报》(社会科学版),2003 年第 4 期,第 50 - 53 页。

693.《不该被遗忘的诗人——罗铁鹰其人其诗》,赵定甲,《大理文化》,2003 年第 4 期,第 25 - 29 页。

694.《不敢苟同的错误诗学——与孙绍振先生商榷》,王晓波,《作品与争鸣》,2003 年第 7 期,第 78、55 页。

695.《〈吹箫人〉赏析》,刘敏,《扬子江诗刊》,2003 年第 4 期,第 27 - 28 页。

696.《崇高美与谐趣美的融合——〈黑土壮歌〉的美学追求》,吴开晋,《诗潮》,2003 年 7 - 8 月号,第 77 - 78 页。

697.《春天的手风琴——写在三子诗歌边上》,汪峰,《创作评谭》,2003 年第 7 期,第 42 - 44 页。

698.《淳厚隽永,质朴自然——试论康纪钊的诗歌风格》,李德仁,《娄底师专学报》,2003 年第 3 期,第 105 - 107 页。

699.《从历史深处解读艺术的哲学意蕴——评肖鹰的〈体验与历史〉、苗强的〈沉重的睡眠〉》,王岳川,《文艺争鸣》,2003 年第 4 期,第 52 - 56 页。

700.《从奴役诗歌到被诗歌奴役》,章治萍,《扬子江诗刊》,2003 年第 4 期,第 73 - 74 页。

701.《从生命边缘升华出诗歌意义——评苗强的〈沉重的睡眠〉》,王岳川,《中文自学指导》,2003 年第 4 期,第 31 - 33 页。

702.《从诗史研究向诗学研究的提升——读陈旭光新著〈中西诗学的会通〉》,段从学,《北京大学学报》(哲学社会科学版),2003 年第 4 期,第 155 - 156 页。

703.《打下理趣与哲思的诗歌方式——叶延滨诗歌的艺术新质》,颜同林,《诗歌月刊》,2003 年第 7 期,第 68 - 72 页。

704.《大漠深处的苦舟之歌——吴修纲诗歌创作片论》,颜同林,《当代文坛》,2003 年第 4 期,第 68 - 69 页。

705.《大学生诗歌的先锋性和流行性》,赵小琪,《江汉论坛》,2003 年第 7 期,第 87 - 88 页。

706.《大学生诗歌与高校诗歌教育》,邹建军,《江汉论坛》,2003 年第 7 期,第 92 - 93 页。

707.《都是马铃薯的兄弟》,车前子,《作家》,2003 年第 7 期,第 32 页。

708.《多情缠绵的爱情小夜曲——读三位台湾女诗人的抒情小诗》,钱虹,《名作欣赏》,2003 年第 7 期,第 37 - 40 页。

709.《多维视野中的大学生诗歌》,吴思敬,《江汉论坛》,2003 年第 7 期,第 84 - 87 页。

710.《儿童思维与诗歌创作》,曾方荣,《写作》(上旬刊),2003 年第 7 期,第 5 - 7 页。

711.《凡俗生活的诗化与诗意的孤守——都市文化视域中的中国当代诗歌》,鲍昌宝,《扬子江诗刊》,2003 年第 4 期,第 20 - 22 页。

712.《"非典型诗歌研讨会"纪要》,李珂,《文学自由谈》,2003 年第 4 期,第 142 - 148 页。

713.《冯至〈北游及其他〉新探》,陆耀东,《华中师范大学学报》(人文社会科学版),2003 年第 4 期,第 46 - 51 页。

714.《冯至诗歌研究八十年(下)——谨以此文纪念冯至先生逝世十周年》,左怀建,《贵州社会科学》,2003 年第 4 期,第 61 - 67 页。

715.《高考答卷的满分诗歌及吴斌的意义》,《诗选刊》编辑部,2003 年第 7 期,第 21 页。

716.《关于灵魂的未来》,西渡,《扬子江诗刊》,2003 年第 4 期,第 49 - 50 页。

717.《关于诗歌的独白》,包睿,《满族文学》,2003 年第 4 期,第 61 - 64 页。

718.《海子:一个追求尘世幸福的人——〈面朝大海,春暖花开〉解读》,刘晓东,《名作欣赏》,2003 年第 7 期,第 52 - 54 页。

719.《合唱团——回忆南大诗人》,海力洪,《海峡》,2003 年第 7 期,第 64 - 65 页。

720.《何其芳与文学研究所》,徐公持,《文史知识》,2003 年第 7 期,第 37 - 46 页。

721.《贺敬之诗歌的历史价值和艺术魅力》,翟泰丰,《文学自由谈》,2003 年第 4 期,第 66 - 73 页。

722.《后期新月诗派现代主义诗歌的形式美追求》,倪素平,《阴山学刊》(社会科学版),2003 年第 4 期,第 61 - 64 页。

723.《呼唤情感与哲思的真诚——诗坛、诗体、诗美断想》,峻冰,《当代文坛》,2003 年第 4 期,第 62 - 64 页。

724.《怀望行吟者远去的歌——读卞奎诗集〈行吟者的歌〉》,贾士鑫,《青海湖》,2003年7月号,第56-57页。

725.《简政珍〈失乐园〉的"后现代"意涵与意义》,蒋美华,《台港文学选刊》,2003年第7期,第47-49页。

726.《解构传统的80年代女性主义诗歌》,罗振亚,《文史哲》,2003年第4期,第162-168页。

727.《界线不明的诗学编组练习》,哑石,《诗歌月刊》,2003年第7期,第60-64页。

728.《锦衣位的诗歌表演》,叶兆言,《作家》,2003年第7期,第29-30页。

729.《决绝与彷徨的心路历程——析〈过客〉中的"走"意向》,梁凤英,《牡丹江师范学院学报》(哲学社会科学版),2003年第4期,第25-26页。

730.《军旅航程诗作舟》,张庞,《诗刊》(上半月刊),2003年7月号,第63-65页。

731.《李瑛访谈录》,李瑛、张大为,《诗刊》(上半月刊),2003年7月号,第11-15页。

732.《梁志英,一个既出世又入世的优秀的华裔美国诗人》,张子清,《扬子江诗刊》,2003年第4期,第33-34页。

733.《"灵感是诗的受孕"——艾青诗读记》,吕家乡,《山东师范大学学报》(人文社会科学版),2003年第4期,第39-43页。

734.《聆听胡弦》,孙昕晨,《诗刊》(上半月刊),2003年7月号,第43-44页。

735.《论何其芳的异性情结及其文学表现》,江弱水,《中国现代文学研究丛刊》,2003年第3期,第166-175页。

736.《论"九叶"诗派与中国现代主义诗潮》,祝晓耘,《青海师范大学学报》(哲学社会科学版),2003年第4期,第68-73页。

737.《论穆旦的季节诗》,张利,《常德师范学院学报》(社会科学版),2003年第4期,第59-61页。

738.《论散文诗文体生成的三种形态》,代绪宇、王珂,《阴山学刊》(社会科学版),2003年第4期,第55-60页。

739.《论现代诗歌鉴赏中的意象解读》,孙世军,《深圳大学学报》(人文社会科学版),2003年第4期,第96-99页。

740.《论叶延滨九十年代的诗歌写作》,蒋登科、熊辉,《诗选刊》,2003年第7期,第90-95页。

741.《论英诗形体对中国新诗的影响及其在中国的文体变异》,王珂,《四川外语学院学报》,2003年第4期,第8-13页。

742.《论中国散文诗的形成及其早期的文体建设》,王珂、代绪宇,《中南民族大学学报》(人文社会科学版),2003年第4期,第108-112页。

743.《论周作人对中国现代诗歌的独特贡献》,田广,《兰州大学学报》(社会科学版),2003年第4期,第87-93页。

744.《漫谈〈芦苇荡〉》,耿建华、吕家乡、吴开晋等,《绿风》,2003年第4期,第124-128页。

745.《没有翅膀的飞翔——析内忧外患的儿童诗现状》,石海燕,《娄底师专学报》,2003年第3期,第74-76页。

746.《没有感情就不是语文课了——〈乡愁〉教学实录及评点》,李芳、叶祖贤、陈照星,《语文建设》,2003年第7期,第16-18页。

747.《没有一种爱不是可怕的虚设——〈中国第4代诗人诗选〉对爱情的一种书写》,梁笑梅,《当代文坛》,2003年第4期,第65-67页。

748.《"美是人间不死的光芒"——〈再别康桥——徐志摩诗歌全集〉代序》,王生平,《中国图书评论》,2003年第7期,第51-52页。

749.《〈面朝大海,春暖花开〉与海子的隐逸情怀及"撕裂"》,杨秋荣,《名作欣赏》,2003年第7期,第58-61页。

750.《民刊:隐秘的生长与现状——从第三期〈诗歌月刊〉"民刊专号"说开起》,阿翔,《诗歌月刊》,2003年第7期,第76-78页。

751.《目的语文化系统的选择——对十四行诗在中国译介和移植的个案研究》,李德超、邓静,《四川外语学院学报》,2003年第4期,第14-18页。

752.《"那些稻子们站累了/渴望闭上眼"——读诗十二家》,刘自立,《星星》(下半月刊),2003年第7期,第57-59页。

753.《男儿诗脉的血性再造与巍峨重生——从袁俊宏诗集〈与太阳干杯〉想到的》,章德益,《西北军事文学》,2003年第4期,第108-109页。

754.《内陆新声——山西六诗人解读》,少飞,《诗潮》,2003年7-8月号,第49页。

755.《匿名基督徒——论徐志摩诗歌的基督情结》,蒋利春,《大理学院学报》,2003年第4期,第55-57、61页。

756.《〈女神〉与〈草叶集〉的比较》,胡登全,《重庆职业技术学院学报》,2003年第3期,第69-70页。

757.《彭燕郊:诗这个东西太迷人了》,刘起林,《东方》,2003年第7期,第71-78页。

758.《浅论台湾爱情诗二人情景表达的多种模式》,吴晓川,《宜宾学院学报》,2003年第4期,第57-59页。

759.《青海的高车——与昌耀先生的一面之缘》,北野,《青海湖》,2003年7月号,第54-55页。

760.《轻视想象力和文体实验》,王珂,《扬子江诗刊》,2003 年第 4 期,第 75 - 76 页。

761.《人间正寻求着美的踪迹——林庚先生访谈录》,林庚、张鸣,《文艺研究》,2003 年第 4 期,第 74 - 83 页。

762.《〈山民〉的寓言化解读》,洪流,《名作欣赏》,2003 年第 7 期,第 62 - 64 页。

763.《稍安勿躁——"中国 2002 年度诗歌奖"获得者张执浩访谈》,李拜天,《星星》(上半月刊),2003 年第 7 期,第 103 - 107 页。

764.《深厚的文化意蕴 感人的伤时之作——流沙河〈就是那一只蟋蟀〉解读》,来华强,《名作欣赏》,2003 年第 7 期,第 65 - 72 页。

765.《〈生命幻想曲〉赏析》,叶橹,《扬子江诗刊》,2003 年第 4 期,第 29 页。

766.《诗歌:札记或片段》,敬文东,《诗歌月刊》,2003 年第 7 期,第 72 - 76 页。

767.《诗歌的秘密(诗人视点)》,胡弦,《诗刊》(上半月刊),2003 年 7 月号,第 42 页。

768.《诗歌的依据》,雷平阳,《诗刊》(下半月刊),2003 年 7 月号,第 26 - 28 页。

769.《诗歌的质量体系认证或商标抢注——当下诗群命名现象争鸣》,谭五昌、徐妍、王晓生、谭旭东等,《诗潮》,2003 年 7 - 8 月号,第 72 - 74 页。

770.《诗歌衰亡探析》,裴仁伟,《广西社会科学》,2003 年第 7 期,第 118 - 120 页。

771.《诗歌作为理解的力量——在一次诗歌朗诵会上的发言》,西渡,《扬子江诗刊》,2003 年第 4 期,第 50 - 51 页。

772.《"诗魔"之"禅":读〈洛夫禅诗〉集》,沈奇,《写作》(上旬刊),2003 年第 7 期,第 3 - 4 页。

773.《诗内行为与诗外行为》,苏省,《扬子江诗刊》,2003 年第 4 期,第 74 页。

774.《诗人的大情怀——论犁青》,谢冕,《海南师范学院学报》(社会科学版),2003 年第 4 期,第 1 - 6 页。

775.《诗人的角色意识》,臧棣、西渡等,《扬子江诗刊》,2003 年第 4 期,第 41 - 46 页。

776.《诗人雷抒雁》,刘国强,《统战月刊》,2003 年第 7 期,第 24 - 25 页。

777.《诗人们的诗人:关于校园诗人写作的一次个案分析》,王毅,《江汉论坛》,2003 年第 7 期,第 89 - 90 页。

778.《诗人之死及其他》,紫衣侠,《扬子江诗刊》,2003 年第 4 期,第 74 - 75 页。

779.《诗是道路》,夏衣轻,《扬子江诗刊》,2003年第4期,第76页。

780.《诗性智慧的花朵——评叶延滨诗集〈沧桑〉》,晓雪,《理论与创作》,2003年第4期,第51-52页。

781.《诗眼·诗心·诗情——欧阳伟诗集〈世纪之门〉序》,季水河,《理论与创作》,2003年第4期,第72页。

782.《诗与思想的理性之路:关于张清华及其文学批评》,周海波,《当代作家评论》,2003年第4期,第76-82页。

783.《诗在诗外的另一种折射》,郭志杰,《福建文学》,2003年第7期,第64-65页。

784.《世俗之诗的歧途——关于近年"校园诗歌"发展的一点看法》,樊星,《江汉论坛》,2003年第7期,第91-92页。

785.《手机短信中的诗》,苏伟民,《写作》(上旬刊),2003年第7期,第31-32页。

786.《守望精神家园、真实地记录生活——访孙扬》,解聿,《诗刊》(下半月刊),2003年7月号,第51-53页。

787.《思想与意义:郭小川六七十年代的诗艺之思》,杜光富,《重庆职业技术学院学报》,2003年第3期,第73-74页。

788.《死亡磨着黑暗的镰刀——看见〈乌鸦〉》,格式,《星星》(上半月刊),2003年第7期,第92-96页。

789.《唐湜的长诗写作》,崔勇,《中国现代文学研究丛刊》,2003年第3期,第214-223页。

790.《铜的铁的血的火的……》,谢冕,《诗刊》(上半月刊),2003年7月号,第61-62页。

791.《推荐〈昌耀的诗〉》,洪子诚,《语文建设》,2003年第7期,第37页。

792.《网络诗歌与批评》,辛泊平,《星星》(下半月刊),2003年第7期,第92-93页。

793.《为了活泼泼的整体生命——〈叶维廉文集〉序》,乐黛云,《广东社会科学》,2003年第4期,第139-144页。

794.《我爱小诗》,巴特尔,《草原》,2003年第7期,第89-90页。

795.《我观浙江诗坛》,沈泽宜,《文学港》,2003年第4期,第115-117页。

796.《无限家园——读廖志理的组诗〈来自生活最初的激情〉》,蒋登科、颜同林,《娄底师专学报》,2003年第3期,第101-104页。

797.《西部诗歌创作的新变——沈苇、杨梓诗歌阅读印象》,刘昕华,《唐都学刊》,2003年第3期,第29-32页。

798.《西方诗人的努力和我的困惑》,孙绍振,《作品与争鸣》,2003年第7期,第77页。

799.《现代诗学创建的人文品格——评潘颂德〈中国现代新诗理论批评史〉》,王志清,《东疆学刊》,2003年第3期,第90-93页。

800.《香港诗版图》,泛白,《扬子江诗刊》,2003年第4期,第73页。

801.《象征的意义——论中国新诗对象征主义的接受》,陈希,《广东社会科学》,2003年第4期,第156-159页。

802.《校园文化与大学生诗歌——新时期大学生诗歌创作研讨会综述》,黄晓娟,《武汉大学学报》(人文科学版),2003年第4期,第511-512页。

803.《校园文化与校园诗歌》,吕进,《江汉论坛》,2003年第7期,第83-84页。

804.《写出诗的骨感》,王干,《作家》,2003年第7期,第31页。

805.《"新时期大学生诗歌创作研讨会"综述》,梁艳萍、王佳,《扬子江诗刊》,2003年第4期,第54-57页。

806.《新时期大学生诗歌创作探讨 主持人的话》,龙泉明,《江汉论坛》,2003年第7期,第82页。

807.《新诗人的警讯》,向明,《绿风》,2003年第4期,第122-124页。

808.《虚构的痛苦》,张宇,《东京文学》,2003年第4期,第77-78页。

809.《遗嘱:愿世界祥和幸福——〈面朝大海,春暖花开〉的再阐释》,宋立民,《名作欣赏》,2003年第7期,第55-57页。

810.《意象:仍是新诗创作的精魂——关于当代新诗创作的对话》,杨剑龙、蓝海文,《文艺争鸣》,2003年第4期,第38-41页。

811.《永远把"标准"弃置脑后》,杨邪,《星星》(下半月刊),2003年第7期,第94-95页。

812.《永远的圣殿——获奖诗歌作品读后》,褚兢,《创作评谭》,2003年第7期,第13-14页。

813.《与一只乌鸦邂逅——细读高春林的〈冬天的一只乌鸦〉》,森子,《星星》(下半月刊),2003年第7期,第14-19页。

814.《与著名华裔美国诗人梁志英对话录》,梁志英、子川,《扬子江诗刊》,2003年第4期,第34-35页。

815.《在文本和现实之间——品读牟心海诗集〈身影〉》,杨四平,《满族文学》,2003年第4期,第58-60页。

816.《知识分子气质和田间的诗》,田园,《宜宾学院学报》,2003年第4期,第54-56、64页。

817.《智性之光和飞翔之梦——赵丽华诗歌解读》,邱景华,《草原》,2003年第7期,第93-94页。

818.《转折与调整期诗歌创作扫描》,赵金钟,《许昌学院学报》,2003年第4期,第67-68页。

819.《自我 大我 整体精神——中国现代浪漫主义诗歌理论三阶段》,邓程,《云南民族学院学报》(哲学社会科学版),2003年第4期,第201-204页。

820.《走近兰波和顾城》,李建英,《阜阳师范学院学报》(社会科学版),2003年第4期,第82-84页。

821.《走向世界的中国诗人——犁青诗歌网上研讨会序》,谢冕,《海南师范学院学报》(社会科学版),2003年第4期,第7页。

8月

822.《30年代现代诗派创作特征管窥》,曾纪虎,《井冈山师范学院学报》,2003年第4期,第21-24页。

823.《把问题说清楚》,车前子,《诗刊》(上半月刊),2003年8月号,第60页。

824.《传教士笔下的中国儿歌》,[美国]泰勒·何德兰著、魏长保等译,《世纪》,2003年第8期,第53-55页。

825.《从"水"到"太阳"——海子长诗风格转变的原因及其启示》,郭风雷,《龙岩师专学报》,2003年第4期,第48-50页。

826.《带着民族特色走向世界的何其芳》,陶德宗,《涪陵师范学院学报》,2003年第4期,第14-18页。

827.《从最小的可能开始……》,谷禾,《诗刊》(上半月刊),2003年8月号,第60-62页。

828.《读〈行走的月光〉》,林染,《飞天》,2003年第8期,第105-106页。

829.《读朱零的几首诗》,陈太胜,《诗歌月刊》,2003年第8期,第9-10页。

830.《对哑石诗歌个人化特征的一点考虑》,马永波,《星星》(上半月刊),2003年第8期,第26-29页。

831.《多情与善感——读诗札记》,叶延滨,《清明》,2003年第4期,第193-194页。

832.《"非典"时期的非典型性事件》,赵丽华,《诗选刊》,2003年第8期,第86页。

833.《浮出水面的冰山——湖南诗人扫描》,汪志鹏,《诗歌月刊》,2003年第8期,第39-41页。

834.《关于"诗回到诗本身"》,唐韧,《湖北社会科学》,2003年第8期,第136页。

835.《关于校园诗歌的学术话题——"当代大学生诗歌创作"学术研讨会述评》,张克,《诗刊》(上半月刊),2003年8月号,第62-64页。

836.《郭沫若早期诗学与西方文艺美学思潮（二题）》，伍世昭，《惠州学院学报》（社会科学版），2003年第4期，第34-39页。

837.《黑暗的回声（诗歌札记）》，杨永，《诗林》，2003年第3期，第64-66页。

838.《红棉布：后记》，赵少琳，《都市》，2003年第4期，第73-74页。

839.《艰难的反叛和漫长的告别——八十年代上海民间诗歌运动一瞥》，张远山，《博览群书》，2003年第8期，第106-107页。

840.《浸淫于孤独的自白——剖析90年代的自白性诗歌》，张器友，《合肥教育学院学报》，2003年第3期，第6-8页。

841.《康桥——"汝永为我精神依恋之乡"——〈再别康桥〉深层情感意蕴解读》，郑喜群，《语文学刊》，2003年第4期，第36-38页。

842.《刻骨铭心的离愁绝唱——〈再别康桥〉赏析》，宋红欣，《晋东南师范专科学校学报》，2003年第4期，第57-58页。

843.《浪漫理想的余晖：海子诗歌的艺术殊相》，罗振亚，《艺术广角》，2003年第4期，第4-10页。

844.《冷静的季节　燃烧的火焰——读明祥诗集〈河床与季节〉》，边树堂，《都市》，2003第4期，第82-83页。

845.《灵魂的舞蹈——论土族女诗人阿霞的诗歌创作》，胡芳，《青海湖》，2003年8月号，第69-72页。

846.《论海外华文诗歌与中国诗学传统的关系》，朱文斌，《华文文学》，2003年第4期，第15-21页。

847.《论回族诗人马绍玺的诗歌创作》，陈友康，《民族文学研究》，2003年第3期，第96-100页。

848.《论犁青早期诗作中的诗性表现》，朱寿桐，《华文文学》，2003年第4期，第4-10页。

849.《论现代格律诗回归的可能性》，陈小碧，《温州师范学院学报》，2003年第4期，第33-37页。

850.《论"新生代"诗潮》，赖雄文，《广东教育学院学报》，2003年第3期，第122-124页。

851.《美是一个人内心深处隐藏的爱》，林童，《诗刊》（下半月刊），2003年8月号，第24-25页。

852.《面具背后的历史之光——森子20世纪90年代诗歌创作探析》，郭瑶琴，《平顶山师专学报》，2003年第4期，第39-42页。

853.《民间取向在新诗发展历史中的具体表现》，王元中，《天水师范学院学报》，2003年第4期，第38-41页。

854.《耐读的〈长城谣〉》，刘植，《阅读与写作》，2003年第8期，第42页。

855.《"你在我心头开了烦忧路"——论戴望舒的诗与情爱》,王鸣剑,《重庆工商大学学报》(社会科学版),2003年第4期,第108-111页。

856.《欧罗巴芦笛吹响的"生活的牧歌"——读〈大堰河——我的保姆〉》,李雪峰,《中学语文》(上半月),2003年第8期,第23-24页。

857.《品读"海"味人生——洛夫〈海〉评点》,王泉,《心潮诗词》,2003年第4期,第39页。

858.《平民意识、忧患意识与理性光辉——谈靳亚利的诗歌创作》,龚殿舒,《当代人》,2003年第8期,第76-77页。

859.《朴素抒情——韩东〈你见过大海〉简论》,伊沙,《星星》(下半月刊),2003年第8期,第70-71页。

860.《其诗诚可忆 长存于人间——著名诗人公刘逝世祭》,周兴发,《江西农业大学学报》(社会科学版),2003年第4期,第155-157页。

861.《秦岭雪诗歌初探——读〈明月无声〉》,朱谷忠,《泉州文学》,2003年第4期,第47-48页。

862.《青红诗歌印象素描》,谭五昌,《今日文坛》,2003年秋之卷,第45页。

863.《倾诉与呼唤——波眠诗歌简论》,彭金山,《天水师范学院学报》,2003年第4期,第34-37页。

864.《倾听〈东方之鼓〉》,王新民,《芳草》,2003年第8期,第70-72页。

865.《让青春溢满诗情》,刘绍本,《诗选刊》,2003年第8期,第83页。

866.《日常生活的宽慰》,东荡子,《诗歌月刊》,2003年第8期,第51-52页。

867.《如果你再坏一点——窗里窗外看宇向》,安歌,《星星》(上半月刊),2003年第8期,第101-104页。

868.《散步、旅行和诗观》,刘汉通,《诗刊》(下半月刊),2003年8月号,第21-22页。

869.《少琳的红棉布》,哲夫,《都市》,2003年第4期,第71-72页。

870.《诗从苦难的石缝中生长(创作谈)》,罗唐生,《星星》(下半月刊),2003年第8期,第12-17页。

871.《诗的社会意象及其营造》,毛翰,《荆州师范学院学报》,2003年第4期,第33-35页。

872.《诗歌的荣幸与考官的灾难》,雷抒雁,《诗选刊》,2003年第8期,第81页。

873.《诗歌的盛衰一定与韵律有关吗?》,赵俊霞,《重庆教育学院学报》,2003年第4期,第66-68页。

874.《诗歌的细微和具体》,路也,《诗刊》(上半月刊),2003年8月号,第59页。

875.《诗歌回归语言教学》,王雅境,《诗选刊》,2003年第8期,第88-90页。

876.《诗歌流动美及其艺术形成》,曹苇舫,《写作》(上旬刊),2003年第8期,第10-11页。

877.《诗歌养育了我的生活(创作谈)》,徐志新,《绿洲》,2003年第4期,第36页。

878.《诗格与人格:胡风诗论解悟》,赵金钟,《西南民族大学学报》(人文社会科学版),2003年第8期,第153-156页。

879.《诗人的风骨》,刘福春,《诗刊》(下半月刊),2003年8月号,第36-39页。

880.《诗人孙静轩》,叶延滨,《诗刊》(下半月刊),2003年8月号,第46-52页。

881.《诗是太昂贵的东西——近访萧开愚》,飞沙,《诗选刊》,2003年第8期,第92-95页。

882.《诗外的杨永》,杨拓,《诗林》,2003年第3期,第67-68页。

883.《诗心有言寄明月》,刘登翰,《华文文学》,2003年第4期,第11-14页。

884.《诗须要用具体的做法——胡适新诗写作的美学追求及其影响》,王元中,《宝鸡文理学院学报》(社会科学版),2003年第4期,第53-57页。

885.《食指:智慧的方向》,李英杰,《诗林》,2003年第3期,第125-126页。

886.《说说我和中间代》,安琪,《诗歌月刊》,2003年第8期,第74-75页。

887.《说说我和中间代》,老巢,《诗歌月刊》,2003年第8期,第72-74页。

888.《他仍活在诗中——悼老诗人洋雨》,夏冠洲,《绿洲》,2003年第4期,第93-94页。

889.《它预示了新诗的广阔发展空间》,刘松林,《诗选刊》,2003年第8期,第85页。

890.《铁人让我们精神起来——余兆荣长诗〈铁人词典〉读后》,叶延滨,《地火》,2003年第3期,第124-126页。

891.《万琦诗观》,万琦,《诗林》,2003年第3期,第69-70页。

892.《王勇平其人其诗印象》,蔡宗周,《鸭绿江》,2003年第8期,第84-86页。

893.《王佐良论穆旦——兼及其他穆旦研究》,易彬,《长沙电力学院学报》(社会科学版),2003年第3期,第77-80页。

894.《网络赛马场——中国2002年度诗歌奖获得者竖访谈》,李拜天,《星星》(下半月刊),2003年第8期,第103-106页。

895.《温婉的情歌飘过来——读郭思思的诗集〈思路花雨〉》,北塔,《今日文坛》,2003年秋之卷,第46-47页。

896.《我看高考作文中诗歌的出现》,牛童,《诗选刊》,2003年第8期,第

91页。

897.《我们有"口语诗"吗?——瘦狗岭诗歌笔记之三》,朱子庆,《诗林》,2003年第3期,第122-124页。

898.《我们逐渐失去了歌唱》,沈泽宜,《诗刊》(上半月刊),2003年8月号,第57页。

899.《惜墨如金,海纳百川——隐地〈躺〉评点》,王芝,《心潮诗词》,2003年第4期,第38页。

900.《稀缺是一种见证——读〈老虎自传〉》,格式,《星星》(上半月刊),2003年第8期,第67-71页。

901.《细柔合刚劲,精致见豪情——李瑛〈贝壳〉评点》,崔志远,《心潮诗词》,2003年第4期,第38页。

902.《厦门,我成为诗人的触媒(访谈录)》,徐学、余光中,《厦门文学》,2003年第7、8期,第34-36页。

903.《先锋,以及汉语》,李商雨,《诗歌月刊》,2003年第8期,第68-70页。

904.《现代诗歌:边缘切入的两个向度》,薛广民,《写作》(上旬刊),2003年第8期,第8-9页。

905.《乡村土地上的守望者——读曾祥林的〈乡村札记〉及其它》,鄢家发,《四川文学》,2003年第8期,第61页。

906.《小桥流水人家——记"新月派"女诗人方令孺》,章洁思,《传记文学》,2003年第8期,第67-70页。

907.《胸怀绿洲诗自雄——徐志新诗歌印象》,郁笛,《绿洲》,2003年第4期,第37-39页。

908.《洋雨:新边塞诗的"缩影"》,丁子人,《绿洲》,2003年第4期,第91-92页。

909.《也谈〈再别康桥〉的写作时间》,赵曰北,《现代语文》,2003年第8期,第29页。

910.《一份神奇的作文答卷》,程光炜,《诗选刊》,2003年第8期,第82页。

911.《一首经典诗歌的三种解读》,王广清,《阅读与写作》,2003年第8期,第40-41页。

912.《意象的重新认识》,和磊,《诗刊》(上半月刊),2003年8月号,第58页。

913.《应有更丰满的"细节"——读〈黑夜十四行〉》,陈犁,《阅读与写作》,2003年第8期,第42页。

914.《由〈无题〉诗引发的思考》,王艾华,《诗选刊》,2003年第8期,第87页。

915.《游吟诗人赵越》，罗永常，《人物》，2003 年第 8 期，第 89 - 99 页。

916.《语言的良知及其他（创作谈）》，哑石，《星星》（上半月刊），2003 年第 8 期，第 22 - 25 页。

917.《郁孤台下写新篇——访张秀峰》，艾龙，《诗刊》（下半月刊），2003 年 8 月号，第 53 - 55 页。

918.《袁可嘉诗歌批评的现代主义特性》，荆云波、冯歌，《洛阳师范学院学报》，2003 年第 4 期，第 68 - 70 页。

919.《阅读从左边开始——写在罗唐生〈琥珀之恋〉后面》，伤痕，《星星》（下半月刊），2003 年第 8 期，第 18 - 22 页。

920.《乐音来自泥土深处》，尔雅，《诗刊》（上半月刊），2003 年 8 月号，第 23 - 24 页。

921.《韵律不是拯救新诗的灵丹妙药——〈韵律与中国诗歌繁荣的相关度分析〉引出的断想》，彭斯远，《重庆教育学院学报》，2003 年第 4 期，第 62 - 65 页。

922.《踯躅旷野的灵魂——胡也频诗歌创作的几个问题》，咸立强，《运城学院学报》，2003 年第 4 期，第 41 - 46 页。

923.《中国诗怪，孙静轩——谨以此文怀念孙静轩老师》，牛放，《草地》，2003 年第 4 期，第 24 - 26 页。

924.《追逐星光的羽毛》，燎原，《诗歌月刊》，2003 年第 8 期，第 76 - 77 页。

925.《最后一个理想者》，李轻松，《诗林》，2003 年第 3 期，第 72 - 73 页。

926.《搂金伐鼓，用歌诗与历史和时代共舞——公木军旅歌词创作评谭》，罗昌智，《晋东南师范专科学校学报》，2003 年第 4 期，第 47 - 49 页。

9 月

927.《20 世纪 30 年代现代派诗歌艺术风格新探》，殷鉴、宋立民，《洛阳大学学报》，2003 年第 3 期，第 28 - 31 页。

928.《被解构与被凌辱的诗意——一场发生在网络上的诗歌传销闹剧》，青锋，《扬子江诗刊》，2003 年第 5 期，第 75 - 78 页。

929.《编稿手记：十八缕早晨的阳光》，叶有贵，《阳光》，2003 年第 9 期，第 26 - 28 页。

930.《变与不变之间——关于"新一代诗人"的写作》，姜涛、胡续冬、冷霜、陈均，《星星》（上半月刊），2003 年第 9 期，第 106 - 110 页。

931.《不理你受不了还是不管你乐逍遥——小议中国诗坛》，[荷兰] 柯雷著、张晓红译，《当代作家评论》，2003 年第 5 期，第 115 - 118 页。

932.《蔡其矫与艾青在特殊年代的友谊》，王炳根，《人物》，2003 年第 9 期，第 44 - 54 页。

933.《徜徉于诗与思交合处——读龙彼德诗集〈年轻的海〉》，洪迪，《绿风》，2003年第5期，第120－122页。

934.《"传统"——避得了么？——〈九月〉小议》，林丛，《阅读与写作》，2003年第9期，第40页。

935.《春来草自青——读孙旭辉的〈好雨〉想到的》，张凤云，《新蕾》，2003年第5期，第59－62页。

936.《从迷恋到迷失——顾城及其营造的童话世界》，韩传喜，《盐城工学院学报》（社会科学版），2003年第3期，第30－32、35页。

937.《"大地忧思"与"存在之痛"（创作谈）》，刘虹，《绿风》，2003年第5期，第18－19页。

938.《当代诗歌叙事性的控制》，张军，《星星》（下半月刊），2003年第9期，第76－83页。

939.《当诗歌遭遇网络》，伍明春，《诗刊》（上半月刊），2003年9月号，第59页。

940.《当下诗歌的先锋性》，田瓒、桑克、臧棣等，《扬子江诗刊》，2003年第5期，第52－56页。

941.《帝国的铿锵：从吉卜林到闻一多》，江弱水，《文学评论》，2003年第5期，第135－141页。

942.《都市视角：研究30年代诗歌的一个角度》，张林杰，《南京师范大学文学院学报》，2003年第3期，第137－142页。

943.《对郭沫若诗歌创作道路的反思》，杜芳、王松岩，《齐齐哈尔大学学报》（哲学社会科学版），2003年第5期，第69－71页。

944.《额头上的抬头纹》，庞余亮，《诗刊》（上半月刊），2003年9月号，第42页。

945.《仿佛听见了辘轳的响声——读张洪波诗集〈最后的公牛〉》，宗仁发，《文艺争鸣》，2003年第5期，第72－73页。

946.《废话的到来》，黎江，《扬子江诗刊》，2003年第5期，第71页。

947.《废名的写实主义诗论》，邓程，《湖南大学学报》（社会科学版），2003年第5期，第80－84页。

948.《冯至〈十四行集〉独特的思维方式》，陆耀东，《文学评论》，2003年第5期，第90－98页。

949.《感人的故乡情结与诗歌的语言特色——喜读秦岭雪诗集〈明月无声〉》，葛乃福，《中外诗歌研究》，2003年第2期，第63－66页。

950.《工业文明单向控制的铁鸟——舒巷城〈山顶缆车〉解读》，郑丽霞，《语文月刊》，2003年第9期，第4－5页。

951.《构筑诗歌的万里长城——试析梁平〈重庆书〉的现代史诗精神》，张军,《诗刊》(下半月刊),2003年9月号,第35-37页。

952.《孤独之旅的双重解构——里尔克与冯至的〈十四行集〉浅识》,李颖,《乐山师范学院学报》,2003年第5期,第51-54页。

953.《孤独者的精神吟唱——论何其芳诗歌抒情风格的转变》,任南南,《河北职业技术师范学院学报》(社会科学版),2003年第3期,第108-110页。

954.《古典意象萌发的诗思新绿——〈乡愁四韵〉意象营构艺术赏析》,黄昌植、鲍忱,《名作欣赏》,2003年第9期,第47-49页。

955.《顾城的死亡意识》,许艳,《河南科技大学学报》(社会科学版),2003年第3期,第74-76页。

956.《"官刊"和"民刊"》,刘春,《扬子江诗刊》,2003年第5期,第71-72页。

957.《观念的联络与嬗变——关于"中国现代诗学史略"的思考》,许霆,《南通师范学院学报》(哲学社会科学版),2003年第3期,第104-108页。

958.《郭沫若〈笔立山头展望〉的诗学意义——兼论现代诗歌中的生命新形态》,鲍昌宝,《郭沫若学刊》,2003年第3期,第67-72页。

959.《郭沫若与克罗齐、柏格森》,吴定宇,《郭沫若学刊》,2003年第3期,第23-27页。

960.《郭小川50年代诗歌探索的知识分子意义》,马德生、田晓军,《河北大学学报》(哲学社会科学版),2003年第3期,第50-53页。

961.《还需要多久,一场大雪才能从汉语中升起》,赵玚,《读书》,2003年第9期,第92-97页。

962.《好时光与美学——麦城近期诗歌中两个词的辨析》,朱朱,《当代作家评论》,2003年第5期,第111-114页。

963.《何其芳诗歌的语言策略与历史处境》,谢应光,《重庆三峡学院学报》,2003年第5期,第31-35页。

964.《黑陶:斑斓之上的异美》,大卫,《星星》(上半月刊),2003年第9期,第12-15页。

965.《后工业时代的个人气质——梁平诗歌的创作风格与倾向解读》,刘扬,《当代文坛》,2003年第5期,第63-65页。

966.《华人诗人小姐妹》,萨仁图娅,《统战月刊》,2003年第9期,第34-35页。

967.《怀念一位诗人》,谢冕,《诗刊》(下半月刊),2003年9月号,第68-69页。

968.《寂寥夜空中的银色星光——读楚燕诗集〈呢喃逐絮〉》,刘国强,《当代文坛》,2003年第5期,第65-66页。

969.《纪弦〈你的名字〉——李润霞解读》,李润霞,《扬子江诗刊》,2003

年第 5 期, 第 33 - 35 页。

970.《纪弦诗语略论》, 喻国伟,《柳州师专学报》, 2003 年第 3 期, 第 14 - 17 页。

971.《简论中国现代诗的智性化轨迹》, 洪芳,《乐山师范学院学报》, 2003 年第 5 期, 第 59 - 61 页。

972.《检阅中国"煤炭诗"》, 冉军,《阳光》, 2003 年第 9 期, 第 61 - 64 页。

973.《"金马车"在奔驰》, 绿原,《绿风》, 2003 年第 5 期, 第 117 - 119 页。

974.《精神困境之超越——读〈野草〉二首兼与孙玉石先生商榷》, 周伟,《中国矿业大学学报》(社会科学版), 2003 年第 3 期, 第 100 - 105 页。

975.《就"新"谈"新"》, 孙文波,《诗歌月刊》, 2003 年第 9 期, 第 6 - 9 页。

976.《康白情〈草儿〉——叶橹解读》, 叶橹,《扬子江诗刊》, 2003 年第 5 期, 第 32 - 33 页。

977.《可爱的梁宗岱先生》, 彭燕郊,《芙蓉》, 2003 年第 5 期, 第 70 - 74 页。

978.《朗诵诗理论探索与中国现代诗学》, 刘继业,《中国社会科学》, 2003 年第 5 期, 第 153 - 165 页。

979.《雷抒雁访谈录》, 张大为,《诗刊》(上半月刊), 2003 年 9 月号, 第 20 - 22 页。

980.《犁青, 中国新诗的友好大使》, 吕进,《中外诗歌研究》, 2003 年第 2 期, 第 25 - 26 页。

981.《犁青飞翔的诗魂——犁青的心灵飞扬之法与飞扬之所》, [南斯拉夫] 亚·彼德洛夫著、郁滢译,《中外诗歌研究》, 2003 年第 2 期, 第 27 - 37 页。

982.《犁青早期"诗兴"的揭示与评估》, 朱寿桐,《世界华文文学论坛》, 2003 年第 3 期, 第 24 - 29 页。

983.《李耕散文诗的人格魅力和艺术追求》, 张彦加,《创作评谭》, 2003 年第 9 期, 第 26 - 29 页。

984.《"立场"和"语言"——当下诗坛论争的两个基本问题》, 王剑,《当代文坛》, 2003 年第 5 期, 第 60 - 62 页。

985.《历史与生命的长歌——论李瑛 20 世纪 90 年代的诗歌创作》, 李润霞,《江汉论坛》, 2003 年第 9 期, 第 96 - 99 页。

986.《梁志英, 一位入世而又出世的优秀华裔美国诗人》, 张子清,《中外诗歌研究》, 2003 年第 2 期, 第 75 - 77 页。

987.《灵魂的坚守——〈我的眼睛去远方流浪〉序》, 耿建华,《青岛文学》, 2003 年第 9 期, 第 50 - 51 页。

988.《吕进的诗论与为人——〈新诗文体学〉代序》, 臧克家,《中外诗歌研究》, 2003 年第 2 期, 第 9 页。

989.《绿色家园与天堂玫瑰——读海田的诗》,张同吾,《解放军文艺》,2003年第9期,第105-107页。

990.《栾纪曾:走在龟裂的岁月里》,李亮,《青岛文学》,2003年第9期,第46-48页。

991.《论艾青诗风的流变》,雷丽平,《北京青年政治学院学报》,2003年第3期,第63-67页。

992.《论杜运燮诗歌的价值取向》,蒋登科,《西南师范大学学报》(人文社会科学版),2003年第5期,第144-148页。

993.《论古代汉诗诗体的演变及对新诗诗体建设的影响》,王珂,《河南大学学报》(社会科学版),2003年第5期,第48-55页。

994.《论李广田二十年代的诗歌创作》,秦林芳,《南通师范学院学报》(哲学社会科学版),2003年第3期,第109-113页。

995.《论诗歌艺术中抒情与意象的审美对应价值》,管军,《安徽理工大学学报》(社会科学版),2003年第3期,第65-66页。

996.《论新诗人与古代汉诗及诗体建设》,王珂,《新疆师范大学学报》(哲学社会科学版),2003年第3期,第135-140页。

997.《论徐志摩诗文中的死亡意识》,乔春雷、朱久兵,《海南大学学报》(人文社会科学版),2003年第3期,第316-319页。

998.《论伊沙诗歌语言的创生性意义和策略》,刘小微,《辽宁师范大学学报》(社会科学版),2003年第5期,第96-99页。

999.《论中国散文诗文体形态的基本生成》,王珂、代绪宇,《重庆大学学报》(社会科学版),2003年第5期,第75-77页。

1000.《洛夫现代诗的中西视野融合》,赵小琪,《西南师范大学学报》(人文社会科学版),2003年第5期,第149-152页。

1001.《落在胸口的玫瑰——阿毛诗中的女性和爱情解读》,文红霞,《新疆石油教育学院学报》,2003年第3期,第123-126页。

1002.《漫谈新诗研究——祝中国新诗研究所创建二周年》,臧克家,《中外诗歌研究》,2003年第2期,第4页。

1003.《美的精神空间的营造——嘉昌诗歌漫评》,常文昌,《飞天》,2003年第9期,第95-98页。

1004.《朦胧诗后诗歌选本点评》,刘春,《南方文坛》,2003年第5期,第26-31页。

1005.《面对王家新》,杜培华,《东方》,2003年第9期,第42-51页。

1006.《民族抒情与象征性表达——关于光未然的〈黄河颂〉》,杨凯,《语文建设》,2003年第9期,第20-21页。

1007.《那片土地,那些记忆——〈土地的誓言〉解读》,颜浩,《语文建设》，2003 年第 9 期，第 22 – 23 页。

1008.《〈女神〉与〈草叶集〉》，胡登全，《郭沫若学刊》，2003 年第 3 期，第 28 – 32 页。

1009.《平民的诗歌立场》，黄文科，《满族文学》，2003 年第 5 期，第 56 – 59 页。

1010.《浅谈艾青早期诗歌的创作特色》，赵莲娜，《辽宁广播电视大学学报》，2003 年第 3 期，第 54 – 56 页。

1011.《邱滨玲的诗歌创作》，王光明、郭荣江，《厦门文学》，2003 年第 9 期，第 51 页。

1012.《全球性境遇中的"东"与"西"——论中国文化现代性的四种空间类型》，陈太胜，《社会科学辑刊》，2003 年第 5 期，第 142 – 148 页。

1013.《人生路上的抒情与思考——读陈颖杜先生的诗集〈人生之歌〉》，朱先树，《诗潮》，2003 年 9 – 10 月号，第 76 – 77 页。

1014.《熔铸"三美"的〈死水〉》，任怡，《写作》（上旬刊），2003 年第 9 期，第 11 – 12 页。

1015.《散文诗技巧探魅》，翟大炳、梁震，《中外诗歌研究》，2003 年第 2 期，第 48 – 52 页。

1016.《生存与绝唱——食指新时期诗论》，袁玲玲，《理论与创作》，2003 年第 5 期，第 65 – 68 页。

1017.《声色与意味——读嘉昌诗歌随想》，辛晓玲，《飞天》，2003 年第 9 期，第 99 – 101 页。

1018.《诗的形式及其与内容的特殊关联》，蒋登科，《诗潮》，2003 年 9 – 10 月号，第 72 – 75 页。

1019.《诗歌：承载或者断裂——本月诗坛综述》，古力，《诗选刊》，2003 年第 9 期，第 91 – 93 页。

1020.《诗歌必须回归现实》，丁友星，《中外诗歌研究》，2003 年第 2 期，第 44 – 47 页。

1021.《诗歌是不知道的，在路上的》，于坚、谢有顺，《南方文坛》，2003 年第 5 期，第 38 – 44 页。

1022.《诗歌是一扇门——李寂荡〈水洞〉的解读》，盛慧，《诗刊》（上半月刊），2003 年 9 月号，第 63 页。

1023.《诗歌语言思维的特质及生成的幻变》，普丽华，《湖北大学学报》（哲学社会科学版），2003 年第 5 期，第 73 – 76 页。

1024.《诗歌在西部的英勇坚守》，林染，《阳关》，2003 年第 5 期，第 25 – 27 页。

1025.《诗歌中的力量》，世宾，《诗刊》（上半月刊），2003 年 9 月号，第 60

-62页。

1026.《诗人梁宗岱的"诗心"》,陈太胜,《芙蓉》,2003年第5期,第75-79页。

1027.《诗神长伴人生:浅析梁上泉新出版的诗集〈不老草〉》,赵心宪,《重庆三峡学院学报》,2003年第5期,第36-40页。

1028.《诗性芦苇摇曳梦》,王鸣久,《诗潮》,2003年9-10月号,第53页。

1029.《诗乐结合的古与今》,孙炜炜,《湖北社会科学》,2003年第9期,第132-133页。

1030.《十年辛苦不寻常——序周启垠诗集〈红藤〉》,汪守德,《解放军文艺》,2003年第9期,第101-104页。

1031.《试论徐志摩诗歌的建筑美》,王桂青,《洛阳大学学报》,2003年第3期,第40-42页。

1032.《守望诗歌的边疆——新疆诗歌七人行》,满也,《诗潮》,2003年9-10月号,第49页。

1033.《锁链的叙述:评麦城的诗》,李丹梦,《当代作家评论》,2003年第5期,第107-111页。

1034.《涛声哺育的诗篇——〈倾听海涛〉序》,耿林莽,《青岛文学》,2003年第9期,第49页。

1035.《眺望内心的图景——汤养浩诗歌的一个侧面》,游刃,《星星》(下半月刊),2003年第9期,第14-17页。

1036.《童心的世界——序儿童诗集〈晒太阳〉》,赵丽宏,《扬子江诗刊》,2003年第5期,第48-58页。

1037.《透视当今中国的现代诗运动》,朱多锦,《辽河》,2003年第5期,第14-18页。

1038.《王锋的意义——读五卷本〈饕餮集〉》,夏冠洲,《西部》,2003年第9期,第23-24页。

1039.《闻一多诗学理论与新诗形式的现代化建构》,刘海波、魏建,《齐鲁学刊》,2003年第5期,第99-101页。

1040.《闻一多与美国文学》,王小林,《湖南师范大学社会科学学报》,2003年第5期,第111-117页。

1041.《伟大的时代 宏亮的诗声——〈中国抗日战争时期大后方文学书系·诗歌编〉序言》,臧克家,《中外诗歌研究》,2003年第2期,第5-8页。

1042.《我见证了一位诗人的默默强大》,黑陶,《诗刊》(上半月刊),2003年9月号,第43-44页。

1043.《我看当今诗坛》,哑石,《诗刊》(上半月刊),2003年9月号,第58页。

1044.《我写乡土诗》,田禾,《诗刊》(下半月刊),2003 年 9 月号,第 39 页。

1045.《我要包容的事物岂止这么多——黄灿然印象》,刘春,《星星》(上半月刊),2003 年第 9 期,第 103 - 105 页。

1046.《我要向世界大声说话——重读顾城〈生命幻想曲〉》,余芳,《写作》(上旬刊),2003 年第 9 期,第 17 - 18 页。

1047.《"现代"与"传统"的结合——读〈黑客〉》,刘直,《阅读与写作》,2003 年第 9 期,第 39 - 40 页。

1048.《先锋诗歌的历史断裂与转型》,罗振亚,《中外诗歌研究》,2003 年第 2 期,第 40 - 43 页。

1049.《写作是我的第二次耻辱——剖析〈一棵树〉》,格式,《星星》(上半月刊),2003 年第 9 期,第 97 - 99 页。

1050.《邂逅一首好诗》,庞华,《星星》(下半月刊),2003 年第 9 期,第 84 - 89 页。

1051.《辛笛诗歌论》,张烨,《当代文坛》,2003 年第 5 期,第 67 - 69 页。

1052.《新批评的中国化与中国诗论的现代化——对袁可嘉 40 年代诗歌理论的一种理解》,姜飞,《钦州师范高等专科学校学报》,2003 年第 3 期,第 56 - 61 页。

1053.《新诗的诞生》,刘溶,《殷都学刊》,2003 年第 3 期,第 77 - 81 页。

1054.《新时期诗歌二十年论:从"启蒙"、"先锋"到"整合"》,刘忠,《河北学刊》,2003 年第 5 期,第 125 - 129 页。

1055.《血性再造与巍峨重生——袁俊宏诗集〈与太阳干杯〉感想》,章德益,《解放军文艺》,2003 年第 9 期,第 111 - 112 页。

1056.《殉道的意味 入世的情怀——海子〈面朝大海,春暖花开〉解读》,李国民,《名作欣赏》,2003 年第 9 期,第 45 - 46 页。

1057.《眼睛望见模糊的边界——论梁秉钧的诗歌写作兼及香港文学的有关问题》,费勇,《南京大学学报》(哲学·人文科学·社会科学版),2003 年第 5 期,第 95 - 101 页。

1058.《一个需要诗人创作重要的诗的年代》,苗雨时,《诗刊》(上半月刊),2003 年 9 月号,第 56 - 57 页。

1059.《一幕惊人的戏谑——诗引我走向黎明》,白峡,《中外诗歌研究》,2003 年第 2 期,第 71 - 73 页。

1060.《异域生存理解与新诗现代性创构——论李金发诗歌》,张德明,《中外诗歌研究》,2003 年第 2 期,第 53 - 62 页。

1061.《永远高唱正气歌——记著名军旅诗人、歌词作家石祥》,黄进琪,《大时代》,2003 年第 9 期,第 14 - 15 页。

1062.《用自然形象折射生命体验——管窥"文革"时期牛汉的诗歌创作》,

尚明洲，《写作》（上旬刊），2003年第9期，第15－16页。

1063.《寓真抒情诗的审美价值》，董耀章，《黄河》，2003年第5期，第130－134页。

1064.《袁可嘉：中国新诗审美规范的探索者》，樊宝英，《江汉论坛》，2003年第9期，第100－102页。

1065.《在网络的背面》，紫衣侠，《扬子江诗刊》，2003年第5期，第73页。

1066.《展开富含诗意的旅游画卷——访尹同君》，艾龙，《诗刊》（下半月刊），2003年9月号，第46－47页。

1067.《正在重建中的宁夏诗歌》，何武东，《诗歌月刊》，2003年第9期，第42－43页。

1068.《执着于寻梦与苦恋的歌人——读丁芒的诗随想》，孙玉石，《南通师范学院学报》（哲学社会科学版），2003年第3期，第153－156页。

1069.《"只有分析，才可以得到透彻的了解"——朱自清解诗理论与实践研究之二》，许霆，《常熟高专学报》，2003年第5期，第40－44页。

1070.《质朴而沉郁的抒情》，林莽，《诗刊》（下半月刊），2003年9月号，第44页。

1071.《质朴靓丽的诗美之光——刘国震诗集〈凝思与歌唱〉赏读》，李中贤，《大时代》，2003年第9期，第20页。

1072.《中国21世纪第一部长篇叙事诗——〈亡神〉》，郑兴富，《西部》，2003年第9期，第20－21页。

1073.《中国当代诗歌口语和书面语之争》，张桃洲，《扬子江诗刊》，2003年第5期，第22－25页。

1074.《中国当代先锋诗歌的宏观考察与系统研究——读〈中国当代先锋诗歌研究〉》，石沉，《海南师范学院学报》（社会科学版），2003年第5期，第130－131页。

1075.《中国当代先锋诗运动的开拓者》，张桃洲，《青春》，2003年第9期，第53－55页。

1076.《中国实力散文诗作家访谈录——答〈散文诗作家报〉主编海叶问》，蒋登科、皇泯、田景丰，《中外诗歌研究》，2003年第2期，第67－69页。

1077.《中国新诗的内在节奏探微》，李春艳，《泰安教育学院学报岱宗学刊》，2003年第3期，第45－47页。

1078.《宗白华比较诗学的独特意识及其话语空间》，姚晓南，《中山大学学报》（社会科学版），2003年第5期，第41－44、123－124页。

10 月

1079.《20 世纪 90 年代先锋诗的生态》,王珂,《学术研究》,2003 年第 10 期,第 135 – 138 页。

1080.《20 世纪中国新诗的都市话语分析》,鲍昌宝,《学术研究》,2003 年第 10 期,第 131 – 134 页。

1081.《爱的挚情　美的探险——读方礼贵诗集〈寻找感觉〉》,李万庆,《艺术广角》,2003 年第 5 期,第 56 – 58 页。

1082.《白话诗及新诗革命的政治背景》,王珂,《广西师范学院学报》(哲学社会科学版),2003 年第 4 期,第 44 – 48 页。

1083.《陈东东访谈录》,陈东东、木朵,《诗选刊》,2003 年第 10 期,第 83 – 89 页。

1084.《憧憬"甲申风暴"》,靳晓静,《星星》(上半月刊),2003 年第 10 期,第 74 – 75 页。

1085.《〈重庆书〉：一次经验和精神的重逢》,梁平,《星星》(下半月刊),2003 年第 10 期,第 61 – 65 页。

1086.《从"写作"谈诗歌创作路向》,熊辉,《诗刊》(上半月刊),2003 年 10 月号,第 54 页。

1087.《从省略开始》,姜庆乙,《诗刊》(上半月刊),2003 年 10 月号,第 31 页。

1088.《当代汉语诗歌建设提纲》,胡丘陵,《星星》(下半月刊),2003 年第 10 期,第 72 – 74 页。

1089.《低吟浅唱　韵味无穷——〈罗衫〉一诗解读》,一菲,《语文月刊》,2003 年第 10 期,第 8 – 9 页。

1090.《颠覆与重建——五四新诗话语模式的形成及特征》,陈灵强,《台州学院学报》,2003 年第 5 期,第 26 – 28 页。

1091.《多角度审视与换位思考——再谈诗歌欣赏与写作》,李锐,《凉山大学学报》,2003 年第 4 期,第 167 – 168 页。

1092.《付一枝镜花　收一轮水月——卞之琳〈无题〉(五首)读解》,郭亚明,《内蒙古师大学报》(哲学社会科学版),2003 年第 5 期,第 34 – 38 页。

1093.《甘肃数诗人小议》,唐欣,《诗歌月刊》,2003 年第 10 期,第 31 – 32 页。

1094.《孤独生命的诗化体验——〈野草〉意象的现代性哲学解读》,张琴凤,《江西教育学院学报》(社会科学),2003 年第 5 期,第 78 – 81 页。

1095.《怪诞的表现方式　真实的心灵图画——管管诗〈荷〉赏析》,罗立桂,《写作》(上旬刊),2003 年第 10 期,第 5 页。

1096.《好诗良药,长留德泽天地间——梁宗岱研究回顾与展望》,陈希,《广东外语外贸大学学报》,2003 年第 4 期,第 12 - 16、32 页,

1097.《洪烛的诗生活》,古清生,《诗刊》(下半月刊),2003 年 10 月号,第 23 页。

1098.《呼啸于西部黄土的自然之风——评雪潇的诗》,马超,《飞天》,2003 年第 10 期,第 110 - 112 页。

1099.《胡应鹏:孤岛上的行吟者》,胡亮,《草地》,2003 年第 5 期,第 62 - 64 页。

1100.《荒诞的颠覆以及不荒诞的哲思——读〈张长氏,你的保姆〉一诗有感》,张鑫,《语文月刊》,2003 年第 10 期,第 6 - 7 页。

1101.《黄陂升起的诗坛双子星——记曾卓、绿原同获"当代诗魂"金奖》,裴高才,《世纪行》,2003 年第 10 期,第 43 - 44 页。

1102.《黄沙子诗歌讨论》,胡志刚、五木等,《星星》(下半月刊),2003 年第 10 期,第 16 - 20 页。

1103.《活力·跨度·对比性——诗歌语言三题》,王立宪,《阅读与写作》,2003 年第 10 期,第 30 - 32 页。

1104.《几组古今诗歌文本的比较鉴赏》,杨景龙,《名作欣赏》,2003 年第 10 期,第 19 - 25 页。

1105.《〈寄远〉和真挚的心(短论)》,郭风,《厦门文学》,2003 年第 10 期,第 25 页。

1106.《坚持"口语入诗"反对"口水诗"》,韦高选,《诗刊》(上半月刊),2003 年 10 月号,第 56 页。

1107.《艰苦探索 锐意求新——评〈中国新诗发展史〉》,孟显志,《涪陵师范学院学报》,2003 年第 5 期,第 14 - 16 页。

1108.《仅仅面对作品——以〈再别康桥〉为例谈文学作品的读解问题》,郭成杰,《名作欣赏》,2003 年第 10 期,第 51 - 53 页。

1109.《口语:诗歌的双刃剑》,洪芳,《诗刊》(上半月刊),2003 年 10 月号,第 55 页。

1110.《蓝色的诗情——读吴思敬先生的〈诗学沉思录〉》,张大为,《文汇读书周报》,2003 年 10 月 3 日,第 10 版。

1111.《理性化对新诗的危害》,邓程,《咸阳师范学院学报》,2003 年第 5 期,第 37 - 40 页。

1112.《梁宗岱治学路子引发的思考》,黄建华,《广东外语外贸大学学报》,2003 年第 4 期,第 5 - 11 页。

1113.《论〈野草〉的现代体验与哲理意味》,周计武,《徐州师范大学学

报》(哲学社会科学版),2003年第4期,第22-25页。

1114.《论打油诗最重要的文体特征平民性》,王珂,《山西大学学报》(哲学社会科学版),2003年第5期,第56-63页。

1115.《绿波社与20年代新诗坛》,聂志强,《中国现代文学研究丛刊》,2003年第4期,第40-59页。

1116.《漫步大自然的诗苑——伍棠近作读后》,管用和,《泉州文学》,2003年第5期,第44-45页。

1117.《"茫茫九流派中国"——对〈星星〉诗刊与有关大展的三句话》,叶延滨,《星星》(上半月刊),2003年第10期,第67-68页。

1118.《美好的生活少不了诗——读嘉昌诗引起的思索和感想》,谢昌余,《飞天》,2003年第10期,第102-104页。

1119.《朦胧诗:一代人与一代诗的崛起》,李润霞,《文艺评论》,2003年第5期,第38-45页。

1120.《梦中道路的迷离——早期何其芳的"神话情结"》,张洁宇,《中国现代文学研究丛刊》,2003年第4期,第176-190页。

1121.《勉为之言——读何文先先生诗印象及联想》,刘一朴,《雪莲》,2003年第5期,第23-25页。

1122.《〈桥〉:现实、隐喻和玄思的扭结》,陈超,《星星》(上半月刊),2003年第10期,第14-16页。

1123.《前瞻与回望——"甲申风暴·21世纪中国诗歌大展"有感》,李自国,《星星》(下半月刊),2003年第10期,第69-70页。

1124.《浅谈诗歌的象征之道》,赵凌河,《芒种》,2003年第10期,第66-68页。

1125.《清凉雄风缘楚地》,魏天无,《星星》(下半月刊),2003年第10期,第13-15页。

1126.《人生的见证——读高跃辉〈希望的行旅〉有感》,王军,《北大荒文学》,2003年第5期,第77-78页。

1127.《三个主义,零个吵嘴》,古力,《诗选刊》,2003年第10期,第90-92页。

1128.《三种视角看大展》,子川,《星星》(下半月刊),2003年第10期,第67-68页。

1129.《生活化的人生与悲剧化的人生——流沙河与昌耀诗歌区域化精神之比较》,肖伟胜,《唐都学刊》,2003年第4期,第59-63页。

1130.《生命铸造的多维视野与理性光辉——周兴春〈生命的恋歌〉读后》,翟瑞青、傅晓燕,《德州学院学报》(哲学社会科学版),2003年第5期,第63-65页。

1131.《诗,抟虚宇宙——纪念孔孚先生》,刘强,《诗刊》(上半月刊),2003年10月号,第59-62页。

1132.《诗歌的尺度——答〈星星〉诗刊有关大展问》,王明韵,《星星》(下半月刊),2003年第10期,第65页。

1133.《诗歌的尴尬与尊严》,洪烛,《诗刊》(上半月刊),2003年10月号,第57-58页。

1134.《诗歌观念的对话与重建——从何其芳诗歌定义开始的审思》,雷斌,《重庆职业技术学院学报》,2003年第4期,第88-89页。

1135.《诗歌将拯救我们》,[叙利亚]阿多尼斯、杨炼,《书屋》,2003年第10期,第36-40页。

1136.《诗歌刊物要展示好诗,也要展示诗歌事件——答〈星星〉诗刊有关大展的三个问题》,郁葱,《星星》(上半月刊),2003年第10期,第71-73页。

1137.《诗歌欣赏是重构诗美的审美活动》,王珂,《天津大学学报》(社会科学版),2003年第4期,第377-380页。

1138.《"诗歌研讨会"纪要》,李珂,《诗刊》(上半月刊),2003年10月号,第73-74页。

1139.《诗首先要吸引人的眼睛——对〈星星〉诗刊有关大展的一些看法》,韩作荣,《星星》(上半月刊),2003年第10期,第69-70页。

1140.《诗在似与不似间》,刘福智,《写作》(上旬刊),2003年第10期,第3-4页。

1141.《试论〈预言〉的抒情主人公形象》,李昌良,《重庆教育学院学报》,2003年第5期,第25-27页。

1142.《手艺》,朵渔,《星星》(下半月刊),2003年第10期,第75-79页。

1143.《舒婷诗歌常见意象探析》,张新珍,《德州学院学报》(哲学社会科学版),2003年第5期,第72-75页。

1144.《舒婷诗歌中的女性自我》,陈祖君,《广西师范学院学报》(哲学社会科学版),2003年第4期,第49-52页。

1145.《谁能够走进这间密室——李轻松印象》,刘春,《星星》(上半月刊),2003年第10期,第105-107页。

1146.《她们,正在构筑"传统"》,向卫国,《诗歌月刊》,2003年第10期,第70-72页。

1147.《谈汉语诗歌节奏》,王列娟,《重庆职业技术学院学报》,2003年第4期,第81-83页。

1148.《谈鲁迅散文诗集〈野草〉的神秘性》,李继高、朱耀儒,《咸阳师范学院学报》,2003年第5期,第65-67页。

1149.《王统照与叶芝》,阎奇男,《广西梧州师范高等专科学校学报》,2003

年第 4 期，第 26 - 27 页。

1150.《"我在这里"》，胡弦，《诗刊》（上半月刊），2003 年 10 月号，第 31 - 32 页。

1151.《我知道那些灿烂的街道上有爱人的呼吸》，格式，《星星》（上半月刊），2003 年第 10 期，第 76 - 79 页。

1152.《现代格律诗与外国诗歌汉译》，万龙生，《涪陵师范学院学报》，2003 年第 5 期，第 6 - 9 页。

1153.《现代主义诗歌的整体打量——读罗振亚〈中国现代主义诗歌史论〉》，蒋登科，《文艺评论》，2003 年第 5 期，第 66 - 68 页。

1154.《像蛇一样蜕皮》，洪烛，《诗刊》（下半月刊），2003 年 10 月号，第 18 - 20 页。

1155.《小诗里的情绪和感觉》，吴戈，《阅读与写作》，2003 年第 10 期，第 41 页。

1156.《心态抒写：舒婷朦胧诗创作视角探微》，王暾，《广西右江民族师专学报》，2003 年第 5 期，第 52 - 57 页。

1157.《辛笛访谈录》，辛笛、张大为，《诗刊》（上半月刊），2003 年 10 月号，第 21 - 23 页。

1158.《"新民歌运动"的五大流弊》，赵金钟，《信阳师范学院学报》（哲学社会科学版），2003 年第 5 期，第 105 - 107 页。

1159.《新诗鉴赏指要》，袁红，《青年思想家》，2003 年第 5 期，第 101 页。

1160.《"新诗集"与"新书局"：早期新诗的出版研究》，姜涛，《中国现代文学研究丛刊》，2003 年第 4 期，第 71 - 90 页。

1161.《雪域中的花朵——〈梅卓散文诗选〉读后》，安海民，《青海湖》，2003 年 9 - 10 月号，第 93 - 96 页。

1162.《"以诗的悲哀，征服生命的悲哀"——周梦蝶其人其诗》，李立平，《华文文学》，2003 年第 5 期，第 57 - 61 页。

1163.《"以最美的方式释放自己"——读陈永焕的〈生命极品〉》，戴冠青，《泉州文学》，2003 年第 5 期，第 46 - 48 页。

1164.《一曲真情质朴豪迈的赞歌——重读贺敬之的〈回延安〉》，秦中吟，《朔方》，2003 年第 10 期，第 77 页。

1165.《一种崭新的互动》，李秀珊，《星星》（下半月刊），2003 年第 10 期，第 66 页。

1166.《意象：诗人刻意寻找的奇异之花》，王立宪，《哈尔滨学院学报》，2003 年第 10 期，第 44 - 46 页。

1167.《语言与姿态》，江一郎，《诗刊》（上半月刊），2003 年 10 月号，第 53 页。

1168.《在黑暗中明晰》,魏克,《诗刊》(上半月刊),2003年10月号,第33页。

1169.《在梦的轻波里依洄——重读徐志摩〈再别康桥〉》,吴薇,《名作欣赏》,2003年第10期,第44-46页。

1170.《真实与虚构》,马永波,《诗歌月刊》,2003年第10期,第10-11页。

1171.《知识分子·纯诗·叙事性——20世纪90年代的诗歌"地图"》,刘忠,《上海交通大学学报》(哲学社会科学版),2003年第5期,第78-81页。

1172.《质疑〈山民〉一诗的主旨》,李雪松,《语文月刊》,2003年第10期,第36-37页。

1173.《追逐利润时代的诗歌》,荥荥,《青春阅读》,2003年第10期,第75-77页。

11月

1174.《20世纪20年代的小诗创作大观》,袁仕萍,《江苏教育学院学报》(社会科学版),2003年第6期,第87-89页。

1175.《爱与生:孤星清月构筑的永恒情思——〈看见月光的人〉赏读》,许大昕,《写作》(上旬刊),2003年第11期,第41-42页。

1176.《必须冶炼掉白话诗歌中"白"的成分》,刘以林,《诗刊》(上半月刊),2003年11月号,第62-63页。

1177.《卞之琳〈寂寞〉——楼河解读》,楼河,《扬子江诗刊》,2003年第6期,第29-30页。

1178.《冰层下的潜流——诗人食指的文革文本解读》,黎欢,《韶关学院学报》(社会科学版),2003年第6期,第68-72页。

1179.《不朽的〈野草〉》,残雪,《上海文学》,2003年第11期,第103-105页。

1180.《不愿栽树 只想乘凉——克服思维定式探讨〈山民〉寓意》,郭成杰,《名作欣赏》,2003年第11期,第93页。

1181.《初期白话诗人的个性化写作——论胡适、刘半农和周作人诗歌的精神特征》,龙泉明、汪云霞,《人文杂志》,2003年第6期,第71-77页。

1182.《传统选择呈现的当代风景——评傅天琳的女性、母爱和儿童诗歌》,张中宇,《当代文坛》,2003年第6期,第85-86页。

1183.《词语镜像或时尚》,杨远宏,《诗潮》,2003年11-12月号,第70-71页。

1184.《从于坚和北岛、王家新诗歌看诗歌和生活的关系》,邓云川,《云南师范大学学报》（哲学社会科学版），2003年第6期，第66-69页。

1185.《大地挚爱者的诗美创造——读江一郎、江非、黑陶诗近作》，洪迪，《星星》（上半月刊），2003年第11期，第104-107页。

1186.《大风中的大卫》，庞余亮，《诗林》，2003年第4期，第85-88页。

1187.《当代前沿诗学：谁充当工兵——兼与吕进先生再商榷（续篇）》，陈仲义，《扬子江诗刊》，2003年第6期，第71-76页。

1188.《当代西南地区少数民族诗歌语言中的现代意象》，徐鸿，《社会科学研究》，2003年第6期，第133-138页。

1189.《当下湖北诗歌的审美态势》，梁艳萍、余艳波，《湖北大学学报》（哲学社会科学版），2003年第6期，第64-67页。

1190.《对京派批评的超越与继承——论李广田20世纪40年代的新诗批评》，秦林芳，《河南社会科学》，2003年第6期，第8-11页。

1191.《对幸福的渴望与拒绝——评〈面朝大海，春暖花开〉》，姚智清，《语文建设》，2003年第11期，第26-28页。

1192.《方敬：创作轨迹与艺术风格》，吕进，《西南师范大学学报》（人文社会科学版），2003年第6期，第135-139页。

1193.《放足与求真：胡适时代的诗学追求与艺术风范》，汪东发，《长沙电力学院学报》（社会科学版），2003年第4期，第94-97页。

1194.《冯至十四行诗的现代性与个性》，李联桥，《周口师范学院学报》，2003年第6期，第25-27页。

1195.《父亲其实没回来——麦沙长诗〈那些永远没能回来的战马〉解读》，毕长吾，《阳光》，2003年第11期，第54-55页。

1196.《甘肃诗人群体的格局与姿态》，彭岚嘉，《当代文坛》，2003年第6期，第89-91页。

1197.《关于安琪的三个问号》，老巢，《诗林》，2003年第4期，第71-72页。

1198.《蝴蝶·流水·时间化妆术》，河西，《扬子江诗刊》，2003年第6期，第24-25页。

1199.《华南虎与半棵树——"七月派"诗人牛汉的悲怆写作》，毕光明，《文艺争鸣》，2003年第6期，第39-40页。

1200.《华文诗与世界诗种种问题》，犁青，《绿风》，2003年第6期，第125-128页。

1201.《"化古"与"化欧"——论卞之琳对东西方诗歌的继承与借鉴》，赵东，《淮南师范学院学报》，2003年第6期，第53-54页。

1202.《坚守这一角沉着冷静的寂寞——序〈现代汉诗的百年演变〉》，谢冕，《山花》，2003年第11期，第118-120页。

1203.《简论未央的诗歌创作》，张文刚，《湖南文理学院学报》（社会科学版),2003年第6期,第48-50页。

1204.《解读军旅作家杨泽明》,郑克,《西藏文学》,2003年第6期,第87-88页。

1205.《精神的栖居与漫游——褚兢创作漫谈》,张细珍,《创作评谭》,2003年第11期,第35-38页。

1206.《"九叶派"研究新探》,易彬,《湖南社会科学》,2003年第6期,第159-160页。

1207.《军旅诗歌的青春气息——读海田诗集〈嫁给绿色〉》,凌行正,《军营文化天地》,2003年第11期,第42页。

1208.《卡拉OK的启示》,沈泽宜,《诗刊》(上半月刊),2003年11月号,第61页。

1209.《苦闷的象征与平衡的艺术——中国现代"九叶"诗派的诗学观探析》,涂鸿,《西南民族大学学报》(人文社会科学版),2003年第11期,第147-152页。

1210.《浪漫派诗情的孑遗——细读徐志摩的两首诗》,江弱水,《浙江学刊》,2003年第6期,第96-103页。

1211.《李松涛访谈录》,张大为,《诗刊》(上半月刊),2003年11月号,第39-41页。

1212.《梁宗岱诗学理想的比较意识》,王则蒿,《五邑大学学报》(社会科学版),2003年第4期,第46-49页。

1213.《两只小船相依而行——"九叶派"诗人王辛笛的伉俪情》,王圣贻,《人物》,2003年第11期,第60-71页。

1214.《鲁迅与七月诗派》,张娟、王吉鹏,《牡丹江大学学报》,2003年第11期,第61-63页。

1215.《略论中间代及中间代诗人》,唐欣,《兰州大学学报》(社会科学版),2003年第6期,第22-25页。

1216.《论冯至前期创作的审美风格》,秦林芳,《河北师范大学学报》(哲学社会科学版),2003年第6期,第93-103页。

1217.《论郭沫若早期对新诗体的创造——兼论郭沫若并非自由体诗的典范诗人》,陶保玺,《淮南师范学院学报》,2003年第6期,第32-50页。

1218.《论科举制度的消亡对白话新诗的生成的影响》,王珂,《人文杂志》,2003年第6期,第88-91页。

1219.《论诗的自由美》,张孝评,《人文杂志》,2003年第6期,第78-82页。

1220.《论小诗:一个批评的范例》,陈均,《南都学坛》,2003年第6期,第46-52页。

1221.《论新时期湖北诗歌的基本品格和缺失》,江胜清,《湖北大学学报》

（哲学社会科学版），2003年第6期，第68－71页。

1222.《论朱湘的现代叙事诗创作》，王荣，《兰州大学学报》（社会科学版），2003年第6期，第26－30页。

1223.《洛夫诗中的禅道意蕴》，吴开晋，《山东大学学报》（哲学社会科学版），2003年第6期，第78－80页。

1224.《毛泽东的诗学观念与臧克家的诗论》，李丽，《广东教育学院学报》，2003年第4期，第8－11页。

1225.《貌似平淡，味之无穷——韩东的诗〈山民〉解读》，龙熙银，《名作欣赏》，2003年第11期，第94－95页。

1226.《美的发现与发现之美》，宋声贵，《草原》，2003年第11期，第86－88页。

1227.《朦胧空灵的康桥世界——浅析〈再别康桥〉》，姜珉，《成都教育学院学报》，2003年第11期，第20－21页。

1228.《迷人的笑涡——读田澍诗集〈大地的笑涡〉》，彭燕郊，《理论与创作》，2003年第6期，第71－72页。

1229.《眠钟——婉丽柔美的爱——舒婷诗〈眠钟〉解读》，郭吉成，《阅读与写作》，2003年第11期，第17页。

1230.《"那溢满又跑下的……"——张枣印象》，刘春，《星星》（下半月刊），2003年第11期，第101－103页。

1231.《南方的声音——90年代两广诗人论》，陈祖君，《南方文坛》，2003年第6期，第34－42页。

1232.《难以忘怀的公刘先生》，田秭援，《诗林》，2003年第4期，第123－124页。

1233.《牛汉诗歌中生命体验的潜质》，屠岸、章燕，《文艺争鸣》，2003年第6期，第45－47页。

1234.《牛汉先生诗中的树、头发及骨头》，谢冕，《文艺争鸣》，2003年第6期，第38页。

1235.《偶然的黄昏——重读〈野草〉》，痖弦，《扬子江诗刊》，2003年第6期，第70页。

1236.《平静的张力》，刘松林，《长江文艺》，2003年第11期，第65页。

1237.《"起点"的驳议：新诗史上的〈尝试集〉与〈女神〉》，姜涛，《文学评论》，2003年第6期，第139－146页。

1238.《浅层的网络事实》，古力，《诗选刊》，2003年第11期，第91－92页。

1239.《浅谈西藏女作家杨星火诗歌意象的创造》，黄波，《西藏民族学院学报》（哲学社会科学版），2003年第6期，第68－70页。

1240.《山民的遗憾——韩东的〈山民〉鉴赏》,徐润润,《名作欣赏》,2003年第11期,第91-92页。

1241.《"山民望海"的三种状态——〈山民〉、〈上游的孩子〉、〈在山的那边〉对读》,杨景龙,《名作欣赏》,2003年第11期,第87-90页。

1242.《身体在边缘处思想——当代女性诗歌现状一探》,李微,《巢湖学院学报》,2003年第6期,第67-71页。

1243.《神圣的爱情礼赞——读王仁猛诗集〈苦涩的相思〉》,李少咏,《当代文坛》,2003年第6期,第87-88页。

1244.《生命与生存的深层主题和哲学意蕴》,冉军,《阳光》,2003年第11期,第52-54页。

1245.《生命在于创造》,蓝棣之,《诗潮》,2003年11-12月号,第72页。

1246.《诗歌是一场与生存的对话——第三届辽宁省文学奖诗歌奖述评》,丁宗皓,《诗潮》,2003年11-12月号,第76-77页。

1247.《诗歌是一种拯救》,谢冕,《星星》(下半月刊),2003年第11期,第66-68页。

1248.《诗歌形式秩序的寻求:"新月诗派"新论(上)》,王光明,《海南师范学院学报》(社会科学版),2003年第6期,第58-64页。

1249.《诗歌中的谶语——没有说出的世界》,翟永明、拉加渡,《诗林》,2003年第4期,第118-122页。

1250.《诗歌中的女性意识》,翟永明、周瓒、鲁西西,《扬子江诗刊》,2003年第6期,第44-51页。

1251.《诗花亮丽分外香——读摩萨等十一位西藏诗人新作》,毛大成,《西藏文学》,2003年第6期,第85-86页。

1252.《诗人的返回与出走——杨炼〈礼魂〉与寻根文学的差异及其现代意识与宁静主题》,余娜,《河北理工学院学报》(社会科学版),2003年第4期,第195-198页。

1253.《"诗是最多义的,最错综的"——朱自清解诗理论与实践研究之三》,许霆,《苏州大学学报》(哲学社会科学版),2003年第4期,第56-60页。

1254.《诗体建设的有益探索:读〈浪波自选诗〉》,刘章,《当代人》,2003年第11期,第74-76页。

1255.《诗与自然的和声——梁积林印象》,王新军,《诗刊》(上半月刊),2003年11月号,第49-50页。

1256.《"失去平静后"的一场内战——论90年代诗歌的"知识分子写作"与"民间写作"》,袁玉敏,《当代文坛》,2003年第6期,第79-81页。

1257.《施蛰存与三十年代的诗歌革命——兼谈与戴望舒的友谊》,杨迎平,《新文学史料》,2003年第4期,第106-111页。

1258.《试论当代诗歌创作中的人格分裂》,冉光跃,《贵阳师范高等专科学校学报》(社会科学版),2003 年第 4 期,第 44－48 页。

1259.《书生襟抱 赤子情怀——读林澎诗集〈吹浪潇湘〉》,钟友循,《理论与创作》,2003 年第 6 期,第 46－48 页。

1260.《他是谁?他不是谁?——读孙文波的〈走神〉》,格式,《星星》(上半月刊),2003 年第 11 期,第 84－87 页。

1261.《陶罐与诗中的裂棒之声——论"汗血诗人"牛汉的诗》,王晓生,《文艺争鸣》,2003 年第 6 期,第 43－45 页。

1262.《王家新〈帕斯捷尔纳克〉》,李润霞,《扬子江诗刊》,2003 年第 6 期,第 30－32 页。

1263.《"唯一":闻一多爱国诗篇的深度评价》,江锡铨,《江苏教育学院学报》(社会科学版),2003 年第 6 期,第 80－83 页。

1264.《"为胡适改诗"与新诗发生的内在张力——胡怀琛对〈尝试集〉的批评研究》,姜涛,《北京大学学报》(哲学社会科学版),2003 年第 6 期,第 130－136 页。

1265.《我,也燃烧过了——读〈春天的麦子〉致宿莽》,彭燕郊,《黄河文学》,2003 年第 6 期,第 93－95 页。

1266.《我所尊敬的臧克家》,翟泰丰,《小说界》,2003 年第 5 期,第 170－181 页。

1267.《我与段和平》,寇宗鄂,《诗林》,2003 年第 4 期,第 78－79 页。

1268.《我与诗》,朱佳和,《火花》,2003 年第 11 期,第 12－16 页。

1269.《五十年来歌与哭——写在〈半个世纪的歌〉编选之后》,庞进,《山西文学》,2003 年第 11 期,第 20－29 页。

1270.《先驱者的绝境与微笑——读〈野草〉二首兼与孙玉石先生商榷》,周伟,《淮阴师范学院学报》(哲学社会科学版),2003 年第 6 期,第 804－807 页。

1271.《现代派诗人对传统诗学的重释》,张洁宇,《新文学史料》,2003 年第 4 期,第 112－127 页。

1272.《现代诗学史上的"为诗而诗"论》,龙泉明、邹建军,《社会科学辑刊》,2003 年第 6 期,第 145－151 页。

1273.《小诗里的"过程"》,吴干,《阅读与写作》,2003 年第 11 期,第 41 页。

1274.《"新的抒情"与穆旦抗战时期的诗学主张》,子张,《山东师范大学学报》(人文社会科学版),2003 年第 6 期,第 38－41 页。

1275.《心灵的火焰与历史的回声——〈臧克家全集〉出版感言》,张同吾,《诗刊》(上半月刊),2003 年 11 月号,第 55－57 页。

1276.《新诗象征派的理性主义本质》,邓程,《重庆社会科学》,2003 年第 5

期,第 52 - 55 页。

1277.《新诗形式问题浅析》,刘自立,《扬子江诗刊》,2003 年第 6 期,第 21 - 24 页。

1278.《新时期:重庆诗人的黄金期》,吕进,《重庆社会科学》,2003 年第 5 期,第 56 - 57 页。

1279.《新时期女性诗歌文本中的躯体意象考察》,赵思运,《淮南师范学院学报》,2003 年第 6 期,第 75 - 79 页。

1280.《新诗应与音乐文学结合联姻》,胡嘉,《诗刊》(上半月刊),2003 年 11 月号,第 60 页。

1281.《新月派诗与婉约派词》,陈国恩,《重庆三峡学院学报》,2003 年第 6 期,第 15 - 19 页。

1282.《徐志摩诗文中的浪漫主义及其形成原因》,宋淑媛,《零陵学院学报》,2003 年第 6 期,第 57 - 58 页。

1283.《〈寻找感觉〉的回声》,阿红,《诗潮》,2003 年 11 - 12 月号,第 73 - 74 页。

1284.《寻找一种新的命名方式——当下诗歌的大众文化特征初探》,李青果,《南方文坛》,2003 年第 6 期,第 43 - 49 页。

1285.《哑声时代的纵情歌唱——前朦胧诗的现代性向度》,文红霞,《今日文坛》,2003 年冬之卷,第 42 - 45 页。

1286.《〈野草〉的死亡意识及死亡意象》,许剑铭,《阴山学刊》(社会科学版),2003 年第 6 期,第 21 - 24 页。

1287.《〈野草〉虚无意识的来源》,张典,《零陵学院学报》,2003 年第 6 期,第 20 - 22 页。

1288.《"一个梦静静地升上来了"——浅析戴望舒的〈寻梦者〉》,朱旭晨,《写作》(上旬刊),2003 年第 11 期,第 3 - 4 页。

1289.《一场男性与女性爱情对话的现实意义——〈我愿意是急流〉与〈致橡树〉比较解读》,江来军、刘学瑶,《中学语文》(上半月),2003 年第 11 期,第 34 - 35 页。

1290.《一匹张开双翼飞翔的骏马》,李自国、未弋,《星星》(下半月刊),2003 年第 11 期,第 82 - 83 页。

1291.《一条河两种岸——新诗史上少见的长诗唱和》,陈仲义,《星星》(下半月刊),2003 年第 11 期,第 69 - 73 页。

1292.《鹰的姿态:牛汉的诗》,孙玉石,《文艺争鸣》,2003 年第 6 期,第 36 - 38 页。

1293.《鹰与汗血马:"自高自大"的诗人——牛汉人格诗品浅论》,孙晓娅,《文艺争鸣》,2003 年第 6 期,第 41 - 43 页。

1294.《永远的激情——郭蔚球诗集〈心海漂流〉序》,周劭馨,《创作评谭》,2003 年第 11 期,第 15 - 19 页。

1295.《用诗意铸造高原的灵魂——牛放诗歌创作漫评》,冯源,《当代文坛》,2003 年第 6 期,第 82 - 84 页。

1296.《余光中诗歌古典意象论》,曾小月,《理论与创作》,2003 年第 6 期,第 57 - 59 页。

1297.《羽化的诗魂——浅议苏红亚的组诗〈逆风而飞〉及其他》,樊城,《东京文学》,2003 年第 6 期,第 77 - 79 页。

1298.《〈月光光〉:新世纪的新儿歌》,张锦贻,《辽河》,2003 年第 6 期,第 78 - 79 页。

1299.《运笔方寸,笔力千钧——散文诗集〈东方之珠〉印象》,杜扬,《今日文坛》,2003 年冬之卷,第 46 - 47 页。

1300.《"在不可缓解的细节中……"——关于孙磊诗歌的只言片语》,张清华,《星星》(上半月刊),2003 年第 11 期,第 12 - 15 页。

1301.《"在诗状态"——诗的另一种言说》,袁忠岳,《诗刊》(上半月刊),2003 年 11 月号,第 58 - 59 页。

1302.《在宿命中微笑并歌唱——序华舒诗集〈向岁月举杯〉》,萨仁图娅,《民族文学》,2003 年第 11 期,第 91 - 93 页。

1303.《在恬静中寻找诗的走向》,梁积林,《诗刊》(上半月刊),2003 年 11 月号,第 48 页。

1304.《战争边缘的"静穆"——论朱光潜的诗歌理想》,肖鹰,《广东社会科学》,2003 年第 6 期,第 34 - 39 页。

1305.《中国现代诗学与西方话语》,龙泉明、赵小琪,《文学评论》,2003 年第 6 期,第 92 - 96 页。

1306.《朱湘与屈原》,谢铁金,《云梦学刊》,2003 年第 6 期,第 8 - 10 页。

1307.《走在象征主义的道路上——李金发与戴望舒诗作比较论析》,张嘉蕙,《辽宁教育行政学院学报》,2003 年第 11 期,第 73 - 75 页。

12 月

1308.《20 世纪 40 年代与"纯诗"的综合化》,张洁宇,《南京师范大学文学院学报》,2003 年第 4 期,第 93 - 97 页。

1309.《20 世纪重庆新诗的发展轮廓——〈20 世纪重庆新诗发展史〉导言》,吕进,《诗探索》,2003 年第 3 - 4 辑,第 232 - 241 页。

1310.《20 世纪中国与西方诗歌的互动与发展》,鲁西,《广西民族学院学报》(哲学社会科学版),2003 年第 6 期,第 130 - 133 页。

1311.《艾青诗歌的独特意象与主题探析》,李岩,《语文学刊》,2003年第6期,第26-28页。

1312.《巴山蜀水育斯人——读王富强诗词文曲字随想》,张辛汗,《草地》,2003年第6期,第62-64页。

1313.《〈白色花〉后的牛汉诗》,任洪渊,《诗探索》,2003年第3-4辑,第64-66页。

1314.《北岛诗二首解读》,杨立华,《诗探索》,2003年第3-4辑,第173-183页。

1315.《别一番旖旎——读钟翔诗集〈心旅〉》,汪玉良,《民族文学》,2003年第12期,第94-96页。

1316.《不仅仅是一代人——〈一代人〉:一个20世纪80年代生人的解读》,叶苗,《诗探索》,2003年第3-4辑,第228-231页。

1317.《陈雪梅和她的诗》,栾纪曾,《青岛文学》,2003年第12期,第47-48页。

1318.《成熟的象征——读胡也频的四首象征诗》,高少锋,《名作欣赏》,2003年第12期,第13-18页。

1319.《赤子情怀与凛然正气——序任剑峰散文诗集〈眺望家园〉》,张同吾,《泉州文学》,2003年第6期,第46-47页。

1320.《穿行在城市时空里的灵魂——梁平长诗〈重庆书〉学术研讨会纪要》,蓝野,《星星》(下半月刊),2003年第12期,第102-108页。

1321.《窗里窗外——读解李广田诗〈窗〉兼及三十年代现代派诗》,秦林芳,《名作欣赏》,2003年第12期,第19-22页。

1322.《超越生的极限——牛汉"文革"时期诗歌研究》,[韩国]金素贤,《诗探索》,2003年第3-4辑,第113-131页。

1323.《从传播学角度看诗歌》,杨志学,《诗刊》(上半月刊),2003年12月号,第70-71页。

1324.《从东西方女性诗歌看当代妇女文学》,李玉娟,《丹东师专学报》,2003年第4期,第21-22页、3页。

1325.《从〈二分硬币〉到〈花灭了,花是灯〉》,[韩国]金龙云,《诗探索》,2003年第3-4辑,第100-112页。

1326.《从李商隐到卞之琳:一个千古难圆的梦》,刘子琦,《中国文学研究》,2003年第4期,第61-65页。

1327.《从思想的人到物质的人——论二十年来诗歌个人反抗主题的嬗变》,沈健,《诗探索》,2003年第3-4辑,第215-227页。

1328.《从〈石室之死亡〉到〈漂木〉——洛夫诗歌艺术特色比较分析》,王骏,《世界华文文学论坛》,2003年第4期,第14-18页。

1329.《从〈我的记忆〉看现代诗派的流派特征》,吴桂良,《浙江广播电视高等专科学校学报》,2003年第4期,第41、26页。

1330.《大自然的新鲜歌者——读谭旭东诗集〈母亲与孩子的歌〉》,徐明求,《中国图书评论》,2003年第12期,第59-60页。

1331.《读谭朝春诗集随想》,余见,《中外诗歌研究》,2003年第4期,第33-36页。

1332.《泛神论与"天人合一"——郭沫若诗学的美学阐释》,王小平,《郭沫若学刊》,2003年第4期,第36-43页。

1333.《泛神论 中心形象 人生哲学——〈女神〉与〈草叶集〉比较谈(下)》,陈永志,《郭沫若学刊》,2003年第4期,第53-58页。

1334.《非字面意义:西川的明确诗观》,[荷兰]柯雷著、张晓红译,《诗探索》,2003年第3-4辑,第305-323页。

1335.《浮想联翩 神奇瑰丽——读张诗剑长诗〈香妃梦回〉》,曹明,《世界华文文学论坛》,2003年第4期,第19-20页。

1336.《"歌唱生命的痛苦"——海子诗歌的精神世界》,付军龙,《文艺评论》,2003年第6期,第52-57页。

1337.《革命的歌手 时代的呐喊——简析鲁迅和郭沫若的经历与创作》,高椿霞,《康定民族师范高等专科学校学报》,2003年第4期,第55-57页。

1338.《孤立之境——读北岛的诗》,一平,《诗探索》,2003年第3-4辑,第144-163页。

1339.《关于冯至研究的对话》,陆耀东,《诗探索》,2003年第3-4辑,第1-14页。

1340.《郭沫若的边缘化泛神论与神性生命意识》,徐肖楠,《郭沫若学刊》,2003年第4期,第30-35页。

1341.《郭沫若诗歌价值系统的整体性》,雷业洪,《郭沫若学刊》,2003年第4期,第78-84页。

1342.《黑土诗人王书怀》,张爱玲,《北方文学》,2003年第12期,第54-58页。

1343.《湖畔诗社:少年的歌吟》,王黎君,《江淮论坛》,2003年第6期,第130-134页。

1344.《欢欣——简评康树峰诗集〈感性阳光〉》,赵金祥,《橄榄绿》,2003年第6期,第73-74页。

1345.《荒林:与谁交谈》,杨远宏,《诗探索》,2003年第3-4辑,第259-263页。

1346.《回眸美丽辉煌之瞬间——也谈朦胧诗》,吕豪爽,《天中学刊》,2003年第6期,第66-68页。

1347.《祭严辰老师》,黎焕颐,《诗刊》(下半月刊),2003年12月号,第48-49页。

1348.《建国17年人物叙事诗简论》,郑必颖,《浙江师范大学学报》(社会科学版),2003年增刊,第14-15页。

1349.《建立现代的开放的诗学——对当下新诗的一些看法》,张秉政,《淮北煤炭师范学院学报》(哲学社会科学版),2003年第6期,第10-13页。

1350.《九叶诗派艺术研究的拓展——读蒋登科〈九叶诗派的合璧艺术〉》,熊辉,《诗探索》,2003年第3-4辑,第292-295页。

1351.《孔孚诗歌语言艺术简论》,蔡世连,《济宁师范专科学校学报》,2003年第6期,第79-82页。

1352.《口语写作的内在悖谬》,曹丙燕,《诗刊》(上半月刊),2003年12月号,第69页。

1353.《窥诗手记》,向明,《诗探索》,2003年第3-4辑,第275-281页。

1354.《蓝蓝诗歌:田野、童心或生活给予的一切》,刘翔,《平顶山师专学报》,2003年第6期,第29-32页。

1355.《浪潮中的商人和他诗意的日子——评谭朝春〈让日子站起来〉》,杨华丽,《中外诗歌研究》,2003年第4期,第37-38页。

1356.《"老顽童"的诗美追求》,徐瑞哲,《诗探索》,2003年第3-4辑,第242-250页。

1357.《绿色的情感——浅谈内蒙古大兴安岭林区青年诗人李岩的几首诗》,朱连强,《生态文化》,2003年第5期,第47-48页。

1358.《绿色家园与天堂玫瑰:读海田的诗》,张同吾,《诗探索》,2003年第3-4辑,第264-266页。

1359.《"绿色文化"使者——记军旅作家纪连祥和他的"绿色文化"情结》,柳泊,《生态文化》,2003年第5期,第45-46页。

1360.《论当代煤炭诗潮的形成》,罗俊华,《江汉论坛》,2003年第12期,第62-64页。

1361.《论杜国清爱情诗中意象的运用》,刘云,《台湾研究集刊》,2003年第4期,第97-102页。

1362.《论郭沫若诗剧的创作特征》,陈文兵,《浙江师范大学学报》(社会科学版),2003年增刊,第7-8页。

1363.《论何其芳对中国新格律诗的理论建树》,夏冠洲,《新疆大学学报》(社会科学版),2003年第4期,第87-91页。

1364.《论李金发诗歌的纯美艺术》,曹艳华,《丹东师专学报》,2003年第4期,第16-17页。

1365.《论李金发诗歌的异质色彩》,张守华,《社科纵横》,2003年第6期,第 55 - 56 页。

1366.《论李瑛诗风的流变及其成因》，汪亚明，《浙江师范大学学报》（社会科学版），2003 年第 6 期，第 8 - 12 页。

1367.《论〈摩罗诗力说〉的比较文学观》，谢会昌，《贵州民族学院学报》（哲学社会科学版），2003 年第 6 期，第 59 - 62 页。

1368.《论新诗诗人误读西方浪漫主义诗歌的原因及后果》，王珂，《首都师范大学学报》（社会科学版），2003 年第 6 期，第 61 - 67 页。

1369.《论徐志摩诗歌的基督情结》，蒋利春，《河南科技大学学报》（社会科学版），2003 年第 4 期，第 71 - 73 页。

1370.《"没有了诗，我活着干嘛"——访国际诗歌"金环奖"得主绿原》，梁若冰，《中外诗歌研究》，2003 年第 4 期，第 74 页。

1371.《暮色中的劳动者》，耶山，《诗刊》（上半月刊），2003 年 12 月号，第 39 页。

1372.《逆风而歌——叶庆瑞〈都市冷风景〉研读》，谌宁生、吴其盛，《中外诗歌研究》，2003 年第 4 期，第 23 - 27 页。

1373.《启蒙战士和荒原狼——朦胧诗与西方现代主义诗歌中的抒情主体形象》，秦艳贞，《中外诗歌研究》，2003 年第 4 期，第 10 - 12 页。

1374.《浅谈军旅诗创作》，曾丹，《写作》（上旬刊），2003 年第 12 期，第 26 页。

1375.《浅析冯至对十四行诗做出的民族化探索》，陈小凡，《诗探索》，2003 年第 3 - 4 辑，第 21 - 28 页。

1376.《"切近情绪的性质"——叶公超新诗形式建设观念初探》，刘康凯，《淮北煤炭师范学院学报》（哲学社会科学版），2003 年第 6 期，第 5 - 9 页。

1377.《让路过的人猜想它的种种理由——进入〈工地〉》，格式，《星星》（上半月刊），2003 年第 12 期，第 82 - 84 页。

1378.《人格的形成：时代、山水和神性——论冯至中期文学观念的核心》，杨志，《诗探索》，2003 年第 3 - 4 辑，第 29 - 38 页。

1379.《人格之比较：花，非花……》，桑逢康，《郭沫若学刊》，2003 年第 4 期，第 22 - 29 页。

1380.《三峡人的三峡情结——评向求纬的叙事长诗〈喊峡谣〉》，向黎明，《涪陵师范学院学报》，2003 年第 6 期，第 23 - 25 页。

1381.《深刻、厚重、新奇——评郭新民的土地诗》，杨光治，《中外诗歌研究》，2003 年第 4 期，第 21 - 22 页。

1382.《沉思的诗：从冯至到西川》，龚凤丹，《浙江师范大学学报》（社会科学版），2003 年增刊，第 11 - 13 页。

1383.《神的故乡鹰在言语》，金元浦，《诗探索》，2003 年第 3 - 4 辑，第

286-291页。

1384.《生活处处皆是诗——读〈一片冰心〉有感》,陈辉,《世界华文文学论坛》,2003年第4期,第63-65页。

1385.《生命的颤音:诗歌的金属质地——评谢春池的两首抗击非典长诗》,吴励生,《厦门文学》,2003年第12期,第60-61页。

1386.《生命的质感:灰色而沉重——叶臻诗歌印象》,刘延红,《阳光》,2003年第12期,第13-14页。

1387.《生命的诗与诗的生命——试论牛汉诗歌创作的现代性》,苗雨时,《诗探索》,2003年第3-4辑,第67-69页。

1388.《诗从何处开始》,梦亦非,《星星》(下半月刊),2003年第12期,第67-71页。

1389.《诗出侧面——诗的角度选择与表现》,潘大华,《阅读与写作》,2003年第12期,第3-4页。

1390.《诗的情趣和理趣》,孙景阳,《邵阳学院学报》(社会科学版),2003年第6期,第67-69页。

1391.《诗的智慧的凯旋——与1998年斯特鲁加诗歌节金环奖得主绿原会见记》,[马其顿]巴斯卡·吉列夫斯基著、柳弱青译,《中外诗歌研究》,2003年第4期,第70-73页。

1392.《诗歌的良心和语言伦理》,吴作歆,《星星》(下半月刊),2003年第12期,第62-66页。

1393.《诗国忧思录》,杜贤荣,《作品与争鸣》,2003年第12期,第76-77页。

1394.《诗美断想》,晓雪,《诗探索》,2003年第3-4辑,第267-274页。

1395.《诗品与人品的双重魅力——"牛汉诗歌创作研讨会"综述》,杨志学,《诗探索》,2003年第3-4辑,第136-143页。

1396.《诗情与智慧的熔铸——高洪波诗歌论》,谭旭东、杨汤琛,《诗探索》,2003年第3-4辑,第251-258页。

1397.《诗体形式规范的积极审美功能》,许霆,《中外诗歌研究》,2003年第4期,第4-9页。

1398.《〈十四行集〉版本小考》,刘勇,《诗探索》,2003年第3-4辑,第15-20页。

1399.《世纪之交的中国新诗状况:1999~2002年》,谭五昌,《诗探索》,2003年第3-4辑,第184-204页。

1400.《试论鲁迅新诗创作的终止》,魏安莉,《东方论坛》,2003年第6期,第23-28页。

1401.《抒情的牢笼——牛汉诗歌创作内在的问题及求索》,荣光启,《诗探索》,2003年第3-4辑,第81-94页。

1402.《顺口"溜"出来的"诗"》,吴岸,《阅读与写作》,2003年第12期,第33页。

1403.《谈意象组合应遵循的规律》,彭建明,《怀化学院学报》,2003年第6期,第49-53页。

1404.《探寻诗的精灵 守护当代诗坛——读吴思敬的〈诗学沉思录〉》,吕家乡,《文艺评论》,2003年第6期,第68-69页。

1405.《唐诗的村庄》,吕进,《中外诗歌研究》,2003年第4期,第28-30页。

1406.《唯美主义的追求者——侧记蔡丽双和"玉雕冰心"的诞生》,王炳根,《世界华文文学论坛》,2003年第4期,第66-69页。

1407.《"唯有旧日子带给我们幸福"——柏桦印象》,刘春,《星星》(上半月刊),2003年第12期,第99-101页。

1408.《为混乱理出秩序——读〈秩序的生长——后朦胧诗文化诗学研究〉》,师力斌,《诗探索》,2003年第3-4辑,第282-285页。

1409.《"文革"中的地下诗歌》,汪剑钊,《湖南文史》,2003年第12期,第51-53页。

1410.《我的诗观》,野曼,《诗刊》(上半月刊),2003年12月号,第34-35页。

1411.《我仍在跋涉——在"牛汉诗歌创作研讨会"结束时的答谢辞》,牛汉,《诗探索》,2003年第3-4辑,第132-135页。

1412.《"我一直在写作中寻找方向"——北岛访谈录》,唐晓渡、北岛,《诗探索》,2003年第3-4辑,第164-172页。

1413.《无来由的"宇宙"——读〈二泉映月〉》,刘之,《阅读与写作》,2003年第12期,第34页。

1414.《〈伍子胥〉——一首低抑动人的诗》,王彦、张岩,《诗探索》,2003年第3-4辑,第39-46页。

1415.《西风古马》,唐欣,《星星》(上半月刊),2003年第12期,第54-55页。

1416.《现代汉诗败坏了汉语言的美?——关于〈"新"其形式须是"诗"〉一文的批评与响应》,龚刚整理,《中文自学指导》,2003年第6期,第14-16页。

1417.《现代诗中应有铁》,李作祥,《鸭绿江》,2003年第12期,第1-3页。

1418.《"现代主义"与"新古典"的互补——论台湾20世纪50~70年代的现代诗》,王光明,《文艺评论》,2003年第6期,第29-38页。

1419.《乡村"见证"与诗歌中的诗歌——兼谈谭克修组诗〈还乡日记〉》,荣光启,《星星》(下半月刊),2003年第12期,第14-17页。

1420.《乡下的月光把诗照亮——唐诗〈花朵还未走向秋天〉读后》,杨矿,《中外诗歌研究》,2003年第4期,第31-32页。

1421.《象征主义对中国现代诗歌的影响》,马晓华,《语文学刊》,2003年第6期,第20-22页。

1422.《谐谑的跳跃者——海子的另一种表情》,何远,《上海文学》,2003年第12期,第103-106页。

1423.《"新生代"诗歌的反文化倾向与文化品格》,路元敦,《山东文学》,2003年第12期,第74-75页。

1424.《新时期冯至诗歌研究综述》,杨汤琛,《诗探索》,2003年第3-4辑,第47-63页。

1425.《行走在先锋与传统之间——李元胜诗歌创作研讨会纪要》,蒋春光,《中外诗歌研究》,2003年第4期,第58-62页。

1426.《叙事诗中反抗的女性形象》,邢莉,《中央民族大学学报》(哲学社会科学版),2003年第6期,第88-92页。

1427.《雪莱对鲁迅、郭沫若与徐志摩的影响研究》,熊文莉,《中国农业大学学报》(社会科学版),2003年第4期,第83-88页。

1428.《寻找自己的诗神——读秦安江近作》,沈苇,《绿洲》,2003年第6期,第27-29页。

1429.《亚文化选择:民刊策略与边缘立场》,罗振亚,《诗探索》,2003年第3-4辑,第205-214页。

1430.《言不尽意:寻找表现与隐藏的恰适度——现代派诗歌的古典阐释》,李春丽,《语文学刊》,2003年第6期,第41-42页。

1431.《椰风蕉雨中的母国情怀——谈菲华诗歌中的乡愁恋国之作》,陈辽,《世界华文文学论坛》,2003年第4期,第6-9页。

1432.《野曼访谈录》,野曼、张大为,《诗刊》(上半月刊),2003年12月号,第28-31页。

1433.《以诗歌的方式见证云南》,朱霄华,《星星》(上半月刊),2003年第12期,第70-73页。

1434.《意象:诗人风格的物态化》,熊辉,《中外诗歌研究》,2003年第4期,第13-15页。

1435.《一种诗评的典范——读余光中〈井然有序〉中的诗集序文》,朱双一,《华文文学》,2003年第6期,第46-51页。

1436.《因爱而歌 如梦之诗》,王浹海,《湘潭工学院学报》(社会科学版),2003年第4期,第101-104页。

1437. 《隐显在字里行间的"马"—— 牛汉诗歌作品意象谈》，陆健，《诗探索》，2003年第3-4辑，第95-99页。

1438. 《印度、日本等东方现代诗歌对新诗的影响》，王珂，《东方丛刊》，2003年第4辑，第177-190页。

1439. 《永不坠落的昨夜星辰——论林泠的诗作》，卢红敏，《世界华文文学论坛》，2003年第4期，第10-13页。

1440. 《余光中：台湾文坛"美丽的一景"——〈世纪末的台湾文学地图〉之一节》，古远清，《泉州文学》，2003年第6期，第42-45页。

1441. 《余光中与佛洛斯特比较谈》，李丹，《诗探索》，2003年第3-4辑，第296-304页。

1442. 《袁可嘉的新诗戏剧化理论探析》，阮佳佳，《浙江师范大学学报》（社会科学版），2003年增刊，第9-10页。

1443. 《韵律不是拯救新诗的灵丹妙药——〈韵律与中国诗歌繁荣的相关度分析〉引出的断想》，彭斯远，《中外诗歌研究》，2003年第4期，第56-57页。

1444. 《韵律与中国诗歌繁荣的相关度分析》，张中宇，《中外诗歌研究》，2003年第4期，第54页。

1445. 《游牧与梦游——牛汉诗歌的艺术风格》，姜玉琴，《诗探索》，2003年第3-4辑，第70-80页。

1446. 《真正的爱的探求——浅论鲁迅〈腊叶〉的主体精神》，王雨海，《殷都学刊》，2003年第4期，第91-94页。

1447. 《纸蝶翻飞于涡旋中——论安琪》，陈仲义，《山花》，2003年第12期，第112-117页。

1448. 《智慧中的诗美——由三首新诗谈对90年代诗歌的认识》，唐韧，《阅读与写作》，2003年第12期，第1-2页。

1449. 《中国诗歌的民族风格》，陆凌霄，《中央民族大学学报》（哲学社会科学版），2003年第6期，第93-97页。

1450. 《中国诗人绿原和斯特鲁加国际诗歌节》，何方，《中外诗歌研究》，2003年第4期，第68-69页。

1451. 《朱湘新诗与中国古典诗歌的联系》，宋秋盛，《中国文学研究》，2003年第4期，第57-60页。

1452. 《作为诗人的梁宗岱》，陈太胜，《淮北煤炭师范学院学报》（哲学社会科学版），2003年第6期，第1-4页。

2004 年

1 月

1. 《20 世纪 30 年代北平现代主义诗人文化心态分析》，张洁宇，《北京社会科学》，2004 年第 1 期，第 108 – 115 页。

2. 《20 世纪 90 年代西部诗歌创作考察》，刘昕华，《河北学刊》，2004 年第 1 期，第 144 – 147 页。

3. 《"80 后"，被集体命名的个体快感》，玉生，《海峡》，2004 年第 1 期，第 79 页。

4. 《被覆盖的旧阳光——本月诗坛综述》，古力，《诗选刊》，2004 年第 1 期，第 92 – 94 页。

5. 《本地中的国际》，杨炼，《书城》，2004 年第 1 期，第 86 – 73 页。

6. 《卞之琳的事（诗友笺存）》，黄裳，《万象》，2004 年第 1 期，第 68 – 72 页。

7. 《不懈的求索——蔡丽双诗歌小议》，刘云，《福建文学》，2004 年第 1 期，第 83 – 84 页。

8. 《承传与创新，是一个永久的话题》，蒋三立，《诗刊》（下半月刊），2004 年 1 月号，第 40 – 41 页。

9. 《穿行在城市时空里的灵魂——梁平长诗〈重庆书〉学术研讨会纪要》，蓝野，《当代文坛》，2004 年第 1 期，第 101 – 102 页。

10. 《穿越时空的智性之光——卞之琳诗歌论》，汤凌云，《云梦学刊》，2004 年第 1 期，第 66 – 69 页。

11. 《创造诗的机智与惊喜——试论"矛盾修辞法"对台湾旅美诗人非马艺术创作的影响》，黄蓉、赵成林，《修辞学习》，2004 年第 1 期，第 69 – 70 页。

12. 《从"白话诗"到"新诗"》，王光明，《辽宁大学学报》（哲学社会科学版），2004 年第 1 期，第 42 – 48 页。

13. 《从〈不老草〉看梁上泉的诗美追求和诗体创新》，老谭，《达县师范高等专科学校学报》，2004 年第 1 期，第 44 – 47 页。

14. 《从巴赫金对话理论看卞之琳诗歌中声音的对话性》，赵丽瑾，《甘肃教育学院学报》（社会科学版），2004 年第 1 期，第 23 – 26 页。

15. 《从李长之到梁宗岱——兼论中国新文化运动的第二期》，陈太胜，《文艺争鸣》，2004年第1期，第48-52页。

16.《从显现中看到的——2003年诗歌浏览札记》，宗仁发，《文艺争鸣》，2004年第1期，第40-41页。

17.《当代诗歌语言的两种新走向》，李建平，《齐齐哈尔大学学报》（哲学社会科学版），2004年第1期，第63-65页。

18.《都市的诗歌品格：译2003年〈都市〉的诗歌》，郁葱，《都市》，2004年第1期，第64-66页。

19.《对缪斯女神之爱——〈厦门诗人十二家〉简评》，俞兆平，《厦门文学》，2004年第1期，第75-76页。

20.《对先锋诗人的一种理解——兼谈周伦佑的诗与诗论》，邓芳，《乐山师范学院学报》，2004年第1期，第18-22页。

21.《高扬征帆的诗人——读李一痕诗有感》，王耀东，《创作评谭》，2004年第1期，第50-52页。

22.《告别了帕尔纳斯的诗人们——中国新诗创作的后现代主义转向》，许济涛，《齐齐哈尔大学学报》（哲学社会科学版），2004年第1期，第59-62页。

23.《共赴精神盛宴——第十九届青春诗会散记》，蓝野，《诗刊》（下半月刊），2004年1月号，第20-25页。

24.《顾城诗歌美学风格成因初探》，林平乔，《理论与创作》，2004年第1期，第83-86页。

25.《关于〈春花秋叶〉及其作者》，刘和芳，《黄河文学》，2004年第1期，第98-99页。

26.《关于汉语新诗与其诗学传统10问》，郑敏，《山花》，2004年第1期，第104-105页。

27.《关于新诗传统的对话》，郑敏、吴思敬、谢向红、霍俊明，《诗潮》，2004年1-2月号，第70-73页。

28.《关于新诗音乐性的对话》，郑敏、吴思敬，《诗选刊》，2004第1期，第83-85页。

29.《郭沫若、闻一多、艾青爱国新诗内容之比较》，张建宏，《襄樊学院学报》，2004年第1期，第35-38页。

30.《酣畅而沉郁的心灵甘泉——肖宁的诗随想》，李伯勇，《创作评谭》，2004年第1期，第18-20页。

31.《"画书皮子的"诗人曹辛之——从曹辛之的书籍装帧艺术说开去》，万宇，《博览群书》，2004年第1期，第96-100页。

32.《激情洋溢　瑰丽壮阔——论梁宗岱的审美人生》，於贤德，《广东外语外贸大学学报》，2004年第1期，第36-39页。

33.《借鉴西方：朱自清诗论的外向品格》，李先国，《安徽教育学院学报》，

2004 年第 1 期，第 69 - 73 页。

  34.《科学家与诗的对话——李荫远先生〈新诗 100 首赏析〉读后》，吴思敬，《物理》，2004 年第 1 期，第 62 - 64 页。

  35.《可能的拓展——以新诗研究为例》，张桃洲，《中国现代文学研究丛刊》，2004 年第 1 期，第 48 - 51 页。

  36.《叩响你心灵居所之门——读吴思敬〈走向哲学的诗〉》，刘玮，《绿风》，2004 年第 1 期，第 123 - 125 页。

  37.《浪漫主义变形金刚》，王晓渔，《扬子江诗刊》，2004 年第 1 期，第 72 - 73 页。

  38.《李金发戴望舒诗歌比较论》，李掖平、张克，《山东社会科学》，2004 年第 1 期，第 104 - 107 页。

  39.《李琦诗歌的理趣美》，罗振亚，《北方论丛》，2004 年第 1 期，第 27 - 31 页。

  40.《梁上泉：诗意人生的坚守者》，苋夫，《达县师范高等专科学校学报》，2004 年第 1 期，第 48 - 49 页。

  41.《梁上泉——一位准现代格律诗人》，万龙生，《达县师范高等专科学校学报》，2004 年第 1 期，第 50 - 53 页。

  42.《梁宗岱与歌德——记念梁宗岱诞辰一百周年》，林笳，《广东外语外贸大学学报》，2004 年第 1 期，第 32 - 35 页。

  43.《林徽因诗文中的宗教情结》，朱玲，《贵州教育学院学报》（社会科学版），2004 年第 1 期，第 63 - 65 页。

  44.《刘半农：民间的语言自觉与价值认同——"民间"与中国现代作家研究》，王光东，《文艺争鸣》，2004 年第 1 期，第 44 - 47 页。

  45.《流淌着的河流——有关诗歌传承的断想》，三子，《诗刊》（下半月刊），2004 年 1 月号，第 39 - 40 页。

  46.《"落笔文华洵不群"》，夏夜清，《扬子江诗刊》，2004 年第 1 期，第 73 - 75 页。

  47.《论"下半身"诗歌流派的产生及理论主张》，王义杰、李全，《保定师范专科学校学报》，2004 年第 1 期，第 22 - 24 页。

  48.《论八十年代后期郑敏诗歌的探索》，张玉玲，《文学评论》，2004 年第 1 期，第 130 - 135 页。

  49.《论冯至早期叙事诗的现代意义》，张晓琴，《甘肃教育学院学报》（社会科学版），2004 年第 1 期，第 19 - 22 页。

  50.《论民间诗歌是新诗重要的诗体建设资源》，王珂、代绪宇，《中州学刊》，2004 年第 1 期，第 74 - 80 页。

  51.《论穆旦的早期诗歌创作》，段从学，《海南师范学院学报》（社会科学版),2004年第1期,第50-55页。

52.《论新诗格律不可能实现的原因——兼论诗歌与口语的关系》,邓程,《四川师范大学学报》(社会科学版),2004年第1期,第63-72页。

53.《论新月派的格律诗理论》,曾白云,《安庆师范学院学报》(社会科学版),2004年第1期,第75-76页。

54.《论中国当代诗歌观念的转变》,王光明,《广东社会科学》,2004年第1期,第139-146页。

55.《冥思默想的少数民族诗人吉木狼格》,肖伟胜,《当代文坛》,2004年第1期,第96-98页。

56.《目击道存——论安琪》,向卫国,《青海社会科学》,2004年第1期,第96-101页。

57.《难以清算的诗歌传承》,谭克修,《诗刊》(下半月刊),2004年1月号,第45-46页。

58.《评林彦的诗》,翟鹏举,《红岩》,2004年第1期,第149-151页。

59.《评万龙生的诗歌创作》,刘静,《当代文坛》,2004年第1期,第98-100页。

60.《浅论〈荒原〉对卞之琳诗歌创作的影响》,李峰,《乐山师范学院学报》,2004年第1期,第30-32页。

61.《让激情与时俱进——郭小川和他的〈祝酒歌〉》,屈文焜,《朔方》,2004年第1期,第77页。

62.《散文和诗歌的对话——读李瑛文论集〈诗美的追寻〉随想》,红孩,《文艺理论与批评》,2004年第1期,第94-97页。

63.《少年中国与宗白华的诗歌意象》,云慧霞,《阴山学刊》(社会科学版),2004年第1期,第36-40页。

64.《社会·生命·民族——论牟心海的诗歌创作与自我认识》,邹建军、李卫华,《沈阳师范大学学报》(社会科学版),2004年第1期,第24-27页。

65.《生命体味酿诗情——马友抒情诗解读》,董耀章,《火花》,2004年第1期,第28-30页。

66.《生命在悲苦中昂扬》,吴俊杰、董国艳,《聊城大学学报》(社会科学版),2004年第1期,第29-31页。

67.《诗歌审美中色彩意象抒情范式论——诗歌中红色意象抒情范式》,陶陶,《江汉论坛》,2004年第1期,第97-99页。

68.《诗歌形式秩序的寻求:"新月诗派"新论(下)》,王光明,《海南师范学院学报》(社会科学版),2004年第1期,第44-49页。

69.《诗歌语言的张力结构》,王剑,《当代文坛》,2004年第1期,第91-92页。

70.《诗人之心》,肖娱鹿,《诗潮》,2004年1—2月号,第74—75页。

71.《诗体建设的有益探索——读〈浪波自选诗〉》,刘章,《文艺理论与批评》,2004年第1期,第90—93页。

72.《诗学传统的转换:论汉语新诗的格律和音乐性问题——兼与郑敏先生商榷》,霍俊明,《山花》,2004年第1期,第106—109页。

73.《时空的忧伤——读席慕容的诗》,吴国祯,《中学语文》(下半月),2004年第1期,第12—14页。

74.《试论顾城诗的纯净美》,林平乔,《湘潭师范学院学报》(社会科学版),2004年第1期,第95—98页。

75.《试论林徽因诗作的"建筑美"特色》,杨励轩,《兰州大学学报》(社会科学版),2004年第1期,第63—67页。

76.《抒情诗创作的审美层次透视》,韩大伟,《写作》(上旬刊),2004年第1期,第8—10页。

77.《舒婷诗歌的理想倾向与当代诗歌的选择》,张中宇,《西南师范大学学报》(人文社会科学版),2004年第1期,第156—159页。

78.《他写着"他自己的"诗歌——解读〈黑色旋律〉》,章德益,《绿风》,2004年第1期,第126—127页。

79.《天鹅的绝唱——朱湘诗歌论》,魏新刚,《潍坊学院学报》,2004年第1期,第82—85页。

80.《颓废者及其信仰——邵洵美与西方唯美主义》,盛以军,《上海大学学报》(社会科学版),2004年第1期,第35—45页。

81.《外国诗歌汉译与中国现代格律诗》,万龙生,《常熟高专学报》,2004年第1期,第67—70页。

82.《王小妮访谈:"诗是现实中的意外"》,木朵,《诗选刊》,2004年第1期,第86—91页。

83.《网络诗歌的大众文化特征分析》,张立群,《河南社会科学》,2004年第1期,第75—78页。

84.《网络诗歌的优势与面临的挑战》,谢向红,《河南社会科学》,2004年第1期,第71—74页。

85.《网络诗将导致现代汉诗的全方位改变——内地网络诗的散点透视》,王珂,《河南社会科学》,2004年第1期,第65—70页。

86.《闻一多诗文的幽默品格》,卢斯飞,《阅读与写作》,2004年第1期,第8—10页。

87.《我们有史诗吗?——读瓦兰的〈夜巡〉》,刘自立,《星星》,2004年第1期,第14—16页。

88.《"我是一个任性的孩子"——论顾城的诗歌创作》,王运卿,《石家庄师范专科学校学报》，2004年第1期，第38-41页。

89.《我因离开得太久，已忘记了故乡——瓦兰访谈录》，陈黎、瓦兰，《星星》，2004年第1期，第10-13页。

90.《夕阳境界——我读〈暮雨之泗〉》，耿林莽，《创作评谭》，2004年第1期，第38页。

91.《喜读大漠骆驼诗——〈张梅琴短诗选〉简评》，阎凤梧，《火花》，2004年第1期，第8-9页。

92.《现代诗不应放弃的潜在性追求》，丁念保，《阅读与写作》，2004年第1期，第2页。

93.《"象征的契合"：在移植与模仿之间再造诗格》，罗昌智，《湖北社会科学》，2004年第1期，第45-47页。

94.《新媒体与当代诗歌创作》，吴思敬，《河南社会科学》，2004年第1期，第61-64页

95.《新诗格律探索的历史进程及其遗产》，龙清涛，《中国现代文学研究丛刊》，2004年第1期，第150-174页。

96.《新诗与音乐美》，杨艳平，《湘潭师范学院学报》（社会科学版），2004年第1期，第99-100页。

97.《新时期蒙古语诗歌中的现代流派》，海日瀚，《内蒙古大学学报》（人文社会科学版），2004年第1期，第54-59页。

98.《形式探索的延续——"格律诗派"以后的诗歌形式试验》，王光明，《中国现代文学研究丛刊》，2004年第1期，第127-249页。

99.《行走在自己的生命里》，梁晓明，《诗刊》（上半月刊），2004年1月号，第28-30页。

100.《性感山歌》，杨克，《红豆》，2004年第1期，第66-69页。

101.《悬浮——读牧斯诗集〈作品中的人〉》，王晓莉，《创作评谭》，2004年第1期，第39-40页。

102.《绚烂壮美 哲思警颖》，王景科、仕永波，《聊城大学学报》（社会科学版），2004年第1期，第26-28页。

103.《寻歌问曲捕真诗——韩燕如和爬山歌》，杨若飞，《草原》，2004年第1期，第91-92页。

104.《寻根、漂泊与殉道——对中国当代诗歌创作心态的回顾与考察》，凌喆，《当代文坛》，2004年第1期，第93-95页。

105.《寻找昌耀》，朱增泉，《神剑》，2004年第1期，第120-123页。

106.《一个诗人灵魂的悸动和敞亮——读张洪波〈诗歌练习册上的手记〉》，苗雨时，《文学港》，2004年第1期，第112-114页。

107.《一片真挚的情谊：记郭沫若给老同志的一封亲笔信及诗稿遗墨》，陆

米强,《大江南北》,2004年第1期,第34-35页。

108.《一意孤行——读于坚》,沈奇,《诗潮》,2004年1-2月号,第32-33页。

109.《一只凌空飞翔的鹰——谈王耀东的诗论与创作》,蔡万江,《潍坊学院学报》,2004年第1期,第16-19页。

110.《异域生存的深刻理解与审美表达——论李金发诗歌的现代性》,张德明,《四川大学学报》(哲学社会科学版),2004年第1期,第123-127页。

111.《〈野草〉、〈女神〉文学意象之比较》,杨爱芹,《青海师范大学学报》(哲学社会科学版),2004年第1期,第62-65页。

112.《用诗来谱写成长的交响——对〈赞美〉等诗的一种阐释》,鲍焕然,《写作》(上旬刊),2004年第1期,第45-46页。

113.《余光中:不绝的乡愁,年轻的诗心》,陶澜,《传记文学》,2004年1期,第8-14页。

114.《雨霖:中国散文诗形象大使》,田野,《新蕾》,2004年第1期,第63-64页。

115.《语言与诗的生成》,韩作荣,《诗刊》(上半月刊),2004年1月号,第46-49页。

116.《在继承与发展中彰显》,宋晓杰,《诗刊》(下半月刊),2004年1月号,第43-45页。

117.《在语言困境中挣扎的诗人——浅论闻一多的语言体验》,蒋晓梅,《北方论丛》,2004年第1期,第36-39页。

118.《拯救灵魂:穆旦宗教选择的精神指向》,张德明,《重庆三峡学院学报》,2004年第1期,第48-52页。

119.《中国儿童诗发展刍议》,谭旭东,《娄底师专学报》,2004年第1期,第73-75页。

120.《〈中国先锋诗歌〉制作报告》,南野,《山花》,2004年第1期,第110-115页。

121.《中国现代诗学研讨会综述》,曹万生,《文学评论》,2004年第1期,第182-185页。

122.《自然状态下的歌唱》,苏历铭,《诗刊》(下半月刊),2004年1月号,第36-37页。

123.《宗白华的〈流云〉及其诗论》,陆耀东,《湘潭大学学报》(哲学社会科学版),2004年第1期,第60-64页。

124.《作为民族文艺学家的何其芳》,刘锡诚,《民族艺术研究》,2004年第1期,第47-59页。

2 月

125.《2003年中国高校诗歌之一瞥》,谭五昌,《草地》,2004年第1期,第77-80页。

126.《阿来的诗:穿行于异质文化间的身心之旅》,汤天勇,《黄冈师范学院学报》,2004年第1期,第41-44页。

127.《背叛的诗歌(外一篇)》,黄梵,《百花洲》,2004年第1期,第97-101页。

128.《不可能的"纯诗"与可能的诗》,魏天无,《外国文学研究》,2004年第1期,第150-156页。

129.《唱支大风歌——评剑云的诗》,彭金山,《飞天》,2004年第2期,第107-110页。

130.《驰骋与探随——评郑其岳散文诗集〈点击夜色〉》,陈志泽,《泉州文学》,2004年第1期,第47-48页。

131.《重瞳——读马永波〈电影院〉》,哑石,《星星》,2004年第2期,第11-15页。

132.《"春暖花开"与"孤独痛苦"交奏一曲的二重唱——读海子〈面朝大海,春暖花开〉的片见》,侯铁平,《张家口师专学报》,2004年第1期,第16-19页。

133.《春天,我们读诗》,唐欣,《清明》,2004年第1期,第184页。

134.《从写作策略论诗美的产生》,钟俊昆,《写作》(上旬刊),2004年第3期,第3-5页。

135.《都市文化语境中的中国现代诗歌反思》,鲍昌宝,《湛江师范学院学报》,2004年第1期,第37-41页。

136.《对语言的生存性楔入与思考:词的意识流——论臧棣的诗》,李丹梦,《作家》,2004年第2期,第103-106页。

137.《二次创格:何其芳的格律诗学》,於可训,《汕头大学学报》(人文社会科学版),2004年第1期,第25-30、89页。

138.《二十世纪末现代汉诗分行的探讨》,阳丽君,《宝鸡文理学院学报》(社会科学版),2004年第1期,第72-76、81页。

139.《分合之缘——兼论海峡两岸诗歌的整体动态平衡》,杨匡汉,《广东教育学院学报》,2004年第1期,第21-27页。

140.《丰富和丰富的痛苦——浅谈穆旦诗歌的鲁迅精神》,李春艳,《楚雄师范学院学报》,2004年第1期,第10-12页。

141.《古典情致,现代雅韵——读秦岭雪的〈明月无声〉兼论其他》,钱虹,

《华文文学》，2004年第1期，第44-48页。

　　142.《关于诗的功能，诗歌现状，诗与崇高》，沈泽宜，《诗刊》（上半月刊），2004年2月号，第53-55页。

　　143.《郭沫若与未来主义》，白浩，《外国文学研究》，2004年第1期，第142-149页。

　　144.《忽然就想到回家——序耿来散文诗集〈飘飘荡荡〉》，孙旭辉，《新蕾》，2004年第2期，第60-62页。

　　145.《互文视野中的"女性诗歌"》，[荷兰]张晓红，《云南大学学报》（社会科学版），2004年第1期，第79-84页。

　　146.《化具体为抽象　变无形为有形——刘小平诗歌特色再谈》，江之永，《写作》（上旬刊），2004年第2期，第7页。

　　147.《回族诗人马瑞麟的诗歌创作简评》，张承源，《民族文学研究》，2004年第1期，第120-121页。

　　148.《惠安诗歌四人行》，黄培坤，《泉州文学》，2004年第1期，第44-47页。

　　149.《洁白的雪，站成北方男儿的强壮——〈方远诗集〉管窥》，谢文利，《诗林》，2004年第1期，第127-128页。

　　150.《进入灵魂的语言》，王家新，《诗刊》（上半月刊），2004年2月号，第48-51页。

　　151.《开在诗中的刺桐花——蔡其矫与泉州》，邱景华，《泉州文学》，2004年第1期，第8-11页。

　　152.《蓝蓝访谈录》，蓝蓝、阿九，《诗林》，2004年第1期，第111-117页。

　　153.《楼兰的"爱情实践"与时间观》，郭志杰，《福建文学》，2004年第2期，第78-79页。

　　154.《吕进诗学体系建构中的奠基作——重读〈新诗的创作与鉴赏〉》，颜同林，《重庆教育学院学报》，2004年第1期，第106-108页。

　　155.《吕进诗学体系中的成名作——重读〈新诗的创作与鉴赏〉》，颜同林，《涪陵师范学院学报》，2004年第1期，第38-40页。

　　156.《绿色安康汉江诗会研讨会纪要》，罗四鸰，《诗刊》（上半月刊），2004年2月号，第52页。

　　157.《论郭风的散文诗》，李标晶，《嘉应学院学报》（哲学社会科学），2004年第1期，第51-55页。

　　158.《论鲁迅〈野草〉的解构主义倾向》，杨学民、靳新来，《江淮论坛》，2004年第1期，第125-129页。

　　159.《论普罗诗派》，刘静，《西安联合大学学报》，2004年第1期，第60-63页。

160.《论散文诗文体归类的混乱与后果》,代绪宇、王珂,《玉林师范学院学报》,2004年第1期,第28-33、40页。

161.《论舒婷诗歌语言的审美特征》,田皓,《盐城师范学院学报》(人文社会科学版),2004年第1期,第57-61页。

162.《论新诗革命的历史语境与非诗化特征》,王珂,《江西社会科学》,2004年第2期,第100-104页。

163.《论"言说"与自由诗的分行》,严平,《宝鸡文理学院学报》(社会科学版),2004年第1期,第67-71页。

164.《女人没有岸——芷泠和她的诗》,唐卡,《诗刊》(上半月刊),2004年2月号,第18-19页。

165.《蚯蚓兄弟:在别人的城市里打洞——罗德远诗集〈在岁月的风中行走〉序》,张洪波,《诗林》,2004年第1期,第120-122页。

166.《删去三个诗节如何——读〈老家背后的菜园地〉》,刘江,《阅读与写作》,2004年第2期,第40-41页。

167.《诗歌品性的岩层呈现——读〈2003·中国诗歌年代大展特别专号〉》,赵思运,《诗选刊》,2004年第2期,第88-92页。

168.《诗在弱的一面——萧开愚访谈》,凌越,《书城》,2004年第2期,第62-77页。

169.《"诗质"的探寻:从象征主义到现代主义》,王光明,《福建论坛》(人文社会科学版),2004年第2期,第51-59页。

170.《十人谈:我的诗歌传承》,苏历铭等,《作家》,2004年第2期,第101-102页。

171.《瘦水:玛曲草原的守望者》,王小忠,《飞天》,2004年第2期,第111-112页。

172.《舒婷忆顾城》,舒婷,《诗选刊》,2004年第2期,第86-87页。

173.《说说商震》,朱零,《诗林》,2004年第1期,第60-61页。

174.《文化碰撞与艺术探索——读〈那曲线苗条的乡情〉》,罗可群,《华南理工大学学报》(社会科学版),2004年第1期,第10-12页。

175.《文人风范与反正统心态——浅谈胡适的打油诗创作》,陈华明、卢志杰,《西南民族大学学报》(人文社会科学版),2004年第2期,第135-137页。

176.《文体学视野中散文诗的文体生成》,王珂,《南京社会科学》,2004年第2期,第69-76页。

177.《新的物象正在进入诗歌——阅读当代诗歌之一》,耿占春,《星星》,2004年第2期,第98-102页。

178.《新生代儿童诗的可喜收获——评满族女诗人王立春的儿童诗创作》,谭旭东,《民族文学研究》,2004年第1期,第110-113页。

179.《新诗与传统和语言的复杂关系——兼对郑敏先生的回应》,邓程,《江西社会科学》,2004年第2期,第183-187页。

180.《徐志摩的诗歌创作》,邹珊颜,《河北理工学院学报》(社会科学版),2004年第1期,第247-249页。

181.《雪花与过客——读商震的诗》,徐刚,《诗林》,2004年第1期,第62-63页。

182.《雅歌峻曲 宏声清韵——评述曲近的诗歌》,彭惊宇,《绿洲》,2004年第1期,第100-103页。

183.《杨炼:回不去时回到故乡》,唐晓渡,《星星》,2004年第2期,第103-107页。

184.《一代青年的心路历程——论〈野花与箭〉》,尚延龄,《河西学院学报》,2004年第1期,第24-27页。

185.《以〈女神〉为代表看早期新诗的艺术成就》,高国光,《合肥工业大学学报》(社会科学版),2004年第1期,第73-77页。

186.《与诗歌有关(二章)》,刘春,《诗林》,2004年第1期,第123-126页。

187.《真善美的放歌——钱志富诗歌印象》,贾玉成,《平原大学学报》,2004年第1期,第87-88页。

188.《郑玲访谈录》,张大为,《诗刊》(上半月刊),2004年2月号,第9-10页。

189.《直击期刊》,古力,《诗选刊》,2004年第2期,第93-95页。

190.《中国西部诗群的诗歌精神及其发展深化》,何休,《西部论坛》,2004年第1期,第49-55、61页。

191.《中国现代诗歌的多维观照与整体考察》,吕周聚、徐红妍,《江汉论坛》,2004年第2期,第142-143页。

192.《朱湘诗学(下)》,张邦卫、石铁山,《长沙电力学院学报》(社会科学版),2004年第1期,第106-109页。

3月

193.《2003年诗歌阅读札记》,张清华,《理论与创作》,2004年第2期,第80-85页。

194.《艾青的诗学成就及其对中国新诗的美学构建》,汪东发、张鑫,《湖南社会科学》,2004年第2期,第119-121页。

195.《冰心小诗的艺术魅力》,卓如,《扬州大学学报》(人文社会科学版),2004年第2期,第17-21页。

196.《不循旧章,但求新意——当代诗坛散论》,熊礼杭,《当代文坛》,2004年第2期,第89-91页。

197.《沉沦灵魂的自我救赎——"七月派"三位落难诗人的悲怆写作》,毕光明,《南方文坛》,2004年第2期,第29-31页。

198.《初创期新诗形式的两种发展趋势》,陈本益,《南昌大学学报》(人文社会科学版),2004年第2期,第121-124页。

199.《从诗歌"三美"谈诗歌批评》,周建新,《广西社会科学》,2004年第3期,第110-113页。

200.《对90年代诗歌畸形发展的精神缺失与迷途之思考》,杨林昕,《甘肃社会科学》,2004年第2期,第25-28页。

201.《对他读,让他听》,罗望子,《扬子江诗刊》,2004年第2期,第52-53页。

202.《对话:新媒体与当代诗歌创作》,吴思敬、艾若等,《诗潮》,2004年3-4月号,第64-67页。

203.《发现人生 发明形式——简单的长诗〈胡美丽的故事〉赏析》,彭松,《名作欣赏》,2004年第3期,第96-97页。

204.《非典时期的诗歌——序诗集〈前倾的风〉》,黄毅,《绿风》,2004年第2期,第126-127页。

205.《"个人化写作":通往"此在"的诗学》,罗振亚,《中国文学研究》,2004年第1期,第23-26页。

206.《工业社会里的望夫石——重读席慕蓉诗作》,于惠,《绥化师专学报》,2004年第1期,第83-86页。

207.《郭沫若美学观形成探源(上)》,魏红珊,《郭沫若学刊》,2004年第1期,第38-46页。

208.《海峡两岸后现代诗学理论的比较》,朱水涌、陈仲义,《厦门大学学报》(哲学社会科学版),2004年第2期,第21-27页。

209.《海子:激荡着屈子情怀的诗歌烈士》,丁伯林,《安庆师范学院学报》(社会科学版),2004年第2期,第81-84页。

210.《好诗缘自人心——谈"甲申风暴·21世纪中国诗歌大展"》,谢有顺,《星星》,2004年第3期,第249-253页。

211.《黑土情深 诗心永驻》,吉狄马加,《诗潮》,2004年3-4月号,第73页。

212.《呼啸的子弹——兼谈〈当哥哥有了外遇〉这首诗的诞生》,阿毛,《诗刊》(下半月刊),2004年3月号,第31-32页。

213.《胡适派诗学对中西美学诗学的偏取及其得失》,陈学祖,《湖北大学学报》(哲学社会科学版),2004年第2期,第191-195页。

214.《黄土地的色调与悲情——高凯、牛庆国乡土诗略论》,刘昕华,《唐都学刊》,2004 年第 2 期,第 63-66 页。

215.《激情飞扬——记诗人晓亮》,刘全通,《东京文学》,2004 年第 2 期,第 42-43 页。

216.《激情同技术遇合——90 年代女性诗歌的审美新向度》,罗振亚,《文艺理论研究》,2004 年第 2 期,第 65-74 页。

217.《检讨新诗理论家、文学教授和诗歌编辑》,王珂,《南方文坛》,2004 年第 2 期,第 41-46 页。

218.《近年诗歌:过渡时期的延续》,王光明,《山花》,2004 年第 3 期,第 121-125 页。

219.《九叶诗派与主流诗歌的艺术本位及其艺术效用之比较》,蒋登科,《海南师范学院学报》(社会科学版),2004 年第 2 期,第 33-39 页。

220.《哭为千载哭,歌为万里歌——〈石天河文集〉述评》,余建荣,《中外诗歌研究》,2004 年第 1 期,第 58-63 页。

221.《理想之树上闪耀的雨滴——谈张晓亮的诗歌创作》,吴亚明,《东京文学》,2004 年第 2 期,第 43-44 页。

222.《理智与情感的二律背反——1917-1927 年中国新诗发展追踪》,左怀建,《江汉论坛》,2004 年第 3 期,第 87-90 页。

223.《帘卷西风——与痖弦闲话》,黎焕颐,《海燕》,2004 年第 3 期,第 51-52 页。

224.《梁宗岱的纯诗系统论》,赵小琪,《文艺研究》,2004 年第 2 期,第 56-62、159 页。

225.《流行歌词的语言陌生化》,徐凯、叶娇,《修辞学习》,2004 年第 2 期,第 72-73 页。

226.《鲁迅〈野草〉的夜间的经验》,张闳,《南方文坛》,2004 年第 2 期,第 47-53、65 页。

227.《论 20 世纪 50 年代中国现代主义诗人的身份焦虑——以卞之琳、冯至、穆旦为例》,胡辉杰、汪云霞,《社会科学家》,2004 年第 2 期,第 19-23 页。

228.《论 20 世纪散文诗对中国新诗诗体建设的负面影响》,王珂,《思想战线》,2004 年第 2 期,第 76-81 页。

229.《论陈辉诗的审美价值和个性特征》,邹永常,《求索》,2004 年第 3 期,第 219-221 页。

230.《论后中国诗歌会诗人群》,刘静、龙泉明,《福建论坛》(人文社会科学版),2004 年第 3 期,第 75-81 页。

231.《论九叶诗人诗歌意象的独特性》,刘慧珍,《内蒙古师范大学学报》

(哲学社会科学版),2004 年第 2 期,第 68 – 72 页。

232.《论梁宗岱诗学和美学的意义》,俞燕,《安徽师范大学学报》(人文社会科学版),2004 年第 2 期,第 147 – 150 页。

233.《论少数民族诗人的原乡意识》,李卫华,《贵州社会科学》,2004 年第 2 期,第 41 – 44 页。

234.《论现代诗学演进中的梁宗岱诗论》,许霆,《文艺理论研究》,2004 年第 2 期,第 75 – 81 页。

235.《论严力的"更多的是'反省'"》,哈金,《作家》,2004 年第 3 期,第 36 – 39 页。

236.《论于坚诗歌的抒情风格》,白茂华,《浙江工商职业技术学院学报》,2004 年第 1 期,第 51 – 53 页。

237.《论哲理诗的理性精神和诗性品质》,普丽华,《江汉论坛》,2004 年第 3 期,第 91 – 94 页。

238.《绿原诗观点滴》,绿原,《黄河文学》,2004 年第 2 期,第 96 – 98 页。

239.《毛泽东诗词研究的新突破——评〈毛泽东诗词、诗论与中国现代诗歌〉》,舒欣,《零陵学院学报》,2004 年第 2 期,第 208 – 209、187 页。

240.《煤炭诗话语三题》,冉军,《阳光》,2004 年第 3 期,第 52 – 54 页。

241.《妙处不能言说——欣赏〈之间〉的几首佳作》,关欣,《满族文学》,2004 年第 2 期,第 63 – 64 页。

242.《〈女神〉表现主义,还是浪漫主义?》,陈永志,《郭沫若学刊》,2004 年第 1 期,第 47 – 53 页。

243.《攀登诗歌者》,绿岛,《西北军事文学》,2004 年第 2 期,第 98 – 101 页。

244.《栖在诗歌枝头上的一只"荆棘鸟"——论阿毛的诗》,毕兰,《湖北成人教育学院学报》,2004 年第 2 期,第 38 – 40 页。

245.《浅谈鲁迅诗歌的艺术价值》,马志才,《固原师专学报》(社会科学版),2004 年第 2 期,第 36 – 40 页。

246.《情感、经验与艺术的转化——冯至的两首诗》,王光明、林莽、刘金冬,《扬子江诗刊》,2004 年第 2 期,第 60 – 66 页。

247.《如此缠绵为哪般——〈瓶〉的创作动机探秘》,李明,《湘潭大学学报》(哲学社会科学版),2004 年第 2 期,第 47 – 50 页。

248.《三个女诗人与一场诗歌的战争——李见心、宋晓杰、朱虹诗歌述评》,李犁,《诗潮》,2004 年 3 – 4 月号,第 44 – 45 页。

249.《散文美:艾青诗歌形式的自由性探寻》,黄科安,《洛阳大学学报》,2004 年第 1 期,第 1 – 4 页。

250.《沙鸥"新体"山水诗的意象画面》,赵心宪、曾明,《天府新论》,

2004年第2期,第121-124页。

251.《〈山民〉主旨多探》,吴长青,《语文月刊》,2004年第3期,第34-35页。

252.《生命感悟与现代诗美——读张默的诗》,吴开晋,《中外诗歌研究》,2004年第1期,第64-67页。

253.《生命的沉思——〈郑敏诗集〉解读之一》,钱晓宇,《中国文学研究》,2004年第1期,第108-109页。

254.《生命的情韵与文化的雕铸——序蒙古族诗人韩辉升〈十行抒情诗选〉》,萨仁图娅,《民族文学》,2004年第3期,第89-91页。

255.《诗的发现——进入诗歌写作的途径和艺术方式之一》,杨克,《诗刊》(上半月刊),2004年3月号,第51-52页。

256.《诗歌荒原的一匹骏马——速描张晓亮》,王见宾,《东京文学》,2004年第2期,第45-46页。

257.《诗歌能否对公众讲话?》,王家新,《诗潮》,2004年3-4月号,第68-72页。

258.《诗歌写作教学的缺位对新诗发展的影响》,陆凌霄,《广西民族学院学报》(哲学社会科学版),2004年第2期,第110-114页。

259.《诗歌秩序与心灵自由》,李德武、车前子、小海、陶文瑜、长岛,《扬子江诗刊》,2004年第2期,第29-33页。

260.《诗美的构建与特性》,王珂,《南通师范学院学报》,2004年第1期,第56-63页。

261.《诗人的大情怀》,蒋登科,《中外诗歌研究》,2004年第1期,第44-46页。

262.《诗人冯雪峰——纪念冯雪峰百年诞辰》,吴欢章,《上海大学学报》(社会科学版),2004年第2期,第29-31页。

263.《诗意人生——诗人王尔碑访谈录》,陶佳桂,《中外诗歌研究》,2004年第1期,第71-72页。

264.《食指诗中的人生和人生中的诗》,罗铖、向涛,《宜宾学院学报》,2004年第2期,第68-71页。

265.《试论李金发象征诗的异质性》,马堃,《河北师范大学学报》(哲学社会科学版),2004年第2期,第101-106页。

266.《塑料骑士·网络图腾·狂欢年代——论新媒质时代的网络诗歌写作》,霍俊明,《河南社会科学》,2004年第2期,第43-46页。

267.《T. S. 艾略特与中国当代诗学》,刘燕,《新疆师范大学学报》(哲学社会科学版),2004年第1期,第132-136页。

268.《踏步而来的辛笛,又竟自去了……》,柳易冰,《中外诗歌研究》,

2004年第1期，第74-75页。

269.《台湾新诗诗论的一株奇葩——评〈台湾新诗十家论〉》，郭长德，《淮南师范学院学报》，2004年第2期，第25-26页。

270.《台湾新诗研究的又一部力作——陶保玺〈台湾新诗十家论〉学术研讨会综述》，孙大军，《淮南师范学院学报》，2004年第2期，第27-28页。

271.《"天人合一"：郭沫若早期思想的核心》，宫富、刘骋，《西南交通大学学报》（社会科学版），2004年第2期，第118-123页。

272.《唯美诗人的象征森林》，魏天无，《芳草》，2004年第3期，第76-77页。

273.《"为自己的心情去做一个诗人"——王小妮90年代以来的诗》，王光明，《诗潮》，2004年3-4月号，第8-9页。

274.《文本的觉醒与语言的爆炸——论第三代军旅诗》，杜红，《解放军艺术学院学报》，2004年第1期，第78-84页。

275.《我们听到了什么……——青年诗人张晓亮诗集〈风尘中的麦芒〉读后》，小鹏，《东京文学》，2004年第2期，第44-45页。

276.《我因此看见平凡人生——读〈胡美丽的故事〉（长诗节选）》，马知遥，《名作欣赏》，2004年第3期，第93-95页。

277.《席慕容与中国古代诗歌》，雷学军，《海南师范学院学报》（社会科学版），2004年第2期，第40-44页。

278.《西南联大外文系的文化精神——外文系与联大诗人群》，王燕，《廊坊师范学院学报》，2004年第1期，第81-85页。

279.《现代诗歌文体探索的意义、可能及智慧显现——读吕进〈现代诗歌文体论〉》，雷斌，《中外诗歌研究》，2004年第1期，第67-68页。

280.《现代诗与传统的关系》，孙文波，《扬子江诗刊》，2004年第2期，第21-24页。

281.《献给孤独者的歌——徐鲁的诗〈海子在昌平〉赏析》，彭松，《名作欣赏》，2004年第3期，第98-99页。

282.《乡土的眷恋与绝望——读黑陶的长诗〈绿昼〉》，袁玉敏，《当代文坛》，2004年第2期，第94-95页。

283.《晓雪关于诗的来信》，晓雪，《新蕾》，2004年第3期，第63-64页。

284.《谢幕：以诗歌的名义》，梁平，《星星》，2004年第3期，第4-9页。

285.《辛笛诗中的时间》，杨蕾，《苏州大学学报》（哲学社会科学版），2004年第2期，第87-90页。

286.《心灵的回音——读袁智忠散文诗〈心碑〉》，郁勤，《当代文坛》，2004年第2期，第96-97页。

287.《新诗，需要理性而激情的建设——评〈中国新诗白皮书1999-

2002〉》，谭旭东，《创作评谭》，2004年第3期，第53-54页。

288.《新时期的地域诗歌——关于两本书的写作》，何休，《重庆三峡学院学报》，2004年第2期，第41-44页。

289.《新时期湖北先锋诗歌发展轨迹》，周少华，《湖北成人教育学院学报》，2004年第2期，第36-37页。

290.《新月派与立体主义》，谢南斗，《中国文学研究》，2004年第1期，第79-82页。

291.《先锋立场——20世纪90年代先锋诗歌的神性关怀》，李友云，《当代文坛》，2004年第2期，第92-93页。

292.《先锋诗歌的七种写作形态》，沈健，《求索》，2004年第2期，第209-212页。

293.《寻找一间朴素的小屋——读晓亮的诗》，孔令更，《东京文学》，2004年第2期，第45-46页。

294.《〈野草〉研究二题》，田建民、马德生，《河北大学学报》（哲学社会科学版），2004年第1期，第1-9页。

295.《也读伊沙的〈张长氏，你的保姆〉》，阎定山，《语文月刊》，2004年第3期，第4-5页。

296.《也谈〈当哥哥有了外遇〉》，马俊华，《诗刊》（下半月刊），2004年3月号，第34-35页。

297.《依然一棵年轻的树——贺辛笛先生诗歌创作七十周年》，谢冕，《诗刊》（上半月刊），2004年3月号，第55-56页。

298.《一束幽香的阳光》，古马，《诗刊》（上半月刊），2004年3月号，第27-28页。

299.《一位自觉植根于大地和人生的诗人》，蒋福泉，《火花》，2004年第3期，第7-8页。

300.《以可疑的身份进入历史的真实（概述）——管窥中国大陆民间诗歌报刊的发展及意义》，世中人，《星星》，2004年第3期，第242-248页。

301.《一笔两栖话传统——诗人梁上泉访谈录》，王端诚，《中华诗词》，2004年第3期，第45-46页。

302.《一花一世界 一草一精神——读张晓亮诗所感》，赵新江，《东京文学》，2004年第2期，第40-41页。

303.《意境生成：意象选择与悟觉思维——现代派诗歌的古典阐释》，李春丽，《阴山学刊》（社会科学版），2004年第2期，第35-38页。

304.《音律以外的诗歌形式实验——论"图像诗"》，王光明，《天津社会科学》，2004年第2期，第117-119页。

305.《迎接黎明的人——读北川的诗集〈固体的姿态〉》，张锦华，《东京文学》,2004 年第 2 期,第 49 - 50 页。

306.《悠远而缠绵的乡土恋歌——罗晖作品印象》,土墙,《南方文学》,2004 年第 2 期,第 32 - 42 页。

307.《余光中现代诗的中西视野融合》,赵小琪,《广东社会科学》,2004 年第 2 期,第 145 - 151 页。

308.《与缪斯对话——读诗札记》,宁宇,《中外诗歌研究》,2004 年第 1 期,第 48 - 50 页。

309.《与祖国人民悲欢与共——"世纪诗人"臧克家追忆》,陆梅,《中外诗歌研究》,2004 年第 1 期,第 13 - 14 页。

310.《欲海中的寻梦者——〈胡美丽的故事〉中女性的境遇与表达》,陈俊,《名作欣赏》,2004 年第 3 期,第 90 - 92 页。

311.《原初记忆反馈与回眸审视——兼谈赵福君的〈乡恋系列〉》,峭岩,《写作》(上旬刊),2004 年 3 月号,第 9 页。

312.《远游·自由·诗——论蓝冰诗歌的精神指向和审美追求》,李青果,《大连民族学院学报》,2004 年第 2 期,第 24 - 25、83 页。

313.《展示与播撒梦想的种子——写给"甲申风暴·21 世纪中国诗歌大展"》,耿占春,《星星》,2004 年第 3 期,第 10 - 15 页。

314.《真实的黑暗来自俗世的反面——为〈当哥哥有了外遇〉而辩》,霍俊明,《诗刊》(下半月刊),2004 年 3 月号,第 33 - 34 页。

315.《"知识分子写作":智性的思想批判》,罗振亚,《天津社会科学》,2004 年第 2 期,第 90 - 96 页。

316.《质疑五四诗学的神话》,胡晓明、王守雪,《中文自学指导》,2004 年第 2 期,第 19 - 22 页。

317.《中国超现实主义诗歌在崛起——序诗集〈洪水〉》,李光武,《绿风》,2004 年第 2 期,第 121 - 125 页。

318.《中国先锋诗歌向何处去——21 世纪汉语诗歌面临的困境与选择》,周伦佑,《扬子江诗刊》,2004 年第 2 期,第 73 - 79 页。

319.《中国现代科学文艺论的一块坚实基石——鲁迅〈摩罗诗力说〉研究》,敖忠,《解放军艺术学院学报》,2004 年第 1 期,第 23 - 27 页。

320.《中国现代新诗的乌托邦之旅——论意象的想象空间与民族神话的构建》,白杰,《中外诗歌研究》,2004 年第 1 期,第 53 - 57 页。

321.《中年写作·词·历史与风景——读黄亚洲诗歌札记》,邹汉明,《南方文坛》,2004 年第 2 期,第 61 - 65 页。

322.《朱光潜对维柯与中国传统诗论的比较与发展》,李锋,《安庆师范学院学报》(社会科学版),2004 年第 2 期,第 70 - 73 页。

323.《烛照诗史的理性之光——评罗振亚〈中国现代主义诗歌史论〉》,刘小微,《中外诗歌研究》,2004年第1期,第69-70页。

324.《主体性精神与全方位的诗学探索——论吴思敬的诗学思想》,张大为,《阴山学刊》(社会科学版),2004年第2期,第5-11页。

325.《壮丽人生,诗魂峥嵘——评王一桃和他的诗歌》,贺祥麟,《东方丛刊》,2004年第1辑,第33-38页。

326.《自由化与律化:20世纪新诗诗体建设历史简析》,王珂,《海南师范学院学报》(社会科学版),2004年第2期,第27-32页。

4月

327.《艾青诗歌的个体生命意识》,乔琦,《沙洋师范高等专科学校学报》,2004年第2期,第41-45页。

328.《把诗歌带回到声音里去》,金燕、贺中等,《艺术评论》,2004年第4期,第61-65页。

329.《北回归线——太阳升起的地方》,刘翔,《诗歌月刊》,2004年第4期,第13页。

330.《彼在与此在:杨炼和于坚的诗歌语言分析》,余娜,《楚雄师范学院学报》,2004年第2期,第19-21页。

331.《重现的花朵——〈女子诗报〉与"女性诗歌"》,肖晓英,《诗歌月刊》,2004年第4期,第84-86页。

332.《从诗歌的当代命运看新文化运动的负面影响》,张艳华,《山东社会科学》,2004年第4期,第81-84页。

333.《催生爱与希望的不屈歌者——食指和他的诗》,葛艳丽,《济宁师范专科学校学报》,2004年第2期,第80-83页。

334.《当代诗歌:漂移中的修复——兼论张德明诗歌的"万难诗意"》,李志元,《广西师范学院学报》(哲学社会科学版),2004年第2期,第20-23页。

335.《读〈中国当代先锋诗歌研究〉》,曹亚辉,《东方论坛》,2004年第2期,第128页。

336.《对一首小诗的解读或误读——读宋峻梁短诗〈北风吹〉》,张学梦,《当代人》,2004年第4期,第76-77页。

337.《我的大学就是田野——多多访谈录》,凌越,《书城》,2004年第4期,第40-47页。

338.《儿歌五忌》,聪聪,《写作》(上旬刊),2004年第4期,第17-18页。

339.《发现诗歌——发现诗社简介》,西渡,《诗歌月刊》,2004年第4期,第89-90页。

340.《"非非访谈":高扬非非主义精神,继续非非(节选)》,周伦佑、肖芸,《诗歌月刊》,2004 年第 4 期,第 20 - 21 页。

341.《郭小川的三起三落》,许人俊,《各界》,2004 年第 4 期,第 33 - 35 页。

342.《好诗圆美如珍珠》,潘大华,《阅读与写作》,2004 年第 4 期,第 20 - 21 页。

343.《黑暗中的存在:一本内地省份民刊的生长记录》,刘泽球,《诗歌月刊》,2004 年第 4 期,第 74 - 76 页。

344.《胡适译诗与经典构建》,廖七一,《中国比较文学》,2004 年第 2 期,第 103 - 115 页。

345.《火热的抒情》,沈苇,《星星》,2004 年第 4 期,第 14 - 15 页。

346.《基督教文化与冰心早期文学创作》,李滟波,《外国文学研究》,2004 年第 2 期,第 104 - 110 页。

347.《激越的诗情——序鲁宏庆的〈三叶集〉诗集》,马作楫,《都市》,2004 年第 4 期,第 63 - 65 页。

348.《〈金黄的稻束〉和它的诞生》,郑敏,《名作欣赏》,2004 年第 4 期,第 76 页。

349.《"金黄的稻束"与"人类的思想者"》,刘燕,《名作欣赏》,2004 年第 4 期,第 79 - 82 页。

350.《九叶诗派的外围诗人及其诗艺探索》,蒋登科,《重庆职业技术学院学报》,2004 年第 2 期,第 7 - 10 页。

351.《理性的行吟——读谷地诗集〈真实的声音〉》,黄乃慧,《诗选刊》,2004 年第 4 期,第 92 - 95 页。

352.《略论流行歌曲的文学之美》,马树春,《广西师范大学学报》(哲学社会科学版),2004 年第 2 期,第 59 - 62 页。

353.《论〈大堰河——我的保姆〉的特殊诗美》,朱庆华,《湖北社会科学》,2004 年第 4 期。第 62 - 63 页。

354.《论何其芳早期创作中的象征主义特色》,尹少荣,《中南大学学报》(社会科学版),2004 年第 2 期,第 243 - 247 页。

355.《论浪漫主义文学思潮对创造诗派、新月诗派的影响》,袁靖华,《嘉应学院学报》,2004 年第 2 期,第 54 - 58 页。

356.《论李松涛的黄河情结》,邢海珍,《艺术广角》,2004 年第 2 期,第 4 - 9 页。

357.《论南永前的图腾诗》,李卫华,《北方民族》,2004 年第 2 期,第 50 - 53 页。

358.《论〈原诗〉的自由意识》,李志艳,《华文文学》,2004 年第 2 期,第 59 - 63 页。

359.《美哉,〈再别康桥〉》,王红梅,《中学语文》(上半月),2004年第4期,第23-24页。

360.《民间情歌意象的文化心理解读》,徐雪、彭栓红,《山西师大学报》(社会科学版),2004年第2期,第113-118页。

361.《缪斯的虔诚守护者——论万龙生的诗歌创作》,陈敢、林莹秋,《重庆工商大学学报》(社会科学版),2004年第2期,第103-108页。

362.《漂泊在"之间"的歌者——《关于一种深秋的纪念》评析》,李兴阳、田文强,《写作》(上旬刊),2004年第4期,第36-37页。

363.《评江弱水文:〈帝国的铿锵:从吉卜林到闻一多〉》,石义师,《江南大学学报》(人文社会科学版),2004年第2期,第39-45、63页。

364.《清醒而坚实地实践着诗的追求——评殷德江诗集〈正常世界〉》,石英,《橄榄绿》,2004年第2期,第80页。

365.《情感、经验与智性的融会》,陈超,《清明》,2004年第2期,第196-197页。

366.《人生体验的灵魂投射——析〈雪〉》,叶橹,《名作欣赏》,2004年第4期,第62-63页。

367.《三种文化背景下的郭沫若》,任媛媛,《商丘职业技术学院学报》,2004年第2期,第22-23页。

368.《深入生活深处倾听——读〈向上的火焰〉》,谢克强,《芳草》,2004年第4期,第77-78页。

369.《沉思的凝结与美丽——读〈金黄的稻束〉》,胡洪亮,《名作欣赏》,2004年第4期,第77-78页。

370.《神游于生命的牧歌情境——袁智忠散文诗的审美追求》,周鹊虹,《重庆工学院学报》,2004年第2期,第153-156页。

371.《生命意识的觉醒——洛夫长诗〈漂木〉剖析(上)》,曾贵芬,《华文文学》,2004年第2期,第54-58页。

372.《诗歌的"断行"艺术》,黎志敏,《诗刊》(上半月刊),2004年4月号,第48-56页。

373.《诗歌的个人地理学——阅读当代诗歌之二》,耿占春,《星星》,2004年第4期,第98-103页。

374.《诗歌结尾的写作艺术》,姚国建,《阅读与写作》,2004年第4期,第18-19页。

375.《诗美追求与抒情姿态——谈辛笛诗的艺术魅力》,孙玉石、王圣思,《上海文学》,2004年第4期,第84-88页。

376.《诗坛双璧》,李正西,《阳光》,2004年第4期,第56-57页。

377.《诗在有理无理间》,刘福智,《写作》(上旬刊),2004年第4期,第

13－15 页。

378.《十七年诗歌"古典＋民歌"范式的现代性解读》,甘浩,《信阳师范学院学报》(哲学社会科学版),2004 年第 2 期,第 101－104 页。

379.《谁来为现时代的伪诗歌送葬——一份"80 后"短简》,汪峰,《诗选刊》,2004 年第 4 期,第 81－83 页。

380.《说说叶舟》,伊沙,《星星》,2004 年第 4 期,第 16 页。

381.《思茅哈尼族诗人和他们的诗歌创作》,赵德文,《边疆文学》,2004 年第 4 期,第 60－64 页。

382.《她,名叫沙戈》,阳飏,《诗刊》(上半月刊),2004 年 4 月号,第 29 页。

383.《台湾现代派诗风吹拂下的东南亚华文诗坛》,赵顺宏,《华文文学》,2004 年第 2 期,第 17－23 页。

384.《啼泣中的温情——戴望舒诗歌现代意识中的东方情绪》,荣荣,《诗选刊》,2004 年第 4 期,第 84－85 页。

385.《痛悼臧老——臧老对先父闻一多持续数十年的深情》,闻立雕,《大地》,2004 年第 4 期,第 10－11 页。

386.《推杆进洞的愿景与现实——汉语诗坛"80 后"生存现状》,丁成,《诗选刊》,2004 年第 4 期,第 76－80 页。

387.《颓废:生命情调的选择——李金发象征主义诗歌审美主题浅探》,汪登存,《淮北煤炭师范学院学报》(哲学社会科学版),2004 年第 2 期,第 63－65 页。

388.《王强访谈:〈大骚动〉——圆明园艺术村的一个幽灵(节选)》,王强,《诗歌月刊》,2004 年第 4 期,第 52－53 页。

389.《我和〈诗歌与人〉》,黄礼孩,《诗歌月刊》,2004 年第 4 期,第 68－69 页。

390.《鲜红的草莓 火热的爱心——读陈广斌的诗集〈红草莓〉》,刘文斌、张丽君,《草原》,2004 年第 4 期,第 85－87 页。

391.《现代诗歌中太阳意象群溯源与衍生》,张黎呐,《湖北民族学院学报》(哲学社会科学版),2004 年第 2 期,第 77－81 页。

392.《新诗文体建设的奠基之作——论臧克家诗集〈烙印〉》,李钧,《理论学刊》,2004 年第 4 期,第 114－117 页。

393.《新月派前期的"文学梦"》,胡博,《中国现代文学研究丛刊》,2004 年第 2 期,第 67－88 页。

394.《一位"完成"了的诗人——〈杨牧文集〉前言》,[芬兰]奚梅芳,《星星》,2004 年第 4 期,第 69－73 页。

395.《以问题穿越历史,以冷峻审视过程——王光明著〈现代汉诗的百年演变〉序》,孙玉石,《文艺评论》,2004年第2期,第56-60页。

396.《〈翼〉的缘起和我们的立场(节选)》,戴锦华、周瓒,《诗歌月刊》,2004年第4期,第29-30页。

397.《隐喻的消解——于坚诗歌创作片论》,张高杰,《南阳师范学院学报》(社会科学版),2004年第4期,第82-84页。

398.《游走于多重文学思潮之间——论林徽因的诗歌道路》,陈国恩、王一珂,《创作评谭》,2004年第4期,第39-43页。

399.《于坚:一个置身存在的诗人》,[美国] Jillan Shulman,《大家》,2004年第2期,第43-48页。

400.《〈于坚集〉序》,胡廷武,《大家》,2004年第2期,第38-42页。

401.《寓言的哲理和诗意——评郑世芳寓言童话诗集〈三个色盲〉》,陈旭光,《诗选刊》,2004年第4期,第89-91页。

402.《在想象和抒情之上重建"低河地带"》,马丁,《青海湖》,2004年4月号,第69-72页。

403.《臧克家:诗比人更长寿》,余玮,《大地》,2004年第4期,第12-15页。

404.《臧克家建国后的诗作与诗论》,古远清,《心潮诗词》,2004年第2期,第22-24页。

405.《臧克家与重庆》,吕进,《诗刊》(上半月刊),2004年4月号,第58页。

406.《中国超现实主义诗群在崛起》,李光武,《绿洲》,2004年第2期,第115-118页。

407.《中国西部诗群的诗歌精神及其发展深化(续)》,何休,《西部论坛》,2004年第2期,第47-52页。

408.《中国新诗真的堕落了吗?》,曾洪伟,《作品与争鸣》,2004年第4期,第75页。

409.《中西爱情诗下隐藏的不同文化内涵——〈五月之歌〉与〈春思〉之比较》,郑佳燕,《石家庄经济学院学报》,2004年第2期,第229-232页。

410.《撞击的声音像黎明——评李进文诗集〈一枚西班牙钱币的自助旅行〉》,陈大为,《华文文学》,2004年第2期,第64-67页。

411.《自行简史:2000年以来的〈自行车〉》,非亚,《诗歌月刊》,2004年第4期,第60-61页。

412.《走进蒙古草原,还原乡愁乡恋——蒙古族女诗人席慕蓉》,张存锋,《语文学刊》,2004年第2期,第53-54页。

5月

413.《90年代诗歌中的"知识分子写作"》,魏天无,《华中师范大学学报》(人文社会科学版),2004年第3期,第106－110、116页。

414.《艾青与新诗诗体建设——艾青中后期诗歌的格律化倾向(之二)》,谢向红,《湖南科技大学学报》(社会科学版),2004年第3期,第99－103页。

415.《安静的写作》,宋烈毅,《诗选刊》,2004年第5期,第92－93页。

416.《〈半边鱼〉及其他——诗集〈半边鱼〉首发式发言摘要》,夏雯整理,《厦门文学》,2004年第4期,第156－157页。

417.《百年汉诗文体的流变及其叙述》,许霆,《江海学刊》,2004年第3期,第194－201页。

418.《北岛:没有幸福,只有自由和平静》,唐晓渡,《当代作家评论》,2004年第3期,第18－20页。

419.《滨河茶座谈诗》,何来,《诗选刊》,2004年第5期,第81－83页。

420.《不伦不类的"朋友"》,王珂,《扬子江诗刊》,2004年第3期,第69－70页。

421.《城市化视野中的当代诗歌》,吴思敬,《河南社会科学》,2004年第3期,第68－70页。

422.《〈重庆书〉的结构艺术和抒写人称》,任毅,《当代文坛》,2004年第3期,第77－79页。

423.《〈重庆书〉的解读问题》,蒋登科,《当代文坛》,2004年第3期,第70－72页。

424.《〈重庆书〉的语言艺术》,李春艳,《当代文坛》,2004年第3期,第75－76页。

425.《重新命名(创作谈)》,秦安江,《星星》,2004年第5期,第12－13页。

426.《重新做一个批评家》,徐敬亚,《诗选刊》,2004年第5期,第77－80页。

427.《穿梭于地面的技艺——臧棣诗歌论》,张桃洲,《当代作家评论》,2004年第3期,第21－28页。

428.《穿越峡谷的生命之流的歌吟——读胡刚毅的诗》,张细珍,《创作评谭》,2004年第5期,第50－52页。

429.《传统就像血缘的召唤——北岛访谈录》,唐晓渡,《诗潮》,2004年5－6月号,第68－72页。

430.《传统之悖逆——论我国新时期的诗歌创作》,车永强,《江汉论坛》,

2004年第5期，第99－102页。

431.《春天很大又很小——读王宜振〈21世纪校园抒情诗〉断想》，梁小斌，《绿风》，2004年第3期，第121－124页。

432.《此中有真意——韦其麟〈赞美〉赏析》，陈亦愚，《阅读与写作》，2004年第5期，第13页。

433.《从保守的文体改良到极端的文体革命——新诗革命的演变轨迹及特点》，王珂，《南京师大学报》（社会科学版），2004年第3期，第104－109页。

434.《从一场对话开始——关于"新诗究竟有没有传统"的解析》，张立群，《文艺争鸣》，2004年第3期，第21－22页。

435.《从"意象"到"象征"：30年代汉语象征诗学的拓展——以废名、卞之琳、何其芳的诗歌创作为例》，贺昌盛，《江苏社会科学》，2004年第3期，第137－141页。

436.《挫万物于笔端——读吴天鹏的诗》，王久欣，《神剑》，2004年第3期，第118－119页。

437.《〈大堰河——我的保姆〉标点符号的巧妙变化》，朱磊，《语文建设》，2004年第5期，第22页。

438.《大雁塔文化原型的古今阐释——几组大雁塔诗歌的文本比较》，高天成，《唐都学刊》，2004年第3期，第10－12页。

439.《当代汉语诗歌中的神性意识》，马洁如、廖恒，《当代文坛》，2004年第3期，第67－69页。

440.《当代诗歌现状分析与摄影诗崛起之思考》，绿岛，《云梦学刊》，2004年第3期，第68－69页。

441.《当前新诗、诗歌教育与诗歌评论》，霍俊明整理，《扬子江诗刊》，2004年第3期，第29－32页。

442.《导引"古井"里的甘泉——舒婷的〈呵，母亲〉》，王光明、白倩，《扬子江诗刊》，2004年第3期，第63－67页。

443.《定格灵动的诗意——简论胡弦的诗歌》，十品，《诗林》，2004年第2期，第58－60页。

444.《读新发现的两首林徽因佚诗——纪念诗人诞生一百周年》，陈学勇，《新文学史料》，2004年第2期，第67－69页。

445.《对话：新诗与基础教育》，吴思敬、肖远骑等，《诗潮》，2004年5－6月号，第73－76页。

446.《对一段永不再来的恋情的一种心痛——〈再别康桥〉主题解读》，云丹敏，《语文月刊》，2004年第5期，第2－3页。

447.《对质疑新诗传统的回答与反思》，霍俊明，《粤海风》，2004年第3期，第68－70页。

448.《反向的诗歌》,唐欣,《诗刊》(上半月刊),2004年5月号,第27、35页。

449.《高标独树,新诗诗体学理论建设的又一面风旗——兼论〈台湾新诗十家论〉的卓越贡献》,陈发玉,《淮南师范学院学报》,2004年第3期,第75-79页。

450.《关于创办〈诗刊〉的两封信》,张超群,《火花》,2004年第5期,第11-12页。

451.《关于诗的几个问题》,维山,《新文学史料》,2004年第2期,第62-65页。

452.《关于诗歌传统》,郑敏,《文艺争鸣》,2004年第3期,第16-17页。

453.《关于"新诗有无传统"的争论》,黄飞山,《粤海风》,2004年第3期,第71-72页。

454.《郭沫若时代及其诗美觉悟》,汪东发,《长沙电力学院学报》(社会科学版),2004年第2期,第96-99页。

455.《"过客"和"独语者"——鲁迅〈野草〉和何其芳〈画梦录〉的比较研究》,王吉鹏、张娟,《扬州大学学报》(人文社会科学版),2004年第3期,第37-42页。

456.《何其芳留给新世纪中国文学的启示》,陶德宗,《重庆三峡学院学报》,2004年第3期,第17-20页。

457.《贺敬之:"我的一生都没写出一两句能和民谣媲美的诗"》,张骥良、张立杰,《三月风》,2004年第5期,第42-43页。

458.《胡适与美国意象派》,王小林,《湘潭大学学报》(哲学社会科学版),2004年第3期,第59-62页。

459.《幻觉与现实的嘲讽——柳易冰诗歌印象》,裘锡军,《诗林》,2004年第2期,第65-66页。

460.《黄皓:俯瞰大地的苍鹰》,刘志诚,《草原》,2004年第5期,第90-91页。

461.《坚持,像延续不断的生活——谢荣胜诗歌印象》,马青山,《飞天》,2004年第5期,第102-105页。

462.《建议新诗尝试专题创作》,陆凌霄,《诗刊》(上半月刊),2004年5月号,第61-62页。

463.《介绍冯雪峰的〈关于诗的几个问题〉》,陈梦熊,《新文学史料》,2004年第2期,第66页。

464.《苦难命运的悲怆奏鸣曲——痖弦名作〈盐〉的艺术特色》,刘康凯,《写作》(上旬刊),2004年第5期,第8-9页。

465.《"狂草"中的诗意》,冯亦同,《扬子江诗刊》,2004年第3期,第68

-69页。

466.《浪漫诗人的"现代"诉求——论"新月"诗派的现代主义艺术实践》,程国君,《南开学报》(哲学社会科学版),2004年第3期,第101-107页。

467.《老骥壮笔关东魂——诗人刘文玉〈黑土壮歌〉研讨会侧记》,金炳华、苏叔阳等,《诗潮》,2004年5-6月号,第77-78页。

468.《理想世界的执著与困境——论食指的地下诗歌》,孙伟红,《潍坊学院学报》,2004年第3期,第96-99页。

469.《历史与心灵的重影——评刘彦荣〈奇谲的心灵图景——《野草》意识与无意识关系之探讨〉》,王吉鹏、吴丹,《江西师范大学学报》(哲学社会科学版),2004年第3期,第127-128页。

470.《柳易冰诗观》,柳易冰,《诗林》,2004年第2期,第61-62页。

471.《论郭风散文诗对人观照的变化》,宋桂友,《常熟高专学报》,2004年第3期,第53-57页。

472.《论诗歌的形象创造》,姚国建,《写作》(上旬刊),2004年第5期,第5-7页。

473.《论诗歌中的态度——给臧克家兄的一封信》,袁水拍,《新文学史料》,2004年第2期,第4-5页。

474.《论西方现代诗歌运动对新诗革命的影响》,王珂、代绪宇,《周口师范学院学报》,2004年第3期,第21-24页。

475.《论新生代散文诗作家的创新意识》,蒋登科,《江西财经大学学报》,2004年第3期,第84-89页。

476.《论余光中新古典主义诗学的特征》,黄海晴,《海南师范学院学报》(社会科学版),2004年第3期,第41-46页。

477.《洛夫的诗路历程对现代汉诗的启示》,李诗信,《茂名学院学报》,2004年第2期,第14-18页。

478.《"落花"与"野草"——龚自珍与鲁迅之生命意象比较研究》,朱奇志,《甘肃社会科学》,2004年第3期,第25-28页。

479.《〈绿风〉:诗意栖居的家园》,张吕,《绿风》,2004年第3期,第125-127页。

480.《芒克:今天是每一天》,唐晓渡,《星星》,2004年第5期,第96-100页。

481.《朦胧诗的美学特征及文学变革意义》,钟希高,《潍坊学院学报》,2004年第3期,第89-92页。

482.《萌芽时期汉语象征诗学的基本形态》,贺昌盛,《西南师范大学学报》(人文社会科学版),2004年第3期,第163-166页。

483.《迷茫与清醒的沦陷——新时期诗歌创作主体研究》,刘祖斌,《湖北社会科学》,2004 年第 5 期,第 35 - 38 页。

484.《民族意识、历史精神和生命体验——论回族诗人马德俊的诗歌创作》,王科,《民族文学研究》,2004 年第 2 期,第 95 - 98 页。

485.《批评的任务》,李德武,《诗林》,2004 年第 2 期,第 115 - 116 页。

486.《〈漂木〉的意象——〈漂木〉的结构与意象(节选)》,叶橹,《扬子江诗刊》,2004 年第 3 期,第 20 - 23 页。

487.《评王光明〈现代汉诗的百年演变〉》,张桃洲,《文学评论》,2004 年第 3 期,第 176 - 178 页。

488.《起点的意义——关于 20 世纪 40 年代李瑛诗学追求的一些资料和思考》,孙玉石,《新文学史料》,2004 年第 2 期,第 101 - 110 页。

489.《强势推动下的诗歌普查》,古力,《诗选刊》,2004 年第 5 期,第 94 - 95 页。

490.《情感对诗歌的审美作用论略》,钱志富,《宁波大学学报》(人文科学版),2004 年第 3 期,第 24 - 27 页。

491.《邱易东诗歌的空间重组艺术》,吴其南,《当代文坛》,2004 年第 3 期,第 64 - 66 页。

492.《群体的舞蹈——互联网中的女性诗歌》,肖晓英,《诗林》,2004 年第 2 期,第 117 - 118 页。

493.《让我们张开诗的翅膀飞翔——致高平,谈〈敦煌〉诗刊的创办和当前诗歌创作》,张锲,《诗刊》(上半月刊),2004 年 5 月号,第 58 - 60 页。

494.《人本主义、女性主义与理想主义三重奏——论舒婷及朦胧诗审美典范的意义》,陈婉娴,《深圳大学学报》(人文社会科学版),2004 年第 3 期,第 88 - 91 页。

495.《舌头的自我许可:"第三代诗"深度分析》,李志元,《广播电视大学学报》(哲学社会科学版),2004 年第 2 期,第 7 - 10、35 页。

496.《身处边缘:朱自清诗论的研究现状、困境与意义》,李先国,《湘潭大学学报》(哲学社会科学版),2004 年第 3 期,第 71 - 75 页。

497.《生命最后的智慧之歌:穆旦在一九七六》,刘志荣,《文学评论》,2004 年第 3 期,第 32 - 38 页。

498.《诗歌的中年——论屠岸诗歌与卞之琳、冯至的关系》,荣光启,《诗刊》(上半月刊),2004 年 5 月号,第 52 - 57 页。

499.《诗歌含混美的成因探析》,周和军、王金龙,《聊城大学学报》(社会科学版),2004 年第 3 期,第 28 - 30 页。

500.《诗歌是生命在和自己说话》,安歌、燕窝、丁燕,《诗林》,2004 年第 2 期,第 119 - 128 页。

501.《世纪反思:新世纪诗歌随想》,谢冕,《河南社会科学》,2004 年第 3

期，第 65 – 67 页。

502.《试论先锋诗歌的转型》，李建周，《唐山师范学院学报》，2004 年第 3 期，第 16 – 19 页。

503.《守候重庆性格》，汤冬梅，《当代文坛》，2004 年第 3 期，第 73 – 74 页。

504.《"水，一定在水流的上游活着"——论麦城兼评其长诗〈形而上学的上游〉》，沈奇，《作家》，2004 年第 5 期，第 44 – 48 页。

505.《说简单的话，想简单的事，写不简单的诗——王立春组诗〈大蓝花〉读后》，薛卫民，《诗潮》，2004 年 5 – 6 月号，第 60 页。

506.《谈韩笑的诗歌创作》，朱先树，《文艺理论与批评》，2004 年第 3 期，第 96 – 99 页。

507.《探索世界性因素的典范之作：〈十四行集〉》，陈思和，《当代作家评论》，2004 年第 3 期，第 4 – 17 页。

508.《天平上的诗歌——诗人寓真访谈录》，东林，《诗刊》（下半月刊），2004 年 5 月号，第 58 – 61 页。

509.《童年的守望者——读林焕彰作品集〈小猫走路没声音〉》，王宜清、孙建江，《文学港》，2004 年第 3 期，第 117 – 120 页。

510.《童心嫣然　内蕴丰盈——论儿童诗的美学特征》，应玲素，《牡丹江大学学报》，2004 年第 5 期，第 27 – 29 页。

511.《挽歌低吟：作别五月的双桅船——论舒婷 90 年代（兼及 80 年代）的诗歌》，罗振亚、王雪红，《吉首大学学报》（社会科学版），2004 年第 2 期，第 80 – 85 页。

512.《王小妮九十年代诗歌简论》，肖晓英、向卫国，《茂名学院学报》，2004 年第 2 期，第 11 – 13、18 页。

513.《网络诗歌的文学史意义》，王本朝，《江汉论坛》，2004 年第 5 期，第 106 – 108 页。

514.《我试着用平常的语言——读何小竹的诗》，马策，《诗潮》，2004 年 5 – 6 月号，第 12 – 13 页。

515.《无愧无悔的人民诗人》，晓雪，《文艺理论与批评》，2004 年第 3 期，第 92 – 95 页。

516.《现代格律诗：在自由诗的压迫下潮长潮落》，王珂，《文史杂志》，2004 年第 3 期，第 56 – 57 页。

517.《现代诗学的两个前沿问题》，吕进，《河南社会科学》，2004 年第 3 期，第 78 – 80、93 页。

518.《"现实－象征－玄学"：汉语象征诗学的内在结构——论袁可嘉的"新诗现代化"问题》，贺昌，《江汉论坛》，2004 年第 5 期，第 103 – 105 页。

519. 《向自己说再见》，沈苇，《星星》，2004年第5期，第14-17页。

520. 《新声诗初探》，黄丹纳，《文学评论》，2004年第3期，第109-116页。

521. 《新诗"传统"的话语谱系与当代论争》，张大为，《文艺争鸣》，2004年第3期，第23-24页。

522. 《新诗散文化的理论误区与新诗格律化的必要性》，范军，《齐鲁学刊》，2004年第3期，第150-151页。

523. 《新诗已形成自身传统》，吴思敬，《文艺争鸣》，2004年第3期，第18-20页。

524. 《新诗应该建立以准定型诗体为主导的常规诗体》，王珂，《河南社会科学》，2004年第3期，第71-77页。

525. 《新诗应该怎样读?》，马俊华，《书屋》，2004年第5期，第50-53页。

526. 《新时期诗歌的后现代主义特征》，刘永涛，《理论与创作》，2004年第3期，第65-69页。

527. 《心系人民的诗人——悼"世纪诗翁"臧克家》，黄东成，《扬子江诗刊》，2004年第3期，第77-79页。

528. 《形成、调整与质变——周作人"人的文学"观与日本文学的关系》，方长安，《文学评论》，2004年第3期，第94-101页。

529. 《血液里流淌的诗行——读胡昭的诗》，吴开晋，《文艺争鸣》，2004年第3期，第92-93页。

530. 《一次"灵魂出窍"的精神探险》，邓艮，《当代文坛》，2004年第3期，第80-81页。

531. 《一道坚实而深远的生命季节的印痕——读吕钦文〈哲理与情思〉》，邢小利，《文艺争鸣》，2004年第3期，第32-34页。

532. 《一份杂志和一个群体——以〈新月〉为中心》，侯群雄，《新文学史料》，2004年第2期，第111-122页。

533. 《一个精神"偷窥"者的自白——李元胜诗歌创作的意义》，周火岛，《红岩》，2004年第3期，第181-184页。

534. 《以形式为生命的艺术》，董锋，《辽宁师范大学学报》（社会科学版），2004年第3期，第88-90页。

535. 《意境诗的形成、演变和解体——兼论新诗不是意境诗》，吕家乡，《文史哲》，2004年第3期，第51-58页。

536. 《异域写作与本土批评》，贺昌，《陕西师范大学学报》（哲学社会科学版），2004年第3期，第17-21页。

537. 《"影响的焦虑"——论后朦胧诗抒情策略转移的心理动因》，任南南、张守海，《当代文坛》，2004年第3期，第61-63页。

538.《原创的"快乐的文本":70后诗歌》,罗振亚,《山花》,2004年第5期,第107-113页。

539.《在更内里的地方动作——简说黑枣诗作》,海迪,《福建文学》,2004年第5期,第92页。

540.《在还原和创造诗美中获得欣赏诗的乐趣——论诗歌欣赏的任务和方法》,代绪宇、王珂,《广播电视大学学报》(哲学社会科学版),2004年第2期,第17-22页。

541.《"在诗状态"与诗歌心理研究》,蒋登科,《诗刊》(上半月刊),2004年5月号,第62-65页。

542.《赞颂与诅咒交织的都会之歌——论20世纪30年代中国现代派都会诗歌》,李赴军,《理论与创作》,2004年第3期,第88-90页。

543.《震惊20世纪30年代中国文坛的"蓬子转向"》,刘小清,《名人传记》(上半月),2004年第5期,第76-80页。

544.《直至抵达心灵创伤》,梁小斌,《诗刊》(上半月刊),2004年5月号,第32-40页。

545.《"智慧之美":卞之琳诗歌的"智性化"特征》,张洁宇,《南都学坛》,2004年第3期,第51-57页。

546.《智性的诡谲:猜想西川的创作》,刘恩波,《当代作家评论》,2004年第3期,第29-34页。

547.《中国新诗的八大传统》,谢向红,《江海学刊》,2004年第3期,第202-206页。

548.《朱自清诗论:辩证性与"集成"性的统一》,廖四平,《渤海大学学报》(哲学社会科学版),2004年第3期,第42-49、53页。

6月

549.《30年代左翼诗歌视野中的都市》,张林杰,《中国文学研究》,2004年第2期,第62-65页。

550.《70年如一日》,黎焕颐,《诗探索》,2004年春夏卷,第99-100页。

551.《"白屋诗人"吴芳吉的传奇人生》,蔡佑祥,《名人传记》(上半月),2004年第6期,第73-76页。

552.《百年回眸:一个诗学口号的修辞学批评》,谭学纯,《东方丛刊》,2004年第2辑,第107-122页。

553.《百年飘零:现代诗歌中的农民叙事——从〈老马〉到〈无量寺村〉》,郎毛,《诗探索》,2004年春夏卷,第32-42页。

554.《本体话语与问题诗学——王光明的诗歌批评之旅》,荣光启,《福建论坛》(人文社会科学版)，2004年第6期，第73-78页。

555.《编诗琐谈》，林染，《诗刊》(下半月刊)，2004年6月号，第39-40页。

556.《不容易写，也不轻易写——简论化铁的诗》，钱志富，《昆明师范高等专科学校学报》，2004年第2期，第53-55、62页。

557.《超越庸常　追求辉煌——评第四届四川文学奖初选诗作》，雷业洪，《乐山师范学院学报》，2004年第6期，第29-34页。

558.《沉浸醲郁　含英咀华——谈诗歌鉴赏的"入境"》，韩大伟，《阅读与写作》，2004年第6期，第20-21页。

559.《沉静的宣叙》，阿来，《草地》，2004年第3期，第68-70页。

560.《重读何其芳》，刘庭桂，《中外诗歌研究》，2004年第2期，第23-29页。

561.《重估胡适诗歌的特点与价值》，翟庆萱，《语文学刊》，2004年第3期，第26-30页。

562.《从暴力到语法，到肉身的赎回——当代汉诗的动向》，李志元，《淮北煤炭师范学院学报》(哲学社会科学版)，2004年第3期，第21-26页。

563.《从个人痛苦的诉说到历史神光的追寻——杨梓诗歌创作述评》，沈敏、郭珊珊，《湖南农业大学学报》(社会科学版)，2004年第3期，第61-63页。

564.《从杨逵的几首诗谈起》，詹澈，《世界华文文学论坛》，2004年第2期，第11-13页。

565.《从"隐喻"后退——一种作为方法的诗歌之我见》，于坚，《诗刊》(上半月刊)，2004年6月号，第53-56页。

566.《对峙与统一——席慕蓉诗歌艺术特色探》，蔡菁，《厦门教育学院学报》，2004年第2期，第46-49页。

567.《儿童诗艺术的守护者——论谭旭东的儿童诗创作》，王耿、卢力刚，《运城学院学报》，2004年第3期，第63-65页。

568.《"反道德""反文化"：先锋"流行诗"的写作误区》，陈超，《诗刊》(上半月刊)，2004年6月号，第66-68页。

569.《废名诗的倾向及母题探析》，张学敏，《天水师范学院学报》，2004年第3期，第40-42页。

570.《冯至早期新诗创作中的现实主义精神》，程思义，《江西农业大学学报》(社会科学版)，2004年第2期，第102-104页。

571.《干雷酸雨走飞虹》，公木，《厦门文学》，2004年第6期，第4-6页。

572.《感觉在熟悉与陌生之间——读〈乡村的女孩〉和〈最初的生活〉》，刘凡，《阅读与写作》，2004年第6期，第40页。

573.《歌诗合为事而作——读新出版的〈布赫诗集〉》，陈广斌，《草原》，

2004年第6期，第89－91页。

574.《关于"白洋淀诗歌群落"》，林莽，《淮北煤炭师范学院学报》（哲学社会科学版），2004年第3期，第1－7页。

575.《关于刘文玉长诗〈黑土壮歌〉的一封信》，贺敬之，《诗刊》（上半月刊），2004年6月号，第62页。

576.《关于诗歌"草根性"问题的札记（节选）》，李少君，《诗刊》（下半月刊），2004年6月号，第41－42页。

577.《关于〈杂事诗〉》，徐江，《诗参考》，2004年第6期，第301页。

578.《归来者吕剑和他的抒情诗》，子张，《中外诗歌研究》，2004年第2期，第36－40页。

579.《郭沫若美学观形成探源（下）》，魏红珊，《郭沫若学刊》，2004年第2期，第58－67页。

580.《海男的诗：云南、女人、死亡》，[荷兰]张晓红，《诗探索》，2004年春夏卷，第245－255页。

581.《海外华文诗歌的出路及对策——以澳大利亚华文诗歌为例》，[澳大利亚]庄伟杰，《东方丛刊》，2004年第2期，第165－169页。

582.《海峡两岸：后现代诗考察与比较》，陈仲义，《文艺评论》，2004年第3期，第36－42页。

583.《寒冷遮不断春的路——论辛笛20世纪90年代以来的新诗》，缪克构，《诗探索》，2004年春夏卷，第123－129页。

584.《含珠蕴玉咀英华——香港诗人孙重贵品艺诗探微》，崔国发，《铜陵学院学报》，2004年第2期，第95－98页。

585.《花与原野——评柯原短诗》，王一桃，《中外诗歌研究》，2004年第2期，第45－47页。

586.《见证：沈浩波的历程》，伊沙，《诗参考》，2004年第6期，第270－276页。

587.《建筑·抒情·栖居大地——一种乌托邦式的诗学构想》，孙良好，《诗探索》，2004年春夏卷，第15－19页。

588.《江河、顾城：花朵和野兽都已沉睡》，唐晓渡，《星星》，2004年第6期，第99－103页。

589.《精神的固守与诗意的追求——论王家新〈回答〉一诗对当下社会人生的多维反思》，褚自刚、王社良，《开封教育学院学报》，2004年第2期，第20－22页。

590.《拒绝平庸：〈野草〉中的生命存在》，易晓莉，《闽江学院学报》，2004年第3期，第57－60页。

591.《句式叩响的旋律——〈野草·雪〉诗化的语法手段》，徐凤敏，《克山师专学报》,2004年第2期,第66-68页。

592.《决定汉语诗歌生命力的三大因素》,廖才高,《中国文学研究》,2004年第2期,第75-79页。

593.《觉醒的厦门诗歌,何日崛起——厦门诗歌群体扫描》,黄海、晓婷,《厦门文学》,2004年第6期,第58-60页。

594.《抗战前期李广田的文学思想》,秦林芳,《南通师院学报》(哲学社会科学版),2004年第2期,第66-69页。

595.《空谷足音,杳然绝响——对海子诗〈秋〉的赏析》,季文学,《中学语文》(下半月),2004年第6期,第14-15页。

596.《可以被压碎 决不被压服——记诗人阿垅》,晓风,《纵横》,2004年第6期,第47-51页。

597.《赖和新诗的艺术成就》,刘红林,《台湾研究集刊》,2004年第2期,第99-104页。

598.《历史的还原与还原的艺术——评陆耀东新著〈冯至传〉》,赵小琪、鲁道祥,《诗探索》,2004年春夏卷,第301-304页。

599.《梁小斌论》,杨四平,《涪陵师范学院学报》,2004年第3期,第13-20页。

600.《亮朗峻拔 深婉秀约——论李广泽诗歌风格的双重变奏》,李万庆,《艺术广角》,2004年第3期,第50-54页。

601.《林徽因诗歌哲学意蕴解读》,李蓉,《福建论坛》(人文社会科学版),2004年第6期,第84-87页。

602.《流行歌词的比喻特色及其文化透视》,马树春,《广西大学学报》(哲学社会科学版),2004年第3期,第70-73页。

603.《略论诗歌语言与普通语言的差异性》,金宏伟,《绍兴文理学院学报》(哲学社会科学),2004年第3期,第67-69页。

604.《略论〈文艺的哲学基础〉对〈摩罗诗力说〉文学观之影响》,由同来,《日语学习与研究》,2004年第2期,第65-68页。

605.《论艾青诗歌中的三大原型意象群》,刘勇,《渝西学院学报》(社会科学版),2004年第2期,第69-71页。

606.《论卞之琳诗歌意象的作用机制》,王之成,《盐城工学院学报》(社会科学版),2004年第2期,第38-41页。

607.《论海子诗歌的太阳意象》,梁彦玲,《廊坊师范学院学报》,2004年第2期,第71-73页。

608.《论诗歌的非市场化走向》,谢世洋,《新疆大学学报》(社会科学版),2004年第2期,第112-116页。

609.《论诗歌的弦外之音》,谭宪昭,《阅读与写作》,2004年第6期,第

19页。

610.《论闻一多诗学的"多元意识"》,吴艳,《江汉论坛》,2004年第6期,第93-95页。

611.《论"五四"时期诗剧的内容特征》,陈文兵,《开封大学学报》,2004年第2期,第34-37页。

612.《论小海的诗歌创作》,刘歌,《中外诗歌研究》,2004年第2期,第49-53页。

613.《论新诗诗体建设的恶劣生态》,王珂,《北京工业大学学报》(社会科学版),2004年第2期,第70-74页。

614.《论新诗应该有常体》,王珂,《诗探索》,2004年春夏卷,第20-31页。

615.《论徐志摩〈再别康桥〉一诗意境的创造》,梁钦,《河北大学成人教育学院学报》,2004年第2期,第55-56页。

616.《论郑敏诗歌的艺术特征》,姚国建,《安徽大学学报》(哲学社会科学版),2004年第3期,第121-125页。

617.《论朱湘诗的东方情韵》,李香珠,《语文学刊》,2004年第3期,第23-25页。

618.《朦胧诗的意象化语体及其诗学价值》,李幼奇,《中国文学研究》,2004年第2期,第18-20页。

619.《民族化与乡土诗》,黄东成,《雪莲》,2004年第3期,第92-96页。

620.《民族文化心理的诗意传达——论南永前的图腾诗》,任范松、张振亭,《延边大学学报》(社会科学版),2004年第2期,第65-68页。

621.《内心的迷津及其出路——关于张清华的〈内心的迷津:当代诗歌与诗学求问录〉》,何平,《诗探索》,2004年春夏卷,第315-320页。

622.《你的句子已灿灿发亮——儿童诗作家王宜振》,陈忠实,《诗刊》(上半月刊),2004年6月号,第63-65页。

623.《女性诗歌的幻想与隐喻——阅读当代诗歌之三》,耿占春,《星星》,2004年第6期,第104-109页。

624.《平原之子的追忆——读刘松林的诗》,陈超,《诗探索》,2004年春夏卷,第240-244页。

625.《启蒙对话与个人发现——重读鲁迅的〈野草〉》,田中华,《盐城工学院学报》(社会科学版),2004年第2期,第34-37页。

626.《浅论艾青咏物诗的独创美》,刘勇,《钦州师范高等专科学校学报》,2004年第2期,第41-42页。

627.《浅谈戴望舒的诗歌创作》,张映勤,《诗探索》,2004年春夏卷,第181-190页。

628.《浅谈刘半农"五四"白话新诗创作的民间拓荒》,程凯,《郑州经济管理干部学院学报》,2004年第2期,第50-51页。

629.《情到深处是画魂——廖志理诗歌艺术》,颜同林,《诗探索》,2004年春夏卷,第256-265页。

630.《让纯美与温馨浸进儿童的心扉——评佟希仁〈儿童散文诗〉》,李春林,《中国图书评论》,2004年第6期,第61-63页。

631.《人生苦难中的不懈追寻——论昌耀的"生命苦斗"观及其诗歌中的表现》,郑必颖,《语文学刊》,2004年第3期,第47-49页。

632.《三上天安门——著名诗人犁青传奇》,吴锡河,《中外诗歌研究》,2004年第2期,第74-77页。

633.《生活、口语与调笑:流沙河诗歌的区域化精神品质》,胡安定,《涪陵师范学院学报》,2004年第3期,第21-25页。

634.《圣迹:大生命力的强劲传达——浅论昌耀20世纪80年代中前期诗歌》,王昌忠,《湖南第一师范学报》,2004年第2期,第92-95页。

635.《生命盛典的沉醉狂欢——〈凤凰涅槃〉综论》,陈俐,《郭沫若学刊》,2004年第2期,第40-47页。

636.《诗·诗情·诗形——戴望舒的诗论》,廖四平,《诗探索》,2004年春夏卷,第279-292页。

637.《诗,抟虚宇宙——纪念孔孚先生兼及诗林漫步》,刘强,《中外诗歌研究》,2004年第2期,第41-44页。

638.《诗的个性、字词与细节——浅谈吴天鹏的诗》,王久辛,《橄榄绿》,2004年第3期,第77-78页。

639.《诗歌:扬起语言的锐利弯刀》,覃徐芳,《渝西学院学报》(社会科学版),2004年第2期,第66-68页。

640.《诗歌阐释的策略》,魏洲,《四川教育学院学报》,2004年6月增刊,第89-90、93页。

641.《诗歌将拯救我们——阿多尼斯(A)和杨炼(Y)对谈》,[叙利亚]阿多尼斯、杨炼,《诗探索》,2004年春夏卷,第266-275页。

642.《诗歌与教育——在澳门高美士中葡学校的讲演》,吕进,《中外诗歌研究》,2004年第2期,第4-5页。

643.《诗祸余生石天河》,毛翰,《诗探索》,2004年春夏卷,第214-224页。

644.《诗品与竹品——诗人熊俊桥及〈诗〉集印象》,李宁宁,《九江师专学报》,2004年第3期,第62-63页。

645.《诗人蔡其矫》,谢冕,《厦门文学》,2004年第6期,第7-8页。

646.《诗人蔡其矫与厦门》,王炳根,《厦门文学》,2004年第6期,第12-

17页。

647.《诗坛独行侠及其人生代价》,孙绍振,《厦门文学》,2004年第6期,第9-11页。

648.《诗坛"黑社会"——对当下网络诗歌的一种观察和描述》,紫薇,《诗参考》,2004年第6期,第116-122页。

649.《诗意长存　永远年轻——评谢春池的诗集〈握住生命的圆满〉》,黄绮冰,《边疆经济与文化》,2004年第6期,第101-102页。

650.《诗与青春永远同在》,蔡其矫,《厦门文学》,2004年第6期,第20页。

651.《试论戴望舒对中国古典诗歌的继承和发展》,李伟,《语文学刊》,2004年第3期,第36-38页。

652.《试论刘征寓言诗的艺术创新》,马达,《常州工学院学报》,2004年第3期,第32-36页。

653.《试论鲁迅的新诗观及其现实意义》,王雨海,《商丘师范学院学报》,2004年第3期,第58-59页。

654.《手艺人原来就是诗人》,高星,《诗选刊》,2004年第6期,第92-95页。

655.《谈何其芳〈画梦录〉中的女性》,[澳大利亚]樊林,《中外诗歌研究》,2004年第2期,第18-22页。

656.《唐湜诗论之"意度"》,刘玮,《诗探索》,2004年春夏卷,第151-163页。

657.《唐湜叙事诗的思想价值》,巫小黎,《诗探索》,2004年春夏卷,第141-145页。

658.《体验与生命之思——读冯至〈十四行集〉》,雷斌,《红河学院学报》,2004年第3期,第59-61页。

659.《退守与匮乏:晚近诗歌的精神内伤(节选)》,杨斌华,《诗刊》(下半月刊),2004年6月号,第40-41页。

660.《外省的风格》,桑克,《诗探索》,2004年春夏卷,第211-213页。

661.《网罗好诗——网络诗歌评读》,赵思运,《阅读与写作》,2004年第6期,第9-10页。

662.《文化价值或者地域血型——〈厦门诗人十二家〉读后》,海上,《厦门文学》,2004年第6期,第61-73页。

663.《文庐诗房菜(节选)》,文晓村,《中外诗歌研究》,2004年第2期,第54-56页。

664.《闻一多的古典主义精神》,徐肖楠,《诗探索》,2004年春夏卷,第169-180页。

665.《我们有过高潮吗?》,伊沙,《诗参考》,2004年第6期,第263－264页。

666.《"我是大地的孩子,泥土的人"——论臧克家的诗》,杨四平,《淮北煤炭师范学院学报》(哲学社会科学版),2004年第3期,第8－16页。

667.《我说〈于坚集〉》,伊沙,《诗参考》,2004年第6期,第262－263页。

668.《现代汉诗的本位寻求——评王光明著〈现代汉诗的百年演变〉》,伍明春,《诗探索》,2004年春夏卷,第305－314页。

669.《现代汉语诗学的传统与现代性问题》,周晓风、苟学锋,《诗探索》,2004年春夏卷,第1－14页。

670.《现代诗的意象创造之美——重读辛笛的诗集〈手掌集〉》,孙玉石,《诗探索》,2004年春夏卷,第87－98页。

671.《现代诗学与传统人文精神》,李天道,《上海财经大学学报》,2004年第3期,第75－80页。

672.《现代中国诗人诗坛之我所见》,伊湖水,《诗参考》,2004年第6期,第122－131页。

673.《向"幻美的旅者"致敬——唐湜诗歌创作座谈会综述》,林能琳,《诗探索》,2004年春夏卷,第164－168页。

674.《笑破红尘的余薇野——评余薇野的讽刺诗》,袁珍琴,《渝西学院学报》(社会科学版),2004年第2期,第41－45页。

675.《写不完的童年梦幻——梁上泉儿童诗论》,彭斯远,《中外诗歌研究》,2004年第2期,第30－35页。

676.《写作,或领受"雪仁慈的教育"——解读桑克的诗:〈雪的教育〉》,周瓒,《诗探索》,2004年春夏卷,第196－203页。

677.《辛笛诗歌创作70年研讨会综述》,刘士杰,《诗探索》,2004年春夏卷,第130－135页。

678.《辛笛诗歌的创作个性》,游友基,《诗探索》,2004年春夏卷,第108－122页。

679.《辛笛诗中的时间理念》,杨蕾,《诗探索》,2004年春夏卷,第101－107页。

680.《新诗诗论对"比兴"的误读》,邓程,《中国文学研究》,2004年第2期,第13－17、57页。

681.《"新月派"诗人徐志摩》,刘均,《现代语文》,2004年第6期,第7页。

682.《性别对抗的审美姿态——论八十年代女性诗学的本体特征》,陈荣香,《江苏工业学院学报》(社会科学版),2004年第2期,第39－41、54页。

683.《寻求传统与现代之间的一种新对话——对痖弦两首诗的解读》,陈芝国,《诗探索》,2004 年春夏卷,第 76 - 86 页。

684.《寻找诗歌的"草根性"》,李少君,《诗选刊》,2004 年第 6 期,第 84 - 86 页。

685.《杨键:年代的良知》,庞培,《星星》,2004 年第 6 期,第 11 - 14 页。

686.《遥远而又亲近的故乡——陈染君诗集〈出门〉的情态与意境》,张志忠,《解放军艺术学院学报》,2004 年第 2 期,第 49 - 51 页。

687.《一位唯美的现代诗人——唐湜先生的诗和诗论》,谢冕,《诗探索》,2004 年春夏卷,第 136 - 140 页。

688.《一座城市的精神抒写:来源与去处——解读梁平的长诗〈重庆书〉》,蒋登科,《诗探索》,2004 年春夏卷,第 225 - 239 页。

689.《一首柔美而略带哀伤的"回忆曲"——读余光中先生〈乡愁〉》,李爱娟,《盐城工学院学报》(社会科学版),2004 年第 2 期,第 42 - 45 页。

690.《一种全新的学术尝试——简评孙晓娅的〈跋涉的梦游者——牛汉诗歌研究〉》,钱志富,《诗探索》,2004 年春夏卷,第 321 - 326 页。

691.《意象的现代回顾及九叶派的意象建构》,孙强,《兰州交通大学学报》,2004 年第 2 期,第 36 - 39 页。

692.《音诗、诗画漫笔》,翟大炳,《中外诗歌研究》,2004 年第 2 期,第 11 - 17 页。

693.《"硬汉们"的抒情诗——论"莽汉主义"的诗美特征》,谭光辉,《沈阳农业大学学报》(社会科学版),2004 年第 2 期,第 230 - 233、256 页。

694.《永远的真情——谈化铁诗歌的走向与特色》,曹铁娟,《昆明师范高等专科学校学报》,2004 年第 2 期,第 56 - 58 页。

695.《幽深的内心风景——读桑克的〈走钢丝艺人〉》,森子,《诗探索》,2004 年春夏卷,第 204 - 210 页。

696.《余光中与佛洛斯特比较论》,李丹,《华文文学》,2004 年第 3 期,第 24 - 29 页。

697.《语词:诗歌和生命的双重敞开——陈超的〈堆满废稿的房间〉解读一种》,范云晶,《诗探索》,2004 年春夏卷,第 71 - 75 页。

698.《〈雨巷〉艺术手法探寻》,孔波,《中学语文》(上半月),2004 年第 6 期,第 27 - 28 页。

699.《语言失范 精神缺席——新诗批判之一》,谭旭东,《淮北煤炭师范学院学报》(哲学社会科学版),2004 年第 3 期,第 17 - 20 页。

700.《在倾斜与沉湎之间——对黄梵诗歌的一种解说》,张桃洲,《大家》,2004 年第 3 期,第 30 - 32 页。

701.《在史实与体验之间——评罗振亚的现代主义诗歌研究》,徐志伟,《诗探索》,2004 年春夏卷,第 293 - 300 页。

702.《再生与超拔——论80年代以来牛汉的诗歌创作》,孙晓娅,《首都师范大学学报》(社会科学版),2004年第3期,第78-84页。

703.《在雪的教育下》,王家新,《诗探索》,2004年春夏卷,第191-195页。

704.《"找一种诗的思维术":中国现代主义诗学研究之一》,许霆,《南京师范大学文学院学报》,2004年第2期,第113-119页。

705.《中国现代诗:路在何方?——21世纪中国现代诗第二届研讨会综述》,凯风,《诗探索》,2004年春夏卷,第327-331页。

706.《中国现代诗剧流变论》,陈文兵,《诗探索》,2004年春夏卷,第43-51页。

707.《中西传统 相映成趣——读唐湜的诗》,刘士杰,《诗探索》,2004年春夏卷,第146-150页。

708.《中西诗歌蛇意象的文化意蕴解读》,宋向红,《中外诗歌研究》,2004年第2期,第61-65页。

709.《自由心性与良知——读刘虹的诗》,海上,《诗刊》(上半月刊),2004年6月号,第25-26页。

7月

710.《2003年的中国诗歌》,韩作荣,《诗选刊》,2004年第7期,第90-91页。

711.《20年代中国现代诗歌音节诗学初探》,王泽龙,《学习与探索》,2004年第4期,第97-102页。

712.《20世纪40年代批评视野中的穆旦》,子张、董晓霞,《泰山学院学报》,2004年第4期,第17-21页。

713.《20世纪汉语诗歌中的讽刺诗及其文体特征》,代绪宇,《南都学坛》,2004年第4期,第46-53页。

714.《卞之琳〈断章〉主题多义例说》,张心科,《中学语文》(上半月),2004年第7期,第29页。

715.《草原无疆——再读陈光林的诗集〈草原情思〉》,怡君,《草原》,2004年第7期,第90-91页。

716.《重新做什么批评家?——由徐敬亚〈重新做一个批评家〉想到的》,魏天无,《扬子江诗刊》,2004年第4期,第62-63页。

717.《从"静安庄"到"落水山庄"——诗人翟永明论》,敬文东,《海南师范学院学报》(社会科学版),2004年第4期,第52-56页。

718.《从外面向内看——读臧棣的诗》,孙文波,《诗潮》,2004年7-8月号,第34-35页。

719.《从显现中所看到的——2003年诗歌浏览札记》，宗仁发，《诗选刊》，2004年第7期，第92-93页。

720.《当代诗歌：另一向度的复活？》，张桃洲，《郑州大学学报》（哲学社会科学版），2004年第4期，第139-140页。

721.《当代诗歌承担了什么》，西川、王家新、蓝棣之、崔卫平，《诗潮》，2004年7-8月号，第66-71页。

722.《当前中国诗歌发展的几个新动向》，柳倩月，《理论界》，2004年第4期，第161-163页。

723.《点燃心灵的灯塔——诗美创造谈》，车晓彦，《牡丹江师范学院学报》（哲学社会科学版），2004年第4期，第13-15页。

724.《读杨然：一个戴上了诗人桂冠的男人》，涓涓，《青年作家》，2004年第7期，第7-8页。

725.《〈对一只乌鸦的命名〉：一次词语还原的企图》，傅学敏，《名作欣赏》，2004年第7期，第74-77页。

726.《多元语境中的华文诗歌写作》，[澳大利亚]庄伟杰，《山花》，2004年第7期，第116-120页。

727.《俄国形式主义与中国新诗潮——从朦胧诗到先锋诗的一种阐释》，丁琪，《甘肃教育学院学报》（社会科学版），2004年第3期，第28-31页。

728.《发现诗歌》，西渡，《上海文学》，2004年第7期，第72-73页。

729.《废名作品的文学渊源——以与李商隐的关系为中心》，董乃斌，《文艺研究》，2004年第4期，第39-47页。

730.《分裂的诗魂——食指诗论（1965~1979）》，汪洁，《晋阳学刊》，2004年第4期，第95-97页。

731.《古典诗歌对新诗语言形式的影响》，杨景龙，《中文自学指导》，2004年第4期，第34-38页。

732.《郭小川和〈团泊洼的秋天〉》，丹华、富杰，《东方剑》，2004年第7期，第32-34页。

733.《海外经验与新诗的兴起》，林岗，《文学评论》，2004年第4期，第21-29页。

734.《洪烛的姿态》，祁人，《诗刊》（上半月刊），2004年7月号，第32-33页。

735.《胡适在新诗发展中的贡献与局限性》，刘富华、木涵，《吉林大学社会科学学报》，2004年第4期，第51-54页。

736.《胡适"作诗如作文"理论的缺失》，钟军红，《学术研究》，2004年第7期，第136-140页。

737.《黄河·白马·蓝梦》，冯杰，《诗刊》（下半月刊），2004年7月号，第26-27页。

738.《精彩回放——一首关于伊拉克战争的奇诗》,宪之,《文艺理论与批评》,2004年第4期,第63-65页。

739.《经济中心时代的诗歌生存》,朱子庆,《诗潮》,2004年7-8月号,第73-74页。

740.《九叶诗派的价值估衡》,罗振亚,《海南师范学院学报》(社会科学版),2004年第4期,第47-51页。

741.《救赎与献祭:对朱湘死亡意识的解读与反思》,张邦卫,《湖南大学学报》(社会科学版),2004年第4期,第96-100页。

742.《崛起之后的失语与旁落——朦胧诗问题的批判性反思与再阐释》,霍俊明,《扬子江诗刊》,2004年第4期,第23-26页。

743.《开创性与经典性的完美融合——评谭五昌主编的〈中国新诗白皮书〉》,陈敢,《湖南文理学院学报》(社会科学版),2004年第4期,第133页。

744.《刊海寻书记——〈于赓虞诗文辑存〉编校纪历兼谈现代文学文献的辑佚与整理》,解志熙,《中国现代文学研究丛刊》,2004年第3期,第1-44页。

745.《渴望与倾诉——读王惠娟诗集〈我的眼睛去远方流浪〉》,栾纪曾,《青岛文学》,2004年第7期,第64-66页。

746.《苦难中国的想象与现代诗的境界——艾青的〈雪落在中国的土地上〉》,王光明、刘志群,《扬子江诗刊》,2004年第4期,第40-46页。

747.《略论朱湘的新诗及其诗论》,陆耀东,《湖南大学学报》(社会科学版),2004年第4期,第87-90页。

748.《论第三代诗歌》,彭卫鸿,《三峡大学学报》(人文社会科学版),2004年第4期,第50-52页。

749.《论郭小川对诗歌形式的创新诉求》,刘勇,《重庆职业技术学院学报》,2004年第3期,第164、169页。

750.《论罗门的风景诗》,张晓平,《韶关学院学报》(社会科学版),2004年第4期,第8-10页。

751.《美、思、力——萧萧编著〈感人的诗〉读后》,痖弦,《扬子江诗刊》,2004年第4期,第66页。

752.《穆旦诗与中国传统文化》,夏元明,《海南师范学院学报》(社会科学版),2004年第4期,第57-60页。

753.《目前诗坛的四大困境》,张立群,《芒种》,2004年第7期,第74-76页。

754.《你听,有好诗的黑夜》,泥马渡,《扬子江诗刊》,2004年第4期,第72-73页。

755.《你在歌唱 我被你陶醉——读晨光与他的〈草原情思〉和〈永远的草

原〉》，无疆，《草原》，2004年第7期，第92－93页。

756.《女性歌吟是人类精神生态的复归》，王岳川，《文学自由谈》，2004年第4期，第91－95页。

757.《批评家联席阅读》，王光明、李震、沈奇、陈超，《特区文学》，2004年第4期，第130－159页。

758.《前方灶头，有我的黄铜茶炊——昌耀诗〈在山谷：乡途〉解读》，庄晓明，《名作欣赏》，2004年第7期，第78－81页。

759.《〈秋色为谁欢呼〉序》，梁衡，《阳光》，2004年第7期，第54－55页。

760.《燃烧的生命与孤寂隐忧的心灵——叶文福诗论》，何仁军，《四川教育学院学报》，2004年第7期，第46－47页。

761.《陕北民歌：自由心灵·极限体验·生态价值》，李震，《文艺争鸣》，2004年第4期，第87－90页。

762.《深植根民族土壤 广采撷世界诗艺——艾青诗中的现代主义影响》，邹永常，《西华师范大学学报》（哲学社会科学版），2004年第4期，第53－55页。

763.《沈从文的现代诗风景》，陈芝国，《泰山学院学报》，2004年第4期，第13－16页。

764.《沈重的漂泊与漂泊者的寻梦——〈沈重诗选〉意象解读》，吴向北，《当代文坛》，2004年第4期，第103－105页。

765.《生命的挽歌——朱湘〈草莽集〉论》，罗成琰、刘长华，《湖南大学学报》（社会科学版），2004年第4期，第91－95页。

766.《生命与自然的融合——读李瑛的桂林山水题材诗》，潘大华，《阅读与写作》，2004年第7期，第7－8页。

767.《诗孩：我所了解的孙席珍》，陈继礼，《纵横》，2004年第7期，第23－26页。

768.《诗歌不能有过多的"概括"》，吴干，《阅读与写作》，2004年第7期，第38页。

769.《诗歌反对常识》，臧棣，《郑州大学学报》（哲学社会科学版），2004年第4期，第134－135页。

770.《诗歌"平庸"、"媚俗"不算毛病》，李珂，《作品与争鸣》，2004年第7期，第72、77页。

771.《诗人在故乡的路上——李永新素描》，田万里，《阳光》，2004年第7期，第56－57页。

772.《诗体自觉与美学回归——论艾青中后期诗歌的格律化倾向》，谢向红，《江苏大学学报》（社会科学版），2004年第4期，第72－76页。

773.《诗与歌——试论诗歌的音乐性与传播媒介问题》，梁华珍，《四川教育学院学报》,2004 年第 7 期,第 43 - 45 页。

774.《时间美人和美人的时间》,翟永明,《扬子江诗刊》,2004 年第 4 期,第 59 - 60 页。

775.《食指:"请听我心中阵阵解冻的心潮"》,张清华,《星星》,2004 年第 7 期,第 101 - 105 页。

776.《世界因她的歌唱而更加美丽——张丽茜诗歌散论》,张绍梅,《当代文坛》,2004 年第 4 期,第 106 - 108 页。

777.《思念克家同志》,丁宁,《文艺理论与批评》,2004 年第 4 期,第 56 - 62 页。

778.《谈现代诗的结构意识(上)——以五首诗为例》,陈超,《诗刊》(上半月刊),2004 年 7 月号,第 51 - 55 页。

779.《探索世界性因素的典范之作:〈十四行集〉(续)》,陈思和,《当代作家评论》,2004 年第 4 期,第 121 - 140 页。

780.《为李白、杜甫造像——论余光中与唐诗》,黄维樑,《海南师范学院学报》(社会科学版),2004 年第 4 期,第 35 - 42 页。

781.《温情、幽默与边缘化:张新泉诗歌的巴蜀文化精神特质》,肖伟胜,《唐都学刊》,2004 年第 4 期,第 73 - 78 页。

782.《"我说"与"它说"》,陈超,《扬子江诗刊》,2004 年第 4 期,第 21 - 23 页。

783.《"五四"新诗与中国古代诗词》,陆耀东,《湖南科技大学学报》(社会科学版),2004 年第 4 期,第 77 - 80 页。

784.《"西安"诗变——从韩东〈大雁塔〉到于坚〈长安行〉及〈回归论坛〉》,姜耕玉,《诗刊》(上半月刊),2004 年 7 月号,第 56 - 58 页。

785.《西部的一只报春燕——序诗集〈西部的太阳〉》,高深,《黄河文学》,2004 年第 4 期,第 99 - 100 页。

786.《析分与整合:百年新诗形式探索的非线性梳理》,张桃洲,《社会科学辑刊》,2004 年第 4 期,第 143 - 148 页。

787.《现代文本的文献学问题——有关〈废名集〉整理的文与言》,王风,《中国现代文学研究丛刊》,2004 年第 3 期,第 45 - 64 页。

788.《弦急琴催谱华章——读李永新诗》,李丙驹,《阳光》,2004 年第 7 期,第 55 - 56 页。

789.《巷·丁香姑娘·雨——析〈雨巷〉的文化意蕴兼与西方文化比较》,吴露,《四川教育学院学报》,2004 年第 7 期,第 51 - 53 页。

790.《新诗:"诗底进化的还原"——俞平伯的诗论》,廖四平,《湘潭大学学报》(哲学社会科学版),2004 年第 4 期,第 110 - 115、169 页。

791.《新诗诗性空间的开拓(1917 - 1937 年)》,周云鹏,《中华文化论坛》,

2004年第3期,第79-83页。

792.《一样的乡愁 不同的节奏——余光中〈乡愁〉〈乡愁四韵〉鉴赏》,陈义海,《名作欣赏》,2004年第7期,第67-70页。

793.《异议的诗学》,王晓渔,《郑州大学学报》(哲学社会科学版),2004年第4期,第137页。

794.《异域生活对李金发象征诗歌的影响》,张芙鸣,《理论与创作》,2004年第4期,第105-108页。

795.《意志化之路上的梁宗岱诗歌与诗论》,李怡,《中国现代文学研究丛刊》,2004年第3期,第193-205页。

796.《语言的蝴蝶——关于〈发现〉的片言只语》,张清华,《上海文学》,2004年第7期,第76页。

797.《站立的灵魂与游动的精灵——试论李瑛诗歌中树和鱼两个主体意象》,颜同林,《文艺理论与批评》,2004年第4期,第106-112页。

798.《真正的人,真诚的诗——〈鲁藜诗文集〉序》,张学新,《文艺理论与批评》,2004年第4期,第138-140页。

799.《知青原生态诗歌的人性本原追求》,何青,《西南民族大学学报》(人文社会科学版),2004年第7期,第219-221页。

800.《中国现代诗歌的"文化身份"》,王家新,《郑州大学学报》(哲学社会科学版),2004年第4期,第135-136页。

801.《铸铜炼铁的情殇——陈默〈西风彻骨〉的灵魂惊惧》,剑云,《飞天》,2004年第7期,第104-106页。

802.《众语喧哗后的平静与再生——90年代女性诗歌综述》,方雪梅,《青春阅读》,2004年第7期,第72-77页。

803.《"舟子"VS余光中——同济大学中文系学生评点余光中近诗掇英》,薛诚、童玲、李小蜜整理,《台港文学选刊》,2004年第7期,第53-55页。

804.《朱自清诗论中的西方文化》,李先国,《韶关学院学报》(社会科学版),2004年第4期,第80-83页。

805.《自诩的"后现代"和新的独断论——"先锋流行诗"的写作误区》,陈超,《郑州大学学报》(哲学社会科学版),2004年第4期,第138-139页。

806.《自由诗与中国新诗》,王光明,《中国社会科学》,2004年第4期,第161-172、209页。

8 月

807.《90年代：先锋诗歌的历史断裂与转型》，罗振亚，《文艺评论》，2004年第4期，第16-19页。

808.《90年代女性诗歌的性别困惑——从翟永明诗歌中的"黑夜意识"谈起》，宋扬，《文艺评论》，2004年第4期，第29-30页。

809.《90年代先锋诗歌的反思与重建》，张彦龙、邢华，《承德民族师专学报》，2004年第3期，第31-34页。

810.《艾青新时期诗歌创作漫评》，郑新安，《信阳师范学院学报》（哲学社会科学版），2004年第4期，第105-107页。

811.《爱与痛都是故乡的泥土——读牛庆国的诗》，人邻，《诗刊》（上半月刊），2004年8月号，第55-56页。

812.《白麟诗歌的审美取向》，马平川，《宝鸡文理学院学报》（社会科学版），2004年第4期，第66-67页。

813.《背靠凉山的普米族诗人鲁若迪基的诗歌创作》，马绍玺，《民族文学研究》，2004年第3期，第56-59页。

814.《"表写人的情绪中的意境"——宗白华新诗理论研究》，欧阳文风，《中南大学学报》（社会科学版），2004年第4期，第528-532页。

815.《超越历史误读的大地——曲有源近作初探》，陈亚平，《星星》，2004年第8期，第16-18页。

816.《成长道路上的诗意追寻——秦舟诗歌创作论》，孟改正，《宝鸡文理学院学报》（社会科学版），2004年第4期，第68-69页。

817.《纯真的理想光芒——黄默诗歌印象兼及新诗学习传统问题》，权雅宁，《宝鸡文理学院学报》（社会科学版），2004年第4期，第65-66页。

818.《"词语与激情共舞"——后新时期女性诗歌语言书写的自觉》，董秀丽，《文艺评论》，2004年第4期，第26-28页。

819.《从不停息的脚步——诗人、诗歌评论家、翻译家穆木天的一生》，穆立立，《新文学史料》，2004年第3期，第64-72页。

820.《从敞开到囚禁——90年代诗歌写作中的"个人化"观念反思》，徐志伟，《文艺评论》，2004年第4期，第23-25页。

821.《从古文论的角度看茅盾诗歌评点的文化意义》，田小军、马德生，《运城学院学报》，2004年第4期，第61-63页。

822.《从经验的知识到独立意识的自省——略论高春林的诗歌创作》，郭瑶琴，《平顶山师专学报》，2004年第4期，第29-32页。

823.《大洋两岸的精神共振——记梁宗岱与罗曼·罗兰的交往》，杨建民，

《传记文学》，2004年第8期，第69-75页。

824.《当代诗的"传统"》，程光炜，《江汉大学学报》（人文科学版），2004年第4期，第5-6页。

825.《读台湾诗人尹玲的诗》，林承璜，《福建社科情报》，2004年第4期，第47-48页。

826.《读阳飏的诗》，梁锋，《写作》（上旬刊），2004年第8期，第11-12页。

827.《独自担当存在的人——认识汤养宗》，马永波，《诗林》，2004年第3期，第82-86页。

828.《"非非"诗派：还原"前文化"的艺术探险》，罗振亚，《江汉论坛》，2004年第8期，第70-72页。

829.《感悟人间真爱——柳琴诗歌印象》，孙新峰，《宝鸡文理学院学报》（社会科学版），2004年第4期，第67-68页。

830.《高春林：让诗从沉默中现身》，李少咏、郑积梅，《郑州轻工业学院学报》（社会科学版），2004年第3期，第44-47页。

831.《固守人类精神的高地——对当代诗歌边缘化的思考》，吴新化，《湖州师范学院学报》，2004年第4期，第15-18页。

832.《关于新诗的胡言乱语》，孙涛，《都市》，2004年第8期，第62-66页。

833.《关于〈埙在吹〉组诗印象》，孙艳秋，《商丘师范学院学报》，2004年第4期，第59页。

834.《关于中国新诗的两种"传统"》，李怡，《江汉大学学报》（人文科学版），2004年第4期，第7-9页。

835.《关注边缘 重写诗史——从"文革地下诗歌"的概念谈起》，李润霞，《江汉论坛》，2004年第8期，第72-74页。

836.《海外华文诗歌创作的新结晶——谈西彤的〈昨夜风雨〉》，伍夫楹，《广东教育学院学报》，2004年第3期，第96-98页。

837.《汉语诗歌的世界版图》，李少君，《星星》，2004年第8期，第52-54页。

838.《湟水谷地的忠实歌者——序韩玉成〈高天厚土〉》，井石，《雪莲》，2004年第4期，第93-96页。

839.《激情与理智的对话——鲁迅散文诗〈死火〉的赏析》，田建民、刘志琴等，《名作欣赏》，2004年第8期，第70-73页。

840.《记忆，或对遗忘的抗拒——细读高春林〈雨中的旅行〉》，郭海荣，《平顶山师专学报》，2004年第4期，第33-36页。

841.《看世界的两种方式——阅读当代诗歌之四》，耿占春，《星星》，2004

年第8期，第102－107页。

842.《苦涩、酸楚而又凝重的"轻轻"——〈再别康桥〉的艺术符号学解读》，杨朴，《名作欣赏》，2004年第8期，第11－17页。

843.《"老顽童"的诗美追求——木斧给予老诗人的创作启示》，徐瑞哲，《民族文学研究》，2004年第3期，第70－72页。

844.《给我两个相反的词》，李见心，《诗刊》（下半月号），2004年4月号，第19－20页。

845.《历史的选择　作家的迷误——对"何其芳现象"的时代性透析》，刘同般，《商丘职业技术学院学报》，2004年第4期，第34－35页。

846.《另一种表达与守候——读清平的诗歌集〈鹤舞雪山〉》，屈直，《绿洲》，2004年第4期，第109－110页。

847.《论冰心诗文中的生命意识及其受佛教的影响》，范文彬，《吉林师范大学学报》（人文社会科学版），2004年第4期，第63－65页。

848.《论冰心小诗的美学特征》，王列娟，《怀化学院学报》，2004年第4期，第74－75页。

849.《论长篇叙事诗〈水浒〉的诗化再现》，聂付生，《求索》，2004年第8期，第199－200页。

850.《论非马诗歌创作的知性特征》，方维保，《华文文学》，2004年第4期，第49－53页。

851.《论胡适新诗理论的价值系统》，雷业洪，《淮北煤炭师范学院学报》（哲学社会科学版），2004年第4期，第1－6页。

852.《论满族诗人牟心海长诗集〈身影〉的精神特征》，郝俊、邹建军，《民族文学研究》，2004年第3期，第67－69页。

853.《漫步在古典与现代之间——简论林徽因的诗作》，卢红敏，《中南大学学报》（社会科学版），2004年第4期，第533－536页。

854.《每个人都在定义他自己——中间代诗人漫谈》，格式，《诗林》，2004年第3期，第114－119页。

855.《美丽的闪电——跳跃——现代诗歌语言赏析》，黎育林，《阅读与写作》，2004年第8期，第28页。

856.《那是一种心灵的神圣——读晨光诗集〈永远的草原〉》，宋声贵，《草原》，2004年第8期，第88－91页。

857.《南方的精致——关于〈北回归线〉的三言两语》，张清华，《上海文学》，2004年第8期，第55页。

858.《〈女神〉："五四"的时代旋律》，黄红平，《新余高专学报》，2004年第4期，第65－66页。

859.《浅谈"九叶"诗派"新诗戏剧化"理论》，汪勇，《宁波职业技术学院学报》,2004 年第 4 期,第 63-65 页。

860.《情感的最佳表达方式——读毅剑散文诗集〈相知世界〉》,阿黄,《地火》,2004 年第 3 期,第 125-127 页。

861.《情感和阅历的浓缩——周熠诗歌创作散论》,张春旗,《南阳师范学院学报》(社会科学版),2004 年第 8 期,第 45-46 页。

862.《人如其诗 诗如其人——徐志摩〈再别康桥〉赏析》,李惠霞,《社科纵横》,2004 年第 4 期,第 118-119 页。

863.《蓉子诗歌的女性意识和乡愁情结》,刘文韬,《河北理工学院学报》(社会科学版),2004 年第 3 期,第 226-228 页。

864.《在生命存在的另一种仪式里——评安心的散文诗》,李晓峰,《语文学刊》,2004 年第 4 期,第 39-42 页。

865.《生命的感悟 痴情的眷恋——解读〈永远的草原〉》,单学文,《草原》,2004 年第 8 期,第 92-93 页。

866.《诗,我永远敬重的艺术——访柏广新》,介夫,《诗刊》(下半月刊),2004 年 8 月号,第 57-58 页。

867.《诗歌、阅读及现状》,欧南,《艺术评论》,2004 年第 8 期,第 61-63 页。

868.《诗歌的现代境遇与新诗史的研究》,张林杰,《江汉论坛》,2004 年第 8 期,第 63-65 页。

869.《诗歌的可能性》,严力,《诗选刊》,2004 年第 8 期,第 63-66 页。

870.《"诗魔"之"禅"——评〈洛夫禅诗〉集》,沈奇,《华文文学》,2004 年第 4 期,第 54-56 页。

871.《诗心之许 诗意之期——晨光〈草原情思〉漫评》,宋生贵,《草原》,2004 年第 8 期,第 83-87 页。

872.《实验性的自我与断句的力度——陈勇〈诗习作〉批评》,吴励生,《滇池》,2004 年第 8 期,第 59-62 页。

873.《试论散文诗的美学特征》,刘谷诚,《湛江师范学院学报》,2004 年第 4 期,第 28-33 页。

874.《试论徐志摩思想的多重性》,田金长、李谞博,《西安联合大学学报》,2004 年第 4 期,第 64-67 页。

875.《试论中国现代知性诗歌的特征》,潘志存,《温州大学学报》,2004 年第 4 期,第 72-75 页。

876.《谁是当代中国的诗歌大师》,董辑,《诗选刊》,2004 年第 8 期,第 80-92 页。

877.《舒婷:"丛林莽原都在他翅翼的阴影下"》,张清华,《星星》,2004 年第 8 期,第 95-101 页。

878.《死亡之维与新诗研究反思》,方长安,《江汉论坛》,2004年第8期,第67-69页。

879.《台湾乡愁诗的现实生成和文化内涵》,张晓平,《华文文学》,2004年第4期,第45-48、6页。

880.《谈现代诗的结构意识——以五首诗为例(下)》,陈超,《诗刊》(上半月刊),2004年8月号,第57-62页。

881.《我的新诗传统观》,西渡,《江汉大学学报》(人文科学版),2004年第4期,第10-11页。

882.《我们是否夸大了"裂变"》,谢向红,《江汉大学学报》(人文科学版),2004年第4期,第17-18页。

883.《心灵剖析的记录——从〈野草〉中的形影关系谈起》,骆晓亦,《江汉大学学报》(人文科学版),2004年第4期,第40-42页。

884.《心灵之歌——评白立诗歌》,刘崇学,《宝鸡文理学院学报》(社会科学版),2004年第4期,第64-65页。

885.《新诗传统:一个有待讲述的故事》,臧棣,《江汉大学学报》(人文科学版),2004年第4期,第12-14页。

886.《新诗传统:作为一种话语储备》,张桃洲,《江汉大学学报》(人文科学版),2004年第4期,第15-16页。

887.《新诗的意义危机与意义重构》,赵小琪,《江汉论坛》,2004年第8期,第65-67页。

888.《新世纪辽宁诗歌的现代审美突围》,李保平,《艺术广角》,2004年第4期,第41-46页。

889.《徐志摩诗歌创作艺术风格略论》,李晓峰,《承德民族师专学报》,2004年第3期,第27-30页。

890.《喧嚣后的落寞——90年代诗歌生存处境的思考》,陈爱中,《文艺评论》,2004年第4期,第20-22页。

891.《喧嚣躁动下的寂寥:关于"新民歌运动"》,史竞男,《山东社会科学》,2004年第8期,第82-83页。

892.《叶公超与T. S. 艾略特在中国的传播与接受》,董洪川,《外国文学研究》,2004年第4期,第102-107页。

893.《一个诗人内心的美与爱——董立勃及其〈落花流水的日子〉》,张德明,《绿洲》,2004年第4期,第106-108页。

894.《有限的叩击,无限的回声》,陈超,《清明》,2004年第4期,第197-198页。

895.《再谈"还原"分析方法——以〈再别康桥〉为例》,孙绍振,《名作欣赏》,2004年第8期,第4-10页。

896.《赞美自然,渴望自由——雪莱和徐志摩大自然诗歌的比较》,袁晓,《安阳师范学院学报》,2004年第4期,第103-104页。

897.《真诚的守望者——宝鸡诗歌创作管见》,曹斌,《宝鸡文理学院学报》(社会科学版),2004年第4期,第63-64页。

898.《知识传统 日常生活 都市文明——九叶诗人20世纪40年代诗歌创作文化批判主题探析》,张岩泉,《创作评谭》,2004年第8期,第28-32页。

899.《中国当代民间传奇与故事型叙事诗简论》,郑必颖,《辽宁师专学报》(社会科学版),2004年第4期,第26-27页。

900.《朱湘诗中的死亡表现》,王元中,《天水师范学院学报》,2004年第4期,第50-53页。

901.《追寻诗性的存在——评刘安诗集〈放鹰集〉》,涂怀章,《长江文艺》,2004年第8期,第62页。

9月

902.《20世纪30、40年代中国现代意象诗学综论》,王泽龙,《人文杂志》,2004年第5期,第125-134页。

903.《20世纪80年代诗歌中的女性形象及其性别意义》,李自芬,《云南社会科学》,2004年第5期,第123-126、130页。

904.《20世纪初中国新诗的三大流派》,李登忠,《安庆师范学院学报》(社会科学版),2004年第5期,第92-94页。

905.《20世纪中国新诗中死亡想象的心理分析》,谭五昌,《海南师范学院学报》(社会科学版),2004年第5期,第59-66页。

906.《爱情吟唱的不同境界——五六十年代海峡两岸爱情诗比较》,李如,《世界华文文学论坛》,2004年第3期,第42-44页。

907.《爱人的心是琥珀做的——对卞之琳爱情诗的一种解读》,朱宾忠,《海南师范学院学报》(社会科学版),2004年第5期,第67-69页。

908.《暗夜里的独行——〈野草〉的心理学解读》,胡敏,《宜宾学院学报》,2004年第5期,第120-122页。

909.《奥运、打工、诗歌的相互挽救》,古力,《诗选刊》,2004年第9期,第88-89页。

910.《不要吵醒天空下的孩子——殷龙龙和他的诗》,寒山,《诗刊》(上半月刊),2004年9月号,第59-62页。

911.《才子在陷阱中燃烧——王久辛其人其诗》,赵琪,《解放军艺术学院学报》,2004年第3期,第66-71页。

912.《蔡丽双现象》,潘亚暾,《世界华文文学论坛》,2004年第3期,第54

-57页。

913.《朝圣者的灵魂:涉险之旅的哲性光辉——郑敏诗歌论》,霍俊明,《北京师范大学学报》(社会科学版),2004年第5期,第63-67页。

914.《承当历史的独立姿态——九叶诗派与20世纪40年代主流文学(诗歌)》,张岩泉,《三峡大学学报》(人文社会科学版),2004年第5期,第41-44页。

915.《重释"大我"与"人"的观念——从郭沫若、贺敬之诗中的"大我"形象谈起》,金红,《社会科学辑刊》,2004年第5期,第160-164页。

916.《传统还是"先锋"——于坚早期诗歌的另一种解读》,董剑,《昆明师范高等专科学校学报》,2004年第3期,第44-48页。

917.《从顾城的诗歌看现代诗的特征》,陈俊芳,《沧洲师范专科学校学报》(哲学社会科学版),2004年第3期,第11-12页。

918.《从迷茫和沉寂中走向清醒——新世纪以来华文散文诗写作态势观察》,[澳大利亚]庄伟杰,《南方文坛》,2004年第5期,第68-71页。

919.《从〈三叶集〉看诗人郭沫若的性情人生》,乔琦、邓艮,《郭沫若学刊》,2004年第3期,第62-64页。

920.《从〈十批判书〉看郭沫若的诗人气质》,何玉兰,《郭沫若学刊》,2004年第3期,第55-59页。

921.《从"抒情"到"抒写"——杨亚杰的诗歌》,张文刚,《湖南文理学院学报》(社会科学版),2004年第5期,第72-73页。

922.《大地访诗人随记(三则)——西南行》,孙文涛,《诗刊》(上半月刊),2004年9月号,第53-56页。

923.《大块抒情,坦荡吟诗——漫步在柏桦诗歌的温润境界里》,黄梁,《星星》,2004年第9期,第11-14页。

924.《当代汉语诗歌关键词》,周瓒、于坚、臧棣、伊沙等,《诗潮》,2004年9-10月号,第66-73页。

925.《当代西南地区少数民族诗歌创作的现代意识探析》,徐鸿,《社会科学研究》,2004年第5期,第138-144页。

926.《"动的泛神观"与"狂放"的文体——郭沫若〈女神〉新论》,哈迎飞,《郭沫若学刊》,2004年第3期,第69-75页。

927.《对诗歌定义"公式化"问题的反思——以何其芳诗歌定义为例》,童龙超,《贵州教育学院学报》(社会科学版),2004年第5期,第43-49页。

928.《对主流"知青"叙事模式的超越》,陈超,《特区文学》,2004年第5期,第114-117页。

929.《儿童诗的情感表述与情境创造》,曹苇舫,《浙江社会科学》,2004年第5期,第216-219页。

930.《发现重庆诗人》,沙沁,《诗歌月刊》,2004年第9期,第67-68页。

931.《冯至诗歌意境论》,胡希东,《宜宾学院学报》,2004年第5期,第139-141页。

932.《敢问路在何方——对当代诗歌的几点思考》,秦艳贞,《当代文坛》,2004年第5期,第77-78页。

933.《郭沫若与冯乃超》,黄淳浩,《郭沫若学刊》,2004年第3期,第20-27页。

934.《黑暗中的肖邦》,张桃洲,《读书》,2004年第9期,第91-97页。

935.《胡适白话诗论的意义及盲点》,曹而云,《福建师范大学学报》(哲学社会科学版),2004年第5期,第65-69、101页。

936.《胡适的白话译诗与中国文艺复兴》,廖七一,《四川外语学院学报》,2004年第5期,第134-139页。

937.《胡适"诗国革命"的现代精神》,谢霞,《祁连论丛》,2004年第3期,第91-92页。

938.《湖湘儿女民族魂——陈辉和他的诗》,邹永常、刘华、何江洪,《湖南文理学院学报》(社会科学版),2004年第5期,第74-76页。

939.《"幻象的死亡"和"真正的死亡"——论海子的死亡哲学》,许道军,《巢湖学院学报》,2004年第5期,第62-67页。

940.《黄药眠创造社时期的诗歌创作——纪念黄药眠诞辰100周年》,黄大地,《北京师范大学学报》(社会科学版),2004年第5期,第55-62页。

941.《回首中的名与实——重读"朦胧诗"》,张立群,《青岛大学师范学院学报》,2004年第3期,第10-15页。

942.《"混杂"的语言:诗歌批评的社会学可能——以西川〈致敬〉为分析个案》,姜涛,《上海文学》,2004年第9期,第54-59页。

943.《见证与批评——读简单的城市诗》,郭瑶琴,《名作欣赏》,2004年第9期,第104-109页。

944.《解读昌耀》,赖振寅,《兰州大学学报》(社会科学版),2004年第5期,第15-20页。

945.《跨世纪的公刘》,冯亦同,《西湖》,2004年第9期,第45-46页。

946.《苦难——论彭燕郊行吟的主弦律》,刘长华,《理论与创作》,2004年第5期,第92-96页。

947.《苦吟:从杜甫、吴嘉纪到臧克家——检讨中国诗歌发展的一条道路》,吴艳玲,《中南民族大学学报》(人文社会科学版),2004年第5期,第121-124页。

948.《历史撞击迸发的碎片——彭燕郊先生长诗〈混沌初开〉读后》,欧阳志刚,《理论与创作》,2004年第5期,第88-91页。

949.《栗原小荻〈品格的较量〉解读》,马明奎,《西南民族大学学报》(人文社会科学版),2004年第9期,第166-168页。

950.《丽质诗魂——蔡丽双诗路素描》,陈娟,《世界华文文学论坛》,2004年第3期,第61-64页。

951.《"莲花仙子"的诗坛童话——美女诗人缔造"蔡丽双现象"》,秦锋,《世界华文文学论坛》,2004年第3期,第64-67页。

952.《梁宗岱的形式主义新诗理论》,陈太胜,《文艺理论研究》,2004年第5期,第28-34页。

953.《流行歌词辞格的均衡美及其文化阐释》,马树春,《西南民族大学学报》(人文社会科学版),2004年第9期,第316-318页。

954.《论戴望舒诗歌情绪编码的方式及其当下性》,张燕,《湖北大学学报》(哲学社会科学版),2004年第5期,第556-559页。

955.《论郭沫若对表现派的"共感"》,陈永志,《郭沫若学刊》,2004年第3期,第28-34页。

956.《论郭沫若早期心灵诗学》,伍世昭,《中国文学研究》,2004年第3期,第71-75页。

957.《论穆旦诗歌的荒原意识和宗教情绪》,刘保亮,《洛阳大学学报》,2004年第3期,第47-50页。

958.《论女性诗歌中的性别意识》,谢海平,《孝感学院学报》,2004年第5期,第48-50页。

959.《论诗的感发生命和感发力量》,来华强,《河南教育学院学报》(哲学社会科学版),2004年第5期,第47-49页。

960.《论现代中国诗学的现代性建构》,谭桂林,《理论与创作》,2004年第5期,第25-30页。

961.《论自律诗》,金道行,《荆门职业技术学院学报》,2004年第5期,第15-20页。

962.《朦胧诗的终结与出路——兼论朦胧诗思大于诗的诗学意义》,张继红,《安徽广播电视大学学报》,2004年第3期,第108-111页。

963.《面对纷繁多姿的"记忆"——解读戴望舒的〈我的记忆〉》,王光明、林莽、子川、河泠,《扬子江诗刊》,2004年第5期,第37-41页。

964.《穆旦诗歌中的几个意象与词语》,田春荣、刘进华,《四川教育学院学报》,2004年第9期,第46-48页。

965.《〈女神〉与〈青春〉:重铸现代国魂的共同追求——郭沫若与李大钊探索救国之路的一段精神联系》,朱成甲,《河北学刊》,2004年第5期,第195-200页。

966.《批评家联席阅读》,王光明、李震、沈奇、陈超,《特区文学》,2004

年第5期，第131－160页。

967.《期刊王国的珍品——〈诗刊〉创刊号》，崔春莎，《书品》，2004年第5期，第63－65页。

968.《憩园之旅——吴修纲诗歌创作的审美意识管窥》，颜同林，《岳阳职业技术学院学报》，2004年第3期，第42－46页。

969.《屈原人格模式的现代放逐》，向怀林，《重庆广播电视大学学报》，2004年第3期，第46－48页。

970.《散文诗的文体地位》，黄永健，《深圳大学学报》（人文社会科学版），2004年第5期，第92－95页。

971.《诗人的可能性》，严力，《扬子江诗刊》，2004年第5期，第55－57页。

972.《诗人洛夫访谈录》，[加拿大]洛夫、陈祖君，《南方文坛》，2004年第5期，第57－63页。

973.《石天河的诗风与诗学理论初探》，余建荣，《渝西学院学报》（社会科学版），2004年第3期，第56－60页。

974.《诗之苦旅——与彭燕郊先生对谈》，颜雄，《湘潭大学学报》（哲学社会科学版），2004年第5期，第100－106、112页。

975.《试论徐志摩诗美特征》，王淑萍，《河南师范大学学报》（哲学社会科学版），2004年第5期，第140－141页。

976.《抒情向度与精神追求的确指性——近期军旅诗创作考察》，大兵，《西北军事文学》，2004年第5期，第105－112页。

977.《说"诗味"》，刘家骥，《写作》（上旬刊），2004年第9期，第6－7页。

978.《宋晓杰访谈：一切离去的都将通向未来》，宋晓杰、采耳，《诗歌月刊》，2004年第9期，第35－39页。

979.《水晶的诗光——王小妮诗歌创作论》，杨远宏，《特区文学》，2004年第5期，第125－130页。

980.《诉说自己——关于我的三部诗集》，彭燕郊，《理论与创作》，2004年第5期，第76－79页。

981.《生与死的颂叹——艾米莉·狄金森与冰心诗歌中的主题和意象之比较》，张学君，《东华大学学报》（社会科学版），2004年第3期，第84－89页。

982.《岁月如歌——读雷熹平诗歌有感》，李晶明，《社会科学家》，2004年第5期，第145－147页。

983.《睢正岷诗论——读睢正岷的诗集〈海海，我的心〉》，洪珉，《殷都学刊》，2004年第3期，第109－110页。

984.《孙钿的诗》，钱志富，《文学港》，2004年第5期，第113－116页。

985.《她向世界真诚倾诉——蔡丽双〈感恩树〉的人生哲学及艺术表现》,陈永志,《世界华文文学论坛》,2004年第3期,第57-60页。

986.《谈卞之琳诗歌中的小说化》,朱滨丹,《学习与探索》,2004年第5期,第115-117页。

987.《谈目前诗歌教学存在的几个主要问题及应对策略——以〈大堰河——我的保姆〉为例》,张燕,《岳阳职业技术学院学报》,2004年第3期,第74-76页。

988.《探索现代汉语诗歌的本体维度——论王光明〈现代汉诗的百年演变〉的诗学意义》,荣光启,《广东社会科学》,2004年第5期,第166-168页。

989.《我本是一滴浊水,何需那般清澈——韩少君访谈录(节选)》,韩少君、木朵,《诗歌月刊》,2004年第9期,第25-28页。

990.《我对当代诗批评的态度》,孙文波,《扬子江诗刊》,2004年第5期,第68-71页。

991.《"我更要写得平静……"——读张曙光的诗》,荣光启,《诗潮》,2004年9-10月号,第36-37页。

992.《舞动的田园诗世界》,李波,《当代文坛》,2004年第5期,第74-76页。

993.《现代汉诗谱系的历史建构——评王光明〈现代汉诗的百年演变〉》,赖彧煌,《文艺争鸣》,2004年第5期,第1-3页。

994.《现代女性的诗之思——论现代女诗人诗歌文本的智性建构》,殷红,《北方论丛》,2004年第5期,第45-48页。

995.《现当代诗歌导读举要》,马登杰、王卫星,《昌吉学院学报》,2004年第3期,第26-27页。

996.《现实的深度和广度如何计算——〈王勇诗选(1983-1996)序〉》,李瑞腾,《世界华文文学论坛》,2004年第3期,第68-70页。

997.《"像狼一样自由奔突在诗歌之境"——读南方狼诗集〈狼的爪痕〉》,谭五昌,《当代文坛》,2004年第5期,第82-83页。

998.《新诗的评论尺度与新诗欣赏》,刘纳,《粤海风》,2004年第5期,第67-69页。

999.《醒者:余光中社会诗的批判艺术》,梁笑梅,《当代文坛》,2004年第5期,第65-67页。

1000.《哑默:在不可遏止的潜流中》,张清华,《星星》,2004年第9期,第101-107页。

1001.《哑默的秋之气息》,育邦,《扬子江诗刊》,2004年第5期,第65-66页。

1002.《阳飏诗歌简论》,唐欣,《绿风》,2004年第5期,第122-124页。

1003.《〈野草〉：鲁迅生命哲学的诗化结晶》，黄飞，《宁波大学学报》（人文科学版），2004年第5期，第51-53页。

1004.《〈野草〉中象征意象的运用》，李微，《开封大学学报》，2004年第3期，第37-38页。

1005.《叶舟：西部诗人中的"唐吉诃德"——以〈大敦煌〉为例》，周云鹏，《当代文坛》，2004年第5期，第79-81页。

1006.《一次不确定的语言历险——麦城的〈形而上学的上游〉》，唐晓渡，《当代作家评论》，2004年第5期，第61-68页。

1007.《一个卓别林式的喜剧诗人——论西部诗怪李老乡》，常文昌、邹旭林，《兰州大学学报》（社会科学版），2004年第5期，第9-14页。

1008.《以诗歌表征生命的价值——彭燕郊先生访谈录》，夏义生、唐祥勇、欧娟，《理论与创作》，2004年第5期，第69-75页。

1009.《以诗为诗：网络诗歌的"反网络"倾向及其特征——从小引〈芝麻，开门吧〉谈起》，魏天无，《江汉论坛》，2004年第9期，第129-131页。

1010.《一朵充满奇迹的火焰——彭燕郊综论》，龚旭东，《理论与创作》，2004年第5期，第80-87页。

1011.《一曲启迪心灵的悲歌——〈神女峰〉赏析》，张广乾，《语文知识》，2004年第9期，第34-35页。

1012.《屹然独出的臧克家——〈烙印〉和〈罪恶的黑手〉的创新意义》，祝晓耘，《青海师范大学学报》（哲学社会科学版），2004年第5期，第90-94页。

1013.《有体与无体：中西方自由诗的本质差异》，王珂，《福建师范大学学报》（哲学社会科学版），2004年第5期，第57-64页。

1014.《与蔡其矫一起恋爱——评王柄根〈少女万岁——诗人蔡其矫〉》，福建黑马，《海峡》，2004年第9期，第74-76页。

1015.《语文教学——人文关怀的大纛——中学语文诗歌教学摭谈》，赵方传，《淮南师范学院学报》，2004年第5期，第86-87页。

1016.《在古典与民歌基础上发展新诗——毛泽东的诗学思想及其理论构成》，於可训，《四川师范大学学报》（社会科学版），2004年第5期，第84-91页。

1017.《在毁灭中再生——郭沫若早期诗歌创作的原型批评分析》，涂鸿、彭秀坤，《郭沫若学刊》，2004年第3期，第65-68页。

1018.《在新世纪文化背景下我的诗歌选择——汝州诗会座谈纪要》，李双整理，《诗刊》（下半月刊），2004年9月号，第24-31页。

1019.《在虚无中偷偷一吻——莫小邪访谈录》，樊瑞青，《海峡》，2004年第9期，第66-69页。

1020.《臧克家:现实主义与中国风格》,吕进,《文史哲》,2004年第5期,第69-75页。

1021.《郑愁予的诗情世界与诗美追求》,李立平,《世界华文文学论坛》,2004年第3期,第49-53页。

1022.《中国情诗》,吕进,《诗刊》(上半月刊),2004年9月号,第49-52页。

1023.《朱湘:诗论诗作中的传统诗词文化》,黄伟明、谢铁金,《云梦学刊》,2004年第5期,第81-82页。

1024.《"主义之长发"与隔断一切》,苍耳,《扬子江诗刊》,2004年第5期,第66-67页。

10月

1025.《被遮蔽的传统——早期新诗理论的形式观念管窥》,伍明春,《湛江师范学院学报》,2004年第5期,第8-11页。

1026.《禅宗美学传统与卞之琳诗歌》,吴露,《重庆职业技术学院学报》,2004年第4期,第26-27页。

1027.《抽象思维与诗歌创作》,姚国建,《阅读与写作》,2004年第10期,第11-12页。

1028.《传统:标准还是资源?》,王光明,《湛江师范学院学报》,2004年第5期,第1-3页。

1029.《传统,家园及一次无力的突围——林野诗歌的几个视点》,达吾,《飞天》,2004年第10期,第105-109页。

1030.《"传统"的误区和超越》,殷鉴,《湛江师范学院学报》,2004年第5期,第11-14页。

1031.《从茶到米:阅读慢人李明政的N种方法》,聂作平,《草地》,2004年第5期,第69-70页。

1032.《从〈我爱美圆〉到〈云的南方〉》,韩东,《诗选刊》,2004年第10期,第83-86页。

1033.《从"五四"新诗人看传统的现代性转化》,龚奎林,《湛江师范学院学报》,2004年第5期,第14-17页。

1034.《淡季绽放的双色花——评沈奇的诗与诗论合集〈淡季〉》,陈敢,《广西师范学院学报》(哲学社会科学版),2004年第4期,第157-158页。

1035.《当代彝族汉诗的兴起》,郑千山,《楚雄师范学院学报》,2004年第5期,第20-25页。

1036.《当代中国诗歌向何处去——关于当代诗歌一些问题的思考与拙见》,

黄济华,《心潮诗词》,2004年第5期,第11-19页。

1037.《"第二个童年与海"——试论九叶诗人新时期的诗歌创作》,张岩泉,《福州大学学报》(哲学社会科学版),2004年第4期,第54-60页。

1038.《读诗的三个问题(上)》,王光明,《诗刊》(上半月刊),2004年10月号,第53-55页。

1039.《短评"现代意味"的诗歌》,周松,《星星》,2004年第10期,第82-83页。

1040.《反传统与发现传统:"现代汉诗与传统"关系断想》,黄雪敏,《湛江师范学院学报》,2004年第5期,第17-19页。

1041.《反思中的自由与沉默——论文学史意义上的90年代诗歌》,张立群,《文艺评论》,2004年第5期,第43-47页。

1042.《冯至"学院写作"的核心内容及其德国思想背景》,叶隽,《中国比较文学》,2004年第4期,第142-159页。

1043.《海峡两岸当代女性诗歌比较》,凌孟华,《重庆师范大学学报》(哲学社会科学版),2004年第5期,第39-43页。

1044.《回归与敞开——20世纪八十年代以来中国大陆的散文诗》,黄永健,《贵州民族学院学报》(哲学社会科学版),2004年第5期,第94-98页。

1045.《混杂相生的诗歌传统》,赖彧煌,《湛江师范学院学报》,2004年第5期,第6-8页。

1046.《简论卞之琳哲理诗的创作动因》,刘亚利,《语文学刊》,2004年第5期,第40-41页。

1047.《绝不自然:我这样理解诗》,臧棣,《诗选刊》,2004年第10期,第89-90页。

1048.《苦难民族的精神赞歌——穆旦的诗〈赞美〉赏析》,魏家骏,《名作欣赏》,2004年第10期,第96-99、101页。

1049.《林徽因诗歌格律美浅探》,刘宏芳,《语文学刊》,2004年第5期,第47-48页。

1050.《论流行歌曲在文学作品中的引用艺术》,马树春,《贵州民族学院学报》(哲学社会科学版),2004年第5期,第99-102页。

1051.《论"朦胧诗"后的诗歌走向》,彭卫鸿,《江淮论坛》,2004年第5期,第122-125页。

1052.《论新诗"自己的传统"及其当代意义》,荣光启,《湛江师范学院学报》,2004年第5期,第3-6页。

1053.《论彝族诗人阿库乌雾的"边界写作"》,巴莫曲布嫫,《民族文学》,2004年第10期,第91-95页。

1054.《批评视界之一》,冯源,《草地》,2004年第5期,第71-80页。

1055.《朴实见风华 平淡见腴厚——浅谈朱自清诗论的审美取向》,许明煌,《长江大学学报》(社会科学版),2004年第5期,第11-14页。

1056.《浅谈儿童诗与儿歌之区别》,邓政,《邵阳学院学报》(社会科学版),2004年第5期,第74-75页。

1057.《屈骚诗学传统与五四文学革命》,向怀林、童珊,《重庆工学院学报》,2004年第5期,第135-138页。

1058.《桑俊杰的诗》,耿占春,《阳光》,2004年第10期,第48-49页。

1059.《诗歌的滑轨与嬗变——谈〈2002年大学生最佳诗歌〉》,李连发,《辽宁工学院学报》(社会科学版),2004年第5期,第55-56页。

1060.《诗性拓展:网络时代诗歌的内在变化》,张永刚、张诚,《曲靖师范学院学报》,2004年第5期,第15-19页。

1061.《诗学家宗白华——宗白华与中国现代诗学引论》,欧阳文风,《西南民族大学学报》(人文社会科学版),2004年第10期,第244-248页。

1062.《试论宗白华的小诗》,宾恩海,《广西大学学报》(哲学社会科学版),2004年第5期,第93-97页。

1063.《水的女儿——池凌云和她的诗歌创作》,刘翔,《诗刊》(上半月刊),2004年10月号,第44-45页。

1064.《"他是个中国人,他有点慢"》,欧阳江河,《诗选刊》,2004年第10期,第86-88页。

1065.《闻一多诗学的价值》,曹万生,《江南大学学报》(人文社会科学版),2004年第5期,第73-76页。

1066.《无处不在的忧伤》,沈泽宜,《诗刊》(上半月刊),2004年10月号,第56-60页。

1067.《五味的生活——读〈和朋友一起喝茶〉》,孟丽娟,《星星》,2004年第10期,第34-35页。

1068.《现代诗歌中"树"意象研究》,孙晓文,《重庆教育学院学报》,2004年第5期,第60-62页。

1069.《县委书记创作诗歌〈县委书记〉——〈县委书记〉作者李荐国访谈录(附诗)》,王兰,《诗刊》(下半月刊),2004年10月号,第43-44页。

1070.《乡土滋润的芬芳——读〈农活背后的麻雀〉》,李力,《星星》,2004年第10期,第58-59页。

1071.《写诗是对抗沉重——有感于〈挂在树梢上的风筝〉》,谭燕玲,《星星》,2004年第10期,第102-103页。

1072.《新诗的传统与新诗作为传统》,刘金冬,《湛江师范学院学报》,2004年第5期,第19-23页。

1073.《新诗的音乐性问题——从"新月"诗人到戴望舒》,高蔚,《新疆师范大学学报》（哲学社会科学版），2004 年第 4 期，第 140 - 144 页。

1074.《寻找失落的诗意——评〈星空下的钢琴曲〉》，干天全，《星星》，2004 年第 10 期，第 20 - 22 页。

1075.《寻找自己的诗神——略说赵明舒的诗歌创作》，刘恩波，《鸭绿江》，2004 年第 10 期，第 68 - 77 页。

1076.《意象 神韵 空灵——樊忠慰组诗〈都是为着爱〉的审美特征》，赵升奎，《昭通师范高等专科学校学报》，2004 年第 5 期，第 50 - 52 页。

1077.《有关阎安诗歌的几个片断（节选）》，李岩，《诗刊》（下半月刊），2004 年 10 月号，第 40 - 42 页。

1078.《于细屑平凡中开掘诗的真谛——评〈油菜花飞走的地方〉》，蒋建华，《星星》，2004 年第 10 期，第 92 - 93 页。

1079.《郁结的历史与美学的迹线——台湾散文诗创作的境况与实绩》，黄永健，《华文文学》，2004 年第 5 期，第 25 - 30 页。

1080.《再论"四五"天安门诗歌在文学史中的定位》，武善增，《南京社会科学》，2004 年第 10 期，第 66 - 70 页。

1081.《在寻找和无可逃遁之间——戴望舒前期诗歌精神处境浅析》，侯长振、康苗，《黔东南民族师范高等专科学校学报》，2004 年第 5 期，第 112 - 113 页。

1082.《政治高歌：20 世纪 50 - 70 年代末诗歌的基本形态》，郭风雷，《龙岩师专学报》，2004 年第 5 期，第 78 - 80 页。

1083.《殖民地的心声——论台湾"薄命诗人"杨华》，刘红林，《华文文学》，2004 年第 5 期，第 31 - 38 页。

1084.《主体的隐匿与意境的确立———种可能的新诗品性》，梁平，《重庆教育学院学报》，2004 年第 5 期，第 57 - 59 页。

1085.《宗白华的小诗与禅宗文化的关系》，哈迎飞，《武汉理工大学学报》（社会科学版），2004 年第 5 期，第 647 - 651 页。

11 月

1086.《20 世纪英汉女性诗歌的主题和结构》，谭建初、张苹英、王应云，《湘潭大学学报》（哲学社会科学版），2004 年第 6 期，第 132 - 136 页。

1087.《艾青之后无大师》，邱景华，《诗林》，2004 年第 4 期，第 124 - 128 页。

1088.《冰心文本世界的外来因素及在铸型白话文学中的作用》，江震龙，《福建师范大学学报》（哲学社会科学版），2004 年第 6 期，第 91 - 96 页。

1089.《长青树的祝福——在郑敏诗歌研讨会上的发言》，谢冕，《诗刊》

（上半月刊），2004年11月号，第53-54页。

1090.《陈小蘩：开启敞亮的精神之门》，龚盖雄、陈小蘩，《诗歌月刊》，2004年第11期，第25-28页。

1091.《颠覆——大车 沈利：对话录》，大车、沈立，《诗歌月刊》，2004年第11期，第19-23页。

1092.《大水推动巨石——韩少君印象》，哨子，《诗林》，2004年第4期，第65-69页。

1093.《灯塔与渔夫——关于诺贝尔文学奖与中国诗人》，古力，《诗选刊》，2004年第11期，第87-88页。

1094.《都市文化环境与三十年代诗歌审美视野的变迁》，张林杰，《文学评论》，2004年第6期，第110-117页。

1095.《渎神者的判决书——根子诗歌〈三月与末日〉赏析》，李润霞，《扬子江诗刊》，2004年第6期，第62-64页。

1096.《读诗的三个问题（下）》，王光明，《诗刊》（上半月刊），2004年11月号，第55-62页。

1097.《对话：当代诗歌创作中的"身体写作"》，吴思敬等，《南方文坛》，2004年第6期，第41-46页。

1098.《多多：是诗行，就得再次炸开水坝》，唐晓渡，《当代作家评论》，2004年第6期，第108-110页。

1099.《饿发随笔：清水里的刀子》，饿发，《诗歌月刊》，2004年第11期，第14-15页。

1100.《冯至早期诗歌的象征主义倾向》，张继红，《河北理工学院学报》（社会科学版），2004年第4期，第178-181页。

1101.《关东大院里的"另类写作"》，李犁，《诗歌月刊》，2004年第11期，第80-82页。

1102.《郭沫若早期"自悟""自道""自证"的心灵诗学》，肖向明，《中国图书评论》，2004年第11期，第26-27页。

1103.《哈萨克当代诗歌概观》，吴孝成、赛力克波力、沙含德克，《民族文学研究》，2004年第4期，第88-94页。

1104.《海子诗歌：痛苦的"心灵历险"》，黄晶晶、江飞，《安庆师范学院学报》（社会科学版），2004年第6期，第82-85、97页。

1105.《怀念诗人吴奔星教授——兼谈吴奔星诗歌艺术的相对论》，文晓村，《扬子江诗刊》，2004年第6期，第79-80页。

1106.《"季节"的行走和诗意——简论食指诗歌的主题类型》，张文刚，《湖南文理学院学报》（社会科学版），2004年第6期，第34-38页。

1107.《既浪漫又严肃——咖啡屋里的诗》，痖弦，《扬子江诗刊》，2004年第 6 期，第 61 页。

1108.《坚持城市的有根性写作》，铁舞，《上海文学》，2004 年第 11 期，第 73 页。

1109.《解读张子扬——兼评诗集〈提灯女神〉与〈半敞的门〉》，叶延滨，《当代文坛》，2004 年第 6 期，第 71 - 73 页。

1110.《解放区叙事诗和当代新诗的民间化》，赵欣若，《当代人》，2004 年第 11 期，第 72 - 74 页。

1111.《惊异出诗人》，梁小斌，《诗歌月刊》，2004 年第 11 期，第 68 - 69 页。

1112.《九十年代先锋诗歌估衡》，陈仲义，《当代作家评论》，2004 年第 6 期，第 100 - 107 页。

1113.《"九叶"诗论与 T. S. 艾略特：从理论建构到批评实践》，董洪川，《四川外语学院学报》，2004 年第 6 期，第 54 - 59 页。

1114.《开拓者冲刺的生命足迹——读〈杨牧文集〉的感想》，余开伟，《绿风》，2004 年第 6 期，第 122 - 126 页。

1115.《看得见风景的窗口——试谈马华诗人辛金顺诗歌中的"窗"意象》，莫嘉丽，《写作》（上旬刊），2004 年第 11 期，第 9 - 11 页。

1116.《浪漫的潜伏——后期新月诗派"主智诗"、"城市诗"创作简论》，倪素平，《阴山学刊》（社会科学版），2004 年第 6 期，第 32 - 35 页。

1117.《"两棵树"意象的置换变形——〈致橡树〉原型寻踪》，刘骥鹏，《山东师范大学学报》（人文社会科学版），2004 年第 6 期，第 42 - 46 页。

1118.《林莽："我渴望在人们心中抛下一片光焰"》，张清华，《星星》，2004 年第 11 期，第 103 - 107 页。

1119.《灵魂的朝圣 诗艺的升华——读西藏作家马丽华的诗》，王立民，《山东省农业管理干部学院学报》，2004 年第 6 期，第 108 - 109、114 页。

1120.《流放地九诗人点评》，马永波，《红豆》，2004 年第 6 期，第 62 - 63 页。

1121.《鲁藜的诗歌》，俞兆平，《厦门文学》，2004 年第 11 期，第 15 页。

1122.《〈鲁藜诗选〉序》，鲁藜，《厦门文学》，2004 年第 11 期，第 12 - 14 页。

1123.《论 20 年代中国现代诗歌意象艺术》，王泽龙，《湖北经济学院学报》，2004 年第 6 期，第 116 - 124 页。

1124.《论何其芳散文和诗歌的审美追求》，王鸣剑，《西南民族大学学报》（人文社会科学版），2004 年第 11 期，第 120 - 123 页。

1125.《论留学运动与传教运动对白话诗及新诗革命的影响》，代绪宇、王珂，《徐州师范大学学报》（哲学社会科学版），2004 年第 6 期，第 13 - 16 页。

1126.《论诗的感情与意蕴》,郑新安,《河南师范大学学报》(哲学社会科学版),2004年第6期,第125–126页。

1127.《论诗的审美标准——兼评"第三代诗人"的诗与论》,刘家骥,《河南社会科学》,2004年第6期,第98–100页。

1128.《论诗歌审美艺术的戏剧性话语建构》,陶陶,《湖北社会科学》,2004年第11期,第105–108页。

1129.《论台湾图像诗——从艺术表现论的实验性层次谈起》,李倩,《社会科学辑刊》,2004年第6期,第165–168页。

1130.《论西部诗歌的悲情意识》,程国君,《陕西师范大学学报》(哲学社会科学版),2004年第6期,第22–24页。

1131.《论杨牧边塞诗价值系统的整体性》,雷业洪,《当代文坛》,2004年第6期,第77–79页。

1132.《论郑敏1940年代诗歌的美学特色》,张玉玲,《兰州大学学报》(社会科学版),2004年第6期,第44–49页。

1133.《论中国现代派诗歌意象艺术》,王泽龙,《华中师范大学学报》(人文社会科学版),2004年第6期,第103–110页。

1134.《论中国现代诗论的现代性问题》,李怡,《西南师范大学学报》(人文社会科学版),2004年第6期,第141–146页。

1135.《矛盾创制法:增强诗味的重要途径》,任曼,《许昌学院学报》,2004年第6期,第86–87页。

1136.《"母题""原型"说〈乡愁〉——余光中〈乡愁〉的文本细读》,杨景龙,《名作欣赏》,2004年第11期,第105–111页。

1137.《穆旦四十年代诗歌创作的现代性》,卢丽华,《重庆邮电学院学报》(社会科学版),2004年第6期,第106–107页。

1138.《牧神回首远望乡——余光中的诗情》,余光中、曹可凡,《小说界》,2004年第6期,第101–105页。

1139.《呐喊与叙事:20世纪30年代的中国叙事诗探论》,王荣,《复旦学报》(社会科学版),2004年第6期,第86–93页。

1140.《徘徊与眺望——50至60年代台湾现代主义新诗发展状况及诗人转型择要》,王圆圆,《重庆邮电学院学报》(社会科学版),2004年第6期,第108–111页。

1141.《批评家联席阅读》,王光明、李震、沈奇、陈超,《特区文学》,2004年第6期,第137–160页。

1142.《破碎的火焰——八首诗的诞生》,黑陶,《扬子江诗刊》,2004年第6期,第53–55页。

1143.《畸形年代青春苦难与激情的见证——论"文革"地下青年诗歌的思

想价值及美学意义》,张治国,《襄樊学院学报》,2004年第6期,第58-62页。

1144.《起点的摆荡:胡适对古典诗歌意象的继承与创造》,唐丽芳、张淼,《晋阳学刊》,2004年第6期,第93-95页。

1145.《浅论藏族当代作家贡卜扎西诗歌的抒情艺术》,黄波,《西藏民族学院学报》(哲学社会科学版),2004年第6期,第33-36页。

1146.《且听"石头"唱出的动地歌吟——兼论犁青〈石头〉一诗的结构特色》,陶保玺,《淮南师范学院学报》,2004年第6期,第61-67页。

1147.《清纯的歌吟——〈守望飞翔〉序》,葛林,《黄河文学》,2004年第6期,第103-104页。

1148.《秋风里飘扬的风旗——论冯至〈十四行集〉的形式建构》,程思义、李红慧,《经济与社会发展》,2004年第11期,第157-159页。

1149.《"人的发现"和五四白话诗的语言观》,张向东,《甘肃社会科学》,2004年第6期,第17-19页。

1150.《荣荣诗歌:心灵的诗意看守》,姜宇清,《诗刊》(上半月刊),2004年11月号,第23-25页。

1151.《〈三星堆之门〉的结构、叙事及其文化意义》,陆健,《诗歌月刊》,2004年第11期,第87-89页。

1152.《上海先锋诗歌创作的贡献与不足》,杨剑龙,《海南师范学院学报》(社会科学版),2004年第6期,第17-18页。

1153.《生命不息,创造不止——法兰西华裔院士、著名诗人程抱一访谈》,钱林森,《粤海风》,2004年第6期,第64-70页。

1154.《诗歌从形而上到形而下的思考》,刘自立,《扬子江诗刊》,2004年第6期,第21-25页。

1155.《诗歌及其世界》,世宾,《诗选刊》,2004年第11期,第89-95页。

1156.《诗歌是一种乡愁——关于赵子桐的风景抒情诗》,马永波,《诗林》,2004年第4期,第58-60页。

1157.《诗歌消费学——当代诗歌的消费文化倾向及其存续命运》,邓晓成,《当代文坛》,2004年第6期,第61-64页。

1158.《诗歌在生活中的位置——试谈王学忠的诗歌》,吴投文,《当代文坛》,2004年第6期,第74-76页。

1159.《诗孩——我所知道的孙席珍教授》,陈继礼,《新文学史料》,2004年第4期,第96-105页。

1160.《诗情千种话刘章》,哈占元,《承德民族师专学报》,2004年第4期,第46-48页。

1161.《诗人毛泽东与中国新诗》,何联华,《中南民族大学学报》(人文社会科学版),2004年第6期,第151-154、160页。

1162.《诗与诗的形式美》,郑敏,《诗刊》(上半月刊),2004年11月号,第1页。

1163.《时空牢笼里的躯体——新时期女性诗歌文本中的躯体意象再考察》,赵思运,《淮南师范学院学报》,2004年第6期,第68－73页。

1164.《他的内心燃烧着炽烈的火焰——序王如诗集〈红色的松〉》,张洪波,《诗林》,2004年第4期,第119－120页。

1165.《疼痛的深处 竹林中的家园——简评〈田禾乡土诗选〉》,文红霞,《芳草》,2004年第11期,第84－85页。

1166.《痛苦的求索——20世纪30年代末何其芳的创作转型现象研究》,王雪伟,《南昌大学学报》(人文社会科学版),2004年第6期,第133－136页。

1167.《汪玉良抒情诗浅论》,彭金山,《民族文学研究》,2004年第4期,第137－140页。

1168.《王俊生其人其诗解读》,古风,《文艺理论与批评》,2004年第6期,第123－125页。

1169.《王统照早期创作与存在主义》,阎奇男,《济南大学学报》(社会科学版),2004年第6期,第48－51页。

1170.《文化史诗:"寻根"途中的收获与遗落》,严军,《东南大学学报》(哲学社会科学版),2004年第6期,第64－68页。

1171.《文学培养了你看世界的方式——孙甘露访谈录》,孙甘露、韩博,《书城》,2004年第11期,第49－54页。

1172.《我们需要怎样的新诗史——关于中国新诗史写作的几点思考》,沈奇,《思想战线》,2004年第6期,第115－117页。

1173.《我们应该怎样评价新诗》,邓程,《粤海风》,2004年第6期,第58－60页。

1174.《西方现代诗潮在中国新诗草创期的误读》,王珂,《国外文学》,2004年第4期,第55－61页。

1175.《新诗潮场景或镜像:另一种喧嚣与裂变》,孙基林,《山东大学学报》(哲学社会科学版),2004年第6期,第31－36页。

1176.《新诗潮中的上海诗歌》,洪子诚,《海南师范学院学报》(社会科学版),2004年第6期,第16－17页。

1177.《新诗创作的首度理性自觉》,章永林,《大连民族学院学报》,2004年第6期,第52－54页。

1178.《先锋精神与城市》,谢冕,《海南师范学院学报》(社会科学版),2004年第6期,第15－16页。

1179.《先锋诗歌与诗歌批评》,徐敬亚,《海南师范学院学报》(社会科学版),2004年第6期,第18－20页。

1180.《现代中国生命诗学的理论内涵与当代发展》,谭桂林,《文学评论》,2004年第6期,第94-102页。

1181.《"小人物之歌"——穆旦早期写作考察及其他》,易彬,《新文学史料》,2004年第4期,第116-124页。

1182.《小诗的美》,崔国发,《阅读与写作》,2004年第11期,第34-35页。

1183.《写作,带着一种不真切的口吻——翟永明近作谈》,周瓒,《诗潮》,2004年11-12月号,第8-9页。

1184.《"须教自我胸中出"——臧克家〈三代〉引发的争议与思考》,竺柏岳,《阅读与写作》,2004年第11期,第35-36页。

1185.《杨牧诗歌的地理学系统》,黎保荣、毛翰,《当代文坛》,2004年第6期,第80-82页。

1186.《〈野草〉别解》,郜元宝,《学术月刊》,2004年第11期,第102-112页。

1187.《〈野草〉的形象主体及其文学思想特征论》,詹艾斌,《晋阳学刊》,2004年第6期,第90-92页。

1188.《彝族文化身份与世界文化意识——论吉狄马加的诗歌创作》,李鸿然,《民族文学研究》,2004年第4期,第88-94页。

1189.《意象诗的暗示性与契合性》,马立鞭,《写作》(上旬刊),2004年第11期,第12-14页。

1190.《意象抒情——评施蛰存20世纪30年代的诗》,罗振亚,《云梦学刊》,2004年第6期,第74-77页。

1191.《用天地之心告诉你——陈光林和他的诗集〈啊,草原〉》,无疆,《山东文学》,2004年第11期,第66-69页。

1192.《语言·诗歌·时代》,西川、张旭东,《诗潮》,2004年11-12月号,第72-75页。

1193.《在传统与新变中的酿造诗美——谭仲池诗歌赏读》,古耜,《诗歌月刊》,2004年第11期,第9-11页。

1194.《中国当代先锋诗歌的分化与转型》,吕周聚,《齐鲁学刊》,2004年第6期,第98-101页。

1195.《中国诗歌的发展道路和发展方向——读刘章的诗》,姚崇实,《承德民族师专学报》,2004年第4期,第42-45页。

1196.《中国文学经典的重构——梁宗岱的中西比较诗学研究》,陈太胜,《中国文化研究》,2004年第4期,第155-163页。

1197.《中国新诗重建的方向:现实主义精神》,令狐兆鹏,《当代文坛》,2004年第6期,第65-67页。

1198.《终结与启始——80年代歌词创作的历史审视》,陈煜斓,《文艺理论与批评》,2004年第6期,第95-101页。

1199.《朱湘诗学的现代性》,崔春鹏,《安庆师范学院学报》(社会科学版),2004年第6期,第75-77、81页。

1200.《主情、主知与主趣——试论新诗发展史上的唐诗、宋诗和元曲路径》,杨景龙,《文学评论》,2004年第6期,第23-33页。

1201.《铸造活泼而健康的诗性品格——从杜逯的诗集〈光的落尘〉谈起》,梁鸿鹰,《理论与创作》,2004年第6期,第54-56页。

1202.《追寻杨牧诗作的美学精神》,吴野,《当代文坛》,2004年第6期,第83页。

12月

1203.《"2004年闻一多国际学术研讨会"综述》,李松,《社会科学评论》,2004年第4期,第114-115页。

1204.《20世纪中国现代诗学观念演进论》,许霆,《中外诗歌研究》,2004年第3期,第111-118页。

1205.《21世纪的新诗:走出语言的迷宫》,鲍昌宝,《诗探索》,2004年秋冬卷,第18-22页。

1206.《半分园种诗——访老诗人吕剑》,黄成勇,《诗探索》,2004年秋冬卷,第119-122页。

1207.《本源之诗——黑大春诗歌浅谈》,马永波,《诗探索》,2004年秋冬卷,第225-230页。

1208.《卞之琳诗歌中声音的对话性——从巴赫金对话理论看卞之琳诗歌》,赵丽瑾,《祁连论丛》,2004年第4期,第67-71页。

1209.《采集歌谣与寻求新知——民国时期"歌谣运动"对民间资源的利用和背离》,徐新建,《民族艺术研究》,2004年第6期,第48-57页。

1210.《拆除新旧高墙垒 共写当今格律诗——谈新旧诗的接轨》,刘伯伦,《晋东南师范专科学校学报》,2004年第6期,第29-31页。

1211.《倡导之功 创造之力——从五四新文化运动的发生论中国白话新诗的奠基》,李生滨,《兰州学刊》,2004年第6期,第292-295页。

1212.《倡导中国新诗的二次革命 推动华文诗歌的全球整合——首届"华文诗学名家国际论坛"综述》,蒋登科、任毅,《重庆社会科学》,2004年第3-4期合刊,第158-159页。

1213.《朝圣者的灵魂:诗歌与诗论涉险的双重光辉——"郑敏诗歌创作与诗歌理论研讨会"综述》,霍俊明,《诗探索》,2004年秋冬卷,第97-103页。

1214.《陈有才前后期抒情诗创作比较论》,邹建军、唐灿灿,《诗探索》,2004年秋冬卷,第231－240页。

1215.《崇高悲壮的战歌——读刘忠华的〈春悸〉》,刘扬烈,《涪陵师范学院学报》,2004年第6期,第24－25页。

1216.《重建诗歌审美原则的再呼吁》,杨光治,《中外诗歌研究》,2004年第3期,第60－62页。

1217.《出自固执的记忆——读赵野的诗》,臧棣,《诗探索》,2004年秋冬卷,第241－256页。

1218.《穿不穿灯草绒的衣服——痖弦〈在中国街上〉点评》,杨宗翰,《诗探索》,2004年秋冬卷,第155－159页。

1219.《传播学意义下的余光中诗歌》,梁笑梅,《中外诗歌研究》,2004年第3期,第157－164页。

1220.《从词语开始——中国90年代的诗歌写作和拉美新小说》,唐蓉,《外国文学研究》,2004年第6期,第117－122页。

1221.《从歌唱到叙述——阅读当代诗歌之五》,耿占春,《星星》,2004年第12期,第91－96页。

1222.《从意象的选择看〈再别康桥〉的"中国性"》,徐松,《中学语文》(上半月),2004年第23期,第28－29页。

1223.《存在形式的荒谬性——痖弦诗歌探析》,简文志,《诗探索》,2004年秋冬卷,第134－154页。

1224.《大众文化语境中20世纪90年代诗歌的三个关键词》,乔琦、王列娟,《天中学刊》,2004年第6期,第70－72页。

1225.《戴望舒诗歌音乐性问题的研究》,周锋,《东方丛刊》,2004年第4辑,第193－203页。

1226.《当代台港散文诗的现代色彩》,蒋登科,《世界华文文学论坛》,2004年第4期,第56－58页。

1227.《当前中国新诗的状态及其走向》,杨四平,《文艺评论》,2004年第6期,第45－46页。

1228.《当下诗歌写作的语言源流——梁小斌的若干诗学意义》,杨四平,《江汉大学学报》(人文科学版),2004年第6期,第22－23页。

1229.《读犁青的南洋诗篇》,古远清,《中外诗歌研究》,2004年第3期,第151－156页。

1230.《读田禾的诗》,李瑛,《长江文艺》,2004年第12期,第62－63页。

1231.《杜鹃的啼哭已经够久了——朱朱访谈录》,朱朱、木朵,《诗探索》,2004年秋冬卷,第207－216页。

1232.《对抗中的离心眩晕与生长的芜杂偏离——中国后现代诗歌的非"后

现代"性和对"后现代"的误识》，霍俊明，《文艺评论》，2004年第6期，第21-24页。

1233.《对声音的追求——由胡适和新格律派谈起》，杨庆祥，《北京大学研究生学志》，2004年第3期，第35-38页。

1234.《返观与诉求：当代汉诗的语言向度》，霍俊明，《江汉大学学报》（人文科学版），2004年第6期，第18-21页。

1235.《返回本体与语感实验——"他们"诗派论》，罗振亚，《创作评谭》，2004年第12期，第33-36页。

1236.《飞翔的诗 飘香的文——〈故乡与故事〉后记》，牛殿庆，《克山师专学报》，2004年第4期，第5-7页。

1237.《个人化语境下的诗歌写作——对于当下诗歌的感受》，宿好军，《飞天》，2004年第12期，第100-102页。

1238.《给我一双慧眼——为当下诗歌寻找有生命力的生长点》，张继红，《飞天》，2004年第12期，第102-104页。

1239.《古风民韵情盎然——王吉文诗歌创作浅谈》，董耀章，《火花》，2004年第12期，第12-13页。

1240.《关于当前新诗创作和发展的几点看法》，牟心海，《中外诗歌研究》，2004年第3期，第95-98页。

1241.《郭沫若前期诗歌创作中的无政府主义》，赫学颖，《郭沫若学刊》，2004年第4期，第30-36页。

1242.《郭沫若与中国文学的审美现代性》，王小平，《郭沫若学刊》，2004年第4期，第37-41页。

1243.《过路的秋风，还在苍劲地吹——崔俊堂诗歌漫谈》，牛庆国，《飞天》，2004年第12期，第95-97页。

1244.《"后朦胧"以来诗歌"口语化"探索的危机》，王烨，《江汉大学学报》（人文科学版），2004年第6期，第15-17页。

1245.《后现代场景中的诗歌理想》，梁平，《中外诗歌研究》，2004年第3期，第99-100页。

1246.《怀念背景里永远的诗歌话题——关于"王书怀创作美学突破"的座谈撮要》，林超然整理，《绥化师专学报》，2004年第4期，第77-81页。

1247.《黄遵宪诗学实践和新诗关系再定位》，李卫涛，《理论学刊》，2004年第12期，第111-113页。

1248.《回首中的名与实——重读"朦胧诗"》，张立群，《海南大学学报》（人文社会科学版），2004年第4期，第352-356页。

1249.《静心写诗》，刘福君，《诗刊》（上半月刊），2004年12月号，第76页。

1250.《经典议论:李有成诗集〈鸟及其他 1996－1969 选集〉》,[马来西亚]温任平,《华文文学》,2004 年第 6 期,第 28－34 页。

1251.《精神世界的上层建筑》,杨矿,《中外诗歌研究》,2004 年第 3 期,第 109－110 页。

1252.《崛起与命名——再论新诗潮》,孙基林,《山东社会科学》,2004 年第 12 期,第 25－29 页。

1253.《可能的拓展:诗与世界关系的重建——臧棣与 90 年代以来的中国诗歌》,刘金冬整理,《山花》,2004 年第 12 期,第 118－124 页。

1254.《客观对应物与新诗戏剧化——论九叶诗派在技术层面上的诗学探求》,黄科安,《上海交通大学学报》(哲学社会科学版),2004 年第 6 期,第 74－79 页。

1255.《口语与文学语言:新诗的一个关键问题——兼与郑敏教授商榷》,陈太胜,《江汉大学学报》(人文科学版),2004 年第 6 期,第 10－14 页。

1256.《跨界反思文化趋同现象——兼及华文诗歌在全世界的整合与繁荣问题》,[新加坡]方然,《中外诗歌研究》,2004 年第 3 期,第 55－57 页。

1257.《蓝墨水的上游——余光中与屈赋李诗姜词》,杨景龙,《诗探索》,2004 年秋冬卷,第 330－348 页。

1258.《老舍和徐志摩的幽默风格之比较》,黄宇,《长沙理工大学学报》(社会科学版),2004 年第 4 期,第 105－107 页。

1259.《论新月派诗论对中国古代文论的承传》,陈伟华,《中山大学研究生学刊》(社会科学版),2004 年第 4 期,第 20－26 页。

1260.《冷与热凝结而成的艺术品——读冯至的〈蛇〉》,曹安娜,《名作欣赏》,2004 年第 12 期,第 73－75 页。

1261.《立体的战争书写——读刘忠华抒情长诗〈春悸〉》,彭斯远,《涪陵师范学院学报》,2004 年第 6 期,第 26－28 页。

1262.《李瑛诗歌意象的创新营构——兼谈李瑛诗集〈出发〉》,杨四平,《诗歌月刊》,2004 年第 12 期,第 45－49 页。

1263.《梁小斌:在民间的黑夜里"独自成俑"》,张清华,《星星》,2004 年第 12 期,第 97－104 页。

1264.《两种语言下的"树"——中日现代诗歌比较论》,[日本]田原,《中外诗歌研究》,2004 年第 3 期,第 165－173 页。

1265.《吕剑论》,子张,《诗探索》,2004 年秋冬卷,第 104－118 页。

1266.《论 30 年代现代派的象征诗学》,曹万生,《中国文学研究》,2004 年第 4 期,第 25－30 页。

1267.《论安娜对郭沫若创作的影响》,曹丹丹,《郭沫若学刊》,2004 年第 4 期,第 42－48 页。

1268.《论打油诗》,王宜早,《南京社会科学》,2004年第12期,第77-83页。

1269.《论法国现代诗歌对中国新诗诗体建设的影响》,王珂、代绪宇,《汕头大学学报》(人文社会科学版),2004年第6期,第38-43、88页。

1270.《论"九叶"诗派及其代表诗人穆旦》,骆寒超,《浙江海洋学院学报》,2004年第4期,第1-8页。

1271.《论鲁迅〈野草〉的原罪意识》,李玉明,《山东社会科学》,2004年第12期,第20-24页。

1272.《论诗歌中的声音——以反思的心态承认复杂和微妙》,唐文吉,《北京大学研究生学志》,2004年第3期,第22-27页。

1273.《论新诗的文体建设》,周瓒,《江汉大学学报》(人文科学版),2004年第6期,第5-9页。

1274.《论郑敏40年代的诗歌创作》,张玉玲,《诗探索》,2004年秋冬卷,第47-57页。

1275.《论郑敏诗歌意象的天人合一境界》,徐美恒,《诗探索》,2004年秋冬卷,第68-78页。

1276.《论中国新诗发展中的个人主义思潮(1917-1949)》,王丹丹,《中国矿业大学学报》(社会科学版),2004年第4期,第105-109页。

1277.《论钟玲诗歌的情爱诉求》,王金城,《诗探索》,2004年秋冬卷,第257-270页。

1278.《落地的声音——代薇访谈录》,严琳,《青春》,2004年第12期,第32-35页。

1279.《矛盾中的当代诗歌》,汤冬梅,《中外诗歌研究》,2004年第3期,第174-176页。

1280.《朦胧诗与青年现实主义诗歌比较论》,谢新华,《青岛大学师范学院学报》,2004年第4期,第33-37页。

1281.《面海一歌常属意 听潮两岸总关情——记2004海峡诗会暨台湾诗人海峡西岸活动》,饶芳、嵩松,《台港文学选刊》,2004年第12期,第26-29页。

1282.《缪斯的畸变与复位的努力——中国当代诗歌检讨之二》,赵金钟、康棣棣,《信阳师范学院学报》(哲学社会科学版),2004年第6期,第78-81页。

1283.《沐浴在新诗的诗品中——评潘颂德〈中国现代新诗理论批评史〉》,王吉鹏、赵欣,《诗探索》,2004年秋冬卷,第326-329页。

1284.《哪样才是诗歌的牵挂》,谭延桐,《诗探索》,2004年秋冬卷,第15-17页。

1285.《"难度"与"限度"——也谈〈野草〉解读》,孟祥申,《绍兴文理学院学报》(哲学社会科学版),2004年第6期,第44-48页。

1286.《南永前图腾诗的精神内涵》,邹建军,《延边大学学报》(社会科学版),2004年第4期,第32-38页。

1287.《"内的原素"与诗人使命》,陈茜,《创作评谭》,2004年第12期,第37-41页。

1288.《"欧化"与"化欧"》,师力斌,《诗探索》,2004年秋冬卷,第1-14页。

1289.《平原之子的追忆——读诗集〈梦里平原〉》,陈超,《雪莲》,2004年第6期,第88-90页。

1290.《简论诗之生成及衍变》,赵天一,《内江师范学院学报》,2004年增刊,第182-184页。

1291.《浅析诗人余光中的诗歌创作特点》,马才栋、程鹏,《开封教育学院学报》,2004年第4期,第33-34页。

1292.《〈清河县〉解读》,小客,《诗探索》,2004年秋冬卷,第198-206页。

1293.《趣谈打油诗》,梁勉之,《山西文学》,2004年第12期,第92-93页。

1294.《让课堂成为学生的舞台——浅谈〈致橡树〉的教学》,郭盛琼、郭盛莉,《中学语文》(上半月),2004年第12期,第24页。

1295.《让诗和诗人互赠沉重的尊严——论郑单衣的诗兼谈先锋诗的抒情性问题》,陈超,《诗探索》,2004年秋冬卷,第217-224页。

1296.《让我再给伤口上洒点盐——对当代诗歌的一次调查与分析》,张樱宁,《飞天》,2004年第12期,第99-100页。

1297.《热带的熔点——关于〈诗歌与人〉的三言两语》,张清华,《上海文学》,2004年第12期,第55页。

1298.《人民性:诗歌精神重建之维》,李春艳,《中外诗歌研究》,2004年第3期,第181-183页。

1299.《"声音":意义争夺的场所——兼谈"声音"和新诗》,王璞,《北京大学研究生学志》,2004年第3期,第16-21页。

1300.《诗歌是掷地有声的石头》,杨四平,《安徽文学》,2004年第12期,第23-24页。

1301.《诗歌文本中诗人之死的渊源追寻》,杨晓云,《西南民族大学学报》(人文社会科学版),2004年第12期,第141-143页。

1302.《诗歌与书写 诗歌与活法》,黄殿琴,《诗探索》,2004年秋冬卷,第280-281页。

1303.《诗人的知识分子、民间和纯诗美立场》,洪迪,《诗探索》,2004年秋冬卷，第 23 - 26 页。

1304.《诗是自由的声音自由的笑——试述艾青的"自由诗"论》，陈良运、陈茜，《诗探索》，2004 年秋冬卷，第 282 - 303 页。

1305.《诗与思比邻而居——论郑敏 1979 年后的诗歌与理论》，伍明春，《诗探索》，2004 年秋冬卷，第 84 - 96 页。

1306.《诗写人生路——访诗人丘树宏》，王晓波，《诗刊》（上半月刊），2004 年 12 月号，第 46 - 48 页。

1307.《诗苑盛开民族之花——重庆少数民族诗歌论略》，刘扬烈，《重庆广播电视大学学报》，2004 年第 4 期，第 44 - 46 页。

1308.《时代的鼓手：诗人田间》，白岩，《传记文学》，2004 年第 12 期，第 18 - 22 页。

1309.《时空艺术的造型化——浅论中国画对中国诗的渗透》，陈志平，《中外诗歌研究》，2004 年第 3 期，第 189 - 196 页。

1310.《十字架下的出发——从台湾新诗发展历程看汉语诗歌发展方向》，郭芙秀，《中外诗歌研究》，2004 年第 3 期，第 203 - 206 页。

1311.《试论何其芳〈快乐的人们〉》，陈文兵，《鹭江职业大学学报》，2004 年第 4 期，第 69 - 72 页。

1312.《试论鲁迅〈野草〉的思想倾向》，王林霞，《陕西师范大学继续教育学报》，2004 年第 4 期，第 58 - 59 页。

1313.《试论上园派诗学建构观念的合理性及其历史意义》，熊辉，《中外诗歌研究》，2004 年第 3 期，第 130 - 137 页。

1314.《试论现代散文诗的性质》，杨献锋，《开封教育学院学报》，2004 年第 4 期，第 31 - 32 页。

1315.《试论〈云寺〉启发性意象描写》，张发祥，《襄樊职业技术学院学报》，2004 年第 6 期，第 86 - 89 页。

1316.《台湾文学中的乡愁诗》，丘峰，《社会科学》，2004 年第 12 期，第 109 - 115 页。

1317.《天空从来没有像在稻田上这样湛蓝——南屏关麓·第二十届青春诗会综述》，魏峰，《诗刊》（上半月刊），2004 年 12 月号，第 77 - 80 页。

1318.《天涯诗说——从〈天涯〉杂志与诗歌的"互动"看当代诗歌的发展》，向卫国，《诗探索》，2004 年秋冬卷，第 27 - 33 页。

1319.《痛苦的追问与追问的痛苦——论穆旦诗歌的精神确良历程》，刘超，《东方丛刊》，2004 年第 4 辑，第 185 - 192 页。

1320.《透明的隐秘》，陈超，《清明》，2004 年第 6 期，第 190 - 191 页。

1321.《为抒情正名》，袁忠岳，《中外诗歌研究》，2004 年第 3 期，第 57 - 59 页。

1322.《文本的多义性与创新性——李敖〈只爱一点点〉诗赏析》,曾思錡,《世界华文文学论坛》,2004年第4期,第38-40页。

1323.《文晓村:植根民族文化的诗艺探索者》,宋星,《中外诗歌研究》,2004年第3期,第212-216页。

1324.《闻一多诗学的意义》,王光明,《江南大学学报》(人文社会科学版),2004年第6期,第85-88页。

1325.《我看"新诗的传统"》,肖开愚,《读书》,2004年第12期,第111-115页。

1326.《我说中国现代诗歌——兼谈个人性写作》,梁晓明,《诗探索》,2004年秋冬卷,第271-277页。

1327.《"我找到了自己的弦"——对朱朱的印象主义批评》,荣光启,《诗探索》,2004年秋冬卷,第190-197页。

1328.《五十年来台湾诗风的演变》,文晓村,《中外诗歌研究》,2004年第3期,第35-51页。

1329.《现代格律诗:再也无法回避的选择》,蒋蕾,《中外诗歌研究》,2004年第3期,第184-189页。

1330.《香港新诗的整合问题》,犁青,《中外诗歌研究》,2004年第3期,第25-34页。

1331.《写诗是一辈子的事》,痖弦,《诗探索》,2004年秋冬卷,第164-168页。

1332.《新诗:回归音乐性》,高平,《中外诗歌研究》,2004年第3期,第74-77页。

1333.《新诗的一个误区:"妖魔化"韵律》,万龙生,《中外诗歌研究》,2004年第3期,第102-108页。

1334.《新诗的"有形"与"无形"——以林庚的诗歌格律探索为中心》,张洁宇,《中外诗歌研究》,2004年第3期,第119-129页。

1335.《新诗二次革命论》,骆寒超、陈玉兰,《中外诗歌研究》,2004年第3期,第12-24页。

1336.《新诗发展的十字路口》,[新加坡]陈剑,《中外诗歌研究》,2004年第3期,第70-73页。

1337.《新诗流变文化动力的成功探索——〈大西南文化与新时期诗歌〉的理论视角与运用》,赵心宪,《涪陵师范学院学报》,2004年第6期,第16-17页。

1338.《新诗中的"词变体"——公刘〈兰〉读片》,郭栋,《诗探索》,2004年秋冬卷,第43-46页。

1339.《星汉灿烂,若出其里——南十字星座下诗海游览》,[澳大利亚]何与怀,《中外诗歌研究》,2004年第3期,第138-150页。

1340.《形容词的缺场和动作意谓——兼论当下诗歌语境道说问题》,柳春蕊,《北京大学研究生学志》,2004年第3期,第39-48页。

1341.《行走的花朵——冯至、邵洵美诗歌〈蛇〉的读解》,丹妤,《诗探索》,2004年秋冬卷,第34-42页。

1342.《寻找,亦或发现——谢宜兴长诗〈梦游〉的一种解读》,石华鹏,《诗歌月刊》,2004年第12期,第9-10页。

1343.《寻找话语的森林——论朱朱诗中的词与物》,张桃洲,《诗探索》,2004年秋冬卷,第169-189页。

1344.《痖弦〈巴黎〉探析》,简文志,《诗探索》,2004年秋冬卷,第160-163页。

1345.《沿着历史的长河追寻——白渔诗集〈历史的眼睛〉读后》,瑶莲,《雪莲》,2004年第6期,第85-87页。

1346.《异端的诗学——周伦佑的诗歌理论解读》,吕周聚,《诗探索》,2004年秋冬卷,第304-317页。

1347.《"异端"的主流——先锋诗人与90年代诗歌史的叙事倾向》,姜玉琴,《文艺评论》,2004年第6期,第25-29页。

1348.《隐秘的成长——新潮诗崛起前几个必要的历史节点》,孙基林,《理论学刊》,2004年第12期,第114-117页。

1349.《俞平伯新诗理论的本体建构》,邓艮,《中外诗歌研究》,2004年第3期,第197-202页。

1350.《源于生活的心灵之歌——读佤族青年诗人聂勒的诗集〈心灵牧歌〉》,张永权,《滇池》,2004年第12期,第60-61页。

1351.《在传统与现代的交汇点生长——非马开创的独特的新诗之路》,梁光焰,《中外诗歌研究》,2004年第3期,第207-211页。

1352.《在流逝的时光中我挽留什么(节选)》,王夫刚,《诗刊》(下半月刊),2004年12月号,第35-36页。

1353.《在诗的名义下——代编后语》,徐炼,《中国韵文学刊》,2004年第4期,第83-85页。

1354.《站在西北瞭望——对内蒙古六位诗人的简单描述》,广子,《诗歌月刊》,2004年第12期,第56-58页。

1355.《张杰 杜涯对话:从"老年写作"到"人性写作"》,张杰、杜涯,《诗歌月刊》,2004年第12期,第25-27页。

1356.《挣扎与转化——谈新诗的声韵》,师力斌,《北京大学研究生学志》,2004年第3期,第28-34页。

1357.《执著的轨迹——论郑敏的新诗"史论"》,张立群,《诗探索》,2004年秋冬卷,第58-67页。

1358.《中国诗人,必须中国》,[韩国]许世旭,《中外诗歌研究》,2004年第3期,第63-64页。

1359.《中国现代诗坛泰斗——艾青》,向元强,《现代语文》,2004年第12期,第7页。

1360.《中国新诗复兴刍议》,唐德亮,《中外诗歌研究》,2004年第3期,第83-86页。

1361.《中国新诗中的象征主义》,金仕霞,《西南民族大学学报》(人文社会科学版),2004年第12期,第144-146页。

2005 年

1 月

1.《安徽：诗歌的多元与创新——安徽卷读后》，赵宏兴，《绿风》，2005 年第 1 期，第 39 – 42 页。

2.《白话诗翁徐玉诺》，痖弦，《诗歌月刊》，2005 年第 1 期，第 43 页。

3.《悲悯与救赎：李松涛长诗的精神指向和价值——论跨文体长诗〈黄之河〉》，李犁，《诗潮》，2005 年 1 – 2 月号，第 46 – 47 页。

4.《北岛早期的诗》，洪子诚，《海南师范学院学报》（社会科学版），2005 年第 1 期，第 4 – 10 页。

5.《笔谈〈魂灵之水〉》，柯蓝等，《当代文坛》，2005 年第 1 期，第 82 – 86 页。

6.《边缘者孤独的行走——谈老乡的诗歌创作》，宋学鹃，《飞天》，2005 年第 1 期，第 100 – 103 页。

7.《曾德旷：一个诗人的灵魂寄生在凡夫的肉体》，夏榆，《芙蓉》，2005 年第 1 期，第 56 – 75 页。

8.《沉重的抒情诗——谈郑敏诗的艺术》，也斯，《诗选刊》，2005 年第 1 期，第 41 – 42 页。

9.《从体例角度看朱光潜〈诗论〉的未完成性》，肖学周、程玉竹，《湖南文理学院学报》（社会科学版），2005 年第 1 期，第 40 – 44 页。

10.《从西南联大到中国新诗群——论九叶诗派的源起与形成》，黄科安，《云南民族大学学报》（哲学社会科学版），2005 年第 1 期，第 130 – 134 页。

11.《答〈诗生活〉网站安歌问》，北野，《绿风》，2005 年第 1 期，第 15 – 17 页。

12.《当代诗人点评（一）》，燎原，《星星》，2005 年第 1 期，第 73 – 77 页。

13.《当下诗歌的消费文化倾向及其存续命运》，邓晓成，《中国文学研究》，2005 年第 1 期，第 12 – 15 页。

14.《地域写作》，梦亦非，《诗潮》，2005 年 1 – 2 月号，第 88 页。

15.《颠覆：生活给予我的全部——杨晓芸访谈》，曹五木、杨晓芸，《诗歌月刊》，2005 年第 1 期，第 22 – 25 页。

16.《都市人的视镜：30 年代诗歌中的乡土与自然》，张林杰，《文艺评论》，

2005年第1期,第43-48页。

17.《"对个别的心灵讲话"——著名诗人王家新访谈录》,木朵,《诗潮》,2005年1-2月号,第91-94页。

18.《对话:私下的,或公开的——诗人郑单衣访谈录》,罗辉、郑单衣,《星星》,2005年第1期,第12-15页。

19.《对于"新古典"的联想》,痖弦,《扬子江诗刊》,2005年第1期,第68-69页。

20.《二○○四年诗歌的若干关键词》,张清华,《当代作家评论》,2005年第1期,第83-86页。

21.《反向之途——对现代汉诗及诗学的思考》,苍耳,《扬子江诗刊》,2005年第1期,第22-26页。

22.《汉语诗与"形而上"五问》,徐江,《诗潮》,2005年1-2月号,第89-90页。

23.《"恢复深度"的行动——解读严力的世纪初诗歌》,赵思运,《诗潮》,2005年1-2月号,第46-47页。

24.《回到心灵》,刘春,《诗潮》,2005年1-2月号,第89页。

25.《佳篇生北国》,陈超,《诗潮》,2005年1-2月号,第46-47页。

26.《九十年代以来的中国女性诗歌》,周瓒,《扬子江诗刊》,2005年第1期,第30-32页。

27.《九叶诗人的口语策略及其局限》,蒋登科,《沈阳师范大学学报》(社会科学版),2005年第1期,第91-95页。

28.《李琦访谈录》,张大为,《诗刊》(上半月刊),2005年1月号,第11-13页。

29.《理性地对待"新诗"这种特殊文体》,王珂,《文艺争鸣》,2005年第1期,第18-20页。

30.《陆忆敏的诗歌》,崔卫平,《诗选刊》,2005年第1期,第53-56页。

31.《论戴望舒诗歌中的戏剧性因素》,蒋忠波,《喀什师范学院学报》(社会科学版),2005年第2期,第79-82页。

32.《论施蛰存文学思想的现代性》,赵凌河,《当代作家评论》,2005年第1期,第93-99页。

33.《论席慕蓉诗的追问意识》,谷海慧,《河南大学学报》(社会科学版),2005年第1期,第38-41页。

34.《论现代派的格律论》,曹万生,《四川师范大学学报》(社会科学版),2005年第1期,第38-43页。

35.《论翟永明诗歌中的母亲形象》,陆正兰,《当代文坛》,2005年第1期,第79-81页。

36.《论中国新诗太阳意象的时代性》,陈绪石,《南昌大学学报》(人文社会科学版),2005年第1期,第84-88页。

37.《芒克"地下"诗歌的精神分析》,李遇春,《华中师范大学学报》(人文社会科学版),2005年第1期,第87-91页。

38.《毛泽东诗词与中国新诗的发展》,吴欢章,《上海大学学报》(社会科学版),2005年第1期,第46-49页。

39.《梦幻之美——席慕蓉爱情诗歌的艺术魅力》,周玉琳,《达县师范高等专科学校学报》(社会科学版),2005年第1期,第37-39页。

40.《民族性、世界性、人性——论臧克家早期诗创作》,李钧,《诗刊》(上半月刊),2005年1月号,第51-55页。

41.《宁静的源泉》,耿占春,《诗选刊》,2005年第1期,第34-37页。

42.《批判"失语"与"朦胧"指征——中国朦胧诗派新论》,徐国源,《当代作家评论》,2005年第1期,第100-103页。

43.《启人心智的小语诗》,钱立海,《阅读与写作》,2005年第1期,第46页。

44.《牵手死亡——郑敏诗歌死亡意象解析》,曾立平,《湖南文理学院学报》(社会科学版),2005年第1期,第47-48页。

45.《清算从秋天开始——2004年秋"极光论争"综述》,邵风华,《诗歌月刊》,2005年第1期,第84-88页。

46.《三大重建:新诗,二次革命与再次复兴》,吕进,《西南师范大学学报》(人文社会科学版),2005年第1期,第130-135页。

47.《邵勇的"幽居"》,鲍栋,《诗歌月刊》,2005年第1期,第14-16页。

48.《上海先锋诗歌研讨会纪要》,杨剑龙,《文学评论》,2005年第1期,第204-207页。

49.《生活与精神的显影——河北诗人小辑点评》,刘波,《诗歌月刊》,2005年第1期,第58-60页。

50.《诗,永远是生活的牧歌?——析艾青乌托邦理想的内在矛盾与悖论》,黄科安,《文艺争鸣》,2005年第1期,第59-66页。

51.《诗的中产阶级》,[美国]非马,《西南师范大学学报》(人文社会科学版),2005年第1期,第140-143页。

52.《诗歌意象的时间形态与空间分布——朱光潜的诗歌意象研究》,肖学周,《理论与创作》,2005年第1期,第16-20页。

53.《诗家语:一种特殊的言说方式》,吕进,《诗刊》(上半月刊),2005年1月号,第46-50页。

54.《〈诗经〉与当代文学》,樊星,《海南师范学院学报》(社会科学版),2005年第1期,第35-39页。

55.《诗人谈诗人的责任》,李德武、张曙光、小海、臧棣、哑石,《扬子江诗刊》,2005年第1期,第52-56页。

56.《诗性的挑战与突围》,朱先树,《诗潮》,2005年1-2月号,第46-47页。

57.《试论穆旦诗中的现代自我形象》,杜瑾焕,《焦作大学学报》,2005年第1期,第35-36、73页。

58.《试论新月诗派在中国新诗歌史上的地位》,李芬,《漳州职业技术学院学报》,2005年第1期,第26-29页。

59.《视野、文献、问题、方法——关于中国现代诗学研究的一点感想》,解志熙,《河南大学学报》(社会科学版),2005年第1期,第4-8页。

60.《"他者"话语的遮蔽——20世纪30年代新文学男性大师笔下"女性被讲述"文本剖析》,张清祥,《江西社会科学》,2005年第1期,第126-130页。

61.《谈谈艺术解读中的"辩证生命还原"——从顾城的诗〈弧线〉说起》,江业国,《广西师范学院学报》(哲学社会科学版),2005年第1期,第56-60页。

62.《探访意义:"五四"白话文的诗学建构》,魏继洲,《广西民族学院学报》(哲学社会科学版),2005年第1期,第145-149页。

63.《网罗好诗——网络诗歌评读之二》,赵思运,《阅读与写作》,2005年第1期,第1-2页。

64.《巍峨的存在:李松涛》,王鸣久,《诗潮》,2005年1-2月号,第46-47页。

65.《我的写作开始就是结束——于坚访谈》,李建立、于坚,《星星》,2005年第1期,第98-105页。

66.《无性的两性关系:性别文化视野中的1950-1970年代中国诗歌》,李自芬,《社会科学研究》,2005年第1期,第163-168页。

67.《现代语境下的后现代情怀——读鲁西西的诗》,李鲁平,《诗选刊》,2005年第1期,第46-49页。

68.《新诗传统与个人才能》,王璞,《扬子江诗刊》,2005年第1期,第26-30页。

69.《新诗的传统——从郑敏先生的两篇文章谈起》,朱滨丹,《文艺争鸣》,2005年第1期,第67-72页。

70.《"新月"理论家们的"硬译"——论"新月派"诗论对中国传统文化的承传》,陈伟华,《中国文学研究》,2005年第1期,第22-26页。

71.《徐志摩诗歌"星、月、光"意象分析》,吴旬初,《云南财贸学院学报》(社会科学版),2005年第1期,第154-156页。

72.《寻找属于自己的杯子》,汗漫,《诗潮》,2005年1-2月号,第90页。

73.《杨克诗歌的物质哲学和新理想主义》,向卫国,《南方文坛》,2005年第1期,第63-66页。

74.《一个人怎样飞起来》,徐敬亚,《诗选刊》,2005年第1期,第17-21页。

75.《永远的"漂泊者"——印度尼西亚华侨作家蒋䓖棣诗歌论》,王列耀、谭芳,《广东社会科学》,2005年第1期,第168-172页。

76.《寓传统于当下的诗学对话——"2004闻一多国际学术研讨会"综述》,张园,《文艺研究》,2005年第1期,第154-155页。

77.《语词·闪电·如歌的行板——关于〈扬子鳄〉的感想片断》,张清华,《上海文学》,2005年第1期,第73页。

78.《语言的现实》,大解,《诗潮》,2005年1-2月号,第87-88页。

79.《在场与去蔽,此时此刻的诗与人——一种新的诗歌可能》,高尚,《扬子江诗刊》,2005年第1期,第79-82页。

80.《在海子神话背后》,李越,《山花》,2005年第1期,第113-114页。

81.《在没有山岗的地方俯视世界——于坚诗歌的民间特征》,田皓,《云南师范大学学报》(哲学社会科学版),2005年第1期,第76-81页。

82.《在一个人的生产中分娩自己——沙戈诗歌印象》,格式,《飞天》,2005年第1期,第53-55页。

83.《在自己的时间中:简评一种快要被遗忘的诗歌姿势》,周斌,《诗歌月刊》,2005年第1期,第16-17页。

84.《置身于时代的沉重》,谢冕,《诗潮》,2005年1-2月号,第56-57页。

85.《中国古典诗学在现代诗学中的传承和变异》,李凯,《文学评论》,2005年第1期,第39-47页。

86.《中华诗魂——克家同志剪影》,闻山,《诗刊》(上半月刊),2005年1月号,第56-59页。

87.《宗白华意境理论生成的现代诗学语境》,欧阳文风,《襄樊学院学报》,2005年第1期,第65-70页。

88.《最荒凉的不是荒原而是舌头——海男的新诗集〈美味关系〉》,李森,《诗选刊》,2005年第1期,第65-68页。

2月

89.《1958年新民歌运动的历史描述》,谢保杰,《中国现代文学研究丛刊》,2005年第1期,第24-45页。

90.《暴风雪·鹰——读食指新诗二首》,陆增翰、刘敏娴,《阅读与写作》,2005年第2期,第18-19页。

91.《不能割断的血缘——为新诗传统问题一辩》,刘扬烈,《重庆教育学院学报》,2005年第1期,第19-21页。

92.《初雪的钟声——与奥丽娅一日谈》,马永波,《诗林》,2005年第1期,第123-128页。

93.《从"大中国诗观"到"天涯美学"——诗人洛夫访谈录》,沈奇、[加拿大]洛夫,《诗歌月刊》,2005年第2期,第29-35页。

94.《〈大公报〉文艺副刊与现代主义诗潮中的京派诗歌》,刘淑玲,《江汉大学学报》(人文科学版),2005年第1期,第5-15页。

95.《戴望舒年表》,王文彬,《新文学史料》,2005年第1期,第95-105页。

96.《对当代诗歌语言转型的思考》,何雪,《重庆师范大学学报》(哲学社会科学版),2005年第1期,第26-29页。

97.《对准日常生活的镜头——谈于坚诗中的蒙太奇手法》,傅晓翎,《楚雄师范学院学报》,2005年第1期,第40-42页。

98.《沙盘上的舞者——吉林当下部分诗歌一瞥》,修乔,《诗歌月刊》,2005年第2期,第84-86页。

99.《贺敬之:长青的文学大树》,金绍任,《诗刊》(上半月刊),2005年2月号,第43-48页。

100.《胡适〈尝试集〉旧体白话诗辩》,李国辉,《沙洋师范高等专科学校学报》,2005年第1期,第37-40页。

101.《记事——可能和邰筐及一种新的诗歌取向有关》,江非,《诗刊》(下半月刊),2005年2月号,第29-30页。

102.《近20年新诗选本出版的回眸与评说》,刘春,《江汉大学学报》(人文科学版),2005年第1期,第6-23页。

103.《"经验"与现代主义诗学》,汪亚明,《浙江师范大学学报》(社会科学版),2005年第1期,第17-21页。

104.《旧影带或三叶虫》,李英杰,《诗林》,2005年第1期,第69-71页。

105.《拒绝重量的飞升意志——〈野草〉的想象力》,梁敏儿,《中国现代文学研究丛刊》,2005年第1期,第201-211页。

106.《李小洛诗歌:理想使痛苦生辉》,王征珂,《诗歌月刊》,2005年第2期,第11-13页。

107.《论〈红烛〉到〈死水〉的抒情基调演变》,许霆,《盐城师范学院》(人文社会科学版),2005年第1期,第61-67页。

108.《毛泽东诗论中的新诗创作方法论》,吴直雄,《丽水学院学报》,2005年第1期,第46-49、74页。

109.《"七月"诗派与"九叶"诗派之比较》,王坚,《宿州学院学报》,2005年第1期,第63-64页。

110.《浅析影响艾青诗美理想形成的中外因素》，王咏桂，《贵州教育学院学报》，2005年第1期，第55-59页。

111.《人间有好诗——第三届鲁迅文学奖诗歌奖述评》，包明德，《诗选刊》，2005年第2期，第93-94页。

112.《如何将梦带回身边——简论汤养宗近年诗歌的艺术特征》，张立群，《福建文学》，2005年第2期，第86页。

113.《三十年代现代派诗歌与六朝文章晚唐诗》，李俊国，《长治学院学报》，2005年第1期，第23-26页。

114.《〈诗参考〉：胀破时代的修辞与伦理》，张清华，《上海文学》，2005年第2期，第67页。

115.《诗的母题与重写》，洪迪，《诗刊》（上半月刊），2005年2月号，第53-54页。

116.《诗歌本位与道德直觉——新时期以来诗歌考察之一》，梁平，《涪陵师范学院学报》，2005年第1期，第13-17页。

117.《诗歌的语言：特殊话语的顿挫与飞翔——以当代汉语新诗为例》，霍俊明，《诗刊》（上半月刊），2005年2月号，第39-40页。

118.《诗意的云南世界，人类灵魂栖居的家园——不要让于坚继续孤独》，周海琳，《楚雄师范学院学报》，2005年第1期，第36-39页。

119.《试论冯至与中国古典文学之关系》，吴艳，《安康学院学报》，2005年第1期，第50-53页。

120.《试论陪都重庆现代诗歌发展的多样化》，郝明工，《涪陵师范学院学报》，2005年第1期，第34-39页。

121.《试析卞之琳早期诗歌创作之风格》，［韩国］具洸范，《长江大学学报》（社会科学版），2005年第1期，第24-28页。

122.《收割的节奏——读胡杨诗集〈敦煌〉》，古马，《飞天》，2005年第2期，第68-69页。

123.《"圣言痞说"与新诗革命》，向天渊，《重庆师范大学学报》（哲学社会科学版），2005年第1期，第13-17页。

124.《霜"叶"红胜二月花——叶延滨诗论》，李钧，《诗选刊》，2005年第2期，第12-15页。

125.《谁是邹汉明》，柯平，《诗刊》（上半月刊），2005年2月号，第39-40页。

126.《苏浅访谈：有一点儿蓝……》，阿翔、苏浅，《诗歌月刊》，2005年第2期，第22-25页。

127.《她的暴力落到温存之上——王乙宴及其诗歌批判》，子荣，《艺术评论》，2005年第1期，第72-73页。

128.《唐湜诗论对新诗发展的贡献》，游友基，《莆田学院学报》，2005年第1期，第54-57页。

129.《网罗好诗——网罗诗歌评读之三》，赵思运，《阅读与写作》，2005年第2期，第9-10页。

130.《网络诗歌论》，段新权，《乐山师范学院学报》，2005年第2期，第46-51页。

131.《为新诗坛打边鼓的人——鲁迅与新诗的关系及其启示》，王元中，《河西学院学报》，2005年第1期，第68-71页。

132.《闻一多〈女神〉批评与〈红烛〉创作考论》，刘静、万龙生，《重庆教育学院学报》，2005年第1期，第22-25页。

133.《"无体裁写作"与文体狂欢——论第三代诗歌文体的解构与建构》，吕周聚，《首都师范大学学报》（社会科学版），2005年第1期，第73-78页。

134.《吴组缃的新诗》，陈学勇，《新文学史料》，2005年第1期，第124-127页。

135.《西川答谭克修问（节选）》，西川、谭克修，《诗林》，2005年第1期，第115-122页。

136.《先锋诗的困境和可能前景》，陈超，《诗选刊》，2005年第2期，第83-87页。

137.《现代诗派与中国古典诗歌传统》，饶翔，《安康师专学报》，2005年第1期，第60-63页。

138.《"相见匪遥　乐何如之"——林庚先生燕南园谈诗录》，孙玉石，《新文学史料》，2005年第1期，第161-169页。

139.《新诗与旧诗——重读胡适谈新诗兼论新诗的标准问题》，周晓风，《重庆师范大学学报》（哲学社会科学版），2005年第1期，第18-25页。

140.《形式、诗体与新诗的繁荣》，蒋登科，《重庆师范大学学报》（哲学社会科学版），2005年第1期，第9-12页。

141.《一切景语皆情语——论徐志摩诗〈山中〉的"情"与"景"》，于倩，《山东电大学报》，2005年第1期，第41-42页。

142.《一台诗歌晚会的疗效与后遗症及其它》，古力，《诗选刊》，2005年第2期，第91-92页。

143.《在个性化和多样化格局的后面——对当代诗歌的印象批评》，朱先树，《诗刊》（上半月刊），2005年2月号，第63-64页。

144.《臧克家论精炼》，刘萍，《重庆教育学院学报》，2005年第1期，第36-38页。

145.《"综合"的气度与创造的风采——论艾青三十年代诗歌的艺术个性》，杨丽霞，《闽江学院学报》，2005年第1期，第62-65页。

146.《中国现代诗学综合研究的开端——估康白情诗论〈新诗底我见〉》，童龙超，《河西学院学报》，2005年第1期，第72-73页。

147.《中国现代早期白话诗的音韵、语义、体式初探》，艺丹，《广西社会科学》，2005年第2期，第98-101页。

148.《众生喧哗后面的焦虑——1990年代甘肃诗歌创作刍论》，杨光祖，《飞天》，2005年第2期，第101-105页。

149.《"正典"与独立的"诠释"——论现代诗人与传统的能动关系》，陈超，《诗选刊》，2005年第2期，第88-90页。

150.《自在的心灵——白兰和她的诗》，李南，《诗林》，2005年第1期，第62-64页。

3月

151.《2004年的诗：印象与评说》，王光明、张桃洲、荣光启、伍明春、刘金冬、赖彧煌、邓庆周、黄雪敏、何玲、刘智群、叶敏娟、周炜赟、冯雷，《扬子江诗刊》，2005年第2期，第58-62页。

152.《20世纪中国现代主义诗潮概观》，罗振亚，《福建师范大学学报》（哲学社会科学版），2005年第2期，第18-26页。

153.《把湖水引向大海——哨兵导读》，张执浩，《诗刊》（上半月刊），2005年3月号，第33页。

154.《白雪掩埋的火焰——论赵野的古典抒情》，颜红，《当代作家评论》，2005年第2期，第118-123页。

155.《北岛诗歌的三个关键词——北岛前期诗歌简论》，林平乔，《理论与创作》，2005年第2期，第95-98页。

156.《冰心早期创作中的生命美学观》，王凤仙，《贵州社会科学》，2005年第2期，第121-123页。

157.《"残损的手掌"：艺术与现实的交融——戴望舒诗〈我用残损的手掌〉简析》，易彬，《扬子江诗刊》，2005年第2期，第34-35页。

158.《蚕蜕里的新生——新月派诗论与中国传统诗论》，陈伟华，《湖南大学学报》（社会科学版），2005年第2期，第70-74页。

159.《藏族诗人如是说——当代藏族诗歌及其诗学主题》，耿占春，《郑州大学学报》（哲学社会科学版），2005年第2期，第55-60页。

160.《曾有少年狂——论郭小川早期的生活和创作》，白雪尘，《承德民族职业技术学院学报》，2005年第1期，第91-92页。

161.《缠绵的忧伤美——从〈雨巷〉看戴望舒创作的美学追求》，任静文，《陕西广播电视大学学报》，2005年第1期，第75-77页。

162.《重解废名的新诗观》,张桃洲,《华中师范大学学报》(人文社会科学版),2005年第2期,第97-102页。

163.《重涉:典律的生成——当前新诗问题的几点思考》,沈奇,《廊坊师范学院学报》,2005年第2期,第1-2、10页。

164.《纯诗视阈中的音乐性探求——梁宗岱新诗音乐性理论探论》,霍俊明、岳志华,《宁波广播电视大学学报》,2005年第1期,第9-11页。

165.《从"抒情的放逐"谈起》,姜涛,《扬子江诗刊》,2005年第2期,第21-23页。

166.《从〈寂寞〉一诗的分析看卞之琳抒情诗创作中的叙事因素》,孙芳,《新乡教育学院学报》,2005年第1期,第14-15页。

167.《当代诗:一点意见》,孙文波,《诗选刊》,2005年第3期,第86-90页。

168.《当代诗歌编选中的问题与方法——关于〈朦胧诗新编〉的讨论综述》,李润霞整理,《南方文坛》,2005年第2期,第59-62页。

169.《当代新诗史的重要收获》,王德领,《文艺评论》,2005年第2期,第41-46页。

170.《对诗歌时代的双重解析——李拜天诗歌方式》,陈亚平,《诗歌月刊》,2005年第3期,第94-95页。

171.《对新诗传播形式转型的思考》,童龙超,《宁夏大学学报》(人文社会科学版),2005年第2期,第62-63页。

172.《废名"新诗"理论浅析》,李俊,《重庆三峡学院学报》,2005年第2期,第57-60页。

173.《隔着一首诗的距离——读诗人王妍丁》,易仁寰,《诗歌月刊》,2005年第3期,第13-14页。

174.《关于"外省"》,蓝蓝,《诗潮》,2005年3-4月号,第86页。

175.《汉诗现代革命的理念是为何与如何确立的——论白话—自由诗学的生成转换逻辑》,解志熙,《中国现代文学研究丛刊》,2005年第2期,第37-75页。

176.《后朦胧诗潮论》,徐向昱,《青岛职业技术学院学报》,2005年第1期,第39-43页。

177.《"花一般的罪恶"——四十年代中国诗坛对波德莱尔的译介》,张松建,《中国现代文学研究丛刊》,2005年第2期,第76-100页。

178.《回到"诗"本身》,陈太胜,《扬子江诗刊》,2005年第2期,第24-26页。

179.《九叶诗派与中国诗歌的道德审美理想》,蒋登科,《贵州社会科学》,2005年第2期,第106-110页。

180.《九叶诗人与陌生化》,刘阿娜,《太原师范学院学报》(社会科学版),2005年第1期,第113-115页。

181.《开放问题空间之后:从"新诗"到"现代汉诗"——评王光明〈现代汉诗的百年演变〉》,姜涛,《文艺研究》,2005年第3期,第134-141页。

182.《抗战时期的重庆诗坛》,刘静,《江西社会科学》,2005年第3期,第104-106页。

183.《历史记忆与生存现场的震悚和容留——论陈超诗歌》,霍俊明,《当代作家评论》,2005年第2期,第124-129页。

184.《灵魂在高唱——有感鄢家发的〈天空飞鸟〉》,张放,《绿风》,2005年第2期,第126-127页。

185.《聆听灵魂深处铿锵的绝响——孙江诗歌印象》,柯英,《飞天》,2005年第3期,第73-74页。

186.《刘虹诗歌的女性言说——从〈向大海〉到〈致乳房〉》,赵思运,《阅读与写作》,2005年第3期,第3-5页。

187.《柳暗花明话新诗——试论新诗的出路》,葛乃福,《西南师范大学学报》(人文社会科学版),2005年第2期,第137-140页。

188.《沦陷区故园诗歌析》,杜伟,《承德民族师专学报》,2005年第1期,第31-34页。

189.《论"左联"时期的诗剧创作》,陈文兵,《新乡教育学院学报》,2005年第1期,第11-13页。

190.《论老舍诗学的"现代性"审美品格》,谢昭新,《民族文学研究》,2005年第1期,第116-119页。

191.《论穆旦创制"新的抒情"的历程》,杨四平,《海南师范学院学报》(社会科学版),2005年第2期,第53-59页。

192.《论"新生代"诗歌的四种不良创作倾向》,彭卫红,《当代文坛》,2005年第2期,第82-83页。

193.《论徐志摩诗学追求的现代性转变》,李苗,《三峡大学学报》(人文社会科学版),2005年第2期,第84-88页。

194.《吕进:人与诗》,蒋登科,《当代文坛》,2005年第2期,第87-88页。

195.《朦胧诗以后:词与物》,刘春,《海南师范学院学报》(社会科学版),2005年第2期,第60-64页。

196.《那时,幽默注满了革命的心——李亚伟访谈》,李建立、李亚伟,《星星》,2005年第3期,第100-104页。

197.《浅谈郭沫若与徐志摩二十世纪二、三十年代的诗歌特色》,徐继东,《广西广播电视大学学报》,2005年第1期,第68-71页。

198.《青春之歌——试析汪静之的〈蕙的风〉》,张银枝,《太原教育学院学报》,2005年第1期,第41-43页。

199.《秋水静石一溪远——论赵野兼评其诗集〈逝者如斯〉》,沈奇,《当代作家评论》,2005年第2期,第114-118页。

200.《让该飞的飞起来——有关80年代诗歌创作和本期"新80年代"》,郁葱,《诗选刊》,2005年第3期,第63-64页。

201.《三组矛盾的对立——略论当代诗歌误区》,汤冬梅、汤杰英,《当代文坛》,2005年第2期,第84-86页。

202.《审美与信仰的消长——对海子"生命叙事"的一种解读》,胡书庆,《华东师范大学学报》(哲学社会科学版),2005年第2期,第79-86页。

203.《盛夏的最后一枚红樱桃——妍丁印象》,戴墨,《诗歌月刊》,2005年第3期,第12-13页。

204.《诗歌的本质是抒情》,魏克,《诗潮》,2005年3-4月号,第88-89页。

205.《诗歌断论》,徐江,《诗选刊》,2005年第3期,第91-94页。

206.《诗歌圣殿的朝圣者》,吴思敬等,《诗潮》,2005年3-4月号,第90-94页。

207.《诗人残泪如血》,肖黛,《绿风》,2005年第2期,第65-75页。

208.《诗人徐迟:积极前行途中的犹疑与反顾》,刘继业,《中国现代文学研究丛刊》,2005年第2期,第101-109页。

209.《诗人徐志摩的另一只手》,蒋成德,《徐州教育学院学报》,2005年第1期,第94-96页。

210.《诗是神圣的美好的——访孙启志》,介夫,《诗刊》(下半月刊),2005年3月号,第35-36页。

211.《诗属于真正的诗人——读郑敏、郑玲的诗随想》,陈超,《星星》,2005年第3期,第52-54页。

212.《"诗体"观念的超越与诗歌文化品性的重建》,张大为,《诗刊》(下半月刊),2005年3月号,第63-64页。

213.《"诗中有画"的界限与适度——对闻一多〈秋色〉的另一种解读》,王桂妹,《贵州社会科学》,2005年第2期,第111-113页。

214.《〈十四行集〉:冯至在西南联大的文学成就》,叶向东,《云南师范大学学报》(哲学社会科学版),2005年第2期,第124-129页。

215.《水中的神秘倒影——汪抒诗歌印象》,西边,《诗歌月刊》,2005年第3期,第19-20页。

216.《谈〈女神〉的爱国主义思想》,路书体,《宿州教育学院学报》,2005年第1期,第87-89页。

217.《天街夜色凉如水——香港诗坛概谈》,秀实,《诗歌月刊》,2005年第3期,第59-61页。

218.《完美的人生悲歌——探讨冯至早期四首叙事诗的意义》,朱湘渝,《重庆三峡学院学报》,2005年第2期,第38-41页。

219.《完整性写作的原则》,黄金明,《诗潮》,2005年3-4月号,第89页。

220.《网络诗歌对人文精神的解构》,任毅、蒋登科,《海南师范学院学报》(社会科学版),2005年第2期,第65-68页。

221.《文艺创作与文艺工作——从作家的社会参与谈到诗人张默》,痖弦,《扬子江诗刊》,2005年第2期,第66-67页。

222.《西部高原的礼赞——论昌耀的诗歌创作》,胡芳,《青海社会科学》,2005年第2期,第95-97页。

223.《西部诗歌审美意识的超越——姚学礼诗歌印象》,吴思敬,《甘肃社会科学》,2005年第2期,第28-30页。

224.《先锋的守夜人——论余怒的诗》,伍明春,《文艺评论》,2005年第2期,第57-61页。

225.《现代诗魂的重塑——论朦胧诗的诗性寻求与艺术建构》,徐国源,《江苏社会科学》,2005年第2期,第188-191页。

226.《现代文人的颓废——朱自清的刹那主义》,李先国,《文艺争鸣》,2005年第2期,第105-107页。

227.《小说家的诗歌精神——张执浩作品研讨会概要》,李敬泽、谢有顺等,《长江文艺》,2005年第3期,第74-78页。

228.《新生代作家与古典诗词》,樊星,《南京师范大学文学院学报》,2005年第1期,第54-60页。

229.《新诗的晦涩:合法的,或只能听天由命的》,臧棣,《南方文坛》,2005年第2期,第4-8、14页。

230.《"新诗二次革命"论的有效性阐释》,向天渊,《西南师范大学学报》(人文社会科学版),2005年第2期,第132-136页。

231.《"新中国"爱情诗举要与女权主义走势》,刘忠,《青海社会科学》,2005年第2期,第83-86、115页。

232.《一个诗人灵魂的悸动和敞亮——读张洪波〈诗歌练习册上的手记〉》,苗雨时,《绿风》,2005年第2期,第121-125页。

233.《一叶一宇宙——读〈王尔碑诗选〉》,刘强,《绿风》,2005年第2期,第118-120页。

234.《用铅笔写诗,用钢笔写评论——论批评家、诗人唐晓渡》,周瓒,《南方文坛》,2005年第2期,第9-12页。

235.《余光中诗歌二极对应结构论》,赵小琪,《文艺评论》,2005年第2

期，第 52 - 56 页。

236.《与自己的过去和将来对话——读黄灿然〈冬天的下午〉》，蒋艳玲，《阅读与写作》，2005 年第 3 期，第 9 - 10 页。

237.《寓情于中，传道于外——读常文昌〈中国现代诗歌理论批评史〉》，王强，《飞天》，2005 年第 3 期，第 105 - 107 页。

238.《月牙儿访谈：焦灼的时刻》，阿翔、月牙儿，《诗歌月刊》，2005 年第 3 期，第 24 - 27 页。

239.《〈再别康桥〉朗诵分析》，曲英华，《承德民族师专学报》，2005 年第 1 期，第 44 - 45 页。

240.《再论闻一多的"文化国家主义"》，孙德高，《贵州社会科学》，2005 年第 2 期，第 114 - 117 页。

241.《在"文本"与"人本"之间——关于〈非非〉的一个简单轮廓》，张清华，《上海文学》，2005 年第 3 期，第 68 页。

242.《臧棣：另一种印象》，唐晓渡，《南方文坛》，2005 年第 2 期，第 13 - 14 页。

243.《战士式的诗人与战士型的诗——贺敬之诗歌创作的进取精神与时代担当》，艾斐，《理论与创作》，2005 年第 2 期，第 78 - 80 页。

244.《张执浩：游走于虚构的诗性之间》，梁艳萍，《南方文坛》，2005 年第 2 期，第 67 - 70 页。

245.《张执浩诗歌论——兼论当前诗歌写作中的几个问题》，魏天无，《南方文坛》，2005 年第 2 期，第 63 - 66 页。

246.《质朴的敏感和判断力》，陈超，《清明》，2005 年第 2 期，第 188 - 189 页。

247.《中国现代诗歌话语模式的生成及嬗变》，陈灵强，《新疆大学学报》（哲学人文社会科学版），2005 年第 2 期，第 115 - 119 页。

248.《中国现代智性诗的特质——论卞之琳对象征主义的接受与变异》，何海巍，《中山大学学报》（社会科学版），2005 年第 2 期，第 18 - 22 页。

249.《中国新诗：问题与方法（笔谈）》，李怡主持，《钦州师范高等专科学校学报》，2005 年第 1 期，第 5 - 18 页。

250.《中西合璧 儒雅温厚——访诗人、翻译家屠岸先生》，刘士杰，《诗歌月刊》，2005 年第 3 期，第 47 - 50 页。

251.《朱自清现代解诗学思想的理论资源——四谈重建中国现代解诗学思想》，孙玉石，《中国现代文学研究丛刊》，2005 年第 2 辑，第 1 - 37 页。

252.《子川：不断涌现诗与激情》，荆歌，《诗歌月刊》，2005 年第 3 期，第 93 - 94 页。

4 月

253.《〈20世纪重庆新诗发展史〉:敢于面对新问题的学术著作》,张中宇,《重庆教育学院学报》,2005年第2期,第109-110页。

254.《〈新诗三百首〉中的诗歌史问题》,洪子诚,《新诗评论》,2005年第1辑,第12-18页。

255.《20世纪中国女性诗歌的生命意识》,王艳芳,《江汉大学学报》(人文科学版),2005年第2期,第13-18页。

256.《安琪:2004·北京·诗歌及其他》,安琪、探花,《诗歌月刊》,2005年第4期,第24-26页。

257.《卞之琳诗歌中的历史》,田静,《和田师范专科学校学报》,2005年第2期,第108-109页。

258.《"不到位"与想象空间——读〈大山的呼唤〉》,刘犁,《阅读与写作》,2005年第4期,第41页。

259.《缠绵悱恻的忧郁美——〈雨巷〉的意境美探析》,李秀云、尹传兰,《吉林师范大学学报》(人文社会科学版),2005年第2期,第64-68页。

260.《传统诗词样式对现代新诗的"比照"效应及其意义》,张中宇,《重庆师范大学学报》(哲学社会科学版),2005年第2期,第16-19页。

261.《刺探出的"感觉"——读〈你坐在椅子上(外二首)〉》,刘之,《阅读与写作》,2005年第4期,第40页。

262.《从〈过去的生命〉看周作人的诗论》,袁仕萍,《重庆职业技术学院学报》,2005年第2期,第23-24页。

263.《当代诗人点评(二)》,燎原,《星星》,2005年第4期,第76-81页。

264.《当代文化英雄的出演与降落(上)——中国诗歌与诗坛论争研究》,周瓒,《新诗评论》,2005年第1辑,第120-148页。

265.《点、线、面结合的诗史佳构——评〈20世纪重庆新诗发展史〉》,陈志平,《重庆教育学院学报》,2005年第2期,第111-112页。

266.《读萧开愚〈致传统〉及其他》,桑克,《新诗评论》,2005年第1辑,第64-76页。

267.《发刊词:为了中国新诗的建设》,谢冕,《新诗评论》,2005年第1辑,第1-6页。

268.《个人与社会命运的承担——论穆旦诗歌〈冬〉》,李宝平,《牡丹江师范学院学报》(哲学社会科学版),2005年第2期,第11-12页。

269.《花开的姿势——诗人郭新民访谈录》,《诗刊》记者,《诗刊》(下半月刊),2005年4月号,第68-71页。

270.《华美的乐章——论徐志摩诗歌的音乐性》,张桂玲、姚慧卿,《宿州学院学报》,2005年第2期,第53-55页。

271.《荒街上的沉思者——析穆旦的〈裂纹〉》,吴晓东,《新诗评论》,2005年第1辑,第93-99页。

272.《焦虑与书写:女性诗歌中的性别意识》,[荷兰]张晓红,《江汉大学学报》(人文科学版),2005年第2期,第19-23页。

273.《论新诗的时间意识》,程振明,《涪陵师范学院学报》,2005年第2期,第9-13页。

274.《略谈对卞之琳诗歌小说化的理解》,孙倩,《涪陵师范学院学报》,2005年第2期,第21-24页。

275.《美不能在风光中静止——读沈从文的〈莲花〉》,段美乔,《新诗评论》,2005年第1辑,第100-105页。

276.《墨迹斑斑驳驳》,车前子,《星星》,2005年第4期,第10-13页。

277.《聂鲁达与当代中国》,滕威,《新诗评论》,2005年第1辑,第172-193页。

278.《女性诗歌:自由的期待与可能的飞翔》,周瓒,《江汉大学学报》(人文科学版),2005年第2期,第5-12页。

279.《"浅"的深度——谈臧棣的〈咏物诗〉》,[美国]奚密,《新诗评论》,2005年第1辑,第87-92页。

280.《青春与死的不确定性——读非亚〈我曾经有过一只……皮球〉》,韦珺,《阅读与写作》,2005年第4期,第7-8页。

281.《轻盈与涩重——新诗的身体叙写》,张桃洲,《新诗评论》,2005年第1辑,第149-171页。

282.《倾听存在和仰望星空——孙晓杰诗歌片论》,马平川,《诗刊》(上半月刊),2005年4月号,第29-31页。

283.《深度意象 智性思路 幻式因子——汤养宗诗歌论》,陈仲义,《诗歌月刊》,2005年第4期,第88-94页。

284.《沈从文新诗中的湘西文化情结》,张巧文,《广西师范学院学报》(哲学社会科学版),2005年第2期,第115-118页。

285.《生命的交响曲——诗美创造谈》,孙亭,《大庆师范学院学报》,2005年第2期,第45-47页。

286.《失去象征的世界》,耿占春,《新诗评论》,2005年第1辑,第106-119页。

287.《"诗,站在虚构这边"》,欧阳江河、张学昕,《作家》,2005年第4期,第109-113页。

288.《诗笔言禅心——浅谈佛禅思想对废名诗歌创作的影响》,张鑫,《涪陵师范学院学报》,2005年第2期,第47-49页。

289.《诗人大伟的拒绝——评读〈深陷〉及其它》,宋子刚,《诗歌月刊》,2005年第4期,第21-22页。

290.《诗人的口吻》,郭小聪,《诗刊》(上半月刊),2005年4月号,第60-61页。

291.《诗意世界里的青春独白——评冯至早期的叙事诗》,董琼,《中州大学学报》,2005年第2期,第40-42页。

292.《诗与哲学的起点——郑敏访谈》,郑敏、李润霞,《新诗评论》,2005年第1辑,第194-210页。

293.《抒情主体的摇摆——细评风过无痕〈听你说那场婚礼〉》,张德明,《阅读与写作》,2005年第4期,第10-11页。

294.《耍勇斗狠说开愚》,张典,《新诗评论》,2005年第1辑,第80-84页。

295.《思的聪明与诗的智慧——从夏志清的评语谈卞之琳的诗》,江弱水,《新诗评论》,2005年第1辑,第21-27页。

296.《王统照与拜伦》,阎奇男,《广西梧州师范高等专科学校学报》,2005年第2期,第1-7页。

297.《网罗好诗——网络诗歌评读之四》,赵思运,《阅读与写作》,2005年第4期,第12、11页。

298.《向上的路和向下的路是同一条路——读梁平长诗集〈巴与蜀:两个二重奏〉》,杨青,《诗选刊》,2005年第4期,第64-66页。

299.《像黄河一样奔涌并且沉默——见证〈诗歌〉》,张清华,《上海文学》,2005年第4期,第75页。

300.《小大由之:谈卞之琳40年代的文体选择》,姜涛,《新诗评论》,2005年第1辑,第28-43页。

301.《心灵的后花园——穆旦晚年诗歌创作享虐心理探析》,巫洪亮,《龙岩师专学报》,2005年第2期,第76-78页。

302.《新月诗派在新诗发展上的历史贡献》,谢丽,《重庆师范大学学报》(哲学社会科学版),2005年第2期,第20-25页。

303.《一位红色诗人的生命曲线——殷夫诗集〈孩儿塔〉论》,魏一媚,《浙江师范大学学报》(社会科学版),2005年第2期,第19-22页。

304.《以文为诗:余光中诗歌的得与失》,陈祖君,《广西师范学院学报》(哲学社会科学版),2005年第2期,第109-114页。

305.《"意象"前后的文本关注与阐释——重建中国现代解诗学思考杂记》,孙玉石,《新诗评论》,2005年第1辑,第1-11页。

306.《永远的白洋淀——论"白洋淀诗群"》,安静,《红河学院学报》,2005年第2期,第46-49期。

307.《在冬天的旷野唱出自我之歌——论穆旦晚年的诗歌创作》,段从学,《涪陵师范学院学报》,2005年第2期,第14-20页。

308.《在综合中寻求——星汉诗歌近作评述》,李万庆,《鸭绿江》(上半月版),2005年第4期,第55-56页。

309.《郑敏研究述评》,曾立平,《中国文学研究》,2005年第2期,第110-112页。

310.《中日现代诗歌"树"意象的比较研究》,[日本]田原,《重庆师范大学学报》(哲学社会科学版),2005年第2期,第55-60页。

311.《"中国新诗二次革命"质疑》,朱丕智,《重庆师范大学学报》(哲学社会科学版),2005年第2期,第5-10页。

312.《壮丽的升腾——论艾青30、40年代诗歌中的死亡意识》,刘康、宫建蓉,《重庆职业技术学院学报》,2005年第2期,第25-26页。

313.《自然与不自然》,席亚兵,《新诗评论》,2005年第1辑,第77-80页。

314.《自序:经验和精神的重逢》,梁平,《诗选刊》,2005年第4期,第62-63页。

315.《作为本体的"庐山"》,木朵,《诗歌月刊》,2005年第4期,第62-65页。

316.《作为修辞的抒情——林徽因的文学成就与文学史地位》,蓝棣之,《清华大学学报》(哲学社会科学版),2005年第2期,第44-49页。

5月

317.《20世纪新诗思潮述评》,吴思敬,《江苏行政学院学报》,2005年第3期,第114-120页。

318.《饱满而又简洁的诗人评传——读北塔著〈雨巷诗人——戴望舒传〉》,蒋登科,《中国现代文学研究丛刊》,2005年第3辑,第299-304页。

319.《必然的终点和或然的起点——关于〈他们〉的过时言谈》,张清华,《上海文学》,2005年第5期,第84页。

320.《毕生致力于新诗民族化现代化的建设——怀念吴奔老》,陈辽,《诗刊》(上半月刊),2005年5月号,第47-50页。

321.《蔡其矫:一个特立独行承前启后的浪漫诗人》,戴冠青,《诗探索》(理论卷),2005年第1辑,第38-52页。

322.《蔡其矫与朦胧诗》,邱景华,《诗探索》(理论卷),2005年第1辑,第72-85页。

323.《草根性与新诗的转型》,李少君,《南方文坛》,2005年第3期,第23-28页。

324.《沉潜与飞翔》,袁忠岳,《绿风》,2005年第3期,第124-126页。

325.《陈超的现代诗学体系——评〈打开诗的漂流瓶——现代诗研究论集〉》,苗雨时,《诗探索》(理论卷),2005年第1辑,第206-217页。

326.《传统与革命》,叶橹,《诗探索》(理论卷),2005年第1辑,第4-9页。

327.《创造社与新月派知识群体的比照分析》,童晓薇,《广东社会科学》,2005年第3期,第174-178页。

328.《纯白如云的花朵——回忆诗人唐湜》,瞿光辉,《诗刊》(上半月刊),2005年5月号,第56-57页。

329.《从内心的悲悯到词的苛求——朦胧诗以后五诗人简评》,刘春,《南方文坛》,2005年第3期,第58-62页。

330.《从"野人山"到"森林之魅"——穆旦精神历程(1942-1945)考察》,易彬,《中国现代文学研究丛刊》,2005年第3辑,第229-245页。

331.《从时间的方向看诗人蔡其矫》,杨远宏,《诗探索》(理论卷),2005年第1辑,第66-77页。

332.《从乡村到城市的精神胎记——关于"打工诗歌"的白皮书》,柳冬妩,《文艺争鸣》,2005年第3期,第34-47页。

333.《当下诗歌:呼唤诗性自律》,邓晓成,《理论与创作》,2005年第3期,第34-37页。

334.《"底层生存写作"与我们时代的写作伦理》,张清华,《文艺争鸣》,2005年第3期,第48-52页。

335.《地域诗史研究的全局意义》,蒋登科,《文艺评论》,2005年第3期,第17-18页。

336.《第三只眼与第六感官》,叶橹,《诗刊》(上半月刊),2005年5月号,第47-50页。

337.《读诗札记——湖南卷读后》,彭燕郊,《绿风》,2005年第3期,第39-42页。

338.《反向进化的自我之歌——西渡〈蛇〉解读》,周瓒,《诗探索》(理论卷),2005年第1辑,第130-137页。

339.《返回真实的一种途径——我所认识的韩兴贵》,马永波,《诗林》,2005年第2期,第27-29页。

340.《个人的觉醒与新的诗歌的诞生》,刘志荣,《诗探索》(理论卷),2005年第1辑,第104-114页。

341.《各美其美,蔚成大观——新时期以来甘肃诗坛概览》,彭金山,《西北师范大学学报》(社会科学版),2005年第3期,第42-46页。

342.《关于诗歌写作的几个问题》,安琪,《绿风》,2005年第3期,第14-17页。

343.《关于我的诗歌——西川答谭克修问》,西川、谭克修,《诗潮》,2005年5-6月号,第84-90页。

344.《关于"在生存中写作"——编读札记》,张未民,《文艺争鸣》,2005年第3期,第56-59页。

345.《郭沫若早期的诗歌美学思想初探》,邵金峰,《青海师专学报》(教育科学版),2005年第3期,第32-35页。

346.《海男:著盐水中》,胡彦,《当代文坛》,2005年第3期,第26-27页。

347.《汉语诗歌形式美与"意蕴"美的流变及趋势》,周建军,《宜宾学院学报》,2005年第5期,第97-100页。

348.《荷尔德林:海子长诗〈太阳七部书〉的诗学渊源》,郭风雷,《安庆师范学院学报》(社会科学版),2005年第3期,第83-85页。

349.《贺敬之诗歌的狂欢化色彩》,赵小琪,《盐城师范学院》(人文社会科学版),2005年第2期,第62-65页。

350.《辉煌历史中的深长喟叹——论解放区民歌体诗歌的生成与缺憾》,燕世超,《贵州社会科学》,2005年第3期,第100-104页。

351.《郊区的激情》,路也,《诗探索》(理论卷),2005年第1辑,第162-166页。

352.《解析洛夫〈金龙禅寺〉》,霍俊明,《扬子江诗刊》,2005年第3期,第37页。

353.《解析穆旦〈春〉》,霍俊明,《扬子江诗刊》,2005年第3期,第34-35页。

354.《近二十年先锋诗歌的历史流程与艺术取向》,罗振亚,《诗探索》(理论卷),2005年第1辑,第20-37页。

355.《荆棘上的生命——20世纪30年代河南新诗简论》,丁智才,《河南教育学院学报》(哲学社会科学版),2005年第3期,第57-61页。

356.《抗拒性阅读中的诗歌文本——中西方现代主义诗歌中的女性意象之比较》,杜宁,《兰州大学学报》(社会科学版),2005年第3期,第27-32页。

357.《困境与突围》,子张,《诗探索》(理论卷),2005年第1辑,第53-65页。

358.《冷雨与乡愁——〈余光中论〉》,杨国良、周青蓝,《海南师范学院学报》(社会科学版),2005年第3期,第86-88页。

359.《李霁野与诗歌》,北塔,《新文学史料》,2005年第2期,第137-

141页。

360.《灵魂的蛇行——解读路也的两首诗》,张清华,《诗探索》(理论卷),2005年第1辑,第156-161页。

361.《流氓话语的诗歌摇篮》,朱大可,《花城》,2005年第3期,第189-197页。

362.《论郭沫若的"大我"观》,金红,《辽宁大学学报》(哲学社会科学版),2005年第3期,第57-60页。

363.《论郭沫若的诗性与诗兴》,朱寿桐,《湖南社会科学》,2005年第3期,第135-139页。

364.《论海子诗歌的史诗建构》,梁彦玲,《唐山师范学院学报》(社会科学版),2005年第3期,第18-20页。

365.《论诗的感情与意蕴》,来华强,《阅读与写作》,2005年第5期,第1-3页。

366.《论现代派诗歌的审美解读》,李国香,《湘潭大学学报》(哲学社会科学版),2005年第3期,第114-117页。

367.《论艺术的失落与回归——从贺敬之的诗说起》,段宝林,《韶关学院学报》(社会科学版),2005年第5期,第14-19页。

368.《论中国现代诗歌与西方象征主义诗歌意象艺术》,王泽龙,《社会科学研究》,2005年第3期,第171-176页。

369.《论中国新诗派的审美特征》,吕周聚,《山东师范大学学报》(人文社会科学版),2005年第3期,第32-36页。

370.《牟心海诗歌:空旷大背景中的沉思》,邢海珍,《沈阳师范大学学报》(社会科学版),2005年第3期,第83-86页。

371.《〈女神〉与日本泰戈尔热》,刘静,《江汉论坛》,2005年第5期,第107-110页。

372.《平原之子的追忆》,陈超,《诗选刊》,2005年第5期,第78-79页。

373.《森子与中年心境》,桑克,《诗潮》,2005年5-6月号,第34-35页。

374.《沈从文论闻一多的新诗创作》,吴投文,《安庆师范学院学报》(社会科学版),2005年第3期,第79-82页。

375.《师陀的诗与诗论》,海天野,《新文学史料》,2005年第2期,第13-18页。

376.《诗:由流落到宠幸——新世纪的"诗歌回家"(之一)》,徐敬亚,《文艺争鸣》,2005年第3期,第17-19页。

377.《诗的"锁"与"桥"》,徐鸿涯,《阅读与写作》,2005年第5期,第21页。

378.《诗歌本位观的偏失与确立——从朦胧诗到〈诗刊·首届华文青年诗人

奖特刊〉》，梁平，《当代文坛》，2005年第3期，第31-34页。

379.《诗歌的命运》，桑克，《诗探索》（理论卷），2005年第1辑，第187-194页。

380.《诗歌对我们有不朽的爱——答〈南方都市报〉记者问》，西渡，《诗探索》（理论卷），2005年第1辑，第138-146页。

381.《诗人之"人"的创造——郭沫若与闻一多的诗文化比较》，郝明工，《西南师范大学学报》（人文社会科学版），2005年第3期，第142-145页。

382.《诗为何物？》，聂还贵，《诗刊》（上半月刊），2005年5月号，第51-52页。

383.《诗学需要坚韧和真诚——评吕家乡的〈品与思〉》，韩丹，《诗探索》（理论卷），2005年第1辑，第218-220页。

384.《诗与报纸副刊》，痖弦，《扬子江诗刊》，2005年第3期，第64页。

385.《时代的追随者和偏离者——郭小川创作心态探析》，郑新，《江西社会科学》，2005年第5期，第84-86页。

386.《时间和时间带来的——论西渡》，敬文东，《诗探索》（理论卷），2005年第1辑，第115-129页。

387.《试论郭沫若〈女神〉中"火"的意象及其文化原型》，周薇，《四川职业技术学院学报》，2005年第2期，第43-45页。

388.《试析长白山抗战歌谣主题意蕴的丰富性》，赵亚宏，《通化师范学院学报》，2005年第3期，第98-100页。

389.《守望或突围——乡土诗歌的现代性困境》，焦雨虹，《当代文坛》，2005年第3期，第20-22页。

390.《台湾三大诗社互动而又冲突的关系——以笠、蓝星及创世纪为例》，古远清，《诗探索》（理论卷），2005年第1辑，第236-249页。

391.《"题型转换"：胡适前"五四"白话诗的"尝试"及意义》，李金涛，《武汉大学学报》（人文科学版），2005年第3期，第290-294页。

392.《脱口而出而又深含味道——唐欣诗歌浅论》，郭旭辉，《飞天》，2005年第5期，第54-57页。

393.《为一代诗杰精神造像——评王炳根〈少女万岁：诗人蔡其矫〉》，吴励生，《诗探索》（理论卷），2005年第1辑，第221-235页。

394.《温柔而孤独地打磨——漫步李元胜的〈重庆生活〉》，周邦宁，《当代文坛》，2005年第3期，第28-30页。

395.《闻一多诗歌中的象征笔法》，卢惠余，《南昌大学学报》（人文社会科学版），2005年第3期，第117-120页。

396.《物质时代的诗歌形象》，梁小斌、张岩松、盛敏、方文竹，《扬子江诗刊》，2005年第3期，第57-60页。

397.《细读根子的诗歌作品》,李润霞,《诗探索》(理论卷),2005年第1辑,第86-103页。

398.《先锋诗人实验诗体走向论》,许霆,《当代文坛》,2005年第3期,第17-19页。

399.《现代汉诗的内在韵律》,邹立志,《扬子江诗刊》,2005年第3期,第19-24页。

400.《现代汉语的现代性与现代新诗的现代化》,周晓风,《西南师范大学学报》(人文社会科学版),2005年第3期,第137-141页。

401.《现实关怀、底层意识与新人文精神——关于"打工文学现象"》,蒋述卓,《文艺争鸣》,2005年第3期,第30-33页。

402.《新诗百年:回顾与反思》,张曙光,《诗探索》(理论卷),2005年第1辑,第10-19页。

403.《新诗可能的未来——兼论批评的理念与姿态》,俞世芬,《当代文坛》,2005年第3期,第23-25页。

404.《形式和形式感——读〈沉思(外二首)〉》,陈阳,《阅读与写作》,2005年第5期,第42页。

405.《形式与语言:梁宗岱的新诗理论》,陈太胜,《诗探索》(理论卷),2005年第1辑,第195-205页。

406.《汹涌的河水 瓦蓝的天空——李南和她的诗》,蓬桦,《诗林》,2005年第2期,第20-22页。

407.《徐志摩与彭斯之比较》,张雪飞,《聊城大学学报》(哲学社会科学版),2005年第3辑,第229-231页。

408.《学诗札记》,韩作荣,《诗林》,2005年第2期,第115-118页。

409.《要对得起"反叛者"三个字——杨黎访谈》,李建立、杨黎,《星星》,2005年第5期,第101-105页。

410.《以艾青与青年诗人的关系为例重评"朦胧诗论争"》,李润霞,《中国现代文学研究丛刊》,2005年第3辑,第178-202页。

411.《与昙花共舞——舒翼诗歌意境探微》,龙扬志,《诗探索》(理论卷),2005年第1辑,第176-186页。

412.《在回归的路上记忆——子川诗歌读记》,汪政、何平,《诗探索》(理论卷),2005年第1辑,第167-175页。

413.《在突破中敞开——论路也诗歌风格的前后转变及其内在意义》,张立群,《诗探索》(理论卷),2005年第1辑,第147-155页。

414.《臧克家新诗文体的审美阐释》,姚家育,《佛山科学技术学院学报》(社会科学版),2005年第3期,第72-75页。

415.《〈藏地诗篇〉印象》,于跃进,《诗刊》(上半月刊),2005年5月号,第 41 - 42 页。

416.《张联的傍晚》,王小妮,《文艺争鸣》,2005 年第 3 期,第 53 - 56 页。

417.《中国诗歌问题自由谈》,尚飞鹏,《绿风》,2005 年第 3 期,第 118 - 123 页。

418.《中国现代诗歌与古代诗歌意象艺术略论》,王泽龙,《文学评论》,2005 年第 3 期,第 116 - 124 页。

419.《朱光潜关于解诗与欣赏思想的阐释》,孙玉石,《北京大学学报》(哲学社会科学版),2005 年第 3 期,第 31 - 42 页。

420.《卓尔不群与不群的冷》,肖开愚,《诗林》,2005 年第 2 期,第 119 - 120 页。

421.《走向诗的本体:中国现代"纯诗"理论》,陈太胜,《社会科学》,2005 年第 5 期,第 110 - 117 页。

422.《作为自传的昌耀诗歌——抒情作品的社会学分析》,耿占春,《文学评论》,2005 年第 3 期,第 70 - 78 页。

6 月

423.《百花皆升 旋覆独降——旋覆访谈录:误会很多的对话》,孟醒石,《诗歌月刊》,2005 年第 6 期,第 30 - 34 页。

424.《阐释学视野中的"湖畔派"爱情诗》,谢向红、王春辉,《江汉大学学报》(人文科学版),2005 年第 3 期,第 15 - 17 页。

425.《沉默如金 骨中含铁——读〈柳沄诗选〉》,叶橹,《诗探索》(作品卷),2005 年第 2 辑,第 178 - 188 页。

426.《春天的诗歌事件》,李寒,《诗选刊》,2005 年第 6 期,第 93 - 94 页。

427.《〈纯棉的母亲〉——平民"圣母"的真实生活》,王珂,《诗探索》(作品卷),2005 年第 2 辑,第 72 - 74 页。

428.《从甘肃青年女诗人娜夜的诗〈母亲〉看文学写作的三个基本原则》,薛世昌,《天水师范学院学报》,2005 年第 3 期,第 67 - 70 页。

429.《从海子到于坚》,立山,《文学界》,2005 年第 6 期,第 62 - 63 页。

430.《从朦胧诗潮看艺术对生命的表现》,韩仰熙、王凤芝,《河北北方学院学报》,2005 年第 3 期,第 15 - 17 页。

431.《当代女性诗歌话语模式的解读》,余启明,《黄石教育学院学报》,2005 年第 2 期,第 31 - 35、51 页。

432.《第 35 份礼物——浅谈陆健〈34 份礼物——写给我的学生的诗〉中的叙事人称策略》,蒋明佳,《诗歌月刊》,2005 年第 6 期,第 88 - 89 页。

433.《都市众生态的审美感知——评〈时间的喧嚣与宁静〉》,干天全,《星星》，2005年第6期，第19-21页。

434.《个体的困惑与探寻——试析〈潜水艇的悲伤〉》，郎富资，《阅读与写作》，2005年第6期，第10-11页。

435.《关于我的三首诗》，陈傻子，《诗探索》（作品卷），2005年第2辑，第44-49页。

436.《郭沫若早期诗歌创作中的"青春写作"特征》，王元中，《天水师范学院学报》，2005年第3期，第60-63页。

437.《〈海魂衫〉："小处敏感"的成长诗歌》，王珂，《诗探索》（作品卷），2005年第2辑，第65-67页。

438.《贺敬之诗学品格论》，黄曼君、李遇春，《文艺研究》，2005年第6期，第23-32页。

439.《魂牵梦萦的情愫——评〈原野上的倾诉〉》，李强先，《星星》，2005年第6期，第46-47页。

440.《激情点燃智光——贺敬之政治抒情诗的特色》，许祖华，《信阳师范学院学报》（哲学社会科学版），2005年第3期，第86-90页。

441.《九十年代诗歌论争概述》，王丽平，《安康师专学报》，2005年第3期，第31-33页。

442.《苦难与悲剧的代言——试论艾青诗歌的民族忧患意识》，王秀芹，《山东教育学院学报》，2005年第3期，第58-60页。

443.《林亚军诗歌的品质》，完班代摆，《今日文坛》，2005年第2期，第15-16页。

444.《论"初期白话三诗人"对新诗的贡献》，任动，《文山师范高等专科学校学报》，2005年第2期，第155-157页。

445.《论艾青的叙事诗》，马雪松，《石家庄职业技术学院学报》，2005年第3期，第59-61页。

446.《论艾青早期诗歌中色彩与意象的绘画性表现》，陈志华，《德州学院学报》（哲学社会科学版），2005年第3期，第32-35页。

447.《论舒婷诗歌的先进思想文化蕴涵》，许丹成，《湖州师范学院学报》，2005年第3期，第15-18页。

448.《论臧克家诗歌的文化美学意义》，高兴，《焦作师范高等专科学校学报》，2005年第2期，第8-10页。

449.《穆旦："自我"聚积起新诗的能量》，肖严，《钦州师范高等专科学校学报》，2005年第2期，第18-21页。

450.《平淡诗意中的历史追忆——解读于坚诗歌〈纯棉的母亲〉》，李润霞，《诗探索》（作品卷），2005年第2辑，第75-77页。

451.《七月诗派与九叶诗派之比较》，吴国珍，《芜湖职业技术学院学报》，

2005年第2期,第1-3页。

452.《巧夺天工的不朽华章——重读贺敬之的〈桂林山水歌〉》,徐志诚,《陕西广播电视大学学报》,2005年第2期,第84-85页。

453.《清澈,混沌,峰顶,冰山一角的巨鲸——从绿原的诗〈绝顶之旅〉谈起》,沙克,《诗刊》(上半月刊),2005年6月号,第63-64页。

454.《日本神道与郭沫若早期诗歌》,宋嘉扬,《重庆广播电视大学学报》,2005年第2期,第34-35页。

455.《〈如来八塔和十二美少女〉——神人和谐的美丽风景》,王珂,《诗探索》(作品卷),2005年第2辑,第80-83页。

456.《入常——读卞之琳、彭燕郊、辛笛三位名家晚年诗作有感》,沈奇,《诗探索》(作品卷),2005年第2辑,第32-34页。

457.《赏析:〈面对暮年的三首短诗〉》,周晓风,《诗探索》(作品卷),2005年第2辑,第37-38页。

458.《生活印象中的诗意色彩——评〈静物与印象〉》,李响,《星星》,2005年第6期,第31-32页。

459.《诗歌:抵达事物核心的最近的路途》,彭程,《诗刊》(上半月刊),2005年6月号,第63-64页。

460.《诗歌情思的个性体现及其共性》,魏艳,《社科纵横》,2005年第3期,第136-137页。

461.《诗歌选本与诗歌审美趣味的形成——以解放区诗歌选本为例》,刘金冬,《江汉大学学报》(人文科学版),2005年第3期,第12-14页。

462.《诗林一枝灯——试论废名之诗名》,张经武,《沙洋师范高等专科学校学报》,2005年第3期,第36-38页。

463.《诗魔附身:苦恼、困惑、挑战与考验》,彭燕郊,《文学界》,2005年第6期,第6-8页。

464.《诗人牛汉》,孙也丁整理,《诗探索》(作品卷),2005年第2辑,第224-248页。

465.《诗意的子川》,叶兆言,《诗探索》(作品卷),2005年第2辑,第206-207页。

466.《诗之北野——基于本真的放歌》,吴玉垒,《诗探索》(作品卷),2005年第2辑,第123-128页。

467.《十四行诗找到了儿童诗——诗人金波》,屠岸,《诗刊》(上半月刊),2005年6月号,第58-60页。

468.《试论徐志摩诗歌建筑美的独特性》,丁宇鹰,《番禺职业技术学院学报》,2005年第2期,第17-20页。

469.《四个角度的完美结合——评〈20世纪重庆新诗发展史〉》,郭芙秀,

《涪陵师范学院学报》，2005年第3期，第29-30页。

470.《碎片时代——对当下诗歌的几点思考》，张太保，《新疆师范大学学报》（哲学社会科学版），2005年第2期，第173-176页。

471.《同名诗〈致大海〉意象分析》，郭萍，《新疆广播电视大学学报》，2005年第2期，第59-62页。

472.《误读在有意与无意之间》，叶橹，《江汉大学学报》（人文科学版），2005年第3期，第5-7页。

473.《戏剧冲突与诗歌力量——略论叶延滨诗作中的戏剧性因素》，颜同林，《钦州师范高等专科学校学报》，2005年第2期，第13-17页。

474.《现代派影响与〈九叶集〉的独创性》，陈建飞，《宁波教育学院学报》，2005年第2期，第32-35页。

475.《心灵的旅行——评〈诗人地理〉》，李洁，《星星》，2005年第6期，第87-88页。

476.《心灵的挽歌——读子川的诗集》，苏童，《诗探索》（作品卷），2005年第2辑，第204-205页。

477.《心中的"海"——胡续冬〈海魂衫〉》，李怡，《诗探索》（作品卷），2005年第2辑，第68-69页。

478.《新诗的语言建设——兼论20世纪90年代中国的新诗创作》，刘丽娜，《涪陵师范学院学报》，2005年第3期，第23-25页。

479.《新世纪中国儿童诗的发展方向》，谭旭东，《钦州师范高等专科学校学报》，2005年第2期，第22-24页。

480.《"选本"之中的读者眼光——以〈新诗年选〉（1919年）为考察对象》，姜涛，《江汉大学学报》（人文科学版），2005年第3期，第8-11页。

481.《夜晚的子川》，汪政，《诗探索》（作品卷），2005年第2辑，第211-214页。

482.《一个醒着的美丽的梦——评〈校园诗人的写意〉》，杨晓云，《星星》，2005年第6期，第109-110页。

483.《一行诗歌，一行人》，蓝皮，《上海文学》，2005年第6期，第73页。

484.《一只瓷猫——读子川的诗》，毕飞宇，《诗探索》（作品卷），2005年第2辑，第208-210页。

485.《艺术精魂绕华夏 时代真音显豪情——谈成幼殊前辈诗集〈幸存的一粟〉有感》，雪漪，《诗歌月刊》，2005年第6期，第37-41页。

486.《用诗句敲击心灵——评〈在语言的魔琴上弹奏〉》，杨海林，《星星》，2005年第6期，第61-62页。

487.《语言的邂逅——新月派的一条原则与一首诗》，杨茜，《安康师专学报》，2005年第3期，第34-36页。

488.《阅读,敬畏与快乐》,鄢家发,《诗探索》(作品卷),2005年第2辑,第50-57页。

489.《在情爱的世界里诗意地栖居——读〈神秘花园〉》,唐霞,《星星》,2005年第6期,第74-75页。

490.《在自然中——周琳和她的三首诗》,一平,《诗探索》(作品卷),2005年第2辑,第114-118页。

491.《整理生活的碎片——评〈穿过岁月的风口〉》,赵蜀玉,《星星》,2005年第6期,第99-100页。

492.《中国现代诗歌与当代中国读者的需要》,李怡、李应志,《钦州师范高等专科学校学报》,2005年第2期,第5-12页。

493.《中国现代文化转型与中国现代诗学的发生》,谢应光,《重庆师范大学学报》(哲学社会科学版),2005年第3期,第5-10页。

494.《走进诗歌的2005年》,子川,《诗刊》(上半月刊),2005年6月号,第62页。

495.《做到说到——我这样要求自己》,杨森君,《诗探索》(作品卷),2005年第2辑,第58-63页。

7月

496.《不死鸟,不死鸟仍然在歌唱——当代中国抒情诗》,刘翔,《扬子江诗刊》,2005年第4期,第62-63页。

497.《沉浮于自由,爱与美的炼狱——雪莱与徐志摩比较研究》,周桂君,《社会科学辑刊》,2005年第4期,第188-191页。

498.《沉默的探究者:西川诗试论》,[日本]佐藤普美子,《文学界》,2005年第7期,第37-40页。

499.《从"传统"到"裂变"——论马来西亚华裔作家林幸谦的诗歌创作》,王列耀、马淑贞,《暨南学报》(哲学社会科学版),2005年第4期,第81-84页。

500.《从"湖人"到"胡人"——沈苇诗歌的精神肖像》,沈健,《诗潮》,2005年7-8月号,第42-43页。

501.《戴望舒:从象征主义到超现实主义》,董晓霞,《泰山学院学报》,2005年第4期,第55-57页。

502.《当代女性诗歌中母女关系主题的书写与流变——以舒婷、翟永明、尹丽川的诗歌为例》,纪芳芳,《保定师范专科学校学报》,2005年第3期,第18-20页。

503.《当代诗人点评(三)》,燎原,《星星》,2005年第7期,第57-62页。

504.《当代诗学主张》,盛敏,《诗潮》,2005年7—8月号,第87页。

505.《得自战火的纹身——〈现代诗艺术揽胜〉之十八》,龙彼德,《绿风》,2005年第4期,第75—79页。

506.《对闻一多研究的建议和期待》,陆耀东,《江汉论坛》,2005年第7期,第113—114页。

507.《冯至与创造社》,辜静波、程思义、杨瑞清,《江西社会科学》,2005年第7期,第134—136页。

508.《告别过去 沉思生命——读冷雨桑〈逝〉》,张德明,《阅读与写作》,2005年第7期,第13页。

509.《关于新诗》,[加拿大]洛夫,《诗潮》,2005年7—8月号,第84页。

510.《郭沫若〈凤凰涅槃〉与莎士比亚〈凤凰和斑鸠〉》,彭耀春,《中国现代文学研究丛刊》,2005年第4期,第144—146页。

511.《海子:回家的路在哪里?》,宋宁刚,《阅读与写作》,2005年第7期,第5—6页。

512.《海子:一个永恒的意象》,隋琳,《大庆师范学院学报》,2005年第3期,第64—65页。

513.《坚持在固态的水——〈刘虹的诗〉生命意识解读》,张军,《绿风》,2005年第4期,第124—126页。

514.《解读新生代诗歌的"消解"》,朱孔伦,《山东文学》,2005年第7期,第62—64页。

515.《解析海子〈春天,十个海子〉》,李润霞,《扬子江诗刊》,2005年第4期,第52页。

516.《解析辛笛〈风景〉》,李润霞,《扬子江诗刊》,2005年第4期,第49—50页。

517.《经由爱的伤口深入世界——关于〈女子诗报〉》,张清华,《上海文学》,2005年第7期,第57页。

518.《抗战前现代派个人抒情在诗歌审美建构方面的特点》,宋琦,《固原师专学报》,2005年第4期,第20—23页。

519.《抗战时期日占区诗歌的写实性与哲理化倾向》,任毅、蒋登科,《重庆职业技术学院学报》,2005年第3期,第85—87页。

520.《李金发诗歌与现代主义思潮》,夏俊华,《吉首大学学报》(社会科学版),2005年第3期,第77—79页。

521.《李瑛诗歌创作论》,杨远宏,《海南师范学院学报》(社会科学版),2005年第4期,第86—90页。

522.《刘虹:拒绝与坚守——读〈刘虹的诗〉》,蒋登科,《绿风》,2005年第4期,第121—123页。

523.《鲁迅、闻一多新诗理论与创作之比较》,权绘锦,《中国文学研究》,2005年第3期,第80-84页。

524.《鲁迅现代新诗简论》,沈合勇,《重庆职业技术学院学报》,2005年第3期,第92-93页。

525.《论"九叶"诗派知识分子群的现代困境》,郝怀杰、符杰祥,《山东师范大学学报》(人文社会科学版),2005年第4期,第55-59页。

526.《论石评梅诗歌的思想情致》,农迎春,《广西社会科学》,2005年第7期,第115-116页。

527.《吕小青访谈:诗歌是我与世界之间的联系》,曹五木、吕小青,《诗歌月刊》,2005年第7期,第21-23页。

528.《民间立场下的理性之诗——朵渔诗歌论》,刘波,《诗歌月刊》,2005年第7期,第9-11页。

529.《穆旦"新的抒情"实践及其诗学意义》,陈彦,《上海师范大学学报》(哲学社会科学版),2005年第4期,第93-96页。

530.《穆旦〈诗八首〉对传统爱情意境的颠覆》,黄丝雨,《广西社会科学》,2005年第7期,第122-124页。

531.《穆旦对抗日战争的认同及其诗风的转变》,段从学,《社会科学研究》,2005年第4期,第169-174页。

532.《七月派的救亡姿态与启蒙精神》,周燕芬,《中国现代文学研究丛刊》,2005年第4期,第32-41页。

533.《轻盈而深邃的史学叙述——读罗振亚的〈中国现代主义诗歌史论〉》,陈爱中,《当代作家评论》,2005年第4期,第89-91页。

534.《邱易东儿童诗的艺术魅力》,吴其南,《达县师范高等专科学校学报》(社会科学版),2005年第4期,第45-48页。

535.《让神圣的石头给我箴言的声音——读马合省诗集〈永远的人〉断想》,颜廷奎,《文艺评论》,2005年第4期,第63-65页。

536.《诗歌回家的六个方向——论新世纪"诗歌回家"(之二)》,徐敬亚,《文艺争鸣》,2005年第4期,第14-32页。

537.《诗歌叙事观察》,赵卫峰,《扬子江诗刊》,2005年第4期,第64-65页。

538.《诗坛的常青树—访著名诗人李瑛先生》,刘士杰,《诗选刊》,2005年第7期,第78-81页。

539.《时代的"大风歌"与个人的"忏悔录"》,杨新刚,《中国现代文学研究丛刊》,2005年第4期,第138-143页。

540.《抒情诗的哲理意蕴》,潘大华,《阅读与写作》,2005年第7期,第8-9页。

541.《死亡的子宫——穆旦〈诗八首〉解读》,胡彦,《云南师范大学学报》(哲学社会科学版),2005年第4期,第77-83页。

542.《台湾诗歌状况评论:诗史·诗社·诗潮·新世代》,丁威仁,《诗歌月刊》,2005年第7期,第66-68页。

543.《天鹅绝唱:论梁宗岱的文学史意义》,陈希,《文学评论》,2005年第4期,第177-180页。

544.《突围:重庆新诗对边缘下的中国新诗的意义》,蒋蕾,《当代文坛》,2005年第4期,第68-69页。

545.《微妙的灵魂的秘密——重读〈再别康桥〉》,岳春梅,《宜宾学院学报》,2005年第5期,第58-61页。

546.《闻一多:爱国的诗人与革命的学者——对诗集〈死水〉和〈诗经〉研究的比较分析》,李红秀,《西华师范大学学报》(哲学社会科学版),2005年第4期,第62-65页。

547.《闻一多文学创作析论》,刘雪梅、刘惠文,《宁夏社会科学》,2005年第4期,第145-146页。

548.《无核之云:现代汉诗的断想》,沈奇,《诗潮》,2005年7-8月号,第85页。

549.《夏季里的一汪甘泉——浅谈达夫散文诗的美学特征》,刘晓红,《当代文坛》,2005年第4期,第81-82页。

550.《先锋性与后卫性》,苍耳,《诗潮》,2005年7-8月号,第88-91页。

551.《现实主义精神的诗性张扬——谈杨牧诗歌的精神核质》,林平,《达县师范高等专科学校学报》(社会科学版),2005年第4期,第49-50页。

552.《"乡愁":"民间写作"刍议》,李钧,《山东师范大学学报》(人文社会科学版),2005年第4期,第60-64页。

553.《新诗短语变异修辞举隅》,段曹林,《浙江树人大学学报》,2005年第4期,第76-80页。

554.《喧哗年代的精神漫游——〈青铜骑士〉释读》,张桃洲,《山花》,2005年第7期,第27-31页。

555.《寻求震撼心灵的鼓槌——读罗亮诗歌札记》,白木,《诗歌月刊》,2005年第7期,第17-19页。

556.《寻找纯粹:李琦诗歌感知方式的选择》,罗振亚,《文艺评论》,2005年第4期,第57-62页。

557.《摇曳多姿的精品力作》,唐德亮,《诗潮》,2005年7-8月号,第92-94页。

558.《要的是声音》,邹静之、远人,《诗选刊》,2005年第7期,第83-

85页。

559.《要关注诗歌的可解读性》,曾方荣,《阅读与写作》,2005年第7期,第6-7页。

560.《一人为大——刘虹诗歌〈我歌颂重和大〉印象》,格式,《绿风》,2005年第4期,第127-128页。

561.《"以生命的眼光看艺术"——"新月"诗派的生命诗学》,程国君,《文学评论》,2005年第4期,第169-176页。

562.《以新诗文本解说进入大学课堂——重建现代解诗学思想杂记之一》,孙玉石,《西南师范大学学报》(人文社会科学版),2005年第4期,第133-137页。

563.《用嘶哑的喉咙唱着自己的歌——论曾卓的诗歌创作》,姚国建,《阅读与写作》,2005年第7期,第1-2页。

564.《由一首当代诗歌看中国文学中的"伤时"母题》,来华强,《郑州大学学报》(哲学社会科学版),2005年第4期,第130-131页。

565.《在伤痛体验中寻求生活的诗性——论军旅诗人温青的诗歌创作》,张云霞,《理论与创作》,2005年第4期,第101-104页。

566.《在"现实"与"规范"之间——贺敬之文学创作转型论》,李遇春,《文学评论》,2005年第4期,第41-47页。

567.《真实丰满的词在飞翔——评唐德亮诗集〈苍野〉》,蒋登科、宋星,《理论与创作》,2005年第4期,第98-100页。

568.《只是,我侧转了写作时的身体方向——陈东东访谈》,李建立、陈东东,《星星》,2005年第3期,第101-107页。

569.《中国诗歌传播学的学理背景与学科特质》,梁笑梅,《西南师范大学学报》(人文社会科学版),2005年第4期,第138-141页。

570.《中国现代诗歌抒情主体的多重性》,段从学,《扬子江诗刊》,2005年第4期,第21-23页。

571.《忠实履行诗歌语言的命名职守——读刘虹的诗〈沙发〉》,唐晓渡,《绿风》,2005年第4期,第118-120页。

572.《最民间的,恰恰是最宗教的——于坚民间诗学的基督教文化背景》,唐小林,《海南师范学院学报》(社会科学版),2005年第4期,第91-95页。

8 月

573.《编年体史料性的新诗史著作——读刘福春的〈新诗纪事〉》,鲍春宝,《首都师范大学学报》(社会科学版),2005 年第 4 期,第 123 – 124 页。

574.《别处:海子命运的福祉——〈面朝大海,春暖花开〉的文学叙述》,练家明,《重庆教育学院学报》,2005 年第 4 期,第 47 – 49 页。

575.《常想飞出物外 却为地面拉紧——试析穆旦信仰重构的心路历程》,邱熠,《台州学院学报》,2005 年第 4 期,第 23 – 25 页。

576.《唱一首歌来欺骗死亡——路也诗歌近作论》,耿建华、宋颖,《诗林》,2005 年第 3 期,第 83 – 85 页。

577.《城市·自然·人——杨克诗歌中的三个视点》,金宗志,《阅读与写作》,2005 年第 8 期,第 14 – 16 页。

578.《刺探黄礼孩的隐秘世界——阅读〈我对命运所知甚少〉》,马知遥,《诗林》,2005 年第 3 期,第 77 – 79 页。

579.《大地上诗意的栖息者——青海新诗印象》,韩洪,《诗歌月刊》,2005 年第 8 期,第 88 – 89 页。

580.《"道路的前面还是道路"——关于〈第三条道路〉的闲话》,张清华,《上海文学》,2005 年第 8 期,第 79 页。

581.《当代诗歌的先锋性:从肆无忌惮的破坏到惊心动魄的细致》,桑克,《江汉大学学报》(人文科学版),2005 年第 4 期,第 23 – 25 页。

582.《第三届鲁迅文学奖获奖诗人答记者问》,苏醒,《诗选刊》,2005 年第 8 期,第 88 – 94 页。

583.《多多或诗歌的品格》,李英杰,《诗林》,2005 年第 3 期,第 125 – 126 页。

584.《"对话":互动形态的阐释与解诗》,孙玉石,《文艺研究》,2005 年第 8 期,第 30 – 42 页。

585.《反思二十世纪新诗发展的曲折历程》,章亚昕,《文艺研究》,2005 年第 8 期,第 48 – 54 页。

586.《方文竹诗歌的"进入"》,盛敏,《诗歌月刊》,2005 年第 8 期,第 18 – 19 页。

587.《飞入寻常百姓家——浅谈网络诗歌中诗人身份的变化》,田莎,《涪陵师范学院学报》,2005 年第 4 期,第 19 – 22 页。

588.《郭沫若诗歌中的日本佛教意识》,靳明全,《重庆教育学院学报》,2005 年第 4 期,第 44 – 46 页。

589.《简论冯至爱情诗的艺术特色》,陶忠娣,《楚雄师范学院学报》,2005

年第4期，第9-10页。

590.《精深的冯至与博大的艾青——中国现代诗两大家叙论》，解志熙，《清华大学学报》（哲学社会科学版），2005年第4期，第30-47页。

591.《来自深渊里的呼喊——俞昌雄和他的诗歌世界》，许颖，《诗林》，2005年第3期，第37-39页。

592.《令人迷惑的"先锋"》，张宁，《湛江师范学院学报》（哲学社会科学版），2005年第4期，第1-2页。

593.《鲁迅新诗中的现代性内涵》，杨若蕙、权绘锦，《河西学院学报》，2005年第4期，第30-33页。

594.《论"白洋淀诗群"的文化特征》，李润霞，《南开学报》（哲学社会科学版），2005年第4期，第19-25页。

595.《论"文革"时期牛汉的诗歌创作》，宋梅，《商丘职业技术学院学报》，2005年第4期，第27-28页。

596.《论海子的创作心理》，陈广根、付冬生，《四川职业技术学院学报》，2005年第3期，第30-32页。

597.《论社会、历史对新诗形式演变的影响》，蓝棣之，《文艺研究》，2005年第8期，第43-47页。

598.《论翟永明的"个体诗学"》，颜红，《洛阳师范学院学报》，2005年第4期，第31-35页。

599.《论中国现代文学的初期都市诗》，池洪涛，《涪陵师范学院学报》，2005年第4期，第42-44页。

600.《命名的尴尬》，余娜，《楚雄师范学院学报》，2005年第4期，第15-18页。

601.《浅析新生代诗歌中的"写实"》，王昌忠，《湖州师范学院学报》，2005年第4期，第19-22页。

602.《日本茶道与郭沫若早期诗歌》，靳明全，《涪陵师范学院学报》，2005年第4期，第26-28页。

603.《骚动的城乡与交错的时辰——九叶诗人20世纪40年代诗作社会批判主题探析》，张岩泉，《长治学院学报》，2005年第4期，第33-36页。

604.《诗歌创作中的女性意识——析舒婷〈致橡树〉》，管齐峰，《成都教育学院学报》，2005年第8期，第27页。

605.《诗魂·诗情·诗意·诗象》，大风，《阅读与写作》，2005年第8期，第33-34页。

606.《诗性·智性·含蓄美——论小诗的艺术特色及其历史地位》，令狐兆鹏，《运城学院学报》，2005年第4期，第36-38页。

607.《诗之思》，泉子，《诗林》，2005年第3期，第121-124页。

608.《思考,艺术理想的转移与互补——诗人画家杨松霖访谈》,杨松霖、大解,《诗刊》(下半月刊),2005年8月号,第50-54页。

609.《四十年代后期的香港诗歌》,犁青,《新文学史料》,2005年第3期,第131-140页。

610.《唐果访谈:恶狠狠的温柔》,曹五木、唐果,《诗歌月刊》,2005年第8期,第21-25页。

611.《田间研究述评——仅此纪念诗人逝世二十周年》,王小娟、胡言会,《乐山师范学院学报》,2005年第8期,第42—44页。

612.《为伊甸园而歌——纪念抗日英雄诗人陈辉壮烈牺牲六十周年》,魏巍,《诗刊》(上半月刊),2005年8月号,第51-53页。

613.《我想写下光明的诗篇》,安歌,《湛江师范学院学报》(哲学社会科学版),2005年第4期,第5-7页。

614.《无我境界与高峰体验》,翟人炳、王剑飞,《阅读与写作》,2005年第8期,第25页。

615.《无限的星空——论郭小川在革命战争年代的生活和创作》,白雪尘,《承德民族师专学报》,2005年第3期,第58-60页。

616.《吴兴华的诗与诗论》,刘福春,《新文学史料》,2005年第3期,第55-57页。

617.《吸收与重构——郭沫若的生命主义诗学》,余慧,《安康师专学报》,2005年第4期,第67-69页。

618.《"幸福的云游"和"永恒的苦役"——试论戴望舒的苦恋与苦吟》,马星慧、孟永林,《天水师范学院学报》,2005年第4期,第74-77页。

619.《"先锋"的变迁与在当下诗歌写作中的意义》,钱文亮,《江汉大学学报》(人文科学版),2005年第4期,第14-19页。

620.《先锋诗歌的"外交"与"内政"》,王晓渔,《湛江师范学院学报》(哲学社会科学版),2005年第4期,第4-5页。

621.《先锋诗歌的悖论》,张曙光,《江汉大学学报》(人文科学版),2005年第4期,第20-22页。

622.《现代性:一种反思的角度》,钱文亮,《湛江师范学院学报》(哲学社会科学版),2005年第4期,第2-4页。

623.《乡土田禾》,华姿,《诗歌月刊》,2005年第8期,第8-10页。

624.《消弭在诡谀里的政治抒情诗》,韩仰熙、王凤芝,《承德民族师专学报》,2005年第3期,第61-62页。

625.《新读阳飏》,人邻,《星星》,2005年第8期,第9-11页。

626.《新月派与初期象征派诗歌创作方法之比较》,丰晓流,《襄樊职业技术学院学报》,2005年第4期,第95-97页。

627.《找寻时光深处的精神原乡》,聂迪,《诗刊》(上半月刊),2005年8月号,第50页。

628.《枝叶背后的繁花——李继宗诗歌解读》,李凤双,《飞天》,2005年第8期,第56-57页。

629.《中国现代主义诗歌的母题及流变》,冯晶,《枣庄学院学报》,2005年第4期,第13-15页。

630.《作为抗拒世俗的言说方式——田禾乡土诗印象》,鲍风,《诗歌月刊》,2005年第8期,第11页。

9月

631.《90年代浙东新生代诗歌的创作母题与审美建构》,刘华,《内蒙古社会科学》,2005年第5期,第87-91页。

632.《"边缘"切入和"断奶"之痛——文学中传统(民族)和现代(西方)关系的一些思考》,黄万华,《暨南学报》(哲学社会科学版),2005年第5期,第63-70页。

633.《重庆土家族民歌的狂欢化特征》,丁世忠,《文艺争鸣》,2005年第5期,第123-125页。

634.《从地下到地上》,孙文波,《扬子江诗刊》,2005年第5期,第67-69页。

635.《从朦胧诗潮看人与文学的深层对应》,韩仰熙、王凤芝,《沧州师范专科学校学报》,2005年第3期,第20-21页。

636.《从女性创世神话走出的〈女神〉——〈女神〉与日本文化》,蔡震,《钦州师范高等专科学校学报》,2005年第3期,第5-11页。

637.《从长诗开始的一个对话》,李评、蔡俊,《诗歌月刊》,2005年第9期,第22-23页。

638.《当代诗歌史的书写问题——以〈持灯的使者〉、〈沉沦的圣殿〉为例》,洪子诚,《郑州大学学报》(哲学社会科学版),2005年第5期,第123-127页。

639.《颠倒诗与扯谎歌》,黄炳麟,《阅读与写作》,2005年第9期,第31页。

640.《读麦城的诗——麦城诗集〈词悬浮〉小序》,[美国]李欧梵,《当代作家评论》,2005年第5期,第45-47页。

641.《二十世纪五十年代与"二元对立思维"——中国新诗世纪回顾的一个重要问题》,李怡,《中国现代文学研究丛刊》,2005年第5期,第141-160页。

642.《放开一个天大的花朵——论郭小川在革命战争年代的生活和创作》,白雪尘,《承德职业学院学报》,2005年第3期,第121-122页。

643.《分析性在当代诗歌的效用与局限——以欧阳江河为例》,敬文东,《扬子江诗刊》,2005 年第 5 期,第 20 - 23 页。

644.《冯至诗歌抒情、叙事、哲理的统一》,范黎来,《湖北成人教育学院学报》,2005 年第 5 期,第 46 - 48 页。

645.《"符号"与"歧义"——〈红旗歌谣〉"情诗"解读》,薛祖清、席扬,《文艺评论》,2005 年第 5 期,第 54 - 57 页。

646.《甘肃诗歌的新地图——我认识的甘肃另一些诗人》,卜卡,《诗歌月刊》,2005 年第 9 期,第 55 - 58 页。

647.《顾城诗中现代主义的本体分析》,朱云,《湖北经济学院学报》,2005 年第 9 期,第 132 - 133 页。

648.《关于口语诗》,杨黎,《诗潮》,2005 年 9 - 10 月号,第 86 - 87 页。

649.《关于域外写作的一封信》,宋琳,《扬子江诗刊》,2005 年第 5 期,第 59 - 60 页。

650.《好诗应有"桥、雷、山"效应——也谈新诗的困境与出路》,于连胜,《诗歌月刊》,2005 年第 9 期,第 83 - 84 页。

651.《贺敬之文学创作国际学术研讨会综述》,李遇春、普丽华、曾庆江整理,《文学评论》,2005 年第 5 期,第 202 - 205 页。

652.《回首长安月,天畔独潸然——读余光中的怀乡诗歌》,张家惠,《今日文坛》(文艺理论版),2005 年第 3 期,第 15 - 16 页。

653.《坚忍的期待与行动的意义——九叶诗人 20 世纪 40 年代诗作生命主题探析》,张岩泉,《人文杂志》,2005 年第 5 期,第 102 - 106 页。

654.《解析何其芳〈欢乐〉》,王艳芳,《扬子江诗刊》,2005 年第 5 期,第 49 - 50 页。

655.《解析舒婷〈神女峰〉》,王艳芳,《扬子江诗刊》,2005 年第 5 期,第 52 - 53 页。

656.《口语与书面语》,张桃洲,《绿风》,2005 年第 5 期,第 119 - 123 页。

657.《来自生命的矛盾 来自矛盾的残破——论闻一多诗歌中的"残破"现象》,胡言会,《南京大学文学院学报》,2005 年第 3 期,第 56 - 58 页。

658.《灵魂之醉——浅谈刘家魁和他的叙事诗》,王辽生,《诗刊》(上半月刊),2005 年 9 月号,第 62 - 64 页。

659.《论"新月"诗派的诗歌语言美追求》,程国君,《陕西师范大学学报》(哲学社会科学版),2005 年第 5 期,第 40 - 49 页。

660.《论艾青抗日战争时期的诗歌创作——谨以此文纪念中国人民抗日战争胜利六十周年》,来华强,《河南教育学院学报》(哲学社会科学版),2005 年第 5 期,第 34 - 38 页。

661.《论艾青晚年的诗歌艺术》,来华强,《伊犁教育学院学报》,2005 年第

3 期,第 39-42 页。

662.《论诗歌精神重建的现实性与可能性》,陆正兰,《西南师范大学学报》(人文社会科学版),2005 年第 5 期,第 32-35 页。

663.《论新格律诗及其中西文化渊源》,潘皓,《江西社会科学》,2005 年第 9 期,第 77-79 页。

664.《穆旦诗歌片论》,刘畅,《重庆社会科学》,2005 年第 9 期,第 47-51 页。

665.《牛汉:新诗史研究的重要课题》,吴思敬,《湖南社会科学》,2005 年第 5 期,第 127-130 页。

666.《去蔽与还原:世俗生活的诗意漫游——于坚诗歌的平民意识与精神空间》,吴景泉,《中国青年政治学院学报》,2005 年第 5 期,第 107-111 页。

667.《人文精神的失陷与珍念——宋晓杰诗歌近作阐释》,李万庆,《鸭绿江》(上半月版),2005 年第 9 期,第 47-49 页。

668.《认识姚学礼》,谢冕,《诗刊》(上半月刊),2005 年 9 月号,第 60-62 页。

669.《诗歌本相》,李霞,《诗潮》,2005 年 9-10 月号,第 87 页。

670.《诗歌的语言与抒情性问题》,安琪,《诗潮》,2005 年 9-10 月号,第 88-89 页。

671.《诗歌内容的两个基本元素》,雪潇,《诗刊》(上半月刊),2005 年 9 月号,第 53-55 页。

672.《诗与思比邻而居——论郑敏 1979 年后的诗歌与诗论》,伍明春,《海南师范学院学报》(社会科学版),2005 年第 5 期,第 70-74 页。

673.《时代洪流中的艺术选择》,蒋登科,《文史哲》,2005 年第 5 期,第 30-31 页。

674.《世纪诗魂——纪念臧克家诞辰 100 周年》,展涛、孙基林,《山东大学学报》(哲学社会科学版),2005 年第 5 期,第 1-3 页。

675.《守望·漂泊·皈依——谢明洲先生诗、文印象》,赵庆超,《山东文学》,2005 年第 9 期,第 58-61 页。

676.《谁"关注"诗歌就请他歇菜》,李寒,《诗选刊》,2005 年第 9 期,第 90-91 页。

677.《唐湜的诗歌意象理论》,蒋登科,《西南师范大学学报》(人文社会科学版),2005 年第 5 期,第 36-39 页。

678.《体味"禅""宗"——论宗白华的人格、审美、小诗的禅味》,袁婷,《文山师范高等专科学校学报》,2005 年第 3 期,第 233-235 页。

679.《通往语言之路——在符号密林里艰难跋涉的第三代诗》,高雪,《海南师范学院学报》(社会科学版),2005 年第 5 期,第 75-77 页。

680.《为时代和劳苦民众歌与哭》,李掖平,《文史哲》,2005 年第 5 期,第 31 – 34 页。

681.《为真诚而歌唱的民族诗人——评汪玉良诗集〈水磨坊〉》,于进,《飞天》,2005 年第 9 期,第 106 – 107 页。

682.《围绕着灵魂的篝火——关于复旦诗社的诗人》,李天靖,《上海文学》,2005 年第 9 期,第 83 页。

683.《唯愿好诗满人间——答×××记者问》,叶延滨,《诗选刊》,2005 年第 9 期,第 80 – 85 页。

684.《闻一多诗歌意象艺术嬗变论》,王泽龙,《江汉论坛》,2005 年第 9 期,第 121 – 124 页。

685.《我不赞同技术至上——访诗人小海》,木朵,《诗潮》,2005 年 9 – 10 月号,第 90 – 93 页。

686.《现代新诗的特点及欣赏》,谭旭东,《阅读与写作》,2005 年第 9 期,第 6 – 7 页。

687.《现代性视野下的朱自清新诗理论》,李俊,《重庆三峡学院学报》,2005 年第 5 期,第 47 – 51 页。

688.《像雨像雾又像风——周作人〈五秩自寿诗〉解读》,王勤斌,《湖南科技学院学报》,2005 年第 9 期,第 130 – 131 页。

689.《新诗之新和新诗之诗的反思》,姚家育,《广东广播电视大学学报》,2005 年第 3 期,第 81 – 85 页。

690.《形式情绪——新诗的声情》,杨博,《太原教育学院学报》,2005 年第 3 期,第 25 – 27 页。

691.《徐敬亚被 80 年代烧成灰烬》,李坤,《诗选刊》,2005 年第 9 期,第 86 – 89 页。

692.《叶汝琏:中国新诗"白银时代"的见证人》,胥弋,《诗歌月刊》,2005 年第 9 期,第 31 – 32 页。

693.《一块黑暗的红糖——古马近期诗歌简评》,于贵锋,《诗潮》,2005 年 9 – 10 月号,第 40 – 41 页。

694.《一种燃烧没有灰烬——娜夜诗歌简论》,唐欣,《飞天》,2005 年第 9 期,第 48 – 49 页。

695.《用具体超越具体》,陈超,《山花》,2005 年第 9 期,第 117 页。

696.《幽暗世代的光明之子》,荣光启,《诗歌月刊》,2005 年第 9 期,第 8 – 14 页。

697.《原创力量的恢复——新世纪的"诗歌回家"(之三)》,徐敬亚,《文艺争鸣》,2005 年第 5 期,第 10 – 19 页。

698.《在时光中低飞》,大卫,《诗刊》(上半月刊),2005 年 9 月号,第 24

－26 页。

699.《臧克家笔下的乡村意象》,孙基林,《文史哲》,2005 年第 5 期,第 27—30 页。

700.《臧克家的文学史意义》,丁尔纲,《文史哲》,2005 年第 5 期,第 22 - 27 页。

701.《臧克家的新诗创作对当代诗坛的启示》,吴开晋,《山东大学学报》(哲学社会科学版),2005 年第 5 期,第 8 - 12 页。

702.《臧克家诗论的人文精神与科学精神》,吕进,《山东大学学报》(哲学社会科学版),2005 年第 5 期,第 4 - 7 页。

703.《长河落日与听霜看剑——读陈长生诗歌小说》,鄢家发,《星星》,2005 年第 9 期,第 73 - 75 页。

704.《郑小琼访谈:在异乡寻找着内心的故乡》,阿翔、郑小琼,《诗歌月刊》,2005 年第 9 期,第 25 - 27 页。

705.《只有"今天",没有"朦胧诗"——韩东访谈》,李建立、韩东,《星星》,2005 年第 9 期,第 106 - 109 页。

706.《中国化"纯诗":一次艰难的文化之旅》,高蔚,《华东师范大学学报》(哲学社会科学版),2005 年第 5 期,第 44 - 49 页。

707.《中国新诗:世纪初的观察》,吴思敬,《文学评论》,2005 年第 5 期,第 107 - 112 页。

708.《主体间性的降临与第三代诗歌艺术的转变》,郑卫明,《文艺评论》,2005 年第 5 期,第 49 - 53 页。

10 月

709.《1960 年代出生的诗人:命名与言说》,王毅,《江汉大学学报》(人文科学版),2005 年第 5 期,第 35 - 38 页。

710.《20 年代自由主义诗歌的发展及其影响》,曾春先、赫学颖,《重庆职业技术学院学报》,2005 年第 4 期,第 90 - 91 页。

711.《20 世纪 30 年代诗人的读者意识与诗歌的交流危机》,张林杰,《江汉论坛》,2005 年第 10 期,第 110 - 114 页。

712.《20 世纪中国诗歌史上的几次革命及其影响》,王恒升,《德州学院学报》(哲学社会科学版),2005 年第 5 期,第 51—56 页

713.《暧昧流动,缓慢交替——关于"台湾当代十大诗人"》,杨宗翰,《新诗评论》,2005 年第 2 辑,第 227 - 237 页。

714.《安静是一种美——读徐南鹏的诗歌》,安琪,《诗歌月刊》,2005 年第 10 期,第 61 - 62 页。

715.《驳杂与共生:"地下诗歌"的限度——以食指为例》,张桃洲,《新诗评论》,2005年第2辑,第199-206页。

716.《不纯粹的叙事——论冯至20年代叙事诗的"家园"意识》,郑飞中,《江西科技师范学院学报》,2005年第5期,第94-97页。

717.《沉默于喧哗的世界——君儿访谈》,曹五木、君儿,《诗歌月刊》,2005年第10期,第26-29页。

718.《从〈儿童杂事诗〉看周作人与儿童诗歌的关系》,陈秋华,《福建师大福清分校学报》,2005年第4期,第59-61页。

719.《从〈再别康桥〉看徐志摩的人生观》,支喜梅,《绥化学院学报》,2005年第5期,第89-90页。

720.《从读者接受心态看闻一多诗歌流行的原因》,磨有积,《河南广播电视大学学报》,2005年第4期,第46-48页。

721.《从胡兰成到杨键:汉语之美的两极》,柏桦,《新诗评论》,2005年第2辑,第171-182页。

722.《从诗歌文体自由化与格律化之关系看新诗未来之路》,张舒敏,《赣南师范学院学报》,2005年第5期,第64-67页。

723.《当代诗歌中意义的逻辑:呈现与象征》,耿占春,《江汉大学学报》(人文科学版),2005年第5期,第39-42页。

724.《当代诗人点评(四)》,燎原,《星星》,2005年第10期,第103-107页。

725.《当代文化英雄的出演与降落(下)——中国诗歌与诗坛论争研究》,周瓒,《新诗评论》,2005年第2辑,第207-226页。

726.《度尽劫波兄弟在 相逢一笑泯恩仇——〈娘,大哥他回来了〉赏析》,陈南先,《阅读与写作》,2005年第10期,第18页。

727.《对魔头贝贝的拆解与重组》,野航,《诗歌月刊》,2005年第10期,第17-19页。

728.《废名的表现诗学——梦、奇思、幻和阿赖耶识》,刘皓明著、李春译,《新诗评论》,2005年第2辑,第91-124页。

729.《废名新诗理论探赜》,西渡,《新诗评论》,2005年第2辑,第125-147页。

730.《何其芳早期诗歌之"境界"论》,温兆海、张克军,《延边教育学院学报》,2005年第5期,第14-16页。

731.《记录诗人和诗歌的声音》,晴朗,《诗选刊》,2005年第10期,第78-82页。

732.《尖峰岭诗歌研讨会纪要》,李少君、雷平阳、臧棣、陈仲义等,田茅整理,《诗刊》(下半月刊),2005年10月号,第29-39页。

733.《"将半空悬浮的事物请回大地"——〈阵地〉印象》,张清华,《上海文学》,2005年第10期,第69页。

734.《九十年代新诗与汉语母语关系论争述评》,黄钰,《中国文学研究》,2005年第4期,第105-108页。

735.《来自阳光天国的纯粹的声音——〈诗歌月刊〉"西藏辑"小议》,杨从彪,《诗歌月刊》,2005年第10期,第55-58页。

736.《伦理与诗歌伦理》,钱文亮,《新诗评论》,2005年第2辑,第11-17页。

737.《论"五四"先驱诗歌创作的自然崇拜与诗人心态——以早期诗人康白情为个案分析》,龚奎林,《湛江师范学院学报》,2005年第5期,第41-45页。

738.《论20至40年代中国诗歌的开放性》,周重新,《黔东南民族师范高等专科学校学报》,2005年第5期,第110-114页。

739.《论艾青诗歌的悲剧精神》,马丽,《中国文学研究》,2005年第4期,第80-86页。

740.《论郭沫若〈女神〉的思想内容》,张燕,《兵团教育学院学报》,2005年第5期,第2页。

741.《论闻一多新诗批评的中国传统文化内核》,魏洪丘,《涪陵师范学院学报》,2005年第5期,第1-3页。

742.《论徐志摩的诗学理念》,张志成,《浙江师范大学学报》(社会科学版),2005年第5期,第55-58页。

743.《论朱湘〈石门集〉的诗体实验》,程国君,《中国现代文学研究丛刊》,2005年第5期,第236-260页。

744.《略论20世纪90年代诗歌的个人写作》,李公文,《重庆教育学院学报》,2005年第5期,第55-56页。

745.《你只是到我这儿来——浅谈宇向诗歌》,杨勇,《诗歌月刊》,2005年第10期,第22-24页。

746.《燃烧与飞跃:1930年代台湾的超现实诗》,[美国]奚密,《新诗评论》,2005年第2辑,第33-63页。

747.《沙鸥"主体外化"抒情诗本体观念的形成轨迹——华文诗歌传统整合个案研究之三》,赵心宪,《重庆教育学院学报》,2005年第5期,第49-54页。

748.《诗歌:作为一种微观地理学》,耿占春,《星星》,2005年第10期,第11-15页。

749.《"诗歌节"别缺也别滥》,李寒,《诗选刊》,2005年第10期,第83-84页。

750.《诗歌写作与"抒情主人公"》,邢海珍,《阅读与写作》,2005年第10期,第15页。

751.《时代的弃婴与缪斯的宠儿——试论1960年代出生的诗人》,西渡,《江汉大学学报》(人文科学版),2005年第5期,第28-34页。

752.《时代群众诗人——田间诗歌理论片述》,胡言会,《玉溪师范学院学报》,2005年第11期,第64-66页。

753.《世俗化的日常生活景观——20世纪90年代诗歌与散文的题材取向》,陈尚荣,《南京社会科学》,2005年第10期,第73-77页。

754.《婉约之外:民国时期新诗中的性别与经典》,费正华著、杨维译,《新诗评论》,2005年第2辑,第64-87页。

755.《吴国、鲁国,哪里才是我的家乡——路也诗歌近作印象》,简金芝,《诗歌月刊》,2005年第10期,第11-14页。

756.《西部乡土诗人高凯早期诗歌创作及艺术手法——论高凯诗集〈想起那人〉》,张玉玲,《江苏技术师范学院学报》,2005年第5期,第57-66页。

757.《一幅壁画的守望者——陈忠村诗歌印象》,梁小斌,《星星》,2005年第10期,第40-42页。

758.《一个被"发掘"的诗人——〈诗探索〉和〈沉沦的圣殿〉"再叙述"中的食指》,程光炜,《新诗评论》,2005年第2辑,第185-198页。

759.《在"后现代"用古典理论看新诗》,黄维樑,《新诗评论》,2005年第2辑,第18-29页。

760.《在传统和现代之间——对包苞诗歌的一种解读》,樊集琴、孙炜,《飞天》,2005年第10期,第53-56页。

761.《张枣诗歌中元诗意识的历史变迁》,余旸,《新诗评论》,2005年第2辑,第151-170页。

762.《中国新诗格律化尝试——论赵朴初的"自度散曲"》,钟扬,《江淮论坛》,2005年第5期,第128-133页。

763.《"中生代":当代诗歌写作中的一种"地质"》,荣光启,《江汉大学学报》(人文科学版),2005年第5期,第21-27页。

764.《做一个内在自由 内心快乐的人——论诗人黄晔和他的诗》,沙梓,《诗歌月刊》,2005年第10期,第92-93页。

11月

765.《1930年代清华新诗学家的新批评引入与实践》,曹万生,《西南师范大学学报》(人文社会科学版),2005年第6期,第19-22页。

766.《20世纪末中国新诗的西藏抒写》,王泉,《民族文学研究》,2005年第4期,第88-90页。

767.《"八六大展"是一只下山猛虎——徐敬亚访谈》,李建立、徐敬亚,

《星星》，2005年第11期，第108-112页。

768.《奔腾的河流——读瑶族诗人黄爱平〈边缘之水〉》，蔡测海，《诗歌月刊》，2005年第11期，第82页。

769.《变动中的当代新诗史叙述——以〈中国当代新诗史〉初版与修订版为例》，霍俊明，《文艺评论》，2005年第6期，第39-43页。

770.《重提王书怀兼论诗的读者困境》，邢海珍，《文艺评论》，2005年第6期，第44-49页。

771.《穿越语言的规定——认识康成》，冰儿，《诗林》，2005年第4期，第84-86页。

772.《从毛翰〈钓鱼岛〉看政治抒情诗的发展空间》，沈健，《当代文坛》，2005年第6期，第99-101页。

773.《从日常口语到诗歌》，潘大华，《阅读与写作》，2005年第11期，第18-19页。

774.《从深渊到深渊的传统——论李森的诗》，魏云，《诗潮》，2005年11-12月号，第26-27页。

775.《戴望舒的诗论》，陆耀东，《中山大学学报》（社会科学版），2005年第6期，第20-23页。

776.《当代文学的流氓面容》，朱大可，《花城》，2005年第6期，第184-191页。

777.《当代先锋诗歌在朦胧诗后的新变——评罗振亚〈朦胧诗后先锋诗歌研究〉》，张德明，《海南师范学院学报》（社会科学版），2005年第6期，第102-104页。

778.《独立姿态背后的价值牴牾——对〈致橡树〉的互文性再解读》，罗成，《理论与创作》，2005年第6期，第96-101页。

779.《个人化诗歌写作与"非个人化"诗学理论》，杨晓云，《达县师范高等专科学校学报》（社会科学版），2005年第6期，第61-64页。

780.《更添波浪向人间——〈詹澈诗选〉漫评》，杨匡汉，《文艺争鸣》，2005年第6期，第52-53页。

781.《顾城之死》，唐晓渡，《当代作家评论》，2005年第6期，第17-25页。

782.《刮目相看詹澈诗》，古远清，《文艺争鸣》，2005年第6期，第49-51页。

783.《关于庞川的诗》，朱先树，《星星》，2005年第11期，第10-13页。

784.《关于〈石像〉》，李景冰，《诗林》，2005年第4期，第45-47页。

785.《何其芳的新诗理论与批评》，霍俊明，《南都学坛》，2005年第6期，第57-61页。

786.《胡适白话诗学的现代阐释》，朱德发，《西南师范大学学报》（人文社会科学版），2005年第6期，第14－18页。

787.《化血为墨迹的持久阵痛：绿原诗歌论（1949—1976）》，霍俊明，《文学评论》，2005年第6期，第74－79页。

788.《回望爱的歌潮——论"五四"时代爱情诗的勃兴》，艾光辉，《新疆大学学报》（哲学·人文社会科学版），2005年第6期，第116－120页。

789.《回望百年——论中国新诗的历史经验》，谢冕，《北京大学学报》（哲学社会科学版），2005年第6期，第50－61页。

790.《"既非永恒也非暂时"》，陈超，《清明》，2005年第6期，第177－178页。

791.《揭阳新诗四重唱：读古克、阵风、林雨、胡童的诗》，温远辉，《诗歌月刊》，2005年第11期，第58－60页。

792.《解析陈敬容〈力的前奏〉》，荣光启，《扬子江诗刊》，2005年第6期，第63－64页。

793.《解析西川〈在哈尔盖仰望星空〉》，荣光启，《扬子江诗刊》，2005年第6期，第66－67页。

794.《梁实秋的诗学理想与新诗现代性的构建》，陶丽萍，《学术论坛》，2005年第11期，第156－159页。

795.《灵感与非灵感》，鲁西西，《诗潮》，2005年11－12月号，第94页。

796.《论王小妮的诗歌》，向卫国，《云南社会科学》，2005年第6期，第127－130页。

797.《芒克：一个人和他的诗》，唐晓渡，《当代作家评论》，2005年第6期，第4－16页。

798.《美国华裔诗人施家彰印象》，张子清，《诗歌月刊》，2005年第11期，第32－34页。

799.《"梦"与"花"：顾城和海子诗歌创作之比较》，张文刚，《湖南文理学院学报》（社会科学版），2005年第6期，第36－42页。

800.《缪斯的刀与剑》，洪烛，《诗刊》（上半月刊），2005年11月号，第60－64页。

801.《鸟瞰中国抗战儿童诗》，彭斯远，《重庆社会科学》，2005年第11期，第78—81、90页。

802.《平凡生活的真诚感动——评雪潇的诗歌》，杨建军、尚玮，《飞天》，2005年第11期，第66－69页。

803.《平实的深刻——论朱自清的〈新诗杂话〉》，李骞，《云南民族大学学报》（哲学社会科学版），2005年第6期，第137－141页。

804.《"前五四"的命名及其对考察中国近代诗歌转型的意义》，李金涛，《文学评论》，2005年第6期，第114－118页。

805.《强硬的逻辑和柔软的诗歌:语言推理出艺术——简评鲍栋的诗歌》,朱周斌,《诗歌月刊》,2005年第11期,第19-20页。

806.《清醒着因而痛苦着——走近厚清》,王慧骐,《扬子江诗刊》,2005年第6期,第26-28页。

807.《区域文化与诗性写作——梁平〈巴与蜀:两个二重奏〉的一种解读》,周晓风,《当代文坛》,2005年第6期,第96-98页。

808.《人品诗品在人们心上闪耀——我读〈马瑞麟诗选〉》,汪玉良,《民族文学研究》,2005年第4期,第112-113页。

809.《人性之美的张扬与温情生活的历史镜照——罗鹿鸣诗歌的情感传播》,聂茂,《理论与创作》,2005年第6期,第111-114页。

810.《认识大平——浅谈大平近期的诗歌》,大解,《诗刊》(上半月刊),2005年11月号,第34-35页。

811.《善待生命:王学忠诗歌的抒情伦理与生命境界》,陈学祖,《当代文坛》,2005年第6期,第105-107页。

812.《生命不能承受如此至美——再读顾城诗歌〈我是一个任性的孩子〉》,梁光焰,《淮南师范学院学报》,2005年第6期,第40-42页。

813.《诗歌:字句意的锤炼与品格境界的递进》,胡晓靖,《湖北教育学院学报》,2005年第6期,第13-15页。

814.《诗歌的"厨柜",寓言或丧失》,张岩松、盛敏、方文竹,《扬子江诗刊》,2005年第6期,第46-49页。

815.《诗歌的文体难度与智性考验》,杨志学,《诗潮》,2005年11-12月号,第95-96页。

816.《诗是他心灵的一部分——〈刘家魁叙事诗选〉读札》,黄毓璜,《扬子江诗刊》,2005年第6期,第24-26页。

817.《诗意行走和灵魂穿越》,冯源,《当代文坛》,2005年第6期,第108-110页。

818.《世纪初的中国诗坛》,吴思敬,《文艺争鸣》,2005年第6期,第19-24页。

819.《试论朦胧诗的模糊性与象征手法》,韩芍夷,《海南师范学院学报》(社会科学版),2005年第6期,第114-117页。

820.《手机短信:中国现代小诗发展新机遇》,曾洪伟,《当代文坛》,2005年第6期,第111-112页。

821.《疏离与趋同:当代新诗的两种语言向度》,薛锋,《当代文坛》,2005年第6期,第90-94页。

822.《谁是翟永明?》,唐晓渡,《当代作家评论》,2005年第6期,第25-34页。

823.《她从联大走来——我所知道的诗人郑敏》,刘超,《新文学史料》,2005年第4期,第141-143页。

824.《王独清:欲推倒诗、画、音乐墙的诗人》,陆耀东,《文艺研究》,2005年第11期,第62-68页。

825.《王富强诗歌创作简论》,钱志富,《当代文坛》,2005年第6期,第94-95页。

826.《夕阳美过早霞——记老诗人、诗美学理论家吴奔星教授》,晏明,《新文学史料》,2005年第4期,第51-58页。

827.《现代"文学自我"探索中的"九叶诗派"》,杜心源,《学术月刊》,2005年第11期,第104-111页。

828.《现代诗论辑考小记》,解志熙,《中国现代文学研究丛刊》,2005年第6期,第201-219页。

829.《新疆当代中外诗歌翻译的基本成果》,铁来提·易卜拉欣,《民族文学研究》,2005年第4期,第91-93页。

830.《新时期胡适诗作诗论研究》,李丹,《上海师范大学学报》(哲学社会科学版),2005年第6期,第92-98页。

831.《新月诗派的诗歌本质论》,汤凌云,《徐州师范大学学报》(哲学社会科学版),2005年第6期,第28-32页。

832.《遥远的回声与生命的旅程——读黄爱平的〈边缘之水〉》,杨金砖,《诗歌月刊》,2005年第11期,第82-85页。

833.《忆父亲——纪念戴望舒诞辰一百周年》,戴咏素、戴咏絮、戴咏树,《诗刊》(上半月刊),2005年11月号,第60-64页。

834.《在深渊之上飞翔——读李明政组诗〈赤水河〉》,杨青,《当代文坛》,2005年第6期,第102-104页。

835.《在生存中写作:"打工诗歌"的精神际遇》,柳冬妩,《文艺争鸣》,2005年第6期,第25-38页。

836.《"自行"的"南蛮"——关于〈自行车〉》,张清华,《上海文学》,2005年第11期,第59页。

837.《知识分子情怀的诗性言说——澳门诗人姚风作品的特质》,熊辉,《诗林》,2005年第4期,第77-79页。

838.《"只有爱能使人睁开眼"——论徐志摩与基督教文化》,王木青,《佛山科学技术学院学报》(社会科学版),2005年第6期,第48-52页。

839.《周瓒访谈:让诗以翅膀的高度飞翔》,欧亚,《诗歌月刊》,2005年第11期,第25-28页。

840.《追赶太阳的诗人——评李光武诗歌创作》,郑兴富,《绿风》,2005年第6期,第121-124页。

12 月

841.《20世纪中国诗歌的三个发展阶段》,王光明,《诗探索》(理论卷),2005年第3辑,第29-38页。

842.《艾青"诗的散文美"理论的再思考》,刘萍、吕进,《重庆大学学报》,2005年第6期,第66-69页。

843.《北岛论》,杨四平,《涪陵师范学院学报》,2005年第6期,第25-32页。

844.《被忽略的影响——论卞之琳译诗集〈英国诗选〉的翻译观及其诗学价值》,王笑,《江汉大学学报》(人文科学版),2005年第6期,第27-30页。

845.《并非"补充"与"界限",只是"生命"与"生存"——浅论娜夜的诗》,慕芳,《诗探索》(理论卷),2005年第3辑,第200-210页。

846.《不屈的意志 不懈的追求——访老诗人绿原先生》,刘士杰,《诗探索》(理论卷),2005年第3辑,第157-166页。

847.《从"雨巷"到"我用残损的手掌"——试论戴望舒的诗路历程》,雷巧旋,《阅读与写作》,2005年第12期,第4-6页。

848.《当代中国诗歌:"爱"与游戏之间》,刘春,《诗探索》(理论卷),2005年第3辑,第124-133页。

849.《当前诗歌出版和翻译的若干问题刍议》,张子清,《江汉大学学报》(人文科学版),2005年第6期,第31-33页。

850.《"丁香"与"年青的神"——浅谈〈雨巷〉、〈预言〉的相似性》,温兆海、刘书慧,《延边教育学院学报》,2005年第6期,第8-10页。

851.《读一本"诗选"》,白航,《星星》,2005年第12期,第102-105页。

852.《翻译与诗学——对西方现代诗的挪用、取舍与转化》,梁秉钧,《江汉大学学报》(人文科学版),2005年第6期,第21-26页。

853.《给"绿原诗歌创作研讨会"的贺信》,贺敬之,《诗探索》(理论卷),2005年第3辑,第134-136页。

854.《黑暗中的肖邦——如何通过诗歌阅读时代》,张桃洲,《钦州师范高等专科学校学报》,2005年第4期,第5-11页。

855.《黑土的火焰抑或雪上的脚迹——关于〈东北亚〉》,张清华,《上海文学》,2005年第12期,第63页。

856.《胡适的文学翻译与文学创作》,马萧,《江汉论坛》,2005年第12期,第127-129页。

857.《话语的新诗观——对一种研究范式的探索》,张桃洲,《首都师范大学学报》(社会科学版),2005年第6期,第72-80页。

858.《回归生活,改变诗歌——平行诗群的诗歌理想》,魏天无,《山花》,2005年第12期,第108-109页。

859.《羁绊与挣扎——现代派诗歌中"二元对立的神话宇宙思维"的演绎》,宋杨,《绥化学院学报》,2005年第6期,第65-66页。

860.《九次邂逅之后》,陆健,《星星》,2005年第12期,第11-12页。

861.《开心老芒克》,唐晓渡,《诗歌月刊》,2005年第12期,第29-32页。

862.《理性思维的诗化境界》,袁忠岳,《诗探索》(理论卷),2005年第3辑,第140-146页。

863.《梁宗岱的"整体象征观"及其在现代诗歌中的运用》,钟淑君,《新余高专学报》,2005年第6期,第69-71页。

864.《论戴望舒诗歌的内在音乐精神》,刘杰,《枣庄学院学报》,2005年第6期,第39-43页。

865.《论第三代诗的后现代倾向》,陈芳辉,《郧阳师范高等专科学校学报》,2005年第6期,第105-107页。

866.《论闻一多思想的现代性构建及其表述》,朱华阳,《涪陵师范学院学报》,2005年第6期,第33-37页。

867.《论象征诗派与"五四"》,李彪,《九江学院学报》(哲学社会科学版),2005年第4期,第42-46页。

868.《论于坚诗歌创作特点》,钟文华,《沈阳教育学院学报》,2005年第4期,第20-23页。

869.《论翟永明诗歌的性别意识——从唐晓渡的误读谈起》,邓文华,《楚雄师范学院学报》,2005年第6期,第43-47页。

870.《漫画式喜剧与假想性荒诞的清醒》,杨远宏,《星星》,2005年第12期,第13-15页。

871.《木头里折射出的生命之思——细读云抱〈一则关于木头的手记〉》,张德明,《阅读与写作》,2005年第12期,第26-27页。

872.《泥土之美——波眠及其诗歌印象》,何来,《飞天》,2005年第12期,第81-82页。

873.《贫乏中的自我再剥夺——先锋"流行诗"的反文化、反道德问题》,陈超,《诗探索》(理论卷),2005年第3辑,第115-123页。

874.《"七月"诗派与抗战文学》,刘扬烈,《重庆社会科学》,2005年第12期,第42-48页。

875.《爱情的想象与恋爱的告白——"湖畔"与"新月"情诗比较论》,陈国恩,《忻州师范学院学报》,2005年第6期,第31-35页。

876.《熔铸的执著——访绿原诗歌中的理性化色彩》,张立群,《诗探索》(理论卷),2005年第3辑,第147-156页。

877.《三十风雨话"朦胧"》,刘景荣,《诗探索》(理论卷),2005年第3辑,第224-232页。

878.《诗人在城市的遭遇》,谢冕,《诗歌月刊》,2005年第12期,第7-9页。

879.《史诗的崩溃:从海子到安琪》,赵思运,《文学界》,2005年第12期,第23-25页。

880.《史诗情结与中国新诗的现代性》,麦芒,《诗探索》(理论卷),2005年第3辑,第39-70页。

881.《试论闻一多诗学实践中的"东方色彩"》,沈理玮,《天津电大学报》,2005年第4期,第37-40页。

882.《舒婷的理想主义情怀与女性诗歌》,方雪梅,《思茅师范高等专科学校学报》,2005年第4期,第61-62页。

883.《舒婷诗歌的抒情技巧》,何世龙,《安康学院学报》,2005年第6期,第71-74页。

884.《她们:超越性别的写作》,蓝蓝,《诗探索》(理论卷),2005年第3辑,第183-199页。

885.《文革与食指的诗歌》,[韩国]金素贤,《钦州师范高等专科学校学报》,2005年第4期,第16-20页。

886.《"下半身"诗歌症候分析》,王士强,《枣庄学院学报》,2005年第6期,第28-30页。

887.《心灵之桥:在读者与诗歌文本之间》,罗振亚、吴井泉,《钦州师范高等专科学校学报》,2005年第4期,第12-15页。

888.《新的诗歌素质:穆旦诗歌现代主义意义新探》,朱云,《沧州师范专科学校学报》,2005年第4期,第36-38页。

889.《新月派的两个支柱:书店、月刊的起讫》,倪平,《中国现代文学研究丛刊》,2005年第6期,第269-279页。

890.《阳飏诗二首赏析》,古马,《诗探索》(理论卷),2005年第3辑,第174-176页。

891.《一个诗歌同行的祝贺》,邵燕祥,《诗探索》(理论卷),2005年第3辑,第137-139页。

892.《忧思与希冀——"中国新诗一百年国际研讨会"综述》,张桃洲,《诗探索》(理论卷),2005年第3辑,第84-95页。

893.《语言诗性功能的还原——以〈乡愁〉的分析为个案》,黄洁,《重庆社会科学》,2005年第12期,第49-51页。

894.《在探询中展开的起点——读罗振亚〈朦胧诗后先锋诗歌研究〉》,霍俊明,《诗探索》(理论卷),2005年第3辑,第216-223页。

895.《章凯访谈：家庭主妇与复杂性》，曹五木、章凯，《诗歌月刊》，2005年第12期，第22－25页。

896.《"张力"理论在我国批评实践中的运用》，毛小芬，《阅读与写作》，2005年第12期，第15－16页。

897.《值得关注的学术开拓——谈〈现代汉语的诗性空间——新诗话语研究〉》，朱寿桐，《江汉大学学报》（人文科学版），2005年第6期，第39－40页。

898.《智性的"高雅"徜徉——臧棣诗歌浅论》，柯丽娜，《绥化学院学报》，2005年第6期，第71－73页。

899.《中国诗歌会对现实主义传统的继承与发展》，盛翠菊，《徐州教育学院学报》，2005年第4期，第102－104页。

900.《中西诗艺的完美结晶——陈敬容〈山和海〉赏析》，孙立志，《阅读与写作》，2005年第12期，第16－17页。

901.《撰写新诗史的"多难"问题——兼及撰写中的"个人眼光"》，陈仲义，《诗探索》（理论卷），2005年第3辑，第103－114页。

2006 年

1 月

1.《20 世纪中国现代诗体流变论》，许霆，《文学评论》，2006 年第 1 期，第 32 – 40 页。

2.《白话诗、自由诗、现代汉诗——从三次命名看中国新诗的生成》，唐莉，《海南师范学院学报》（社会科学版），2006 年第 1 期，第 81 – 85 页。

3.《别样的诗情与诗艺——戴望舒诗论》，徐慧琴，《内蒙古大学学报》（哲学社会科学版），2006 年第 1 期，第 43 – 47 页。

4.《长诗〈一个和八个〉：郭小川的心灵重创》，郭晓惠，《南方文坛》，2006 年第 1 期，第 74 – 81 页。

5.《常青藤——诗人阿江的访谈》，黎阳，《北方文学》，2006 年第 1 期，第 74 – 76 页。

6.《传统诗词样式对现代新诗的双重影响》，张中宇，《文学评论》，2006 年第 1 期，第 168 – 175 页。

7.《创世纪的壮歌——谢克强抒情长诗〈三峡交响曲〉的艺术特色》，张军，《长江文艺》，2006 年第 1 期，第 76 – 79 页。

8.《当下对"五四"的追溯：面对解构》，刘纳，《中国现代文学研究丛刊》，2006 年第 1 期，第 13 – 19 页。

9.《第三代诗歌中的文革隐迹书写》，李建立，《中州学刊》，2006 年第 1 期，第 241 – 245 页。

10.《东拉西扯说桑克》，孙文波，《诗潮》，2006 年 1 – 2 月号，第 42 – 43 页。

11.《对当下诗歌的几点思考》，叶延滨，《长江文艺》，2006 年第 1 期，第 4 – 8 页。

12.《"反思""浮现""回归"——对世纪初诗歌的一种审视》，张立群，《文艺争鸣》，2006 年第 1 期，第 73 – 77 页。

13.《感受杜涯》，谢冕，《诗刊》（下半月刊），2006 年 1 月号，第 15 页。

14.《感悟有意味的形式——兼及白帆和孟繁德的作品》，王长军，《青年文学家》，2006 年第 1 期，第 42 – 43 页。

15.《高天大野中的灵性——读丁可乡土诗有感》，了了村童，《扬子江诗刊》，2006年第1期，第19-20页。

16.《"工作而等待"：论四十年代冯至的思想转折——冯至先生诞辰一百周年纪念》，段美乔，《文学评论》，2006年第1期，第18-26页。

17.《古典的体制与法度——新月派的艺术追求》，白春超，《山西师大学报》（社会科学版），2006年第1期，第89-93页。

18.《关于新诗》，周瓒，《诗潮》，2006年1-2月号，第87页。

19.《郭沫若诗歌美学初探》，刘德岗，《许昌学院学报》，2006年第1期，第54-56页。

20.《红色思潮下的鼓动诗篇——试析殷夫诗歌中的未来主义艺术内质》，孙兰花、简圣宇，《哈尔滨学院学报》，2006年第1期，第110-113页。

21.《后现代面孔下的现代性变革——论80年代先锋诗歌观念的演进》，张大为，《理论与创作》，2006年第1期，第42-46、53页。

22.《后新时期诗歌征候"流行病学"论析》，彭松乔，《学术论坛》，2006年第1期，第155-159页。

23.《湖畔诗社：让爱做主》，章琼，《现代语文》（上旬刊），2006年第1期，第67-68页。

24.《江汉之地话"乡土"——中国当代乡土诗研讨会发言选摘》，胡佳、木马整理，《诗刊》（下半月刊），2006年1月号，第74-80页。

25.《禁欲文学的变声——论闻捷爱情诗歌的美学高度》，林超然，《中州大学学报》，2006年第1期，第74-77页。

26.《看看于坚的海》，王小妮，《诗潮》，2006年1-2月号，第13页。

27.《苦楝树或诗歌的修炼》，柯平，《诗刊》（下半月刊），2006年1月号，第19页。

28.《理性审视与悲悯反观——干天全诗歌的忧患意识》，李洁，《当代文坛》，2006年第1期，第129-131页。

29.《梁宗岱诗歌创作中爱的哲思的寻找与体现——从〈晚祷〉到〈芦笛风〉：由爱的幻灭到爱的回归》，毛荷花，《江苏教育学院学报》（社会科学版），2006年第1期，第83-85页。

30.《"流观"华夏神话思维在中国30年代现代派诗歌中的体现》，宋扬，《齐齐哈尔大学学报》（哲学社会科学版），2006年第1期，第84-86页。

31.《略谈耿林莽散文诗艺术特质》，陈远刚，《重庆教育学院学报》，2006年第1期，第85-86页。

32.《论"新诗"传统的自我呈现》，张立群、谢向红，《学术研究》，2006年第1期，第130-133页。

33.《论卞之琳情诗创作中的叙事性因素》，陈丹，《江苏教育学院学报》（社会科学版），2006年第1期，第77-79页。

34.《论贺敬之叙事诗集〈乡村的夜〉》，普丽华，《荆门职业技术学院学报》，2006年第1期，第9-13页。

35.《汪曾祺的诗心》，石湾，《扬子江诗刊》，2006年第1期，第71-75页。

36.《论先锋的上海与先锋的诗歌》，杨剑龙，《学习与探索》，2006年第1期，第172-176页。

37.《论余光中诗歌对古典诗艺的运用》，曾小月，《当代文坛》，2006年第1期，第118-119页。

38.《论余光中乡土诗的审美特征》，许萍，《南平师专学报》，2006年第1期，第66-68页。

39.《论臧克家的新诗形式美学观》，潘颂德，《西南师范大学学报》（人文社会科学版），2006年第1期，第30-33页。

40.《慢板的音乐 清澈的山泉——读席慕容〈七里香〉》，杨菲，《哈尔滨学院学报》，2006年第1期，第107-109页。

41.《朦胧诗及其论争的反思》，王爱松，《文学评论》，2006年第1期，第113-121页。

42.《面对词语本身》，翟永明，《诗潮》，2006年1-2月号，第58-59页。

43.《〈面朝大海，春暖花开〉中的词语问题》，崔勇，《名作欣赏》（上半月刊），2006年第1期，第83-87页。

44.《鸣唱于黑土与晴空之间：白帆诗歌印象》，罗振亚，《青年文学家》，2006年第1期，第50-51页。

45.《穆旦诗歌的"上帝"话语探析》，季爱娟，《学术交流》，2006年第1期，第179-181页。

46.《穆旦诗歌的心灵力量和东西方文化背景》，罗锡文，《当代文坛》，2006年第1期，第125-128页。

47.《旁逸斜出：重审俞平伯新诗》，邓艮，《浙江学刊》，2006年第1期，第103-110页。

48.《浅谈冰心〈繁星〉、〈春水〉的对话意识》，仲伟明，《现代语文》（上旬刊），2006年第1期，第50-52页。

49.《去看诗人食指》，张杰，《诗歌月刊》，2006年第1期，第17-21页。

50.《人生沧桑诗便工——再读〈山与海〉》，王良彬、孙方禾，《宜宾学院学报》，2006年第1期，第57-58页。

51.《邵洵美诗的再评价》，陆耀东，《西南师范大学学报》（人文社会科学版），2006年第1期，第34-37页。

52.《深入解读中的历史性清理和总结——评罗振亚〈朦胧诗后先锋诗歌研究〉》，邢海珍，《文艺评论》，2006年第1期，第58-61页。

53.《深渊上翱翔着时代的蝙蝠——关于〈活塞〉》，张清华，《上海文学》，

2006年第1期,第63页。

54.《生命价值的精神包容》,叶橹,《诗刊》(下半月刊),2006年1月号,第15-16页。

55.《诗歌拒绝平庸——读田炳信的诗》,班澜,《广州文艺》,2006年第1期,第40-43页。

56.《诗里诗外的矛盾对立——细读伊沙名作〈饿死诗人〉》,陈韶利,《名作欣赏》(上半月刊),2006年第1期,第61-64页。

57.《诗情与哲思——夜读索久林〈仰望时间〉有感》,甘雨泽,《文艺评论》,2006年第1期,第71页。

58.《视觉的角力场——舒婷〈惠安女子〉视觉现象分析》,马大康,《名作欣赏》(上半月刊),2006年第1期,第59-60页。

59.《舒婷诗歌创作特征论》,林平乔,《文史博览》,2006年第1期,第36-37页。

60.《说说王小妮》,于坚,《诗潮》,2006年1-2月号,第17页。

61.《宿命情结:涉及死亡的诗歌——孟芊访谈》,孟芊、曹五木,《诗歌月刊》,2006年第1期,第32-36页。

62.《台湾新诗纵览(上)》,计璧瑞,《诗歌月刊·下半月》,2006年第1期,第46-48页。

63.《太像诗人的诗人不是好诗人》,西川,《诗潮》,2006年1-2月号,第52-53页。

64.《泰戈尔的哲学思想与"五四"新诗》,张娟,《唐山师范学院学报》,2006年第1期,第35-38页。

65.《天津之下》,任知,《诗歌月刊》,2006年第1期,第69-71页。

66.《透过长满"爬山虎"的围墙——浅析新世纪大学生诗歌对"打工族"的关注》,龚渤,《文艺争鸣》,2006年第1期,第81-85页。

67.《突破与限制——余怒诗歌浅谈》,于贵锋,《诗歌月刊》,2006年第1期,第27-30页。

68.《王小妮:我看见了海的脸》,马知遥、路晓冰,《名作欣赏》(上半月刊),2006年第1期,第53-55页。

69.《为新诗辩护》,王富仁,《文学评论》,2006年第1期,第189-192页。

70.《闻一多、徐志摩诗律论比较》,许霆,《江苏社会科学》,2006年第1期,第159-164页。

71.《我与诗》,郑敏,《诗刊》(下半月刊),2006年1月号,第54-58页。

72.《西部歌吟的个案解读——阳飏、古马、高尚诗歌创作简论》,刘昕华,《湖南科技大学学报》(社会科学版),2006年第1期,第112-115页。

73.《西湖称之为我的婚床——访潘维》,木朵,《诗潮》,2006年1-2月号，第 92 页。

74.《现代性视阈中的汉语"纯诗"理论》，贺昌盛，《厦门大学学报》（哲学社会科学版），2006 年第 1 期，第 18 - 23 页。

75.《想象中的"民族的诗"》，陈泳超，《中国现代文学研究丛刊》，2006 年第 1 期，第 54 - 60 页。

76.《〈新青年〉对新诗的运作》，方长安，《学术研究》，2006 年第 1 期，第 125 - 129 页。

77.《新诗的象征》，赵思运，《阅读与写作》，2006 年第 1 期，第 1 - 3 页。

78.《新诗发生的传统诗歌资源》，许霆，《中国现代文学研究丛刊》，2006 年第 1 期，第 20 - 24 页。

79.《"新世纪诗歌"写作的新平民倾向》，龙扬志，《文艺争鸣》，2006 年第 1 期，第 77 - 80 页。

80.《新诗中身体叙述的演变及其反思》，邓晓成，《学术研究》，2006 年第 1 期，第 134 - 137 页。

81.《新世纪，新诗歌——世纪初中国新诗走向研讨会综述》，崔勇，《文艺争鸣》，2006 年第 1 期，第 86 - 88 页。

82.《新世纪诗歌的疑与惑》，宗仁发，《文艺争鸣》，2006 年第 1 期，第 67 - 72 页。

83.《新月诗派的诗歌创作论》，汤凌云，《理论与创作》，2006 年第 1 期，第 23 - 29 页。

84.《行进着和展开着——我看新世纪诗歌》，谢冕，《文艺争鸣》，2006 年第 1 期，第 65 - 67 页。

85.《言之无物或者关于诗歌的两种访谈——诗人、自由艺术家杨黎访谈录》，木朵、子策，《延边文学》，2006 年第 1 期，第 142 - 168 页。

86.《一个时代的双重见证》，潇潇，《诗歌月刊·下半月》，2006 年第 1 期，第 81 - 82 页。

87.《一种新的写作方式：于坚韩东诗中的积极因素》，朱云，《湖南科技学院学报》，2006 年第 1 期，第 74 - 77 页。

88.《拥抱诗歌——广东首届诗歌节扫描》，老刀，《诗歌月刊》，2006 年第 1 期，第 56 - 60 页。

89.《忧郁而感伤的精灵》，罗振亚，《诗刊》（下半月刊），2006 年 1 月号，第 17 - 18 页。

90.《由对诗人的重估到对新诗史的重构——从〈诗刊〉看五四以来的新诗传统在五、六十年代的命运》，陈艳，《潍坊学院学报》，2006 年第 1 期，第 77 - 80 页。

91.《有意味的生命形式——诗美创造谈》，孙亭，《辽宁师范大学学报》

（社会科学版），2006年第1期，第94－96页。

92.《阅读杜涯》，张清华，《诗刊》（下半月刊），2006年1月号，第18页。

93.《再度重复与重新言说》，耿占春，《诗刊》（下半月刊），2006年1月号，第16－17页。

94.《在黑暗中守望黎明——陈敬容〈山和海〉赏析》，袁飞舟，《写作》（上旬刊），2006年第1期，第21－23页。

95.《在冷冷燃烧的世界里生活两次——韩少君诗歌阅读札记》，魏天无，《诗歌月刊》，2006年第1期，第13－15页。

96.《正义之气与灵动之术的完美结合——论艾青域外诗歌的创作个性》，袁爱华，《牡丹江大学学报》，2006年第1期，第9－11页。

97.《政治热情和理性的失衡——臧克家在建国后》，吕家乡，《文艺评论》，2006年第1期，第52－57页。

98.《执意的找回——古马诗集〈西风古马〉散论》，沈奇，《名作欣赏》（上半月刊），2006年第1期，第48－53页。

99.《中国当下诗歌十四题》，叶延滨，《西南师范大学学报》（人文社会科学版），2006年第1期，第24－29页。

2月

100.《八月空旷——关于诗人多多》，朴素，《诗歌月刊》，2006年第2期，第13－14页。

101.《把天空还给天空——关于朱湘与海子之死的追索》，邓筠，《楚雄师范学院学报》，2006年第2期，第22－27页。

102.《白话诗也须讲究语言的精炼》，葛力力，《阅读与写作》，2006年第2期，第2－4页。

103.《城市与诗——北京大学第六届"未名"诗歌节圆桌论坛实录》，洪子诚等，《江汉大学学报》（人文科学版），2006年第1期，第5－10页。

104.《城市中的心灵书写——叶匡政的城市诗写作》，陈超，《江汉大学学报》（人文科学版），2006年第1期，第20－25页。

105.《词语之内的航行——多多诗论》，汤拥华，《华文文学》，2006年第1期，第21－27页。

106.《从传统到现代的跃进——解读舒婷创作中女性意识发展的三个阶段》，严加兰，《温州师范学院学报》，2006年第1期，第78－81页。

107.《从穆旦诗的子宫意象看穆旦的中国期待》，帅文芳，《洛阳师范学院学报》，2006年第1期，第79－82页。

108.《从细读中来，到细读中去》，颜同林，《写作》（上旬刊），2006年第

2期,第27-30页。

109.《读郭新民的诗——〈郭新民抒情诗选〉序言》,叶延滨,《长治学院学报》,2006年第1期,第27-28页。

110.《读者之思与思者之诗——陈超诗歌管见》,梁艳萍,《诗刊》(下半月刊),2006年2月号,第31-32页。

111.《多多:张望,又一次提高了围墙……》,贾鉴,《华文文学》,2006年第1期,第28-35页。

112.《多元文化语境下的自由吟唱——论20世纪90年代诗歌的"个人化写作"》,曾方荣,《湖南人文科技学院学报》,2006年第1期,第59-62页。

113.《感受"微妙"——高咏志诗歌近作读解》,李万庆,《鸭绿江》(上半月版),2006年第2期,第53-55页。

114.《关于现今写作中的中产阶级趣味问题》,张清华,《星星》,2006年第2期,第138-142页。

115.《"归来"时分话苍茫——"归来"的诗人创作简论》,李志元,《钦州师范高等专科学校学报》,2006年第1期,第5-11页。

116.《郭新民现象思考》,叶文福,《长治学院学报》,2006年第1期,第29-30页。

117.《花开的姿势——诗人郭新民访谈录》,钟楚,《长治学院学报》,2006年第1期,第40-42页。

118.《激情燃烧的诗篇——谈加安巴依·阿萨那勒的诗歌》,赛娜·艾斯别克,《西部》,2006年第2期,第87-88页。

119.《九叶派之意象理论探究》,周文君,《湘南学院学报》,2006年第1期,第38-40页。

120.《开国的绝唱——论胡风〈时间开始了〉》,尚延龄、尚缨,《河西学院学报》,2006年第1期,第63-69页。

121.《困境与突围——中国本土化超现实主义诗歌的可能性》,葛红兵,《绿洲》,2006年第1期,第94-102页。

122.《李瑛诗歌意象艺术略论》,颜同林,《钦州师范高等专科学校学报》,2006年第1期,第12-15、106页。

123.《灵与肉的和谐——评徐志摩诗歌中的性爱描写》,罗岚,《内江师范学院学报》,2006年第1期,第96-99页。

124.《流散与归来——多多诗歌二人谈》,贾鉴、汤拥华,《华文文学》,2006年第1期,第36-40页。

125.《论郭新民的土地诗》,熊辉,《长治学院学报》,2006年第1期,第37-39页。

126.《论闻一多诗歌的色彩美》,范黎来,《武汉科技大学学报》(社会科学版),2006年第1期,第102-105页。

127.《论闻一多诗歌的象征艺术倾向》,卢惠余,《盐城师范学院学报》(人文社会科学版),2006年第1期,第39-45页。

128.《论新疆锡伯族诗歌创作特征》,贺元秀,《民族文学研究》,2006年第1期,第154-157页。

129.《论郑敏诗歌中的创造意识与超越意识》,姚国建,《阅读与写作》,2006年第2期,第4-5页。

130.《面向都市的中国现代新诗》,鲍昌宝,《江汉大学学报》(人文科学版),2006年第1期,第15-19页。

131.《民谣:新诗的潜在资源》,伍明春,《江汉大学学报》(人文科学版),2006年第2期,第21-25页。

132.《模仿、借鉴、创新——中国新诗与西方诗歌的关系》,张金朔、夏翠柳,《现代语文》(上旬刊),2006年第4期,第94页。

133.《那些天,那些人——2005年〈女子诗报〉南宁诗歌之旅侧记》,黄芳,《诗歌月刊》,2006年第2期,第42-48页。

134.《逆风劳作的诗人——陈超诗歌印象或潜对话》,霍俊明,《诗刊》(下半月刊),2006年2月号,第32-33页。

135.《宁静、真诚与感动——读远人组诗〈保存的记忆〉》,彭燕郊,《诗歌月刊》,2006年第2期,第9-11页。

136.《疲倦、忧伤和天才——论海子的死亡情结》,高碧珍,《楚雄师范学院学报》,2006年第2期,第34-37页。

137.《朴素的先锋论——陈超诗歌印象》,周晓风,《诗刊》(下半月刊),2006年2月号,第30-31页。

138.《人性的大胆释放》,屠岸,《长治学院学报》,2006年第1期,第25-26页。

139.《三种不同向度的"准确"》,陈超,《清明》,2006年第2期,第190-191页。

140.《诗人之死的哲学沉思》,王桂芝,《边疆经济与文化》,2006年第2期,第86-87页。

141.《书写生活的常态 表达生命的真实》,孙海燕,《现代语文》(上旬刊),2006年第4期,第70页。

142.《台湾新诗纵览(下)》,计璧瑞,《诗歌月刊·下半月》,2006年第2期,第61-66页。

143.《〈谭诗〉的中国象征诗理论建构——留日创造社作家穆木天论稿》,陈方竞,《华文文学》,2006年第1期,第83-91页。

144.《唐湜年谱》,孙良好,《新文学史料》,2006年第1期,第185-

194 页。

145.《汪静之口述小传》,高晔,《新文学史料》,2006 年第 1 期,第 86 - 90 页。

146.《王寅:孤独地旅行与沉思》,马莉,《青年作家》,2006 年第 2 期,第 40 - 45 页。

147.《我不能把美说出来——羽微微访谈》,艾先,《诗歌月刊》,2006 年第 2 期,第 28 - 30 页。

148.《细读穆旦〈森林之魅——祭胡康河上的白骨〉》,李俏梅,《名作欣赏》(上半月刊),2006 年第 2 期,第 107 - 111 页。

149.《现代都市环境与现代诗歌》,张林杰,《江汉大学学报》(人文科学版),2006 年第 1 期,第 11 - 14 页。

150.《乡村画像周建歧》,东篱,《诗刊》(上半月刊),2006 年 2 月号,第 12 - 14 页。

151.《心智澄明的诗人——简论陈超诗歌》,沐之,《诗刊》(下半月刊),2006 年 2 月号,第 28 - 30 页。

152.《新诗的危机、转机与生机》,游友基,《闽江学院学报》,2006 年第 1 期,第 40 - 43 页。

153.《徐放的诗》,钱志富,《诗刊》(上半月刊),2006 年 2 月号,第 62 - 64 页。

154.《杨志学解读:昌耀的〈紫金冠〉》,杨志学,《诗刊》(上半月刊),2006 年 2 月号,第 4 页。

155.《夜读郭新民》,张锐锋,《长治学院学报》,2006 年第 1 期,第 34 - 36 页。

156.《一个地方,一群人,一种精神民俗》,赵卫峰,《诗歌月刊》,2006 年第 2 期,第 58 - 60 页。

157.《一泓清水 无底深潭——〈断章〉隐幽特征浅观》,赵越、卢伟,《现代语文》(上旬刊),2006 年第 4 期,第 62 页。

158.《一颗穿越时空的水滴——西渡诗简论》,颜炼军,《星星》,2006 年第 2 期,第 8 - 12 页。

159.《游走在两难中的行云流水——读诗集〈行云流水〉》,张劲,《今日文坛》,2006 年春之卷,第 17 - 20 页。

160.《"在金黄的阳光中抓住钙铁"——关于〈独立·零点〉》,张清华,《上海文学》,2006 年第 2 期,第 61 页。

161.《在抒情与哲理中表达深邃——论巴音博罗 20 世纪 90 年代的诗歌写作》,张立群,《民族文学研究》,2006 年第 1 期,第 111 - 114 页。

162.《照亮黑暗 诗人多多》,朴素,《青年作家》,2006 年第 2 期,第 50 -

53页。

163.《中国现代诗歌史上的一只珍异狐狸——卞之琳知性诗歌创作论》,杨华丽,《绵阳师范学院学报》,2006年第1期,第46-48页。

164.《中间代诗全集探花视点(上)》,探花,《诗歌月刊·下半月》,2006年第2期,第79-86页。

165.《恣意的狂欢——对〈土拨鼠〉的后现代解读》,李谞博、田金长,《陕西教育学院学报》,2006年第1期,第58-61页。

3月

166.《20世纪40年代的一代诗人与中国新诗——为穆旦诗歌纪念会而写》,郑敏,《诗潮》,2006年3-4月号,第84-85页。

167.《暗香浮动 冷月黄昏——论卞之琳情诗的古典意蕴》,陆红颖,《诗探索》(理论卷),2006年第1辑,第189-198页。

168.《拆解悬置的历史——关于90年代诗歌研究几个热点话题的反思》,张立群,《文艺评论》,2006年第2期,第46-50页。

169.《重铸诗歌的"历史想象力"》,陈超,《文艺研究》,2006年第3期,第6-15、160页。

170.《〈出发〉与穆旦诗歌的宗教意识》,段从学,《钦州师范高等专科学校校报》,2006年第2期,第15-21页。

171.《传统的承接与西学的融合——论朱湘诗歌的现代转换》,刘骄、李教东,《文史博览》,2006年第3期,第36-37页。

172.《从黑夜走向白昼——21世纪初的中国女性诗歌》,吴思敬,《南开学报》(哲学社会科学版),2006年第2期,第44-50页。

173.《从梦幻之曲到为时代而歌——何其芳从〈预言〉到〈夜歌〉的诗风嬗变》,吴静,《现代语文》(上旬刊),2006年第7期,第55-58页。

174.《打扰当代汉诗——读鲁西西长诗〈语音〉笔记》,边建松,《诗刊》(上半月刊),2006年3月号,第11-12页。

175.《淡化了的抒情——20世纪90年代先锋诗歌的叙事向度》,曾方荣,《理论与创作》,2006年第2期,第59-63页。

176.《当代诗歌写作及诗歌阅读中的"反懂"性》,高玉,《文艺研究》,2006年第3期,第16-24、160页。

177.《当下诗歌:文体形式的包容性与文体自律》,邓晓成,《写作》(上旬刊),2006年第3期,第23-26页。

178.《读胡续冬的诗》桑克,《诗刊》(下半月刊),2006年3月号,第28-29页。

179.《读诗的两种调子和写诗的三种状态》，北塔，《诗歌月刊·下半月》，2006年第3期，第60-62页。

180.《对话：诗是世界上最后的良心》，颜艾琳，《文学界》，2006年第3期，第46-47页。

181.《对癖性的发明》，姜涛，《诗刊》（下半月刊），2006年3月号，第29-30页。

182.《个案抽样：当代诗学前沿的钻探——兼与吕进先生商榷》，陈仲义，《当代作家评论》，2006年第2期，第113-120页。

183.《郭小川诗歌论略》，骆寒超，《重庆教育学院学报》，2006年第2期，第43-46页。

184.《海上明月共潮生——沙白近作〈八十初度〉读后》，冯亦同，《扬子江诗刊》，2006年第2期，第11-13页。

185.《海子、王小波与现代性》，崔卫平，《当代作家评论》，2006年第2期，第38-45页。

186.《黑夜中漫游的灵魂：灰娃"文革"时期的诗歌写作》，刘志荣，《南方文坛》，2006年第2期，第4-7页。

187.《胡风诗论的合理性与偏颇性——胡风诗论辨析》，霍俊明、岳志华，《中州学刊》，2006年第2期，第221-224页。

188.《胡适个案研究的历程》，杨国良，《海南师范学院学报》（社会科学版），2006年第2期，第26-29页。

189.《极地的隐遁——90年代女性诗歌语言书写策略的发生动因和审美评价》，董秀丽，《文艺评论》，2006年第2期，第51-54页。

190.《坚守与超越：翟永明诗歌印象》，齐军华，《诗刊》（上半月刊），2006年3月号，第34-36页。

191.《艰难的选择——读海子的〈面朝大海，春暖花开〉》，蔡燕雁，《现代语文》（上旬刊），2006年第7期，第57-58页。

192.《建构之维——重审俞平伯新诗理论》，邓艮、乔琦，《学术论丛》，2006年第3期，第55-60页。

193.《匠心独运的精新之作——谈瑶族诗人唐德明诗集〈苍野〉的艺术特色》，毛慧芳，《民族文学》，2006年第3期，第121-124页。

194.《骄傲的贫困——读默默的散文诗》，杨克，《诗探索》（理论卷），2006年第1辑，第169-176页。

195.《客观化写作——复调、散点透视、伪叙述》，马永波，《诗探索》（理论卷），2006年第1辑，第117-127页。

196.《李金发诗歌的荒诞意象》，乌琼芳，《内蒙古师范大学学报》（哲学社会科学版），2006年第2期，第82-86页。

197.《李亚伟：中国是一个不需要全球化的国家》，花海波，《天涯》，2006年第2期，第191－192页。

198.《理性与秩序：新月派的文学观及其意义》，白春超，《中州学刊》，2006年第2期，第208－212页。

199.《历史，该如何叙述？——从〈中国当代新诗编年史（1966—1976）〉说开去》，刘进才，《文艺争鸣》，2006年第2期，第147－149页。

200.《论丘缓后现代诗歌的基本特征》，王金城，《世界华文文学论坛》，2006年第1期，第57－61页。

201.《论诗歌史视野中的80、90年代女性诗歌》，张立群，《宁波广播电视大学学报》，2006年第1期，第4－8页。

202.《论徐志摩对新诗形式美建构的意义》，刘景兰，《华中科技大学学报》（社会科学版），2006年第2期，第73－75页。

203.《论中国新诗的"传统"》，李怡，《诗探索》（理论卷），2006年第1辑，第7－12页。

204.《"穆旦"与"查良铮"》，易彬，《读书》，2006年第3期，第96－100页。

205.《绿原诗歌美学论略》，刘扬烈，《重庆广播电视大学学报》，2006年第2期，第32－35页。

206.《"每骄傲一次，就完美一小会"——论臧棣》，姜涛，《当代作家评论》，2006年第2期，第101－107页。

207.《朦胧诗：个体内在性诗学新论》，孙基林，《西南师范大学学报》（人文社会科学版），2006年第2期，第25－28页。

208.《朦胧诗人的英雄主义精神》，林平乔，《佛山科学技术学院》（社会科学版），2006年第2期，第26－30页。

209.《穆旦：不合时宜的诗学——由"致郭保卫书"索解穆旦"文革"后期的诗学思考》，子张，《文艺理论研究》，2006年第2期，第78－85页。

210.《南高原：一颗不眠的灵魂充满忧伤——论沙马诗集〈梦中的橄榄树〉》，王菊，《当代文坛》，2006年第2期，第82－84页。

211.《南野：一个不合标准的写作者》，晏榕，《诗探索》（理论卷），2006年第1辑，第177－188页。

212.《破碎的激情——论第三代诗人创作的美学特色》，张建航，《河南社会科学》，2006年第2期，第130－132页。

213.《浅笑"壮美"与"优美"两大诗学形态——以马笑泉诗歌为例》，张建安，《理论与创作》，2006年第2期，第103－106、125页。

214.《"全装修"时代的"元诗"意识》，姜涛，《文艺研究》，2006年第3期，第25－32、160页。

215.《让诗歌回归人民》,胡长斌,《扬子江诗刊》,2006年第2期,第1页。

216.《认领真实与重构美学——评〈沈奇诗学论集〉》,唐欣,《诗探索》(理论卷),2006年第1辑,第231－239页。

217.《如何看待新诗百年成就》,向卫国,《诗歌月刊·下半月》,2006年第3期,第81－82页。

218.《三十年代清华四诗人》,张玲霞,《中国现代文学研究丛刊》,2006年第2期,第268－279页。

219.《三峡民歌的女性情结》,金道行,《三峡大学学报》(人文社会科学版),2006年第2期,第5－11页。

220.《桑克作品虚拟研讨会》,李少君主持,《星星》,2006年第3期,第120－138页。

221.《神秘的〈她方〉——试评艾琳新诗集》,徐小斌,《文学界》,2006年第3期,第52－53页。

222.《诗歌传播类型初探》,杨志学,《诗探索》(理论卷),2006年第1辑,第56－69页。

223.《诗歌节奏与音乐节奏——新诗节奏理论谈(兼及闻一多"三美"说)》,龙清涛,《诗探索》(理论卷),2006年第1辑,第47－55页。

224.《诗歌生命的解读者——叶橹》,庄晓明,《诗探索》(理论卷),2006年第1辑,第220－230页。

225.《诗歌研究中的话语分析方法》,李志元,《诗探索》(理论卷),2006年第1辑,第13－32页。

226.《诗人要有孤独的勇气》,刘波,《诗选刊》,2006年第3期,第94－95页。

227.《诗翁野曼》,萨仁图娅,《诗潮》,2006年3－4月号,第54－55页。

228.《试理"新潮诗"的人文内涵》,张宁生,《安庆师范学院学报》,2006年第2期,第17－19页。

229.《抒情的"复活"——谈伊蕾的诗》,陈超,《诗刊》(上半月刊),2006年3月号,第36、40－41页。

230.《谈吕进的诗歌创作》,刘静,《当代文坛》,2006年第2期,第79－81页。

231.《突破风格化的双重尝试——论翟永明90年代的诗歌风格转型》,颜红,《诗探索》(理论卷),2006年第1辑,第143－149页。

232.《王鸣九:苍茫中一种疼痛穿骨而来——解读王鸣九长诗的三个境界》,李犁,《诗潮》,2006年3－4月号,第44－47页。

233.《网络诗歌研究述评》,张德明,《诗探索》(理论卷),2006年第1辑,第 70 - 78 页。

234.《我们去哪儿》,春树,《诗歌月刊·下半月》,2006 年第 3 期,第 63 - 64 页。

235.《现代时间与新诗》,陈爱中,《北方论丛》,2006 年第 2 期,第 41 - 44 页。

236.《向着死亡思考存在——关于新死亡诗派》,张清华,《上海文学》,2006 年第 3 期,第 55 页。

237.《新诗的汉语诗性灿亮于形音义一体的文本》,姜耕玉,《西南师范大学学报》(人文社会科学版),2006 年第 2 期,第 22 - 24 页。

238.《新诗的语调或声音(外二章)》,周瓒,《诗潮》,2006 年 3 - 4 月号,第 83 页。

239.《新诗经典化断想》,吴思敬,《诗潮》,2006 年 3 - 4 月号,第 86 - 87 页。

240.《新诗现代化与形式建设》,吕进,《重庆教育学院学报》,2006 年第 2 期,第 41 - 42 页。

241.《新诗研究路上的一个"初来者"——刘继业著〈新诗大众化和纯诗化〉序》,孙玉石,《中国现代文学研究丛刊》,2006 年第 2 期,第 299 - 304 页。

242.《寻找台湾新诗界的 U - 30》,杨宗翰,《诗刊》(下半月刊),2006 年 3 月号,第 42 - 43 页。

243.《一首诗又究竟在哪里——陈东东〈全装修〉解读》,姜涛,《当代作家评论》,2006 年第 2 期,第 108 - 112 页。

244.《一首写给两个人的情诗——解读伊沙〈我终于理解了你的拒绝〉》,王毅,《名作欣赏》(上半月刊),2006 年第 3 期,第 24 - 27 页。

245.《隐喻与诗性言说》,余松,《当代文坛》,2006 年第 2 期,第 76 - 78 页。

246.《印象与观感——关于 2005 年诗歌的几个问题》,张清华,《理论与创作》,2006 年第 2 期,第 32 - 37 页。

247.《用于呼吸的声音——谈马永波诗歌》,孙磊,《诗探索》(理论卷),2006 年第 1 辑,第 96 - 108 页。

248.《忧伤的花朵——舒婷诗与唐宋婉约词》,杨景龙,《诗探索》(理论卷),2006 年第 1 辑,第 199 - 219 页。

249.《语言的现实及其尊严——诗人西川访谈录》,谭克修、米娜[英国]、简宁,《延边文学》,2006 年第 2 期,第 78 - 109 页。

250.《原创与实验——朦胧诗后先锋诗歌的艺术趋向》,罗振亚,《西南师范大学学报》(人文社会科学版),2006 年第 2 期,第 29 - 33 页。

251.《在悖论的诗风景里我们收获——评马新朝抒情长诗〈幻河〉》,张不代,《诗探索》(理论卷),2006年第1辑,第150-168页。

252.《翟永明诗歌的声音与场景》,周瓒,《诗刊》(上半月刊),2006年3月号,第32-34页。

253.《战栗的诗学标本——读陈先发组诗〈孔镇〉》,盛引,《星星》,2006年第3期,第10-13页。

254.《真诗的现代性:七十年前朱光潜与鲁迅关于"曲终人不见"的争论及其余响》,胡晓明,《江海学刊》,2006年第3期,第183-190页。

255.《中国现代新诗阐释学理论的建立——评李怡主编的〈中国现代诗歌欣赏〉》,陈爱中、吴井泉,《学术交流》,2006年第3期,第156-159页。

256.《中间代诗人的"准文化遗民"角色》,赵思运,《巢湖学院学报》,2006年第2期,第110-113页。

257.《自嘲与反讽——论北岛海外诗歌的一种风格》,王亚斌,《齐齐哈尔大学学报》(哲学社会科学版),2006年第2期,第82-83页。

258.《综合、转换、衍生——现代诗修辞艺术的历时性考查》,子张、西果,《诗探索》(理论卷),2006年第1辑,第33-46页。

259.《走进诗歌——浅论中国现代汉诗的现状》,李东海,《西部》,2006年第3期,第83-84页。

4月

260.《1957年穆旦的短暂"重现"》,胡续冬,《新诗评论》,2006年第1辑,第181-190页。

261.《2005年中国大陆诗界回顾》,周瓒,《新诗评论》,2006年第1辑,第38-49页。

262.《20世纪中国新诗在法国的传播》,王卫红,《湖北经济学院学报》(人文社会科学版),2006年第4期,第101-103页。

263.《卞之琳诗歌创作中对象征主义的变异》,汤彩飞,《新余高专学报》,2006年第2期,第67-69页。

264.《别一世界的光芒——试论革命诗歌的诗美特质与诗学向度》,陈英英,《宝鸡文理学院学报》(社会科学版),2006年第2期,第82-86页。

265.《超现实主义诗歌在中国》,尚飞鹏,《绿洲》,2006年第2期,第99-101页。

266.《"城堡,宿命永恒不变的感伤主题"——长诗〈哈拉库图〉与诗人昌耀的精神历程》,易彬,《新诗评论》,2006年第1辑,第149-158页。

267.《重读、重述抑或"重估"——关于穆旦和穆旦研究的札记》,王璞,《新诗评论》,2006年第1辑,第191-197页。

268.《出世与入世：对顾城诗歌的现代性阐释》，刘扬，《现代语文》（上旬刊），2006年第10期，第57-58页。

269.《除了中产阶级"下午茶"，还有什么?!》，陈仲义，《星星》，2006年第4期，第127-130页。

270.《从徐志摩的诗质美想及其他》，石英，《嘉兴学院学报》（哲学社会科学版），2006年第2期，第57-58页。

271.《当代诗歌：人文性资源与本土化策略》，杨匡汉，《诗刊》（上半月刊），2006年4月号，第48-51页。

272.《当代诗歌的生成背景及其超越和担当》，世宾，《诗选刊》，2006年第4期，第85-88页。

273.《导引、偏移与形塑：理论的效应及其局限——新诗史上一个值得省思的现象》，张桃洲，《社会科学研究》，2006年第4期，第165-171页。

274.《到校园去，与青春混为一谈——北京高校文学社团诗歌研讨会座谈纪要》，《诗歌月刊·下半月》，2006年第4期，第35-46页。

275.《个人化视野中当代诗歌史的写作疑难》，陈仲义，《江汉大学学报》（人文科学版），2006年第2期，第5-10页。

276.《光之世界的生命律动——郭沫若诗歌〈光海〉新读》，陈俐，《名作欣赏》（上半月刊），2006年第4期，第85-89页。

277.《海甸来信：谈杨键及新诗语言的本土化》，田一坡，《新诗评论》，2006年第1辑，第27-37页。

278.《后崛起诗群"寻根"意识的嬗变及其价值重估》，胡安定、肖伟胜，《钦州师范高等专科学校学报》，2006年第2期，第10-14页。

279.《呼唤"诗教"》，李少君，《作品》，2006年第4期，第1页。

280.《胡适、闻一多关于新诗"具体的做法"比较分析》，任玉强，《黄冈师范学院学报》，2006年第2期，第89-93页。

281.《"还乡情结"与现代性的追求——论述新诗对传统诗歌的继承与超越》，张爱军，《现代语文》（上旬刊），2006年第10期，第64-66页。

282.《回到穆旦的丰富性和复杂性》，段从学，《新诗评论》，2006年第1辑，第175-181页。

283.《解读：伊萍的〈绿色的海洋〉》，伍明春，《诗刊》（上半月刊），2006年4月号，第4页。

284.《解读痖弦诗歌世界中的"痛苦"》，李银，《新余高专学报》，2006年第2期，第64-66页。

285.《进与退："世界"诗歌的问题与可能性》，[美国]宇文所安，《新诗评论》，2006年第1辑，第129-145页。

286.《论胡适的"诗的经验主义"》，杨四平，《淮北煤炭师范学院学报》

（哲学社会科学版），2006年第2期，第1-5页。

287.《梦想导游论夏宇》，陈义芝，《新诗评论》，2006年第1辑，第159-172页。

288.《那个胡麻地里走出的少年——李满强诗歌漫谈》，王征珂，《飞天》，2006年第4期，第43-45页。

289.《难忘心底默默盛开的百合——徐志摩的康桥情结》，毛梦溪，《嘉兴学院学报》（哲学社会科学版），2006年第2期，第54-56页。

290.《"三美"主张在徐志摩诗作中的超完美体现》，孙钶心，《临沂师范学院学报》（社会科学版），2006年第2期，第61-63页。

291.《山歌，渐行渐远》，刘晓春，《读书》，2006年第4期，第76-83页。

292.《什么是世界诗歌》，[美国]宇文所安，《新诗评论》，2006年第1辑，第117-128页。

293.《沈尹默新诗浅析》，张德新，《安康师专学报》，2006年第2期，第1-11页。

294.《诗到思里去，思出诗意来——宁明诗歌新作述评》，李犁，《青年文学家》，2006年第4期，第50-52页。

295.《诗的回环与承接艺术》，张立新，《写作》（上旬刊），2006年第4期，第13-14页。

296.《诗歌的当代品格——第二届广东诗歌理论研讨会综述》，西篱，《作品》，2006年第4期，第75-79页。

297.《诗歌的非朗诵时代》，张桃洲，《诗选刊》，2006年第4期，第93-94页。

298.《诗歌是无声的》，于坚，《诗选刊》，2006年第4期，第91-92页。

299.《诗情 意象 个性——简论李东海的诗》，王仲明，《西部》，2006年第4期，第79-80页。

300.《诗与生命交相辉映——蔡其矫访谈录》，伍明春，《新诗评论》，2006年第1辑，第224-239页。

301.《试论朦胧诗人的乌托邦情结》，林平乔，《嘉应学院学报》（哲学社会科学版），2006年第2期，第65-68页。

302.《是何种中华性，又发生在谁的边缘？》，[荷兰]柯雷，《新诗评论》，2006年第1辑，第3-26页。

303.《体制化想象的质询与诗性的有无——论〈"新诗集"与中国新诗的发生〉的研究角度与方法》，陈芝国，《江汉大学学报》（人文科学版），2006年第2期，第19-23页。

304.《为中国诗歌正"名"》，向卫国，《星星》，2006年第4期，第135-138页。

305.《未曾停驻的人生追求——绿原访谈录》,姜涛,《新诗评论》,2006年第1辑,第201-203页。

306.《"文革"后民刊与新时期诗歌运动——以〈启蒙〉与〈今天〉为例》,李润霞,《新诗评论》,2006年第1辑,第98-114页。

307.《我的诗观》,朱零,《诗刊》(上半月刊),2006年4月号,第32-33页。

308.《"现代文化的荒原":T.S.艾略特、现代主义中国新诗》,张松建,《新诗评论》,2006年第1辑,第70-97页。

309.《新诗史写作:可能与限度》,黄雪敏,《江汉大学学报》(人文科学版),2006年第2期,第11-14页。

310.《新诗史写作的新"型构"——以王光明〈现代汉诗的百年演变〉为例》,郑成志,《江汉大学学报》(人文科学版),2006年第2期,第15-18页。

311.《形式美与情感内涵——徐志摩〈再别康桥〉的审美特征》,马大康,《名作欣赏》(上半月刊),2006年第4期,第82-84页。

312.《徐志摩在新诗中》,章景曙,《嘉兴学院学报》(哲学社会科学版),2006年第2期,第43-46页。

313.《这辛辣而炽烈的光——关于〈太阳〉》,张清华,《上海文学》,2006年第4期,第41页。

314.《"中国式"的现代主义诗歌:该如何讲述自己的"身世"》,姜涛,《新诗评论》,2006年第1辑,第53-69页。

315.《中国新诗的发展实际上推动了中国白话语言的发展——梁小斌答老巢问》,梁小斌、老巢,《诗歌月刊·下半月》,2006年第4期,第6-14页。

316.《中间代诗全集探花视点(下)》,探花,《诗歌月刊》,2006年第4期,第84-92页。

5月

317.《2005年的中国新诗——〈2005年中国诗歌精选〉后记》,韩作荣,《诗选刊》,2006年第5期,第82页。

318.《艾青诗歌意象组合艺术手法》,范兰德,《写作》(上旬刊),2006年第5期,第22-23页。

319.《澳门新诗批评发展概貌》,古远清,《湖北广播电视大学学报》,2006年第3期,第42-45页。

320.《把诗歌绑上"中产阶级趣味"的床》,赵思运,《星星》,2006年第5期,第118-121页。

321.《卞之琳诗歌的英文自译》,北塔,《西南师范大学学报》(人文社会科学版），2006 年第 3 期，第 24 - 28 页。

322.《不可避免的"多极时代"——〈21 世纪中国文学大系·2005 年诗歌〉序》，张清华，《诗选刊》，2006 年第 5 期，第 83 - 87 页。

323.《〈草叶集〉与〈女神〉诗歌思想比较》，周焕灵，《南都学坛》，2006 年第 3 期，第 74 - 76 页。

324.《〈晨报副刊·诗镌〉与新月派先行者》，陈小碧，《福建师大福清分校学报》，2006 年第 3 期，第 79 - 81 页。

325.《沉雄与悲壮：七月诗派现实主义特征管窥》，朱江天，《中州学刊》，2006 年第 3 期，第 233 - 235 页。

326.《沉郁而又不乏亮色的世界》，扎西才让，《诗刊》（上半月刊），2006 年 5 月号，第 27 - 28 页。

327.《从〈出发〉看穆旦诗歌的宗教意识》，段从学，《中国比较文学》，2006 年第 3 期，第 66 - 74 页。

328.《从诗歌语言变异看诗歌的诗性特质》，阙明坤、缪叶红，《理论月刊》，2006 年第 5 期，第 134 - 136 页。

329.《从文化流浪到文化还乡——佤族青年诗人聂勒诗歌阅读》，马绍玺，《民族文学研究》，2006 年第 2 期，第 90 - 94 页。

330.《从想象的共同体到个人的修辞学》，耿占春，《读书》，2006 年第 5 期，第 42 - 47 页。

331.《戴望舒的诗美和诗论》，王木青，《安徽师范大学学报》（人文社科版），2006 年第 3 期，第 305 - 309 页。

332.《戴望舒诗的现代性举要》，蒋淑娴，《辽宁大学学报》（哲学社会科学版），2006 年第 3 期，第 43 - 47 页。

333.《对当前"先锋口语诗"的反思》，任玉强，《涪陵师范学院学报》，2006 年第 3 期，第 118 - 121 页。

334.《"恶之华"的转生与变异——汪铭竹、陈敬容、王道乾对波德莱尔诗的接受与转化》，张松建，《中国现代文学研究丛刊》，2006 年第 3 期，第 197 - 213 页。

335.《反思与重建——论百年汉诗文体建设中存在的问题与重构的可能》，张立群，《社会科学研究》，2006 年第 3 期，第 167 - 171 页。

336.《高原之魂的哭泣和诉说——对昌耀诗歌话语方式的阐释》，杨柳，《理论与创作》，2006 年第 3 期，第 69 页。

337.《孤绝之美——评洛夫的〈诗的葬礼〉》，沈奇，《诗潮》，2006 年 5 - 6 月号，第 73 - 74 页。

338.《关于时代诗歌趣味的一封信》，徐敬亚，《星星》，2006 年第 5 期，第 113 - 114 页。

339.《关于中国新诗发生若干问题的思考》,许霆,《常熟理工学院学报》,2006 年第 3 期,第 10 - 17 页。

340.《桂兴华:拉响大时代的弓弦》,金绍任,《诗潮》,2006 年 5 - 6 月号,第 88 - 89 页。

341.《韩东:这些年》,马知遥、路晓冰,《名作欣赏》(上半月刊),2006 年第 5 期,第 36 - 38 页。

342.《好诗的好》,董宇峰,《诗歌月刊》,2006 年第 5 期,第 78 - 79 页。

343.《华美锦缎中的蚀骨忧伤》,杨倩,《诗歌月刊》,2006 年第 5 期,第 25 - 28 页。

344.《"话语"理论视阈下的 20 世纪中国新诗——评张桃洲〈现代汉语的诗性空间:新诗话语研究〉》,刘金东,《文艺评论》,2006 年第 3 期,第 68 - 69 页。

345.《黄灿然作品虚拟研讨会》,李少君主持,《星星》,2006 年第 5 期,第 122 - 129 页。

346.《解读:严阵的〈月下练江〉》,林喜杰,《诗刊》(上半月刊),2006 年 5 月号,第 4 页。

347.《解构隐喻——谈韩东〈你的手〉》,夏元明,《名作欣赏》(上半月刊),2006 年第 5 期,第 34 - 35 页。

348.《近代学堂乐歌的文化与诗学阐释》,陈煜斓,《中国社会科学》,2006 年第 3 期,第 160 - 170、208 页。

349.《经验之歌:孙文波〈六十年代的自行车〉读后》,傅维,《文学界》,2006 年第 5 期,第 33 - 34 页。

350.《开拓新的诗境——序〈风之歌〉》,吴开晋,《诗歌月刊》,2006 年第 5 期,第 94 - 96 页。

351.《李金发:词的梦想者——新诗白话的诗学实践》,文贵良,《华东师范大学学报》(哲学社会科学版),2006 年第 3 期,第 28 - 32 页。

352.《恋园 言情 释怀——散文诗意象显形》,熊敬忠,《当代文坛》,2006 年第 3 期,第 113 - 115 页。

353.《另一种玫瑰——评痖弦的〈上校〉》,沈奇,《诗潮》,2006 年 5 - 6 月号,第 75 页。

354.《论"纯诗化写作"与中国新诗》,张立群,《海南师范学院学报》(社会科学版),2006 年第 3 期,第 79 - 83 页。

355.《论白话诗运动对新诗的文体生成及文体形态的影响》,王珂,《理论与创作》,2006 年第 3 期,第 12 - 20 页。

356.《论白桦的政治抒情诗》,黄良全,《职大学报》,2006 年第 3 期,第 64 - 66、128 页。

357.《论杭约赫的诗歌艺术特色》,姚春光,《现代语文》(上旬刊),2006年第13期,第71-73页。

358.《论鲁迅〈野草〉的生命意义》,宾恩海,《北方论丛》,2006年第3期,第25-28页。

359.《论"新诗史的写作"——以洪子诚、刘登翰〈中国当代新诗史〉(修订版)为个案》,张立群,《南方文坛》,2006年第3期,第24-29页。

360.《论徐志摩与雪莱诗风异同》,张喜华,《南都学坛》,2006年第3期,第70-73页。

361.《绿原诗歌宗教色彩的意蕴》,张严锋,《现代语文》(上旬刊),2006年第13期,第53-55页。

362.《平衡与生长:中国先锋诗歌的文化走向》,吴井泉,《文艺评论》,2006年第3期,第17-20页。

363.《浅谈中国当代诗歌的处境及其解读》,胡飞、蒋正兴、贾小桂,《湖北经济学院学报》(人文社会科学版),2006年第5期,第116-117页。

364.《轻灵、古典、形上的三个诗人》,杨远宏,《星星》,2006年第5期,第19-22页。

365.《倾斜的屋宇——后现代与当代诗歌——重构精神元素与诗歌文本》,南鸥,《诗歌月刊》,2006年第5期,第69-73页。

366.《清丽委婉、谨严多元与直率温情——走近福建文坛三老:郭风、何为与蔡其矫》,曾焕鹏,《泉州师范学院学报》,2006年第3期,第109-114页。

367.《全球化语境下胡适的白话文学观》,宋益乔、刘东方,《文学评论》,2006年第3期,第158-164页。

368.《三十年代中国现代诗派象征诗学中的意象阐释》,朱妍,《宜宾学院学报》,2006年第5期,第43-45页。

369.《散文诗的审美意识和审美功能》,黄永健,《文艺理论与批评》,2006年第3期,第106-110页。

370.《"散叶子上的零碎杂记"——徐志摩的自由灵魂与其诗论》,乔琦、蒋登科,《海南师范学院学报》(社会科学版),2006年第3期,第84-86页。

371.《诗歌:从自我传播到人际传播》,杨志学,《青海湖》,2006年5月号,第78-80页。

372.《诗歌:娱乐一下又何妨》,莫尘,《诗选刊》,2006年第5期,第93-94页。

373.《诗歌开花的夜晚——2005年度"不洁"当代汉语诗歌颁奖会侧记》,何冰凌,《诗歌月刊》,2006年第5期,第35-39页。

374.《诗思断想》,柏铭久,《诗歌月刊》,2006年第5期,第76-78页。

375.《诗无体·非亚的诗·自行车美学》,董迎春、李冰,《南方文坛》,

2006年第3期,第70-73页。

376.《诗意与诗艺的双重唯美》,冯源,《当代文坛》,2006年第3期,第116-119页。

377.《始于大地的飞翔——浅析海子抒情短诗中的意象系统》,江涓涓,《安徽教育学院学报》,2006年第3期,第45-49页。

378.《世界诗歌与彝族诗人吉狄马加》,李鸿然,《诗刊》(上半月刊),2006年5月号,第74-76页。

379.《守旧者说——在一次诗歌讨论会上的发言》,陈超,《诗潮》,2006年5-6月号,第86-87页。

380.《守着"鬼门关"的写作——论广西漆诗歌沙龙》,梁冬华,《南方文坛》,2006年第3期,第74-77页。

381.《台湾短诗鉴赏》,古继堂,《名作欣赏》(上半月刊),2006年第5期,第71-73页。

382.《透过丛林诉说悦耳之声的羊肠小径——关于〈存在〉》,张清华,《上海文学》,2006年第5期,第61页。

383.《我的身体、写作和水》,唐不遇,《诗歌月刊》,2006年第5期,第73-74页。

384.《"现代派"的"镜子"——从镜子意象看"现代派"的诗学面相》,杨慧、芮欣,《渭南师范学院学报》,2006年第3期,第55-57页。

385.《"现代性"与"后现代性"的错综——论中国当代先锋诗歌观念的演进》,张大为,《文艺评论》,2006年第3期,第13-16页。

386.《现实介入与底层书写——先锋诗歌的另一面》,邹贤尧,《文学评论》,2006年第3期,第52-59页。

387.《新诗:现状及未来》,张曙光,《文艺评论》,2006年第3期,第33-36页。

388.《新诗:喧闹而空寂的九十年代(上)》,林贤治,《西湖》(上半月),2006年第5期,第70-77页。

389.《新诗史的叙述》,林少阳,《读书》,2006年第5期,第23-32页。

390.《新世纪回族诗歌的发展趋势》,杨建军,《文艺理论与批评》,2006年第3期,第99-105页。

391.《新世纪诗歌的疑与惑——〈2005·中国最佳诗歌〉序》,宗仁发,《诗选刊》,2006年第5期,第88-92页。

392.《瑶族诗人黄爱平诗歌论》,胡宗健,《理论与创作》,2006年第3期,第97-101页。

393.《一九八四-二〇〇四先锋诗歌整体观》,罗振亚,《当代作家评论》,2006年第3期,第135-146页。

394.《一九七零年发生了什么……——从子川的五首诗透视一种潜记忆》,叶橹,《名作欣赏》(上半月刊),2006年第5期,第38-43页。

395.《于坚随笔——棕皮手记:关于诗的标准》,于坚,《诗歌月刊》,2006年第5期,第20-21页。

396.《于瞬间寻觅永恒——论冯至诗歌的时间观》,肖百容,《海南师范学院学报》(社会科学版),2006年第3期,第87-89页。

397.《与时代同行的诗情——李风臣诗集〈天命集〉研讨会侧记》,彭玉锦、艾东、郑焕明等,《诗潮》,2006年5-6月号,第92-94页。

398.《在艾青的故乡歌唱——浙江金华小辑阅读》,飞沙,《诗歌月刊》,2006年第5期,第51-53页。

399.《在诗的面前,幸福无庸置疑——序〈燕园三叶集〉》,陈晓明,《西部》,2006年第5期,第133-136页。

400.《在总体视角丧失之后》,姜涛,《星星》,2006年第5期,第115-117页。

401.《哲学如何生成了郑敏诗歌》,徐妍、王洪涛,《郑州大学学报》(哲学社会科学版),2006年第3期,第116-120页。

402.《真情实感新诗魂》,南达,《扬子江诗刊》,2006年第3期,第18页。

403.《中国现代诗歌的传统因子》,蒋寅,《文艺理论研究》,2006年第3期,第75-83页。

404.《中西文论化合中的郁达夫感伤诗学》,李江山,《暨南学报》(哲学社会科学版),2006年第3期,第138-143页。

405.《自西至东的云雀——中国文学界(1908—1937)对雪莱的译介与接受》,张静,《中国现代文学研究丛刊》,2006年第3期,第216-238页。

406.《作为写作的文本——李森〈在这首诗中,乌云像什么〉简析》,胡彦,《当代文坛》,2006年第3期,第112-113页。

6月

407.《保护海蜇的小海》,王诺,《读书》,2006年第6期,第162-165页。

408.《粗率与精湛》,黄灿然,《读书》,2006年第7期,第146-157页。

409.《当代诗歌不是下午茶,是人生之盐》,李少君,《星星》,2006年第6期,第137-139页。

410.《读叶丽隽的〈秋天深了〉》,张磊磊、吴玉垒,《诗探索》(作品卷),2006年第2辑,第78-85页。

411.《读赵野的〈北海〉》,张磊磊,《诗探索》(作品卷),2006年第2辑,第74-77页。

412.《复活的海子》,马丽,《写作》(上旬刊),2006年第6期,第20-21页。

413.《感恩乡土——论霁虹诗歌的乡土文化精神》,罗庆春、刘兴禄,《西昌学院学报》(社会科学版),2006年第2期,第1-7页。

414.《这瑰丽的奇幻与安详——关于〈极光〉》,张清华,《上海文学》,2006年第6期,第47页。

415.《海子:小说时代的诗歌祭奠》,王启东、赵汗青,《延边教育学院学报》,2006年第3期,第12-17页。

416.《行为场、时空场、情感场——谈情诗的鉴赏》,慈英俊,《沈阳教育学院学报》,2006年第2期,第25-27页。

417.《很多事物在途中——读王太文的诗》,刘以林,《诗刊》(上半月刊),2006年6月号,第37-38页。

418.《解读:藏族新民歌》,邓庆周,《诗刊》(上半月刊),2006年6月号,第4页。

419.《精神的力量有多久——北岛诗〈结局或开始——献给遇罗克〉赏析》,秦虹,《阅读与写作》,2006年第6期,第43-44页。

420.《九叶诗派的意象理论阐释》,侯长振,《前沿》,2006年第6期,第215-216页。

421.《鲁迅与现代汉语诗歌——以〈我的失恋〉为中心》,钱伟,《学术论坛》,2006年第6期,第165-168页。

422.《论"朦胧诗"向"第三代诗歌"的主体转型特征》,郭威,《哈尔滨学院学报》,2006年第6期,第79-82页。

423.《论"朦胧诗"与北岛、多多等人的诗》,王光明,《江汉大学学报》(人文科学版),2006年第3期,第5-10页。

424.《论"史诗性"诗歌的美学特征》,魏庆培,《乐山师范学院学报》,2006年第6期,第33-35页。

425.《论"新诗人"身份的合法化》,伍明春,《福建论坛》(人文社会科学版),2006年第6期,第103-106页。

426.《论日本文化对穆木天的影响》,凌孟华,《重庆师范大学学报》(哲学社会科学版),2006年第3期,第23-28页。

427.《论中国新诗内在形式的不可共感性》,雷斌,《红河学院学报》,2006年第3期,第19-22页。

428.《女性主义视野下的80年代海峡两岸爱情诗——以舒婷、席慕蓉的诗歌为例》,赵妍,《世界华文文学论坛》,2006年第2期,第63-66页。

429.《倾诉者:远方以及日暮的村庄》,林莉,《诗探索》(作品卷),2006年第2辑,第66-73页。

430.《日常生活场景中的草根情怀——郭晓琦诗歌创作简论》,王元中,《飞天》,2006年第6期,第38-40页。

431.《生命的火花》,老刀,《诗探索》(作品卷),2006年第2辑,第49-57页。

432.《"四心"以对》,魏斌,《青年文学家》,2006年第6期,第36-37页。

433.《诗歌的至高律令》,张桃洲,《星星》,2006年第6期,第134-137页。

434.《诗歌离现实究竟有多远》,守夜人,《诗选刊》,2006年第6期,第93-94页。

435.《诗人李亚伟》,何小竹,《星星》,2006年第6期,第13-15页。

436.《诗心灿然的水莲——浅析王小妮〈十枝水莲〉的诗歌情绪》,刘慧,《诗探索》(作品卷),2006年第2辑,第126-137页。

437.《诗之惑》,宫玺,《诗探索》(作品卷),2006年第2辑,第196-198页。

438.《舒婷诗歌中的女性特征》,张凤超,《洛阳师范学院学报》,2006年第3期,第84-86页。

439.《说说〈老马〉和臧克家》,陈学勇,《名作欣赏》(上半月刊),2006年第6期,第85-87页。

440.《苏历铭的诗事》,包临轩,《诗刊》(上半月刊),2006年6月号,第33-35页。

441.《"文化审美现代性":闻一多诗学个案分析》,万莲姣、贺玉庆,《中国文学研究》,2006年第2期,第19-22页。

442.《文化数据库时代的格式化写作》,燎原,《星星》,2006年第6期,第130-133页。

443.《我的诗是写给普通读者的》,李亚伟、牧斯,《星星》,2006年第6期,第9-12页。

444.《西方表现主义美学观对朦胧诗潮的影响》,吴晓川,《绵阳师范学院学报》,2006年第3期,第51-53页。

445.《"下午"的精神分析——诗人柏桦论》,敬文东,《江汉大学学报》(人文科学版),2006年第3期,第19-25页。

446.《心灵与背景:共同主题下的影响——论帕斯捷尔纳克对王家新的唤醒》,柏桦,《江汉大学学报》(人文科学版),2006年第3期,第11-18页。

447.《"因为我爱这土地爱得深沉"——〈雪落在中国的土地上〉重读》,李铁秀,《名作欣赏》(上半月刊),2006年第6期,第87-91页。

448.《余光中的诗体美学》,吕进、刘静,《文学界》,2006年第6期,第26-30页。

449.《余光中咏台湾水果》,黄维樑,《诗探索》(作品卷),2006年第2辑,第 38 - 48 页。

450.《在低处飞翔》,唐力,《诗探索》(作品卷),2006 年第 2 辑,第 58 - 65 页。

451.《在时光深处叠加的激越与冷静》,熊辉,《诗探索》(作品卷),2006 年第 2 辑,第 205 - 211 页。

452.《"在乡"的乡愁》,向卫国,《诗刊》(上半月刊),2006 年 6 月号,第 36 - 38 页。

453.《臧克家的现实主义诗学理念》,朱向军,《成都教育学院学报》,2006 年第 6 期,第 86 - 87、90 页。

454.《臧克家诗歌创作艺术的现实主义个性化特征》,余斌,《浙江海洋学院学报》(人文科学版),2006 年第 2 期,第 41 - 46 页。

455.《凿壁透光》,朱凌波,《诗刊》(上半月刊),2006 年 6 月号,第 35 - 36 页。

456.《翟永明:在黑夜中独白》,徐健,《写作》(上旬刊),2006 年第 6 期,第 30 - 32 页。

457.《中西诗魂融会的灵性之光——论日常主义诗歌的生成》,范云晶,《洛阳师范学院学报》,2006 年第 4 期,第 88 - 90 页。

458.《周建岐:厚道而灵性的乡村歌者》,李木马,《诗探索》(作品卷),2006 年第 2 辑,第 138 - 150 页。

459.《邹静之访谈:诗人的诗与责任》,张磊、陈澍一,《诗选刊》,2006 年第 6 期,第 89 - 91 页。

460.《走近一个永远走不尽的世界——关于穆旦诗现代性的一些思考》,孙玉石,《天津师范大学学报》(社会科学版),2006 年第 3 期,第 55 - 59 页。

7 月

461.《20 世纪 90 年代先锋诗歌智性写作取向》,石国庆,《广州大学学报》(社会科学版),2006 年第 4 期,第 60 - 64 页。

462.《"表意"和"表情"》,陈超,《清明》,2006 年第 4 期,第 196 - 197 页。

463.《昌耀〈慈航〉的美学风格》,刘涵华,《安阳师范学院学报》,2006 年第 4 期,第 72 - 73 页。

464.《重读苏金伞》,孙荪,《莽原》,2006 年第 4 期,第 139 - 144 页。

465.《重述"新诗"发生的故事——〈"新诗集"与中国新诗的发生〉的叙述特点》,周炜赟,《泰山学院学报》,2006 年第 4 期,第 10 - 13 页。

466.《穿着军装的诗——周承强的军旅诗读后札记》,谭延桐,《青年文学家》,2006 年第 7 期,第 10 - 11 页。

467.《词语站在那里的诗意——评麦城的诗》,陈晓明,《当代作家评论》,2006年第4期,第127-131页。

468.《从舒婷看诗歌的荣与耻》,李美皆,《文学自由谈》,2006年第4期,第15-27页。

469.《从音乐性看20世纪30年代中国诗歌理论批评》,刘铁,《乐山师范学院学报》,2006年第7期,第43-45页。

470.《存在主义视野下的〈野草〉:鲁迅超越生存虚无,回归"战士真我"的"正面决战"(上)》,彭小燕,《中国现代文学研究丛刊》,2006年第4期,第1-31页。

471.《诞生和死亡的时辰——论西南联大现代诗人与战争题材》,黄科安,《云南社会科学》,2006年第4期,第123-128页。

472.《当下澳门诗歌景况初窥》,路桐,《诗歌月刊》,2006年第7期,第53-54页。

473.《读野曼的〈中国诗坛的喧哗与骚动〉》,张大为,《诗刊》(上半月刊),2006年7月号,第63-64页。

474.《对多多的点滴记忆与印象一种》,霍俊明,《诗歌月刊·下半月》,2006年第7期,第86-88页。

475.《对新诗演变轨迹的深度勾画——评王光明的〈现代汉诗的百年演变〉》,蒋登科、熊辉,《泰山学院学报》,2006年第4期,第1-4页。

476.《分裂与挣扎——从〈北游及其他〉看冯至的创作》,杨蓉蓉,《乐山师范学院学报》,2006年第7期,第32-34页。

477.《格律与自由的恰切糅合——试论新月诗歌的语言表述》,陈爱中,《江汉大学学报》(人文科学版),2006年第4期,第16-20页。

478.《"隔行扫描"与"逐行扫描"》,章亚昕,《诗刊》(上半月刊),2006年7月号,第58-60页。

479.《关于诗关于诗人》,周墙,《诗歌月刊》,2006年第7期,第14-15页。

480.《关于诗歌——答曾宏问》,殷龙龙,《诗刊》(上半月刊),2006年7月号,第37-38页。

481.《喝了点,谈谈马骅》,席亚兵,《诗歌月刊》,2006年第7期,第16-17页。

482.《后朦胧诗的实验性》,宋宝伟,《文艺评论》,2006年第4期,第38-41页。

483.《胡适:汉英诗互译、英语诗与白话诗的写作》,李丹,《文学评论》,2006年第4期,第91-97页。

484.《幻梦和叛逆所构建的边缘化诗性世界》,黄文科,《满族文学》,2006年第4期,第60-64页。

485.《幻视者的独语——论王寅》,张桃洲,《文艺评论》,2006 年第 4 期,第 71 - 77 页。

486.《回望新月》,高昌,《诗刊》(上半月刊),2006 年 7 月号,第 60 - 61 页。

487.《九十年代诗歌的阅读距离阐释》,周德波,《辽宁大学学报》(哲学社会科学版),2006 年第 4 期,第 48 - 52 页。

488.《老巢:与小翟、蓝棣之谈诗及其他》,老巢等,《诗歌月刊·下半月》,2006 年第 7 期,第 10 - 14 页。

489.《雷平阳作品虚拟研讨会》,李少君主持,《星星》,2006 年第 7 期,第 120 - 135 页。

490.《领悟诗歌的民族性与当代性》,蔡丽双,《诗刊》(上半月刊),2006 年 7 月号,第 53 - 55 页。

491.《绿花开遍青铜时光——周承强军旅诗印象》,马忠,《青年文学家》,2006 年第 7 期,第 12 - 13 页。

492.《论〈天狗〉的现代性特征》,桂闯,《安徽教育学院学报》,2006 年第 4 期,第 86 - 89 页。

493.《论〈野草〉中的自我想象》,欧阳小昱,《中州大学学报》,2006 年第 3 期,第 70 - 72 页。

494.《论余光中江河诗的生命内涵与美质》,陶德宗,《西南师范大学学报》(人文社会科学版),2006 年第 4 期,第 22 - 25 页。

495.《论中国现代诗歌意象的都市化特征》,王泽龙,《人文杂志》,2006 年第 4 期,第 80 - 85 页。

496.《迷幻中的蝴蝶——舒婷〈往事二三〉细读》,李国新、宋玉红,《山东文学》,2006 年第 7 期,第 64 - 65 页。

497.《面向思的对话诗学——昌耀论》,汤凌云,《文艺评论》,2006 年第 4 期,第 67 - 70 页。

498.《缪斯的熔铸——关于新诗经典化的几点思考》,张立群,《艺术广角》,2006 年第 4 期,第 4 - 7 页。

499.《南永前的诗歌追求》,谢冕,《民族文学》,2006 年第 7 期,第 117 - 119 页。

500.《宁静美中的坚韧——论郑敏诗的主题思想》,蒋辉月,《现代语文》(上旬刊),2006 年第 19 期,第 62 - 63 页。

501.《炮弹与菜刀的辩证——在厦门朗诵〈再回金门〉》,[加拿大]洛夫,《诗歌月刊》,2006 年第 7 期,第 54 - 56 页。

502.《人间要好诗——从〈东方魔块〉想起的》,黎焕颐,《扬子江诗刊》,2006 年第 4 期,第 22 - 23 页。

503.《日常经验中澄明的神性——论于坚诗歌20年立场变化》,吴晓川,《当代文坛》,2006年第4期,第61-62页。

504.《生于斯,长于斯》,海城,《诗刊》(上半月刊),2006年7月号,第38-40页。

505.《诗的批评关乎诗的诞生》,臧棣,《诗潮》,2006年7-8月号,第92页。

506.《诗歌批评中的哲理与鸦片》,曾园,《诗歌月刊》,2006年第7期,第76-78页。

507.《诗歌生态的全景式观照——评罗振亚〈朦胧诗后先锋诗歌研究〉》,张桃洲,《中国文学研究》,2006年第3期,第111-112页。

508.《诗歌是怎样一种魔法——评翟永明的〈在古代〉》,周瓒,《诗潮》,2006年7-8月号,第77页。

509.《诗歌应固守人文精神的家园》,曾方荣,《阅读与写作》,2006年第7期,第1-2页。

510.《诗坛常青树——著名诗人叶延滨访谈录》,李江华,《延边文学》,2006年第4期,第5-26页。

511.《十七年新诗创作概观》,徐润润,《西南师范大学学报》(人文社会科学版),2006年第4期,第18-21页。

512.《舒婷故乡的第一个诗歌节——2006鼓浪屿诗歌节侧记》,谢春池,《诗歌月刊·下半月》,2006年第7期,第50-54页。

513.《谈谈与90年代诗歌史相关的几位先生》,张立群,《诗歌月刊·下半月》,2006年第7期,第83-85页。

514.《突进到生活的深处 燃烧着生命的呼喊——论七月诗派的意象艺术》,王泽龙,《三峡大学学报》(人文社会科学版),2006年第4期,第53-56页。

515.《脱口而出而又深含味道》,郭旭辉,《诗潮》,2006年7-8月号,第36-37页。

516.《脱去光环——当下新诗走向探析》,曾宏伟,《艺术广角》,2006年第4期,第8-10页。

517.《拓荒中的新声——从〈汶华荟萃〉看汶华诗歌的内容特色》,江少英,《福建师大福清分校学报》,2006年第4期,第62-63页。

518.《王锋:长诗写作领域里的重要收获——简评王锋的长篇叙事诗〈亡神〉》,谭五昌,《西部》,2006年第7期,第53-54页。

519.《王锋:一个正在建设中的饕餮主义者——简评诗人王锋的〈饕餮集〉》,郑兴富,《西部》,2006年第7期,第47-51页。

520.《网络时代的诗歌生产方式的变革及其意义》,肖晓英,《诗歌月刊·下半月》,2006年第7期,第91-94页。

521.《"网络诗歌"辨析》,李子荣,《文艺争鸣》,2006年第4期,第79-

81页。

522.《我的心在先秦》,马悦然、欧阳江河,《读书》,2006年第7期,第3-13页。

523.《西部的地声》,程万里,《西部》,2006年第7期,第52-53页。

524.《西川诗作被孟京辉改编成实验剧后》,胡续冬,《诗歌月刊》,2006年第7期,第85-86页。

525.《西南联大学生诗人的创作及其外来影响》,杨绍军,《保山师专学院学报》,2006年第4期,第85-91页。

526.《现代派情诗的古典底蕴》,陆红颖,《文学评论》,2006年第4期,第84-90页。

527.《现代诗歌语言中能指与所指的多向对应关系初探》,冯佳、陈开卷,《保山师专学报》,2006年第4期,第92-94页。

528.《象征主义的本土化思考——评梁宗岱象征主义诗论》,杜金玲,《江苏教育学院学报》(社会科学版),2006年第4期,第78-80页。

529.《心灵独语,或为历史解密——王鸣久〈苍茫九歌〉阅读随感》,刘恩波,《满族文学》,2006年第4期,第57-59页。

530.《新旧之争中的诗歌立场——陈三立的诗歌新旧观论》,周薇、孙虎,《甘肃社会科学》,2006年第4期,第138-141页。

531.《新诗歌"去散文化"》,董培伦,《扬子江诗刊》,2006年第4期,第1页。

532.《"新诗"美学合法性的自觉寻求——以徐志摩的活动为中心》,伍明春,《泰山学院学报》,2006年第4期,第33-36页。

533.《新诗民歌化、大众化试验的一个范例及得失谈——李季〈王贵与李香香〉一诗的重新解读》,高俊林,《文艺理论与批评》,2006年第4期,第94-97页。

534.《新世纪诗坛的"精神黑洞"》,刘广涛,《文艺争鸣》,2006年第4期,第142-143页。

535.《新世纪五年来网络诗歌述评》,陈仲义,《文艺争鸣》,2006年第4期,第48-54页。

536.《行走在路上——解读穆旦诗歌中的道路意象及行走哲学》,彭亚英,《乐山师范学院学报》,2006年第7期,第46-48页。

537.《喧哗背后的沉寂与焦虑——论世纪之交以来新诗的境遇》,季明刚,《当代文坛》,2006年第4期,第63-65页。

538.《研究者的想象和叙事——读〈鲁迅:为爱情作证——破解《野草》世纪之谜〉想到的》,李今,《中国现代文学研究丛刊》,2006年第4期,第211-220页。

539.《阳光的聚焦——评梅绍静的〈银丝扣〉》，陈超，《诗潮》，2006年7-8月号，第75-76页。

540.《杨克和他主编的〈2004-2005中国新诗年鉴〉》，谢有顺，《诗歌月刊·下半月》，2006年第7期，第88-89页。

541.《〈野草〉能确证是爱情散文诗集吗？——〈鲁迅：为爱情作证——破解《野草》世纪之谜〉讨论综述》，王莹整理，《中国现代文学研究丛刊》，2006年第4期，第198-210页。

542.《叶丽隽访谈：天空那么大的容器》，叶丽隽、曹五木，《诗歌月刊》，2006年第7期，第30-34页。

543.《一个平静从容的写作者——小米和他的诗歌创作》，樊康琴，《飞天》，2006年第7期，第47-49页。

544.《一个诗人眼中的世界——读王寅的诗歌与摄影》，马莉，《南方文坛》，2006年第4期，第66-68、84页。

545.《印刷时代的最后一株银桦》，刘粹，《诗刊》（上半月刊），2006年7月号，第61-62页。

546.《永久的风景——评卞之琳的〈断章〉》，沈奇，《诗潮》，2006年7-8月号，第74-75页。

547.《忧患的泣血之声》，宁明，《诗潮》，2006年7-8月号，第93-94页。

548.《由红到黑：对闻一多诗歌意象的一种阐释》，吕进、李冰封，《西南师范大学学报》（人文社会科学版），2006年第4期，第13-17页。

549.《有过的，和没有过的——读麦城诗集〈词悬浮〉》，程光炜，《当代作家评论》，2006年第4期，第122-124页。

550.《语言随感》，耿林莽，《扬子江诗刊》，2006年第4期，第60-62页。

551.《〈语言以外〉及其诗歌的当下意义》，谭五昌，《文艺争鸣》，2006年第4期，第153-154页。

552.《〈预言〉：何其芳的第一部个集》，吕进，《海南师范学院学报》（社会科学版），2006年第4期，第88-92页。

553.《责任串起的透明载体——简论周承强的诗歌特色》，寒子，《青年文学家》，2006年第7期，第13-14页。

554.《中国新诗民间化运动论略》，赵金钟，《文艺理论与批评》，2006年第4期，第90-93页。

555.《中间代的诗歌命名与社会潮流共谋的诗歌现实》，余娜，《诗歌月刊》，2006年第7期，第78-82页。

556.《朱自清新诗所体现的文学主张》，曹毅梅，《南都学坛》，2006年第4期，第67-69页。

8月

557.《1920年代象征诗派艺术形态论》,罗振亚,《黑龙江社会科学》,2006年第4期,第119-123页。

558.《20世纪中国现代主义诗歌的高峰——论"九叶派"诗歌出现的必然及其意义》,刘士杰,《信阳师范学院学报》(哲学社会科学版),2006年第4期,第97-102页。

559.《边塞的现代诗意——评〈塞上一帧插图〉》,田华,《星星》,2006年第8期,第133-134页。

560.《粗率与精湛(下)》,黄灿然,《读书》,2006年第8期,第131-134页。

561.《当代诗学沉思录(1)》,张德明,《星星》,2006年第8期,第136-139页。

562.《对〈中间代诗全集〉的一种想象》,崔勇、赛日克,《温州师范学院学报》,2006年第4期,第66-69页。

563.《对当前"七月派"研究中的若干基础界定的商兑》,王再兴,《黄冈师范学院学报》,2006年第4期,第89-93页。

564.《对现代文明的多维反思——艾青前期诗歌中的现代城市意象分析》,郑鹏飞,《钦州师范高等专科学校学报》,2006年第4期,第15-18页。

565.《格律追求与现实表现的〈死水〉》,李乐平,《河南科技大学学报》(社会科学版),2006年第4期,第15-18页。

566.《海子诗文补遗》,余松林,《诗歌月刊》,2006年第8期,第90-91页。

567.《红色鼓动诗的前奏曲——读殷夫长诗〈在死神未到之前〉》,胡源,《新余高专学报》,2006年第4期,第44-46页。

568.《回归故乡的思念——评〈乡情在回家的路上〉》,熊荣,《星星》,2006年第8期,第31-32页。

569.《惠安诗歌的五人印象》,汤养宗,《诗歌月刊》,2006年第8期,第52-55页。

570.《李南诗歌印象》,大解,《诗刊》(下半月刊),2006年8月号,第42-44页。

571.《流沙河:作为诗人、作家,我是失败的》,张弘,《诗歌月刊》,2006年第8期,第13-15页。

572.《论藏族女诗人的诗歌特色》,徐美恒,《民族文学研究》,2006年第3期,第160-165页。

573.《论孙大雨的诗》,陆耀东,《重庆师范大学学报》(哲学社会科学版),2006年第4期,第45-47页。

574.《轻盈,再轻盈些……——代薇访谈录》,严琳,《诗歌月刊》,2006年第8期,第27-31页。

575.《融古典于现代 汇西方于东方——试析郑愁予早期诗歌的艺术特征》,茅林莺,《哈尔滨学院学报》,2006年第8期,第80-83页。

576.《诗歌传播引论》,杨墅,《诗刊》(上半月刊),2006年8月号,第48-49页。

577.《诗歌情感流动的依赖性与多样性》,黎德锐,《河池学院学报》,2006年第4期,第88-90页。

578.《论诗歌艺术的戏剧性话语情境与话语台词》,陶陶,《江汉论坛》,2006年第8期,第106-109页。

579.《诗人李南》,车前子,《诗刊》(下半月刊),2006年8月号,第41-42页。

580.《诗人王铎》,刘岸,《诗刊》(下半月刊),2006年8月号,第40-42页。

581.《诗人张际亮研究述评》,崔晓燕,《菏泽学院学报》,2006年第4期,第20-22页。

582.《诗人自己的生命写照——读朱湘的十四行诗〈Dante〉》,葛桂录,《名作欣赏》(上半月刊),2006年第8期,第42-46页。

583.《十年厌墨生雷——论张志民"文革"中的"自赏诗"》,杨汉云,《湛江师范学院学报》,2006年第4期,第81-84页。

584.《试论"新诗"概念的发生》,伍明春,《湛江师范学院学报》,2006年第4期,第35-39页。

585.《适者生存的诗歌态度——评〈生长在大地上的诗行〉》,干天全,《星星》,2006年第8期,第19-21页。

586.《守望的石栏杆》,古马,《飞天》,2006年第8期,第58-60页。

587.《守望凡尘幸福,执著纯粹诗意——从〈面朝大海,春暖花开〉看海子的守望情结》,朱于新、徐秀春,《新余高专学报》,2006年第4期,第19-21页。

588.《土白入诗与新月诗派》,颜同林,《江汉大学学报》(人文科学版),2006年第4期,第5-10页。

589.《闻一多爱情诗的审美特质》,陆铭,《学术交流》,2006年第8期,第170-172页。

590.《我看诗歌》,王铎,《诗刊》(上半月刊),2006年8月号,第39-40页。

591.《"新的智慧诗"——说卞之琳及他的〈车站〉》,乔力,《名作欣赏》(上半月刊),2006年第8期,第50-52页。

592.《湘中民歌的审美趣味》,梁金平,《湖南人文科技学院学报》,2006年第4期,第69-72页。

593.《叙事与现代汉语诗歌的硬度——举例以说,兼及"诗歌叙事学"的初步设想》,姜飞,《钦州师范高等专科学校学报》,2006年第4期,第5-8页。

594.《〈野草〉实为爱情作证》,李敏霞,《广播电视大学学报》(哲学社会科学版),2006年第3期,第18-22页。

595.《一项难以实现的诗学规划——闻一多"三美"主张新论》,张德明,《湛江师范学院学报》,2006年第4期,第40-43页。

596.《在"思索"中展开诗的世界——论叶延滨的诗》,张立群,《诗歌月刊》,2006年第8期,第78-82页。

597.《早期新诗"说理风气"之形成》,陈均,《江汉大学学报》(人文科学版),2006年第4期,第11-15页。

598.《这些用词语吐露的心痛(节选)》,树才,《诗刊》(下半月刊),2006年8月号,第44-46页。

599.《郑敏诗歌创作观及其对传统文化的理解》,钱晓宇,《钦州师范高等专科学校学报》,2006年第4期,第9-14页。

600.《中国新诗向何处去》,林贤治,《西湖》(上半月),2006年第8期,第73-78页。

601.《自杀路上的小文人诗歌》,谭克修,《诗歌月刊》,2006年第8期,第83-84页。

9月

602.《伴雪起舞 行吟夜郎——解读诗人王行水及其〈夜郎诗〉》,何君林,《民族文学》,2006年第9期,第112-117页。

603.《被遗忘的诗论家,谈诗论艺的人——试论查良铮的诗歌评论与文艺学观点》,王宏印,《诗探索》(理论卷),2006年第3辑,第94-111页。

604.《昌耀:孤独的行者》,赵成孝,《海南师范学院学报》(社会科学版),2006年第5期,第97-104页。

605.《陈先发作品虚拟研讨会》,李少君主持,《星星》,2006年第9期,第107-121页。

606.《春天的七个音符——2006年"春天送你一首诗"活动综述》,李木马、赵青,《诗刊》(下半月刊),2006年9月号,第4-13页。

607.《从"先锋"到"常态"——先锋诗歌二十年之反思与前瞻》,沈奇,

《诗探索》（理论卷），2006年第3辑，第1-10页。

608.《从〈江心洲〉到〈汉英之间〉——路也诗歌谈片》，林喜杰，《诗刊》（上半月刊），2006年9月号，第12-14、29页。

609.《从诗歌的本体追求看"底层经验"写作》，冯雷，《南方文坛》，2006年第5期，第27-29页。

610.《当代诗学沉思录（2）》，张德明，《星星》，2006年第9期，第124-127页。

611.《当代新诗症候与文化诗学透视》，余菁慧，《海南师范学院学报》（社会科学版），2006年第5期，第93-98页。

612.《杜涯访谈》，张杰，《诗选刊》，2006年第9期，第58-60页。

613.《返观与重建：在民族文化根性中展开的诗性空间——"南永前诗歌创作研讨会"综述》，霍俊明，《诗探索》（理论卷），2006年第3辑，第161-169页。

614.《访谈：答木朵问》，余怒，《文学界》，2006年第9期，第27-29页。

615.《冯至与杜甫诗歌的时空体验比较》，杨志，《中国现代文学研究丛刊》，2006年第5期，第230-253页。

616.《"复调"意向与"交流"诗学：论翟永明的诗》，罗振亚，《当代作家评论》，2006年第5期，第147-153页。

617.《孤独与闻一多的诗歌创作》，郑振伟，《中国现代文学研究丛刊》，2006年第5期，第201-229页。

618.《"关注底层"与"拯救底层"——关于"诗歌伦理"的思辨》，罗梅花，《南方文坛》，2006年第5期，第25-27页。

619.《果园　生命　艺术——傅天琳组诗〈六片落叶〉印象》，肖体仁，《当代文坛》，2006年第5期，第110-112页。

620.《海洋文化与海洋抒情诗》，骆寒超，《浙江海洋学院学报》（人文科学版），2006年第3期，第1-4页。

621.《汉诗的当代美学——张执浩的诗歌写作》，荣光启，《长江文艺》，2006年第9期，第77-79页。

622.《和〈采花盗〉有关的七条不连贯的注记》，敬文东，《诗探索》（理论卷），2006年第3辑，第182-197页。

623.《"合法化"论争与认同焦虑——以文论"失语症"和新诗"西化"说为个案》，周宪，《南京大学学报》（哲学·人文科学·社会科学版），2006年第5期，第98-107页。

624.《后现代的双重视野——后现代思维与台湾诗美学的关系》，简政珍，《诗探索》（理论卷），2006年第3辑，第11-25页。

625.《厚积薄发　再铸辉煌　——泸州诗歌的缘起，发展，现状及全景》，杨雪、刘盛源,《当代文坛》,2006 年第 5 期,第 113 - 114 页。

626.《幻象 幻想 诗意言说——海子抒情短诗解读》,刘勇,《泰山学院学报》,2006 年第 5 期,第 64 - 68 页。

627.《黄爱平的诗歌创作》,胡宗健,《民族文学》,2006 年第 9 期,第 123 - 127 页。

628.《激情之声:来自诗人心灵的呼唤——读刘文玉诗集〈激情之声〉》,牟心海,《诗潮》,2006 年 9 - 10 月号,第 90 - 92 页。

629.《江一郎访谈》,柯健君,《诗选刊》,2006 年第 9 期,第 62 - 64 页。

630.《九叶诗派意象艺术的现代化追求》,王泽龙,《河北学刊》,2006 年第 5 期,第 137 - 141 页。

631.《绝望中燃起希望——论穆旦诗歌里的"死亡"意象》,邱丽平,《云南电大学报》,2006 年第 3 期,第 37 - 39 页。

632.《开放的浪漫主义形态——论王独清、穆木天、冯乃超的诗歌创作的独异性》,戴惠、孙晨,《学海》,2006 年第 5 期,第 163 - 168 页。

633.《雷子访谈》,天界,《诗选刊》,2006 年第 9 期,第 66 - 68 页。

634.《李金发诗歌的抒情品质》,汪东发,《长沙理工大学学报》(社会科学版),2006 年第 3 期,第 122 - 127 页。

635.《两个空间内发生的四件事——评王寅〈想起一部捷克电影想不起篇名〉》,李震,《诗潮》,2006 年 9 - 10 月号,第 75 - 76 页。

636.《两种声音的辩驳与对抗——由郭小川〈望星空〉反思 20 世纪 50 年代至 70 年代的诗歌创作》,陈宁,《太原师范大学学报》(社会科学版),2006 年第 5 期,第 118 - 120 页。

637.《另一个温青》,李双,《星星》,2006 年第 9 期,第 13 - 15 页。

638.《六盘山下的诗歌盛宴——中国西部首届"六盘山诗会"研讨摘要》,杨咏,《朔方》,2006 年第 9 期,第 63 - 68 页。

639.《论 20 世纪中国新诗死亡想象中的历史话语》,谭五昌,《艺术广角》,2006 年第 5 期,第 8 - 12 页。

640.《论艾青的诗学观念及其与大众化的关系》,邹文元,《宜宾学院学报》,2006 年第 9 期,第 47 - 49 页。

641.《论新诗现状及其突围的可能性》,姚春光,《乐山师范学院学报》,2006 年第 9 期,第 66 - 69 页。

642.《每首诗都是一次新探索》,李瑛,《扬子江诗刊》,2006 年第 5 期,第 9 - 10 页。

643.《面向底层:世纪初诗歌的一种走向》,吴思敬,《南方文坛》,2006 年第 5 期,第 20 - 22 页。

644.《民族文化的审美具象——南永前图腾诗谈片》,张同吾,《诗探索》

（理论卷），2006年第3辑，第141－144页。

645.《穆旦的"爱"与"怀疑"》，吴晓静，《南昌教育学院学报》，2006年第3期，第14－18页。

646.《穆旦的一首佚诗》，鲍昌宝，《诗探索》（理论卷），2006年第3辑，第134－136页。

647.《穆旦诗歌中现代性与现实性的统一》，屠岸、章燕，《诗探索》（理论卷），2006年第3辑，第46－56页。

648.《穆旦研究十年（1996－2005）》评述，易彬、李方，《诗探索》（理论卷），2006年第3辑，第112－133页。

649.《穆旦与"去中国化"》，王家新，《诗探索》（理论卷），2006年第3辑，第57－71页。

650.《你看抬起的眼睛——评韦锦〈石头会飞的日子〉》，唐晓渡，《诗潮》，2006年9－10月号，第74－75页。

651.《恰当的审美高傲——评陆忆敏〈我在街上轻声叫嚷出一个诗句〉》，陈超，《诗潮》，2006年9－10月号，第74－75页。

652.《情潮涌动鸭绿江——读路也诗集〈鸭绿江吟〉》，牟心海，《满族文学》，2006年第5期，第55－57页。

653.《请想象这样一个故事：语言是可以纯洁的》，臧棣、泉子，《西湖》（上半月），2006年第9期，第72－79页。

654.《泉子访谈》，江离，《诗选刊》，2006年第9期，第70－73页。

655.《社会应该关注诗歌什么？》，安琪，《诗歌月刊·下半月》，2006年第9期，第1页。

656.《沈苇的诗歌地理学》，耿占春，《诗刊》（下半月刊），2006年9月号，第38－39页。

657.《审美的返祖与超越——评南永前的图腾诗》，刘士杰，《诗探索》（理论卷），2006年第3辑，第145－148页。

658.《生命体验与情绪凝聚：胡风的新诗理论》，赵金钟，《诗探索》（理论卷），2006年第3辑，第218－229页。

659.《诗的图腾与图腾的诗》，罗侃平，《诗探索》（理论卷），2006年第3辑，第149－155页。

660.《诗歌：穿越战争与和平的反思——阅读梁平和邱正伦的重庆诗章及其他》，龚盖雄，《当代文坛》，2006年第5期，第106－109页。

661.《诗歌不能漠视现实生活》，曹纪祖，《扬子江诗刊》，2006年第5期，第1页。

662.《"诗歌伦理"：语言与生存之间的张力》，王永，《南方文坛》，2006年第5期，第22－24页。

663.《诗歌在哪里（下）》，陈仲义，《诗歌月刊·下半月》，2006年第9期，第84-88页。

664.《〈诗刊〉的创立与刊物品格的建构》，连敏，《南方文坛》，2006年第5期，第87-91、96页。

665.《诗如何在——与青年诗人贺乔一夕谈》，于坚，《山花》，2006年第9期，第116-123页。

666.《实体之死——论海子诗学观念的转变历程》，万孝献，《湖南科技学院学报》，2006年第9期，第81-84页。

667.《食指：被理性与非理性纠缠着》，杨四平，《海南师范学院学报》（社会科学版），2006年第5期，第90-96页。

668.《试读雪峰〈一次性〉》，安琪，《诗歌月刊·下半月》，2006年第9期，第48-51页。

669.《拓展·创新·交锋——"穆旦诗歌创作学术研讨会"综述》，罗振亚，《诗探索》（理论卷），2006年第3辑，第137-140页。

670.《望舒琐絮》，周良沛，《诗刊》（上半月刊），2006年9月号，第46-48页。

671.《闻一多并非"唯美主义"诗人》，栾好问，《南都学坛》，2006年第5期，第67-68页。

672.《午后：一种个人化的精神容器——青年作家包贵韬文学创作解析》，黄文科，《满族文学》，2006年第5期，第61-63页。

673.《西方意识诗学对中国现代诗歌的影响》，王泽龙，《文艺研究》，2006年第9期，第65-73页。

674.《现实世界，诗人何为？》，凌越，《天涯》，2006年第5期，第51-56页。

675.《谢冕：诗情永远燃烧》，杨志学，《诗歌月刊·下半月》，2006年第9期，第88-91页。

676.《"新诗的我见"——白话诗人康白情新论》，龚奎林，《诗探索》（理论卷），2006年第3辑，第26-41页。

677.《新诗诗形建设的历史透析及现实反思》，王珂，《西南师范大学学报》（人文社会科学版），2006年第5期，第24-28页。

678.《新诗是清末民初思想文化自由化与实用化的产物》，王珂，《南都学坛》，2006年第5期，第55-60页。

679.《叙事的转喻——读森子的诗》，耿占春，《诗探索》（理论卷），2006年第3辑，第170-181页。

680.《雪峰访谈：我认为诗歌可修身养性——答安琪问》，雪峰、安琪，《诗歌月刊·下半月》，2006年第9期，第51-52页。

681.《寻找艺术的真谛——"春天送你一首诗"活动期间的三个座谈会》,蓝野,《诗刊》(下半月刊),2006年9月号,第14-22页。

682.《严肃的游戏》,向卫国,《诗探索》(理论卷),2006年第3辑,第204-217页。

683.《杨牧诗歌的嬗变与跨越》,孤岛,《西部》,2006年第9期,第67-68页。

684.《杨森君访谈》,北斗,《诗选刊》,2006年第9期,第75-77页。

685.《叶延滨诗歌的精神向度》,尹嘉明,《理论与创作》,2006年第5期,第77-79页。

686.《一个中国知识分子苦难中搏动的灵魂——论绿原其人其诗》,苗雨时,《廊坊师范学院学报》,2006年第3期,第11-13页。

687.《余怒其文其人:一生都在反对一个气泡》,陈仲义、沈奇、荣光启等,《文学界》,2006年第9期,第34-35页。

688.《语词的饕餮与精神的苦渡——论"新死亡"写作》,陈仲义,《大家》,2006年第5期,第141-146页。

689.《语焉不详的发言——漫评余怒》,胡子博,《文学界》,2006年第9期,第30-31页。

690.《远村访谈:荒诞即自然——答祁国问》,远村、祁国,《诗歌月刊·下半月》,2006年第9期,第7-9页。

691.《〈圆融〉与朝鲜族知识分子心态》,龚渤,《诗探索》(理论卷),2006年第3辑,第156-160页。

692.《再读穆旦》,郑敏,《诗探索》(理论卷),2006年第3辑,第42-45页。

693.《在节奏与意象之间起舞——戴望舒诗风转变的艺术辨析》,王书婷,《中国现代文学研究丛刊》,2006年第5期,第182-197页。

694.《在青海,分享诗歌的荣誉——2006第二届"青海湖之夏"文学(诗歌)节侧记》,马丁,《青海湖》,2006年9月号,第78-80页。

695.《在转弯里滑翔的,是一只鸟的细目光——王小妮诗歌论》,陈仲义,《海南师范学院学报》(社会科学版),2006年第5期,第84-89页。

696.《赞美:在命运和历史的慨叹中——论穆旦写作(1938—1941)的一个侧面》,易彬,《中国现代文学研究丛刊》,2006年第5期,第254-271页。

697.《早期新诗写作中的师者角色》,伍明春,《湖北教育学院学报》,2006年第9期,第1-3页。

698.《"战士诗人"为谁而战?》,林贤治,《西湖》(上半月),2006年第9期,第66-71页。

699.《挚友心语——穆旦致杜运燮书信六封钩沉》,李方,《诗探索》(理论卷），2006年第3辑，第72－93页。

700.《中国的诗歌梦想》，谢冕，《诗刊》（上半月刊），2006年9月号，第37－38页。

701.《中国新诗的发展与走向——〈低诗歌论·前言〉》，丁友星，《阜阳师范学院学报》（社会科学版），2006年第5期，第15－18页。

702.《朱光潜的诗学建构、美学研究及人生态度》，向天渊，《西南师范大学学报》（人文社会科学版），2006年第5期，第29－32页。

703.《追寻岁月的河——论程宝林诗风的嬗变》，张静，《荆门职业技术学院学报》，2006年第5期，第42－45页。

704.《自然的合声》，孟醒石，《诗潮》，2006年9－10月号，第38－39页。

705.《自述》，森子，《诗探索》（理论卷），2006年第3辑，第198－203页。

706.《棕榈之死与大地的逝世——从于坚看90年代中国诗歌的转向》，庄勤早，《宜宾学院学报》，2006年第9期，第60－63页。

707.《最深沉的忧郁，面对伟大诗人——评王家新〈帕斯捷尔纳克〉》，邓萌柯，《诗潮》，2006年9－10月号，第77页。

10 月

708.《重温诗歌精神——对"小文人诗歌"的回应》，王小野，《诗歌月刊》，2006年第10期，第78－79页。

709.《穿过针眼就是诗——论汪渺的诗歌写作》，唐翰存，《飞天》，2006年第10期，第57－59页。

710.《从天上到人间——现代诗人的超越情怀》，曹允亮，《山东文学》，2006年第10期，第47－48页。

711.《当代诗学沉思录（3）》，张德明，《星星》，2006年第10期，第135－137页。

712.《底层经验与诗歌想像》，王光明，《山花》，2006年第10期，第132－138页。

713.《蝶恋花——从徐志摩诗歌中的花意象看其女性观》，朱佑红，《名作欣赏》（上半月刊），2006年第10期，第105－108页。

714.《"丁香一样的姑娘"就是"我"的镜像——戴望舒〈雨巷〉解析》，杨晓林，《名作欣赏》（上半月刊），2006年第10期，第43－46页。

715.《读子川》，张桃洲，《诗刊》（下半月刊），2006年10月号，第22－24页。

716.《多亏了鲍康宁——从以斯拉·庞德的〈第九十八咏章〉看中文新诗开拓语言和文本资源的可能性》，刘皓明，《新诗评论》，2006年第2辑，第141－

147页。

717.《非常时代的审美自觉——论闻一多的文学思想》,庄锡华,《文艺研究》,2006年第10期,第50-56页。

718.《分叉的想象——重读林庚1930年代的新诗格律思想》,冷霜,《新诗评论》,2006年第2辑,第34-55页。

719.《顾城诗歌的意识流手法》,杨海林,《成都大学学报》(社会科学版),2006年第5期,第76-77页。

720.《灰娃:在深沉的寂静中抒写》,木笔花,《诗歌月刊》,2006年第10期,第13-15页。

721.《李森随笔:海男印象》,李森,《诗歌月刊》,2006年第10期,第61-62页。

722.《裂变与断代思维——中国大陆当代诗史的版图焦虑》,陈大为,《新诗评论》,2006年第2辑,第56-69页。

723.《论中国现代诗对意象主义的接受和变异》,陈希,《江汉大学学报》(人文科学版),2006年第5期,第20-24页。

724.《论作为〈诗刊〉主编的臧克家》,连敏,《江汉大学学报》(人文科学版),2006年第5期,第14-19页。

725.《民族性视野中的闻一多诗论》,张俊才、张文莉,《文艺研究》,2006年第10期,第43-49页。

726.《批评中的自律》,杨立华,《读书》,2006年第10期,第113-117页。

727.《瞧,这些写满诗歌的脸——"中国诗歌的脸"广州首展》,田志凌、杨怡之,《诗歌月刊》,2006年第10期,第39-42页。

728.《邱易东儿童诗的"括号"艺术》,彭玉斌,《内江师范学院学报》,2006年第5期,第100-102页。

729.《诗歌的现代性视域——读"上海诗人小辑"》,左岗,《诗歌月刊》,2006年第10期,第49-50页。

730.《诗歌平易美摭谈》,曾方荣,《写作》(上旬刊),2006年第10期,第16-20页。

731.《诗人的激情与学者的清醒——论阿库乌雾》,师恭叔,《宜宾学院学报》,2006年第10期,第24-26页。

732.《诗人能否直面时代?》,沈浩波,《诗歌月刊》,2006年第10期,第77-78页。

733.《施受换位 超越传统——卞之琳诗歌的结构艺术》,刘正国,《江汉大学学报》(人文科学版),2006年第5期,第11-13页。

734.《试析舒婷诗歌的女性意识》,黎洋洋,《新余高专学报》,2006年第5期,第24-25页。

735.《谁又在为诗念咒》,李霞,《诗歌月刊》,2006年第10期,第79-81页。

736.《随诗歌一起流转——叶维廉访谈录》,张志国,《新诗评论》,2006年第2辑,第211-228页。

737.《"他非常渴望安定的生活"——同学四人谈穆旦》,易彬,《新诗评论》,2006年第2辑,第229-243页。

738.《未竟的白话文——围绕着"音"展开的汉语新诗史》,林少阳,《新诗评论》,2006年第2辑,第3-33页。

739.《西娃访谈:所有的心就是一颗心》,西娃,《诗歌月刊》,2006年第10期,第28-29页。

740.《鲜明的女性特征,迥异的作品风格——舒婷诗歌与散文比较赏析》,陈飞鲸,《宁德师专学报》(社会科学版),2006年第4期,第45-47页。

741.《像情人,又像死者——南鸥的生命意识和感动写作》,海啸,《诗歌月刊》,2006年第10期,第9-11页。

742.《携带智力的行李——评叶世斌〈在途中〉》,盛敏,《诗歌月刊》,2006年第10期,第85-88页。

743.《"新诗"与"现代汉语诗歌"意义较析——兼评王光明〈现代汉诗的百年演变〉》,王芬,《新诗评论》,2006年第2辑,第205-208页。

744.《徐志摩新论》,郭小聪,《新诗评论》,2006年第2辑,第90-108页。

745.《徐志摩与哈代》,王家新,《新诗评论》,2006年第2辑,第73-89页。

746.《一代天骄的诗性解读》,梁平,《四川文学》(上半月刊),2006年第10期,第51-52页。

747.《一块想飞的山岩——叶延滨和他的诗》,尹嘉明,《星星》,2006年第10期,第12-17页。

748.《一只不停滚动的桶——绿原诗歌艺术的衍变》,叶橹,《江汉大学学报》(人文科学版),2006年第5期,第5-10页。

749.《中国超现实主义诗歌的可能性》,蒋登科,《绿洲》,2006年第5期,第114-117页。

750.《"终于被大海摸到了内部"——从大海意象看杨炼漂泊中的写作》,唐晓渡,《新诗评论》,2006年第2辑,第111-138页。

751.《子川:凝重的中年写作》,吴思敬,《诗刊》(下半月刊),2006年10月号,第24-26页。

11月

752.《1942年郭沫若与侯外庐关于屈原思想的论争》,黄晓武,《中国现代文学研究丛刊》,2006年第6期,第152-167页。

753.《86'〈诗歌大展〉20年后说》,徐敬亚,《诗歌月刊》,2006年第11期,第5-7页。

754.《卞之琳〈雕虫纪历〉版本新探》,任湘云,《中国现代文学研究丛刊》,2006年第6期,第41-52页。

755.《长征七十载〈组歌〉天下传》,唐诃,《文艺理论与批评》,2006年第6期,第20-24页。

756.《沉思的诗情——读王顺彬》,谢冕,《诗刊》(上半月刊),2006年11月号,第12-13页。

757.《从"先锋"到"常态"——先锋诗歌20年之反思与前瞻》,沈奇,《文艺争鸣》,2006年第6期,第50-53页。

758.《从英雄时代到个人化时代——以北岛的诗〈无题〉为例》,谭旭东、吴德利,《名作欣赏》(上半月刊),2006年第11期,第64-66页。

759.《存在主义视野下的〈野草〉:鲁迅超越生存虚无,回归"战士真我"的"正面决战"(下)》,彭小燕,《中国现代文学研究丛刊》,2006年第6期,第223-245页。

760.《大地的象征》,刘强,《诗潮》,2006年11-12月号,第7-9页。

761.《大风起兮云飞扬——阳飏诗歌印象》,王若冰,《飞天》,2006年第11期,第77-78页。

762.《戴望舒现代诗观的局限与误区——对〈诗论零札〉的批评》,干天全,《当代文坛》,2006年第6期,第108-111页。

763.《多元共生的广西青年诗群——广西第二届青年诗会综述》,董迎春、李冰,《南方文坛》,2006年第6期,第55-58、96页。

764.《反思个人化写作——兼评〈朦胧诗后先锋诗歌研究〉》,张立群,《艺术广角》,2006年第6期,第30-34页。

765.《非政治化:媚雅与媚俗(中)》,林贤治,《西湖》(上半月),2006年第11期,第74-78页。

766.《关于郭小川长篇叙事诗〈深深的山谷〉》,郭晓惠、范肖丹,《南方文坛》,2006年第6期,第82-87页。

767.《关于瞿秋白的诗》,胡明,《文学评论》,2006年第6期,第85-95页。

768.《关于诗人杨吉甫》,王穆之,《读书》,2006年第11期,第163-164页。

769.《胡适的诗国思想》,解芳,《文学自由谈》,2006年第11期,第62-67页。

770.《互文视野中第三代诗歌写作》,李建立、李达,《理论与创作》,2006年第6期,第36-39页。

771.《记忆与感觉中的叶延滨》,郝永勃,《扬子江诗刊》,2006 年第 6 期,第 16 - 17 页。

772.《九叶诗派的日常语言建构》,李春阳、赵冬颖,《理论与创作》,2006 年第 6 期,第 44 - 46、68 页。

773.《"静敛"的爱情之花——论冯至早期的爱情诗歌》,支月竹,《辽宁师范大学学报》(社会科学版),2006 年第 6 期,第 113 - 115 页。

774.《论闻一多的生命诗学观》,陈国恩,《文学评论》,2006 年第 6 期,第 176 - 180 页。

775.《论兴国客家山歌"哎呀嘞"的艺术特色》,谢征、肖艳平,《山东文学》,2006 年第 11 期,第 53 - 54 页。

776.《麦田里的守望者——论海子大地乌托邦的诗意栖居》,万孝献,《太原师范大学学报》(社会科学版),2006 年第 6 期,第 101 - 104 页。

777.《目睹"恶搞",有话想说》,罗箫,《理论与创作》,2006 年第 6 期,第 55 - 58 页。

778.《沐雨晨荷——读冰虹〈像风带动着岁月〉》,李波、郭玉华,《名作欣赏》(上半月刊),2006 年第 11 期,第 67 - 70 页。

779.《鸟瞰的晕眩之中——回溯 1986 年两报大展》,孟浪,《诗歌月刊》,2006 年第 11 期,第 30 - 32 页。

780.《奇异的幻想——评王小妮〈拖拉机跑得真快〉》,耿占春,《诗潮》,2006 年 11 - 12 月号,第 77 页。

781.《浅谈朱多锦诗歌的组合意象》,万志全,《山东文学》,2006 年第 11 期,第 66 - 69 页。

782.《且歌且行:读林雨的诗》,吉狄马加,《青年作家》,2006 年第 11 期,第 71 页。

783.《善待新诗并坚守一份自信》,邢海珍,《诗潮》,2006 年 11 - 12 月号,第 92 - 93 页。

784.《诗歌的音乐性不可或缺》,马忠,《扬子江诗刊》,2006 年第 6 期,第 61 - 62 页。

785.《诗歌中的叙事因素》,赵思运,《阅读与写作》,2006 年第 11 期,第 3 - 5 页。

786.《食指:我更"相信未来"——答泉子问》,食指、泉子,《西湖》(上半月),2006 年第 11 期,第 69 - 73 页。

787.《透视现代史的一些焦点问题——第三节鲁迅文学奖诗歌奖得主〈幻河〉作者马新野答诗人罗羽问》,马新野、罗羽,《莽原》,2006 年第 11 期,第 137 - 141 页。

788.《为老百姓写诗》,刘章,《扬子江诗刊》,2006 年第 6 期,第 1 页。

789.《闻一多殉难60周年纪念暨国际学术研讨会综述》,荣光启、李永中,《文学评论》,2006年第6期,第209-212页。

790.《我只是一个支点——纪念"1986中国现代史群体大展"20周年》,姜诗元,《诗歌月刊》,2006年第11期,第8-11页。

791.《写什么,怎么写,写得怎样——大跃进民歌再认识》,郑祥安,《西南师范大学学报》(人文社会科学版),2006年第6期,第24-28页。

792.《新农村和谐田园的歌吟者——读〈张国宏乡土诗选〉》,郑世隆、赵凤山,《飞天》,2006年第11期,第110-112页。

793.《新诗语音形式理论史上的"内在韵律论"》,莫海斌,《西南师范大学学报》(人文社会科学版),2006年第6期,第19-23页。

794.《徐志摩的剑桥交游及其在中英现代文学交流中的意义》,刘洪涛,《中国现代文学研究丛刊》,2006年第6期,第63-79页。

795.《学堂乐歌与中国诗歌的现代转型》,傅宗洪,《中国现代文学研究丛刊》,2006年第6期,第135-151页。

796.《也算诗话(五则)》,叶延滨,《扬子江诗刊》,2006年第6期,第12-15页。

797.《意思、意义与意味》,田一坡,《清明》,2006年第6期,第180-181页。

798.《怎样看"圣洁"的一面——评宇向〈圣洁的一面〉》,陈仲义,《诗潮》,2006年11-12月号,第74-76页。

799.《"做人生原野上自由的寻问"——辑轶诗三首与林庚先生送行》,朱伟华,《中国现代文学研究丛刊》,2006年第6期,第295-300页。

800.《赵丽华"梨花诗"搅乱江湖》,《青年作家》编辑部,《青年作家》,2006年第11期,第54-62页。

801.《致南京诗人叶庆瑞》,[加拿大]洛夫,《扬子江诗刊》,2006年第6期,第24-26页。

802.《中国现代诗歌中的上帝意象》,王本朝,《文学评论》,2006年第6期,第181-185页。

803.《中国新诗向何处去?——从网友"恶搞"女诗人赵丽华事件谈起》,王珂,《今日中国论坛》,2006年第11期,第60-63、67页。

804.《主体、现代性和经验的复杂性——论当下汉语诗歌中"底层经验"的言说方式》,赖彧煌,《艺术广角》,2006年第6期,第25-30页。

805.《著名女诗人为何被恶搞》,王珂,《理论与创作》,2006年第6期,第51-54页。

12 月

806.《非政治化：媚雅与媚俗（下）》，林贤治，《西湖》（上半月），2006年第12期，第70-77页。

807.《精美的悖论：〈鱼化石〉细读》，曹万生，《名作欣赏》（上半月刊），2006年第12期，第65-68页。

808.《林徽因〈别丢掉〉的解读与鉴赏》，罗执廷，《名作欣赏》（上半月刊），2006年第12期，第77-80页。

809.《陆健：把根扎进泥土——诗集〈田楼，田楼〉创作访谈》，史青虹，《诗探索》（作品卷），2006年第4辑，第212-220页。

810.《论鲁迅〈野草〉的历史意识》，李玉明，《文艺研究》，2006年第12期，第44-51页。

811.《三首反映特殊年代的短诗》，林莽，《诗探索》（作品卷），2006年第4辑，第28-31页。

812.《他使我觉得是在人间，是在人间活着——鲁迅爱情散文诗〈一觉〉赏析》，胡尹强，《名作欣赏》（上半月刊），2006年第12期，第60-64页。

813.《微尘中的无量有情——解读许地山的〈七宝池上底乡思〉》，王卫平、刘栋，《名作欣赏》（上半月刊），2006年第12期，第69-68页。

814.《我的诗歌读写笔记》，吴海斌，《诗探索》（作品卷），2006年第4辑，第37-44页。

815.《新诗再次复兴与审美范式重建——"第二届华文诗学名家国际论坛"综述》，向天渊、熊辉，《文艺研究》，2006年第12期，第153-155页。

816.《喧嚣时代的"这一个"——尤克利诗歌的当下意义》，蓝野，《诗探索》（作品卷），2006年第4辑，第130-132页。

817.《一把面向大海的椅子——关于马莉的诗》，沈苇，《作品》，2006年第12期，第74-76页。

818.《在苍茫中穿行和歌唱》，郭晓琦，《诗探索》（作品卷），2006年第4辑，第32-36页。

819.《在新的支点上滑翔——读冯晏的诗集〈看不见的真〉有感》，杨四平、朱唐林，《诗探索》（作品卷），2006年第4辑，第221-226页。

820.《中学语文新诗教学的困境与出路》，王旭、郭模琴、董军，《内江师范学院学报》，2006年增刊，第80-83页。

821.《自我的介入与情智的飞举——尤克利诗歌创作简评》，高军，《诗探索》（作品卷），2006年第4辑，第133-136页。

2007 年

1 月

1.《艾青诗歌创世象征历程——论象征主义对艾青诗歌的影响》,范兰德,《华中师范大学学报》(人文社会科学版),2007 年第 1 期,第 108 - 112 页。

2.《爱情的不同诠释——〈致橡树〉、〈我愿意是激流〉解读》,刘金凤,《山东文学》,2007 年第 1 期,第 86 页。

3.《暴力时代的"精神犯罪者"——多多"地下诗歌"简论》,林平乔,《湘潭师范学院学报》(社会科学版),2007 年第 1 期,第 77 - 78 页。

4.《不是豪猪非莽汉》,翟永明,《诗歌月刊》,2007 年第 1 期,第 12 - 13 页。

5.《陈启修在东京的文学活动——关于他的诗论、文学评论和文学作品的翻译、"新写实主义"论等》,[日本] 芦田肇,《中国现代文学研究丛刊》,2007 年第 1 期,第 3 - 45 页。

6.《川北民歌的语言特点》,武小军,《西华大学学报》(哲学社会科学版),2007 年第 1 期,第 94 - 96 页。

7.《传统、暴力与古典:李亚伟诗歌抒情的核心》,楚歌,《诗歌月刊》,2007 年第 1 期,第 13 - 17 页。

8.《〈创造周报〉与郭沫若文坛地位的确立》,魏建、张勇,《中国现代文学研究丛刊》,2007 年第 1 期,第 215 - 229 页。

9.《从"唱"到"说"——戴望舒的 1927 年及其诗学意义》,陈太胜,《天津社会科学》,2007 年第 1 期,第 104 - 108 页。

10.《存在主义与传统诗思的融通——细读海子〈九月〉》,张德明,《海南师范学院学报》(社会科学版),2007 年第 1 期,第 84 - 86 页。

11.《大众消费文化时代的来临与九十年代以来诗歌的变化——对九十年代以来诗歌的再认识》,赵彬、苏克军,《楚雄师范学院学报》,2007 年第 1 期,第 28 - 31 页。

12.《单独者与窥(节选)》,车前子,《诗刊》(下半月刊),2007 年 1 月号,第 23 - 24 页。

13.《悼念一位最卓越的诗人——蔡其矫》,谢春池,《厦门文学》,2007 年第 1 期,第 4 - 5 页。

14.《都市中的忧郁与想象——论戴望舒的情感生活与诗歌创作》,李洪华,《上海师范大学学报》(哲学社会科学版),2007 年第 1 期,第 105 - 109 页。

15.《独一无二的汉诗命运——访谈杨炼》,赵剑平、杨炼,《文学界》(专辑版),2007 年第 1 期,第 10 - 13 页。

16.《非议 90 年代的中国诗歌》,曾令长,《厦门文学》,2007 年第 1 期,第 74 - 76 页。

17.《非议 90 年代以来的中国诗歌》,林瑞艳,《厦门文学》,2007 年第 1 期,第 77 - 78 页。

18.《冯至的诗 凡高的画》,陈婧棱,《当代作家评论》,2007 年第 1 期,第 65 - 79 页。

19.《歌与心的互动——谈流行歌曲歌词的"流行元素"》,朱小松,《词刊》,2007 年第 1 期,第 40 - 41 页。

20.《故乡在心中——李明政和他的诗》,杨雪,《泸州文艺》,2007 年第 1 期,第 90 - 91 页。

21.《海子诗歌的思想与艺术殊相》,罗振亚,《吉林大学社会科学学报》,2007 年第 1 期,第 127 - 133 页。

22.《和落日晚钟同时抵达——李南诗印象》,杜霞,《诗潮》,2007 年 1 - 2 月号,第 38 - 39 页。

23.《回到起点的意义——评姜涛〈"新诗集"与中国新诗的发生〉》,段从学,《中国现代文学研究丛刊》,2007 年第 1 期,第 307 - 312 页。

24.《记忆、概念与生活世界——关于澳门汉语诗歌的"本土"经验》,陈少华,《文学评论》,2007 年第 1 期,第 155 - 159 页。

25.《康白情诗歌意象"草"解读》,宋桂友、孙宗广,《苏州大学学报》(哲学社会科学版),2007 年第 1 期,第 86 - 88 页。

26.《理想的痛苦与英雄的孤独——论朦胧诗的悲剧性心理机制》,周大力、周丽萍,《湘潭师范学院学报》(社会科学版),2007 年第 1 期,第 87 - 89 页。

27.《灵魂的真诚及其人格载体——读何其芳诗文集〈回眸〉脞语》,荆竹,《朔方》,2007 年第 1 期,第 66 - 72 页。

28.《流行歌曲与中国古典诗词》,张海明,《北京师范大学学报》(社会科学版),2007 年第 1 期,第 64 - 70 页。

29.《论何其芳对陈敬容中期诗歌创作的影响》,朱娟、翟大炳,《贵州师范大学学报》(社会科学版),2007 年第 1 期,第 102 - 105 页。

30.《绿色的痛楚与呐喊——王秀竹组诗〈一种精神的绿化过程〉评析》,王云介,《骏马》,2007 年第 1 期,第 37 - 39 页。

31.《穆旦晚年处境与荒原意识——以〈冬〉为中心的考察》,王攸欣,《中国现代文学研究丛刊》,2007 年第 1 期,第 62 - 78 页。

32.《女性诗歌:我们的翅膀》,翟永明,《文学界》(专辑版),2007年第1期,第33-35页。

33.《彷徨与挣扎:中国当代诗面临的困境与出路》,廖德明、李佳源,《长春工业大学学报》(社会科学版),2007年第1期,第109-111页。

34.《强度 厚度 力度——新时期政治抒情诗的浪漫主义特质》,石兴泽,《海南师范学院学报》(社会科学版),2007年第1期,第79-83页。

35.《〈秋夜〉:一首含蓄委婉的爱情诗》,余放成,《湖北师范学院学报》(哲学社会科学版),2007年第1期,第45-49页。

36.《青年诗人谈创作》,哑石、鲁西西、北野、海男、蓝蓝,《诗刊》(下半月刊),2007年1月号,第55-63页。

37.《"人类"的"灾难"与"寂寞"——论废名诗歌的思想内涵与特征》,高恒文,《中国现代文学研究丛刊》,2007年第1期,第79-90页。

38.《散文诗:面向现代——读冯新民作品二题》,耿林莽,《散文诗》,2007年第1期,第74-75页。

39.《〈尚义街六号〉的意识形态》,杨庆祥,《海南师范学院学报》(社会科学版),2007年第1期,第2-5页。

40.《诗歌道德承担的四个层次》,张大为,《南都学坛》,2007年第1期,第63-64页。

41.《诗歌的"想象"与"真实"——从现象出发论"诗歌伦理"问题》,吴思敬、张立群,《南都学坛》,2007年第1期,第55-57页。

42.《诗歌的伦理责任与时代承担问题》,刘金东,《南都学坛》,2007年第1期,第60-62页。

43.《诗歌与伦理:批判性观察》,张桃洲,《南都学坛》,2007年第1期,第58-60页。

44.《〈诗刊〉纪要》,杨志学、周所同等,《诗刊》(上半月刊),2007年1月号,第50-80页。

45.《守护与审判:日常主义诗歌介入生活的两个向度》,范云晶,《唐山师范学院学报》,2007年第1期,第20-23页。

46.《守望江阳风景——概论泸州青年诗人的诗歌主题》,徐潋,《泸州文艺》,2007年第1期,第77-81页。

47.《树才:在灰烬中拔旺暗火的冥想者(节选)》,胡亮,《诗刊》(下半月刊),2007年1月号,第24-26页。

48.《泰戈尔与中国现代诗学》,侯传文,《文学评论》,2007年第1期,第104-109页。

49.《台湾"创世纪"诗歌精神散论》,沈奇,《海南师范学院学报》(社会科学版),2007年第1期,第68-71页。

50.《谈现代诗的模糊性阅读》,丁晓妮,《绵阳师范学院学报》,2007年第1期,第87-89、93页。

51.《童话的幻境与迷途——顾城诗作的本质论勘察》,王育梅,《天水师范学院学报》,2007年第1期,第47-49页。

52.《网络上的虚拟诗歌研讨会》,李少君,《特区文学》,2007年第1期,第159-160页。

53.《为了那"永久的无名"——纪念诗人冯至诞辰100周年》,王家新,《诗歌月刊》,2007年第1期,第19-23页。

54.《为了内心奇妙的转化》,李南,《诗潮》,2007年1-2月号,第37页。

55.《"我不过一个影"——兼论"避实就虚"读〈野草〉》,王乾坤,《中国现代文学研究丛刊》,2007年第1期,第111-124页。

56.《我看北岛》,余世存,《青年作家》,2007年第1期,第26-30页。

57.《我们的性别,我们的选择》,翟永明,《文学界》(专辑版),2007年第1期,第31-32页。

58.《我与诗与政治——诗与政治关系的一段个案》,邵燕祥,《西湖》(上半月),2007年第1期,第68-78页。

59.《"戏剧化"、"意象化"与"声情化"——中国新诗音节理论的历史重构》,刘方喜,《北方论丛》,2007年第1期,第24-31页。

60.《现代新诗的白话选择及其引发的问题》,王元中,《天水师范学院学报》,2007年第1期,第19-23页。

61.《写诗的豪猪》,何立伟,《诗歌月刊》,2007年第1期,第10-11页。

62.《新诗解读方法说略》,罗振亚,《求是学刊》,2007年第1期,第111-117页。

63.《新时期壮族诗歌的现代化》,李建,《广西社会科学》,2007年第1期,第110-113页。

64.《一次痴迷的指认》,周舟,《星星》(上半月刊),2007年第1期,第33-34页。

65.《一个难忘而崭新的精神世界——泸州中年诗人阵容展示》,刘盛源,《泸州文艺》,2007年第1期,第82-87页。

66.《有关诗歌的几点备忘录》,辛酉,《文学港》,2007年第1期,第187页。

67.《俞平伯的新诗观》,汤凌云,《海南师范学院学报》(社会科学版),2007年第1期,第72-78页。

68.《月下诗魂》,孙郁,《十月》,2007年第1期,第65-71页。

69.《在经书和报纸之间——或诗歌的世俗启迪》,耿占春,《星星》(上半月刊),2007年第1期,第131-135页。

70.《遭遇食指——我所认识的著名诗人郭路生》,刘虹,《星星》(上半月

71.《至美沈仁康》，袁建华，《广州文艺》，2007年第1期，第77-79页。

72.《中国诗坛的"蔡其矫现象"》，刘登翰，《厦门文学》，2007年第1期，第6-13页。

73.《中国新诗的灿烂、亮丽和永恒——中国当代诗人点评（上）》，郁葱，《诗选刊》，2007年第1期，第89-94页。

74.《"中国新诗派"与〈大公报·星期文艺〉关系论》，邱雪松，《楚雄师范学院学报》，2007年第1期，第32-35页。

75.《走向融合与开放：艾青诗歌意象艺术的探索》，王泽龙，《华中师范大学学报》（人文社会科学版），2007年第1期，第102-107页。

2月

76.《2006诗歌报告：喧嚣狂欢与沉潜静思间的多元景像》，霍俊明，《诗歌月刊·下半月》，2007年第1/2期，第112-120页。

77.《20世纪20年代"小诗"运动》，黄雪敏，《福建论坛》（人文社会科学版），2007年第2期，第91-96页。

78.《20世纪90年代较有创作实绩的诗人》，王光明，《福建论坛》（人文社会科学版），2007年第2期，第86-90页。

79.《爱与创造："此在"镜角下的生命挽歌——大解长诗〈悲歌〉读解》，杨四平，《民族文学研究》，2007年第1期，第102-104页。

80.《巴中的诗人群落和诗性空间》，阴云，《诗歌月刊》，2007年第2期，第58-59页。

81.《白连春诗歌印象》，李浩，《诗刊》（下半月刊），2007年2月号，第37页。

82.《别为追逐风潮而伤害母语》，宋琳，《诗歌月刊·下半月》，2007年第1/2期，第47-48页。

83.《别有天地的灵魂史诗——评胡丘陵长诗〈长征〉》，陈超，《青年文学》，2007年第2期，第115-117页。

84.《城市与诗人的共性思维——阮庆全作品研讨会纪要》，邱海军，《作品》，2007年第2期，第76-78页。

85.《纯蓝的人生——怀念蔡其矫老师》，安琪，《诗刊》（上半月刊），2007年2月号，第37-38页。

86.《大众狂欢时代的诗歌游戏——关于2006年诗歌事件的对话》，钱文亮、顾巧云、张苓苓等，《诗歌月刊·下半月》，2007年第1/2期，第124-128页。

87.《对话："诗歌榜事件"，我们的检讨与反思》，何言宏、傅元峰、马铃薯兄弟,《诗歌月刊·下半月》,2007 年 1/2 期,第 70 - 75 页。

88.《对话:诗·精神自治·公共性》,唐晓渡、金泰昌,《江汉大学学报》(人文科学版),2007 年第 1 期,第 14 - 18 页。

89.《多一些建设　少一点破坏——谩骂和炒作救不了中国新诗!》,潘洗尘,《诗歌月刊·下半月》,2007 年第 1/2 期,第 52 - 54 页。

90.《范方留给我的最后记忆》,莱笙,《厦门文学》,2007 年第 2 期,第 8 - 10 页。

91.《"公约"救得了诗人吗?》,钟刚,《诗歌月刊·下半月》,2007 年第 1/2 期,第 55 - 56 页。

92.《还魂草在这里散布——范方作品研讨会摘要》,昌政,《厦门文学》,2007 年第 2 期,第 11 - 13 页。

93.《还有什么色彩留在这片荒原?——1957 年的穆旦或一个时代的灵魂史》,霍俊明,《诗歌月刊》,2007 年第 2 期,第 12 - 19 页。

94.《魂系泥土的行吟者》,海城,《诗刊》(下半月刊),2007 年 2 月号,第 36 页。

95.《疾病的歌声随风荡漾——读老巢的诗》,北塔,《诗歌月刊·下半月》,2007 年第 1/2 期,第 156 - 157 页。

96.《觉悟的智慧者,并非因了生活而诗——读老巢长诗〈空着〉》,野松,《诗歌月刊·下半月》,2007 年第 1/2 期,第 162 - 167 页。

97.《静中有物,但却是诗》,梁小斌,《诗歌月刊·下半月》,2007 年第 1/2 期,第 154 - 156 页。

98.《"联席阅读"的诗学意义与局限》,徐敬亚,《特区文学》,2007 年第 2 期,第 156 - 158 页。

99.《梁小斌,新时期文学第一个自觉的忏悔者》,老巢,《诗歌月刊·下半月》,2007 年第 1/2 期,第 46 - 47 页。

100.《刘文玉的诗意情怀》,邢海珍,《芒种》,2007 年第 2 期,第 76 - 79 页。

101.《流行歌曲歌词的文化属性》,胡疆锋,《词刊》,2007 年第 2 期,第 42 - 45 页。

102.《论"十七年诗歌"与政治文化》,张立群,《江汉大学学报》(人文科学版),2007 年第 1 期,第 9 - 13 页。

103.《论哈尼族当代诗人的诗歌创作》,赵德文,《民族文学研究》,2007 年第 1 期,第 105 - 111 页。

104.《论诗歌传播的类型》,杨志学,《延安文学》,2007 年第 1 期,第 206 - 214 页。

105.《漫步在柏桦诗歌的温润境界里》,黄粱,《青年作家》,2007 年第 2

期,第 21 – 26 页。

106. 《穆旦的中学毕业纪念册》,易彬,《新文学史料》,2007 年第 2 期,第 19 – 24 页。

107. 《穆旦主编〈新报〉始末》,李方,《新文学史料》,2007 年第 2 期,第 10 – 18 页。

108. 《七嘴八舌话伊沙》,沈浩波等,《延安文学》,2007 年第 1 期,第 126 – 135 页。

109. 《三明诗群:从"大浪潮"到"诗三明"》,昌政,《厦门文学》,2007 年第 2 期,第 2 – 4 页。

110. 《三明诗群杂记》,萧春雷,《厦门文学》,2007 年第 2 期,第 7 页。

111. 《诗歌史的"发现"》,赖彧煌,《福建论坛》(人文社会科学版),2007 年第 2 期,第 97 – 99 页。

112. 《诗歌中的技艺》,一行,《文景》,2007 年第 2 期,第 24 – 29 页。

113. 《诗人是自然之子》,莫非,《诗歌月刊·下半月》,2007 年第 1/2 期,第 49 – 50 页。

114. 《谁的"中间代"》,和平,《诗歌月刊·下半月》,2007 年第 1/2 期,第 132 – 133 页。

115. 《他如何"述说自然"——读谢明洲散文诗二章》,耿林莽,《散文诗》,2007 年第 2 期,第 72 – 73 页。

116. 《网络带来新的复兴诗歌》,李少君,《特区文学》,2007 年第 2 期,第 159 – 160 页。

117. 《网络上的虚拟诗歌研讨会(外二篇)》,李少君,《诗歌月刊》,2007 年第 2 期,第 88 – 94 页。

118. 《微妙玄通——关于愚溪长卷诗的札记》,杨匡汉,《华文文学》,2007 年第 1 期,第 78 – 81 页。

119. 《为什么说"传统是我们的血"?》,树才,《诗歌月刊·下半月》,2007 年第 1/2 期,第 48 – 49 页。

120. 《唯美泛灵的童话世界》,杨远宏,《星星》(上半月刊),2007 年第 2 期,第 11 – 14 页。

121. 《文字的倒影》,华万里,《星星》(上半月刊),2007 年第 2 期,第 28 – 29 页。

122. 《我的引用嗜好从何而来》,赵丽华,《延安文学》,2007 年第 1 期,第 82 – 84 页。

123. 《我读老巢》,蓝野,《诗歌月刊·下半月》,2007 年第 1/2 期,第 158 – 159 页。

124. 《我为写出〈中国,我的钥匙丢了〉而忏悔》,梁小斌,《诗歌月刊·

下半月》，2007年第1/2期，第44-45页。

125.《喜剧的谐趣》，龙彼德，《散文诗》，2007年第2期，第78页。

126.《侠骨柔情诗抒怀——写在〈爱意情怀〉出版之际》，黄文山，《福建文学》，2007年第2期，第81页。

127.《现时代诗歌的写作伦理（对话）》，张清华等，《钟山》，2007年第2期，第103-117页。

128.《新疆维吾尔族文学中的朦胧诗现象》，曼拜·特·吐尔地，《民族文学研究》，2007年第1期，第112-116页。

129.《新诗史写作中的问题意识与本体指向——评王光明〈现代汉诗的百年演变〉》，陈芝国，《福建论坛》（人文社会科学版），2007年第2期，第100-103页。

130.《新世纪以来的中国诗歌观察》，马知遥，《诗歌月刊·下半月》，2007年第1/2期，第121-123页。

131.《修辞伦理化与想象"共同体"——"十七年诗歌"意识形态书写策略探析》，巫洪亮，《龙岩学院学报》，2007年第1期，第63-66页。

132.《叙述中的天安门诗歌运动》，龙扬志，《江汉大学学报》（人文科学版），2007年第1期，第19-23页。

133.《一份书面回应》，黄梵，《诗歌月刊·下半月》，2007年第1/2期，第66-68页。

134.《一个诗人的内心城市——长诗〈大庆词源〉读后》，谢冕，《地火》，2007年第1期，第147-149页。

135.《一只苹果的无限宇宙——衣水诗歌的毛病兼及当下无难度写作》，陈仲义，《星星》（上半月刊），2007年第2期，第132-139页。

136.《再忆穆旦》，郭保卫，《新文学史料》，2007年第2期，第4-9页。

137.《臧棣访谈：意淫当代诗歌，林贤治，特殊的知识，诗的快乐，诗的尊严》，宋乾、臧棣，《诗歌月刊·下半月》，2007年第1/2期，第99-112页。

138.《战争政治与1940年代的中国诗歌》，贺仲明，《江汉大学学报》（人文科学版），2007年第1期，第5-8页。

139.《绽放的生命花朵——读黄堃的诗》，黎学锐，《民族文学研究》，2007年第1期，第96-101页。

140.《真实、虚构与幻觉：西娃诗歌的传说》，杨森君，《朔方》，2007年第2期，第77-79页。

141.《知识叙事背后的抒情和关怀——兼评庄孔韶诗集〈自我与临摹〉》，何瀚，《雪莲》，2007年第1期，第118-120页。

142.《纸上的光明与内心的黑暗——关于梁小斌忏悔的一些随想》，默默，《诗歌月刊·下半月》，2007年第1/2期，第45-46页。

143.《致命的误读——关于"诗歌榜事件"的若干反思》,傅元峰,《诗歌月刊·下半月》,2007 年 1/2 期,第 66 - 68 页。

144.《中国诗事》,李拜天整理,《星星》(上半月刊),2007 年第 2 期,第 140 - 141 页。

145.《中间代:命名的有效性及其持续发展》,刘小平,《诗歌月刊·下半月》,2007 年第 1/2 期,第 128 - 132 页。

146.《"中间代"命名:怎样的意识形态》,赖彧煌,《诗歌月刊·下半月》,2007 年第 1/2 期,第 133 - 135 页。

147.《中间代的崛起与使命》,李飞骏,《诗歌月刊·下半月》,2007 年第 1/2 期,第 139 - 140 页。

148.《中间代离文学史还有多远?》,赵金钟,《诗歌月刊·下半月》,2007 年第 1/2 期,第 135 - 139 页。

149.《中型诗〈空着〉:理性与非理性的"染色织锦"》,胡亮,《诗歌月刊·下半月》,2007 年第 1/2 期,第 160 - 162 页。

150.《终于有了一个文化人的深切忏悔》,鄢烈山,《诗歌月刊·下半月》,2007 年第 1/2 期,第 54 - 55 页。

3 月

151.《27 年来我对中国新诗的思考》,谢冕,《南方文学》,2007 年第 2 期,第 49 - 50 页。

152.《90 年代中国诗歌关键词》,房芳,《社会科学论坛》(学术研究卷),2007 年第 3 期,第 149 - 153 页。

153.《阿信的诗》,沈苇,《诗刊》(下半月刊),2007 年 3 月号,第 34 - 35 页。

154.《把持并热爱生活的话语》,李云鹏,《飞天》,2007 年第 3 期,第 109 - 112 页。

155.《把那沉沉的大幕,继续拉吧》,徐敬亚,《特区文学》,2007 年第 3 期,第 5 页。

156.《蔡其矫:与诗歌结伴同行》,黄良,《福建文学》,2007 年第 3 期,第 66 - 67 页。

157.《蔡其矫老师的情诗》,白连春,《北方文学》,2007 年第 3 期,第 130 - 132 页。

158.《草原的赞歌,时代的赞歌——〈布赫诗集〉蒙文版出版》,特·赛音巴雅尔,《草原》,2007 年第 3 期,第 92 - 95 页。

159.《沉重的呼喊——对田禾〈喊故乡〉的释读》,陈明恒,《长江文艺》,

2007年第3期,第74-75页。

160.《重返历史场景——关于〈诗刊〉(1957—1964)的访谈》,连敏,《新诗评论》,2007年第1辑,第210-222页。

161.《传统与现代的冲突嬗变——女性诗歌性别意识发展轨迹描述》,严加兰,《温州大学学报》(社会科学版),2007年第2期,第24-29页。

162.《从"地下"到"地上"——传播视野中的朦胧诗》,徐国源,《江苏社会科学》,2007年第2期,第191-194页。

163.《从"世界诗歌"到"诗歌的世界"——关于宇文所安"世界诗歌"问题的讨论》,吴晓东等,《新诗评论》,2007年第1辑,第159-184页。

164.《大巴山诗群在静静地风靡诗坛》,杨新涯、洋滔,《长河》,2007年第3期,第42-47页。

165.《大陆与台湾诗歌的逆现象》,吕进,《江汉论坛》,2007年第3期,第121-123页。

166.《洞见与盲视:卞之琳的新诗格律论》,王永,《石家庄学院学报》,2007年第1期,第19-23页。

167.《独具慧眼的浅吟低唱——〈何来短诗选〉简析》,于进,《飞天》,2007年第3期,第107-108页。

168.《泛滥的解构与冷清的建构——对当下诗歌基本状况的解读》,燎原,《星星》(上半月刊),2007年第3期,第131-137页。

169.《芳心种绿护花神——痛悼诗人蔡其矫老师》,曾阅,《福建文学》,2007年第3期,第65-66页。

170.《飞行的麦穗,闪耀着眩目的光辉——读云珍散文诗》,尚贵荣,《草原》,2007年第3期,第73-76页。

171.《耕耘于内心的绿洲》,戎道者,《文学港》,2007年第2期,第230-232页。

172.《孤独的热爱 毁灭的温柔——海子〈西藏〉诗解读》,胡梅仙,《文艺争鸣》,2007年第3期,第158-159页。

173.《关于新诗诗路的反思》,木斧,《诗潮》,2007年3-4月号,第92-94页。

174.《海子诗学的审美意蕴》,金松林,《安庆师范学院学报》(社会科学版),2007年第2期,第119-122页。

175.《集结与呼应——简论诗歌的群体性传播》,杨志学,《扬子江诗刊》,2007年第2期,第62-64页。

176.《九叶派诗歌的二元对应结构》,蒋金运,《湖南文理学院学报》(社会科学版),2007年第2期,第68-72页。

177.《历史与现实间现代精神的见证——读梁平的长诗〈重庆书〉》,杨清发,《南方文坛》,2007 年第 2 期,第 78 - 79、96 页。

178.《梁实秋在〈新月〉月刊的意义》,李小白,《文学界》(专辑版),2007 年第 3 期,第 66 - 67 页。

179.《论杜甫对冯至诗歌创作的影响》,孔令环,《太原师范学院学报》(社会科学版),2007 年第 2 期,第 90 - 94 页。

180.《论歌词中双关与复义的运用》,兰达,《词刊》,2007 年第 3 期,第 41 - 42 页。

181.《论九叶诗人诗歌创作的反讽性对比》,龚敏律,《求索》,2007 年第 3 期,第 188 - 190 页。

182.《论闻一多新诗韵律与诗思的对应关系》,欧阳骏鹏,《湖南社会科学》,2007 年第 3 期,第 142 - 144 页。

183.《论现代派的知性诗学》,曹万生,《文学评论》,2007 年第 2 期,第 147 - 152 页。

184.《论小诗批评的诗学建构——以周作人的译介与批评为中心》,肖国栋,《北方论丛》,2007 年第 2 期,第 36 - 39 页。

185.《论新诗关于解放的抒情及视点转换与延伸》,方涛,《海南师范大学学报》(社会科学版),2007 年第 2 期,第 72 - 75 页。

186.《漫议旧体诗、新诗的继承与革新问题》,祖保泉,《学术界》,2007 年第 2 期,第 112 - 118 页。

187.《毛泽东诗学理论的特征与中国新诗的出路》,彭萍,《湖南城市学院学报》,2007 年第 2 期,第 66 - 70 页。

188.《美丽的人生 深沉的哲理——刘定中散文诗论》,张建安,《湖南文理学院学报》(社会科学版),2007 年第 2 期,第 75 - 77 页。

189.《闽南诗歌批判与其他——首届闽南诗群年会纪要》,冰儿、南方,《厦门文学》,2007 年第 3 期,第 21 - 25 页。

190.《"民生"诗潮:循环还是再出发?》,郑成志,《河南社会科学》,2007 年第 2 期,第 129 - 131 页。

191.《穆旦:从"野兽"开始》,北塔,《江汉论坛》,2007 年第 3 期,第 108 - 112 页。

192.《那些通往诗歌的密林幽径》,田一坡,《清明》,2007 年第 2 期,第 192 - 193 页。

193.《你的诗,还不能为人理解——给子沉》,罗念生,《文学界》(专辑版),2007 年第 3 期,第 12 - 14 页。

194.《〈漂木〉——神秘的时间之旅》,叶橹,《扬子江评论》,2007 年第 3 期,第 82 - 87 页。

195.《片断接受与多元超越的有机融合——论唐湜诗论与传统文论的关系》,

任先天,《江汉论坛》,2007年第3期,第113-115页。

196.《评杨匡汉〈中国新诗学〉》,田泥,《文学评论》,2007年第2期,第213-215页。

197.《青年诗人谈创作》,路也、江一郎、卢卫平、荣荣、杜涯、李小洛,《诗刊》(下半月刊),2007年3月号,第72-79页。

198.《青烟和灰烬 都是火的兄弟——怀蔡其矫》,刘登翰,《福建文学》,2007年第3期,第60-62页。

199.《如何本土:无意识/有意识的辩证——论吴岸诗歌中的本土植物》,朱崇科,《扬子江评论》,2007年第3期,第88-93页。

200.《诗歌乃个人日常宗教》,李少君,《特区文学》,2007年第3期,第159-160页。

201.《诗歌切入城市的方式——厦门诗人与艺术家合作实施诗歌行为艺术》,春雷,《厦门文学》,2007年第3期,第31页。

202.《〈诗刊〉忆旧》,闻山,《诗刊》(上半月刊),2007年3月号,第51-53页。

203.《"诗情"论与"纯诗"论之比较——戴望舒与法国象征主义诗论研究》,朱源,《辽宁师范大学学报》(社会科学版),2007年第2期,第83-87页。

204.《诗人的责任就是使诗歌变得更美好——首届闽南诗群诗歌年会感言》,谢春池,《厦门文学》,2007年第3期,第26-27页。

205.《诗性的对话——读雷子诗集〈雪灼〉》,远星,《草地》,2007年第2期,第73-74页。

206.《"诗意"的文学政治——论"诗意"在中国新诗实践中的踪迹和限度》,臧棣,《新诗评论》,2007年第1辑,第3-30页。

207.《失去象征的日常世界——王小妮近作论》,耿占春,《文学评论》,2007年第2期,第91-96页。

208.《舒婷大海组诗的思想艺术特色》,陈婉娴,《广西社会科学》,2007年第3期,第113-116页。

209.《撕裂与统一——食指的精神世界》,黄灯,《云梦学刊》,2007年第2期,第104-106页。

210.《唐湜诗论中的"新生代"关怀》,蒋登科,《四川师范大学学报》(社会科学版),2007年第2期,第69-73页。

211.《挽歌的草原》,唐欣,《诗刊》(下半月刊),2007年3月号,第36-38页。

212.《我观闽南诗群》,陈仲义,《厦门文学》,2007年第3期,第28-29页。

213.《五六十年代的中国香港新诗》,古远清,《新诗评论》,2007年第1辑,第147-156页。

214.《现代与传统的接续——吴兴华及燕园诗人的创作取向评论》,解志熙,《新诗评论》,2007年第1辑,第79-90页。

215.《现代主义与中国香港现代诗的兴发——一段被遗忘了的中国现代文学史》,[美国]叶维廉,《新诗评论》,2007年第1辑,第121-146页。

216.《"相对论"视角下的郭沫若研究》,刘悦坦,《青海社会科学》,2007年第2期,第141-145页。

217.《向内的飞翔》,张桃洲,《诗刊》(上半月刊),2007年3月号,第40-41页。

218.《写作所带出的人的尺度吴欣苓诗文赏识》,王长军,《青年文学家》,2007年第3期,第4-5页。

219.《"新传统的奠基石"——吴兴华、新诗、现代性》,张松建,《新诗评论》,2007年第1辑,第91-117页。

220.《新诗90岁,寿宴或者葬礼》,张健,《贡嘎山》,2007年第3期,第36-39页。

221.《新诗的"发生"与"诗性空间"的拓展——从新出的两部新诗研究著作说起》,易彬,《新诗评论》,2007年第1辑,第261-270页。

222.《新诗的诞生及其传统漫言——为新诗诞生九十周年作》,孙玉石,《诗刊》(上半月刊),2007年3月号,第47-50页。

223.《新一代的"返乡人"——广东高校诗赛扫描》,杨克,《作品》,2007年第3期,第77页。

224.《一朵刺痛记忆的花——新时期以来绿原的诗歌创作》,龙扬志、董惠敏,《海南师范大学学报》(社会科学版),2007年第2期,第66-71页。

225.《一个赤子般纯粹的人——我眼中的蔡其矫》,谢宜兴,《福建文学》,2007年第3期,第63-65页。

226.《由古典至现代:晚清诗论的过渡性特征》,杨四平,《中国现代文学研究丛刊》,2007年第2期,第149-160页。

227.《有一驭夫,朝向东方顶礼——昌耀柔韧、细腻而又深邃的心灵诗章探微》,刘大伟,《青海湖》,2007年3月号,第73-76页。

228.《于细微处见精神——郭文阁〈热爱生活〉读后》,耿林莽,《散文诗》,2007年第3期,第15-16页。

229.《在若仙若俗间体悟诗意——打开欣苓诗歌语幕》,陆传文,《青年文学家》,2007年第3期,第16-17页。

230.《在物质时代的文化拼盘中》,姜涛,《星星》(上半月刊),2007年第3期,第138-141页。

231.《哲学批判与诗性守望——读骆英新著》，张同吾，《诗刊》（上半月刊），2007年3月号，第44-46页。

232.《中国当代诗歌中死亡书写的女性经验》，谭五昌，《安徽大学学报》，（哲学社会科学版），2007年第2期，第75-77页。

233.《中国新诗形式建构及其主要理论问题》，陈学祖，《文艺争鸣》，2007年第3期，第54-58页。

234.《种植草树，绿到天涯——2006年的中国诗歌》，郁葱，《诗选刊》，2007年第3期，第81-94页。

4月

235.《1990年代中国诗歌的不完整点评》，北塔，《诗歌月刊·下半月》，2007年第3/4期，第158-163页。

236.《阿吾：诗人归来》，西渡，《诗歌月刊·下半月》，2007年第3/4期，第163-166页。

237.《安琪：做客天涯答众诗友问》，安琪，《诗歌月刊·下半月》，2007年第3/4期，第182-188页。

238.《百年新诗的光荣与梦想》，谭五昌，《诗歌月刊·下半月》，2007年第3/4期，第85-93页。

239.《重复和叠现》，龙彼德，《散文诗》，2007年第4期，第78-79页。

240.《传媒膨胀时代"为何要用诗的形式发言"》，陈超，《星星》（上半月刊），2007年第4期，第128-131页。

241.《传统：中国新诗问题的一个关键词》，李怡，《诗歌月刊·下半月》，2007年第3/4期，第134-137页。

242.《从"纯于一"到"杂于一"——论西川晚近诗歌》，陈超，《山花》，2007年第4期，第131-142页。

243.《从"后现代"到"古典"——中国当代后现代主义诗歌观念的演变》，张大为，《烟台大学学报》（哲学社会科学版），2007年第2期，第61-66页。

244.《从"语言说我"到"我说语言"——韩东、于坚的诗歌作品的另一种解读》，赵林，《宝鸡文理学院学报》（社会科学版），2007年第2期，第83-86页。

245.《戴望舒诗歌创作转向论》，石中晨，《学术探索》，2007年第2期，第113-118页。

246.《当代诗的连环阅读》，臧棣，《诗歌月刊·下半月》，2007年第3/4期，第53-65页。

247.《当代诗歌的民间版图（札记节选）》，张清华，《诗歌月刊·下半月》，2007年第3/4期，第14－24页。

248.《对香港诗坛形成和发展的我见——举两个诗人的案例作说明》，李育中，《华南师范大学学报》（社会科学版），2007年第2期，第52－56页。

249.《歌词在音乐中的作用》，许自强，《词刊》，2007年第4期，第39－40页。

250.《关于中间代》，乐思蜀，《诗歌月刊·下半月》，2007年第3/4期，第178－181页。

251.《海子：中国诗坛的尼采——对海子诗歌思想发微》，韩伟，《绥化学院学报》，2007年第2期，第68－70页。

252.《韩少君：诗人在场》，宋子刚，《青海湖》，2007年4月号，第92－96页。

253.《呼唤世界和平之歌——读李松波〈心仪和平——致世界百国首脑的诗〉》，张作为，《边疆文学》（上半月刊），2007年第4期，第78－80页。

254.《回眸2006的中国诗歌——〈2006：中国最佳诗歌序〉》，宗仁发，《诗选刊》，2007年第4期，第87－90页。

255.《吉狄马加：一个真正的诗人》，绿原，《作品》，2007年第4期，第18－19页。

256.《艰难的探索——论阮章竞的叙事诗》，刘守华，《长江学术》，2007年第2期，第19－26页。

257.《建构的先锋：重审俞平伯新诗理论》，邓艮，《浙江师范大学学报》（社会科学版），2007年第2期，第41－45页。

258.《近家情更怯——老巢诗〈躺在家门口的宾馆里想家〉评析》，林童，《诗歌月刊·下半月》，2007年第3/4期，第141－143页。

259.《镜像之像——对舒婷〈致橡树〉的一种解读》，张华，《绥化学院学报》，2007年第2期，第71－74页。

260.《句法转换与语义生成：白话诗的一个成因》，荣光启，《诗歌月刊·下半月》，2007年第3/4期，第167－170页。

261.《聚沙成塔的乌托邦——从西川看"知识分子写作"的极境与绝境》，付衍清，《楚雄师范学院学报》，2007年第4期，第14－20页。

262.《梁小斌为什么"忏悔"？——关于〈中国，我的钥匙丢了〉的文化反思及新诗史问题》，霍俊明，《诗歌月刊·下半月》，2007年第3/4期，第150－153页。

263.《两首诗的"斗争"》，陈晓燕，《楚雄师范学院学报》，2007年第4期，第21－25页。

264.《论1960年代以来的台港新诗教育》，林喜杰，《江汉大学学报》（人文科学版），2007 年第 2 期，第 15－19 页。

265.《论 1980 年代的香港新诗》，古远清，《江汉大学学报》（人文科学版），2007 年第 2 期，第 11－14 页。

266.《论艾青诗中吴越文化的内涵》，樊旭敏，《上饶师范学院学报》（社会科学版），2007 年第 2 期，第 43－47 页。

267.《论李金发诗歌创作的社会情绪化特点——由"热血青年"到追求"荒诞"的创作心理剖析》，乌琼芳，《阴山学刊》（社会科学版），2007 年第 2 期，第 35－39 页。

268.《论穆木天〈旅心〉的美学追求》，祝晓耘，《西北民族大学学报》（哲学社会科学版），2007 年第 2 期，第 108－112 页。

269.《论诗的"生命之轻"——兼谈叶延滨的诗追求》，蒋巍，《诗选刊》，2007 年第 4 期，第 91－94 页。

270.《论新乡土诗的审美特征》，邹承辉，《韶关学院学报》（社会科学版），2007 年第 4 期，第 35－38 页。

271.《略论 40 年代中国现代诗——以冯至、郑敏和穆旦为考察》，蔡明谚，《华文文学》，2007 年第 2 期，第 28－36、93 页。

272.《矛盾与焦虑——歌词中的崔健与时代中的崔健》，周显波，《哈尔滨学院学报》，2007 年第 4 期，第 100－103 页。

273.《民间：一种在世的策略或者混杂的想象》，张延文，《诗歌月刊》，2007 年第 4 期，第 92－95 页。

274.《凭海而歌："红帆"诗社二十年——〈波涛里的翅膀〉代序》，毕光明，《海南师范大学学报》（社会科学版），2007 年第 2 期，第 103－105 页。

275.《气度浩然　诗意盎然——读张锲新著〈鸿爪集〉》，余云，《安徽文学》，2007 年第 4 期，第 6－7 页。

276.《"七月诗派"抗战时期在桂林的诗歌创作》，卓光平，《绵阳师范学院学报》，2007 年第 4 期，第 55－59 页。

277.《诗歌的"想象"与"真实"——从现象出发论"诗歌伦理"的问题》，张立群，《诗歌月刊·下半月》，2007 年第 3/4 期，第 138－141 页。

278.《诗只说最主要的事情——刘赞科散文诗简析》，耿林莽，《散文诗》，2007 年第 4 期，第 74－75 页。

279.《试论"五四"女性新诗的书写特征》，欧阳小昱，《华南师范大学学报》（社会科学版），2007 年第 4 期，第 58－61 页。

280.《他们是怎样驰骋文坛的——周楞伽谈创造社》，周允中整理，《山西文学》，2007 年第 4 期，第 71－76 页。

281.《谈谈张洪波》，牛汉、叶橹、林莽、孟繁华、任林举、苗雨时、邢海珍，《诗刊》（下半月刊），2007 年 4 月号，第 57－63 页。

282.《天籁久不闻——谈宁志荣诗集〈北方的回忆〉》,潞潞,《山西文学》,2007 年第 4 期,第 55 - 57 页。

283.《天涯诗学:漂泊诗人的寻根冲动》,谭桂林,《文艺争鸣》,2007 年第 4 期,第 96 - 101 页。

284.《王寅与中国当代抒情诗歌》,刘翔,《诗歌月刊·下半月》,2007 年第 3/4 期,第 154 - 158 页。

285.《网络诗歌拓展着中国诗坛的空间》,尚飞鹏,《延河》,2007 年第 4 期,第 48 - 50 页。

286.《往极限处再任性下去——史诗转型后的安琪》,赵思运,《诗歌月刊·下半月》,2007 年第 3/4 期,第 143 - 147 页。

287.《文学应当为时代提供希望——〈第三极〉发刊词》,刘诚,《诗歌月刊·下半月》,2007 年第 3/4 期,第 189 - 190 页。

288.《新诗的诞生》,陆耀东,《诗刊》(上半月刊),2007 年 4 月号,第 42 - 45 页。

289.《新世纪诗歌伦理问题的是与非》,杨四平,《诗歌月刊·下半月》,2007 年第 3/4 期,第 102 - 104 页。

290.《形式意识的自觉——诗人闻一多与当下中国新诗》,荣光启,《长江学术》,2007 年第 2 期,第 8 - 14 页

291.《徐志摩政治思想论》,孔祥宇,《北京理工大学学报》(社会科学版),2007 年第 2 期,第 84 - 87 页。

292.《"选本"对"第三代诗歌"的不同诗学态度》,杨庆祥,《江汉大学学报》(人文科学版),2007 年第 2 期,第 20 - 24 页。

293.《"意境"的现代转型》,向卫国,《诗歌月刊·下半月》,2007 年第 3/4 期,第 68 - 80 页。

294.《有容乃大——简评第三条道路》,肖晓英,《诗歌月刊·下半月》,2007 年第 3/4 期,第 172 - 174 页。

295.《鱼尾狮神话:新加坡后殖民诗歌典范》,王润华,《江汉大学学报》(人文科学版),2007 年第 2 期,第 5 - 10 页。

296.《阅读王锋》,谢冕,《绿洲》,2007 年第 2 期,第 107 - 108 页。

297.《在诗人与打工妹之间生存》,潘晓凌,《贡嘎山》,2007 年第 4 期,第 113 - 114 页。

298.《在乡土根性中返观诗歌的亮光》,霍俊明,《诗刊》(上半月刊),2007 年 4 月号,第 40 - 41 页。

299.《在新的命名法则的指引下》,敬文东,《诗歌月刊·下半月》,2007 年第 3/4 期,第 119 - 132 页。

300.《臧克家现象:中国新诗的"文体陷阱"》,章亚昕,《文艺争鸣》,

2007年第4期,第108-110页。

301.《中国当代生态诗歌简论》,吴景明,《文艺争鸣》,2007年第4期,第111-116页。

302.《中国诗人回应顾彬:卡丘主义欲打破欧美诗歌话语霸权,领衔商业社会的后中国文学》,李飞骏,《诗歌月刊·下半月》,2007年第3/4期,第188-189页。

303.《中国新诗的道路应该这样走——与林贤治先生商榷》,李少君,《诗歌月刊·下半月》,2007年第3/4期,第148-149页。

304.《中间代:从"重新唤醒"出发》,吴投文,《诗歌月刊·下半月》,2007年第3/4期,第176-178页。

305.《追问诗歌的精神来历——从诗歌集〈出生地〉说起》,谢有顺,《文艺争鸣》,2007年第4期,第91-95页。

306.《走进诗歌内部的多重歧路》,徐敬亚,《特区文学》,2007年第4期,第145-146页。

5月

307.《1990年代以来郑敏研究述评》,张琰、王泽龙,《湖北教育学院学报》,2007年第5期,第1-3页。

308.《爱情挽歌——徐志摩〈叫化活该〉解读》,梅胜利,《现代语文》(上旬刊),2007年第13期,第61-62页。

309.《"把一切轻浮的欢乐关在城外"——对穆旦1976年诗歌创作的解读》,周红,《江苏教育行政学院》(社会科学版),2007年第3期,第99-102页。

310.《百年新诗三种准定型诗体的流变》,王珂、代绪宇,《南都学坛》,2007年第3期,第53-60页。

311.《北京屋檐下筑巢的燕子——谷禾诗歌的读后感想》,苏历铭,《诗刊》(上半月刊),2007年5月号,第30-31页。

312.《沉思者的生活牧歌——侗族诗人王行水诗歌的审美内涵》,杨玉梅,《民族文学研究》,2007年第2期,第73-77页。

313.《穿越岁月的灵性之光——试析林徽因诗歌的美学意蕴》,郑娟,《名作欣赏》(文学研究版),2007年第5期,第62-64页。

314.《从双性和谐的角度比较舒婷与翟永明诗歌的文化意蕴》,张晶晶,《理论与创作》,2007年第3期,第70-74页。

315.《大跃进民歌的历史主人翁意识》,韩金玲,《粤海风》,2007年第3期,第68-72页。

316.《当代汉诗从神到人的土地书写——论白连春对海子的修正》,郭建军,

《扬州大学学报》（人文社会科学版），2007年第3期，第42-46页。

317.《当代诗歌的"边缘化"问题》，洪子诚，《文艺研究》，2007年第5期，第20-25页。

318.《对抗"古典"的背后——论穆旦诗歌的"传统性"》，罗振亚，《南开学报》（哲学社会科学版），2007年第3期，第69-75页。

319.《"反诗"与"返诗"——论于坚诗歌别样的历史意识和语言态度》，陈超，《南方文坛》，2007年第3期，第12-19页。

320.《凡庸生活中纯净爱情的溃退——浅析王佐良的〈异体十四行诗八首〉》，倪丽、刘燕，《现代语文》（上旬刊），2007年第13期，第63-64页。

321.《高拔而独异的历史风景——重读马合省长诗〈老墙〉》，邢海珍，《文艺评论》，2007年第3期，第54-59页。

322.《歌词语言的"陌生化"小议》，张鹄，《词刊》，2007年第5期，第36-37页。

323.《"歌谣"与五四新文学的生成》，姚涵，《文艺争鸣》，2007年第5期，第77-83页。

324.《关于诗的一些想法》，方政，《扬子江诗刊》，2007年第3期，第18-19页。

325.《关于诗集〈享受和平〉的前言后语》，张同吾、朱增泉，《神剑》，2007年第3期，第151-154页。

326.《关于新月社成立的时间、地点及相关情况的考述》，刘群，《中国现代文学研究丛刊》，2007年第3期，第299-306页。

327.《"归来"诗群与穆旦、昌耀等人的诗》，王光明，《南开学报》（哲学社会科学版），2007年第3期，第76-81页。

328.《还俗：媒体文化语境中诗歌的传播策略》，梁笑梅，《河南社会科学》，2007年第3期，第110-112页。

329.《呼唤一种散文诗》，耿林莽，《散文诗》，2007年第5期，第74-75页。

330.《激越与温馨的和声——序〈肇星诗百首〉》，桑新华，《诗歌月刊》，2007年第5期，第10-11页。

331.《吉狄马加，你属于所有人》，白桦，《诗歌月刊》，2007年第5期，第83-85页。

332.《集体性心理经验：诗歌精神重建的一种可能性》，张传敏，《河南社会科学》，2007年第3期，第112-113页。

333.《简论湖南籍的四位台湾诗人》，古远清，《理论与创作》，2007年第3期，第63-66页。

334.《九七回归后的香港新诗创作》，古远清，《贵州社会科学》，2007年第5期，第60-63页。

335.《"口语写作":由来和归宿》,张桃洲,《星星》(上半月刊),2007年第5期,第138-141页。

336.《快车道上的乡村漫步:简评〈石家庄诗人特辑〉》,冷岳,《诗歌月刊》,2007年第5期,第81-82页。

337.《困境与出路:对当前新诗的思考》,邓程,《文学评论》,2007年第3期,第121-124页。

338.《老乡的智慧——老乡诗歌艺术简论》,雪潇、王若冰,《扬子江诗刊》,2007年第3期,第11-13页。

339.《"蓝星"诗人群——〈中国诗歌通史〉之一章》,古远清,《荆门职业技术学院学报》,2007年第5期,第36-42页。

340.《李金发与象征主义之滥觞》,潘亚萍,《楚雄师范学院学报》,2007年第3期,第68-71页。

341.《历史的确认:挑选与遗忘——从〈朦胧诗诗选〉到〈朦胧诗新编〉》,朱周斌,《诗歌月刊》,2007年第5期,第93-96页。

342.《论冯至早期叙事诗的精神困境与悲剧特色》,王冬月,《绥化学院学报》,2007年第3期,第68-72页。

343.《论穆旦诗歌中的主题意象》,刘华,《晋阳学刊》,2007年第3期,第117-121页。

344.《论食指诗歌的古典情怀及当下意义》,尹耀飞,《涪陵师范学院学报》,2007年第3期,第25-31页。

345.《论新诗的诗体重建》,吕进,《河南社会科学》,2007年第3期,第106-108页。

346.《绿原:熔铸的执着》,张立群,《诗歌月刊》,2007年第5期,第17-20页。

347.《满蕴温馨的柔情世界——论鲁迅的诗歌创作》,吴洁菲,《江汉论坛》,2007年第5期,第128-131页。

348.《朦胧诗人与五四文学传统》,林平乔,《理论与创作》,2007年第3期,第59-62页。

349.《朦胧诗与儒道文化精神》,林平乔,《求索》,2007年第5期,第171-173页。

350.《缅怀诗人田间》,刘怀章,《文学自由谈》,2007年第3期,第157-159页。

351.《母亲书写的生命赞歌——论林徽因〈你是人间的四月天〉的写作意图》,蒋建梅,《名作欣赏》(文学研究版),2007年第5期,第59-61页。

352.《木石前盟·骨骼意象·天涯美学——论洛夫诗歌的精神硬度》,田崇雪,《徐州师范大学学报》(哲学社会科学版),2007年第3期,第58-64页。

353.《穆旦被经典化的话语历程》,方长安、纪海龙,《南开学报》(哲学社会科学版),2007年第3期,第63-68页。

354.《难度与高度:新诗的技术含量与新诗人的学识修养——读高凯长诗〈百姓中国〉》,黄鲤忠、王珂,《飞天》,2007年第5期,第105-110页。

355.《怒放高原的玫瑰——品读〈叩问山魂〉的爱情诗》,田华,《草地》,2007年第3期,第76-78页。

356.《女性意识的重新构建——舒婷诗歌解读》,裴雪梅,《黑龙江教育学院学报》,2007年第5期,第111-113页。

357.《浅薄与轻浮的妄断》,圣童,《文学自由谈》,2007年第3期,第81-90页。

358.《瞿琮:让诗歌插上音乐的翅膀》,袁建华,《广州文艺》,2007年第5期,第78-80页。

359.《儒家文化对20世纪中国诗歌生态诗歌的渗透》,田皓,《湖南文理学院学报》(社会科学版),2007年第3期,第59-63页。

360.《诗歌的难处》,汪峰,《诗刊》(上半月刊),2007年5月号,第54-56页。

361.《诗歌的最低处》,凸凹,《星星》(上半月刊),2007年第5期,第29-30页。

362.《诗歌精神重建的必要性及其路向》,熊辉,《河南社会科学》,2007年第3期,第114-115页。

363.《诗人的道德操守——为第十一届广州(黄浦)国际诗人笔会"诗歌论坛"而作》,蔡丽双,《诗刊》(上半月刊),2007年5月号,第52-54页。

364.《诗人的地理学》,耿占春,《读书》,2007年第5期,第87-102页。

365.《诗人外长,外长诗人——浅谈李肇星诗歌之美》,闻旎,《诗歌月刊》,2007年第5期,第12-15页。

366.《诗意与神性的颠覆——〈于坚的诗〉的生态解读》,秦春,《楚雄师范学院学报》,2007年第5期,第17-23页。

367.《食指地下诗歌写作转变之外因初探——从"两个食指"的矛盾性谈起》,孙伟红,《山东文学》,2007年第5期,第66-68页。

368.《食指诗歌的诗学特征》,林平乔,《湖南文理学院学报》(社会科学版),2007年第3期,第64-66页。

369.《试论艾青诗歌的形象性与哲理性》,王颖怡,《甘肃联合大学学报》(社会科学版),2007年第3期,第85-87页。

370.《试论于坚诗歌的两个写作向度及其艺术特征》,彭丽华,《楚雄师范学院学报》,2007年第5期,第24-28页。

371.《试评鲁迅对冯至诗歌的评价》,杨汤琛,《徐州师范大学学报》(哲学社会科学版),2007年第3期,第54-57页。

372.《死不瞑目:一幅为思想准备的诗歌肖像——读骆英新作〈思想者〉》,臧棣,《大家》,2007年第3期,第8-9页。

373.《颂赞祖国的两种风格——尼米希依提与闻捷诗歌创作比较》,陈静,《民族文学研究》,2007年第2期,第58-62页。

374.《透彻生命的锻造现实——评黄殿琴诗集〈爨底下的雨烟〉》,孙维媛,《地火》,2007年第2期,第155-157页。

375.《网络诗歌主体的退隐与主体性的消解》,张晓卉,《广西民族大学学报》(哲学社会科学版),2007年第3期,第164-168页。

376.《我和〈女妖〉诗人的对话——评彝族诗人俄尼·牧莎斯加的散文诗集〈女妖〉》,李明,《凉山文学》,2007年第3期,第59-60页。

377.《"无词的言语"——论〈野草〉的身体言说》,李蓉,《中国现代文学研究丛刊》,2007年第3期,第201-221页。

378.《"五四"时期文坛上的新与旧》,秦弓,《文艺争鸣》,2007年第5期,第44-60页。

379.《〈温暖〉之于我,之于诗歌》,陆健,《诗歌月刊》,2007年第5期,第85-89页。

380.《现世生活的末日寓言——根子诗歌〈致生活〉赏析》,李润霞,《名作欣赏》(文学鉴赏版),2007年第5期,第53-56页。

381.《新诗成长期对域外资源的译介及其意义》,骆寒超,《中国现代文学研究丛刊》,2007年第3期,第261-282页。

382.《"新诗二次革命":理论促变胜于自然进化》,向天渊,《河南社会科学》,2007年第3期,第108-110页。

383.《新诗发展的另一路向——论现代朗诵诗理论探索》,尹宝茹,《甘肃联合大学学报》(社会科学版),2007年第3期,第79-81页。

384.《新时期文学的发生——以〈今天〉杂志为中心》,黄平,《海南师范大学学报》(社会科学版),2007年第3期,第13-19页。

385.《性灵放牧——海宁徐志摩的思想皈依与艺术自觉》,罗昌智,《文艺争鸣》,2007年第5期,第140-142页。

386.《虚拟的自由或夸张的表演——回望"下半身"诗歌运动》,王士强,《山西师大学报》(社会科学版),2007年第3期,第84-88页。

387.《学养·技术·难度·高度——新诗人与"不学无术"无关》,王珂,《南方文坛》,2007年第3期,第29-32页。

388.《阳飚诗薮》,马步升,《诗潮》,2007年5-6月号,第38-39页。

389.《一代人的诗歌"演义"——1996—2006:"70后"诗歌写作十年》,荣光启,《南方文坛》,2007年第3期,第23-28页。

390.《彝族传统文化的反思与重塑——读俄尼·牧莎斯加的散文诗集〈女妖〉》,阿牛木支,《凉山文学》,2007年第3期,第56-58页。

391.《迎着太阳唱新歌》,何素平,《安徽文学》,2007年第5期,第68-70页。

392.《于坚诗歌的"意义"》,王晓生,《理论与创作》,2007年第3期,第67-69、100页。

393.《张洪波灵魂世界的沉重歌吟——关于〈沙子的声音〉》,邢海珍,《地火》,2007年第2期,第151-154页。

394.《中国诗歌现场——以〈中国新诗年鉴〉为例证分析》,杨克,《南方文坛》,2007年第3期,第20-22页。

395.《中国现代小诗与当下新诗重建》,曾洪伟,《社会科学家》,2007年第3期,第30-32页。

396.《自由与限度:当下的汉语诗歌写作》,荣光启,《星星》(上半月刊),2007年第5期,第129-134页。

397.《昨天 今天 明天——读俄尼·牧莎斯加的组诗〈祖辈〉》,胥勋和,《凉山文学》,2007年第3期,第63-64页。

6月

398.《柏桦:"夏天"这个词令我颤抖》,柏桦、泉子,《西湖》(上半月),2007年第6期,第97-101页。

399.《车前子诗歌的两种声音》,黄梵,《南京理工大学学报》(社会科学版),2007年第3期,第19-22页。

400.《持续狂欢·伦理震荡·中产趣味——对新世纪诗歌状况的一个简略考察》,张清华,《文艺争鸣》,2007年第6期,第19-28页。

401.《从个人情感走到人民情感的辛笛诗歌》,李志伟、纪华伟,《河北大学成人教育学院学报》,2007年第2期,第86-87、103页。

402.《"大众化"浪潮中的"纯诗"——李健吾在1938-1948年间的诗歌批评》,于阿丽,《北京工业大学学报》(社会科学版),2007年第3期,第76-80页。

403.《当代诗歌的微观历史》,张桃洲,《读书》,2007年第6期,第102-109页。

404.《二十世纪五六十年代台湾新诗创作》,古远清,《南京师范大学文学院学报》,2007年第2期,第83-89页。

405.《歌词意象的选择和运用》,许自强,《词刊》,2007年第6期,第34-36页。

406.《歌谣的搜集：五四激进文人民间情怀的表述》，岳凯华，《中国文学研究》，2007年第2期，第69－72页。

407.《海子短诗简论》，龙建人，《今日文坛》，2007年夏之卷，第50－53页。

408.《汉水和诗歌交互流过的地方——"湖北荆门诗歌特辑"评析》，程宝林，《诗歌月刊》，2007年第6期，第69－70页。

409.《怀旧时光——读彭澎诗集〈你的右手我的左手〉》，睁眠，《今日文坛》，2007年夏之卷，第19－20页。

410.《兼容现实传统的现代主义诗歌——论穆旦的诗》，刘士杰，《信阳师范学院学报》（哲学社会科学版），2007年第3期，第99－101、109页。

411.《江南流水与江南诗人》，柏桦，《江汉大学学报》（人文科学版），2007年第3期，第21－26页。

412.《"九叶"诗人对西方反讽诗学的译介》，龚敏律，《中国文学研究》，2007年第2期，第113－115页。

413.《来自北方的诗歌女子——诗歌和现实记忆中的诗人林雪》，海男，《诗刊》（下半月刊），2007年6月号，第38－40页。

414.《历史如何叙述诗人：隋景尼的启示与反思》，霍俊明，《诗歌月刊》，2007年第6期，第20－22页。

415.《论1990年代以来大陆新诗研究》，张桃洲，《南京师范大学文学院学报》，2007年第2期，第90－95页。

416.《论20世纪90年代诗歌的文本距离与接受困境》，周德波，《沈阳农业大学学报》（社会科学版），2007年第3期，第456－458页。

417.《论20世纪中国散文诗》，王光明，《江汉大学学报》（人文科学版），2007年第3期，第5－10页。

418.《论当代诗人散文中的诗性——以〈晕眩〉为例》，张桃洲，《江汉大学学报》（人文科学版），2007年第3期，第11－15页。

419.《论张新泉20世纪90年代诗歌的平民情怀》，袁仕萍，《襄樊学院学报》，2007年第6期，第32－35页。

420.《面对一种比较被动的写作》，应忆航，《词刊》，2007年第4期，第34－36页。

421.《穆旦的新诗史状貌——〈穆旦诗全集〉、〈穆旦诗文集〉的变动及新诗史意义》，霍俊明，《北京教育学院学报》，2007年第2期，第23－28页。

422.《平静气象里的深情与挚爱》，姜宇清，《诗歌月刊》，2007年第6期，第18页。

423.《青春激情，别样吟唱——读李俊诗集〈五色石〉有感》，刘可文，《今日文坛》，2007年夏之卷，第21－22页。

424.《清新美、沉雄美、哲理美——论冯雪峰诗歌的审美特征》，陈文兵，

《开封大学学报》，2007年第2期，第48－51页。

425.《日常经验之光——论二十世纪九十年代于坚等先锋诗人的写作》，石国庆、杜伟军，《名作欣赏》（文学研究版），2007年第6期，第82－85页。

426.《身体的解放和精神的跋涉——第三代诗歌中的女性写作及其他》，胡沛萍，《今日文坛》，2007年夏之卷，第59－62页。

427.《诗歌〈弃妇〉中的视觉意义》，刘佳人，《今日文坛》，2007年夏之卷，第54－55、62页。

428.《诗歌写作的优越时刻——关于〈大地葵花〉的两种阅读》，董学仁，《诗刊》（下半月刊），2007年6月号，第36－38页。

429.《诗歌中的三个林雪》，于贞志，《诗刊》（下半月刊），2007年6月号，第32－34页。

430.《诗学体现说的认知语言学验证及其价值分析》，周瑞敏，《天中学刊》，2007年第3期，第78－81页。

431.《食指论——冰雪之路上巨大的独轮车》，陈超，《文艺争鸣》，2007年第6期，第91－100页。

432.《世纪末的诗歌"口香糖"》，基甫，《青年作家》，2007年第6期，第22－30页。

433.《书声琅琅的村小生字课》，高凯，《诗刊》（下半月刊），2007年6月号，第59－60页。

434.《他不在别处，就在这里》，柯平，《诗歌月刊》，2007年第6期，第17页。

435.《我在香港回归前后的诗歌创作回顾》，王一桃，《华文文学》，2007年第3期，第33－39页。

436.《席慕蓉爱情诗歌的话语策略》，林平乔，《广西社会科学》，2007年第6期，第124－127页。

437.《先到万花谷——读方文竹的散文诗集〈深夜的耳朵〉》，十品，《散文诗》，2007年第6期，第73－76页。

438.《香港现代都市诗探微》，吴晓川，《世界华文文学论坛》，2007年第2期，第42－45页。

439.《〈新诗发展概况〉写作前后》，谢冕、孙绍振、孙玉石、刘登翰、洪子诚，《文艺争鸣》，2007年第6期，第125－143页。

440.《新诗与旧诗》，周晓风，《诗刊》（上半月刊），2007年6月号，第59－63页。

441.《新时期儿童诗简论》，曾庆江、张永健，《淮海工学院学报》（社会科学版），2007年第2期，第43—46页。

442.《星空下的涂鸦——顾城及其朦胧诗解读》，陈双全、姜希智、张墨，

《湖南科技学院学报》，2007 年第 6 期，第 26—28 页。

443.《以忠诚的名义——食指的〈相信未来〉赏析》，白玉红，《名作欣赏》（文学鉴赏版），2007 年第 6 期，第 115-118 页。

444.《隐石诗歌印象》，罗中玺，《今日文坛》，2007 年夏之卷，第 17-18 页。

445.《映照大风雪之镜——浅析王小妮〈我看见大风雪〉》，刘慧，《现代语文》（上旬刊），2007 年第 16 期，第 44-45 页。

446.《与美同在——读曼畅散文诗三章》，耿林莽，《散文诗》，2007 年第 6 期，第 70-71 页。

447.《阅读林雪》，秦岭，《诗刊》（下半月刊），2007 年 6 月号，第 34-36 页。

448.《在语言艺术与世俗红尘之间》，子川，《诗刊》（下半月刊），2007 年 6 月号，第 57-58 页。

449.《中国当代散文诗局部观察》，赵卫峰，《江汉大学学报》（人文科学版），2007 年第 3 期，第 16-20 页。

450.《中国与日本：中国现代诗学的昨天与今天》，吕进、［日本］岩佐昌暲，《文艺研究》，2007 年第 6 期，第 61-71 页。

451.《追寻诗歌精神性旨归的林雪》，张杰，《诗刊》（下半月刊），2007 年 6 月号，第 40-41 页。

7 月

452.《20 世纪 90 年代新诗的文学史叙述》，石国庆，《河北学刊》，2007 年第 4 期，第 127-129 页。

453.《"丑石"：超越地域的现代诗群》，邱景华，《诗歌月刊》，2007 年第 7 期，第 90-93 页。

454.《穿过落叶飘零的树林——解读穆旦的〈智慧之歌〉》，余娜，《名作欣赏》（文学研究版），2007 年第 7 期，第 87-89 页

455.《传统审美趣尚与异国情思的天然妙合——从〈沙扬娜拉〉看"雅"的现代魅力》，余荣虎，《名作欣赏》（文学鉴赏版），2007 年第 7 期，第 62-65 页。

456.《从里尔克到德里达——郑敏诗学资源的两翼》，张桃洲，《徐州师范大学学报》（哲学社会科学版），2007 年第 4 期，第 26-31 页。

457.《从思想的求索者到纯粹的诗人——任洪渊早期诗歌道路探略》，石凤珍、郭剑卿，《名作欣赏》（文学研究版），2007 年第 7 期，第 81-83 页。

458.《错误的东方"康桥"》，李兆忠，《作品》，2007 年第 7 期，第 53-

56页。

　　459.《戴望舒：自由诗成熟的新界标》，赵金钟，《湛江师范学院学报》，2007年第7期，第48－52页。

　　460.《当生命与语言相遇——郑小琼诗歌札记》，张清华，《诗刊》（上半月刊），2007年7月号，第37－39页。

　　461.《当诗歌与时代建立了关系》，江非，《诗刊》（下半月刊），2007年7月号，第23页。

　　462.《当下诗歌：文化机制与文化场域》，张大为，《理论与创作》，2007年第4期，第39－44页。

　　463.《当下诗歌的代际划分与"中生代"命名》，吴思敬，《文学评论》，2007年第4期，第177－179页。

　　464.《当下诗歌中的"人民性"及其启示》，胡少卿，《文艺理论与批评》，2007年第4期，第36－41页。

　　465.《地球的孩子，自然的诗——邱易东儿童诗创作论》，李利芳，《当代文坛》，2007年第4期，第143－146页。

　　466.《第三条道路：重建当代诗歌的核心价值》，庞清明，《文学自由谈》，2007年第4期，第71－78页。

　　467.《"滇缅公路"及其文学想象》，易彬，《中国现代文学研究丛刊》，2007年第4期，第221－235页。

　　468.《独步在月光下的歌者》，潘虹莉，《诗潮》，2007年7－8月号，第94－95页。

　　469.《独立而冷静的歌者》，林莽，《诗刊》（下半月刊），2007年7月号，第18－19页。

　　470.《读屠岸诗作的联想》，文晓村，《诗刊》（上半月刊），2007年7月号，第69－70页。

　　471.《断裂、转型与分化——20世纪90年代女性诗歌身体写作综述》，赵彬、苏克军，《楚雄师范学院学报》，2007年第7期，第26－29页。

　　472.《〈断章〉探赜》，王清学、燎原，《青海社会科学》，2007年第4期，第79－82页。

　　473.《分享生活的苦——郑小琼的写作及其"铁"的分析》，谢有顺，《南方文坛》，2007年第4期，第25－28页。

　　474.《"歌谣"与刘半农的文学活动和创作》，姚涵，《上海文化》，2007年第4期，第104－109页。

　　475.《关于草图上的白色之悟——读杨森君的诗集〈上色的草图〉》，吟泠，《朔方》，2007年第7期，第64－66页。

　　476.《关于邰筐诗歌的三言两语》，张清华，《诗刊》（下半月刊），2007年

7月号，第20-21页。

477.《郭小川的"团泊洼"》，肖朴，《长城》，2007年第4期，第48-50页。

478.《个人的激情和社会的反应》，萧开愚，《文学界》，2006年第7期，第227-232页。

479.《海子与李贺爱情诗比较》，陈宗俊，《安庆师范学院学报》（社会科学版），2007年第4期，第5-9页。

480.《汉字信任我》，张绍民，《诗潮》，2007年7-8月号，第35页。

481.《回忆与回味：80-90年代的诗歌流变》，管卫中，《当代文坛》，2007年第4期，第135-137页。

482.《寄情自然 淡忘苦闷——苦闷期〈星空〉及其治疗意义》，武淑莲，《宁夏师范学院学报》（社会科学版），2007年第4期，第35-38页。

483.《谫议何其芳"现代格律诗"理论》，王永，《石家庄学院学报》，2007年第4期，第38-43页。

484.《绝望中的抗争与个人主体性的体现——以彭燕郊与绿原1955-1976年的写作为例》，刘志荣，《渤海大学学报》（哲学社会科学版），2007年第4期，第38-44页。

485.《冷峻的格调与张扬的个性——关于朦胧诗的浪漫主义解读》，石兴泽，《学习与探索》，2007年第4期，第189-194页。

486.《立足传统 反思当下——对当下诗歌"怪异"现象之思考》，朱再枝，《乐山师范学院学报》，2007年第7期，第52-54页。

487.《亮出存在或者空空荡荡——对"口语诗"的一点感想》，杨青，《星星》（上半月刊），2007年第7期，第137-142页。

488.《烈性酒和浓缩铀——二十世纪白话小诗艺术赏析》，杨景龙，《名作欣赏》（文学鉴赏版），2007年第7期，第101-107页。

489.《林夕歌词的"香港性"》，傅莹，《文艺研究》，2007年第7期，第169-171页。

490.《刘虹诗歌的抽象现实主义》，向卫国，《文学自由谈》，2007年第4期，第113-117页。

491.《论白族女诗人陆晶清诗歌的感伤情结》，熊辉、刘丹，《云南师范大学学报》（哲学社会科学版），2007年第4期，第122-126页。

492.《论胡适现代文体理论的文学史意义》，刘东方，《中国现代文学研究丛刊》，2007年第4期，第166-180页。

493.《论韦丛芜的长诗〈君山〉》，张堂会，《中国现代文学研究丛刊》，2007年第4期，第195-209页。

494.《论朱湘诗歌的意象流变》，刘骄，《湖南科技学院学报》，2007年第7

期，第 48 - 50 页。

495.《略论朱湘的诗艺美》，朱炎皇，《现代语文》（上旬刊），2007 年第 19 期，第 42 - 43 页。

496.《美的摩痕和疼痛的水——杨森君诗歌简论》，于贵锋，《朔方》，2007 年第 7 期，第 70 - 72 页。

497.《妙在爱与非爱之间——从〈沙扬娜拉〉看徐志摩的诗艺启示》，何希凡，《名作欣赏》（文学鉴赏版），2007 年第 7 期，第 59 - 62 页。

498.《穆旦〈诗八章〉后的"隐情"》，高波，《楚雄师范学院学报》，2007 年第 7 期，第 21 - 25 页。

499.《能指和所指的混乱：当代诗歌艺术的困境》，晓屋，《艺术评论》，2007 年第 7 期，第 32 - 35 页。

500.《"溺水者"昌耀》，林贤治，《当代文坛》，2007 年第 4 期，第 138 - 140 页。

501.《聂索儿童诗印象》，钟宽洪，《边疆文学》（上半月刊），2007 年第 7 期，第 73 - 80 页。

502.《〈女神〉与中外文学作品及文艺思潮之比较》，张鸿才，《西北第二民族学院学报》（哲学社会科学版），2007 年第 4 期，第 100 - 103 页。

503.《批判意识与反思意识——"归来者"诗与"朦胧诗"价值取向比较论》，丛鑫，《长春师范学院学报》（人文社会科学版），2007 年第 4 期，第 63 - 66 页。

504.《评王文彬〈雨巷中走出的诗人——戴望舒传论〉》，吴怀东，《中国现代文学研究丛刊》，2007 年第 4 期，第 291 - 295 页。

505.《潜流里的歌声——论白洋淀诗群》，傅华、傅宗洪，《佛山科学技术学院学报》（社会科学版），2007 年第 4 期，第 11 - 14 页。

506.《浅谈戴望舒诗歌的艺术个性》，张萍，《乐山师范学院学报》，2007 年第 7 期，第 42 - 44 页。

507.《让诗歌插上翅膀》，义海，《扬子江诗刊》，2007 年第 4 期，第 21 - 23 页。

508.《如何行走？走向哪里？——序赵剑锋诗集〈行者语录〉》，杨远宏，《草地》，2007 年第 4 期，第 76 - 78 页。

509.《闪电进入泥土的长与短》，李旭，《诗潮》，2007 年 7 - 8 月号，第 36 - 37 页。

510.《审美现代性：当代汉语诗歌的一个问题史》，林铁，《理论与创作》，2007 年第 4 期，第 45 - 49、72 页。

511.《诗歌的限制性与屠岸的"十四行"写作》，杨志学，《文学港》，2007 年第 4 期，第 219 - 220 页。

512.《诗可以从时间挤出来》，车延高，《诗歌月刊》，2007年第7期，第14－16页。

513.《诗语栖居的隐痛——新世纪诗歌的语言浅析》，黄丹，《当代文坛》，2007年第4期，第147－149页。

514.《食指与一代人的精神分裂》，刘志荣，《渤海大学学报》（哲学社会科学版），2007年第4期，第45－51页。

515.《试论孙犁的诗歌创作》，彭兴奎，《齐鲁学刊》，2007年第4期，第92－94页。

516.《松脱灵魂衣角的坠地者——从女性主义视角看"下半身"诗歌》，刘玫，《楚雄师范学院学报》，2007年第7期，第30－35页。

517.《"太阳拎着一袋自己的阳光"——严力诗歌艺术散论》，沈奇，《当代作家评论》，2007年第4期，第113－119页。

518.《谈谈歌词语言的运用》，韩德仁，《词刊》，2007年第7期，第41－42页。

519.《天下谁人不能诗——说说梨花体》，田松，《艺术评论》，2007年第7期，第36页。

520.《凸面镜中的李龙炳》，哑石，《星星》（上半月刊），2007年第7期，第11－16页。

521.《土著文化体系下的当代诗歌发言——吉狄马加诗歌片论》，燎原，《诗潮》，2007年7－8月号，第91－94页。

522.《王久辛诗歌的艺术感染力》，熊辉，《诗刊》（上半月刊），2007年7月号，第71－72页。

523.《为生活的本真保鲜》，王燕生，《诗刊》（下半月刊），2007年7月号，第15－16页。

524.《五十年代长河撒满诗的珍珠——〈诗刊〉五十年作品选评》，杨志学，《名作欣赏》（文学鉴赏版），2007年第7期，第107－114页。

525.《舞成一团火的红绸子——邰筐诗歌印象》，吴思敬，《诗刊》（下半月刊），2007年7月号，第17－18页。

526.《现代诗分行建构的理据与功能》，王剑，《绵阳师范学院学报》，2007年第7期，第88－93页。

527.《现代性的省思：符号化的虚空——由于坚一首小诗所带来的启示》，赵彬、苏克军，《名作欣赏》（文学鉴赏版），2007年第7期，第83－86页。

528.《现象学视野中〈野草〉的意义生成》，赵小琪，《广东社会科学》，2007年第4期，第153－159页。

529.《新诗的二次革命五人谈》，吕进，《重庆三峡学院学报》，2007年第4期，第39－47页。

530.《言语视角：一种可行的新诗阐释途径》，罗振亚，《文艺评论》，2007年第4期，第64－66页。

531.《杨森君的诗歌之塔——读杨森君诗集〈砂之塔〉》，杨献平，《朔方》，2007年第7期，第67－69页。

532.《一切命运和歌唱都与你有关——读李冰的诗》，郁葱，《广西文学》，2007年第7期，第50－51页。

533.《意象 哲思 张力——穆旦诗歌的"新批评"阐释》，姚晓萍，《名作欣赏》（文学研究版），2007年第7期，第132－135页。

534.《有关诗歌的只言片语》，非亚，《诗歌月刊》，2007年第7期，第90－93页。

535.《又见"丑石""开花"时——"2007丑石诗会"暨"我们美丽的山海"诗歌活动侧记》，谢宜兴，《诗歌月刊》，2007年第7期，第73－75页。

536.《与欢乐而悲苦的年代同行——在邵燕祥诗歌创作研讨会上的发言》，谢冕，《诗刊》（上半月刊），2007年7月号，第65－66页。

537.《〈雨巷〉与〈给一个交臂而过的妇女〉之比较》，余志平，《孝感学院学报》，2007年第4期，第9－12页。

538.《在20世纪世界诗坛上应怎样给艾青定位——世界著名汉学家JI．E．切尔卡斯基论艾青》，宋绍香，《文艺理论与批评》，2007年第4期，第70－75页。

539.《在传统与探索之间——评李自国的诗歌》，杨远宏，《当代文坛》，2007年第4期，第141－142页。

540.《在光与火的历史想象中——读朱增泉的〈享受和平〉》，洪芳，《当代作家评论》，2007年第4期，第118－121页。

541.《珍视灵魂的歌吟——堆雪〈灵魂北上〉读后》，耿林莽，《散文诗》，2007年第7期，第72－73页。

542.《致命的呼吸——关于胡宽的诗》，张闳，《诗歌月刊》，2007年第7期，第18－20页。

543.《中国诗能否回向歌词之根》，陆正兰，《江汉论坛》，2007年第7期，第113－116页。

544.《重读郭小川的〈望星空〉》，金进，《当代作家评论》，2007年第4期，第142－151页。

545.《主体的张扬：中国现代浪漫主义诗学的理论建构》，吴井泉，《学习与探索》，2007年第4期，第195－199页。

546.《走近一个部落——台州70后诗人综述》，杨雄，《诗歌月刊》，2007年第7期，第71页。

547.《走向"中和"之美的童诗创作》，王泉，《湖南城市学院学报》，2007年第4期，第64－65页。

8月

548.《悲剧性的生命雕塑——读毅剑散文诗〈生灵〉》,张瑞田,《青海湖》,2007年8月号,第94-96页。

549.《北岛论》,陈超,《文艺争鸣》,2007年第8期,第89-99页。

550.《笔走偏锋的平衡木——中间代诗人一瞥》,余宏超,《诗歌月刊·下半月》,2007年第7/8期,第128-131页。

551.《剥开坚硬的生活真相——读远村的诗歌》,洪治纲,《诗歌月刊·下半月》,2007年第7/8期,第157-159页。

552.《穿越时光隧道的智性之光——评〈时光碎片的抒写〉》,罗振亚,《星星》(上半月刊),2007年第8期,第143-144页。

553.《大隐隐于游》,杨小滨,《文学界》(专辑版),2007年第8期,第61-62页。

554.《当代诗歌出现新高潮了吗》,王亦晴,《诗歌月刊》,2007年第8期,第72-73页。

555.《当下重要民间诗刊扫描(之一)》,发星,《诗歌月刊·下半月》,2007年第7/8期,第135-141页。

556.《读三十年代经典散文诗》,耿林莽,《散文诗》,2007年第8期,第72-73页。

557.《读张曙光的诗》,程光炜,《文学界》(专辑版),2007年第8期,第38-41页。

558.《短诗〈像杜拉斯一样生活〉:主情与用典》,胡亮,《诗歌月刊·下半月》,2007年第7/8期,第177-180页。

559.《多种地理,一种精神之途——况璃诗集〈一秒钟的地球和一生的村庄〉序》,梁平,《青年作家》,2007年第8期,第82-83页。

560.《访谈:"世界文学"视野下的中国文学与诗——兼谈顾彬对中国文学的批评》,王家新等,《江汉大学学报》(人文科学版),2007年第4期,第28-33页。

561.《风行大地的水——解读老巢》,赵四,《诗歌月刊·下半月》,2007年第7/8期,第161-166页。

562.《感冒发烧话短诗——评〈默念一个村庄的名字〉》,朱子庆,《星星》(上半月刊),2007年第8期,第21-22页。

563.《关于我国当代诗歌发展走向的思考》,王艳文,《广西社会科学》,2007年第8期,第148-150页。

564.《郭沫若〈彷徨《诗十首》〉解析》,宋嘉扬,《重庆师范大学学报》

（哲学社会科学版），2007年第4期，第54-57页。

565.《黄岩诗歌特辑印象》，詹明欧，《诗歌月刊》，2007年第8期，第70页。

566.《建国以来中学教材新诗教育的发展·选篇论》，刘真福，《江汉大学学报》（人文科学版），2007年第4期，第5-9页。

567.《江南的抒情（节选）》，张立群，《诗刊》（下半月刊），2007年8月号，第41-43页。

568.《今古汉诗语言的断裂和连续》，姜耕玉，《江苏行政学院学报》，2007年第4期，第115-118页。

569.《晶莹 透亮的儿童诗——王宜振〈少年抒情诗〉赏析》，刘春霞，《长河》，2007年第8期，第43-44页。

570.《开放：如何成为可能——论中间代诗人群的追求姿态与创作立场》，龚奎林，《诗歌月刊·下半月》，2007年第7/8期，第92-97页。

571.《来自大地的精神——评〈追赶节气的农事〉》，刘春，《星星》（上半月刊），2007年第8期，第133-134页。

572.《论汉族民间生活史诗〈郭丁香〉的艺术特色》，陈有才，《平顶山学院学报》，2007年第4期，第46-48页。

573.《论陕北民歌》，李正祖，《延安文学》，2007年第4期，第237-240页。

574.《论诗人何小竹的"极限"写作》，王小宾，《现代语文》（上旬刊），2007年第22期，第63页。

575.《论现代性视野中穆旦的诗歌创作》，方雪松、钱晶、吴頔，《池州师专学报》，2007年第4期，第71-75页。

576.《煤场诗札：形式论》，赵卫峰，《山花》，2007年第8期，第124-135页。

577.《梦的碎片之人生诉说——读邵燕祥诗随想》，孙玉石，《文艺争鸣》，2007年第8期，第39-41页。

578.《面对一切灰烬中那唯一的花籽——老巢和他的"巢时代"》，霍俊明，《诗歌月刊·下半月》，2007年第7/8期，第159-161页。

579.《面对与超越——评〈细节中的诗意〉》，耿建华，《星星》（上半月刊），2007年第8期，第55-56页。

580.《潘维的诗歌》，陈勇，《诗刊》（下半月刊），2007年8月号，第38-39页。

581.《普世诗篇：伦理的难度与限度——评〈云在都市里的低飞〉》，杨四平，《星星》（上半月刊），2007年第8期，第108-109页。

582.《浅论双语合璧诗——兼议借词》，阿尔斯兰·阿不都拉，《民族文学研究》，2007年第3期，第66-72页。

583.《秋山方郁郁　璀璨起烟霞——邵诗说"变"》，子张，《文艺争鸣》，2007年第8期，第42-46页。

584.《让自由灵魂高高地翱翔——曲近诗创造艺术欣赏》，刘强，《绿洲》，2007年第4期，第107-108页。

585.《人物诗写作的易与难——评〈人物写生与静物素描〉》，蒋登科，《星星》（上半月刊），2007年第8期，第70-72页。

586.《陕北民歌——民族音乐的瑰宝》，李海英，《延安文学》，2007年第4期，第232-236页。

587.《诗·历史·记录者——邵燕祥诗歌的"诗史性"》，陈亮，《文艺争鸣》，2007年第8期，第46-49页。

588.《诗歌地图上的小诗——评〈带着诗歌地图旅行〉》，杨远宏，《星星》（上半月刊），2007年第8期，第40-41页。

589.《诗歌是热爱生活的证据——读马克诗集〈光荣与梦想〉》，叶延滨，《民族文学》，2007年第8期，第93-94页。

590.《诗歌写作的尊严——论陈陟云诗集〈在河流消逝的地方〉》，程光炜，《诗歌月刊》，2007年第8期，第10-11页。

591.《诗歌中坚的世纪合唱——评中间代诗人》，马知遥，《诗歌月刊·下半月》，2007年第7/8期，第107-112页。

592.《"诗起点"·"诗实验"·"诗崇拜"——〈诗歌月刊·下半月〉21家印象》，杨霞，《诗歌月刊·下半月》，2007年第7/8期，第73-75页。

593.《诗人的求真精神与初期白话新诗运动》，曾洁玲，《海南大学学报》（人文社会科学版），2007年第4期，第444-447页。

594.《诗性的执守——〈诗歌月刊·下半月〉（2007年5/6）读后》，张宗刚，《诗歌月刊·下半月》，2007年第7/8期，第88-91页。

595.《诗性智慧与人性良知——我读简明的诗》，周涛，《延安文学》，2007年第4期，第183-184页。

596.《诗意达观与明晰世界的展开——读张永波的诗》，邢海珍，《地火》，2007年第3期，第157-160页。

597.《世事沧桑话"火车"——〈火车叫〉的文本细读》，王永，《名作欣赏》（文学鉴赏版），2007年第8期，第66-68页。

598.《试验，颠覆与唤醒——梁积林诗歌创作的一种解读》，柯英，《飞天》，2007年第8期，第114-117页。

599.《瞬息流火，抑或垂心永恒——论郑玲诗歌》，霍俊明，《诗歌月刊》，2007年第8期，第17-19页。

600.《说几句心里话——在邵燕祥诗歌创作研讨会上的发言》，邵燕祥，《文艺争鸣》，2007年第8期，第50-51页。

601.《童心与"穿金靴子的人"》,梁小斌,《延安文学》,2007年第4期,第191-192页。

602.《图腾诗:民族诗歌发展的一种可能》,吴思敬,《民族文学研究》,2007年第3期,第47-52页。

603.《网络体诗:四大"症候"剖析》,陈仲义,《江汉大学学报》(人文科学版),2007年第4期,第22-27页。

604.《威海对话:昌耀、第三条道路、四川道路》,燎原、胡亮,《诗歌月刊·下半月》,2007年第7/8期,第180-183页。

605.《惟有诗歌,是时间和生命河流的归宿》,温远辉,《诗歌月刊》,2007年第8期,第13-15页。

606.《维吾尔达斯坦的叙事学研究——以艾合买提·孜亚依长诗〈热比亚·赛丁〉为例》,姑丽娜尔·吾甫力,《民族文学研究》,2007年第3期,第79-84页。

607.《我理想中的中间代——〈诗歌月刊·下半月〉"中间代"诗人21家读后所想》,洪烛,《诗歌月刊·下半月》,2007年第7/8期,第113-116页。

608.《我们在世界的海洋上游泳——评蔡天新诗集〈幽居之歌〉》,[南非]加利·库姆米斯基著、文敏译,《文学界》(专辑版),2007年第8期,第56-57页。

609.《五秒钟的重大事件——解读于坚的诗〈下午,一位在阴影中走过的同事〉》,张高杰,《名作欣赏》(文学鉴赏版),2007年第8期,第68-70页。

610.《悟性的活动 超然的意味——读卞之琳的〈断章〉》,刘际平,《名作欣赏》(文学研究版),2007年第8期,第60-62页。

611.《新的光,新的力》,沈苇,《诗刊》(下半月刊),2007年8月号,第39-41页。

612.《新诗教育:群体性解读与想象的共同体》,林喜杰,《江汉大学学报》(人文科学版),2007年第4期,第10-16页。

613.《〈野草〉之"境"评析》,欧阳小昱,《广州文艺》,2007年第8期,第78-80页。

614.《"永远未完成"的写作——安琪诗歌论》,荣光启,《诗歌月刊·下半月》,2007年第7/8期,第167-172页。

615.《一个诗人的精神标签——读耿翔〈马坊书〉系列散文与组诗》,刘欣雨,《延安文学》,2007年第4期,第239-243页。

616.《一位不愿意念〈转身女经〉的诗人——论回族诗人马丽芳诗歌中的女性审美精神》,黄玲,《民族文学》,2007年第8期,第95-98页。

617.《一枝一叶总关情——评〈阳光的脚步很轻〉》,张德纲,《星星》(上半月刊),2007年第8期,第84-86页。

618.《一直很安静,一直很灿烂——读黄芳的诗》,郁葱,《广西文学》,2007年第8期,第63-64页。

619.《以爱情为主题的混声合唱——评〈比屋檐更低的爱情〉》,陆健,《星星》(上半月刊),2007年第8期,第96-97页。

620.《于坚:一个诗人的民间立场》,[美国]Jillian Shulman著、李梅译,《青年作家》,2007年第8期,第20-25页。

621.《与主流态度拉大距离的写作态度——评〈走过岁月的苍茫〉》,北塔,《星星》(上半月刊),2007年第8期,第120-121页。

622.《元诗歌论纲》,马永波,《文学界》(专辑版),2007年第8期,第11-16页。

623.《在尘世中用诗歌来照亮人生》,黄礼孩,《诗歌月刊》,2007年第8期,第12页。

624.《在传统和现代之间——论菲律宾华文诗人明澈乡愁诗的文化意象》,张晓平,《华文文学》,2007年第4期,第42-44页。

625.《在孤独中追寻自我——以1920年代冯至的诗歌创作为例》,温伟,《郧阳师范高等专科学校学报》,2007年第4期,第42-43页。

626.《在胸口焐热了的诗人——袁俊宏其人其诗漫谈》,阳飏,《诗刊》(上半月刊),2007年8月号,第26-27、59页。

627.《展开的起点:新诗教育问题与反思》,霍俊明、岳志华,《江汉大学学报》(人文科学版),2007年第4期,第17-20页。

628.《中国南京·现代汉诗研究计划/诗歌观察(一)》,何言宏,《诗歌月刊·下半月》,2007年第7/8期,第141-147页。

629.《中间代及其隐忧》,张德明,《诗歌月刊·下半月》,2007年第7/8期,第117-119页。

630.《中间代诗人的长诗写作:一次漂亮的集体出操》,赵金钟,《诗歌月刊·下半月》,2007年第7/8期,第103-107页.

631.《"中间代":一种集合性的诗歌命名》,郭海军,《诗歌月刊·下半月》,2007年第7/8期,第120-122页。

632.《"中间代"诗人的长诗写作如何成为可能》,霍俊明,《诗歌月刊·下半月》,2007年第7/8期,第83-88页。

633.《中间代长诗写作的诗兴空间》,吴投文,《诗歌月刊·下半月》,2007年第7/8期,第75-82页。

634.《"做"诗的艺术追求和千锤百炼的实践》,李乐平,《名作欣赏》(文学鉴赏版),2007年第8期,第139-144页。

635.《作为"中坚"的中间代》,向卫国,《诗歌月刊·下半月》,2007年第7/8期,第98-102页。

9 月

636.《白族民间歌谣所体现的白族文学精神——以〈鱼调〉为例》,张锡梅,《大理学院学报》,2007 年第 6 卷,第 22 - 24 页。

637.《卞之琳的翻译与诗歌创作关系》,朱宾中,《学习与探索》,2007 年第 5 期,第 184 - 186 页。

638.《卞之琳前期诗歌中的时空感受与相对意识》,胡秦葆、区蕴雯,《广西社会科学》,2007 年第 9 期,第 124 - 128 页。

639.《卞之琳诗歌解读》,吉咸乐,《南京师范大学文学院学报》,2007 年第 3 期,第 94 - 98 页。

640.《不息的震颤:论二十世纪诗歌的一个主题》,唐小兵,《文学评论》,2007 年第 5 期,第 25 - 32 页。

641.《闯荡江湖——莽汉主义的"漫游性"》,柏桦、余夏云,《当代文坛》,2007 年第 5 期,第 126 - 128 页。

642.《从德国浪漫派到存在主义——论冯至对德语文化的接受与消解》,杨志,《中国现代文学研究丛刊》,2007 年第 5 期,第 207 - 221 页。

643.《从古典的诗意到现代的诗性——试论中国新诗的"诗意"生成机制》,王家新,《中国现代文学研究丛刊》,2007 年第 5 期,第 196 - 206 页。

644.《从华丽到简约,由前倾而后退——荣荣诗歌艺术探索》,徐海蛟,《诗探索》(理论卷),2007 年第 1 辑,第 76 - 89 页。

645.《从体悟到叙事的关键因素——沈苇诗评析》,杨荣树,《当代文坛》,2007 年第 5 期,第 132 - 133 页。

646.《存在与体验——林徽因诗歌艺术分析》,班业新、邹姗姗,《常熟理工学院学报》(哲学社会科学版),2007 年第 9 期,第 78 - 81 页。

647.《大爱者的歌咏——莫洛论》,吴红涛,《诗探索》(理论卷),2007 年第 1 辑,第 18 - 30 页.

648.《大荒中的苦吟与圣咏——纪念昌耀先生》,沈苇,《诗歌月刊》,2007 年第 9 期,第 18 - 20 页。

649.《当代诗歌:在"自由"与"关怀"之间》,王家新,《文艺研究》,2007 年第 9 期,第 13 - 21 页。

650.《独行者的孤寂与守望——论林莽的诗》,叶橹,《诗探索》(理论卷),2007 年第 1 辑,第 149 - 158 页。

651.《杜甫对中国现代新诗的影响——以胡适、闻一多、冯至为例》,孔令环,《中州学刊》,2007 年第 5 期,第 212 - 216 页。

652.《对作家研究的宝贵收获——读〈诗人牟心海创作研究〉》,吴开晋

《诗潮》,2007年9-10月号,第90-91页。

653.《复活在诗歌中的波兰历史——读梁平诗集〈琥珀色的波兰〉》,杨清发,《当代文坛》,2007年第5期,第134-135页。

654.《隔着千年相望的两个女子——〈弃妇〉与〈佳人〉对照赏析兼谈李金发诗歌意象艺术》,王书婷,《名作欣赏》(文学鉴赏版),2007年第9期,第50-55页。

655.《构造话语的话语——评张桃洲〈现代汉语的诗性空间——新诗话语研究〉》,荣光启,《诗探索》(理论卷),2007年第1辑,第190-201页。

656.《孤独旅行者的沉思》,马莉,《文学自由谈》,2007年第5期,第103-110页。

657.《关于"绝句体白话诗"》,曲有源,《诗潮》,2007年9-10月号,第37页。

658.《关于当前诗歌创作和研究的对话》,程光炜、张清华,《渤海大学学报》(哲学社会科学版),2007年第5期,第11-18页。

659.《关于黄遵宪"新派诗"的评价问题——读〈谈艺录〉对公度诗的评论》,郭延礼,《文史哲》,2007年第5期,第73-82页。

660.《关于李小洛》,燎原,《诗刊》(上半月),2007年9月号,第40-41页。

661.《郭沫若与个性主义》,王永慧,《绵阳师范学院学报》,2007年第9期,第52-54页。

662.《互文性视野下现代派诗歌翻译与诗歌创作》,赵小琪,《学习与探索》,2007年第5期,第179-181页。

663.《"缓慢"在诗歌中的意义》,江雪,《扬子江诗刊》,2007年第5期,第45-47页。

664.《黄东成笔底的枫叶》,黎焕颐,《文学自由谈》,2007年第5期,第120-121页。

665.《回归自由的故乡——评胡的清诗》,黎山峣,《诗探索》(理论卷),2007年第1辑,第159-166页。

666.《寂寞的守望——1990年代的"知识分子写作"论》,吴斌卡、曾方荣,《理论与创作》,2007年第5期,第56-61页。

667.《"加速"时代的另一种"慢"与担当——山东青年诗群印象》,霍俊明,《星星》(上半月刊),2007年第9期,第75-80页。

668.《家园的重构与突围(上)——转型期彝族现代诗派论之一》,姚新勇,《暨南学报》(哲学社会科学版),2007年第5期,第78-87页。

669.《价值分裂与美学对峙——世纪之交以来诗歌流向的几个问题》,张清华,《文艺研究》,2007年第9期,第4-12页。

670.《九叶诗派的"玄学"主张及特征》,游友基,《福建师范大学学报》(哲学社会科学版),2007年第5期,第56-59页。

671.《九叶诗人:生命和灵魂的雕塑》,汪东发,《长沙理工大学学报》(社会科学版),2007年第3期,第103-108页。

672.《旧作改写:昌耀写作史上的一个"公案"》,燎原、王清学,《诗探索》(理论卷),2007年第1辑,第190-201页。

673.《军歌永远嘹亮——纪念著名诗人公木先生》,郭杰,《特区文学》,2007年第5期,第135-140页。

674.《"蓝天绿地"对峙下的台湾诗坛》,古远清,《当代文坛》,2007年第5期,第74-76页。

675.《里尔克神话的形成与中国现代新诗中批评意识的转向》,范劲,《文学评论》,2007年第5期,第71-77页。

676.《灵魂的扩充与广大——李杜新作〈哀歌五十四章片谈〉》,潞潞,《山西文学》,2007年第9期,第69-73页。

677.《聆听黄河岸的呻吟与呐喊——翟万益的书法、篆刻与诗》,卞云和,《文艺评论》,2007年第5期,第69-72页。

678.《论30年代林庚诗作的中晚唐风调——兼与林庚诗论的"盛唐气象"比较》,陆红颖,《中国文学研究》,2007年第3期,第90-92页。

679.《论程光炜的新诗研究》,罗振亚,《渤海大学学报》(哲学社会科学版),2007年第5期,第19-24页。

680.《论穆旦晚年诗作的人性内涵》,刘平平,《长春工业大学学报》(社会科学版),2007年第3期,第78-80页。

681.《论邵燕祥40年代后期的诗歌创作》,吴思敬,《中国现代文学研究丛刊》,2007年第5期,第183-195页。

682.《论现代诗学中十四行体式的理论建构》,谭桂林,《广东社会科学》,2007年第5期,第161-168页。

683.《论新时期女性诗歌中的性别抗争意识》,胡菁惠,《景德镇高专学报》,2007年第3期,第70-72页。

684.《洛夫解读》,庄晓明,《名作欣赏》(文学鉴赏版),2007年第9期,第93-100页。

685.《马安信的诗论和他的新诗创作追求》,周思缔,《当代文坛》,2007年第5期,第129-131页

686.《马莉诗歌的幻象写作》,杨远宏,《诗探索》(理论卷),2007年第1辑,第167-173页。

687.《朦胧诗的先锋意识及其思想局限》,黄健,《名作欣赏》(文学研究版),2007年第9期,第127-129页。

688.《梦幻般缤纷的内觉体验》,刘士杰,《诗刊》(上半月刊),2007年9月号,第34-36页。

689.《莫洛先生访谈录》,孙良好、吴红涛,《诗探索》(理论卷),2007年第1辑,第31-35页。

690.《穆旦〈冬〉诗的版本问题》,邓集田,《文艺争鸣》,2007年第9期,第93-98页。

691.《穆木天及其〈谭诗〉的文学史价值——穆木天研究之一》,任秀蓉、杨华丽,《绵阳师范学院学报》,2007年第9期,第47-51页。

692.《"母语的母语"——论汉语诗歌的"方言"属性和"地方"属性》,孟泽,《诗探索》(理论卷),2007年第1辑,第175-188页。

693.《那种飘动在风中的幸福感——略论路也"江心洲"系列的主体情怀》,龙扬志,《诗探索》(理论卷),2007年第1辑,第98-105页。

694.《男人类的英雄诗气——与诗人天界的一次单向对话》,徐敬亚,《特区文学》,2007年第5期,第157-160页。

695.《女人对抗女巫:多元生态下的极端写作——新诗史视野中21世纪初的妇女诗歌创作》,王珂,《诗探索》(理论卷),2007年第1辑,第60-75页。

696.《彭燕郊桂林狱中文学探析》,刘长华,《理论与创作》,2007年第5期,第89-93页。

697.《情真意切 寓情于理——短诗〈有的人〉赏析》,郜成有,《现代语文》(上旬刊),2007年第25期,第56页。

698.《人类的光线,在暗》,卢秋红,《诗刊》(上半月刊),2007年9月号,第37-40页。

699.《如何享受诗歌——中国当代诗歌考察》,郁葱、于坚、沈奇、刘春,《诗潮》,2007年9-10月号,第84-87页。

700.《神奇灰蝉把诗灯点燃——洛夫的〈金龙禅寺〉赏析》,黎德锐,《名作欣赏》(文学鉴赏版),2007年第9期,第101-103页。

701.《审美之维:当代汉语诗歌的现代性转向》,林铁,《文艺理论研究》,2007年第5期,第101-106页。

702.《生命的运算法则》,西村,《星星》(上半月刊),2007年第9期,第43页。

703.《生长在北婆罗洲的诗歌植物——读马来西亚华裔诗人吴岸的诗》,余禺,《世界华文文学论坛》,2007年第3期,第46-50页。

704.《诗歌研究的"历史感"》,程光炜,《渤海大学学报》(哲学社会科学版),2007年第5期,第5-10页。

705.《诗歌驻校 诗人驻校——首都师范大学驻校诗人路也诗歌创作研究会综述》,崔勇,《诗探索》(理论卷),2007年第1辑,第116-119页。

706.《诗情横溢的大山之子——关于丘树宏诗集〈以生命的名义〉》,吉狄马加,《南方文坛》,2007年第5期,第72页。

707.《诗人是夏天与童年的闪电——2006年度"不解"当代汉语诗歌颁奖侧记》,阿翔,《诗歌月刊》,2007年第9期,第85-87页。

708.《时代与心灵的交响——王亚平与中国现代新诗》,段从学,《诗探索》(理论卷),2007年第1辑,第37-44页。

709.《时代在我生命的闸门中匆匆流淌——关于〈一秒钟的地球和一声的村庄〉及其他》,况璃,《星星》(上半月刊),2007年第9期,第32-33页。

710.《试论古典诗歌对20世纪新诗的负面影响》,杨景龙,《文学评论》,2007年第5期,第109-116页。

711.《试论顾城诗歌的儿童化语言》,蔡淑华、苗萌,《佳木斯大学社会科学学报》,2007年第5期,第79-80页。

712.《试论近百年中国新诗的精神生态》,刘青汉,《兰州大学学报》,2007年第5期,第21-26页。

713.《试谈两岸新诗的再革命——对台湾现代诗与大陆朦胧诗历史生成的整合研究》,邓永明,《世界华文文学论坛》,2007年第3期,第70-73页。

714.《试析刘小放诗歌创作与大洼民俗文化的关系》,张凤燕,《石家庄学院学报》,2007年第5期,第80-84页。

715.《受难者的宗教式精神突围——关于朦胧诗的一种理解》,左小芳,《现代语文》(上旬刊),2007年第25期,第57页。

716.《水意象:触动心灵的弦索——论徐志摩诗歌中的水意象》,廖玉萍,《理论与创作》,2007年第5期,第94-97页。

717.《天涯海际疲倦的歌声——浅议冯至诗中的忧伤情调》,徐立新,《邢台学院学报》,2007年第3期,第43-45页。

718.《同写平凡的"世界性因素"——韩东和拉金诗歌的比较》,柏桦、余夏云,《文艺研究》,2007年第9期,第22-31页。

719.《外来诗歌的翻译与中国新诗的发生》,张林杰,《学习与探索》,2007年第5期,第181-184页。

720.《为了修复人类历史的记忆——读梁平诗集〈琥珀色的波兰〉》,张立群,《当代文坛》,2007年第5期,第136-137页。

721.《温州的诗歌人群》,崔勇,《诗歌月刊》,2007年第9期,第74-75页。

722.《温州诗歌印象黄皮书》,马叙,《诗歌月刊》,2007年第9期,第76页。

723.《我的子虚之镇乌有之乡——路也探访录》,霍俊明,《诗探索》(理论卷),2007年第1辑,第106-115页。

724.《西湖称之为我的婚床——潘维访谈》,木朵,《诗探索》(理论卷),2007年第1辑,第141-147页。

725.《喜听海宁潮音——读海宁诗人作品小辑》,张同吾,《诗刊》(上半月刊),2007年9月号,第55页。

726.《现代歌词在现当代文学史中的地位研究》,刘艳梅,《内蒙古社会科学》(汉文版),2007年第5期,第136-140页。

727.《"现代派"诗歌与欧美象征主义》,蓝棣之,《十月》,2007年第5期,第124-129页。

728.《现实世界的心灵图景——方牧诗选序》,骆寒超,《浙江海洋学院学报》(人文科学版),2007年第3期,第56-58页。

729.《新"我"的祈愿与忧思——"五四"女性新诗写作意蕴分析》,欧阳小昱,《孝感学院学报》,2007年第5期,第29-32页。

730.《新观念写作:对当代诗的一种观察》,李建春,《诗探索》(理论卷),2007年第1辑,第3-7页。

731.《新民歌运动:激进现代性的文化表征》,鲍焕然,《武汉大学学报》(人文科学版),2007年第5期,第67-67页。

732.《新诗:行进中的寻找和失落》,彭金山,《文学评论》,2007年第5期,第202-204页。

733.《新诗批评中的另一处风景——论苏雪林的新诗批评》,邹婕,《现代语文》(上旬刊),2007年第25期,第54-55页。

734.《"新诗散文化"的诗学内蕴与意义》,王泽龙,《中国社会科学》,2007年第5期,第171-180页。

735.《新叙事主义诗歌刍议》,呢喃,《诗探索》(理论卷),2007年第1辑,第8-16页。

736.《液体江南:汉诗地图中的一个路标》,沈健,《诗探索》(理论卷),2007年第1辑,第121-132页。

737.《一只并不简单的"苍蝇"》,张宜雷,《名作欣赏》(文学鉴赏版),2007年第9期,第61-64页。

738.《一种文体的修炼——关于曲有源绝句体白话诗的解悟》,任林举,《诗潮》,2007年9-10月号,第38-39页。

739.《以生命的热度发抒美与爱——秦风〈刀锋上的月亮〉解读》,张德明,《绵阳师范学院学报》,2007年第9期,第52-54页。

740.《译诗与中国诗歌转型》,方长安,《学习与探索》,2007年第5期,第173-176页。

741.《〈再别康桥〉:徐志摩"单纯信仰"的破灭》,丛鑫,《乐山师范学院学报》,2007年第9期,第34-36页。

742.《在两岸三地发现诗意——论傅天虹诗歌创作与新移民文学》,杨洪承,《广东社会科学》,2007年第5期,第175-179页。

743.《在现实中敞开的技巧——论 90 年代女性诗歌》,张立群,《南京师范大学文学院学报》,2007 年第 3 期,第 54-58 页。

744.《怎样的"口语",以及"叙事"——"口语诗"问题之我见》,沈奇,《星星》(上半月刊),2007 年第 9 期,第 124-129 页。

745.《挣脱那水的刑枷——试析潘维的诗〈乡党〉》,江弱水,《诗探索》(理论卷),2007 年第 1 辑,第 133-139 页。

746.《中国话语与中国情感——兼及当下先锋诗歌创作的问题与思考》,刘士林,《中山大学学报》(社会科学版),2007 年第 5 期,第 19-22 页。

747.《中国诗事》,李拜天整理,《星星》(上半月刊),2007 年第 9 期,第 135-136 页。

748.《中国现代新诗的诗体建设问题》,杨景龙,《河北学刊》,2007 年第 5 期,第 110-113 页。

749.《中国新诗传统与朦胧诗的起源》,张志国,《中国现代文学研究丛刊》,2007 年第 5 期,第 222-234 页。

750.《中国新诗九十年随想》,朱先树,《诗刊》(上半月刊),2007 年 9 月号,第 41-44 页。

751.《中生代诗人的群体焦虑与诗性自觉》,朱寿桐,《南方文坛》,2007 年第 5 期,第 24-28 页。

752.《"左联"诗人张泽厚在重庆》,张良春,《红岩》,2007 年第 5 期,第 166-172 页。

10 月

753.《1966 年之后——个人自述》,雷平阳,《诗探索》(理论卷),2007 年第 2 辑,第 80-91 页。

754.《90 年代诗歌的"非个人化"特质》,王昌忠,《文艺争鸣》,2007 年第 10 期,第 104-108 页。

755.《90 年代以来诗歌的"个人化"写作》,张立群,《文艺争鸣》,2007 年第 10 期,第 98-103 页。

756.《阿利卢耶娃的俄罗斯冰雪——读邵燕祥〈最后的独白〉的旁白》,任洪渊,《诗探索》(理论卷),2007 年第 2 辑,第 31-34 页。

757.《艾青〈我爱这土地〉赏读》,李铁秀,《名作欣赏》(文学鉴赏版),2007 年第 10 期,第 67-71 页。

758.《爱的三昧 情的哲学——写给祁人》,屠岸,《诗歌月刊》,2007 年第 10 期,第 19-20 页。

759.《把果实留在最高的枝头——评许雪萍的诗》,郁葱,《广西文学》,

2007年第10期，第63-64页。

760.《奔流中的回旋——"五四"情诗的古典承衍》，陆红颖，《诗探索》（理论卷），2007年第2辑，第148-161页。

761.《别一种生存状态——关于李小洛诗歌中"慢"的解读》，刘晓翠，《诗探索》（理论卷），2007年第2辑，第49-55页。

762.《超文本诗歌联合解码中的张力》，陆正兰，《诗探索》（理论卷），2007年第2辑，第168-173页。

763.《赤心侠骨的思想者——"邵燕祥诗歌创作研讨会"综述》，王永，《诗探索》（理论卷），2007年第2辑，第38-43页。

764.《川沙的诗意之思与汉诗的期待》，李普曼，《东疆学刊》，2007年第4期，第53-57页。

765.《"纯诗"的呼唤与境界——梁宗岱象征主义诗论浅析》，吴世永，《台州学院学报》，2007年第5期，第35-38页。

766.《当代儿童诗对纯美想象空间的构建》，谭旭东，《江汉大学学报》（人文科学版），2007年第5期，第5-10页。

767.《当下诗歌的十大流弊》，寒山石，《诗选刊》，2007年第10期，第89-92页。

768.《到语言的路上去——于坚、海德格尔和我的对话》，段凌宇，《山花》，2007年第10期，第143-151页。

769.《第三代诗歌出现原因探索》，周礼红、李长银，《焦作大学学报》，2007年第4期，第12-14页。

770.《读〈预言〉与〈夜歌〉——兼论何其芳诗歌风格的演变》，林凯，《宜宾学院学报》，2007年第10期，第63-65页。

771.《读邵燕祥的〈五十弦〉》，雷霆，《诗探索》（理论卷），2007年第2辑，第35-37页。

772.《对两重家乡的观望——雷平阳诗歌的一种读法》，夏宏，《诗探索》（理论卷），2007年第2辑，第68-75页。

773.《儿童散文诗观照世界的审美方式》，余雷，《江汉大学学报》（人文科学版），2007年第5期，第17-20页。

774.《放开我们的眼界——论当前中国诗歌的建设》，丁鲁，《词刊》，2007年第10期，第36-38页。

775.《飞翔：修辞与意义——论孟浪的诗》，杨小滨，《江汉大学学报》（人文科学版），2007年第5期，第27-29页。

776.《飞扬的激情和充沛的想象：纷飞战火中的"恋歌"——彭燕郊小诗〈恋歌〉解读》，刘继业，《名作欣赏》（文学鉴赏版），2007年第10期，第63-66页。

777.《感受即反叛——从〈胭脂〉看杨子诗歌的反现代性凝视》,柏桦,《诗歌月刊·下半月》,2007 年第 9/10 期,第 151 – 152 页。

778.《高端对话:五个中间代理论家谈中间代》,张德明,《诗歌月刊·下半月》,2007 年第 9/10 期,第 167 – 174 页。

779.《孤独者的诉说——李小洛诗歌读后感》,[韩国]金慈恩,《诗探索》(理论卷),2007 年第 2 辑,第 56 – 60 页。

780.《古典品格 雅致情怀——陈敬容诗歌传统意象的解读》,李春秋,《现代语文》(上旬刊),2007 年第 28 期,第 61 页。

781.《古典诗歌的象征传统与新诗的象征手法》,杨景龙,《诗探索》(理论卷),2007 年第 2 辑,第 136 – 147 页。

782.《归来者——洪烛与古筝诗歌谈话录》,洪烛,《翠花》,2007 年第 5 期,第 75 – 77 页。

783.《桂冠诗人独自成俑》,何鸣,《青年作家》,2007 年第 10 期,第 20 – 25 页。

784.《海子论》,陈超,《文艺争鸣》,2007 年第 10 期,第 116 – 127 页。

785.《海子诗歌之"自然的复魅"》,刘艳梅,《现代语文》(上旬刊),2007 年第 28 期,第 60 页。

786.《江南诗人的吴声之美——以陈东东、杨键为例》,柏桦,《诗探索》(理论卷),2007 年第 2 辑,第 128 – 135 页。

787.《"今天"之后的严力》,桑克,《诗歌月刊》,2007 年第 10 期,第 63 – 64 页。

788.《爵士乐的自由即兴与王敖的诗》,冷霜,《诗探索》(理论卷),2007 年第 2 辑,第 97 – 104 页。

789.《开发现代城市的诗意——评朱多锦的"现代城市诗"》,万志全,《山东文学》,2007 年第 10 期,第 80 – 83 页。

790.《雷平阳诗歌〈底线〉辨析》,黄斌,《诗探索》(理论卷),2007 年第 2 辑,第 76 – 79 页。

791.《李少君与其"草根性"诗学》,刘复生,《文学界》(专辑版),2007 年第 10 期,第 29 – 32 页。

792.《历史否定空白——对三、四年代我国流行歌曲的再思考》,晨枫,《词刊》,2007 年第 10 期,第 38 – 41 页。

793.《领悟生命和诗歌艺术的大道——论叶世斌先生的诗集〈在途中〉》,章亚昕,《诗歌月刊》,2007 年第 10 期,第 9 – 12 页。

794.《论大陆和台港新诗的诗形建设》,王珂,《文艺研究》,2007 年第 10 期,第 34 – 41 页。

795.《论大跃进民歌运动与"五四"新村主义思潮的历史呼应》,张育仁,

《重庆师范大学学报》（哲学社会科学版），2007年第5期，第20-24页。

796.《论戴望舒诗歌创作中的悲剧意识》，侯敏，《鞍山师范学院学报》，2007年第5期，第56-58页。

797.《论三十年代左翼诗学与俄苏诗学的关系》，谭桂林，《长江学术》，2007年第4期，第1-9页。

798.《论五四时期儿童诗创作》，谢毓洁，《江汉大学学报》（人文科学版），2007年第5期，第11-16页。

799.《论新诗在现当代文学中的先锋意义》，徐鲲，《惠州学院学报》（社会科学版），2007年第5期，第88-91页。

800.《论周作人诗歌的诗体特征及其在新诗发生期的意义——以〈过去的生命〉为例》，王雪松、王泽龙，《江汉大学学报》（人文科学版），2007年第5期，第21-26页。

801.《略论新文学运动对诗性的轻慢及后果》，朱恒，《湖北教育学院学报》，2007年第10期，第7-10页。

802.《梦幻般缤纷的内觉体验——评李小洛的诗》，刘士杰，《诗探索》（理论卷），2007年第2辑，第44-48页。

803.《面向更广阔世界的女性写作——李小洛诗歌创作研讨会综述》，陈亮，《诗探索》（理论卷），2007年第2辑，第61-67页。

804.《牧歌的暗哑——读海子诗〈面朝大海，春暖花开〉》，王兴起，《现代语文》（上旬刊），2007年第28期，第61页。

805.《穆旦：中国真正的现代主义诗人》，苗雨时，《廊坊师范学院学报》，2007年第5期，第14-16页。

806.《内陷的肉身——读雪迪近期的诗》，杨小滨，《诗探索》（理论卷），2007年第2辑，第92-96页。

807.《平凡而悲壮的抒情歌谣》，李森，《文学界》（专辑版），2007年第10期，第58-60页。

808.《"潜入土地"的探索——一位瑶乡诗人的心灵足迹》，陈仲庚，《湖南科技学院学报》，2007年第10期，第56-58页。

809.《生命，在时间中磨砺与升腾——读张洪波〈沙子的声音〉》，朱晶，《作家杂志》，2007年第10期，第93-96页。

810.《诗，是我们内心的一种精神结构——对诗人李笠、陈东东的访谈》，张学昕，《作家杂志》，2007年第10期，第41-50页。

811.《诗心的对话 诗思的旅行——评龙彼德的〈痖弦评传〉》，刘忠，《诗探索》（理论卷），2007年第2辑，第186-193页。

812.《食指：我更相信"未来"——答泉子问》，食指、泉子，《诗探索》（理论卷），2007年第2辑，第120-127页。

813.《书〈邵燕祥诗选〉后》,何西来,《诗探索》(理论卷),2007年第2辑,第14-23页。

814.《痛苦、黑暗与阴冷:个人记忆的时间修辞学——读安琪的〈始终未来的往事〉》,龚奎林,《诗歌月刊·下半月》,2007年第9/10期,第183-185页。

815.《屋檐上的春雨不绝于耳——戴小栋诗歌印象》,张清华,《诗歌月刊·下半月》,2007年第9/10期,第164-166页。

816.《现代汉诗的海外经验——张错教授访谈录》,李凤亮,《文艺研究》,2007年第10期,第50-61页。

817.《"现代诗话"导论》,魏克,《诗歌月刊》,2007年第10期,第63-64页。

818.《现代寓言的写作者:王锋》,李小雨,《诗探索》(理论卷),2007年第2辑,第105-108页。

819.《乡思一缕水一方——从情感体验解读余光中诗歌中的乡愁情结》,李星阁,《现代语文》(上旬刊),2007年第28期,第59页。

820.《写古诗还是写现代诗——在2007年鼓浪屿诗歌节上的即席演讲》,吕约,《诗歌月刊·下半月》,2007年第9/10期,第36-39页。

821.《新的意境 新的意蕴——读满族诗人许若然的知识寓言诗集》,张锦贻,《草原》,2007年第10期,第95-96页。

822.《新世纪诗歌面面观——答诗友二十问》,沈奇,《诗探索》(理论卷),2007年第2辑,第2-13页。

823.《胸襟·个性·诗魂——公刘诗学简论》,刘扬烈,《诗探索》(理论卷),2007年第2辑,第174-185页。

824.《虚拟诗歌文本的现实审美和传播意义》,李诠林,《诗探索》(理论卷),2007年第2辑,第162-167页。

825.《徐志摩诗歌创作特点浅探》,董海峰,《现代语文》(上旬刊),2007年第28期,第57-58页。

826.《压缩的才是精华——读曾心小诗漫笔》,赵朕,《华文文学》,2007年第5期,第88-90页。

827.《一个不断寻绎灵魂的诗人旅程——邵燕祥论》,苗雨时,《诗探索》(理论卷),2007年第2辑,第24-30页。

828.《一个人的二十年》,林森,《文学界》(专辑版),2007年第10期,第33-37页。

829.《一个世纪的背影——中国新诗1977-2000》,谢冕,《文艺争鸣》,2007年第10期,第59-73页。

830.《〈一句话〉的音乐性解读》,蒋登科,《名作欣赏》(文学鉴赏版),2007年第10期,第59-62页。

831.《一曲母爱、童真、自然的优美赞歌——冰心〈繁星〉〈春水〉小诗论析》,曾宏伟,《名作欣赏》(文学研究版),2007 年第 10 期,第 67 – 69 页。

832.《乐声中绽开诗的芬芳——〈再别康桥〉作谱原因诗内透析》,侯少隽,《德州学院学报》,2007 年第 5 期,第 12 – 14 页。

833.《在出与入之间:徐志摩〈再别康桥〉结构新论》,任湘云,《名作欣赏》(文学研究版),2007 年第 10 期,第 70 – 71 页。

834.《照耀诗坛的一束月光——李见心诗歌创作特色》,叶世斌,《诗探索》(理论卷),2007 年第 2 辑,第 109 – 119 页。

835.《中国南京·现代汉诗研究计划/诗歌观察(二)》,何言宏,《诗歌月刊·下半月》,2007 年第 9/10 期,第 153 – 162 页。

836.《中国西北版图诗歌一览》,彭金山,《文艺争鸣》,2007 年第 10 期,第 83 – 86 页。

837.《资源与转换:现代汉语诗意结构形式探析》,姜耕玉,《文艺研究》,2007 年第 10 期,第 42 – 49 页。

838.《〈致橡树〉与舒婷热》,任南南、张守海,《绥化学院学报》,2007 年第 5 期,第 74 – 78 页。

11 月

839.《20 世纪 90 年代理想主义与诗歌的生态考察》,邓俊庆,《山东文学》,2007 年第 11 期,第 46 – 48 页。

840.《"八宝箱"悬案与"太太客厅"》,陈学勇,《新文学史料》,2007 年第 4 期,第 109 – 116 页。

841.《百年厦门新诗论》,谢春池,《厦门文学》,2007 年第 11 期,第 65 – 76 页。

842.《背对时代与抵达内心——读李小洛诗歌〈省下我〉》,王士强,《诗探索》(作品卷),2007 年第 2 辑,第 136 – 140 页。

843.《被囚禁者的自由之歌——〈黑屋〉赏析》,孙良好,《诗探索》(作品卷),2007 年第 1 辑,第 47 – 50 页。

844.《玻璃盒、自我、诗歌的音乐性》,于坚,《文景》,2007 年第 11 期,第 70 – 71 页。

845.《蔡其矫与当代中国诗歌》,王光明,《新诗评论》,2007 年第 2 辑,第 133 – 143 页。

846.《蔡宛璇新诗集〈潮汐〉导读》,黄粱,《诗探索》(作品卷),2007 年第 2 辑,第 61 – 72 页。

847.《从"运动"到"活动":诗朗诵在当前中国的价值》,[美] 江克平著、吴弘毅译,《新诗评论》,2007年第2辑,第3-19页。

848.《存在的几副面孔——从〈入梅丛书〉看90年代以来中国诗歌的语言与现实》,张桃洲,《新诗评论》,2007年第2辑,第209-223页。

849.《存在的焦虑:论〈野草〉的生存哲学》,李骞,《文学评论》,2007年第6期,第151-155页。

850.《重新探掘新诗批评的活力与效力——从臧棣对林贤治的反驳说开去》,张桃洲、姜涛、冷霜、孙晓娅、张洁宇、段从学,《新诗评论》,2007年第2辑,第179-196页。

851.《戴望舒的一封法文信及其他》,段怀清,《新文学史料》,2007年第4期,第149-154页。

852.《当代流行歌词对中国古典诗词的承续与超越》,昌庆志,《文艺评论》,2007年第6期,第54-58页。

853.《当代视野下的郭沫若研究国际研讨会综述》,陈晓春,《文学评论》,2007年第6期,第218-220页。

854.《地域写作的极致与囿限——读雷平阳的诗》,张桃洲,《当代作家评论》,2007年第6期,第81-88页。

855.《独白与复调——20世纪20-40年代中国现代诗歌新思考》,李青果、周丹史,《云梦学刊》,2007年第6期,第21-24页。

856.《读几位当代诗人》,王家新,《当代作家评论》,2007年第6期,第93-101页。

857.《读罗门短诗〈野马〉》,谭五昌,《诗探索》(作品卷),2007年第1辑,第74-77页。

858.《读田禾短诗〈土碗〉》,谭五昌,《诗探索》(作品卷),2007年第1辑,第78-81页。

859.《发现一条必经的道路——评泉子的诗〈在文成公主像前〉》,臧棣,《诗探索》(作品卷),2007年第2辑,第134-135页。

860.《废名圈、晚唐诗及另类现代性——从朱英诞谈中国新诗中的"传统与现代"》,陈均,《新诗评论》,2007年第2辑,第118-130页。

861.《冯雪峰的珍贵佚诗〈呼唤〉及〈文学修养〉杂志》,孙玉石,《新文学史料》,2007年第4期,第92-102页。

862.《革命诗派诗歌的亦进亦撤及其意义》,李金涛,《江汉论坛》,2007年第11期,第123-126页。

863.《个人气质与诗歌韵味的结合》,刘洁岷,《诗探索》(作品卷),2007年第2辑,第73-75页。

864.《关于郭沫若研究文献的思考》,税海模,《新文学史料》,2007年第4期,第183-190页。

865.《关于诗歌语言的札记》,耿林莽,《诗刊》(下半月刊),2007年11月号,第69-73页。

866.《关于〈十九〉诗集的问世经过》,苏历铭,《诗探索》(作品卷),2007年第2辑,第162-163页。

867.《"郭沫若与日本"在郭沫若研究中》,蔡震,《新文学史料》,2007年第4期,第191-199页。

868.《郭沫若与少年中国学会同乡同学关系考》,陈俐,《新文学史料》,2007年第4期,第176-182页。

869.《海子诗歌的"青春期"特征——以〈面朝大海,春暖花开〉为例》,胡少卿,《名作欣赏》(文学鉴赏版),2007年第11期,第106-108页。

870.《韩作荣答〈诗选刊〉问》,韩作荣,《诗探索》(作品卷),2007年第1辑,第99-103页。

871.《互联网上的中国台湾新诗版图》,杨宗翰,《新诗评论》,2007年第2辑,第31-39页。

872.《急就的命题稿:辨明晦涩与易懂的关系以前,莫辩优劣》,萧开愚,《新诗评论》,2007年第2辑,第234-236页。

873.《家园的重构与突围(下)——转型期彝族现代诗派论之二》,姚新勇,《暨南学报》(哲学社会科学版),2007年第6期,第78-85页。

874.《解读海子的诗〈思念前生〉》,罗宗强,《诗探索》(作品卷),2007年第2辑,第52-60页。

875.《今年春天的诗歌时髦是什么?》,萧开愚,《新诗评论》,2007年第2辑,第233-234页。

876.《金水生瓴塔,蓝天展大鹏——广东青年诗人笔会综述》,林雨,《作品》,2007年第11期,第78-79页。

877.《静态的飞翔——评沈奇现代禅诗〈睡莲〉》,孙金燕,《诗探索》(作品卷),2007年第2辑,第120-128页。

878.《苦忆师生情——纪念卞之琳先生》,李野光,《新文学史料》,2007年第4期,第76-78页。

879.《"朗诵诗"的文体形式及诗学阐释——抗战诗歌朗诵运动的诗学反思之二》,赵心宪,《河北学刊》,2007年第6期,第131-136页。

880.《梁启超"诗界革命"内涵新探》,徐连云,《文艺争鸣》,2007年第11期,第88-93页。

881.《卢卫平:"向下"与"向上"》,吴思敬,《诗刊》(下半月刊),2007年11月号,第41-42页。

882.《卢卫平印象》,唐不遇,《诗刊》(下半月刊),2007年11月号,第42-44页。

883. 《论〈王贵与李香香〉的版本变迁与文本修改》，王荣，《复旦学报》（社会科学版），2007年第6期，第129-137页。

884. 《论20世纪中国诗律观念的嬗变》，李国辉，《内蒙古社会科学》（汉文版），2007年第6期，第155-159页。

885. 《论林徽因、沈从文的诗》，陆耀东，《徐州师范大学学报》（哲学社会科学版），2007年第6期，第23-27页。

886. 《论孙毓棠的诗》，陆耀东，《文学评论》，2007年第6期，第123-128页。

887. 《论新诗的本体规范与秩序建设》，骆寒超、陈玉兰，《上海文化》，2007年第6期，第54-67页。

888. 《论徐志摩诗歌语言的音乐性特征》，廖玉萍，《河南师范大学学报》（哲学社会科学版），2007年第6期，第163-165页。

889. 《洛夫：超现实主义与禅道相融合》，了了村童，《扬子江诗刊》，2007年第6期，第60-63页。

890. 《漫谈近年来流行歌词中的"童话"倾向》，吴晓川，《词刊》，2007年第11期，第38-40页。

891. 《每一秒钟什么也不做，只做等待——"凸凹体"从诗坛地平线上升起》，胡亮，《青年作家》，2007年第11期，第22-28页。

892. 《穆旦浪漫主义情结的深层原因及影响》，马瑞红、彭金山，《兰州大学学报》，2007年第6期，第40-46页。

893. 《穆旦诗歌中不存在宗教意识》，王学海，《文学评论》，2007年第6期，第161-165页。

894. 《穆旦在南荒文艺社的创作》，李光荣、宣淑君，《西南民族大学学报》（人文社会科学版），2007年第11期，第101-104页。

895. 《女性意识及个人的心灵词源——翟永明诗歌论》，陈超，《新诗评论》，2007年第2辑，第144-175页。

896. 《欧化对诗形的冲击及对策》，朱恒、何锡章，《理论与创作》，2007年第6期，第58-62页。

897. 《盘旋是因为要俯冲——读李亚伟的短诗〈新月钩住了寂寞的北窗〉》，吴玉垒，《诗探索》（作品卷），2007年第1辑，第71-73页。

898. 《评多多诗〈致太阳〉》，谭五昌，《诗探索》（作品卷），2007年第2辑，第141-145页。

899. 《起于愉悦而终于睿智——对两首小诗的激赏》，江弱水，《新诗评论》，2007年第2辑，第199-208页。

900. 《浅议徐志摩对拉斐尔前派诗歌的接受》，李佳憶，《长沙大学学报》，2007年第6期，第91-92、95页。

901.《让故乡成为故乡——田禾诗的阐释》,荣光启,《诗潮》,2007年11-12月号,第44-45页。

902.《"融汇"的诗学和特殊的"记忆"——从雷平阳的诗说开去》,陈超,《当代作家评论》,2007年第6期,第66-75页。

903.《人情世故皆诗歌——读卢卫平的诗》,李少君,《诗刊》(下半月刊),2007年11月号,第45-46页。

904.《人文与历史两种价值的交合——谈杨牧政治抒情诗的审美价值取向》,林平,《当代文坛》,2007年第6期,第155-157页。

905.《如何享受诗歌——中国当代诗歌考察》,叶延滨、李轻松、张德明、哑石,《诗潮》,2007年11-12月号,第88-91页。

906.《深邃哲理的诗艺表达——20世纪中国哲理诗简论》,温长青,《晋阳学刊》,2007年第6期,第171-180页。

907.《什么是哀歌》,柴然,《黄河》,2007年第6期,第126-138页。

908.《神秘的陶罐——当代诗歌意象的历史文化诠释之一》,向以鲜,《当代文坛》,2007年第6期,第150-154页。

909.《诗歌:从"80年代"到"新世纪"——答诗友十八问》,沈奇,《当代文坛》,2007年第6期,第16-19页。

910.《诗歌的异在表现与现实要求》,梁平,《文艺理论与批评》,2007年第6期,第98-100页。

911.《诗歌厦门的命运——对"厦门诗群"崛起的一种观察与思考,兼评〈厦门文学〉厦门诗群专号》,[澳大利亚]庄伟杰,《厦门文学》,2007年第11期,第74-80页。

912.《诗歌是一种救赎》,琬琦,《广西文学》,2007年第11期,第62页。

913.《诗是撞响灵魂的那一刻》,邢海珍,《诗潮》,2007年11-12月号,第92-94页。

914.《守望与游移——二十世纪九十年代以来女性诗歌写作分析》,欧阳小昱,《名作欣赏》(文学鉴赏版),2007年第11期,第134-137页。

915.《树意象:一种当代诗美流变的历史考察》,王贵禄、郭养元,《理论与创作》,2007年第6期,第70-73页。

916.《思性的芒与诗性的蝶——读谭明诗集〈光芒与蝶〉》,易光,《当代文坛》,2007年第6期,第158-160页。

917.《土城乡鼓舞——兼及我的创作》,雷平阳,《当代作家评论》,2007年第6期,第88-92页。

918.《万古不坏,其唯虚空——诗歌中"虚"与"实"的艺术辩证法范畴举隅》,袁向彤,《山东文学》,2007年第11期,第93-94页。

919.《为大地而歌:生态意识与于坚诗歌》,汪树东,《河北师范大学学报》

920.《文坛师友录》,牛汉口述,何启治、李晋西采写,《新文学史料》,2007年第4期,第4-28页。

921.《"文字可以写作永恒"——摭谈刘世哲新诗写作的语言个性追求》,辛宪,《当代文坛》,2007年第6期,第161页。

922.《我笔下的长征》,牛庆国,《诗探索》(作品卷),2007年第1辑,第59页。

923.《我看见重重叠叠的自己——琬琦诗歌的深邃和曼妙》,郁葱,《广西文学》,2007年第11期,第63-64页。

924.《我们真诚,我们面对艺术》,林莽,《诗探索》(作品卷),2007年第2辑,第164页。

925.《五十年长河洒满诗的珍珠——〈诗刊〉50年作品选评》,杨志学,《扬子江诗刊》,2007年第6期,第51-59页。

926.《五四新诗与浪漫派》,孙绍振,《十月》,2007年第6期,第45-53页。

927.《"X小组"和"太阳纵队":三位前驱诗人——郭世英、张鹤慈、张郎郎其人其诗》,陈超,《当代作家评论》,2007年第6期,第45-65页。

928.《现代古人的神性撒播——隐逸诗人李青松论》,张建安,《理论与创作》,2007年第6期,第94-96页。

929.《香港当代新诗理论发展的轮廓》,古远清,《中国海洋大学学报》(社会科学版),2007年第6期,第54-59页。

930.《想着阿垅……》,罗紫,《新文学史料》,2007年第4期,第79-81页。

931.《写给抽屉看的,是我的兄弟——致上海友人〈诗歌前浪〉》,徐敬亚,《特区文学》,2007年第11期,第158-160页。

932.《新诗:九十年后回头看》,周良沛,《文艺理论与批评》,2007年第6期,第89-97页。

933.《新诗笔记》,张新颖,《西部》,2007年第11期,第115-149页。

934.《新诗的出逃、承载、挣扎——新世纪诗歌生态剧变》,陈仲义,《探索与争鸣》,2007年第11期,第65-68页。

935.《新时期诗学的探路者——吴思敬诗学理论初探》,姜玉琴,《南方文坛》,2007年第6期,第28-32页。

936.《新月社若干史实考辨》,付祥喜,《中国现代文学研究丛刊》,2007年第6期,第159-180页。

937.《形式与变式——论小引〈西藏组诗〉》,萧映,《江汉论坛》,2007年第11期,第119-127页。

938.《杨建民和他的叙事体政务诗》,毕星星,《山西文学》,2007年第11期,第74-75页。

939.《一切遗物皆史料——谈郭沫若作品汇校本的出版》,廖久明,《新文学史料》,2007年第4期,第200-204页。

940.《译诗和写诗之间——卞之琳、冯至、穆旦的比较研究之一》,萧映,《理论与创作》,2007年第6期,第97-99页。

941.《"以乡愁为核心"——论雷平阳的诗》,黄平,《当代作家评论》,2007年第6期,第76-80页。

942.《英雄精神与史诗品格——〈解放军文艺〉二零零七年第八期诗歌专号座谈会笔录》,张同吾等,《解放军文艺》,2007年第11期,第91-112页。

943.《与南方乡村的命运抱在一起——读赖廷阶的诗》,阿翔,《诗潮》,2007年11-12月号,第6-7页。

944.《喻德荣和他的儿童诗》,宋小武,《文学自由谈》,2007年第6期,第111-116页。

945.《在悖论中的突围与漫游》,田一坡,《清明》,2007年第6期,第200-201页。

946.《在诗歌中的再次出生——〈出生地〉研讨会记录》,粥样、浪子整理,《诗探索》(作品卷),2007年第1辑,第169-190页。

947.《真空中的印记——简析代薇诗集〈随手写下〉中的几首诗》,左杨,《诗探索》(作品卷),2007年第2辑,第155-161页。

948.《政治抒情诗人钟声扬》,曲润海,《黄河》,2007年第6期,第101-114页。

949.《知性:冯至〈十四行集〉的美学追求》,杨华丽,《重庆社会科学》,2007年第11期,第54-58页。

950.《中国诗事》,李拜天整理,《星星》(上半月刊),2007年第11期,第132-133页。

951.《朱英诞小识——"朱英诞文章选辑"辑校札记》,陈均,《新诗评论》,2007年第2辑,第110-117页。

952.《走向空旷宇宙的身影——论牟心海20世纪90年代诗歌风格的转变》,张立群,《民族文化研究》,2007年第4期,第98-102页。

12月

953.《北京天空的金秋亮色——北京斋堂·第23届青春诗会侧记》,唐力,《诗刊》(上半月刊),2007年12月号,第76-78页。

954.《传统诗美的现代变奏——洛夫新古典诗透析》,尹耀飞,《世界华文文学论坛》，2007年第4期，第34-38页。

955.《从边缘雄起的辽宁诗群——浅议辽宁板块诗歌印象》，琳恩，《诗歌月刊》，2007年第12期，第77-78页。

956.《从户部乡到舜耕路》，王黎明，《诗刊》（下半月刊），2007年12月号，第48-49页。

957.《带着母语回家的书写者——试论严力诗歌及其意义》，[澳大利亚]庄伟杰，《世界华文文学论坛》，2007年第4期，第21-24页。

958.《当下诗歌怎么了？》，杨远宏，《诗歌月刊·下半月》，2007年第12期，第21-26页。

959.《"第二届中韩诗人大会"侧记》，北塔，《诗歌月刊》，2007年第12期，第80-83页。

960.《读马莉的〈金色十四行〉诗歌札记》，朱子庆，《诗歌月刊·下半月》，2007年第12期，第10-14页。

961.《对新诗历史的一种打量》，蒋登科，《诗歌月刊·下半月》，2007年第12期，第31-33页。

962.《关于乌吉斯古冷的诗》，里快，《草原》，2007年第12期，第90-91页。

963.《海子：在麦地与太阳之间》，林贤治，《西湖》（上半月），2007年第12期，第78-81页。

964.《海子〈九月〉的存在主义读解》，张德明，《名作欣赏》（文学鉴赏版），2007年第12期，第25-27页。

965.《回归传统 感悟现代——论新加坡五月诗人的诗歌创作》，肖怿，《世界华文文学论坛》，2007年第4期，第16-20页。

966.《或人或事的印象——刘春和他的〈朦胧诗后〉》，梁平，《诗歌月刊·下半月》，2007年第12期，第28-30页。

967.《"历史"中的"玫瑰"——赏析痖弦〈上校〉一诗》，许辉妮，《名作欣赏》（文学鉴赏版），2007年第12期，第28-30页。

968.《理性的呼唤——当代流行歌词向理性回归的必要性》，宋秋敏，《词刊》，2007年第12期，第38-39页。

969.《梁实秋诗论中的"人性"——从诗与画的关系谈起》，孙璐，《世界华文文学论坛》，2007年第4期，第58-60页。

970.《论戴望舒前期文学历程及其诗风研究》，玄春妍，《吉林广播电视大学学报》，2007年第4期，第33-36页。

971.《论都市视野中的女性诗歌》，卢桢，《文艺争鸣》，2007年第12期，第154-158页。

972.《论彭燕郊桂林前期诗歌中的现代主义》，刘长华，《中国文学研究》，

2007 年第 4 期, 第 86 - 90 页。

　　973.《论邵燕祥"打油诗"的品与相》, 梁彦玲,《江苏行政学院学报》, 2007 年第 6 期, 第 120 - 123 页。

　　974.《论现代诗中的荒诞》, 陈仲义,《中国文学研究》, 2007 年第 4 期, 第 91 - 94 页。

　　975.《〈面朝大海,春暖花开〉的再解读》, 孟川、粟斌,《文艺争鸣》, 2007 年第 12 期, 第 158 - 161 页。

　　976.《"明天将出现什么样的词"——论安琪 90 年代诗歌的先锋性》, 张立群,《诗歌月刊·下半月》, 2007 年第 12 期, 第 83 - 87 页。

　　977.《那意思深着……深着……深着……——昌耀诗作〈哈拉库图〉赏析》, 燎原、王清学,《名作欣赏》(文学鉴赏版), 2007 年第 12 期, 第 31 - 34 页。

　　978.《女性命运的另类关注——解读苏瓷瓷〈你的名字〉》, 夏元明,《名作欣赏》(文学鉴赏版), 2007 年第 12 期, 第 40 - 43 页。

　　979.《旁观者阎安——阎安以及阎安诗歌的片段性凝视》, 李江华,《延安文学》, 2007 年第 6 期, 第 109 - 112 页。

　　980.《拼贴:传承与创新——对叶匡政长诗〈"571 工程"纪要样本〉的解析》, 王永华,《诗歌月刊·下半月》, 2007 年第 12 期, 第 37 - 40 页。

　　981.《散文诗:喧嚣后的冷静与思考——第七届全国散文诗研讨会纪要》, 冯明德等,《散文诗》, 2007 年第 12 期, 第 71 - 76 页。

　　982.《身世浮沉雨打萍——论打工诗歌漂泊主题》, 宋妍,《枣庄学院学报》, 2007 年第 6 期, 第 57 - 59 页。

　　983.《诗歌的"重"与"力"——邵燕祥诗歌近作印象》, 王永,《江苏行政学院学报》, 2007 年第 6 期, 第 123 - 126 页。

　　984.《诗歌精神与审美气质》, 傅元峰,《诗歌月刊·下半月》, 2007 年第 12 期, 第 26 - 28 页。

　　985.《诗歌理趣的表现方式——〈歌词创作美学〉连载之七》, 许自强,《词刊》, 2007 年第 12 期, 第 34 - 37 页。

　　986.《诗歌正在悄然复兴》, 何言宏,《诗歌月刊·下半月》, 2007 年第 12 期, 第 33 - 34 页。

　　987.《诗情、禅与意境——安谧诗歌艺术论(一)》, 安雷,《草原》, 2007 年第 12 期, 第 68 - 70 页。

　　988.《诗心不会老去》, 李振声,《读书》, 2007 年第 12 期, 第 89 - 96 页。

　　989.《诗学笔记:游荡者说》, 陈超,《山花》, 2007 年第 12 期, 第 155 - 161 页。

　　990.《时间与死亡:任洪渊的汉诗之旅》, 林童,《诗歌月刊》, 2007 年第 12 期, 第 28 - 30 页。

991.《〈台湾当代新诗史〉自序》,古远清,《世界华文文学论坛》,2007年第4期,第71-72页。

992.《谈阎安的诗歌》,宋逖,《诗歌月刊》,2007年第12期,第15-16页。

993.《铜的铁的血的火的……》,黄恩鹏,《解放军文艺》,2007年第12期,第99-112页。

994.《文学"现代化"猜想——论徐迟的"社会主义现代派"理论》,李海霞,《上海文学》,2007年第12期,第86-91页。

995.《我读阎安》,苇子,《诗歌月刊》,2007年第12期,第17页。

996.《我反对季羡林先生的新诗"失败"说》,老巢,《诗歌月刊·下半月》,2007年第12期,第1页。

997.《我和中间代的缘分》,吴投文,《诗歌月刊·下半月》,2007年第12期,第45-47页。

998.《现代诗分行书写的听觉美与视觉美》,彭强民,《桂林师范高等专科学校学报》,2007年第4期,第89-93页。

999.《现实的隐喻与生命的哲思——简政珍〈当闹钟与梦约会〉管窥》,熊国华,《世界华文文学论坛》,2007年第4期,第25-30页。

1000.《现实与童话的深度解构——论罗任玲的后现代诗歌》,王金城,《世界华文文学论坛》,2007年第4期,第25-30页。

1001.《乡村,作为诗歌"唤起的力量"》,燎原,《诗刊》(下半月刊),2007年12月号,第44-46页。

1002.《写给喂养诗歌的兄弟姐妹》,马知遥,《诗歌月刊·下半月》,2007年第12期,第19-21页。

1003.《心魂之思与想象之舞——哈雷诗歌印象》,刘桂茹,《福建文学》,2007年第12期,第81-82页。

1004.《徐志摩和郁达夫:中国现代文学史上的一对宝贝——在西安交通大学中文系的演讲》,韩石山,《山西文学》,2007年第12期,第4-11页。

1005.《寻找灵魂与良知——邵燕祥在当代诗坛的意义》,吴思敬,《江苏行政学院学报》,2007年第6期,第117-120页。

1006.《仰望一朵白云越飞越高——送别久卧病榻上的著名诗人安谧》,阿古拉泰,《草原》,2007年第12期,第68-70页。

1007.《叶维廉诗学理论透视》,任毅,《漳州师范学院学报》(哲学社会科学版),2007年第4期,第65-70页。

1008.《〈一个诗人的心灵史——序〈雪,火焰以外〉》,叶延滨,《延安文学》,2007年第6期,第140-141页。

1009.《一种值得尊敬的诗歌存在——关于〈诗歌月刊·下半月〉的随感》,

王士强,《诗歌月刊·下半月》,2007年第12期,第16-19页。

1010.《与梦相约——〈裙兜里的苹果〉读后》,辛杰,《草原》,2007年第12期,第92页。

1011.《与诗人谈诗(四题)》,叶延滨,《长江文艺》,2007年第12期,第73-74页。

1012.《在我们的时代旁观(创作谈)——语言与自我参与复活我们时代的几种仪式》,阎安,《延安文学》,2007年第6期,第106-109页。

1013.《赵丽华诗歌管窥》,史许福,《绥化学院学报》,2007年第6期,第75-76页。

1014.《中西诗艺的融会与贯通——论"奥登"风与中国现代主义诗歌》,黄瑛,《中国文学研究》,2007年第4期,第104-108页。

1015.《作为历史链接点的〈秋〉》,蒋登科,《名作欣赏》(文学鉴赏版),2007年第12期,第22-24页。

2008 年

1 月

1. 《爱的可能与不可能之歌——穆旦〈诗八首〉解读》，西渡，《星星》（下半月刊），2008 年第 1 期，第 77－109 页。
2. 《艾青"北方组诗"原型意象解构》，王明博，《东疆学刊》，2008 年第 1 期，第 81－84 页。
3. 《白洋淀诗群的经典化与新诗史叙事》，霍俊明，《南都学坛》，2008 年第 1 期，第 76－81 页。
4. 《筚路蓝缕　薪火传承——评〈中国新诗启示录——臧克家论稿〉》，丰云，《德州学院学报》，2008 年第 1 期，第 106－107 页。
5. 《"标准"与"尺度"：如何谈论现代汉诗?》，荣光启，《海南师范大学学报》（社会科学版），2008 年第 1 期，第 35－41 页。
6. 《潮籍女诗人许心影》，李魁庆，《鲁迅研究月刊》，2008 年第 1 期，第 89－90 页。
7. 《炽热诗情的传递——浅论惠特曼诗歌对中国"七月派"诗歌创作的影响》，彭继媛，《德州学院学报》，2008 年第 1 期，第 19－23 页。
8. 《重建诗歌标准——谈诗歌创作的三种抒情基型》，李万庆，《诗潮》，2008 年 1 月号，第 72－73 页。
9. 《重建我们的诗歌标准（对话）》，何言宏等，《海南师范大学学报》（社会科学版），2008 年第 1 期，第 29－34 页。
10. 《重建中国现代诗学话语体系》，高玉，《西南大学学报》（社会科学版），2008 年第 1 期，第 22－28 页。
11. 《重议"第三代诗"——从〈第三代诗新编〉谈起》，张平，《星星》（下半月刊），2008 年第 1 期，第 50－60 页。
12. 《"存在"之痛的追问——海子〈黑夜的献诗〉解读》，杨献锋，《山东文学》，2008 年第 1 期，第 72－73 页。
13. 《大跃进民歌运动研究述评》，张凤渝，《青海师专学报》（教育科学版），2008 年第 1 期，第 40－43 页。
14. 《当下青海诗歌掠影——〈高大陆上的吟唱〉读后感》，谭五昌，《青海湖》，2008 年 1 月号，第 79－80 页。

15.《地域性诗歌创作的魅力——论90年代以来的广西诗歌创作》,刘玲,《广西师范学院学报》(哲学社会科学版),2008年第1期,第58-61页。

16.《感动 撼动 挑动 惊动——好诗的"四动"标准》,陈仲义,《海南师范大学学报》(社会科学版),2008年第1期,第20-28页。

17.《顾城生命中的纯粹》,黄九清、何英,《绵阳师范学院学报》,2008年第1期,第79-82页。

18.《归来者汤松波的二十四节气》,洪烛,《青年文学》,2008年第1期,第121-122页。

19.《郭沫若与反右运动》,贾振勇,《粤海风》,2008年第1期,第57-63页。

20.《何其芳论》,杨义、郝庆军,《文学评论》,2008年第1期,第16-18页。

21.《荷尔德林诗观浅论——兼析其对中国现代诗歌现状的启示》,蒴群,《安徽农业大学学报》(社会科学版),2008年第1期,第72-75页。

22.《激情转冷峻 豪气兼婉约——论邵燕祥的诗》,刘士杰,《上海大学学报》(社会科学版),2008年第1期,第115-119页。

23.《纪念何其芳同志逝世三十周年座谈会侧记》,程凯,《文学评论》,2008年第1期,第19-21页。

24.《简论20世纪80年代大学生诗歌的创作追求》,王碧瑶、刘学明,《楚雄师范学院学报》,2008年第1期,第53-59页。

25.《简论徐志摩诗歌的漂泊主题》,李友桥,《长沙大学学报》,2008年第1期,第84-86页。

26.《矫矫不群——诗论家杨匡汉的学术之旅》,杨志学,《绿风》,2008年第1期,第119-127页。

27.《开辟"有限制的情境授权"——论现代诗的"叙事性"》,陈仲义,《西南大学学报》(社会科学版),2008年第1期,第29-33页。

28.《"看虹摘星复论政"——沈从文集外诗文四篇校读札记》,裴春芳,《中国现代文学研究丛刊》,2008年第1期,第49-57页。

29.《雷平阳:为云南的大山立传》,黄代本,《星星》(下半月刊),2008年第1期,第60-79页。

30.《林雪:打开经验的缺口》,韩作荣,《星星》(上半月刊),2008年第1期,第16-17页。

31.《琳子访谈:找到伤害自己的记忆》,琳子,《诗歌月刊》,2008年第1期,第39-42页。

32.《略论何其芳早期诗歌的体式》,卢志娟,《集宁师专学报》,2008年第1期,第14-18页。

33.《论废名诗歌观念的"传统"与"现代"》,张洁宇,《南京师范大学学报》(社会科学版),2008年第1期,第148-154页。

34.《论网络诗歌的泛平民化特征》,姚洪伟,《曲靖师范学院学报》,2008年第1期,第35-37页。

35.《论闻一多的爱国诗创作》,李乐平,《复旦学报》(社会科学版),2008年第1期,第117-124页。

36.《论现代中国神秘主义诗学》,谭桂林,《文学评论》,2008年第1期,第22-29页。

37.《论新诗第一个十年》,孙绍振,《文艺争鸣》,2008年第1期,第79-101页。

38.《论新诗运动的"前喻文化"特质》,章亚昕,《上海大学学报》(社会科学版),2008年第1期,第120-124页。

39.《论徐迟1930年代诗歌中的怀乡情结》,刘文浩,《湖北经济学院学报》(人文社会科学版),2008年第1期,第112-113页。

40.《论徐志摩诗歌的古典浪漫主义精神》,于倩、王书平,《鲁东大学学报》(哲学社会科学版),2008年第1期,第40-44页。

41.《〈拍案颂〉:走近闻一多的一座宽阔桥梁》,闻立鹏,《首都师范大学学报》(社会科学版),2008年第1期,第84-90页。

42.《命名、语言及其他》,[澳大利亚]庄伟杰,《诗潮》,2008年1月号,第31页。

43.《穆旦研究:几个值得深化的话题》,吴思敬,《南开学报》(哲学社会科学版),2008年第1期,第133-140页。

44.《你往何处去——浅析中国当代诗歌的境遇》,王琳,《攀枝花学院学报》,2008年第1期,第64-66页。

45.《女性意识观照下女性命运的本质书写——论翟永明诗歌的整体性特征》,孟芳,《河南师范大学学报》(哲学社会科学版),2008年第1期,第200-202页。

46.《欧阳江河——精神肖像和潜对话之一》,陈超,《诗潮》,2008年1月号,第66-67页。

47.《浅析沈尹默白话新诗中的悲感意识》,杨明贵,《安康学院学报》,2008年第1期,第19-22页。

48.《上个世纪末女性诗歌叙述声音发展流变——从翟永明诗歌个体看叙述声音的确立》,黄杨梅,《攀枝花学院学报》,2008年第1期,第74-76页。

49.《审美形象:视觉画面与语言符号化——比较邵洵美与穆旦诗歌中的身体叙事》,曹银,《北京化工大学学报》(社会科学版),2008年第1期,第51-53页。

50.《生命的审视与吟咏——论昌耀诗歌的生命体验》,朱再枝,《楚雄师范学院学报》,2008年第1期,第60-65页。

51.《诗歌的音乐性及其文学性的支撑》,李万堡,《金陵科技学院学报》(社会科学版),2008年第1期,第84－88页。

52.《诗歌典范和诗歌期待——〈面朝大海,春暖花开〉入选中学语文课本的忧思》,高波,《北京大学学报》(哲学社会科学版),2008年第1期,第119—124页。

53.《诗歌写作:标准、权利、难度》,张清华,《诗潮》,2008年1月号,第34－37页。

54.《诗歌中的现实、地域经验和语言——以雷平阳的诗为例(节选)》,小小,《诗刊》(下半月刊),2008年1月号,第44－46页。

55.《诗人的仰止——怀念公刘》,董宝瑞,《诗歌月刊》,2008年第1期,第24－26页。

56.《世界的隐蔽与诗歌显现——读杨键的诗》,杨柳,《星星》(上半月刊),2008年第1期,第131－138页。

57.《〈诗刊〉创刊前后》,吕剑,《诗刊》(上半月刊),2008年1月号,第63－65页。

58.《斯人无故园》,刘粹,《诗歌月刊》,2008年第1期,第28－29页。

59.《缩身于乡愁的悲悯与风暴》,李冬春,《诗刊》(下半月刊),2008年1月号,第46－47页。

60.《谈雷平阳的诗》,陈超,《诗刊》(下半月刊),2008年1月号,第39－41页。

61.《谈诗歌〈夜马〉》,张杰,《星星》(上半月刊),2008年第1期,第22－23页。

62.《探询好诗标准(节选)》,陈仲义,《厦门文学》,2008年第1期,第77－80页。

63.《闻一多诗作诗论及杂文与人格的方正和圆满》,李乐平,《徐州师范大学学报》(哲学社会科学版),2008年第1期,第14－17页。

64.《我的诗歌是我散文的黑暗——于坚访谈》,张鸿,《作品》,2008年第1期,第48－50页。

65.《西方话语与中国现代主义诗学的过滤机制》,赵小琪,《贵州社会科学》,2008年第1期,第30－35页。

66.《现代诗人的草原叙事——论葛根图娅的诗》,赵志,《集宁师专学报》,2008年第1期,第11－13页。

67.《现代抒情诗创作简论》,闫自启,《洛阳理工学院学报》(社会科学版),2008年第1期,第42－44页。

68.《现代性的延伸与变异——"第三代诗歌"观念论》,张立群,《南都学坛》,2008年第1期,第86－90页。

69.《现代性视野中的底层文学》,李龙,《粤海风》,2008年第1期,第50-52页。

70.《现代意识与古典意境融合的一个私人化范本》,张墨研,《星星》(下半月刊),2008年第1期,第111-117页。

71.《象征主义的中国化——〈现代诗艺术揽胜〉之三十》,龙彼德,《绿风》,2008年第1期,第107-111页。

72.《新诗传统之我见》,张桃洲,《诗刊》(上半月刊),2008年1月号,第61-62页。

73.《新体诗的形式》,尽心,《文学自由谈》,2008年第1期,第96-101页。

74.《行走在路上的诗人——试论桑恒昌诗歌的创作道路》,杜玉梅,《文艺争鸣》,2008年第1期,第166-168页。

75.《徐志摩就读美国克拉克大学行实钩沉》,张宏生,《中国现代文学研究丛刊》,2008年第1期,第170-178页。

76.《徐志摩文学创作和生态美学思想》,张晓光,《文学评论》,2008年第1期,第42-47页。

77.《旋转棱镜的诗意折光》,霍俊明,《诗歌月刊》,2008年第1期,第89-93页。

78.《寻找春天的路标——诗集〈紫金花〉读后》,方政,《南京理工大学学报》(社会科学版),2008年第1期,第33-35页。

79.《〈胭脂〉后记》,杨子,《星星》(下半月刊),2008年第1期,第118-121页。

80.《〈野草〉与佛教》,汪卫东,《中国现代文学研究丛刊》,2008年第1期,第75-85页。

81.《一个沦陷区诗人的生命之维——论南星20世纪40年代的诗歌创作》,马前,《西华师范大学学报》(哲学社会科学版),2008年第1期,第43-46页。

82.《艺术的"诀窍"——诗人公刘小忆》,郭在精,《诗歌月刊》,2008年第1期,第26-27页。

83.《隐秘灵魂的外射——〈野草〉中的梦境探析》,任志国,《安阳师范学院学报》,2008年第1期,第100-102页。

84.《语言背后的精神能量》,韩作荣,《诗潮》,2008年1月号,第30页。

85.《在另一种形式中再生——谈吉狄马加的诗歌艺术》,龙彼德,《民族文学》,2008年第1期,第110-117页。

86.《"稚子之韵"的徐志摩言情》,陆红颖,《名作欣赏》(文学鉴赏版),2008年第1期,第52-56页。

87.《中国诗歌传统最深刻的叛逆者和传承者——论九叶诗派的现代性和民族性》,杨恬,《云南师范大学学报》(哲学社会科学版),2008年第1期,第

124-129页。

88.《中国新诗主潮的当代性嬗变》,丁友星,《阜阳师范学院学报》(社会科学版),2008年第1期,第44-49页。

89.《自行车上的杨克与大街上的巨轮无畏地平行》,默默,《星星》(下半月刊),2008年第1期,第122-123页。

90.《纵论新诗得失 高瞻诗坛前景》,寓真,《黄河》,2008年第1期,第98-102页。

2月

91.《1949-1976:当代新诗思想史视阈中的邵燕祥》,霍俊明,《廊坊师范学院学报》,2008年第1期,第6-11页。

92.《40年代中国新诗抒情主体形象的一次现代性探索——以穆旦40年代诗歌创作为个案研究》,邹英,《乐山师范学院学报》,2008年第2期,第43-45页。

93.《保留差异:文学史阐释的意义》,刘复生,《文艺争鸣》,2008年第2期,第164-165页。

94.《比较的视阈:1940年代中国两种浪漫主义诗学的文化精神》,吴井泉,《黑龙江社会科学》,2008年第1期,第88-93页。

95.《"草根性"正在诗歌中扩散》,钟华生、李少君,《星星》(下半月刊),2008年第2期,第92-101页。

96.《苍茫之境的意味——读〈古马的诗〉兼谈北方边地文化精神》,王若冰,《飞天》,2008年第2期,第127-128页。

97.《垂落的姿态及其延展的过程——关于李轻松诗歌几种关键词的解读及其他》,张立群,《星星》(下半月刊),2008年第2期,第255-267页。

98.《从午后抵达的斑驳光线与沉潜面影——东篱诗歌小读(节选)》,霍俊明,《诗刊》(下半月刊),2008年2月号,第47-49页。

99.《"打工诗歌":底层述写的缘由与意义》,龚奎林,《湛江师范学院学报》(哲学社会科学版),2008年第1期,第41-43页。

100.《"打工诗歌"与底层和谐》,何轩,《湛江师范学院学报》(哲学社会科学版),2008年第1期,第36—38页。

101.《当代口语诗的选择与走向——中国当代诗歌研究系列之一》,陈卫、陈茜,《江西师范大学学报》(哲学社会科学版),2008年第1期,第97-102页。

102.《当下诗歌写作问题三人谈》,张柠、谭五昌、张清华,《星星》(下半月刊),2008年第2期,第16-26页。

103.《道德忏悔和历史反思》,孙绍振,《文艺争鸣》,2008年第2期,第158-160页。

104.《底层为何写作》,张清华,《湛江师范学院学报》(哲学社会科学版),2008年第1期,第31-34页。

105.《读〈回顾一次写作〉》,赵园,《文艺争鸣》,2008年第2期,第156-157页。

106.《读林雪近作札记》,叶延滨,《诗林》,2008年第1期,第73-76页

107.《反思的向度》,姜涛,《文艺争鸣》,2008年第2期,第169—170页。

108.《返回诗歌:谈诗歌的价值标准——给〈星星〉诗歌理论半月刊执行主编潘洗尘的信》,许德民,《星星》(下半月刊),2008年第2期,第339-345页。

109.《复调交响:爱与自由的离情——再读〈再别康桥〉》,曹万生,《名作欣赏》(文学鉴赏版),2008年第2期,第86-88页。

110.《〈概况〉的自我"示众"与叩问》,孙玉石,《文艺争鸣》,2008年第2期,第166-168页。

111.《郭沫若诗歌的"神话转型题旨"与文学想象意义——以〈女神之再生〉与〈凤凰涅槃〉为例》,吴翔宇,《盐城师范学院学报》(人文社会科学版),2008年第1期,第68-73页。

112.《海南诗歌与海拔诗群》,符力,《星星》(下半月刊),2008年第2期,第308-319页。

113.《韩东——精神肖像和潜对话之二》,陈超,《诗潮》,2008年2月号,第69-70页。

114.《汉语的精魂——我最喜欢的台湾诗人》,荣光启,《星星》(下半月刊),2008年第2期,第278-289页。

115.《何其芳现代格律诗的出发点》,崔勇,《文艺争鸣》,2008年第2期,第192-196页。

116.《何其芳在"翰林院"》,柳鸣九,《新文学史料》,2008年第1期,第42-61页。

117.《"化妆舞会"或"无物之阵":论第三代诗歌的生成情境——从〈他们〉、〈非非〉创刊谈起》,李建周,《星星》(下半月刊),2008年第2期,第66-91页。

118.《"火车"上的生命时空状态——盘妙彬诗歌论》,张立群,《诗刊》(上半月刊),2008年2月号,第30-32页。

119.《"记忆"之书——论吴兴华诗歌的精神内蕴》,易彬,《江汉大学学报》(人文科学版),2008年第1期,第29-34页。

120.《"今天":俄罗斯式的对抗美学》,柏桦、余夏云,《江汉大学学报》

（人文科学版），2008 年第 1 期，第 45－50 页。

　　121.《"景观诗歌"视野中的穆旦》，程振兴，《江汉大学学报》（人文科学版），2008 年第 1 期，第 19－23 页。

　　122.《宽容与限制：关于中国女性诗歌环境》，赵卫峰，《星星》（下半月刊），2008 年第 2 期，第 142－157 页。

　　123.《狼与羊的隐喻——当代流行歌曲审美意象分析》，苏文宝，《宁夏师范学院学报》，2008 年第 1 期，第 63－66 页。

　　124.《林雨访谈：用柔软的心去感知世界》，林雨，《诗歌月刊》，2008 年第 2 期，第 20－22 页。

　　125.《论"打工诗歌"的话语谱系》，张德明，《湛江师范学院学报》，2008 年第 1 期，第 38－41 页。

　　126.《论冯至〈十四行集〉的宗教沉思特质》，韩红蕾，《江西师范科技学院学报》，2008 年第 1 期，第 99－102 页。

　　127.《论何其芳二十世纪三四十年代的"艺术自觉"》，冯雷，《江汉大学学报》（人文科学版），2008 年第 1 期，第 24－28 页。

　　128.《论中国诗的文体演化规律》，章亚昕，《诗刊》（上半月刊），2008 年 2 月号，第 61－62 页。

　　129.《旅美女诗人心笛》，曹明，《世界华文文学论坛》，2008 年第 1 期，第 45－47 页。

　　130.《〈梦家诗集〉版本考》，郑蕾，《新文学史料》，2008 年第 1 期，第 157－160 页。

　　131.《"迷人的抒情"与"泥土的根"——西南联大时期王佐良的诗歌实践》，陈彦，《江汉大学学报》（人文科学版），2008 年第 1 期，第 40－44 页。

　　132.《牛汉：命运和诗歌的抗争》，张伟栋、李建周，《星星》（下半月刊），2008 年第 2 期，第 57－65 页。

　　133.《女性诗歌的现实回归——读荣荣诗集〈看见〉及其他》，曹纪祖，《诗刊》（上半月刊），2008 年 2 月号，第 63－65 页。

　　134.《飘逸灵动的美质：徐志摩诗歌的独特风格》，李建民，《廊坊师范学院学报》，2008 年第 1 期，第 25－26 页。

　　135.《启夕秀于未振——重读台湾名诗人名作》，陈仲义，《世界华文文学论坛》，2008 年第 1 期，第 19－23 页。

　　136.《浅析废名的〈谈新诗〉》，焦敬华，《惠州学院学报》（社会科学版），2008 年第 1 期，第 41－44 页。

　　137.《诠释的极限、生活世界和美德——析孙文波〈在山楂林中〉》，王冬冬，《星星》（下半月刊），2008 年第 2 期，第 190－198 页。

　　138.《让批评回到民间》，徐敬亚，《星星》（下半月刊），2008 年第 2 期，第 52 - 56 页。

139.《人生经历的诗意追寻——读阮殿龙的〈菊篱吟稿〉》,朱先树,《诗林》,2008 年第 1 期,第 127 - 128 页。

140.《人生之爱与超脱红尘的歌唱——王成君〈歌者情话〉札记》,邢海珍、王晓春,《黑龙江社会科学》,2008 年第 1 期,第 94 - 97 页。

141.《如何"回顾"那段"革命历史"?》,钱理群,《文艺争鸣》,2008 年第 2 期,第 161 - 163 页。

142.《邵燕祥的情感世界》,赵东,《诗歌月刊》,2008 年第 2 期,第 9 - 10 页。

143.《诗,说到最后是美学——读胡弦的诗》,人邻,《诗林》,2008 年第 1 期,第 80 - 83 页。

144.《诗的境界就是人格的境界——读老刀诗集〈眼睛飞在翅膀前方〉》,伊甸,《星星》(下半月刊),2008 年第 2 期,第 249 - 254 页。

145.《诗歌回乡:底层写作的现实意义》,赵金钟,《湛江师范学院学报》(哲学社会科学版),2008 年第 1 期,第 34 - 36 页。

146.《诗人的悖论》,吴凑春,《上饶师范学院学报》,2008 年第 1 期,第 54 - 57 页。

147.《诗人的秘密花园:关于古马》,人邻,《星星》(下半月刊),2008 年第 2 期,第 102 - 141 页。

148.《诗人的天职是还乡——评骆英〈都市流浪集〉》,干海兵,《星星》(下半月刊),2008 年第 2 期,第 268 - 272 页。

149.《诗之路也》,王永,《诗潮》,2008 年 2 月号,第 35 - 36 页。

150.《事情的次要方面》,洪子诚,《文艺争鸣》,2008 年第 2 期,第 173 - 174 页。

151.《试论徐志摩新诗体体制的主张与创作》,毛灿月,《贵州工业大学学报》(社会科学版),2008 年第 1 期,第 90 - 91、94 页。

152.《书生意气——东篱诗歌刍议》,醒石,《诗刊》(下半月刊),2008 年 2 月号,第 42 - 44 页。

153.《天涯美学——海外华文诗思发展的一种倾向》,[加拿大]洛夫,《星星》(下半月刊),2008 年第 2 期,第 273 - 277 页。

154.《头顶巨石的诗歌——2007 年诗歌扫描》,燎原,《星星》(上半月刊),2008 年第 2 期,第 133 - 140 页。

155.《透剔玲珑生机流溢——评孟樊的〈旅游写真〉》,古远清,《名作欣赏》(文学鉴赏版),2008 年第 2 期,第 134 - 136 页。

156.《文人风骨的自在行吟——论邵燕祥打油诗中的讽刺作品》,刘晓翠,《廊坊师范学院学报》,2008 年第 1 期,第 14 - 16 页。

157.《我读邵燕祥其诗其人——在邵燕祥诗歌创作研讨会上的发言》,姚振函,《廊坊师范学院学报》,2008年第1期,第12-13页。

158.《"我当然很想到解放区去"——访诗人彭燕郊》,易彬,《新文学史料》,2008年第1期,第87-94页。

159.《我们的生活到底还剩下什么(节选)》,王来宁,《诗刊》(下半月刊),2008年2月号,第45-46页。

160.《我听到了你的心声——读雨泽兄新作〈阳光正休闲〉》,李琦,《诗林》,2008年第1期,第125-126页。

161.《西部诗歌的雄性精神》,刘朝霞、朱忠元,《西华大学学报》(哲学社会科学版),2008年第1期,第31-38页。

162.《先知:在痛苦中孤独前行——对梁小斌后期诗作的考析,兼论与第三代诗歌异同》,赵薇,《星星》(下半月刊),2008年第2期,第209-228页。

163.《现代诗读解策略》,陈仲义,《名作欣赏》(文学鉴赏版),2008年第2期,第29-36页。

164.《心灵交流:厦门诗群的再度融合——颜非诗歌交流会纪要》,江浩,《厦门文学》,2008年第2期,第60-63页。

165.《新时期以来重庆诗歌略谈》,谭五昌,《星星》(下半月刊),2008年第2期,第320-324页。

166.《行走者阿来:阿来诗文的精神品质》,段怀清,《民族文学》,2008年第2期,第118-122页。

167.《杨键:放下了圣像画的平民诗人》,梁小斌,《星星》(下半月刊),2008年第2期,第242-248页。

168.《野曼的生命和诗一样美丽》,章亚昕,《诗潮》,2008年2月号,第75-78页。

169.《逸乐也是一种文学观》,柏桦,《星星》(上半月刊),2008年第2期,第33-34页。

170.《与万物共在——读沈苇的诗》,孟潇,《星星》(上半月刊),2008年第2期,第125-132页。

171.《欲言又止,一咏三叹》,张桃洲,《星星》(下半月刊),2008年第2期,第201-204页。

172.《袁可嘉诗学思想探源》,马永波,《江汉大学学报》(人文科学版),2008年第1期,第35-39页。

173.《远在树木出现之前,叶子就在飘旋》,王家新,《诗林》,2008年第1期,第34-36页。

174.《在和合中凝视——张小蝉现代诗艺术论》,石计生,《星星》(下半月刊),2008年第2期,第229-241页。

175.《在两次"重写文学史"之间》,冷霜,《文艺争鸣》,2008年第2期,第170—172页。

176.《在审美发现中演绎诗意情怀——略论菲华女诗人石子的诗歌创作》,戴冠青,《名作欣赏》(文学鉴赏版),2008年第2期,第137-139页。

177.《在自由、爱与悲悯中落笔——论朵渔及其诗歌》,罗振亚、刘波,《山花》,2008年第2期,第151-158页。

178.《责任,我要做些什么(外二篇)》,道辉,《星星》(下半月刊),2008年第2期,第290-294页。

179.《〈中国当代女诗人爱情诗选〉序言》,蓝蓝,《星星》(下半月刊),2008年第2期,第325-328页。

180.《中国新诗纪念日:我呼唤"新新诗"》,洪烛,《星星》(下半月刊),2008年第2期,第295-303页。

181.《自我灵魂的终极拷问——〈野草〉意蕴新探》,刘崇,《社科纵横》,2008年第2期,第121-123页。

182.《走近"被冷落的缪斯"——吴兴华新诗研究评析》,漆福刚,《长江大学学报》(社会科学版),2008年第1期,第36-40页。

3月

183.《1920年代中国新诗发展述略》,孙玉石,《北京大学学报》(哲学社会科学版),2008年第2期,第89-98页。

184.《柏桦——精神肖像和潜对话之三》,陈超,《诗潮》,2008年3月号,第72-73页。

185.《边缘的主流——对八、九十年代诗歌论争的一种阐释》,周志强、蒋述卓,《暨南学报》(哲学社会科学版),2008年第2期,第88-93页。

186.《陈梦家生命地理》,杨振华,《江南》,2008年第2期,第154-168页。

187.《"崇低"与"祛魅"——中国"低诗潮"分析》,陈仲义,《南方文坛》,2008年第2期,第60-66页。

188.《重回纵横交错的历史场阈——〈回顾一次写作——《新诗发展概况》的前前后后〉的新诗史意义》,霍俊明,《南方文坛》,2008年第2期,第35-40页。

189.《穿越历史的诗性之光——论"文革"时期青年"地下诗歌"》,胡苏珍,《内蒙古社会科学》,2008年第2期,第128-132页。

190.《从胡适的文学创作重审其早期诗学理论》,李国辉,《浙江社会科学》,2008年第3期,第110-114页。

191.《从浪漫主义到象征主义——关于王独清的"谈诗"》,王丽,《乐山师范学院学报》,2008年第3期,第34－38页。

192.《从文字的深处进入传统——何其芳〈休洗红〉的古典意象与意绪》,王雅平,《云梦学刊》,2008年第3期,第104－106页。

193.《心里开出花来》,佘小杰,《诗刊》(下半月刊),2008年3月号,第16－18页。

194.《"低到尘土里"——读荣荣的〈看见〉》,崔勇,《名作欣赏》(文学鉴赏版),2008年第3期,第76－78页。

195.《都市土著雷平阳》,杨洁,《昭通师范高等专科学校学报》,2008年第2期,第14－17页。

196.《对新诗语言建设的思考》,袁瑛,《攀枝花学院学报》,2008年第2期,第74－76页。

197.《飞翔的语辞:事物与存在之根》,孙基林,《当代文坛》,2008年第2期,第130－132页。

198.《富于张力的艺术探索——论彭燕郊的后期诗歌创作》,王士强,《理论与创作》,2008年第2期,第84－86页。

199.《个体与整体、主体与客体的互涉——论李金发诗中的多维象征》,哈建军,《长春师范学院学报》,2008年第2期,第81－84页。

200.《归乡的迷途:北岛海外诗歌的情感旋律》,白杰,《太原师范学院学报》(社会科学版),2008年第2期,第89－90页

201.《好诗需要什么样的标准?——网上论争综述》,浪行天下,《海南师范大学学报》(社会科学版),2008年第2期,第20－24页。

202.《论余光中作品对古典"雨"词意蕴的现代阐释》,顾瑛,《当代文坛》,2008年第2期,第121－123页。

203.《进入"写作时代"的中国新诗》,邢海珍,《诗潮》,2008年3月号,第76－78页。

204.《静观其变:蒋浩〈小圆石〉释义》,一行,《星星》(下半月刊),2008年第3期,第113－118页。

205.《空间的意义:救亡语境下的方言与新诗》,颜同林,《中国社会科学院研究生院学报》,2008年第2期,第125－131页。

206.《跨越自我灵魂的飞跃——读林雪及其诗集〈大地葵花〉》,龙扬志,《名作欣赏》(文学鉴赏版),2008年第3期,第70－76页。

207.《来与去——郭小川在作协》,李洁非,《长城》,2008年第2期,第133－152页。

208.《雷平阳的诗歌意象浅析》,朱江,《昭通师范高等专科学校学报》,2008年第2期,第22－24页。

209.《历史性的认知及其逻辑——关于当下"诗歌标准"的问题》,张立群,

《海南师范大学学报》(社会科学版),2008年第2期,第12-15页。

210.《留学体验与跨文化写作:解读许世旭现象》,章亚昕,《西南大学学报》(社会科学版),2008年第2期,第27-29页。

211.《路也的"江心洲"》,霍俊明,《诗刊》(下半月刊),2008年3月号,第18-20页。

212.《略论新诗创作对古典诗歌资源的接受与整合》,马大勇,《吉林大学社会科学学报》,2008年第2期,第65-71页。

213.《论戴望舒的感觉想象逻辑与圜道思维特征》,姜云飞,《文学评论》,2008年第2期,第191-196页。

214.《论"新月诗派"的现代叙事诗创作及其理论批评》,王荣,《文学评论》,2008年第2期,第180-185页。

215.《论陈梦家的抒情诗创作》,张高杰,《重庆工商大学学报》(社会科学版),2008年第2期,第119-122页。

216.《论华海的生态诗》,梅真、王诺,《江苏大学学报》(社会科学版),2008年第2期,第42-47页。

217.《论雷平阳诗歌的底层叙事》,邱丽平,《昭通师范高等专科学校学报》,2008年第2期,第18-21页。

218.《论现代汉语诗歌语类运用和语象采集特色》,王昌忠,《内蒙古社会科学》,2008年第2期,第122-127页。

219.《洛夫〈湖南大雪——赠长沙李元洛〉解读》,曲筱鸥,《山东文学》,2008年第3期,第60-61页。

220.《慢与退的优雅——以路也〈木梳〉为例》,辛泊平,《诗刊》(下半月刊),2008年3月号,第21-22页。

221.《民间视野中的〈天安门诗抄〉》,程炉威、邓新华,《三峡大学学报》(人文社会科学版),2008年第2期,第44-47页。

222.《"穆旦"与"查良铮"在1950年代的沉浮》,易彬,《中国现代文学研究丛刊》,2008年第2期,第121-132页。

223.《倾听黑暗中的母性之光——谈子梵梅以及她的长诗〈倾听24节〉》,李之萍,《厦门文学》,2008年第3期,第59-61页。

224.《情怀小样杜陵诗——余光中作品与中国现代诗的主题与格律》,梁欣荣,《徐州师范大学学报》(哲学社会科学版),2008年第5期,第19-23页。

225.《全球化东扩的本土诗学投影——"诗界革命"论的渐进发生》,王一川,《北京师范大学学报》(社会科学版),2008年第2期,第39-47页。

226.《人与事:我所亲历的八十年代〈诗刊〉(之一)》,唐晓渡,《星星》(下半月刊),2008年第3期,第31-42页。

227.《生活的质感与虚幻经验——2007年度中国新诗综述》,韩作荣,《理论与创作》，2008年第2期，第9-11页。

228.《诗人潇潇访谈：水银、酒杯与火焰的音乐》，黄以明、贾谬，《诗歌月刊》，2008年第3期，第30-33页。

229.《诗是靠技术无法达到的地方——序古筝诗集〈虚构的房子〉》，洪烛，《星星》（下半月刊），2008年第3期，第125-128页。

230.《诗性土地上的民族歌者——阿卓务林的诗集〈耳朵里的天堂〉》，张永权，《民族文学》，2008年第3期，第123-126页。

231.《衰微与期待——对当下诗歌边缘化的探讨》，孙留欣，《文艺理论与批评》，2008年第2期，第116-120页。

232.《双峰对峙，二水分流——论戴望舒卞之琳三十年代诗歌》，王琳，《西华师范大学学报》（哲学社会科学版），2008年第2期，第16-20页。

233.《叹息就是我的歌唱》，牛汉，《粤海风》，2008年第2期，第32-34页。

234.《文字的银器，思想的黄金周——读白桦的〈水绘仙侣〉》，江弱水，《读书》，2008年第3期，第96-104页。

235.《我们就是海市蜃楼实验诗社和实验诗刊》，默默，《星星》（下半月刊），2008年第3期，第46-62页。

236.《我们如何看待百年来的新诗？》，李德武、柏桦、老车、小海、桑克，《星星》（下半月刊），2008年第3期，第5-17页。

237.《无酒诗胆也开张——读车延高的诗作》，朱小如，《诗歌月刊》，2008年第3期，第75-76页。

238.《戏剧化：不同张力的和谐作用的模式——中国纯诗间离生命经验的操作策略》，高蔚，《青岛师范学院学报》，2008年第2期，第39-43页。

239.《现象学的借用与背离——叶维廉诗学观析论》，徐承，《西安电子科技大学学报》（社会科学版），2008年第2期，第100-104页。

240.《"心中藏着乌鸦的人"——论雷平阳诗歌中的古今之争》，张芳宁，《星星》（上半月刊），2008年第3期，第133-140页。

241.《新诗的酝酿、诞生和成就——兼论近人旧体诗不宜纳入现代诗歌史》，吕家乡，《齐鲁学刊》，2008年第2期，第128-133页。

242.《新诗格律化的冷思考》，毛翰，《华侨大学学报》，2008年第1期，第100-106页。

243.《性、心灵与诗歌》，莫雅平，《文学自由谈》，2008年第2期，第132-135页。

244.《徐志摩的剑桥诗歌研究》，刘洪涛，《湖南大学学报》（社会科学版），2008年第2期，第82-87页。

245.《一个族群的诗歌记忆——论吉狄马加的诗》，耿占春，《文学评论》，

2008 年第 2 期，第 85 – 91 页。

246.《一首和鲁迅有关的"打油诗"》，唐琰，《鲁迅研究月刊》，2008 年第 3 期，第 86 – 87 页。

247.《"杂语"：现代汉语诗学话语的重要方式》，向天渊，《南昌大学学报》（人文社会科学版），2008 年第 2 期，第 103 – 107、113 页。

248.《在场的诗者——阿毛新世纪创作批评》，梁艳萍，《南方文坛》，2008 年第 2 期，第 45 – 48 页。

249.《在精神的刀刃上行走——浅析海子精神世界的孤独性与自我拯救》，袁丹丹，《长春师范学院学报》，2008 年第 2 期，第 71 – 73 页。

250.《在时代中捶打时代，在人群中出离人群——我读张执浩》，魏天无，《星星》（下半月刊），2008 年第 3 期，第 88 – 112 页。

251.《在现代经验和美学形式的张力场中——新诗标准的探讨》，赖彧煌，《海南师范大学学报》（社会科学版），2008 年第 2 期，第 16 – 19 页。

252.《"知识分子写作"五诗人批评》，刘春，《南方文坛》，2008 年第 2 期，第 41 – 44 页。

253.《智性与机趣——浅论张新泉诗歌的审美取向》，干海兵，《当代文坛》，2008 年第 2 期，第 133 – 134 页。

254.《中国诗歌的现代化策略——关于当下诗歌创作的几点思考》，刘涛，《绿风》，2008 年第 2 期，第 121 – 125 页。

255.《中国诗歌在全球化时代的文化角色》，叶延滨，《西南大学学报》（社会科学版），2008 年第 2 期，第 22 – 26 页。

256.《"中间代"：当代诗歌的一个环节》，吴投文，《当代文坛》，2008 年第 2 期，第 126 – 127 页。

257.《朱光潜的诗歌"声响学"思想》，肖学周，《湖南文理学院学报》，2008 年第 2 期，第 53 – 55、61 页。

258.《注视：每个字的光芒、温度和声音——2007 年的中国诗歌》，郁葱，《诗选刊》，2008 年第 3 期，第 76 – 93 页。

259.《做一次鸟的飞行——读杨榴红诗集〈来世〉的感想》，苏历铭，《星星》（下半月刊），2008 年第 3 期，第 122 – 124 页。

4 月

260.《不会寂灭的"回声"——北岛诗〈回声〉解读》，庄晓明，《名作欣赏》（文学鉴赏版），2008 年第 4 期，第 66 – 69 页。

261.《重建我们的诗歌标准》，何言宏等，《山花》，2008 年第 4 期，第 139 – 148 页。

262.《当代诗歌发展进程论略》,李志元,《广西师范学院学报》(哲学社会科学版),2008年第2期,第74-81页。

263.《读臧棣〈书信片断〉》,孙文波,《星星》(下半月刊),2008年第4期,第124-132页。

264.《独立而执著的精神之旅——论彝族诗人吉狄马加的诗歌创作》,胡沛萍,《西藏民族学院学报》(哲学社会科学版),2008年第2期,第90-94页。

265.《郭沫若〈女神〉中标语口号诗句的再评价》,门红丽,《钦州学院学报》,2008年第2期,第82-84页。

266.《海子诗歌元素与触摸实体的诗学追求》,高瑜,《安庆师范学院学报》(社会科学版),2008年第2期,第86-88页。

267.《怀念一种写作——读祁人的一组诗》,谢冕,《诗刊》(上半月刊),2008年4月号,第64-65页。

268.《紧扼着"现在"之喉——论〈现代〉派诗与"现代"的遭遇和对策》,张生,《同济大学学报》(社会科学版),2008年第2期,第65-71页。

269.《历史叙事与艺术表现的深度融合——当前军旅抒情长诗创作及其艺术启示》,蒋登科、熊辉,《解放军艺术学院学报》,2008年第4期,第97-108页。

270.《历史意识与先锋诗歌观念的现代性重构》,张大为,《贵州社会科学》,2008年第4期,第67-73页。

271.《两股线拧成的一根绳子——萧开愚诗歌〈破烂的田野〉中的复调性问题》,肖学周,《名作欣赏》(文学鉴赏版),2008年第4期,第99-103页。

272.《论第三代诗歌的"反诗歌"倾向》,吴矛,《黄冈师范学院学报》,2008年第4期,第69-74页。

273.《论何其芳早期诗歌特点及形成因素》,戴一菲,《湛江师范学院学报》,2008年第2期,第85-89页。

274.《论闻一多诗歌的文化心理裂变》,杨永明,《乐山师范学院学报》,2008年第4期,第54-56页。

275.《论早期新诗观念中诗艺和经验的紧张——以闻一多、梁实秋、俞平伯、康白情为中心》,赖彧煌,《湛江师范学院学报》,2008年第2期,第81-84页。

276.《茅盾论徐志摩》,岳凯华、程凯华,《邵阳学院学报》,2008年第2期,第110-113页。

277.《人与事:我所亲历的八十年代〈诗刊〉(之二)》,唐晓渡,《星星》(下半月刊),2008年第4期,第42-54页。

278.《日常语言中的个性化写作——唐欣诗中的日常性》,张元元,《星星》(上半月刊),2008年第4期,第137-143页。

279.《诗,一种自我拯救术》,徐敬亚,《星星》(下半月刊),2008年第4

期,第34-41页。

280.《诗歌刊物的"生态"与当今的诗歌状况——以五种诗歌年选(2006年)为中心》,王士强,《星星》(下半月刊),2008年第4期,第16-33页。

281.《诗歌是世上最珍贵的东西》,马铃薯兄弟、李亚伟,《星星》(下半月刊),2008年第4期,第55-70页。

282.《诗情与知性的珠联璧合——评金克木三十年代的诗》,柴晋湘,《钦州学院学报》,2008年第2期,第79-81页。

283.《诗人的泥土情结——鲁藜与阿赫玛托娃的"泥土"诗篇赏析》,谷羽,《名作欣赏》(文学鉴赏版),2008年第4期,第133-137页。

284.《诗人的审美感受》,徐润润、徐楠,《上饶师范学院学报》,2008年第2期,第40-44页。

285.《世代与诗学》,章亚昕,《黄冈师范学院学报》,2008年第2期,第75-76、87页。

286.《谈郭曰方的科学诗》,郑培明,《诗刊》(上半月刊),2008年4月号,第62-63页。

287.《探询诗歌民刊存在的审美依据——〈诗歌月刊·全国社团民刊专号〉读札》,傅元峰,《诗歌月刊》,2008年第4期,第5-6页。

288.《土地意识与生命意识的呈现——简议"太行诗群"》,熊辉,《诗刊》(上半月刊),2008年4月号,第66-67页。

289.《我的写作不是一场自我表演》,于坚,《作家杂志》,2008年第4期,第52-58页。

290.《西南联大诗人群体的新诗批评理论及其外来影响——以袁可嘉、王佐良为中心的探讨》,杨绍军,《昆明师范高等专科学校学报》,2008年第2期,第52-58页。

291.《先知的预言:新一轮优美抒情的时代来到了——纪念中国新诗90周年9位诗人、学者谈新诗重建》,王久辛、曹万生、熊辉、周占林、谭旭东、南鸥、蒋登科、刘浩涌、谭五昌,《星星》(下半月刊),2008年第4期,第5-15页。

292.《像溪水却并非自然地流着——川美的诗及诗写作》,王珂,《诗刊》(下半月刊),2008年4月号,第31-32页。

293.《写诗如同活着》,黄礼孩,《星星》(下半月刊),2008年第4期,第136-138页。

294.《"新"与"变":新诗永远的动力与陷阱——写在新诗九十年之际》,陈仲义,《诗刊》(下半月刊),2008年4月号,第60-61页。

295.《寻找声、色、义同时启示的世界——梁宗岱的中国纯诗之路》,高蔚,《广西师范大学学报》,2008年第2期,第43-47页。

296.《伊蕾——精神肖像和潜对话之四》,陈超,《诗潮》,2008年4月号,第74-76页。

297.《以戏剧的方式展开诗歌——读吴兴华的〈听梅花调"宝玉探病"〉》,郑成志,《名作欣赏》(文学鉴赏版),2008年第4期,第43-47页。

298.《虞山之麓听弦歌——读江南五重奏》,干海兵,《星星》(上半月刊),2008年第4期,第111-112页。

299.《在大与小面前,在爱与恨之间——关于"我自己的经典"的阅读札记》,王士强,《诗选刊》,2008年第4期,第85-93页。

300.《在历史与文化间游弋——论梁平与当代诗歌创作的新路向》,张德明,《星星》(下半月刊),2008年第4期,第86-98页。

301.《中国初期象征派的"契合论"》,王烨,《襄樊学院学报》,2008年第4期,第39-42页。

302.《自然之灵:顾城的诗学观》,雷文学,《名作欣赏》(文学鉴赏版),2008年第4期,第138-140页。

303.《作为日常生活的乌托邦——诗人陈先发评传》,何冰凌,《星星》(下半月刊),2008年第4期,第71-85页。

5月

304.《2006—2007大陆诗界回顾》,周瓒,《新诗评论》,2008年第1辑,第180-192页。

305.《20世纪中国新诗中死亡想象的审美之维》,谭五昌,《中国文学研究》,2008年第2期,第69-72页。

306.《巴蜀诗人对中国当代诗歌的开拓与贡献》,陶德宗,《西南大学学报》(社会科学版),2008年第3期,第25-29页。

307.《卞之琳:创新的继承》,[美国]奚密,《江苏大学学报》(社会科学版),2008年第3期,第40-47页。

308.《表现现实生活的壮丽画卷——读霍竹山的信天游长篇叙事诗〈红头巾飘过沙梁梁〉》,王宜振,《绿风》,2008年第3期,第124-127页。

309.《"病中的诗"及其他——周作人眼中的新诗》,姜涛,《新诗评论》,2008年第1辑,第119-141页。

310.《禅趣:诉诸直觉的心灵感应——〈现代诗艺术揽胜〉之三十二》,龙彼德,《绿风》,2008年第3期,第93-97页。

311.《纯粹与永恒的诗性追寻——读〈花开无意〉》,朱先树,《诗潮》,2008年5月号,第78-79页。

312.《"纯净落英"的悲悯者与生存纹理的擦拭者——宋晓杰诗歌论》,霍俊明,《鸭绿江》(上半月版),2008年第5期,第80-82页。

313.《从"小野蛮"到"神人合一"——1920年前后周作人的浪漫主义冲动》,刘皓明,《新诗评论》,2008年第1辑,第67-118页。

314.《从"杂歌谣"到"俗曲新唱"——近代中国歌词改良的启蒙意义》,李静,《中国现代文学研究丛刊》,2008年第3期,第99-109页。

315.《从凸现到缺失——试论"神性"意识在当代诗歌的变迁》,杨献锋,《当代文坛》,2008年第3期,第116-117页。

316.《大解——精神肖像和潜对话之五》,陈超,《诗潮》,2008年5月号,第72-73页。

317.《戴望舒的"雨巷情结"与中国传统文化》,罗昌智,《文艺争鸣》,2008年第5期,第86-89页。

318.《当爱情的观念遭遇语词——读海男的组诗〈忧伤的黑麋鹿〉》,李森,《诗歌月刊》,2008年第5期,第22-23页。

319.《当事者叙述的背后》,程凯,《新诗评论》,2008年第1辑,第49-59页。

320.《道德异质中的诗意担当》,左春和,《南方文坛》,2008年第3期,第103-105页。

321.《低于草木的姿态——读〈娜夜诗选〉》,沈苇,《大家》,2008年第3期,第52-54页。

322.《"电影镜头语言诗人"李成恩:80后女诗人中的异数——序〈汴河,汴河〉》,邱华栋,《诗歌月刊》,2008年第5期,第43-46页。

323.《多多诗艺中的理想对称》,王东东,《新诗评论》,2008年第1辑,第145-156页。

324.《多元与包容:雅园诗派的新格律诗观》,周渡、周仲器,《江苏大学学报》(社会科学版),2008年第3期,第48-51页。

325.《反思如何有效并可能——关于〈回顾一次写作〉的随想》,段从学,《新诗评论》,2008年第1辑,第60-64页。

326.《风景与物语——试论邹昆凌的诗》,一行,《新诗评论》,2008年第1辑,第157-173页。

327.《耿翔乡土诗歌艺术论》,周建军,《当代文坛》,2008年第3期,第118-120页。

328.《关于多多的三首诗及其他》,李鹏飞,《新诗评论》,2008年第1辑,第17-26页。

329.《关于现代诗歌标准的私语》,向卫国,《海南师范大学学报》(社会科学版),2008年第3期,第48-51页。

330.《海子抒情短诗中"马"意象的深度解读》,方兴惠、龙建人,《贵阳学院学报》（社会科学版），2008年第2期，第76－80页。

331.《胡适的文体观述评》，冒建华，《社科纵横》，2008年第5期，第103—105页。

332.《胡适早期诗论与宋诗关系辨析》，邰红红，《山西大学学报》（哲学社会科学版），2008年第3期，第18－22页。

333.《华兹华斯与郭沫若诗学思想比较》，张尚信，《湖南师范大学学报》（社会科学版），2008年第3期，第121－125页。

334.《回家，回家！——对茂名诗歌简单的概述》，赖廷阶，《诗歌月刊》，2008年第5期，第85页。

335.《几种现代诗解读本》，洪子诚，《新诗评论》，2008年第1辑，第3－14页。

336.《结构主义对抒情长诗的有效性阐释——以梁平的〈重庆书〉和〈三星堆之门〉为例》，刘丹，《当代文坛》，2008年第3期，第148－150页。

337.《井枯方知水珍贵——艾米莉·狄金森与席慕容爱情诗比较研究》，杨玉英，《昭通师范高等专科学校学报》，2008年第3期，第27－30页。

338.《纠缠于新的审美原则的合法性——论20年代新诗理论的批评》，杨四平，《中国现代文学研究丛刊》，2008年第3期，第140－148页。

339.《林庚先生访谈：厦门大学十年——新诗写作与文学史教学、研究》，张鸣，《新诗评论》，2008年第1辑，第195－214页。

340.《六行之内的奇迹——湄南河畔的"小诗磨坊"》，计红芳，《世界华文文学论坛》，2008年第3期，第20－23页。

341.《论郭沫若对闻一多的评价》，刘殿祥，《中国文学研究》，2008年第2期，第73－77页。

342.《论现代汉诗的环形结构》，[美国]奚密著、宋炳辉等译，《当代作家评论》，2008年第3期，第135－148页。

343.《论叶维廉的中西比较诗学研究》，何敏，《西安石油大学学报》（社会科学版），2008年第2期，第73－78页。

344.《论翟永明90年代诗歌风格的转变》，宋红岭、郭薇，《当代文坛》，2008年第3期，第114－115页。

345.《论郑愁予诗歌中的乡愁主题》，戴海光，《安康学院学报》，2008年第3期，第67－69页。

346.《梦呓迷狂：论吴菀菱的后现代诗歌》，王金城，《世界华文文学论坛》，2008年第3期，第32－35页。

347.《穆旦诗歌写作的身体维度》，李俏梅，《海南师范大学学报》（社会科学版），2008年第3期，第57－61页。

348.《内在律：新诗艺术成就的核心》，吕家乡，《山东师范大学学报》（人文社会科学版),2008年第3期,第3-8页。

349.《"那代人都很理想主义"——访诗人彭燕郊》,易彬,《新文学史料》,2008年第2期,第138-143页。

350.《女性诗歌中的女性身份、作者身份及互文联系》,[荷兰]张晓红,《当代作家评论》,2008年第3期,第149-155页。

351.《批评对立面的确立——我观十年"朦胧诗论争"》,程光炜,《当代文坛》,2008年第3期,第4-12页。

352.《评台湾叶维廉的诗论》,古远清,《贵州社会科学》,2008年第5期,第68—71页。

353.《青春大地呼唤——解读叶赛宁与海子自然诗审美思想》,李一帅,《中国青年政治学院学报》,2008年第3期,第105-107页。

354.《泉子:记忆中未完成的男人》,柏桦、余夏云,《诗林》,2008年第2期,第25-29页。

355.《桑克的现实主义》,曾园,《新诗评论》,2008年第1辑,第174-179页。

356.《陕北方言和〈王贵与李香香〉》,颜同林,《文艺理论与批评》,2008年第3期,第80-82页。

357.《少年也识重阳意——评马曾重阳的诗歌创作》,安海茵,《诗林》,2008年第2期,第95-96页。

358.《受风的野花——说说李春俊的诗》,石舒清,《民族文学》,2008年第5期,第122-126页。

359.《殊途不必同归——与古远清谈中国台湾新诗史的书写问题》,杨宗翰,《新诗评论》,2008年第1辑,第215-221页。

360.《衰败生命中的一道屐痕——李金发的诗〈弃妇〉赏析》,田悦芳,《名作欣赏》(文学鉴赏版),2008年第5期,第69-71页。

361.《田间诗歌人民性考辨》,张器友,《文艺理论与批评》,2008年第3期,第66-71页。

362.《皖西诗歌印象——"六安诗歌特辑"简评》,枫非子,《诗歌月刊》,2008年第5期,第91-92页。

363.《网络诗歌功能论》,杨雨,《理论与创作》,2008年第3期,第46-50页。

364.《"我在我的哲学中直视"——读王炜新作〈太阳〉》,张伟栋,《新诗评论》,2008年第1辑,第39-45页。

365.《五四译诗与中国新诗形式观念的确立》,熊辉,《西南大学学报》(社会科学版),2008年第3期,第24-30页。

366.《新诗标准:在创作与阐释之间》,魏天无,《海南师范大学学报》(社会科学版),2008年第3期,第52-56页。

367.《徐志摩诗歌与陆机文论的契合》,张桂玲,《淮南师范学院学报》,2008年第3期,第10-12页。

368.《雪地的反光——〈剃须刀〉同仁的诗歌写作》,荣光启,《诗林》,2008年第2期,第55-60页。

369.《寻找"富于暗示的音义凑拍的诗"——论现代派的"纯诗"艺术探索》,王书婷,《中国现代文学研究丛刊》,2008年第3期,第127-139页。

370.《一个经典故事"新编"出来的精神意蕴——细读冯至叙事诗〈蚕马〉》,罗绂文,《贵州大学学报》(社会科学版),2008年第3期,第108-112页。

371.《一切往好处想》,杨森君,《大家》,2008年第3期,第53-54页。

372.《一切消逝的东西都不会重来吗?——宋炜〈还乡记〉阅读札记》,敬文东,《新诗评论》,2008年第1辑,第27-38页。

373.《"一体"、"两象"、"三关"和"四要"——新诗"标准"的现实构建策略》,王珂,《海南师范大学学报》(社会科学版),2008年第3期,第42-47页。

374.《阴影中的灿烂前景——黄灿然诗中的父子关系问题》,肖学周,《星星》(上半月刊),2008年第5期,第131-139页。

375.《隐含的女性话语与性别诉求——卞之琳〈睡车〉解读》,颜同林,《名作欣赏》(文学鉴赏版),2008年第5期,第65-68页。

376.《忧伤的女神——评海男的组诗〈忧伤的黑麋鹿〉》,曹语凡,《诗歌月刊》,2008年第5期,第24-27页。

377.《于坚访谈》,于坚、杨东城、刘敬文,《诗选刊》,2008年第5期,第86-93页。

378.《远方有梦——读盘妙彬的诗》,文青,《星星》(上半月刊),2008年第5期,第10-14页。

379.《在长着犄角的风景中抵达精神世界》,秋远,《诗林》,2008年第2期,第89-90页。

380.《赞美中隐含祈祷——读〈娜夜诗选〉》,李南,《大家》,2008年第3期,第50-52页。

381.《赵萝蕤:诗行葳蕤》,黑马,《长城》,2008年第3期,第194-197页。

6月

382.《1990年代以来诗派介绍:泛叙实派》,子午,《诗歌月刊》,2008年第6期,第66页。

383.《30年来诗界的三个"归来"》,赵思运,《星星》(下半月刊),2008年第6期,第33-38页。

384.《阿毛：词语叠加的高度——阿毛诗歌的当下意义》，杨中标，《诗探索》（作品卷），2008年第1辑，第99-101页。

385.《爱心在动情地歌唱——评〈志愿者之歌〉诗选》，刘士杰，《诗探索》（作品卷），2008年第2辑，第185-188页。

386.《安静的内涵——关于〈冯晏诗歌〉的书面访谈》，张桃洲、冯晏，《诗探索》（理论卷），2008年第1辑，第161-168页。

387.《白洋淀的回忆》，杨桦，《诗探索》（理论卷），2008年第2辑，第62-74页。

388.《白洋淀诗群的湿地背景》，路也，《诗探索》（理论卷），2008年第2辑，第84-88页。

389.《本土文化基因与当代汉诗写作》，陈先发，《文艺争鸣》，2008年第6期，第87-88页。

390.《比诗歌更美的是志愿者精神》，龙扬志，《诗探索》（作品卷），2008年第2辑，第189-192页。

391.《辩护之外》，姜涛，《诗探索》（理论卷），2008年第1辑，第101-103页。

392.《卞之琳新诗格律与主题关系论》，史莉莉，《河北经贸大学学报》（综合版），2008年第2期，第44-47页。

393.《蔡其矫和惠特曼：中美杰出的民主诗人》，徐振忠，《华侨大学学报》，2008年第2期，第101-108页。

394.《陈先发诗歌：生命的昭示》，段吉方，《文艺争鸣》，2008年第6期，第68-70页。

395.《出生地中的个人诗歌地理》，燎原，《诗刊》（下半月刊），2008年6月号，第38-40页。

396.《厨房、晚报或者流浪：路也诗歌印象》，冯强、洪晓雁，《星星》（上半月刊），2008年第6期，第128-140页。

397.《穿透岁月的光芒》，林莽，《诗探索》（作品卷），2008年第1辑，第215-219页。

398.《纯情意象的大地礼赞——刘永馨近年诗歌创作概评》，刘玉蓉，《绵阳师范学院学报》，2008年第6期，第63-66页。

399.《纯诗——一种脉动》，庄晓明，《诗探索》（理论卷），2008年第2辑，第45-59页。

400.《当代先锋诗歌的叙事性书写的诗学意义》，孟川、傅华，《文艺争鸣》，2008年第6期，第121-124页。

401.《当下诗坛的中年写作》，吴思敬，《文艺争鸣》，2008年第6期，第98-101页。

402.《杜涯的创作心态及身份意识》,赵黎波,《文艺争鸣》,2008年第6期,第59-62页。

403.《对话阿吾:"不变形诗"·第三条道路·宗教》,胡亮,《星星》(下半月刊),2008年第6期,第61-73页。

404.《对中西方纯诗理论的一些思考》,罗侃平,《诗探索》(理论卷),2008年第2辑,第28-44页。

405.《敦煌嘉峪关胡杨》,阳飏,《诗刊》(下半月刊),2008年6月号,第42-43页。

406.《钝得纯洁!钝得光荣!》,默默,《星星》(下半月刊),2008年第6期,第101-104页。

407.《丰富的痛苦与诗性的张力——论穆旦诗的品格》,邓招华,《河北大学学报》(哲学社会科学版),2008年第3期,第80-85页。

408.《冯至〈十四行集〉中的五类生命意象及其背后的生命悖论意识》,王勇、刘爱兰,《邯郸学院学报》,2008年第2期,第52—54页。

409.《感性与智性:瞬间印象与生命形式——论辛笛诗歌中的智性生命表达》,孙益波、赵亮,《盐城工学院学报》(社会科学版),2008年第2期,第32-34页。

410.《关于"彭燕郊访谈"的几点想法——兼谈〈彭燕郊诗文集〉的出版》,易彬,《诗探索》(理论卷),2008年第1辑,第58-64页。

411.《关于当代诗歌创作现状的对话》,张德明、向卫国,《星星》(下半月刊),2008年第6期,第24-32页。

412.《关于现代格律诗:从叠音词收尾说起》,郑翔,《江汉大学学报》(人文科学版),2008年第3期,第27—31页。

413.《关于中国新诗"中生代"命名的思考》,屠岸,《诗探索》(理论卷),2008年第1辑,第9-13页。

414.《胡适的语文观与1930年代的反拨》,江弱水,《江汉大学学报》(人文科学版),2008年第3期,第5-12页。

415.《胡续冬的诗歌:戏谑狂欢与现实关怀》,苏奎,《文艺争鸣》,2008年第6期,第56-58页。

416.《姜涛:诗歌写作的"慢跑者"》,张洁宇,《文艺争鸣》,2008年第6期,第35-38页。

417.《胡杨诗歌印象》,胡弦,《诗刊》(下半月刊),2008年6月号,第40-42页。

418.《幻视的能力:彭燕郊的早期诗作》,陈太胜,《诗探索》(理论卷),2008年第1辑,第36-44页。

419.《黄礼孩的诗歌写作》,赵金钟,《文艺争鸣》,2008年第6期,第39-

41页。

420.《灰娃：灵魂密码的书写者》，马富丽，《诗探索》（理论卷），2008年第2辑，第174-180页。

421.《"回避"的技术与"介入"的诗歌》，蓝蓝，《文艺争鸣》，2008年第6期，第91-92页。

422.《回眸与反思——再读十七年诗歌》，张亚娟，《绵阳师范学院学报》，2008年第6期，第67-70页。

423.《绘事后素——谈梁小斌后期诗歌的遮蔽和呈现》，卢秋红，《诗探索》（理论卷），2008年第2辑，第139-143页。

424.《尖利冰川下的河流：灵魂和诗神的默默叩问者——彭燕郊论（1949-1979）》，霍俊明，《诗探索》（理论卷），2008年第1辑，第45-52页。

425.《简政珍：沉思者的诗艺探索》，蒋登科，《诗探索》（理论卷），2008年第2辑，第114-121页。

426.《接续〈野草〉传统而独树一帜——试论彭燕郊的散文诗〈混沌初开〉》，李红云，《诗探索》（理论卷），2008年第1辑，第53-57页。

427.《解析曲有源的诗歌近作》，任林举，《文艺争鸣》，2008年第6期，第167-168页。

428.《经验转移·诗歌地理·底层问题——观察当前诗歌的三个角度》，张清华，《文艺争鸣》，2008年第6期，第114-120页。

429.《绝句：生命停顿中的奇迹》，吴焱，《星星》（下半月刊），2008年第6期，第88-93页。

430.《看见眼前的事物》，卢卫平，《诗探索》（理论卷），2008年第2辑，第171-172页。

431.《口语：现代白话新诗的一个关键词》，颜同林，《贵州师范大学学报》（社会科学版），2008年第3期，第88-94页。

432.《蓝蓝：从"介入现实"到"超出现实"》，冒建华，《文艺争鸣》，2008年第6期，第42-46页。

433.《蓝蓝：寻找泉源的诗人》，刘翔，《星星》（下半月刊），2008年第6期，第44-60页。

434.《雷平阳的诗歌：一种有方向感的写作》，谢有顺，《文艺争鸣》，2008年第6期，第77-81页。

435.《立场，或辩解》，刘春，《文艺争鸣》，2008年第6期，第83-84页。

436.《梁宗岱与象征主义》，张娟、刘美，《成都大学学报》（社会科学版），2008年第3期，第52-54页。

437.《刘春："摇摆不定"的诗人》，周志雄，《文艺争鸣》，2008年第6期，第63-67页。

438.《流沙断简》,古马,《诗刊》(下半月刊),2008年6月号,第43页。

439.《卢卫平的诗歌之树》,路也,《诗探索》(理论卷),2008年第2辑,第158-167页。

440.《路也:悖论的存在和隐秘的书写》,王洪岳,《文艺争鸣》,2008年第6期,第47-51页。

441.《吕进诗论二篇》,吕进,《诗歌月刊》,2008年第6期,第25-26页。

442.《绿原:一个没有终点的诗人——由此引发的文学史思考》,刘文尧,《诗探索》(理论卷),2008年第1辑,第66-72页。

443.《论当代流行歌词与古典诗词之关系》,周兴杰,《黑龙江社会科学》,2008年第3期,第116-118页。

444.《论冯至〈十四行集〉的存在主义沉思特质》,韩红蕾,《温州大学学报》(社会科学版),2008年第3期,第26-30页。

445.《论网络诗歌生产与消费的快餐化》,张德明,《文艺争鸣》,2008年第6期,第125-127页。

446.《麦城诗歌:形而上的"词悬浮"》,张学昕,《文艺争鸣》,2008年第6期,第71-73页。

447.《"内容与形式"之论与朱光潜诗学观念的建构》,陈均,《江汉大学学报》(人文科学版),2008年第3期,第20-26页。

448.《凝重的延宕——论奔雷的诗》,冯雷,《诗探索》(理论卷),2008年第1辑,第141-148页。

449.《〈女神〉的现代宇宙观》,刘海洲,《重庆师范大学学报》(哲学社会科学版),2008年第3期,第48-51页。

450.《〈漂木〉的诗性直觉与奇诡思维》,叶橹,《诗探索》(理论卷),2008年第1辑,第74-84页。

451.《人生易逝,美酒趁时——中西诗歌中的性爱之美》,程宝林,《星星》(下半月刊),2008年第6期,第105-120页。

452.《人性在内容与形式中敞亮——读阿毛〈当哥哥有了外遇〉》,邹建军、李志艳,《诗探索》(理论卷),2008年第1辑,第113-117页。

453.《上海诗歌地理:时间在水里的版本》,刘漫流,《星星》(下半月刊),2008年第6期,第94-100页。

454.《烧给浪漫主义的纸钱——痛悼彭燕郊先生》,潘洗尘,《星星》(下半月刊),2008年第6期,第135-140页。

455.《身体的真相——"打工诗歌"关于身体的另类书写》,柳冬妩,《文艺争鸣》,2008年第6期,第102-113页。

456.《身体叙事的另类诗学》,王耀文,《诗探索》(理论卷),2008年第2辑,第17-27页。

457.《审美想像的日常生活化——晏榕的短诗》,李先国,《绍兴文理学院学报》,2008 年第 3 期,第 54 - 59 页。

458.《生活的质感与虚幻经验——2007 年中国新诗备忘录》,韩作荣,《诗歌月刊》,2008 年第 6 期,第 12 - 14 页。

459.《诗版图之一:1990 年代以来诗派介绍》,阿翔,《诗歌月刊》,2008 年第 6 期,第 65 页。

460.《诗的春天和春天的诗——记著名诗论家、诗人吕进的诗歌活动》,赵东,《诗歌月刊》,2008 年第 6 期,第 23 页。

461.《诗的政治话语——浅析张文斌与他的"帝王诗"》,李全平,《诗歌月刊》,2008 年第 6 期,第 20 - 21 页。

462.《诗歌的自由需加上引号——读荣光启诗评集〈"自由"的年代与困难的诗歌〉》,刘春,《诗探索》(理论卷),2008 年第 1 辑,第 177 - 180 页。

463.《诗歌与爱情》,唐卡,《诗探索》(作品卷),2008 年第 1 辑,第 67 - 70 页。

464.《诗人与诗歌分子》,阿斐,《诗探索》(作品卷),2008 年第 1 辑,第 93 - 94 页。

465.《诗性之树绽放的理性之花——略说邵燕祥的"广义的杂文"》,莫顺斌,《名作欣赏》(文学鉴赏版),2008 年第 6 期,第 89 - 96 页。

466.《世界作为喻体——简评姜涛〈我的巴格达〉》,述荛,《诗探索》(理论卷),2008 年第 1 辑,第 97 - 100 页。

467.《试论中国爱情主题诗歌的民族特色与承传演变》,杨景龙,《诗探索》(理论卷),2008 年第 2 辑,第 182 - 205 页。

468.《试析冯至早期诗的青春特质》,岳明杰、王亚非,《安阳师范学院学报》,2008 年第 3 期,第 93 - 95 页。

469.《抒情与戏剧——序郁雯〈炙热的谜〉》,潘维,《星星》(下半月刊),2008 年第 6 期,第 121 - 124 页。

470.《孙大雨新诗格律理论探析》,西渡,《江汉大学学报》(人文科学版),2008 年第 3 期,第 13 - 19 页。

471.《疼痛中的拯救——读阿毛的诗》,魏天无,《诗探索》(作品卷),2008 年第 1 辑,第 102 - 103 页。

472.《文本缝隙与思想之光——从梁小斌随笔与诗歌的互文性谈起》,龙扬志,《诗探索》(理论卷),2008 年第 2 辑,第 131 - 138 页。

473.《文本化、自然和人:当代诗中的情感教育——试论姜涛的诗歌写作》,王东东,《诗探索》(理论卷),2008 年第 1 辑,第 86 - 96 页。

474.《我的第一个诗创作高峰》,牛汉,《广州文艺》,2008 年第 6 期,第 101 - 111 页。

475.《戏言谑语说百姓辛酸——李老乡〈天伦〉的幽默诗艺欣赏》,姜超,《名作欣赏》(文学鉴赏版),2008年第6期,第86-88页。

476.《先当一个批评家又何妨——赏读李少君的一首诗〈神降临的小站〉》,向卫国,《诗探索》(作品卷),2008年第1辑,第139-140页。

477.《现实与想象——以简政珍为主,兼论台湾中生代诗人之作》,郑慧如,《诗探索》(理论卷),2008年第2辑,第90-110页。

478.《乡愁、现实和精神成人——论新世纪诗歌》,谢有顺,《文艺争鸣》,2008年第6期,第23-30页。

479.《晓风堂上语,残月林家式——林语堂诗歌论略》,毛翰,《安徽理工大学学报》(社会科学版),2008年第2期,第36-43页。

480.《写作:一种永不停息的探索——梁小斌诗歌创作研讨会综述》,陈亮,《诗探索》(理论卷),2008年第2辑,第150-155页。

481.《新诗发展路径的后现代诠释》,王巨川,《诗探索》(理论卷),2008年第2辑,第4-16页。

482.《幸福如梦令》,李小络,《诗探索》(作品卷),2008年第1辑,第141-142页。

483.《玄学传统与简政珍诗歌中的反讽精神》,谭桂林,《诗探索》(理论卷),2008年第2辑,第111-113页。

484.《"学衡派"与新文学者诗学理念异同论——以胡先骕与胡适为代表》,钟军红,《华南师范大学学报》(社会科学版),2008年第3期,第46-51页。

485.《延传与创造:1940年代"七月"浪漫主义诗学的文化生态》,吴井泉、罗振亚,《诗探索》(理论卷),2008年第1辑,第128-139页。

486.《阳光清明的诗歌之路》,叶延滨,《长江文艺》,2008年第6期,第73-74页。

487.《一群干净而健康的"苹果"——读卢卫平诗歌〈在水果街碰见一群苹果〉》,刘春,《诗探索》(理论卷),2008年第2辑,第168-170页。

488.《一束绚烂的无果花——冯至〈十四行集〉的本事与风格新解》,蓝棣之,《社会科学战线》,2008年第6期,第172—175页。

489.《尹丽川的"轻摇滚"》,胡传吉,《文艺争鸣》,2008年第6期,第74-76页。

490.《隐匿的光辉:白洋淀诗群女诗人论》,霍俊明、岳志华,《诗探索》(理论卷),2008年第2辑,第75-83页。

491.《隐与秀:近年两岸"中年诗人"写作方式的差异》,王珂,《诗探索》(理论卷),2008年第1辑,第26-34页。

492.《有关艾青的三条札记》,段从学,《诗探索》(理论卷),2008年第1辑,第170-175页。

493.《有关蔡其矫先生的一页草稿》,车前子,《诗选刊》,2008年第6期,第92-93页。

494.《宇向:窗子内外的镜像与风景》,张立群,《文艺争鸣》,2008年第6期,第52-55页。

495.《在黑夜与苦难中成长——论穆旦与丘特切夫的黑夜写作》,张银枝,《廊坊师范学院学报》,2008年第3期,第21-24页。

496.《"在蚂蚁的阴影下":场景与技巧——论刘洁岷诗歌》,盛艳,《诗探索》(理论卷),2008年第1辑,第149-159页。

497.《在民间的黑夜里"独自成俑"——关于诗人梁小斌的随感》,张清华,《诗探索》(理论卷),2008年第2辑,第124-130页。

498.《在诗歌与城市的旷野怒放》,高方、林超然,《绥化学院学报》,2008年第3期,第125-126页。

499.《在文字中奔跑》,阿毛,《诗探索》(理论卷),2008年第1辑,第118-126页。

500.《在无奈与孤独中诗意地栖居——论李杜诗歌的精神意蕴》,熊辉,《诗探索》(作品卷),2008年第1辑,第153-164页。

501.《翟永明论》,陈超,《文艺争鸣》,2008年第6期,第134-146页。

502.《郑单衣——精神肖像和潜对话之六》,陈超,《诗潮》,2008年6月号,第74-76页。

503.《郑小琼诗歌:疼与痛的表白》,陈斯拉,《文艺争鸣》,2008年第6期,第31-34页。

504.《"志愿者之歌":在诗意的事业中高歌》,王士强,《诗探索》(作品卷),2008年第2辑,第193-195页。

505.《智慧之树不凋——关于穆旦》,孙良好,《文艺争鸣》,2008年第6期,第128-133页。

506.《中国现代派诗歌的精神天地与情感教育》,程良友,《四川理工学院学报》,2008年第3期,第126-129页。

507.《中国新诗与汉语》,郑敏,《诗探索》(理论卷),2008年第1辑,第3-7页。

508.《"中生代":命名的可能及其写作》,张立群,《诗探索》(理论卷),2008年第1辑,第20-25页。

509.《"中生代":命名与引领》,鲍昌宝,《诗探索》(理论卷),2008年第1辑,第14-19页。

510.《自裁翅膀的蝴蝶——浅析梁小斌并不"优美"的"断裂"》,李文钢,《绥化学院学报》,2008年第3期,第74-76页。

511.《走进"多样"享受诗歌——浅析臧克家20世纪30、40年代诗歌中的意象建构艺术》,张亚娟,《石河子大学学报》(哲学社会科学版),2008 年第 3 期,第 63-66 页。

512.《最后的鬼师——关于梦亦非和他的〈苍凉归途〉》,育邦,《星星》(下半月刊),2008 年第 6 期,第 125-128 页。

7 月

513.《1960 年代的两岸诗歌问题》,洪子诚,《北京大学学报》(哲学社会科学版),2008 年第 4 期,第 73-81 页。

514.《20 世纪 90 年代女性诗歌的语言书写策略》,董秀丽,《哈尔滨工业大学学报》(社会科学版),2008 年第 4 期,第 123-128 页。

515.《爱国新诗的太阳意象——〈太阳礼赞〉、〈太阳吟〉之比较》,赵婵,《绵阳师范学院学报》,2008 年第 7 期,第 44-46 页。

516.《艾青与〈广西日报·南方〉》,梁颖涛,《南方文坛》,2008 年第 4 期,第 68-71 页。

517.《背弃与回归——当下诗歌与汉语语境的隔膜与融合》,孙留欣,《郑州大学学报》(哲学社会科学版),2008 年第 4 期,第 142-147 页。

518.《奔涌的诗歌大潮——改革开放三十年〈诗刊〉的诗歌创作主流及审美取向》,杨志学,《诗刊》(上半月刊),2008 年 7 月号,第 67-70 页。

519.《比较文学视阈中的水族双歌与土家族民歌》,丁世忠,《文艺争鸣》,2008 年第 7 期,第 147-149 页。

520.《超越羁绊的艰难突围——中国当代诗歌史撰写述评》,罗振亚,《当代文坛》,2008 年第 4 期,第 31-37 页。

521.《车前子:"为文字"或诗歌写作第三维》,胡亮,《星星》(下半月刊),2008 年第 7 期,第 56-65 页。

522.《城市经验的"影响向度"——也谈艾青诗歌创作中的外来因素》,何清,《中国比较文学》,2008 年第 3 期,第 103-111 页。

523.《重提诗歌的清洁与孤独》,冰儿,《厦门文学》,2008 年第 7 期,第 69-70 页。

524.《〈出生地〉与〈异乡人〉的交叉阅读札记》,曹霞,《星星》(下半月刊),2008 年第 7 期,第 87-99 页。

525.《大地震,诗复活?》,林霆,《文学自由谈》,2008 年第 4 期,第 106-110 页。

526.《大众文化视阈下的诗歌》,张妍,《星星》(下半月刊),2008 年第 7 期,第 31-37 页。

527.《"动态诗学"与"现代诗学"——再谈"新诗标准问题"》,沈奇,

《海南师范大学学报》（社会科学版），2008年第4期，第33-38页。

528.《读〈中国新诗书刊总目〉》，谢冕，《文学评论》，2008年第4期，第207-208页。

529.《感时伤国的灵魂之痛——谭仲池诗集〈敬礼，以生命的名义〉读后》，聂茂、厉雷，《理论与创作》，2008年第4期，第27-31页。

530.《〈感动的天空〉的艺术变形手法》，吕崇龄，《昭通师范高等专科学校学报》，2008年第4期，第6-9页。

531.《歌唱 以诗人的名义——谭仲池诗集〈敬礼，以生命的名义〉的接受之旅》，王珂，《理论与创作》，2008年第4期，第24-26页。

532.《关于〈今天〉》，北岛，《天涯》，2008年第4期，第197-199页。

533.《〈郭沫若全集〉的学理审视》，税海模，《当代文坛》，2008年第4期，第142-145页。

534.《海子"太阳"系列长诗与其诗学理念的转变》，周海琳，《安庆师范学院学报》（社会科学版），2008年第7期，第29-33页。

535.《好诗标准ABC》，毛翰，《海南师范大学学报》（社会科学版），2008年第4期，第39-43页。

536.《互联网时代的诗歌生存》，张林杰，《天津师范大学学报》，2008年第4期，第52-56页。

537.《黄翔1962—1977年的诗歌之于"潜在写作"》，吴晓东，《通化师范学院学报》，2008年第7期，第68-70页。

538.《晦涩诗审美价值谈》，刘德岗，《社科纵横》，2008年第7期，第85-86页。

539.《建立世俗世界的美学》，崔卫平，《文艺争鸣》，2008年第7期，第12-22页。

540.《江南诗人的隐逸与漫游》，柏桦，《当代作家评论》，2008年第4期，第76-84页。

541.《解读海子诗歌的另一种视角》，陈昶，《广西师范学院学报》（哲学社会科学版），2008年专刊，第15-17页。

542.《九叶诗派：寻找残缺的诗意》，帅泽兵、许立业，《甘肃高师学报》，2008年第4期，第29-31页。

543.《开放"本体"与研究视野的重构——以"〈星期评论〉之群"为讨论个案》，姜涛，《北京大学学报》（哲学社会科学版），2008年第4期，第103-110页。

544.《苦涩沉重的教育诗》，贺绍俊，《当代文坛》，2008年第4期，第38-40页。

545.《浪漫中的现代：未完成的诗学过渡——闻一多〈奇迹〉新解》，陈芝国,《名作欣赏》(文学鉴赏版),2008 年第 7 期,第 61 - 64 页。

546.《雷平阳诗歌的乡土情怀和生态意象》,曹然霞,《昭通师范高等专科学校学报》,2008 年第 4 期,第 10 - 12 页。

547.《李立扬的"宇宙心灵":玄学与科学的糅合》,龙靖遥,《当代文坛》,2008 年第 4 期,第 77 - 80 页。

548.《林庚先生燕园谈诗录》,孙玉石,《厦门文学》,2008 年第 7 期,第 9 - 12 页。

549.《灵魂裂变的声音——浅论冯至〈北游〉的现代性及其产生背景》,任秀蓉,《绵阳师范学院学报》,2008 年第 7 期,第 57 - 61 页。

550.《鲁迅新诗的对比性意象显示》,蒋道文,《攀枝花学院学报》,2008 年第 4 期,第 65 - 69 页。

551.《率性·诗思·逍遥游——庄伟杰诗文创作、文学评论及书法艺术漫评》,朱文斌,《厦门文学》,2008 年第 7 期,第 78 - 80 页。

552.《论"创世纪"的两位诗论家》,古远清,《理论与创作》,2008 年第 4 期,第 41 - 45 页。

553.《论 40 年代的李瑛》,段美乔,《中国现代文学研究丛刊》,2008 年第 4 期,第 25 - 36 页。

554.《论初期白话诗遭遇的创作困境》,刘纪新,《南京师大学报》(社会科学版),2008 年第 4 期,第 148 - 153 页。

555.《论民歌与新诗发展的复杂关系——以三次民歌潮流为中心》,贺仲明,《中国现代文学研究丛刊》,2008 年第 4 期,第 1 - 12 页。

556.《论四十年代现实主义诗论》,杨四平,《文学评论》,2008 年第 4 期,第 151 - 156 页。

557.《论中国现代"歌诗"》,刘东方,《中国现代文学研究丛刊》,2008 年第 4 期,第 13 - 24 页。

558.《论中国现代讽刺诗的审美流变(上)》,陈敢,《广西师范学院学报》(哲学社会科学版),2008 年第 3 期,第 53 - 57 页。

559.《论周作人的诗歌理论》,姜辉、黎保荣,《山西师大学报》(社会科学版),2008 年第 4 期,第 86 - 90 页。

560.《骆一禾——精神肖像和潜对话之七》,陈超,《诗潮》,2008 年 7 月号,第 70 - 72 页。

561.《母语与越境》,[日本]田原,《星星》(下半月刊),2008 年第 7 期,第 141 - 144 页。

562.《那些美好的情感——读叶玉琳》,谢冕,《星星》(下半月刊),2008 年第 7 期,第 124 - 128 页。

563.《那一片白衣飘飘的年代……——序〈寻找诗歌史上的失踪者〉》,潘洗尘,《星星》(下半月刊),2008年第7期,第132-134页。

564.《泥土、草木和庄稼的气息:书遐的诗》,人邻,《诗刊》(上半月刊),2008年7月号,第27—28页。

565.《偶然的相逢 永远的烙印——论徐志摩诗歌〈偶然〉》,陈善珍,《内江师范学院学报》,2008年第7期,第72-75页。

566.《徘徊在象征与唯美之间——论王独清和蓬子诗歌的"两面性"》,薛家宝,《甘肃社会科学》,2008年第4期,第17—20页。

567.《评王泽龙〈中国现代诗歌意象论〉》,黄曼君,《文学评论》,2008年第4期,第208-210页。

568.《瓶与水,风旗与把不住的事体——冯至〈十四行集〉第二七首新解》,张新颖,《当代作家评论》,2008年第4期,第70-75页。

569.《青年诗人心目中的好诗有哪些特征?——对37份"同题作文"的扫描》,王士强,《诗刊》(下半月刊),2008年7月号,第32-33页。

570.《融通古今的诗情与真意——"林庚先生新诗创作暨新诗厦大任教70周年纪念研讨会"综述》,陈秋娟,《厦门文学》,2008年第7期,第15-16页。

571.《三十年农村变革的"诗证"——读钟朝康诗集〈一个人的阡阡陌陌〉》,徐康,《星星》(上半月刊),2008年第7期,第134-138页。

572.《生命对生命沉痛而炽热的歌吟——读谭仲池诗集〈敬礼,以生命的名义〉》,龚政文,《理论与创作》,2008年第4期,第21-23页。

573.《诗歌标准重建:从江湖化到政治化》,张大为,《海南师范大学学报》(社会科学版),2008年第4期,第44-47页。

574.《诗歌的蒙难记》,耿占春,《天涯》,2008年第4期,第192-196页。

575.《诗歌中的"场变"》,陈敢,《湖南工业大学学报》(社会科学版),2008年第4期,第42-45页。

576.《诗人桑克的历史谱系》,王来雨,《星星》(下半月刊),2008年第7期,第38-55页。

577.《诗学的困顿——中国当代诗歌史研究的学术误区》,傅元峰,《当代文坛》,2008年第4期,第27-30页。

578.《诗与网络:在遇合中共享自由——〈绿风〉2007"网络诗歌精品专号"观感》,张德明,《绿风》,2008年第4期,第139-142页。

579.《试论现代歌词的文体特征》,傅宗洪,《西南大学学报》(社会科学版),2008年第4期,第27-31页。

580.《抒写 以生命的名义——谭仲池诗集〈敬礼,以生命的名义〉读后》,罗成琰,《理论与创作》,2008年第4期,第18-20页。

581.《舒婷诗歌意象成因透析》,刘德岗,《南都学坛》,2008年第4期,第91-92页。

582.《双重视野——读〈神降临的小站〉》,田一坡,《星星》(下半月刊),2008年第7期,第83-86页。

583.《四十年代"新生代"诗歌的诗学意义》,张志国,《文学评论》,2008年第4期,第144-150页。

584.《宿松,诗意乡土的孤独表达——宿松诗歌小辑综述》,何冰凌,《诗歌月刊》,2008年第7期,第88-89页。

585.《外国诗歌在中国》,柏桦、余夏云,《当代作家评论》,2008年第4期,第85-90页。

586.《我的八十年代——于坚访谈录》,虞金星,《星星》(下半月刊),2008年第7期,第17-30页。

587.《我的中国诗(札记节选)》,李商雨,《诗歌月刊》,2008年第7期,第91-94页。

588.《西南联大诗人群的现代主义追求》,王淑萍,《郑州大学学报》(哲学社会科学版),2008年第4期,第124-133页。

589.《先锋与传统:郭沫若诗歌的两极形态》,令狐兆鹏、韩苗苗,《乐山师范学院学报》,2008年第7期,第22-23页。

590.《现代商业形态下的诗意呈现——评〈杨克诗歌集〉》,高文翔,《曲靖师范学院学报》,2008年第4期,第23-27页。

591.《写作不仅要与人肝胆相照,还要与时代肝胆相照——就大地震后的诗歌写作答蒲荔子问》,谢有顺,《当代文坛》,2008年第4期,第4-7页。

592.《新诗中的神韵:由沈尹默的〈三弦〉和〈月夜〉谈起》,朱云,《安康学院学报》,2008年第4期,第8-11页。

593.《徐玉诺诗中的"她"意象》,邓小红,《平顶山学院学报》,2008年第4期,第52-55页。

594.《喧嚣背后的沉寂与生长:新世纪诗坛印象》,罗振亚,《天津师范大学学报》(社会科学版),2008年第4期,第46-51页。

595.《杨键与华兹华斯的抒情诗比较》,雷素娟,《安庆师范学院学报》(社会科学版),2008年第7期,第34-38页。

596.《宇向诗歌中的风与刀》,范静哗,《星星》(下半月刊),2008年第7期,第66-73页。

597.《语言的隐身术及医疗术:陈先发的诗学和诗歌》,许道军,《星星》(上半月刊),2008年第7期,第128-140页。

598.《语言魔术师》,大解,《星星》(下半月刊),2008年第7期,第129-131页。

599.《在废墟上矗立的诗歌纪念碑——论"5·12"地震诗潮》,王干,《当代文坛》,2008年第4期,第8-11页。

600.《在高原上建构的诗意栖所》,谭五昌,《当代文坛》,2008年第4期,第84-86页。

601.《在异乡浪游的桂冠诗人——美籍华人张错的诗歌艺术》,饶芃子、朱桃香,《中国比较文学》,2008年第3期,第77-84页。

602.《郑愁予诗歌的文化解读》,肖晓英,《云南民族大学学报》(哲学社会科学版),2008年第4期,第132-135页。

603.《致"赫图阿拉":"痛使我坐卧不安"——论林雪的〈大地葵花〉》,黄平,《当代作家评论》,2008年第4期,第107-112页。

604.《中国现代文学进程中象征主义的一种解读》,张翼,《福建师范大学学报》(哲学社会科学版),2008年第4期,第73-80页。

605.《中国新诗90年:在动荡中成长——荷兰汉学家柯雷访谈》,[荷兰]柯雷、张清华,《钟山》,2008年第4期,第170-178页。

606.《周建军诗歌中的乡土意识管窥》,罗绂文、朱彬彬,《当代文坛》,2008年第4期,第80-83页。

607.《筑诗为城——论20世纪中国新诗现代性的建构与重建》,蒋锐航,《大庆师范学院学报》,2008年第4期,第76-79页。

8月

608.《20世纪90年代以来"知识分子写作"诗歌审美风格简析》,房芳,《名作欣赏》(文学鉴赏版),2008年第8期,第139-144页。

609.《艾略特的"宗教诗歌"观念与当代中国诗歌》,林季杉、荣光启,《中国文学研究》,2008年第3期,第99-101页。

610.《八十年代:诗歌十年——欧阳江河访谈录之一》,虞金星,《星星》(下半月刊),2008年第8期,第5-19页。

611.《白地迷惘的眼神》,高春林,《星星》(下半月刊),2008年第8期,第95-97页。

612.《博爱为美——诗人赵恺素描》,王卫华、张文浩、王昉,《诗歌月刊》,2008年第8期,第19-21页。

613.《不同的文化 相同的感悟——评徐志摩和华兹华斯的现代诗》,王英宏,《渤海大学学报》(哲学社会科学版),2008年第4期,第146-148页。

614.《陈敬容的清华诗缘——早期佚诗与离乡出走事件》,陈俐,《新文学史料》,2008年第3期,第158-164页。

615.《重逢:公木的1978》,高昌,《新文学史料》,2008年第3期,第49-56页。

616.《穿越千年时空的审美对话——郑愁予〈错误〉与李白〈春思〉之比

较》,陈婷婷,《名作欣赏》(文学鉴赏版),2008年第8期,第83-85页。

617.《穿越时空的彩翼——从〈我思想〉看戴望舒的诗歌艺术》,余蔷薇,《华中师范大学研究生学报》,2008年第4期,第62-66页。

618.《传统与现代熔于一炉,雄浑和婉约交相辉映——浅论叶维廉诗歌的艺术特色》,刘士杰,《信阳师范学院学报》(哲学社会科学版),2008年第4期,第110-112页。

619.《从黄淮创作谈格律体新诗建设》,许霆,《文艺争鸣》,2008年第8期,第160-163页。

620.《大灾难中的诗歌悲凉》,徐敬亚,《星星》(下半月刊),2008年第8期,第83-86页。

621.《当代流行歌曲的审美缺失与历史使命》,万志全,《赣南师范学院学报》,2008年第4期,第63-66页。

622.《地域与时代共同培育的大地之子》,陈因,《诗刊》(下半月刊),2008年8月号,第43-45页。

623.《对中国"最好诗歌"的感慨——兼评杨键的获奖诗歌〈古桥头〉》,许德民,《星星》(下半月刊),2008年第8期,第78-82页。

624.《古代意象与现代视角的交汇——卞之琳〈断章〉的审美特质》,王洪辉,《名作欣赏》(文学鉴赏版),2008年第8期,第38-39页。

625.《关于尤克利诗歌的几个关键词》,高军,《诗刊》(下半月刊),2008年8月号,第40-42页。

626.《海南岛的诗歌与海拔诗群》,陈亚冰,《诗林》,2008年第3期,第65-68页。

627.《捍卫乡村的尊严——论台湾诗人吴晟的诗歌》,鲍昌宝,《江汉大学学报》(人文科学版),2008年第4期,第17-20页。

628.《还乡的双重意味——读赖廷阶的诗》,赵思运,《诗林》,2008年第3期,第34-35页。

629.《精神的涅槃飞升与生命的超越性指向——重读鲁迅的散文诗〈雪〉》,李振峰、王硕,《吉林师范大学学报》(人文社会科学版),2008年第4期,第165-167页。

630.《精神原型:贴近灵魂隐匿的语言——试评青年诗人肖刚先生的诗文集〈旅途〉》,谢幕,《诗林》,2008年第3期,第127-128页。

631.《九叶诗派诗歌语言的建构》,晋文婧,《安庆师范学院学报》(社会科学版),2008年第8期,第93-94页。

632.《浪漫诗人的人间情怀——论徐志摩诗歌的现实性》,于倩、孙书平,《枣庄学院学报》,2008年第4期,第50-51页。

633.《论程千帆先生的新诗创作》,鲍昌宝,《楚雄师范学院学报》,2008年第 8 期，第 15－20 页。

634.《论穆旦"新的抒情"与"中国性"》，张桃洲，《首都师范大学学报》（社会科学版），2008 年第 4 期，第 98－106 页。

635.《论徐志摩诗歌的戏剧化特质》，郑云霞，《信阳师范学院学报》（哲学社会科学版），2008 年第 4 期，第 138－141 页。

636.《漫长的幻境和现实的庞然大物》，杨子，《诗林》，2008 年第 3 期，第 72－74 页。

637.《"美的出口"的寻找者——灰娃访谈录》，马富丽，《星星》（下半月刊），2008 年第 8 期，第 44－53 页。

638.《朦胧诗的语言特质》，王维，《湖北社会科学》，2008 年第 8 期，第 109－112 页。

639.《桑克的通道》，王东东，《诗林》，2008 年第 3 期，第 125－126 页。

640.《身体写作文本在大众文化视野中的多维释义——尹丽川诗歌身体写作文化透视》，赵彬，《楚雄师范学院学报》，2008 年第 8 期，第 21－26 页

641.《"声、像、动"全方位组合：台湾新兴的超文本网络诗歌》，陈仲义，《江汉大学学报》（人文科学版），2008 年第 4 期，第 11－16 页。

642.《诗歌摆——孙文波论》，张光昕，《星星》（下半月刊），2008 年第 8 期，第 54－77 页。

643.《时光在泪水中悄然翻卷——读邓诗鸿组诗〈青藏诗篇〉》，郁笛，《诗刊》（上半月刊），2008 年 8 月号，第 32－33 页。

644.《试论网络诗歌的语言特征》，胡昌龙、王泽龙，《湖北社会科学》，2008 年第 8 期，第 105－108 页。

645.《试析海子在文学史中的归属问题——兼论文学史的一种写作模式》，杜昆，《名作欣赏》（文学鉴赏版），2008 年第 8 期，第 102－106 页。

646.《舒婷诗歌的原型意识和现代意识》，李子良，《山东文学》，2008 年第 8 期，第 65－66 页。

647.《踏响时代的鼓点——田间诞辰 90 周年感言》，相金科，《诗选刊》，2008 年第 8 期，第 80 页。

648.《"桃花为春天输血"——从桃花意象管窥李见心诗歌创作精神轨迹》，张翠，《诗潮》，2008 年 8 月号，第 78－79 页。

649.《推敲的诗艺：从无声处扣问浮生——叶维廉诗集〈雨的味道〉索隐》，黄梁，《江汉大学学报》（人文科学版），2008 年第 4 期，第 5－10 页。

650.《为了一个梦想（中国新诗 1949——1959）》，谢冕，《文艺争鸣》，2008 年第 8 期，第 63－78 页。

651.《我读〈远秋〉》，冯春明，《诗刊》（下半月刊），2008 年 8 月号，第 39－40 页。

652.《吴兴华诗歌的叙事艺术》,王芬、金星,《江汉大学学报》(人文科学版),2008年第4期,第27－30页。

653.《香港新世代本土诗人》,古远清,《江汉大学学报》(人文科学版),2008年第4期,第21－26页。

654.《新诗的文化身份问题研究》,黎志敏,《首都师范大学学报》(社会科学版),2008年第4期,第107－111页。

655.《新诗九十年的回顾与思考》,潘颂德,《诗刊》(上半月刊),2008年8月号,第49－51页。

656.《新时期长篇闻一多研究的历史回顾及新世纪国内外闻一多研究动态(上)》,李乐平,《河池学院学报》,2008年第3期,第21－26页。

657.《一颗固守精神家园的赤子之心》,刘京科,《诗刊》(下半月刊),2008年8月号,第42－43页。

658.《依水傍水人和谐——尘埃之诗小感》,赵卫峰,《诗林》,2008年第3期,第28－30页。

659.《雨水的立法者:潘维评传》,沈健,《星星》(下半月刊),2008年第8期,第20－43页。

660.《在"时间—价值"的迷宫中游走——穆旦诗歌新论》,赵文清,《湖北大学学报》(哲学社会科学版),2008年第4期,第80－83页。

661.《臧棣——精神肖像和潜对话之八》,陈超,《诗潮》,2008年8月号,第75－77页。

662.《早期新诗中的"自然"论与新旧诗之争》,陈均,《中山大学学报》(社会科学版),2008年第4期,第53－60页。

663.《郑小琼:承担之镜》,江碧钗、胡桑,《诗歌月刊》,2008年第8期,第14－17页。

664.《值得聆听的诗的"第三种声音"——以徐志摩、闻一多的"戏剧独白体"诗为例》,黎德锐,《名作欣赏》(文学鉴赏版),2008年第8期,第34－37页。

665.《置身阅读的静谧里——读冷盈袖的诗》,李商雨,《诗林》,2008年第3期,第82－84页。

666.《中西艺术结合产生的宁馨儿——闻一多新诗理论简论》,孙璐璐,《石河子大学学报》(哲学社会科学版),2008年第4期,第59－62页。

667.《走向自我之后:中国当代女性诗歌中的自我书写及其发展境遇》,朱郁文,《楚雄师范学院学报》,2008年第8期,第27－32页。

668.《最荒凉的不是荒原而是舌头》,李森,《诗林》,2008年第3期,第22－24页。

9 月

669.《2008 诗歌发言》,逢君,《广西文学》,2008 年第 9 期,第 121 – 127 页。

670.《八十年代:诗歌十年——欧阳江河访谈录之二》,虞金星,《星星》(下半月刊),2008 年第 9 期,第 33 – 47 页。

671.《标准的反骨》,木朵,《海南师范大学学报》(社会科学版),2008 年第 5 期,第 22 – 24 页。

672.《沉重的尺度》,梁小斌,《海南师范大学学报》(社会科学版),2008 年第 5 期,第 15 – 17 页。

673.《陈敬容:老去的是时间》,孙瑞珍,《诗歌月刊》,2008 年第 9 期,第 16 – 20 页。

674.《程序决定结果:从"汉诗榜"看诗歌标准》,李霞,《海南师范大学学报》(社会科学版),2008 年第 5 期,第 18 – 21 页。

675.《从"诗文合一"到"诗文划界"——论文学革命发生后新诗语言调整与文体发展的互动》,李玮,《南京师大学报》(社会科学版),2008 年第 5 期,第 130 – 136 页。

676.《从凤凰涅槃到炉中之煤——郭沫若晚年行为的心理动因试探》,刑小群,《当代文坛》,2008 年第 5 期,第 28 – 30 页。

677.《从"内在现实"走向"不确定的叙述":余华与施蛰存文学观比较》,赵凌河,《当代作家评论》,2008 年第 5 期,第 92 – 98 页。

678.《当代藏族诗歌流变》,于宏,《民族文学》,2008 年第 9 期,第 124 – 128 页。

679.《底层世界的一道光——王学忠诗歌简论》,晏杰雄,《文艺理论与批评》,2008 年第 5 期,第 44 – 46 页。

680.《洞庭湖南面的巫蛮之地和湖南一些诗人》,路云,《星星》(下半月刊),2008 年第 9 期,第 125 – 133 页。

681.《反向推进:从身体后退到语言——广西女诗人散论》,杨克,《南方文坛》,2008 年第 5 期,第 73 – 75、86 页。

682.《风前大树:彭燕郊诗歌论》,吴思敬,《文学评论》,2008 年第 5 期,第 143 – 148 页。

683.《冯至早期叙事诗的艺术特征》,郑云霞,《南都学坛》,2008 年第 5 期,第 57 – 58 页。

684.《关于新诗教育的讨论》,孙晓娅、霍俊明、张洁宇、张桃洲、姜涛、林喜杰、鲁华夏,《星星》(下半月刊),2008 年第 9 期,第 5 – 21 页。

685.《广西诗歌与当代诗歌地方化浪潮》,李少君,《广西文学》,2008 年第

9期,第117-120页。

686.《广西:大学生诗歌的线索与特征》,非亚,《南方文坛》,2008年第5期,第84-86页。

687.《郭沫若浪漫诗学的现代性批判》,肖伟胜,《西南大学学报》(社会科学版),2008年第5期,第54-60页。

688.《汉语在葳蕤宁静的南方——关于〈第二届广西诗歌双年展〉阅读的一点感想》,张清华,《广西文学》,2008年第9期,第113-116页。

689.《何其芳研究会成立大会暨学术讨论会综述》,封英锋、陶德宗,《文学评论》,2008年第5期,第212-213页。

690.《黑土地上的"还乡"——读徐书遐诗歌近作》,华海,《扬子江诗刊》,2008年第5期,第14-15页。

691.《黄土地上的生命情流》,古耜,《诗刊》(下半月刊),2008年9月号,第44-45页。

692.《见证白洋淀诗歌——林莽访谈》,林莽、张清华,《钟山》,2008年第5期,第162-166页。

693.《今天的诗意——在渤海大学"诗人讲坛"上的讲演》,王小妮,《当代作家评论》,2008年第5期,第5-9页。

694.《近年来〈野草〉的情感解读与比较研究》,田建民、贺莹,《中国现代文学研究丛刊》,2008年第5期,第86-93页。

695.《苦难的书写如何才能不失重?——我看汶川大地震后的诗歌写作热潮》,谢有顺,《南方文坛》,2008年第5期,第32-34页。

696.《李少君:语出自然若有神——李少君诗歌的结构、存在论思考》,宋子刚,《南方文坛》,2008年第5期,第97-99、107页。

697.《两个层面:我们的尊重与期待——关于抗震救灾诗歌的思考》,梁平,《南方文坛》,2008年第5期,第35-36、67页。

698.《论"朦胧诗"发生的历史据点——以精神状态与写作训练两层面为中心的考察》,易彬,《当代文坛》,2008年第5期,第39-43页。

699.《浪漫主义与史诗梦想》,高雪,《中国海洋大学学报》(社会科学版),2008年第5期,第88-90页。

700.《论〈野草〉的时间意识》,吴翔宇、陈国恩,《贵州社会科学》,2008年第9期,第98—103页。

701.《论埃德加·爱伦·坡与海子诗歌里的死亡哲学》,谭瑾瑜,《长沙大学学报》,2008年第3期,第106-107页。

702.《论中国当代文学史上的"朦胧诗"论争》,晋海学,《贵州大学学报》(社会科学版),2008年第5期,第61-66页。

703.《论作为左翼诗歌抒情主体的"我们"》,张德明,《文艺理论与批评》,

2008年第5期，第47－51页。

704.《朦胧诗：重新认知的必要和理由》，张清华，《当代文坛》，2008年第5期，第33－38页。

705.《娜仁琪琪格访谈：暗藏的喜悦和忧伤》，娜仁琪琪格，《诗歌月刊》，2008年第9期，第33－36页。

706.《彭燕郊晚年心境与诗境——以一组诗与一首长诗为例》，李振声，《南京师范大学文学院学报》，2008年第3期，第1－8页。

707.《彭燕郊先生文学年表简编》，陈璐、易彬，《南京师范大学文学院学报》，2008年第3期，第15－17页。

708.《彭燕郊研究论纲》，易彬，《南京师范大学文学院学报》，2008年第3期，第9－14页。

709.《评谭桂林〈本土语境与西方资源：现代中西诗学关系研究〉》，张文初，《中国现代文学研究丛刊》，2008年第5期，第202－206页。

710.《评王泽龙〈中国现代诗歌意象论〉》，李继凯，《中国现代文学研究丛刊》，2008年第5期，第211－215页。

711.《浅析超文本诗歌》，任洪国，《潍坊学院学报》，2008年第5期，第98－101页。

712.《沙漏的流淌及其亮色——世纪初冯晏的诗歌创作》，张立群，《诗歌月刊》，2008年第9期，第12－14页。

713.《闪电的和恒常的——民间诗刊》，张清华，《当代作家评论》，2008年第5期，第32－34页。

714.《"诗歌标准"的焦虑及其他——诗歌研究与诗歌批评》，何言宏，《当代作家评论》，2008年第5期，第40－43页。

715.《"诗歌在网上"——网络诗歌》，何平，《当代作家评论》，2008年第5期，第34－37页。

716.《"诗界革命"与二十世纪革命诗歌起源》，黄雪敏，《安徽理工大学学报》（社会科学版），2008年第3期，第41－44页。

717.《诗歌毗邻异乡》，杨勇、江非，《星星》（下半月刊），2008年第9期，第79－96页。

718.《诗歌作为心灵的语言——综合性文学刊物》，张学昕，《当代作家评论》，2008年第5期，第30－32页。

719.《诗人的高处》，高凯，《诗刊》（下半月刊），2008年9月号，第42—43页。

720.《诗人痖弦》，唐小兵，《读书》，2008年第9期，第59－64页。

721.《诗心与诗性——关于："地震诗歌现象"的几点思考》，沈奇，《文艺争鸣》，2008年第9期，第121－122页。

722.《诗与思的搏斗,一个诗人的诗学——毛翰论之一》,吴励生,《安徽理工大学学报》(社会科学版),2008年第3期,第24-29页。

723.《试论何其芳的〈预言〉里的"颜色意象"》,殷鉴,《湛江师范学院学报》,2008年第5期,第75-78页。

724.《"首先是自由,然后是写诗"》,何平、王小妮,《当代作家评论》,2008年第5期,第10-14页。

725.《谁愿意向美告别?——怀念彭燕郊先生》,李振声,《星星》(下半月刊),2008年第9期,第48-78页。

726.《宿命的下降或艰难的飞翔——论1990年代以来的当代诗歌转型》,王士强,《内蒙古社会科学》,2008年第5期,第144-148页。

727.《他的诗歌是生活的悲剧和晴雨表》,黄海,《诗刊》(下半月刊),2008年9月号,第43-44页。

728.《王小妮读札》,李振声,《当代作家评论》,2008年第5期,第15-25页。

729.《为历史提供坐标和岩层:一代人的精神史与阅读史——〈朦胧诗以后:1986—2007中国诗坛地图〉的诗歌史意义》,霍俊明,《南方文坛》,2008年第5期,第76-78页。

730.《为天地立心的诗》,于坚,《海南师范大学学报》(社会科学版),2008年第5期,第7-10页。

731.《闻一多的宗教观念与人格精神》,胡绍华,《三峡大学学报》(人文社会科学版),2008年第5期,第43-47页。

732.《闻一多诗歌创作与诗歌理论浅探》,陈敢,《湖南文理学院学报》,2008年第5期,第90-91页。

733.《我们会不会错读苦难——看待"5·12诗歌"的若干角度》,张清华,《南方文坛》,2008年第5期,第27-29页。

734.《我们需要诗歌"潜力股"——诗歌刊物》,罗振亚、刘波,《当代作家评论》,2008年第5期,第26-27页。

735.《"我还没有完全冷却"——哭诗人彭燕郊》,李天靖,《绿风》,2008年第5期,第108-110页。

736.《"我就像一个古老的帝国"——在余光中与20世纪华文文学国际研讨会上的致辞》,余光中,《徐州师范大学学报》(哲学社会科学版),2008年第5期,第14-15页。

737.《西川的声道》,杨晓宇,《星星》(上半月刊),2008年第9期,第127-130页。

738.《新的情绪、新的空间与新的道路——改革开放三十年的四川诗歌》,李怡、王学东,《当代文坛》,2008年第5期,第12-18页。

739.《新诗史叙述：总体与局部——论近 30 年来中国的新诗史写作》，周志强，《西南大学学报》（社会科学版），2008 年第 5 期，第 65 - 69 页。

740.《新世纪的凹地："慢了零点一秒的春天"》，陈祖君，《南方文坛》，2008 年第 5 期，第 79 - 83 页。

741.《绚烂之极复归于平淡——略论卞之琳诗歌创作的特点》，包广莉，《思茅师范高等专科学校学报》，2008 年第 5 期，第 94 - 97 页。

742.《学习余光中　传扬中华文化神韵》，徐放鸣，《徐州师范大学学报》（哲学社会科学版），2008 年第 5 期，第 13 页。

743.《以〈女神〉为例反思新诗"散文化"之路》，刘静，《西南大学学报》（社会科学版），2008 年第 5 期，第 61 - 64 页。

744.《隐藏的功底》，桑克，《星星》（下半月刊），2008 年第 9 期，第 105 - 107 页。

745.《用嘶哑的喉咙歌唱"现代中国"——论艾青在 1940 年代的诗歌创作》，杨华丽，《绵阳师范学院学报》，2008 年第 9 期，第 46 - 50 页。

746.《"用言词留住瞬间"——耿占春的〈新疆组诗〉》，许道军，《当代文坛》，2008 年第 5 期，第 133 - 135 页。

747.《由一个词："沙尘飞扬"写起》，阳飏，《诗刊》（下半月刊），2008 年 9 月号，第 40 - 41 页。

748.《有关"地震诗潮"的几点感想》，陈超，《南方文坛》，2008 年第 5 期，第 30 - 31 页。

749.《余怒〈一件东西〉三人谈》，王薄斐、琳子、宋子刚，《星星》（下半月刊），2008 年第 9 期，第 97 - 104 页。

750.《与伤春拔河：余光中的时间意识研究》，黎活仁，《徐州师范大学学报》（哲学社会科学版），2008 年第 5 期，第 16 - 18 页。

751.《在大洋彼岸听风寻梦——惠兰和她〈飘香的毒药〉》，张同吾，《诗歌月刊》，2008 年第 9 期，第 92 - 93 页。

752.《在废墟上矗立的诗歌纪念碑——感受"5·12"地震诗潮》，王干，《诗歌月刊》，2008 年第 9 期，第 94 - 96 页。

753.《责任与良知催生热血之作——评黄亚洲诗集〈中国如此震动〉》，曹纪祖，《当代文坛》，2008 年第 5 期，第 128 - 129 页。

754.《中国当代诗歌中的南方精神——首届"中国南京·现代汉诗论坛研讨会"纪要》，刘倩、李敏、沈逸婷、沙磊，《星星》（下半月刊），2008 年第 9 期，第 22 - 32 页。

755.《中国诗人》，李木生，《随笔》，2008 年第 5 期，第 47 - 49 页。

756.《朱光潜"静穆"观念与欧洲近代美学思想的关系》，许江，《中国现代文学研究丛刊》，2008 年第 5 期，第 94 - 103 页。

757.《朱自清的新诗诗论思想——论其在新诗现代化道路上的开拓性贡献》,漆福刚,《南都学坛》,2008年第5期,第59-60页。

758.《"自我"与"他者"——梁小斌不同时期诗歌创作视角浅析》,韦珺,《南方文坛》,2008年第5期,第100-102页。

759.《"自由"年代的诗群崛起:当代广西诗坛》,荣光启,《南方文坛》,2008年第5期,第68-72页。

760.《棕皮手记:诗如何在》,于坚,《天涯》,2008年第5期,第61-69页。

10月

761.《艾青诗论中"真"的价值体系建构研究》,徐学鸿,《兰州学刊》,2008年第10期,第169-171页。

762.《奥登与九叶诗派的新诗戏剧化》,马永波,《江汉大学学报》(人文科学版),2008年第5期,第11-17页。

763.《拜伦〈哀希腊〉在近代中国的四种译本及其影响》,邓庆周,《江汉大学学报》(人文科学版),2008年第5期,第23-27页。

764.《悲剧英雄——论穆旦诗歌中的英雄形象》,马炜,《楚雄师范学院学报》,2008年第10期,第19-23页。

765.《不断尝试着去做一个名叫"陆健"的诗人》,陆健,《诗歌月刊》,2008年第10期,第86-90页。

766.《〈草叶集〉与〈女神〉对比研究》,叶碧霞,《韶关学院学报》(社会科学版),2008年第10期,第28-31页。

767.《纯情的呼唤与沉思的品格——读王莹的诗》,吴思敬,《诗歌月刊》,2008年第10期,第16-17页。

768.《重读〈朦胧诗选〉——不该尘封的历史记忆》,叶红,《文艺争鸣》,2008年第10期,第118-122页。

769.《从李金发的际遇看早期现代主义艺术在中国的困境》,姚玳玫,《文艺研究》,2008年第10期,第122-132页。

770.《当下网络诗歌对诗歌精神的建构与解构》,任毅、朱瑜雯,《海南大学学报》(人文社会科学版),2008年第5期,第557-563页。

771.《鹅塘村:一个诗人的乌托邦》,邰筐,《诗刊》(下半月刊),2008年10月号,第48-49页。

772.《"感性革命":九叶诗派的诗学建构起点》,黄科安,《楚雄师范学院学报》,2008年第5期,第24-29页。

773.《关于当代诗歌的阅读:在细读中展示的魅力——以于坚的一首小诗为

例》,赵彬,《北华大学学报》(社会科学版),2008年第5期,第90-94页。

774.《"归来者"诗与"朦胧诗"抒情主体的差异》,丛鑫,《淄博师专学报》,2008年第4期,第61-64页。

775.《海子诗歌创作与个人化写作》,陈连锦,《绥化学院学报》,2008年第5期,第102-104页。

776.《崛起的背后:历史与关于历史的叙述》,曹万生、胡倩一,《文艺争鸣》,2008年第10期,第123-127页。

777.《开门落"叶"深——漫说叶延滨〈年轮诗论〉》,吕进,《星星》(上半月刊),2008年第10期,第128-131页。

778.《历史与社会现实生活的跨文化审视——华裔美国诗歌的先声:在美国最早的华文诗歌》,张子清,《江汉大学学报》(人文科学版),2008年第5期,第18-22页。

779.《论中国现代讽刺诗的审美流变(下)》,陈敢,《广西师范学院学报》(哲学社会科学版),2008年第4期,第97-100页。

780.《论新诗现代化进程中梁实秋与梁宗岱的诗学分歧》,柴华,《黑龙江社会科学》,2008年第5期,第103-106页。

781.《洛夫对超现实主义的认同与修正》,赵小琪,《盐城师范学院学报》(人文社会科学版),2008年第5期,第25-30页。

782.《米沃什诗中的时间与拯救——关于当代中外诗歌及其比较》,张曙光,《江汉大学学报》(人文科学版),2008年第5期,第5-10页。

783.《那令人感动的灵魂坚守者——西藏诗人专辑》,茂兴,《诗歌月刊》,2008年第10期,第66-67页

784.《"那些葵花,那些命运的钟摆"——徐俊国诗歌印象》,赵思运,《诗刊》(下半月刊),2008年10月号,第46-47页。

785.《逆着时间看风景——读叶延滨诗集〈年轮诗章〉札记》,阳飏,《诗选刊》,2008年第10期,第83-84页。

786.《欧洲浪漫派与中国现代诗创作》,王欣,《文艺争鸣》,2008年第10期,第163-165页。

787.《"让文字和我保持相同的体温"——晴朗李寒近作印象》,郁葱,《诗刊》(上半月刊),2008年10月号,第28-29页。

788.《散文诗:寂寞而又美丽的九十年》,王幅明,《诗刊》(上半月刊),2008年10月号,第38-40页。

789.《生命的记忆——林莽的诗论和诗》,张磊磊,《诗歌月刊》,2008年第10期,第21-22页。

790.《诗歌:生命、记忆与飞翔——诗人徐敬亚访谈录》,张学昕,《作家杂志》,2008年第10期,第26-36页。

791.《诗歌地理·奢侈的孤独感》,樊樊,《诗选刊》,2008年第10期,第80－83页。

792.《驮盐人的孩子——怀念诗人加央西热》,荒流,《诗歌月刊》,2008年第10期,第73－74页。

793.《〈王贵与李香香〉的版本批评》,纪海龙,《咸宁学院学报》,2008年第5期,第88－89页。

794.《现代汉语诗的空间结构》,苟晓江,《楚雄师范学院学报》,2008年第10期,第24－26页。

795.《现代象征主义话语下的"雨巷"情结——戴望舒诗歌兼收并蓄的现代风格》,肖绮雯,《社科纵横》,2008年第10期,第93－97页。

796.《新诗创作与社会主义新农村建设》,曹纪祖,《诗刊》(上半月刊),2008年10月号,第41－42页。

797.《新诗与自然》,张曙光,《诗潮》,2008年10月号,第77－78页。

798.《叶维廉诗歌中雨意象的原型批评》,戴芝兰,《湖南人文科技学院学报》,2008年第5期,第103－106页。

799.《夜行的苦吟者——寒烟及其〈截面与回声〉》,邱倩,《星星》(上半月刊),2008年第10期,第132－138页。

800.《一部作品是一种法则——说李森组诗〈屋宇〉》,龙晓滢,《诗歌月刊》,2008年第10期,第12－13页。

801.《异乡漫游路上的回望与静思——潘永翔乡土诗论》,姜超、张爱玲,《绥化学院学报》,2008年第5期,第15－17页。

802.《中国新诗的精神家园建构》,蔡明明,《楚雄师范学院学报》,2008年第10期,第12－19页。

803.《朱巧玲访谈:生命如同莲花丰盈》,朱巧玲,《诗歌月刊》,2008年第10期,第34－37页。

804.《自由与格律的消长——中国现代新诗发展探踪》,张洪波,《社科纵横》,2008年第10期,第85－86页。

805.《钻心响的地方叫故乡——读读徐国俊的诗》,谷禾,《诗刊》(下半月刊),2008年10月号,第44－45页。

806.《作为白洋淀诗歌群落一员的林莽》,张洪波,《诗歌月刊》,2008年第10期,第19－20页。

11 月

807.《"爱"的两种声音——以舒婷、翟永明的爱情诗为例》,张晶晶,《山东师范大学学报》(人文社会科学版),2008年第6期,第60-63页。

808.《"爱的繁衍与生殖"的祭坛——昌耀〈慈航〉解读》,庄晓明,《名作欣赏》(文学鉴赏版),2008年第11期,第116-119页。

809.《澳门新诗创作及其评论特征》,古远清,《西南大学学报》(社会科学版),2008年第6期,第34-39页。

810.《八十年代中的广西青年诗歌》,黎学锐,《南方文坛》,2008年第6期,第94-96页。

811.《把滚烫的心放到故乡的手上——简评〈田野轻轻晃动〉》,耿建华,《星星》(上半月刊),2008年第11期,第20-21页。

812.《成长的焦虑与挣扎——重读"莽汉"和李亚伟的〈中文系〉》,杨四平,《名作欣赏》(文学鉴赏版),2008年第11期,第54-58页。

813.《穿过文字,走进一个女人——雪莹印象》,赵威,《诗林》,2008年第4期,第52-54页。

814.《传播学视域中灵性文学的精神原动力——以诗集〈琴与炉〉的文本为例》,聂茂、厉雷,《理论与创作》,2008年第6期,第73-77页。

815.《从朦胧诗到第三代诗的转型——〈尚义街六号〉解读》,吕周聚,《名作欣赏》(文学鉴赏版),2008年第11期,第48-53页。

816.《从橡树到神女峰》,孙绍振,《名作欣赏》(文学鉴赏版),2008年第11期,第21-24页。

817.《大众传播语境下流行歌词诗意回归与精英文化的出路》,陈元龙、沙莎,《西安电子科技大学学报》(社会科学版),2008年第6期,第120-123页。

818.《当代诗歌语言空符号价值论》,祝峰,《内蒙古农业大学学报》(社会科学版),2008年第6期,第417-419页。

819.《悼念彭燕郊先生》,北岛,《芙蓉》,2008年第6期,第171页。

820.《悼念一代诗人彭燕郊》,李冰封,《芙蓉》,2008年第6期,第176-178页。

821.《杜甫对洛夫诗歌创作的影响》,孔令环,《四川文理学院学报》,2008年第6期,第50-51页。

822.《对存在意义的诗意追问——郑敏后期诗歌解读》,唐梅秀,《理论与创作》,2008年第6期,第89-91页。

823.《对大地的形而上的感恩》,孙绍振,《名作欣赏》(文学鉴赏版),2008年第11期,第59-62页。

824.《对于空洞的"英雄"的调侃》,孙彦君,《名作欣赏》(文学鉴赏版),2008年第11期,第46-48页。

825.《福建诗歌现状反思与透视》,[澳大利亚]庄伟杰,《厦门文学》,2008年第6期,第159-160页。

826.《给平淡的人生插上梦的翅膀——读〈孤单的良药〉》,张彩艳,《星星》(下半月刊),2008年第11期,第123-124页。

827.《工业化时代的乐府歌辞——郑小琼诗歌零度书写与生命书写的两极张力世界》,张有根,《当代文坛》,2008年第6期,第85-88页。

828.《关东寒凝中的蓝苓诗草》,刘树声,《诗林》,2008年第4期,第127-128页。

829.《关于新月书店经理更替的史实考察》,刘群,《中国现代文学研究丛刊》,2008年第6期,第175-180页。

830.《怀念彭燕郊先生》,赵四,《芙蓉》,2008年第6期,第182-183页。

831.《还与韶光共憔悴——评〈时间深处的黑白插图〉》,杜光霞,《星星》(下半月刊),2008年第11期,第141-142页。

832.《黄药眠是被遮蔽的优秀诗人》,王珂、代绪宇,《南都学坛》,2008年第6期,第52-58页。

833.《火山是怎样爱——评析小山的诗》,屠岸,《诗林》,2008年第4期,第124页。

834.《旧海棠访谈:诗歌是为自己找个说话的对象》,阿翔、旧海棠,《诗歌月刊》,2008年第11期,第40-42页。

835.《历史的赤字》,余开伟,《芙蓉》,2008年第6期,第174-176页。

836.《梁上泉诗歌的文学史意义》,雷斌,《四川文理学院学报》,2008年第6期,第26-28页。

837.《论艾青诗的宗教意蕴》,魏一媚,《浙江师范大学学报》(社会科学版),2008年第6期,第42-45页。

838.《论海子的血色意象与血态抒情》,房利芳,《中国文学研究》,2008年第4期,第120-123页。

839.《论惠特曼诗歌对昌耀创作的影响》,雷庆锐,《名作欣赏》(文学鉴赏版),2008年第11期,第124-126页。

840.《论闻一多的诗性批评》,陈欣、邱紫华,《武汉理工大学学报》(社会科学版),2008年第6期,第100-104页。

841.《论闻一多诗学的现代性》,罗先友,《中国海洋大学学报》(社会科学版),2008年第6期,第60-65页。

842.《论中国古典诗歌传统对宗白华诗歌创作的影响》,邱熠,《安康学院学报》,2008年第6期,第58-59页。

843.《〈漫游与吟唱〉序》,叶延滨,《诗刊》(下半月刊),2008年11月号,第41-42页。

844.《〈穆旦诗文集〉的一个纰漏:〈法律像爱情〉是译作而非创作》,曹雪峰,《中国现代文学研究丛刊》,2008年第6期,第181-185页。

845.《穆木天的旅人情结——以〈献诗〉为例》,国家玮,《名作欣赏》(文学鉴赏版),2008年第11期,第113-115页。

846.《那双纯粹的诗人眼睛》,欧阳斌,《芙蓉》,2008年第6期,第179-181页。

847.《彭燕郊回忆同时代作家》,易彬,《新文学史料》,2008年第4期,第4-13页。

848.《平凡的美丽与朴素的深刻——评王小妮的〈十枝水莲〉》,蒋登科、姚洪伟,《名作欣赏》(文学鉴赏版),2008年第11期,第30-37页。

849.《浅议当前"打工诗歌"》,褚春元,《文艺理论与批评》,2008年第6期,第107-110页。

850.《三十与十二》,罗振亚,《名作欣赏》(文学鉴赏版),2008年第11期,第4-10页。

851.《散发着草原味道的诗歌》,冰峰,《诗歌月刊》,2008年第11期,第53页。

852.《身位与场位:"打工诗歌"的主体痛感》,柳冬妩,《南方文坛》,2008年第6期,第58-62页。

853.《生命中还有什么不可相遇——对"诗歌圣母"女诗人马莉的第二印象》,陈末,《诗歌月刊》,2008年第9期,第18-23页。

854.《生命中跳跃的爱情音符——读〈一朵花拦住了去路〉》,杜洁、超慧,《星星》(下半月刊),2008年第11期,第78-79页。

855.《诗的个人性与普视性》,蒋登科,《西南大学学报》(社会科学版),2008年第6期,第22-37页。

856.《诗的严阵,严阵的诗》,天淡云飞,《诗歌月刊》,2008年第9期,第25页。

857.《诗歌,或悲痛的余烬》,王家新,《天涯》,2008年第6期,第23-27页。

858.《诗歌的世纪耗散》,范肖丹,《文学自由谈》,2008年第6期,第72-76页。

859.《诗歌解读的新视角——诗歌象似性修辞》,唐颖,《文艺争鸣》,2008年第11期,第170-173页。

860.《诗歌史写作:建构与重构》,周志强,《当代文坛》,2008年第6期,第28-32页。

861.《诗人的工作》,林贤治,《新文学史料》,2008 年第 4 期,第 14 - 16 页。

862.《诗人孔灏三论》,李惊涛,《诗刊》(下半月刊),2008 年 11 月号,第 42 - 44 页。

863.《诗人心灵地理的空间与情感——评〈版图上的星座〉》,干天全,《星星》(下半月刊),2008 年第 11 期,第 37 - 38 页。

864.《说出生活里的光和盐——对"陈人杰短诗选"的评点》,李小雨,《扬子江诗刊》,2008 年第 5 期,第 12 - 13 页。

865.《四两怎能拨千斤——读伊沙"黄河"》,陈仲义,《名作欣赏》(文学鉴赏版),2008 年第 11 期,第 63 - 65 页。

866.《谭畅:令人心碎的精神游侠》,君尧,《诗林》,2008 年第 4 期,第 59 - 60 页。

867.《听严阵侃诗》,李永波,《诗歌月刊》,2008 年第 9 期,第 26 - 27 页。

868.《网络诗歌创作主体论》,杨雨、白寅,《铜仁学院学报》,2008 年第 6 期,第 90 - 91 页。

869.《西方"恶美"意象艺术对中国现代诗的影响》,王卫红,《湖北经济学院学报》(人文社会科学版),2008 年第 11 期,第 100 - 101 页。

870.《〈小杂志〉:不断挖掘新人的民刊》,张伟栋,《诗林》,2008 年第 4 期,第 46 - 48 页。

871.《心灵的吟唱——试评李永生诗集〈与心儿干杯〉》,唐飚,《诗林》,2008 年第 4 期,第 125 - 126 页。

872.《新诗创世何劳胡适尝试》,毛翰,《西南大学学报》(社会科学版),2008 年第 6 期,第 28 - 33 页。

873.《新时期中国诗坛的西部坐标——论新边塞诗文学史方位》,艾翔,《新疆大学学报》(哲学·人文社会科学版),2008 年第 6 期,第 120 - 123 页。

874.《性灵的黄鹂啼唱灰色的人生——从诗歌创作看徐志摩的人生惆怅》,张惠苑,《牡丹江师范学院学报》(哲学社会科学版),2008 年第 6 期,第 19 - 21 页。

875.《叙述性:对口语的运用与改造——〈现代诗艺术揽胜〉之三十四》,龙彼德,《绿风》,2008 年第 6 期,第 84 - 87 页。

876.《学术、文艺与政治的分殊——北大歌谣运动与大跃进新民歌运动"民间"取向之比较》,李静,《青海师范大学学报》(哲学社会科学版),2008 年第 6 期,第 99 - 101 页。

877.《寻思维之窗 叩表达之门——叶维廉有限至无限道家诗艺之路的解读》,刘跃平,《安徽大学学报》(哲学社会科学版),2008 年第 6 期,第 86 - 89 页。

878.《寻找活力：新写作的可能或必须——简评阎志的诗》，林雪，《诗潮》，2008年11月号，第11-12页。

879.《严阵：诗比所有的酷更酷》，邢少红、王健，《诗歌月刊》，2008年第11期，第27-28页。

880.《"仰望"的姿态与谦卑的灵魂——西川〈在哈尔盖仰望星空〉赏析》，张德明，《名作欣赏》（文学鉴赏版），2008年第11期，第42-45页。

881.《一个出版人对彭燕郊先生的怀念》，黎维新，《芙蓉》，2008年第6期，第178-179页。

882.《一首诗和一个时代——读北岛〈结局或开始———献给遇罗克〉》，田忠辉，《名作欣赏》（文学鉴赏版），2008年第11期，第15-20页。

883.《一束小花》，韦白，《芙蓉》，2008年第6期，第181-182页。

884.《"以冲刺速度朝心中的方向奔跑"》，张德明，《诗刊》（上半月刊），2008年11月号，第25-26页。

885.《隐喻：诗歌的家园——论中英诗歌隐喻及其理解》，云虹，《当代文坛》，2008年第6期，第89-91页。

886.《有一种被遗忘的时间形式仍在召唤我们——以"第三代诗人"赵野为例》，敬文东，《当代文坛》，2008年第6期，第23-27页。

887.《在传统与现实之间穿梭——评〈一粒尘埃的伤痕〉》，王鹏，《星星》（上半月刊），2008年第11期，第90-91页。

888.《在寒冷的雪中让内心和时代发声——王家新〈帕斯捷尔纳克〉欣赏》，霍俊明，《名作欣赏》（文学鉴赏版），2008年第11期，第38-41页。

889.《在人心灵显示出伤口并渗出血滴——昌耀〈内陆高迥〉解读》，王珂，《名作欣赏》（文学鉴赏版），2008年第11期，第10-14页。

890.《枕着"灵魂中安静的部分"独自前行——读〈初生的太阳像个鸟巢〉》，郑婷娟、王贤芝，《星星》（下半月刊），2008年第11期，第66-67页。

891.《中国初期象征主义诗歌的意象表现手法》，范兰德，《广州大学学报》，2008年第11期，第66-70页。

892.《中国现代散文诗的文化阐释》，张翼，《闽江学院学报》，2008年第6期，第62-67页。

893.《重读闻捷："异质性"与审美"合法化"的获得》，成湘丽，《新疆大学学报》（哲学·人文社会科学版），2008年第6期，第115-119页。

894.《重构女性与世界的关系——翟永明〈女人〉组诗简论》，伍明春，《名作欣赏》（文学鉴赏版），2008年第11期，第25-29页。

895.《主、客观的遇合与诗歌空间的拓展——评孔灏近期的诗歌创作》，刘晶林，《诗刊》（下半月刊），2008年11月号，第44-45页。

896.《伫立于现实与历史间的诗性守望——读〈一片汉朝的叶子〉》，赵仕才,《星星》(上半月刊),2008年第11期,第51-52页。

897.《作为诗歌品质的纯粹——读蓝蓝的近作》,张曙光,《诗歌月刊》,2008年第11期,第9-11页。

12月

898.《白洋淀吹来的风》,杨键,《诗歌月刊》,2008年第12期,第26页。

899.《必须以诗歌的名义向世界承诺——浅说诗人叶世斌近作》,林雪,《诗潮》,2008年12月号,第36-37页。

900.《变形与循环:穿越现代性话语的诗学生成——论耿占春的象征叙事》,王东东,《新诗评论》,2008年第2辑,第241-268页。

901.《重估女神审美超越价值——从〈凤凰涅槃〉象征谈起》,李铁秀,《哈尔滨学院学报》,2008年第12期,第72-77页。

902.《出梅入夏:陆忆敏的诗》,余夏云,《江汉大学学报》(人文科学版),2008年第6期,第22-28页。

903.《从民歌走向新乡土诗——陈有才论》,苗雨时,《廊坊师范学院学报》,2008年第6期,第18-21页。

904.《从素朴到丰富——潞潞的短诗》,西川,《江汉大学学报》(人文科学版),2008年第6期,第11-13页。

905.《大陆上的鲁滨逊》,陈东东,《新诗评论》,2008年第2辑,第71-80页。

906.《对话:诗歌与改革开放三十年》,杨志学整理,《诗刊》(上半月刊),2008年12月号,第87-91页。

907.《儿童视域里的后乡土世界——以张绍民诗歌创作为例》,柳冬妩,《文艺争鸣》,2008年第12期,第67-73页。

908.《歌曲语言的修辞方式》,刘志成,《牡丹江大学学报》,2008年第12期,第9-10页。

909.《顾城诗源初探》,伊索尔,《新诗评论》,2008年第2辑,第97-107页。

910.《关于岳重》,汪剑钊,《诗歌月刊》,2008年第12期,第24页。

911.《"鬼进城":顾城在新世界里的变形记》,麦芒,《新诗评论》,2008年第2辑,第121-148页。

912.《郭沫若与徐志摩,不一样的浪漫》,杨锦鸿,《滁州学院学报》,2008年第6期,第7-9页。

913.《金铃子:令人颤栗的美学——〈越人歌〉解读》,江弱水,《新诗评论》,2008年第2辑,第213-222页。

914.《康白情与早期象征派诗歌的联系》,阎敏,《佳木斯大学学报》(社会科学版),2008年第6期,第96-98页。

915.《"蓝星"诗人群》,古远清,《长江师范学院学报》,2008年第6期,第13-19页。

916.《离离的迷与痛》,张语和,《飞天》,2008年第12期,第122-124页。

917.《李静民访谈:以颠覆的姿态创作与生活》,李静民,《诗歌月刊》,2008年第12期,第41-43页。

918.《丽娃河畔的纳喀索斯——宋琳诗歌的抒情品质及其焦虑》,张闳,《江汉大学学报》(人文科学版),2008年第6期,第5-10页。

919.《砾石中的微神——读蓝蓝的诗》,孟潇,《星星》(上半月刊),2008年第12期,第139-142页。

920.《论〈望舒草〉的现代悲秋主题》,邓俊能,《长春工程学院学报》(社会科学版),2008年第4期,第53-56页。

921.《论当代诗歌泛政治化抒情模式的形成与消解》,方涛,《文艺争鸣》,2008年第12期,第92-94页。

922.《论审美客体的主体性提升——以象征派诗歌为例》,哈建军,《河西学院学报》,2008年第6期,第24-26页。

923.《梦回大唐:诗歌在"文学大省"的命运》,马平川,《文艺争鸣》,2008年第12期,第113-116页。

924.《泥潭中的孩子——顾城的诗歌空间与中国现代性》,张真著、刘倩译,《新诗评论》,2008年第2辑,第108-120页。

925.《旁观与亲历:王寅的诗歌》,柏桦,《江汉大学学报》(人文科学版),2008年第6期,第14-21页。

926.《评〈另一种国度:当代中国诗选〉》,柯夏智,《新诗评论》,2008年第2辑,第81-89页。

927.《普罗透斯,或骰子的六面——读〈汉花园青年诗丛〉札记》,西渡,《新诗评论》,2008年第2辑,第225-248页。

928.《生长在后现代主义氛围里的浪漫主义》,杨四平,《诗歌月刊》,2008年第12期,第60-61页。

929.《"生死搁浅在言辞的陷阱"——陈陟云近期诗作论》,荣光启,《诗歌月刊》,2008年第12期,第9-12页。

930.《"诗""史"互动与话语协商——抗战及40年代现代主义诗论略述》,张松建,《新诗评论》,2008年第2辑,第49-72页。

931.《食指诗歌与青春主题研究》,刘广涛,《文艺争鸣》,2008年第12期,第85-90页。

932.《推介一个诗人——根子(岳重)》,张清华,《诗歌月刊》,2008年第

12 期，第 21 页。

933.《"我理想中的好诗还没有写出来"——彭燕郊访谈录》，易彬，《新诗评论》，2008 年第 2 辑，第 151 – 173 页。

934.《无法遗忘的精神家园——论牛汉诗歌创作与俄罗斯文艺的关系》，孙晓娅，《江汉大学学报》（人文科学版），2008 年第 6 期，第 29 – 32 页。

935.《现实与理想，忍与不忍——从闻一多的爱情诗解读诗人的精神特质》，潘海鸥，《兰州学刊》，2008 年第 12 期，第 174 – 176 页。

936.《心灵与自然的对视——读叶世斌的诗》，朱先树，《诗潮》，2008 年 12 月号，第 35 – 36 页

937.《新诗应该加强诗形建设》，王珂，《廊坊师范学院学报》，2008 年第 6 期，第 1 – 8 页。

938.《叶延滨和他的诗歌创作》，吕进，《文艺争鸣》，2008 年第 12 期，第 146 – 147 页

939.《一种轻度写作——关于周公度的诗歌》，育邦，《诗潮》，2008 年 12 月号，第 73 – 74 页。

940.《忆念与忘却——重读叶延滨的〈干妈〉》，颜同林，《名作欣赏》（文学鉴赏版），2008 年第 12 期，第 127 – 131 页。

941.《月下的诗香——杨卫东诗歌浅说》，鲍尔吉·原野，《诗潮》，2008 年 12 月号，第 70 – 72 页。

942.《岳重：短暂的神童诗人与"白洋淀诗群"》，无名氏，《诗歌月刊》，2008 年第 12 期，第 24 – 25 页。

943.《在焦虑和承嗣中立足——"70 后"、"80 后"诗歌》，陈仲义，《文艺争鸣》，2008 年第 12 期，第 48 – 54 页。

944.《怎样给奔跑中的诗人们对表——关于诗歌史的问题与主义》，王敖，《新诗评论》，2008 年第 2 辑，第 3 – 48 页。

945.《致中国读者兼评柯夏智先生文》，张耳，《新诗评论》，2008 年第 2 辑，第 90 – 94 页。

2009 年

1 月

1.《2008：中国散文诗从寂寞到繁荣的 30 年》，邹岳汉，《散文诗世界》，2009 年第 1 期，第 71 – 75 页。

2.《20 世纪 90 年代女性诗歌写作先锋性含义流变及其意义》，赵彬，《华夏文化论坛》，2009 年第 1 期，第 214 – 219 页。

3.《20 世纪前 80 年中国新诗的生态诗学主题》，田皓，《理论与创作》，2009 年第 1 期，第 41 – 46 页。

4.《20 世纪中国现代主义诗学知性话语的理论维度》，赵小琪，《广东社会科学》，2009 年第 1 期，第 130 – 135 页。

5.《艾青〈古罗马斗技场〉与〈光的赞歌〉论析》，胡健，《青海师专学报》（教育科学版），2009 年第 1 期，第 65 – 69 页。

6.《饱含着真实生命体验的睿智之思——张执浩诗歌艺术论》，梁桂莲、刘川鄂，《江汉论坛》，2009 年第 1 期，第 110 – 114 页。

7.《拨开湿漉的草径寻找隐匿的诗行——李少君诗歌论》，霍俊明，《扬子江评论》，2009 年第 1 期，第 76 – 82 页。

8.《不老的生命之歌——有关郑敏生存境况和研究现状的描述和梳理》，孙良好，《海南师范大学学报》（社会科学版），2009 年第 1 期，第 101 – 105 页。

9.《沧桑岁月的鲜明诗痕——读叶延滨编年体诗集〈年轮诗章〉》，人邻，《南方文坛》，2009 年第 1 期，第 97 – 99 页。

10.《沉潜中的灵魂——论"中间代"诗人的精神维度》，邵波，《文学评论》，2009 年第 1 期，第 35 – 37 页。

11.《重读〈三门峡——梳妆台〉》，赵国泰，《文学教育》（上），2009 年第 1 期，第 58 – 59 页。

12.《重建诗歌精神的当下阐释》，干天全，《现代中国文化与文学》，2009 年第 1 期，第 1 – 6 页。

13.《重庆文学的诗歌因子》，徐江，《红岩》，2009 年第 1 期，第 119 – 120 页。

14.《重庆新诗弱化问题的思考》，王学东，《红岩》，2009 年第 1 期，第 110 – 113 页。

15.《创作之花——艾青的诗歌创作理论》,李长国、郭大章,《六盘水师范高等专科学校学报》,2009年第1期,第33-37页。

16.《此中有"真"意——读蒋登科〈散文诗文体论〉》,赵强、张晨曦,《散文诗世界》,2009年第1期,第75-79页。

17.《从传达方式看现代歌词与诗的差异》,陆正兰,《文艺理论研究》,2009年第1期,第111-116页。

18.《"从内部来承担诗歌"——答一位青年诗人》,王家新,《上海文学》,2009年第1期,第76-77页。

19.《从天狗到骆驼——从郭沫若诗歌意象看新诗精神演变的一个周期》,白浩,《江汉论坛》,2009年第1期,第99-103页。

20.《当代汉诗中的元文学意识》,马永波,《海南师范大学学报》(社会科学版),2009年第1期,第91-96页。

21.《当代口语诗写作的合法性、限度及其贫乏》,包兆会,《文艺理论研究》,2009年第1期,第10-16页。

22.《底层、民间与现代图景下的流动书写——关于"打工诗歌"》,韩模永,《社会科学论坛》(学术评论卷),2009年第1期,第43-47页。

23.《冬婴的物质困境与诗意追求》,熊辉,《长江师范学院学报》,2009年第1期,第45-48页。

24.《冬婴诗歌创作的向度及意义》,张江元,《长江师范学院学报》,2009年第1期,第49-52、58页。

25.《读沈浩波和吴铭越的诗》,陈仲义,《文学教育》(上),2009年第1期,第146-147页。

26.《多多诗歌写作的历史演进》,刘复生,《扬子江评论》,2009年第1期,第71-75页。

27.《发现一个完整的陈敬容——读〈陈敬容诗文集〉》,令狐兆鹏,《现代中国文化与文学》,2009年第1期,第304-306页。

28.《翻译与性别视域中的自白诗》,周瓒,《当代文坛》,2009年第1期,第55-59页。

29.《方言入诗的合法性辩难与认同焦虑》,颜同林,《现代中国文化与文学》,2009年第1期,第79-83页。

30.《方言入诗与中国新诗的发生》,颜同林,《文学评论》,2009年第1期,第115-180页。

31.《废名对新诗审美标准的追求——以〈谈新诗〉为中心》,侯桂新,《海南师范大学学报》(社会科学版),2009年第1期,第85-90页。

32.《感悟大宇宙之苍茫诗意——洛夫的当代意义》,查干,《诗潮》,2009年1月号,第72-73页。

33.《关于〈台湾当代新诗史〉的通信》,高准、古远清,《世界华文文学论坛》,2009年第1期,第67-69页。

34.《关于当代先锋诗的对话》,唐晓渡、张清华,《当代作家评论》,2009年第1期,第107-114页。

35.《皈依与背离——"归来者"梁南诗歌文本的主体性解读》,江雨涛,《海南师范大学学报》(社会科学版),2009年第1期,第106-109页。

36.《郭沫若与"千代松原"》,[日本]岸田宪也,《现代中国文化与文学》,2009年第1期,第13-22页。

37.《海子抒情诗中"秋"意象解析》,施高军、汤克兵,《江西科技师范学院学报》,2009年第1期,第95-99页。

38.《何以"朦胧":审美的退化——关于"朦胧诗"的反思》,朱小如、张丽军,《芳草》,2009年第1期,第194-197页。

39.《后现代文化语境和90年代诗歌叙事性的发生》,廖冬梅,《中国文学研究》,2009年第1期,第110-113页。

40.《回归故乡:现代汉语诗歌的一种语言学阐释》,陈爱中,《文艺评论》,2009年第1期,第2-5页。

41.《"回归诗性,建构经典"——论当代诗歌书写的精神向度》,董迎春,《广西民族大学学报》(哲学社会科学版),2009年第1期,第149-152页。

42.《今夜,我想写尽这黑色的宁静——阿顿·华多太诗集〈忧郁的雪〉序》,才旺瑙乳,《青海湖》,2009年1月号,第76-77页。

43.《近年来关于穆旦研究与"非中国性"问题的争论》,李章斌,《中国文学研究》,2009年第1期,第40-43页。

44.《精神自传:低处的风声——论冬婴的诗歌创作》,易光,《长江师范学院学报》,2009年第1期,第41-44页。

45.《"九叶诗派"质疑》,邓招华,《现代中国文化与文学》,2009年第1期,第106-112页。

46.《离开与走近——论基督教影响下的闻一多和海子》,何桂平,《唐山师范学院学报》,2009年第1期,第33-36页。

47.《栾纪曾:一个诗化的精神行者》,李明,《时代文学》(上半月),2009年第1期,第92-94页。

48.《论创造社之于五四新文学传统的意义》,李怡,《文学评论》,2009年第1期,第141-150页。

49.《论戴望舒忧郁情调之外的诗情》,祝晓耘,《青海师专学报》(教育科学版),2009年第1期,第61-64页。

50.《论匡文留诗歌的西部特色》,李占祥,《甘肃联合大学学报》(社会科学版),2009年第1期,第88-90页。

51.《论林莽〈我流过这片土地〉》，白贞淑，《现代中国文化与文学》，2009年第1期，第163－180页。

52.《论朦胧诗对中国现代诗的贡献》，徐国源，《文艺争鸣》，2009年第1期，第75－77页。

53.《论诗的雅俗共赏》，吴欢章，《诗刊》（上半月刊），2009年1月号，第70－71页。

54.《论王独清诗歌的颓废风格》，赵志，《社科纵横》，2009年第1期，第103－106页。

55.《论闻一多历史意识的生成》，刘殿祥，《沈阳师范大学学报》（社会科学版），2009年第1期，第119－123页。

56.《论新诗诗形建设及诗体建设的重要性和迫切性》，王珂，《龙岩学院学报》，2009年第1期，第32－37页。

57.《论徐志摩诗歌中的生态意识》，王学胜、王瑞芝，《通化师范学院学报》，2009年第1期，第59－60、75页。

58.《论于坚诗歌中的生态意识》，陈增福、王晶雨，《通化师范学院学报》，2009年第1期，第50－59页。

59.《论早期新诗的"弑父"情结》，伍明春，《海南大学学报》（人文社会科学版），2009年第1期，第79－83页。

60.《论宗白华美学言说符号的诗艺效应》，张平、屈海燕，《文艺理论研究》，2009年第1期，第28－32页。

61.《梦中的白马与低头吃草的羊——周存云其人其诗素描》，郭守先，《青海湖》，2009年1月号，第78－79页。

62.《迷途的诗潮——试论当代新诗的精神及艺术迷失》，杜光霞，《当代文坛》，2009年第1期，第76－80页。

63.《穆旦〈冬〉的两个版本》，周锋，《诗刊》（上半月刊），2009年1月号，第66－69、71页。

64.《穆旦诗歌创作艺术》，刘亚利，《内蒙古民族大学学报》（社会科学版），2009年第1期，第117－123页。

65.《〈嫩黄之忆〉的意义——关于吴组缃与新诗关系的断想》，江锡铨，《中国现代文学研究丛刊》，2009年第1期，第143－154页。

66.《女性诗歌批评话语的重建》，[荷兰]张晓红，《当代文坛》，2009年第1期，第52－55页。

67.《〈女神〉中的赤子形象》，姜异新，《东岳论丛》，2009年第1期，第116－119页。

68.《〈女神〉中含有诗意的科学用语》，[日本]横打理奈，《现代中国文化与文学》，2009年第1期，第23－25页。

69.《彭燕郊晚年诗歌的湘楚意蕴》,曾思艺,《中国文学研究》,2009年第1期,第118－120页。

70.《评车延高的〈把诗写进光的年轮〉》,邹建军,《文学教育》(上),2009年第1期,第18页。

71.《浅析中国现代诗学的三大重建》,唐甜甜,《时代文学》(下半月),2009年第1期,第198页。

72.《审美理想与尴尬现实的冲突:新诗的现状与未来》,万志全,《名作欣赏》(文学研究版),2009年第1期,第112－113页。

73.《诗歌写作的还原性》,冬婴,《长江师范学院学报》,2009年第1期,第40－46页。

74.《诗歌中的意味》,黄梵,《诗选刊》,2009年第1期,第80－81页。

75.《什么是诗歌精神?》,杨炼,《读书》,2009年第1期,第75－79页。

76.《时代断层中的精神守望——评霍俊明〈尴尬的一代:中国70后先锋诗歌〉》,邵波,《诗林》,2009年第1期,第92－93页。

77.《试论中国现代诗歌的现实处境》,陈国宇,《长江师范学院学报》,2009年第1期,第113－117页。

78.《试论中国新诗的语言表述空间》,陈爱中,《沈阳师范大学学报》(社会科学版),2009年第1期,第114－118页。

79.《舒婷诗歌"爱"的表现主题》,施旸,《时代文学》(下半月),2009年第1期,第12－13页。

80.《死亡想象的诗意探寻——评谭五昌〈20世纪中国新诗中的死亡想象〉》,刘波、罗振亚,《海南师范大学学报》(社会科学版),2009年第1期,第133－135页。

81.《太阳说:来,朝前走——读〈昌耀评传〉》,李先锋,《青海湖》,2009年1月号,第73－75页。

82.《为台湾当代新诗发展提供"证词"——对〈台湾当代新诗史〉种种批评的回应》,古远清,《南方文坛》,2009年第1期,第79－82页。

83.《闻一多:中国现代诗论的开启者》,许霆,《文艺理论研究》,2009年第1期,第96－103页。

84.《闻一多论原始思维的象征性特征》,陈欣,《三峡大学学报》(人文社会科学版),2009年第1期,第52－56页。

85.《闻一多文艺思想的阶段性分析》,李乐平、姚国军,《中州学刊》,2009年第1期,第219－224页。

86.《闻一多与美国意象派研究述评》,卢惠余,《学术论坛》,2009年第1期,第142－147页。

87.《我们的诗意是什么 诗意的山城可以做什么》,李怡,《红岩》,2009

年第 1 期，第 86 – 87 页。

88. 《西部诗歌的生态主题》，郭茂全，《西安石油大学学报》（社会科学版），2009 年第 1 期，第 85 – 90 页。

89. 《细读〈面朝大海，春暖花开〉》，钱翰，《文化与诗学》，2009 年第 1 期，第 237 – 247 页。

90. 《现代诗歌语言研究综述》，张庆艳，《广播电视大学学报》（哲学社会科学版），2009 年第 1 期，第 72 – 75 页。

91. 《现代性视野中〈创世纪〉诗人之诗学观》，俞兆平、智晓静，《厦门大学学报》（哲学社会科学版），2009 年第 1 期，第 67 – 74 页。

92. 《"先锋流行诗"的写作误区》，陈超，《作品与争鸣》，2009 年第 1 期，第 77 – 79 页。

93. 《"现实"诗意追寻中的偏离——论 20 世纪 90 年代诗歌书写中的"现实"追求》，杨献锋，《文艺理论与批评》，2009 年第 1 期，第 129 – 132 页。

94. 《"新的抒情"：让情感渗透智力——论穆旦和他的诗》，王光明，《广东社会科学》，2009 年第 1 期，第 136 – 142 页。

95. 《行走与冒险中造就诗歌传奇——李亚伟诗歌论》，刘波，《文学评论》，2009 年第 1 期，第 55 – 58 页。

96. 《一部知识分子自我改造的心灵文献——重读初版〈夜歌〉》，赵思运，《西南大学学报》（社会科学版），2009 年第 1 期，第 23 – 29 页。

97. 《一块蓝手绢也是意义重大的——梁小斌诗歌论》，陈亮，《理论与创作》，2009 年第 1 期，第 67 – 70 页。

98. 《"音节"和诗意的探究——对 1920 年代中期开始的一种新诗发展动向的考察》，袁国兴，《福建论坛》，2009 年第 1 期，第 92 – 96 页。

99. 《有人说过胭脂主义吗？——读杨子诗集〈胭脂〉》，叶匡政，《诗选刊》，2009 年第 1 期，第 91 – 92 页。

100. 《于坚诗歌论》，陈仲义，《徐州师范大学学报》（哲学社会科学版），2009 年第 1 期，第 23 – 29 页。

101. 《郁结与突围——试论叶维廉 70 年代诗歌风格的转变》，冯雷钢，《世界华文文学论坛》，2009 年第 1 期，第 45 – 49 页。

102. 《在碎片上》，丁宗皓，《当代作家评论》，2009 年第 1 期，第 100 – 106 页。

103. 《赞美中隐含祈祷——娜夜诗歌简论》，唐欣，《诗刊》（下半月刊），2009 年 1 月号，第 37 – 39 页。

104. 《站在高处，遥想落日》，人邻，《星星》（上半月刊），2009 年第 1 期，第 11 – 14 页。

105. 《赵峥嵘的〈简单生活〉："简单"的极端叙述》，刘洪霞，《诗选刊》，

2009年第1期，第95 – 96页。

106.《执着于传统乡土诗学的慧眼——评冬婴诗集〈低处的风声〉》，张羽华，《长江师范学院学报》，2009年第1期，第19 – 20页。

107.《纸上的还乡——读许敏组诗〈屋顶上的雪〉》，何冰凌，《诗刊》（上半月刊），2009年1月号，第47 – 49页。

108.《中国第一根火柴——纪念民间刊物〈今天〉杂志创刊三十周年》，徐敬亚，《当代作家评论》，2009年第1期，第59 – 64页。

109.《中国现代格律诗的回顾与前瞻》，陈敢，《西南大学学报》（社会科学版），2009年第1期，第28 – 34页。

110.《中国现代诗歌意象艺术的嬗变及其特征》，王泽龙，《天津社会科学》，2009年第1期，第100 – 108页。

111.《中国新诗档案：1955》，刘福春，《现代中国文化与文学》，2009年第1期，第198 – 221页。

2月

112.《博大普世襟怀的矛盾与偏执——昌耀晚期精神思想探析》，燎原，《江汉大学学报》（人文科学版），2009年第1期，第5 – 11页。

113.《读尹丽川和宇向的诗》，陈仲义，《文学教育》（上），2009年第2期，第148 – 149页。

114.《对胡世宗的诗的评论摘抄》，谢冕等，《诗潮》，2009年2月号，第37 – 39页。

115.《顾城诗歌童话意境的根源》，张瑞雪，《文学教育》（上），2009年第2期，第72 – 73页。

116.《观照中国现代诗歌的一面镜子——评王泽龙〈中国现代诗歌意象论〉》，王雪松，《江汉大学学报》（人文科学版），2009年第1期，第18 – 19页。

117.《河北青年诗人扫描》，辛泊平，《诗选刊》，2009年第2期，第90 – 93页。

118.《经验的重构与乌托邦想象——评李少君诗歌》，张伟栋，《文艺争鸣》，2009年第2期，第146 – 147页。

119.《林徽因诗艺探究》，韩惠芬，《文学教育》（上），2009年第2期，第131 – 133页。

120.《略论穆旦诗歌中的中西宗教因素》，陈才斌，《科教文汇》（下旬刊），2009年第2期，第222页。

121.《论朦胧诗"自我表现"的历史合法性及意义》，林平，《社科纵横》，2009年第2期，第109 – 111页。

122.《论现代诗歌的贵族化和平民化》,查振科,《社会科学辑刊》,2009年第2期,第191-194页。

123.《论现实主义新诗的语言症候》,陈爱中,《学术交流》,2009年第2期,第164-168页。

124.《评张曙光的〈苹果树〉》,邹建军,《文学教育》(上),2009年第2期,第18页。

125.《日常生活的新诗之旅》,苏晓芳,《文艺争鸣》,2009年第2期,第148-150页。

126.《陕西诗人与先秦汉唐帝王陵分布》,之道,《诗选刊》,2009年第2期,第18-21页。

127.《我与诗相依为命》,牛汉口述,何启治、李晋西整理,《诗选刊》,2009年第2期,第84-89页。

128.《"我诗故我在"的绿蒂——从〈秋光云影〉看绿蒂的精神世界》,胡小林、杨传珍,《诗潮》,2009年2月号,第79-80页。

129.《心灵与诗歌结伴飞翔——谈谢明洲诗文的美学追求》,徐淑贤,《时代文学》(上半月),2009年第2期,第47-48页。

130.《"新青年"姿态的中国新诗》,燎原,《诗刊》(上半月刊),2009年2月号,第66-67页。

131.《新世纪诗歌的切片呈现——评张清华年度诗歌选本》,赵思运,《文艺争鸣》,2009年第2期,第137-138页。

132.《徐志摩〈海韵〉解读》,姜萍,《文学教育》(上),2009年第2期,第142-144页。

133.《寻梦者的歌唱——诗人顾城的"童话情节"分析》,农为平,《时代文学》(上半月),2009年第2期,第63-65页。

134.《一部近乎被遗忘的史诗——〈复仇的火焰〉的双向解读》,赵学勇、李冬梅,《民族文学研究》,2009年第1期,第62-68页。

135.《一个异乡人的精神之旅——读谢湘南的诗》,刘嘉,《诗刊》(上半月刊),2009年2月号,第39-40页。

136.《异彩纷呈斗艳争奇谷臻其妙——郭沫若闻一多艾青诗歌艺术比较论》,张建宏,《钦州学院学报》,2009年第1期,第70-77页。

137.《有关三子的六个关键词》,江子,《诗刊》(下半月刊),2009年2月号,第40-41页。

138.《有关三子以及他的诗》,聂迪,《诗刊》(下半月刊),2009年2月号,第43-44页。

139.《在感知和领悟中自由地飞翔》,林莽,《诗刊》(下半月刊),2009年2月号,第44-46页。

140.《在时间中停留——简读三子的诗歌或"松山下"》,汪峰,《诗刊》(下半月刊),2009年2月号,第41-42页。

141.《知识之路与历史想象:重读吴兴华》,张松建,《江汉大学学报》(人文科学版),2009年第1期,第12-17页。

142.《中国新诗"鸟"意象的原型革命——论郭沫若〈凤凰涅槃〉的神性写作开端》,龚盖雄,《郭沫若学刊》,2009年第2期,第51-54页。

3月

143.《90年代先锋诗界的"个人化写作"》,罗振亚,《诗选刊》,2009年第3期,第83-84页。

144.《百年新诗"浙江潮"——浙江新诗人与中国新诗的现代化》,罗昌智,《文艺争鸣》,2009年第3期,第98-102页。

145.《被地震唤醒的诗人和诗歌》,丁伯林,《文艺理论与批评》,2009年第2期,第137-140页。

146.《冰心小诗中的海意象探析》,郭玉华、孙恒存,《文艺理论与批评》,2009年第2期,第141-143页。

147.《穿行于现实和虚幻间的精神轨迹——李轻松近期诗作简论》,罗小凤,《诗刊》(上半月刊),2009年3月号,第38-40页。

148.《"重写诗歌史"——诗歌研究与新诗批评》,何言宏,《当代作家评论》,2009年第2期,第120-124页。

149.《从生命高原上旋起的将军之风——朱增泉军旅诗歌论》,洪芳,《西南大学学报》(社会科学版),2009年第2期,第30-41页。

150.《从现实主义看臧克家建国前诗歌的人民性》,石的红,《绵阳师范学院学报》,2009年第2期,第60-62页。

151.《当代生态诗歌:科学与诗对话的新空间》,闫建华、何畅,《西北师范大学学报》,2009年第2期,第29-34页。

152.《当代诗歌的语言策略批判》,李心释,《扬子江评论》,2009年第2期,第37-40页。

153.《荡气回肠 灵秀旖旎——康桥诗歌论》,张宗刚,《神剑》,2009年第3期,第153-156页。

154.《读黄礼孩和高玉磊的诗》,陈仲义,《文学教育》(上),2009年第3期,第153-154页。

155.《读桑克的诗》,邢海珍,《文学评论》,2009年第2期,第71-73页。

156.《"读诗会"及其诗学价值重估》,颜同林,《贵州师范大学学报》,2009年第2期,第102-106页。

157.《独标一帜的山水清音——论匡国泰诗歌的美学价值》,张建安,《理论与创作》,2009 年第 2 期,第 89 - 92 页。

158.《飞翔在"日常生活"和"自己的心情"之间——论王小妮的个人化诗歌创作》,罗振亚,《当代作家评论》,2009 年第 2 期,第 124 - 133 页。

159.《"放不下形式的问题":新诗的重要"传统"》,荣光启,《黄冈师范学院学报》,2009 年第 2 期,第 42 - 46 页。

160.《高调的诗歌之低——民间刊物》,张清华,《当代作家评论》,2009 年第 2 期,第 112 - 114 页。

161.《关于当代先锋诗的对话(续)》,唐晓渡、张清华,《当代作家评论》,2009 年第 2 期,第 134 - 149 页。

162.《海子论》,谭五昌,《海南师范大学学报》(社会科学版),2009 年第 2 期,第 1 - 12 页。

163.《海子诗歌中的"麦子"意象解读》,谢伶俐,《鸡西大学学报》,2009 年第 2 期,第 129 - 131 页。

164.《"海洋"之歌——当代诗歌中的海洋意象》,袁晓红、刘进,《西华师范大学学报》,2009 年第 2 期,第 23 - 26 页。

165.《好好生活,好好爱!——2008 年的中国诗歌》,郁葱,《诗选刊》,2009 年第 3 期,第 74 - 94 页。

166.《洪荒中国——细读穆旦的〈在寒冷的腊月的夜里〉》,饶丽,《开封大学学报》,2009 年第 2 期,第 125 - 129 页。

167.《呼唤诗歌的野性——综合性文学刊物》,张学昕,《当代作家评论》,2009 年第 2 期,第 109 - 112 页。

168.《唤醒沉睡的旧诗国——戴望舒诗集〈我的记忆〉的古典意味》,黎荔,《宜宾学院学报》,2009 年第 2 期,第 17 - 20 页。

169.《荒芜的理想——试析海子诗意人生的空幻感》,刘鲁嘉,《西南农业大学学报》(社会科学版),2009 年第 2 期,第 121 - 125 页。

170.《回到现实 重新出发——三十年诗歌评估的三个角度》,丁宗皓,《当代作家评论》,2009 年第 2 期,第 71 - 76 页。

171.《近三十年中国现代诗歌史观反思》,王泽龙,《文艺研究》,2009 年第 3 期,第 50 - 58 页。

172.《晋察冀诗歌与中国现代诗歌传统的建构》,丛鑫,《长江师范学院学报》,2009 年第 2 期,第 17 - 21 页。

173.《经典的纪念碑与阴影:"朦胧诗"的再反思》,霍俊明,《湛江师范学院学报》,2009 年第 2 期,第 3 - 5 页。

174.《拒绝阐释的深度模式——试析废名的诗》,钱少武,《湖北大学成人教育学院学报》,2009 年第 2 期,第 69 - 71、75 页。

175.《开放写作的书写态势和形式表征——论20世纪90年代诗歌中的叙事性书写》,傅华,《西华师范大学学报》,2009年第2期,第19-23页。

176.《狂暴与柔情——博多湾赋予〈女神〉的两种性格》,武继平,《现代中国文化与文学》,2009年第1期,第26-31页。

177.《略论九叶诗派现代诗艺探索的发生动因》,朱彤,《西南民族大学学报》(人文社科版),2009年第2期,第198-201页。

178.《论〈女神〉的民族色彩》,秦弓,《中国社会科学院研究生院学报》,2009年第2期,第99-104页。

179.《论藏族当代汉语诗歌审美想象的独特魅力》,徐美恒,《江苏社会科学》,2009年第2期,第161-166页。

180.《论昌耀〈船,或工程脚手架〉繁复的美学意义——解读诗应"知人论世"、"多义当以切合为准"》,鲍朝云,《名作欣赏》(文学研究版),2009年第3期,第91-93页。

181.《论戴望舒诗歌中的小说因子》,赵燕,《山西师大学报》(社会科学版),2009年第2期,第62-64页。

182.《论冯至早期抒情诗的情感意蕴》,周静,《职大学报》,2009年第2期,第21-24页。

183.《论九叶诗派的现实主义追求》,黄玲,《湛江师范学院学报》,2009年第2期,第90-93页。

184.《论九叶诗派——兼纪念袁可嘉先生》,裴高,《上海大学学报》(社会科学版),2009年第2期,第43-54页。

185.《论穆旦晚年诗歌的美学倾向》,戴惠,《江汉论坛》,2009年第3期,第113-116页。

186.《论西南联大现代主义诗派》,李丽,《文艺争鸣》,2009年第3期,第90-97页。

187.《论译者主体性在胡适白话译诗中的体现》,盛萍,《芜湖职业技术学院学报》,2009年第2期,第8-10页。

188.《论中国新诗合法性遭遇的观念危机》,雷斌,《石家庄学院学报》,2009年第2期,第65-70页。

189.《论中国新诗与音乐的互动》,单敏,《贵州大学学报》,2009年第2期,第63-67页。

190.《逻辑与悬念——评冯新民的象征诗》,李建东,《扬子江评论》,2009年第2期,第63-66页。

191.《"美丽的沉默"与时代的错位——论现代诗人朱英诞的诗歌艺术成就》,彭金山、刘振华,《中国现代文学研究丛刊》,2009年第2期,第183-194页。

192.《"你所说的曙光究竟是什么意思"——论海子的死》,易崇辉,《汕头大学学报》(人文社会科学版),2009年第2期,第50-54页。

193.《评白莲春的〈秧〉》,邹建军,《文学教育》(上),2009年第3期,第21页。

194.《潜隐与超越——冯至〈十四行集〉之传统根脉发微》,王攸欣、龙永干,《文学评论》,2009年第2期,第165-170页。

195.《"让我沉默于时空"——忆袁可嘉先生》,童银舫,《文学港》,2009年第2期,第204-207页。

196.《人的困境与诗的救赎——试析朱湘的新诗创作》,何成文,《南京师范大学文学院学报》,2009年第1期,第53-56页。

197.《诗人眼中的李轻松》,谢冕等,《诗潮》,2009年3月号,第48-53页。

198.《诗意瞬间的潜水采珠人——庞白诗歌论》,罗小凤,《南方文坛》,2009年第2期,第85-86、90页。

199.《"诗是跟着时代又领着时代的"——朱自清新诗创作理论探析》,方大卫,《安徽师范大学学报》(人文社会科学版),2009年第2期,第184-188页。

200.《施蛰存的诗歌翻译及其对当代诗歌的影响》,杨迎平,《齐鲁学刊》,2009年第2期,第152-154页。

201.《十字架下绽放的玫瑰花——论艾青与〈圣经〉的精神遇合》,张建宏,《外国文学研究》,2009年第3期,第132-139页。

202.《衰退期的网络诗歌——网络诗歌》,何平,《当代作家评论》,2009年第2期,第115-117页。

203.《台湾"现代派"两位重要诗人》,古远清,《南通大学学报》,2009年第2期,第63-68页。

204.《台湾新诗研究在大陆的进程及其特殊经验》,古远清,《当代文坛》,2009年第3期,第10-13页。

205.《桃花,生命的隐喻——浅谈干天全诗歌的艺术特色》,曹琨、黄丹,《当代文坛》,2009年第3期,第99-103页。

206.《我们的诗歌缺乏力量——诗歌刊物》,罗振亚、刘波,《当代作家评论》,2009年第2期,第105-109页。

207.《五四新文化语境与〈新青年〉的译诗》,熊辉,《北京社会科学》,2009年第2期,第83-86页。

208.《为事物重新命名》,杨志学,《诗潮》,2009年3月号,第69页。

209.《西部家园的立体建构——析万小雪的诗情世界》,谢和安,《甘肃联合大学学报》(社会科学版),2009年第2期,第74-76页。

210.《先锋:三十年成就——论梁小斌的当代诗学意义》,冯雷,《山西师大学报》（社会科学版），2009 年第 2 期，第 57 - 61 页。

211.《乡土的诗意空间——评〈辽阔的故乡〉》，张德明，《诗刊》（下半月刊），2009 年 3 月号，第 39 - 40 页。

212.《〈乡愁〉里的中国情结》，龙莲明，《文学教育》（下），2009 年第 3 期，第 99 页。

213.《心的精魂　梦的彩虹——读刘欣〈彩虹的微笑〉》，赵宗祥，《神剑》，2009 年第 3 期，第 159 - 162 页。

214.《心灵感悟与人生向往——读邱灼明的诗》，朱先树，《南方文坛》，2009 年第 2 期，第 78 - 79 页。

215.《新诗当俯身捧起故园热土》，赵恺，《南京师范大学文学院学报》，2009 年第 1 期，第 126 - 128 页。

216.《新诗的历史构想与 20 世纪中国诗歌的关系》，李仲凡，《贵州社会科学》，2009 年第 2 期，第 116 - 119 页。

217.《新诗面对的问题》，郑敏，《文艺研究》，2009 年第 3 期，第 44 - 49 页。

218.《行动中的精神书写：2008 年诗歌刊物述评》，罗振亚、刘波，《山花》，2009 年第 3 期，第 151 - 160 页。

219.《性别视野中的现代中国新诗》，罗振亚、卢桢，《南开学报》（哲学社会科学版），2009 年第 2 期，第 29 - 36 页。

220.《颜光敏诗歌探析》，王纯、王青，《鲁东大学学报》（哲学社会科学版），2009 年第 2 期，第 89 - 92 页。

221.《"言志"论与现代诗学的转向》，张重岗，《文学评论》，2009 年第 2 期，第 93 - 98 页。

222.《一个浪漫诗人的偶像效应——二三十年代中国诗人对雪莱婚恋的讨论与效仿》，张静，《中国现代文学研究丛刊》，2009 年第 2 期，第 69 - 82 页。

223.《以真诚的文字托举激情与爱意——评诗集〈李琦近作选〉》，汪树东，《文学评论》，2009 年第 2 期，第 63 - 66 页。

224.《用贴紧大地的唇"还原"大地的喘息》，吴玉垒，《诗刊》（下半月刊），2009 年 3 月号，第 40 - 41 页。

225.《有关胡风及胡风研究的若干史料》，商金林，《湖南人文科技学院学报》，2009 年第 2 期，第 41 - 46 页。

226.《有效的抒情》，周公度，《诗选刊》，2009 年第 3 期，第 4 - 7 页。

227.《余光中：中国现代诗坛祭酒——〈中国诗歌通史〉之一节》，古远清，《广东教育学院学报》，2009 年第 2 期，第 68 - 73 页。

228.《语言是一切，又什么都不是》，韩东，《上海文学》，2009 年第 3 期，第 74 - 75 页。

229.《在"祛魅"和"返魅"之间——答问（片段）》，陈超，《诗选刊》，2009年第3期，第34-35页。

230.《在词语的废墟上——试论90年代诗歌"民间写作"实践的启示》，于钧博，《河北理工大学学报》（社会科学版），2009年第2期，第196-198页。

231.《在继承传统诗律中构建新诗格律体系》，许霆，《中国韵文学刊》，2009年第1期，第97-107页。

232.《"在大地上行走"——关于白庆国的诗》，王士强，《诗刊》（下半月刊），2009年3月号，第41-42页。

233.《真实诗歌：中国的、现代的、批判的——答诗人徐江》，侯马，《南方文坛》，2009年第2期，第29-33页。

234.《中国现代主义诗潮的"活化石"——九叶诗派研究综述》，孙良好，《文学评论》，2009年第2期，第178-182页。

4月

235.《20世纪90年代"个人写作"诗学探析》，谭五昌，《文艺争鸣》，2009年第4期，第93-99页。

236.《沉于"远方"的写作——二十年后再论海子》，刘波，《诗选刊》，2009年第4期，第86-89页。

237.《持续的"还乡"——论冉仲景诗歌的精神结构》，赵黎明，《红岩》，2009年第4期，第60-64页。

238.《春天或者爱情》，申艳，《诗潮》，2009年4月号，第67-68页。

239.《"单纯就好！"——纪念诗人彭燕郊先生》，易彬，《诗选刊》，2009年第4期，第90-91页。

240.《读李清联的〈凝望〉》，屠岸，《诗刊》（上半月刊），2009年4月号，第47页。

241.《读写散记》，林莽，《星星》（上半月刊），2009年第4期，第11-16页。

242.《废名的读诗法》，孙郁，《诗刊》（上半月刊），2009年4月号，第51-52页。

243.《福建诗人与山川海岛分布》，三米深，《诗选刊》，2009年第4期，第18-21页。

244.《格调主义的观念设计》，李建春，《诗林》，2009年第4期，第93-94页。

245.《海子：寻找中国诗歌的自新之路——纪念海子仙逝20周年》，臧棣，《诗选刊》，2009年第4期，第90-91页。

246.《胡刚毅:井冈之子》,袁鹰,《诗刊》(上半月刊),2009年4月号,第48-49页。

247.《"哗变"背后的"风景"——对20世纪80年代诗潮更迭动因的思考》,于沐阳,《名作欣赏》(文学研究版),2009年第4期,第87-90页。

248.《黄亚洲的诗意"发现"》,谢冕,《诗刊》(上半月刊),2009年4月号,第45-46页。

249.《角度与深度》,张庆岭,《诗潮》,2009年4月号,第69页。

250.《陆恒玉:钟情于诗歌的赤子》,杨志学,《诗刊》(上半月刊),2009年4月号,第49-50页。

251.《略论犁青的诗歌艺术》,姜南,《宿州学院学报》,2009年第2期,第76-78、153页。

252.《论丁芒新诗的诗思意识》,何玉嘉,《广西师范学院学报》(哲学社会科学版),2009年第2期,第54-57页。

253.《论T·S·艾略特在中国新诗中激起的旧诗想象》,颜炼军,《江汉大学学报》(人文科学版),2009年第2期,第5-10页。

254.《论席慕蓉诗歌的"三美"》,徐桂梅,《黑龙江社会科学》,2009年第2期,第119-121页。

255.《〈面朝大海 春暖花开〉的现代性解读》,王颖,《时代文学》(下半月),2009年第4期,第12-13页。

256.《评林莉的〈到一座小镇去〉》,邹建军,《文学教育》(上),2009年第4期,第23页。

257.《其人其诗说雷霆》,周所同,《诗刊》(上半月刊),2009年4月号,第29-31页。

258.《"敲响的火在倒下来"——纪念杰出诗人骆一禾逝世20年》,陈超,《诗选刊》,2009年第4期,第92-93页。

259.《神秘的家园和洁净的心灵——胡冬林、张好自然主义作品解读》,马季,《大家》,2009年第4期,第73-75页。

260.《生活在乡下——读雷霆诗歌》,潞潞,《诗刊》(上半月刊),2009年4月号,第28-29页。

261.《诗歌和我们的世界——评走进"青春诗会"的甘肃诗人》,唐翰存,《飞天》,2009年第4期,第122-127页。

262.《诗歌就在那里,我们没有注意》,莫非,《上海文学》,2009年第4期,第75页。

263.《诗人眼中的李见心》,李松涛等,《诗潮》,2009年4月号,第35-37页。

264.《台湾现代主义"学院诗"的兴发——论〈文学杂志〉之于台湾现代

诗场域的建构意义》,张志国,《江汉大学学报》(人文科学版),2009 年第 2 期,第 16 - 20 页。

265.《抬起昨天的脚踹开明天的门》,马步升,《飞天》,2009 年第 4 期,第 117 - 121 页。

266.《天籁自是境界——〈再别康桥〉意韵新探》,魏超,《名作欣赏》(文学研究版),2009 年第 4 期,第 52 - 54 页。

267.《王小妮论》,赵彬,《文艺争鸣》,2009 年第 4 期,第 106 - 114 页。

268.《王耀东:躲在天堂里的眼睛》,莫文征,《诗刊》(上半月刊),2009 年 4 月号,第 50 页。

269.《现代新诗的语言与文体再认识》,王怀春,《福建论坛》,2009 年第 4 期,第 45 - 48 页。

270.《新诗 30 年五大成就和五大问题》,王珂,《社会科学》,2009 年第 4 期,第 180 - 186、192 页。

271.《行医·流浪·悟诗——论杜风人诗歌的主体意识及其特色》,哈建军,《世界华文文学论坛》,2009 年第 2 期,第 35 - 39 页。

272.《压抑中的生命觉醒与喷发——浅谈食指的诗歌创作》,王昭,《时代文学》(下半月),2009 年第 4 期,第 146 - 148 页。

273.《一个诗歌编辑的感受》,晓静,《星星》(上半月刊),2009 年第 4 期,第 42 - 43 页。

274.《一位无法忽视的诗人》,李霞,《文学自由谈》,2009 年第 2 期,第 77 - 83 页。

275.《一种诗歌方式的精神表象及其根源——远村〈浮土与苍生〉浅论》,吕刚,《延安大学学报》(社会科学版),2009 年第 2 期,第 92 - 95 页。

276.《意义的寻求还是诗艺的探索——论 20 世纪 30 年代梁实秋和梁宗岱的争论》,郑成志,《江汉大学学报》(人文科学版),2009 年第 2 期,第 11 - 15 页。

277.《用一把古典的木梳梳理情感》,李小洛,《诗潮》,2009 年 4 月号,第 66 - 67 页。

278.《在对比中表达"幸福"》,杨志学,《诗潮》,2009 年 4 月号,第 68 - 69 页。

279.《"在那里:诗神在黑铁上发烫"——重读骆一禾的诗》,北塔,《文学界》(专辑版),2009 年第 4 期,第 11 - 13 页。

280.《张新泉:站在低处歌唱的诗人》,蒋涌,《诗刊》(上半月刊),2009 年 4 月号,第 46 - 47 页。

281.《中国诗到底怎么了?——由"五一二地震诗歌"想到》,叶延滨,《编辑学刊》,2009 年第 4 期,第 49 - 51 页。

5 月

282.《被译介的"自由诗"——对"自由诗"引入新诗坛的一种思考》,郑成志,《龙岩学院学报》,2009 年第 3 期,第 16 - 19、42 页。

283.《"不爱"中的真爱——俞平伯〈愿你〉与胡适〈"应该"〉对读》,殷鉴,《名作欣赏》(文学鉴赏版),2009 年第 5 期,第 82 - 85 页。

284.《尘世间的田园抒情——许辉论》,汪杨,《江淮论坛》,2009 年第 5 期,第 168 - 173、104 页。

285.《重提诗歌的建筑美问题》,吕燕,《乐山师范学院学报》,2009 年第 3 期,第 46 - 49 页。

286.《春天,十个海子——纪念海子逝世二十周年》,河西,《读书》,2009 年第 5 期,第 112 - 116 页。

287.《从"边界望乡"到"背向大海":身体流放与地方错置》,陈祖君,《扬子江评论》,2009 年第 5 期,第 78 - 85 页。

288.《当代诗歌形式研究》,夏晓龙,《湖北广播电视大学学报》,2009 年第 3 期,第 49 - 50 页。

289.《当下诗歌写作从"反讽"到"歌唱"》,董迎春,《中文自学指导》,2009 年第 3 期,第 52 - 55 页。

290.《道德在弱者手中臻于完美——臧克家新诗道德核心命题述论》,马宗昌,《宁夏社会科学》,2009 年第 3 期,第 169 - 172 页。

291.《读芦花和胡续冬的诗》,陈仲义,《文学教育》(上),2009 年第 5 期,第 153 - 154 页。

292.《对生命悖论的超越——试析〈十四行集〉中生命意象的意义》,王勇,《时代文学》(下半月),2009 年第 5 期,第 14 - 15 页。

293.《冯至〈十四行集〉里的死亡意识》,涂显镜,《今日南国》(理论创新版),2009 年第 5 期,第 136 - 137 页。

294.《感通于语默之际》,宋琳,《上海文学》,2009 第 5 期,第 71 - 72 页。

295.《古典愁情与现代惊颤——〈雨巷〉与〈给一位交臂而过的妇女〉比较》,叶永胜,《中文自学指导》,2009 年第 3 期,第 40 - 42 页。

296.《郭沫若:浪漫主义文心与诗论》,黄曼君,《湖北社会科学》,2009 年第 3 期,第 123 - 128 页。

297.《洪湖世界的隐秘诗意——哨兵诗歌的精神空间与意象分析》,李瑞华,《周口师范学院学报》,2009 年第 3 期,第 53 - 55 页。

298.《后现代诗人的都市想像——1980 年代台湾、香港的诗歌》,王光明,《福建广播电视大学学报》,2009 年第 3 期,第 1 - 4、28 页。

299.《集体"突围表演"的背后与"失败的运动"——70后诗歌发生的动因与价值估衡》,罗振亚,《广东社会科学》,2009年第3期,第136–141页。

300.《近30年新诗形式流变与诗性流失——以傅天琳前后期诗歌创作为例》,张中宇,《西南大学学报》(社会科学版),2009年第3期,第24–28页。

301.《九叶诗派对浪漫主义追求的自我超越》,蒋登科,《中国现代文学研究丛刊》,2009年第3期,第132–137页。

302.《抗战时期大后方的诗歌观念及其艺术价值》,熊辉,《重庆社会科学》,2009年第5期,第105–108页。

303.《叩问变革年代的诗境——雷抒雁访谈》,雷抒雁、牛宏宝,《西北大学学报》(哲学社会科学版),2009年第3期,第78–83页。

304.《李发模诗歌创作中酒文化表现的原因》,娄莉,《贵州民族学院学报》(哲学社会科学版),2009年第3期,第72–74页。

305.《陆晶清:新诗史上不该被忘记的白族女诗人》,熊辉,《民族文学研究》,2009年第2期,第82–87页。

306.《论艾青诗歌散文美的诗学特征》,李泽华,《中州学刊》,2009年第3期,第221–223页。

307.《论当代日常生活诗歌的求真价值取向》,艾秀梅,《当代文坛》,2009年第5期,第77–80页。

308.《论第三代诗歌的道家精神》,林平乔,《学术探索》,2009年第5期,第131–137页。

309.《论穆旦诗歌的象征性意象系统》,杨海燕,《山东社会科学》,2009年第3期,第140–144页。

310.《论牛汉诗歌中的生态意识》,葛胜君,《通化师范学院学报》,2009年第3期,第65–67页。

311.《论新诗界震灾诗的特点及意义——5·12汶川大地震周年祭》,王珂,《福建师范大学学报》(哲学社会科学版),2009年第3期,第104–112页。

312.《漫谈冰心的哲理小诗》,柴彦莉,《科教文汇》(上旬刊),2009年第5期,第212页。

313.《朦胧诗的美学追求》,范潇兮,《四川文理学院学报》(社会科学版),2009年第3期,第39–41页。

314.《面对内心的写作》,田耘,《当代作家评论》,2009年第3期,第185–187页。

315.《〈摩罗诗力说〉与中国诗学的现代转型》,李震,《中国社会科学》,2009年第3期,第159–163页。

316.《女性诗歌的身体写作批判》,陈志平,《绵阳师范学院学报》,2009年第3期,第77–79、88页。

317.《庞德诗学与中国现当代诗歌》,傅建安,《湖南城市学院学报》,2009年第3期,第70-74页。

318.《评王怀凌的〈一棵中年的果树〉》,邹建军,《文学教育》(上),2009年第5期,第17页。

319.《奇险地带的精神穿越——评罗振亚〈20世纪中国先锋诗潮〉》,刘波,《文学评论》,2009年第3期,第56-59页。

320.《生命意志的自觉追求——论穆旦及其诗作》,武媛莹,《西安社会科学》,2009年第3期,第35-37页。

321.《诗:大众化与小众化》,吕进,《诗选刊》,2009年第5期,第82-83页。

322.《诗的激情在抗震救灾中奔涌燃烧——谈抗震救灾诗和自创诗歌的感受》,谭仲池,《理论与创作》,2009年第3期,第4-8页。

323.《诗歌的三阶段》,赵东,《诗刊》(上半月刊),2009年5月号,第60-61页。

324.《诗歌和这个时代的宿命关系》,宗仁发,《诗选刊》,2009年第5期,第90-91页。

325.《诗观与写作的悖离——穆木天的"纯诗"理论与写作实践》,陈太胜,《北京师范大学学报》,2009年第3期,第60-65页。

326.《诗评家的第一要素》,解非,《诗选刊》,2009年第5期,第92-93页。

327.《世纪之交诗歌传播之考察与思索》,张延文,《福建师范大学学报》(哲学社会科学版),2009年第3期,第113-119页。

328.《试论艾青早期诗歌中的法国元素》,李彬,《深圳大学学报》(人文社会科学版),2009年第3期,第106-110页。

329.《试论九叶诗派的诗学理论》,宋毅、宁殿弼,《青岛大学师范学院学报》,2009年第3期,第99-104页。

330.《台湾新世代诗歌与现实主义创作潮流》,王金城,《福州大学学报》(哲学社会科学版),2009年第3期,第5-10、112页。

331.《泰戈尔究竟怎样影响了郭沫若》,魏建,《中国现代文学研究丛刊》,2009年第3期,第21-29页。

332.《田汉的南行诗》,李遇春,《名作欣赏》(文学鉴赏版),2009年第5期,第16-18页。

333.《同构:我对一种诗歌技巧的命名》,魏理科,《诗选刊》,2009年第5期,第84-85页。

334.《同样的浪漫天才,不同的求索历程——郭沫若、海子诗歌创作比较》,唐晓莉,《唐山师范学院学报》,2009年第3期,第38-41页。

335.《土地的记忆与形象书写——关于唐诗的组诗〈乡村人物〉》,张立群,《诗刊》(上半月刊),2009年5月号,第35-37页。

336.《汪静之的诗到底缠绵否?——〈蕙的风〉的出版运作与各家序言之校读》,郭怀玉,《中国现代文学研究丛刊》,2009年第3期,第151-160页。

337.《网络诗写:无难度"切诊"——批评"说话的分行和分行的说话"》,陈仲义,《南方文坛》,2009年第3期,第48-51页。

338.《文学中的"新北京"城市形象——以"十七年"与"文革"诗歌为例》,张鸿声,《扬子江评论》,2009年第5期,第28-34页。

339.《新诗"概念问题"的反思与世纪初的现象争鸣》,张立群,《人文杂志》,2009年第5期,第104-109页。

340.《新诗的立场:钱玄同与〈尝试集〉》,魏继洲,《广西民族大学学报》(哲学社会科学版),2009年第3期,第165-170页。

341.《新世纪生态诗歌论》,袁园,《南都学坛》,2009年第3期,第52-55页。

342.《"叙事性":观念的转化与诗艺术质性的置换——先锋诗歌批评关键词解读之一》,崔修建,《文学评论》,2009年第3期,第6-11页。

343.《雪落在中国的土地上——简论艾青四十年代的诗歌创作》,李新平,《时代文学》(下半月),2009年第5期,第5-6页。

344.《"一群自觉的现代的现代主义者"——九叶诗人与西方现代主义论》,李彬,《中国文学研究》,2009年第3期,第94-97页。

345.《"亦狂亦侠亦温文"——评傅天虹的诗》,古远清,《扬子江评论》,2009年第5期,第70-73页。

346.《因为我对这土地爱得深沉——简论艾青后期诗歌的美学追求》,李新平,《河南广播电视大学学报》,2009年第3期,第36-37、59页。

347.《于坚诗歌的视觉叙述与感官世界》,孙基林、张鑫,《山东社会科学》,2009年第3期,第126-130页。

348.《在审俗和审熟中从容审美——读老铁的诗》,孙绍振,《扬子江评论》,2009年第5期,第35-37页。

349.《震出来的诗潮》,罗小凤,《诗刊》(上半月刊),2009年5月号,第55-59页。

350.《〈致橡树〉女性意识的觉醒》,张麒麟,《文学教育》(上),2009年第5期,第96页。

351.《中国现代诗学之禅学渊源》,汤凌云,《徐州师范学院学报》(哲学社会科学版),2009年第3期,第31-37页。

6 月

352.《1950—1970年代诗歌的"四板块"与"重写诗歌史"》,贺桂梅,《新诗评论》,2009年第1辑,第33-39页。

353.《1960年代:殊途异向的两岸诗歌》,洪子诚,《新诗评论》,2009年第1辑,第15-19页。

354.《1990年代的台湾诗坛》,古远清,《诗探索》(理论卷),2009年第1辑,第161-168页。

355.《2008年中国内地诗界回顾》,周瓒,《新诗评论》,2009年第1辑,第211-223页。

356.《奥登与穆旦:战时存在之思》,姚璐璐,《时代文学》(下半月),2009年第6期,第87-89页。

357.《被遗忘的歌者——中法大学诗人叶汝琏初论》,张松建,《新诗评论》,2009年第1辑,第51-62页。

358.《重温舒婷美丽忧伤的人性之歌》,李士奇,《山东文学》,2009年第6期,第108-109页。

359.《沉思着命运的大提琴——姚凤诗歌浅论》,蔡俊、李之平,《诗探索》(理论卷),2009年第1辑,第112-119页。

360.《陈陟云诗歌的多重"隔岸"叙事》,刘洪霞,《诗探索》(理论卷),2009年第1辑,第126-139页。

361.《赤子情怀与裸体的太阳——论詹澈》,沈奇,《诗探索》(理论卷),2009年第1辑,第153-160页。

362.《处在转折期的1970年代诗歌》,程光炜,《新诗评论》,2009年第1辑,第23-28页。

363.《词语——关于诗与诗人的札记》,柳宗宣,《诗探索》(理论卷),2009年第1辑,第106-109页。

364.《从政治的诗学到诗学的政治——北岛论》,吴晓东,《新诗评论》,2009年第1辑,第63-81页。

365.《〈错误〉的诗性之美》,黄辉,《文学教育》(下),2009年第6期,第124-125页。

366.《"穿行于现实与虚幻之间"——李轻松诗歌写作的精神探索》,罗小凤,《诗探索》(理论卷),2009年第1辑,第56-63页。

367.《"大"诗人王怀让》,高金光,《诗刊》(上半月刊),2009年6月号,第60-61页。

368.《"灯火阑珊处"——读李岩的〈现代汉语词典:小姐〉》,王士强,

《诗探索》（作品卷），2009年第1辑，第151－152页。

369.《"地震时期"的诗歌承担及其困境》，王家新，《诗探索》（理论卷），2009年第1辑，第1－11页。

370.《读王敖和三子的诗》，陈仲义，《文学教育》（上），2009年第6期，第144－145页。

371.《对新诗研究现状的一点感言》，周瓒，《江汉大学学报》（人文科学版），2009年第3期，第30页。

372.《否定的诗歌》，耿占春，《诗刊》（下半月刊），2009年6月号，第34－35页。

373.《高处，发生了美——读柳宗宣〈高过楼顶的杉树〉》，黄斌，《诗探索》（理论卷），2009年第1辑，第102－105页。

374.《关于〈流水〉的争议 一首注定引起争议的诗——李少君诗歌〈流水〉带来冲击》，魏如松、李少君，《诗探索》（作品卷），2009年第1辑，第64－67页。

375.《关于李岩的〈现代汉语词典：小姐〉》，霍俊明，《诗探索》（作品卷），2009年第1辑，第147－148页。

376.《归来者：不是宣言的宣言》，洪烛，《诗探索》（理论卷），2009年第1辑，第36－44页。

377.《过于卑微的生活之歌》，邹汉明，《诗刊》（下半月刊），2009年6月号，第35－37页。

378.《黄梵诗歌赏析》，柏桦，《诗探索》（理论卷），2009年第1辑，第82－84页。

379.《回望80年代：诗歌精神的来处和去向——陈超访谈录》，李建周，《新诗评论》，2009年第1辑，第157－182页。

380.《近年的中国诗坛》，王光明，《江汉大学学报》（人文科学版），2009年第3期，第25－26页。

381.《困境与生机——新诗研究断想》，张桃洲，《江汉大学学报》（人文科学版），2009年第3期，第34页。

382.《蓝色的孤独》，韩作荣，《诗刊》（上半月刊），2009年6月号，第23－25页。

383.《李少君和他那一支新奇生猛的〈流水〉》，符力，《诗探索》（作品卷），2009年第1辑，第69－72页。

384.《历史化与经典化的困境》，周瓒，《新诗评论》，2009年第1辑，第40－43页。

385.《灵魂遨游的踪迹——读灰娃的诗》，屠岸，《诗探索》（理论卷），2009年第1辑，第120－125页。

386.《灵魂因痛苦而丰富——从何其芳的〈回答〉说起》,李松岳,《名作欣赏》(文学研究版),2009年第6期,第74-76页。

387.《〈流水〉的时代品质》,韩玉光,《诗探索》(作品卷),2009年第1辑,第73-75页。

388.《流水时代的精神流血——读李少君〈流水〉想到的》,寒山石,《诗探索》(作品卷),2009年第1辑,第76-84页。

389.《论卞之琳诗歌创作的艺术风格》,刘侠,《西安社会科学》,2009年第2期,第68-69页。

390.《论陈梦家自然诗的文化内涵》,史玉辉,《江汉论坛》,2009年第6期,第93-96页。

391.《论译诗是外国诗歌影响中国新诗的中介》,熊辉,《西华大学学报》(哲学社会科学版),2009年第3期,第34-37页。

392.《论余光中的现代诗》,古远清,《南京师范大学文学院学报》,2009年第2期,第57-61页。

393.《洛夫的〈背向大海〉与现代禅诗写作》,孙金燕,《诗探索》(理论卷),2009年第1辑,第146-152页。

394.《米乃正与昌耀》,燎原,《诗刊》(上半月刊),2009年6月号,第59-60页。

395.《面对灾难或重大社会问题:诗歌何在?诗人何为?》,刘洁岷,《诗探索》(理论卷),2009年第1辑,第26-34页。

396.《墨水的诚实——读王家新〈为凤凰找寻栖所〉》,蓝蓝,《新诗评论》,2009年第1辑,第234-240页。

397.《内心的灯盏》,刘恩波,《鸭绿江》(上半月版),2009年第6期,第72-73页。

398.《平静中的波澜——读〈风中的芦草〉》,唐力,《诗探索》(作品卷),2009年第1辑,第157-161页。

399.《前往与返回:海子与形而上学的断裂》,王东东,《新诗评论》,2009年第1辑,第101-143页。

400.《浅析当代女性诗歌中的母亲形象——以舒婷、翟永明、尹丽川等诗人的创作为例》,王兰英,《科教文汇》(上旬刊),2009年第6期,第226页。

401.《亲历与见证》,大解,《诗刊》(下半月刊),2009年6月号,第30-31页。

402.《"倾听"与"挽留"——叶玉琳的诗歌方式》,叶橹,《诗刊》(上半月刊),2009年6月号,第61-62页。

403.《儒道释视野中的第三代诗歌的死亡书写》,林平乔,《西华大学学报》(哲学社会科学版),2009年第3期,第38-44页。

404.《"如若我再生于祖国的河岸"——海子〈面朝大海,春暖花开〉臆解》,西渡,《新诗评论》,2009年第1辑,第144-153页。

405.《"三个崛起"前后——新时期文学口述史之二》,王尧,《文艺争鸣》,2009年第6期,第101-108页。

406.《身份冲突中家的建构与功能——余光中诗歌"家"的文化学阐释》,赵小琪,《江汉论坛》,2009年第6期,第97-100页。

407.《神与光——论艾青诗歌及文学史形象》,陈卫、陈茜,《文学评论》,2009年第6期,第78-84页。

408.《生存问题真的大于艺术问题吗——汶川赈灾诗热后的冷思考》,王珂,《诗探索》(理论卷),2009年第1辑,第12-25页。

409.《生命因艺术而"脱苦"——读余光中先生〈白玉苦瓜〉》,温儒敏,《诗探索》(理论卷),2009年第1辑,第142-145页。

410.《生与死的对话,骨与肉的深思——评余笑忠的〈白色城堡〉》,邹建军,《文学教育》(上),2009年第6期,第22页。

411.《诗:在敞开与收敛之间》,闫林芳,《西南农业大学学报》(社会科学版),2009年第3期,第112-114页。

412.《诗人的时间意识——阎志〈明天的诗篇〉略说》,吴思敬,《诗刊》(上半月刊),2009年6月号,第62-63页。

413.《诗与事》,黄梵,《诗探索》(理论卷),2009年第1辑,第85-89页。

414.《使痛苦获得意义》,蓝蓝,《诗探索》(理论卷),2009年第1辑,第46-47页。

415.《双重嬗变中〈夜歌〉集的思想和艺术——朴素清新的现实主义和依然浓厚的个人抒情》,何休,《三峡大学学报》(人文社会科学版),2009年第3期,第43-47页。

416.《网络时代的诗歌民刊》,刘波,《诗选刊》,2009年第6期,第91-93页。

417.《为了一个梦想:中国新诗1949—1959》,谢冕,《新诗评论》,2009年第1辑,第3-11页。

418.《我看"现当代诗学研究"》,张曙光,《江汉大学学报》(人文科学版),2009年第3期,第31页。

419.《现代中国新诗的诞生与政治文化——以胡适的实践为中心》,张立群,《中国石油大学学报》(社会科学版),2009年第3期,第88-94页。

420.《现当代诗学研究:从平台到品牌》,臧棣,《江汉大学学报》(人文科学版),2009年第3期,第33页。

421.《新诗是一场失败吗?——中国新诗的基本经验——第二届中国南京·

现代汉诗论坛研讨会观点汇集（节选）》，叶橹、欧阳江河、敬文东、李成恩、张子清、森子、何同彬、杨四平等，《南京理工大学学报》（社会科学版），2009年第3期，第1-12、121页。

422.《新诗研究，需要激活动力》，姜涛，《江汉大学学报》（人文科学版），2009年第3期，第16页。

423.《新诗研究：蜕变中的艰难》，贺仲明，《江汉大学学报》（人文科学版），2009年第3期，第14页。

424.《新诗研究之功德簿》，陈仲义，《江汉大学学报》（人文科学版），2009年第3期，第12页。

425.《新移民诗歌的空间诗学》，陈为为、江少川，《华文文学》，2009年第3期，第40-46页。

426.《徐志摩〈云游〉的生命解读》，蓝善康，《西安社会科学》，2009年第2期，第66-67页。

427.《血性写作中的对立和破碎——读李轻松的诗》，冯雷，《诗探索》（理论卷），2009年第1辑，第48-55页。

428.《杨牧：西方浪漫主义与古典抒情传统的体现和交错》，谢旺霖，《新诗评论》，2009年第1辑，第82-97页。

429.《一部诗剧与一个诗人的创作史》，龙扬志，《诗探索》（理论卷），2009年第1辑，第64-72页。

430.《已有无数的桥，可供我节节败退……——读黄梵札记》，敬文东，《诗探索》（理论卷），2009年第1辑，第74-81页。

431.《音、形、义的造境——评周伟驰诗集〈回声〉》，李建春，《新诗评论》，2009年第1辑，第241-248页。

432.《英雄主义与悲剧意识——昌耀诗歌的精神品质探索》，张玉玲，《湖南科技大学学报》（社会科学版），2009年第3期，第98-101页。

433.《域外写作的精神分析——答张辉先生十一问》，宋琳，《新诗评论》，2009年第1辑，第183-207页。

434.《在反省与思考的途中》，张洁宇，《新诗评论》，2009年第1辑，第44-47页。

435.《在历史与语言之间——李岩〈现代汉语词典：小姐〉简评》，王士强，《诗探索》（作品卷），2009年第1辑，第149-150页。

436.《在世俗人生中探寻精神价值——评阿里诗集》，刘登翰，《福建文学》，2009年第6期，第94-96页。

437.《郑小琼诗歌：从苦难的表述开始》，陈庆祝，《文艺争鸣》，2009年第6期，第142-144页。

438.《中国诗歌向何处去》，高佳琦、高佳英，《今日科苑》，2009年第12

期,第 177 页。

439.《中国现代诗的知性与情感》,周锋,《求索》,2009 年第 6 期,第 163 – 165 页。

440.《中国新诗研究:克服"现代"困难的前行》,李怡,《江汉大学学报》(人文科学版),2009 年第 3 期,第 19 页。

441.《"中年"的芒刺搅动纷繁的记忆——子川近期诗歌》,霍俊明,《星星》(上半月刊),2009 年第 6 期,第 10 – 13 页。

442.《庄子的野马与海子的以梦为马》,朱赟斌,《文学教育》(上),2009 年第 6 期,第 142 – 143 页。

443.《"追寻从身体中生长出来的"——从柳宗宣看当代诗歌的"根性问题"》,易彬,《诗探索》(理论卷),2009 年第 1 辑,第 92 – 101 页。

7 月

444.《1945 年前后闻一多对"五四"精神的认识和阐发》,李乐平,《周口师范学院学报》,2009 年第 4 期,第 44 – 46 页。

445.《2002 年·冬天·胡弦》,庞余亮,《诗刊》(下半月刊),2009 年 7 月号,第 38 – 40 页。

446.《安徽诗人与淮河支系分布图》,严正、胖子,《诗选刊》,2009 年第 7 期,第 18 – 20 页。

447.《"边缘"的意识形态——诗歌研究与诗歌评论》,何言宏,《当代作家评论》,2009 年第 4 期,第 165 – 168 页。

448.《不是无端悲怨深——徐志摩、林徽因情诗发微》,陆红颖,《文学评论》,2009 年第 4 期,第 149 – 156 页。

449.《草根性与新世纪诗歌》,李少君,《南方文坛》,2009 年第 4 期,第 73 – 76、78 页。

450.《常态书写与艺术失衡——诗歌刊物》,罗振亚,《当代作家评论》,2009 年第 4 期,第 144 – 148 页。

451.《陈有才诗歌的幽默特色》,胡晓靖,《平顶山学院学报》,2009 年第 4 期,第 77 – 81 页。

452.《词语穿越诗歌和生命内部时的自然呈现——金肽频诗歌印象及对他的某些心理阐释》,胡书庆,《安庆师范大学学报》,2009 年第 7 期,第 82 – 86 页。

453.《从边缘出发——奚密的现代汉诗研究述评》,董炎,《渤海大学学报》,2009 年第 4 期,第 17 – 21 页。

454.《从经验到形式——阅读胡弦》,马永波,《诗刊》(下半月刊),2009 年 7 月号,第 36 – 38 页。

455.《从苦难中升起力量——论牛汉诗歌的美学特征》，胡春莲，《鄂州大学学报》，2009 年第 4 期，第 58 - 59、66 页。

456.《从浪漫主义到现代主义——论现代诗派的"怀旧"情结》，李璐，《科教文汇》（下旬刊），2009 年第 7 期，第 244 - 245 页。

457.《从影响研究角度论西部诗歌的后先锋现象》，闫艳，《西北大学学报》（哲学社会科学版），2009 年第 4 期，第 35 - 38 页。

458.《大诗与大历史的拥合——评梁平长诗〈三十年河东〉》，张德明，《南方文坛》，2009 年第 4 期，第 101 - 103 页。

459.《大众传媒时代与抒情话语的生产》，傅宗洪，《文艺争鸣》，2009 年第 7 期，第 64 - 70 页。

460.《当前诗歌症候分析》，吴投文，《文艺理论与批评》，2009 年第 4 期，第 107 - 110 页。

461.《底层的抒情与王学忠诗歌的意义》，王莅，《文艺理论与批评》，2009 年第 4 期，第 101 - 106 页。

462.《地域的诗性之光——诗人胡杨和他的诗歌》，李少咏，《诗刊》（上半月刊），2009 年 7 月号，第 53 - 55 页。

463.《动力与陷阱：新诗现代化的"症结"》，陈仲义，《中国文学研究》，2009 年第 4 期，第 106 - 108 页。

464.《洞察·描述与理解》，韩作荣，《诗刊》（下半月刊），2009 年 7 月号，第 34 - 36 页。

465.《读丁燕和沈蕾娟的诗》，陈仲义，《文学教育》（上），2009 年第 7 期，第 152 - 153 页。

466.《读格桑多杰诗歌印象》，李鸿然，《青海湖》，2009 年 7 月号，第 77 - 79 页。

467.《读诗断想》，食指，《诗刊》（下半月刊），2009 年 7 月号，第 56 - 58 页。

468.《对话与独白——论李松涛〈忧患交响曲〉》，黄平，《当代作家评论》，2009 年第 4 期，第 30 - 34 页。

469.《反思现代主义：抒情性与现代性的相互表述》，[美国] 奚密，《渤海大学学报》，2009 年第 4 期，第 5 - 9 页。

470.《高贵的诗歌——在西安第二届中国诗歌节论坛上的演讲》，王久辛，《诗选刊》，2009 年第 7 期，第 70 - 71 页。

471.《歌者的缺失——二十年诗歌创作失声探因》，王永宏，《文学评论》，2009 年第 4 期，第 55 - 57 页。

472.《郭沫若研究中的文学人类学视野》，陈俐，《中国现代文学研究丛刊》，2009 年第 4 期，第 137 - 142 页。

473.《郭小川：二十世纪中国诗坛的西绪福斯》，范肖丹，《南方文坛》，2009年第4期，第54－60页。

474.《郭小川、贺敬之创作的政治抒情诗为诗的朗诵推波助澜》，郑东辉、毛毛，《广播电视大学学报》（哲学社会科学版），2009年第4期，第127页。

475.《国家格局的理想主义者——著名诗人王久辛专访》，丰云，《诗选刊》，2009年第7期，第8－11页。

476.《海子：幸福与受难的歌者》，岳青，《唐山师范学院学报》，2009年第4期，第23－25页。

477.《"海子神话"与"文学知识分子"心态》，高波，《厦门大学学报》（哲学社会科学版），2009年第4期，第116－121页。

478.《海子诗歌的来源与成就》，西川，《南方文坛》，2009年第4期，第77－78页。

479.《海子诗歌：从〈小站〉出发》，荣光启，《南方文坛》，2009年第4期，第79－83页。

480.《"后锋"写作及其他——诗人杨炼、唐晓渡访谈录》，张学昕，《当代作家评论》，2009年第4期，第51－65页。

481.《后革命视域下的中国当代诗歌——或曰30年来诗歌发展的一种解读》，张立群，《理论与创作》，2009年第4期，第43－47页。

482.《化蛹为蝶的个人诗史——评牟心海诗歌创作》，李霞，《艺术广角》，2009年第4期，第69－70页。

483.《吉狄马加的精神姿态、身份意识及诗性建构》，[澳大利亚]庄伟杰，《诗潮》，2009年7月号，第69－76页。

484.《近十年来的诗歌场域：孤绝的二次方胡续冬》，胡续冬，《南方文坛》，2009年第4期，第78－82页。

485.《简论闻一多的象征诗及其诗学意义》，卢惠余，《名作欣赏》（中旬刊），2009年第7期，第118－120页。

486.《近三十年诗歌史写作研究》，余礼凤，《周口师范学院学报》，2009年第4期，第31－35页。

487.《经验的根本——从外来文化的影响谈"新学诗"和"新派诗"的区别》，李宏伟，《甘肃联合大学学报》（社会科学版），2009年第4期，第71－74页。

488.《精确的幻想——从田原的诗说开去》，陈超，《当代作家评论》，2009年第4期，第66－74页。

489.《苦痛的多重变奏——李松涛诗艺一叶》，陈奇佳，《当代作家评论》，2009年第4期，第35－38页。

490.《历史与现实语境中的90后新诗》，吴礼丹，《安徽农业大学学报》（社会科学版），2009 年第 4 期，第 34 - 36 页。

491.《刘半农的诗学观念与方言诗歌实践》，刘进才，《平顶山学院学报》，2009 年第 4 期，第 72 - 79 页。

492.《鲁若迪基诗歌论》，马绍玺，《南方文坛》，2009 年第 4 期，第 112 - 115 页。

493.《论"七月诗派"的语言风格》，王丽君，《名作欣赏》（中旬刊），2009 年第 7 期，第 121 - 123 页。

494.《论彭燕郊"潜在写作"期诗歌的思想艺术特色》，容小明，《贵州民族学院学报》（哲学社会科学版），2009 年第 4 期，第 90 - 92 页。

495.《论诗性语言的"隐喻性"特征》，雷珍容，《理论与创作》，2009 年第 4 期，第 40 - 42 页。

496.《论闻一多的诗歌转向及其成因》，肖学周、程玉竹，《湖南文理学院学报》（社会科学版），2009 年第 4 期，第 95 - 100 页。

497.《论闻一多诗学中的世界文化视野》，罗先友，《江西社会科学》，2009 年第 4 期，第 128 - 130 页。

498.《论现代主义诗歌中节奏和意象的关系——以郑敏的 40 年代现代主义诗歌为例》，周礼红，《东北师大学报》，2009 年第 4 期，第 147 - 149 页。

499.《论杨牧诗歌表现的现实理性精神》，林平，《四川文理学院学报》（社会科学版），2009 年第 4 期，第 33 - 36 页。

500.《论灾难诗的价值及其文学人类学意义》，唐亚娟，《贵州民族学院学报》（哲学社会科学版），2009 年第 4 期，第 83 - 86 页。

501.《牟心海：意象变形性的诗式创造》，王向峰，《艺术广角》，2009 年第 4 期，第 67 - 68 页。

502.《"朦胧"：向复杂与深刻敞开的幽密暗道——先锋诗歌批评关键词解读之一》，崔修建，《文学评论》，2009 年第 4 期，第 50 - 54 页。

503.《穆木天：从"现代"走向"现实"的诗人》，王春辉、张立群，《齐鲁学刊》，2009 年第 4 期，第 150 - 153 页。

504.《欧阳江河诗歌写作初探》，李墨泉，《艺术广角》，2009 年第 4 期，第 52 - 57 页。

505.《庞德对中国新诗的影响》，徐建纲，《成都大学学报》（社会科学版），2009 年第 4 期，第 50 - 52 页。

506.《彭燕郊先生未完成的 2008——艰难的回忆之一》，龚旭东，《扬子江评论》，2009 年第 4 期，第 11 - 16 页。

507.《浅析胡适新诗的演变——以〈尝试集〉第二编的十二首诗歌为例》，王茜，《青年文学家》，2009 年第 14 期，第 14 - 16 页。

508.《青草还得长在对岸——诗歌问题断想》，杨匡汉，《诗刊》（上半月刊），2009年7月号，第8-9页。

509.《倾听时代改革的脉搏——读〈三十年河东〉》，杨清发，《南方文坛》，2009年第4期，第103-107页。

510.《情能动物，故诗足以感人——女诗人曹文娟作品赏析》，周拥军，《现代交际》，2009年第7期，第36-37页。

511.《"私媒体"时代的网络"诗生活"——网络诗歌》，何平，《当代作家评论》，2009年第4期，第158-161页。

512.《诗歌的生命、灵魂与源泉——论艾青对七月诗派的影响》，司真真，《宜宾学院学报》，2009年第7期，第72-74页。

513.《诗歌与审美，在时代里迁徙》，杨克，《诗刊》（上半月刊），2009年7月号，第10-11页。

514.《诗歌怎样呈现记忆中的土地——周舟近作〈渭南旧事〉析论》，王元中，《天水师范学院学报》，2009年第4期，第59-63页。

515.《诗何为：和友探讨（外二篇）》，汪峰，《诗刊》（下半月刊），2009年7月号，第62-66页。

516.《诗评家、诗人眼中的宋晓杰》，谢冕、燎原等，《诗潮》，2009年7月号，第32-35页。

517.《诗人不应成为思想史上的失踪者》，朵渔，《诗选刊》，2009年第7期，第91-93页。

518.《诗意的可能性》，郑小琼，《诗刊》（上半月刊），2009年7月号，第12-13页。

519.《诗意放逐下的严肃——70后诗群研究》，宋宝伟，《南京理工大学学报》（社会科学版），2009年第4期，第16-19、121页。

520.《诗与思的唯美创见——牟心海诗歌创作研讨会综述》，许宁，《文化学刊》，2009年第4期，第183页。

521.《诗与我们共同面临的时代——在"第二届中国诗歌节"上的演讲》，吉狄马加，《诗选刊》，2009年第7期，第88-90页。

522.《〈诗刊〉（1957—1964）的基本内容和意识形态性研究》，郑翔，《扬子江评论》，2009年第4期，第46-53页。

523.《"诗说"：读李松涛的诗》，王彧，《当代作家评论》，2009年第4期，第39-44页。

524.《时代激情与社会意识以及诗歌的表现功能——郭沫若诗歌的时代抒情特征》，汪坚强，《乐山师范学院学报》，2009年第7期，第18-20页。

525.《抒情哲理化、哲理抒情化——中国现代哲理抒情小诗审美论》，蒋昌丽，《社会科学战线》，2009年第7期，第155-157页。

526.《谁愿意向美告别?》，李振声，《扬子江评论》，2009年第4期，第4-

10页。

527.《说不尽的〈女神〉,离不开的文体——评〈女神〉校释和〈女神及佚诗〉》,廖久明,《中国现代文学研究丛刊》,2009年第4期,第189-194页。

528.《谈牟心海和他的诗》,王充闾,《艺术广角》,2009年第4期,第61页。

529.《体验的诗歌艺术——冯至的〈十四行集〉论》,王巨川,《北方论丛》,2009年第4期,第48-50页。

530.《王久辛:一个抒情时代的复活》,祁鸿升,《艺术广角》,2009年第4期,第58-62页。

531.《望乡的回忆与现时性的知觉》,苗变丽,《星星》(上半月刊),2009年第7期,第12-15页。

532.《为了爱而重新羞涩——评李见心的〈重新羞涩〉》,邹建军,《文学教育》(上),2009年第7期,第20页。

533.《文化碰撞与心灵对话——徐志摩"康桥情结"与泰戈尔"人类第三期世界"比较研究》,戴前伦,《江西社会科学》,2009年第4期,第133-136页。

534.《我有我的诗——奚密访谈录》,[美国]奚密、董炎,《渤海大学学报》,2009年第4期,第10-16页。

535.《五四时期的白话运动与新诗运动》,许霆,《文艺争鸣》,2009年第7期,第71-77页。

536.《西方还是本土:中国诗学研究的世纪性命题——从谭桂林〈本土语境与西方资源〉谈起》,李怡,《湖南师范大学社会科学学报》,2009年第4期,第96-98页。

537.《现代诗歌鉴赏批评指南》,徐润润、王慧灵、徐楠,《上饶师范学院学报》,2009年第4期,第51-54页。

538.《现代性视野下的梭罗与海子》,王颖,《廊坊师范学院》(社会科学版),2009年第4期,第28-31页。

539.《现实的担当与美学的重构——近年来诗歌趋向的功能考察》,张立群,《艺术广角》,2009年第4期,第11-14页。

540.《乡愁:一种生态主义的焦虑——关于田原的诗之独白与潜对话》,汪剑钊,《当代作家评论》,2009年第4期,第81-90页。

541.《心海中的诗意世界——牟心海诗歌创作评述》,许宁,《文化学刊》,2009年第4期,第179-182页。

542.《心灵在我们时代的诗意——综合性文学刊物》,张学昕,《当代作家评论》,2009年第4期,第152-155页。

543.《新诗史的分期及其文化逻辑——从世纪初新诗史的书写现象谈起》,张立群,《艺术广角》,2009年第4期,第18-21页。

544.《新诗在整合中重建及其另种诗体的创建》,牟心海,《文化学刊》,2009年第4期,第14-17页。

545.《新月派与中国传统文论》,刘畅,《绍兴文理学院学报》(哲学社会科学版),2009年第4期,第60-63页。

546.《雪莱与穆旦后期诗歌"智慧"抒写的比较》,孙相如、朱玲琳,《乐山师范学院学报》,2009年第4期,第54-57页。

547.《〈仰娿莎〉诗与苗族文化传承关系研究》,苏晓红,《文化学刊》,2009年第4期,第148-151页。

548.《〈野草·题辞〉的张力艺术》,刘秀珍,《名作欣赏》(中旬刊),2009年第7期,第55-57页。

549.《幽灵的愤怒与体味的极限——民间诗刊》,张清华,《当代作家评论》,2009年第4期,第155-158页。

550.《于"相对"中求真——评刘祥安〈卞之琳:在混乱中寻找秩序〉》,王苽,《中国现代文学研究丛刊》,2009年第4期,第185-188页。

551.《灾难诗的文学人类学特征解析》,喻子涵,《贵州民族学院学报》(哲学社会科学版),2009年第4期,第79-82页。

552.《在物与作品之间——胡弦诗歌特征简析》,傅先锋,《诗刊》(下半月刊),2009年7月号,第40-42页。

553.《哲思心性诗人魂——对牟心海的人和诗的一种解读》,彭定安,《艺术广角》,2009年第4期,第63-65页。

554.《〈这是一个懦怯的世界〉中的"动"》,林宗衡,《文学教育》(上),2009年第7期,第64-65页。

555.《政治抒情诗的当代命运》,张德明,《湛江师范学院学报》,2009年第4期,第6-7页。

556.《直抵生存本真的自由抒写——宋晓杰诗歌论》,梁海,《当代作家评论》,2009年第4期,第45-50页。

557.《"中年写作":世纪初诗歌代际划分的另一种解读》,张立群,《艺术广角》,2009年第4期,第15-17、68页。

558.《走向现代的五四浪漫主义诗学》,范丽娟,《北方论丛》,2009年第4期,第54-56页。

8月

559.《2009中国70后诗歌论坛:焦虑与希望》,钟倩记录、梦亦非整理,《诗林》,2009年第4期,第78-80页。

560.《30年代中国现代诗派的意向策略》,朱妍,《安庆师范大学学报》,

2009年第8期,第98-101页。

561.《"80后"为中国诗坛提供了什么样的版图?——贵州、山东、河南"80后"诗歌选读印象》,霍俊明,《诗选刊》,2009年第8期,第93-95页。

562.《把真相愉快地伪装成幻象》,陈东东,《诗林》,2009年第4期,第16-18页。

563.《从北中原伫望到意象中国——试论冯杰现代乡土诗美追求与诗境营造》,周建军,《西华大学学报》(哲学社会科学版),2009年第4期,第27-31页。

564.《从模仿到互文——论帕斯捷尔纳克对王家新的唤醒》,柏桦,《青年作家》,2009年第8期,第87-89页。

565.《重读海子》,陈超,《名作欣赏》(下旬刊),2009年第8期,第9-12页。

566.《当下诗歌:文化意识与文化政治》,张大为,《山花》,2009年第8期,第141-147页。

567.《道德与价值评判:当下神性诗写的一个向度》,陈仲义,《江汉大学学报》(人文科学版),2009年第4期,第20-24页。

568.《第三代诗歌的认同焦虑——以"1986现代诗群体大展为中心"》,李建同,《文艺争鸣》,2009年第8期,第81-86页。

569.《东西方色彩观烛照下的"土地"和"太阳"——论艾青早期诗歌色彩的文化内涵》,司真真,《楚雄师范学院学报》,2009年第8期,第47-49页。

570.《读冰儿和倪湛舸的诗》,陈仲义,《文学教育》(上),2009年第8期,第152-153页。

571.《对"古典"的挪用、转化与重置——当代台湾新诗语言构造的重要维度》,张桃洲,《江汉大学学报》(人文科学版),2009年第4期,第5-14页。

572.《〈孤独骑士之歌〉的诗意担当》,郑小琼,《文学自由谈》,2009年第4期,第127-131页。

573.《古雅意象凝结的幽微诗情——论金克木三十年代的诗歌》,柴晋湘,《钦州学院学报》,2009年第4期,第114-117页。

574.《顾城〈回家〉赏读》,蒋建强,《文学教育》(上),2009年第8期,第60-61页。

575.《海子的"似是而非"的诗——兼论海子研究的相关问题》,霍俊明,《名作欣赏》(下旬刊),2009年第8期,第13-19页。

576.《海子诗中的"肉体真实"》,荣光启,《名作欣赏》(下旬刊),2009年第8期,第16-19页。

577.《互联网语境中的诗歌》,张德明,《诗刊》(上半月刊),2009年8月号,第67-70页。

578.《静观种种人生形态——评胡弦的〈过程〉》,邹建军,《文学教育》(上),2009年第8期,第18页。

579.《灵魂的热度和生活的深度》,雪漠,《诗刊》(下半月刊),2009年8月号,第37-38页。

580.《鲁克的疼痛之根》,梁小斌,《诗刊》(上半月刊),2009年8月号,第46-48页。

581.《论〈雨巷〉的审美追求》,王铁良,《文学教育》(上),2009年第8期,第56-57页。

582.《论阿尔泰的诗歌创作》,海日寒,《民族文学研究》,2009年第3期,第144-150页。

583.《论泰国的华文小诗》,赵朕,《世界华文文学论坛》,2009年第3期,第46-51页。

584.《论新时期以来的云南彝族现代诗歌》,王兰香,《民族文学研究》,2009年第3期,第156-161页。

585.《朦胧诗在台湾现代的诗坛回响——"中国"诗歌空间下的两岸诗歌互动情况》,白杨,《文艺争鸣》,2009年第8期,第107-111页。

586.《陌生化的诗境》,西村,《星星》(上半月刊),2009年第8期,第50-51页。

587.《牟心海的诗——辽宁文学界众人说》,彭定安、王充闾等,《诗潮》,2009年8月号,第72-78页。

588.《穆旦诗歌的宗教意识》,安凤琴,《求索》,2009年第8期,第191-192页。

589.《浅论海子诗歌中的女性意象》,陈青山,《文学教育》(上),2009年第8期,第146-147页。

590.《浅谈网络诗歌的喜与忧》,张洪军,《诗刊》(上半月刊),2009年8月号,第70页。

591.《清雅、隐忍中的庄严气象》,谢有顺,《诗林》,2009年第4期,第95-96页。

592.《沈从文诗歌论》,张德明,《民族文学研究》,2009年第3期,第126-131页。

593.《诗歌发掘与海子研究》,商立军,《名作欣赏》(下旬刊),2009年第8期,第20-21页。

594.《诗歌意志论》,苍耳,《诗林》,2009年第4期,第94-96页。

595.《诗人,作为悠游卒而存在》,育邦,《星星》(上半月刊),2009年第8期,第41-43页。

596.《诗与政治的共鸣:1940年代的郭沫若及其抗战历史剧》,贾振勇,

《东岳论丛》,2009 年第 8 期,第 70 - 76 页。

597.《十四行诗与中国新诗体系的历史建构》,刘立军、王海红,《河北学刊》,2009 年第 4 期,第 243 - 246 页。

598.《台湾女诗人涂静怡及其〈秋水诗刊〉》,曹明,《世界华文文学论坛》,2009 年第 3 期,第 22 - 25 页。

599.《网络与诗歌自娱》,王天成,《诗刊》(上半月刊),2009 年 8 月号,第 72 页。

600.《现代新诗本体追求探微》,吴凌,《理论月刊》,2009 年第 8 期,第 123 - 125 页。

601.《现实与现代的诗情升华——非马诗观的一种解读》,陆士清,《华文文学》,2009 年第 4 期,第 54 - 59 页。

602.《新马华文诗歌与中国新诗关系论析》,朱文斌,《华文文学》,2009 年第 4 期,第 83 - 88 页。

603.《新诗:被遮蔽的写作》,韩作荣,《诗潮》,2009 年 8 月号,第 14 - 15 页。

604.《新诗"边缘化"观点探析》,程丽雅,《世纪桥》,2009 年第 15 期,第 49 页。

605.《新诗博客与网络诗歌的发展》,王珂,《诗刊》(上半月刊),2009 年 8 月号,第 71 页。

606.《新诗的自我救赎——试论 20 世纪 20—40 年代新诗在"民族化"和"全球化"方面的探求》,周亮,《安徽文学》(下半月),2009 年第 8 期,第 53 - 58 页。

607.《新诗文本的审美特征》,刘俊峰,《文学教育》(上),2009 年第 8 期,第 121 页。

608.《一个"业余诗人"的自得而适》,沈奇,《诗林》,2009 年第 4 期,第 89 - 90 页。

609.《一种节奏缓慢的诗》,梁晓明,《上海文学》,2009 年第 8 期,第 86 - 87 页。

610.《由"山"到"海"的跋涉——韩东诗变的诗史意义》,韩一宇、王耀文,《文艺争鸣》,2009 年第 8 期,第 78 - 80 页。

611.《最近 30 年闻一多诗歌研究综论》,吴满珍、李秋芸,《江汉论坛》,2009 年第 8 期,第 101 - 104 页。

9 月

612.《1990 年代先锋诗的生态及个人化写作成因》,王珂,《河北学刊》,2009 年第 5 期,第 111 - 114 页。

613.《90年代乡土诗发生的轨迹及诗学变化》,周建军,《名作欣赏》(下旬刊),2009年第9期,第54-67页。

614.《暴风雨前夜的歌者——论阿英早期诗歌创作》,吴家荣,《文艺理论与批评》,2009年第5期,第72-76页。

615.《比体和赋体:象征性诗歌意象研究》,间汉原、间海燕,《南京师范大学文学院学报》,2009年第3期,第154-157页。

616.《并非钢铁,而是油菜花》,柳宗宣,《诗刊》(下半月刊),2009年9月号,第41-42页。

617.《沉寂与坚守》,罗振亚,《诗选刊》,2009年第9期,第87-88页。

618.《穿过这片黑夜的那些眼——从翟永明诗歌中的"眼睛"看其诗歌风格变化》,董秀丽,《文艺评论》,2009年第5期,第63-65页。

619.《穿行在情感与文体之间——回顾六十年来的中国新诗》,章亚昕,《名作欣赏》(下旬刊),2009年第9期,第4-7页。

620.《从诗歌的历史理解诗歌的现实——答马铃薯兄弟问》,李亚伟,《上海文学》,2009年第9期,第82-83页。

621.《底层生活的现实镜像——论郑小琼的诗》,丁纯,《南京师范大学文学院学报》,2009年第3期,第82-84页。

622.《东北诗坛的巨幅画雕像——邢海珍诗歌文化新著〈中国新诗三剑客〉管窥》,张剑阁,《文艺评论》,2009年第5期,第69-72页。

623.《读阳子和水晶珠链的诗》,陈仲义,《文学教育》(上),2009年第9期,第148-149页。

624.《对〈面朝大海,春暖花开〉的解读及英文翻译》,程业清,《科教文汇》(下旬刊),2009年第9期,第270页。

625.《对新诗诗体革命的反思》,罗姝芳,《边疆经济与文化》,2009年第9期,第63-65页。

626.《风中的灰烬》,王夫刚,《诗刊》(下半月刊),2009年9月号,第37-39页。

627.《戈麦诗歌中的"死亡"意象解读》,张文刚,《海南大学学报》(人文社会科学版),2009年第5期,第560-565页。

628.《郭沫若对庄子态度的变迁》,刘剑梅,《渤海大学学报》,2009年第5期,第43-50页。

629.《海子、骆一禾"麦地诗歌"的形成和风格差异》,郭庆杰,《信阳师范学院学报》(哲学社会科学版),2009年第5期,第124-127页。

630.《海子"重塑"及当代汉语诗歌的生态问题》,霍俊明,《南方文坛》,2009年第5期,第67-71页。

631.《呼唤"纯棉"的诗歌批评》,霍俊明,《南方文坛》,2009年第5期,第18页。

632.《还原与颠覆——评莫卧儿的〈北京的微风〉》,邹建军,《文学教育》(上),2009年第9期,第17页。

633.《霍俊明和他的诗歌批评》,陈超,《南方文坛》,2009年第5期,第72-74页。

634.《纠偏与制衡:1940年代中国现代诗学的自觉追求》,吴井泉,《北方论丛》,2009年第5期,第33-39页。

635.《流变与遭际:中国现代小诗90年》,曾宏伟,《艺术广角》,2009年第5期,第16-24、74页。

636.《留学背景与中国新诗的域外生成》,李丹,《文学评论》,2009年第5期,第176-183页。

637.《论艾青在租界上的诗歌创作》,龙俊,《井冈山学院学报》(哲学社会科学版),2009年第5期,第59-62页。

638.《论陈先发诗歌的"汉化"》,陈仲义,《南京师范大学文学院学报》,2009年第3期,第89-95页。

639.《论古今诗学理论对话》,赵东,《西南大学学报》(社会科学版),2009年第5期,第38-39页。

640.《论余光中诗歌中的土地意识》,沈玲,《徐州师范大学学报》(哲学社会科学版),2009年第5期,第36-39页。

641.《论袁可嘉中国式现代主义诗学理论的建构》,王芳,《南昌大学学报》(人文社会科学版),2009年第5期,第101-106页。

642.《论中国现代派诗对意象主义的接受》,陈希,《文学评论》,2009年第5期,第50-54页。

643.《论朱湘的十四行诗创作》,王俊燕,《科教文汇》(上旬刊),2009年第9期,第230-233页。

644.《牛汉"潜在写作"的生命诗学论略》,袁仕萍,《西南大学学报》(社会科学版),2009年第5期,第40-43页。

645.《评判尹丽川与巫昂的游戏书写》,董秀丽,《北方论丛》,2009年第5期,第40-43页。

646.《破坏仪式的诗歌》,朱大可,《南方文坛》,2009年第5期,第122-123、128页。

647.《浅谈西渡诗歌中人称代词的审美效用》,刘梅,《三峡大学学报》(人文社会科学版),2009年第5期,第99-100页。

648.《人生刻痕留在钢铁上》,袁忠岳,《诗刊》(下半月刊),2009年9月号,第39-41页。

649.《人文关怀与生态意识的诗意融合》,单华艳、孙吉麟,《通化师范学院学报》,2009 年第 9 期,第 67 - 68、71 页。

650.《如何重返新诗本体研究?——从〈中国现代诗歌意象论〉谈起》,张桃洲,《首都师范大学学报》(社会科学版),2009 年第 5 期,第 97 - 101 页。

651.《诵之行云流水,听之金声玉振——浅谈陈敬容诗歌之音乐美》,李春秋、李春芳,《名作欣赏》(中旬刊),2009 年第 9 期,第 98 - 99 页。

652.《诗歌与社会:新的张力关系的建立》,张桃洲,《江海学刊》,2009 年第 5 期,第 195 - 198 页。

653.《诗评家、诗人眼中的桑恒昌》,贺敬之、李瑛等,《诗潮》,2009 年 7 月号,第 40 - 43 页。

654.《诗人陈建华——少年时期的肖像》,李振声,《当代作家评论》,2009 年第 5 期,第 127 - 144 页。

655.《"诗意地栖居"与逻各斯向往——试论于坚诗歌的审美追求与精神内涵》,苏葆荣,《凯里学院学报》,2009 年第 5 期,第 104 - 106 页。

656.《试论"政治抒情诗"的历史渊源与当代表现》,王恒升,《东岳论丛》,2009 年第 9 期,第 70 - 82 页。

657.《现代汉语诗歌与现代汉语诗学》,周晓风,《西南大学学报》(社会科学版),2009 年第 5 期,第 33 - 35 页。

658.《现代诗歌研究的"新突破"与"新启示"——评王泽龙〈中国现代诗歌意象论〉》,刘继林,《海南师范大学学报》(社会科学版),2009 年第 5 期,第 110 - 112 页。

659.《现代新诗研究的语言学转向》,咸立强,《诗选刊》,2009 年第 9 期,第 91 - 92 页。

660.《现代性的诗意把握——杨克诗歌的符号学分析》,杨清发,《南方文坛》,2009 年第 5 期,第 119 - 121 页。

661.《现行几种穆旦作品集的出处与版本问题》,李章斌,《中山大学学报》(社会科学版),2009 年第 5 期,第 53 - 57 页。

662.《象征诗艺中国化的艰难历程——李金发与戴望舒之比较》,曾效葵、席宏伟,《社科纵横》,2009 年第 9 期,第 95 - 98 页。

663.《星汉灿烂 若出其里——读汤松波诗集〈东方星座〉》,张清华,《南方文坛》,2009 年第 5 期,第 124 - 125 页。

664.《徐志摩与郭沫若的一次碰撞》,李兆忠,《广东社会科学》,2009 年第 5 期,第 152 - 156 页。

665.《喧嚣之下宁静的河流》,高文,《诗刊》(下半月刊),2009 年 9 月号,第 42 - 44 页。

666.《学科建设与新诗学之学科化》,子张,《西南大学学报》(社会科学版),2009 年第 5 期,第 36 - 39 页。

667.《以香港诗人傅天虹为个案论"自传诗"写作》,王珂,《廊坊师范学院学报》(社会科学版),2009年第5期,第13-18页。

668.《意象与中国现代诗学》,王学东,《宁夏社会科学》,2009年第5期,第150-154页。

669.《音乐与诗歌的渗透——浅谈常建诗歌的音乐性》,孙丽君,《今日南国》(理论创新版),2009年第9期,第122页。

670.《再论近人旧体诗不宜纳入现代诗歌史——以聂绀弩的旧体诗为例》,吕家乡,《齐鲁学刊》,2009年第5期,第129-134页。

671.《在沉重和语言之间平衡——王家新诗学浅析》,李文辉,《山花》,2009年第9期,第143-150页。

672.《在学衡派对新诗的批判中探讨其自身得失》,高媛媛,《河南教育学院学报》(哲学社会科学版),2009年第5期,第93-96页。

673.《臧克家诗集〈烙印〉与〈罪恶的黑手〉中的现代主义因素》,刘婧,《南都学坛》,2009年第5期,第62-63页。

674.《中国诗歌的现实主义传统与"五四"新诗》,戴惠,《学海》,2009年第5期,第187-191页。

675.《中国诗人移植十四行体的文化意义》,许霆,《文艺理论研究》,2009年第5期,第117-123页。

676.《中国现代诗歌的"身体学"漫议》,李蓉,《文艺争鸣》,2009年第9期,第88-90页。

677.《中国现代诗歌文体发展的历史反思》,吕周聚,《山东师范大学学报》(人文社会科学版),2009年第5期,第29-33页。

678.《中国新诗发生期新诗集序的媒体价值》,梁笑梅,《文学评论》,2009年第5期,第39-44页。

679.《中国新诗发展状况思考》,郭新民,《诗选刊》,2009年第9期,第89-90页。

680.《中国新诗研究的回归与突围——评陈爱中的〈中国现代新诗语言研究〉》,卢长春,《齐齐哈尔大学学报》(哲学社会科学版),2009年第5期,第87-88页。

681.《周作人新诗生态意识略论》,葛胜君、赵丹,《通化师范学院学报》,2009年第9期,第65-66、77页。

682.《最后一位乡村诗人——叶赛宁与海子比较》,王颖、王秀丽,《安庆师范大学学报》,2009年第5期,第37-41页。

683.《作为诗人评论家的外围和内部》,江非,《南方文坛》,2009年第5期,第75、87页。

10 月

684.《20世纪90年代以来中国新诗的语言探析》,张立群,《重庆社会科学》,2009年第10期,第105-110页。

685.《安静的内涵——答问片段》,冯晏,《上海文学》,2009年第10期,第89-90页。

686.《陈梦家〈铁马集〉的"纯粹性"与"现实性"》,王昌忠,《湖州师范学院学报》,2009年第5期,第22-25页。

687.《陈梦家:延伸中国新诗的诗美之路》,罗昌智,《名作欣赏》(中旬刊),2009年第10期,第83-90页。

688.《戴望舒及其诗歌〈深闭的园子〉》,刘阳,《文学教育》(下),2009年第10期,第30-31页。

689.《但愿人长久——评杨方的〈大地情书〉》,邹建军,《文学教育》(上),2009年第10期,第19页。

690.《读麦豆和燕窝的诗》,陈仲义,《文学教育》(上),2009年第10期,第154-155页。

691.《独特而高贵的"独唱"》,向卫国,《文学自由谈》,2009年第5期,第152-156页。

692.《对汶川地震诗歌的几点思考》,余姣,《文学教育》(下),2009年第10期,第122-123页。

693.《高度在深处——赵首先最新诗集〈看却无痕〉读后》,任林举,《文艺争鸣》,2009年第10期,第166—167页。

694.《关于〈戈麦诗全编〉的考证》,赵思运,《名作欣赏》(下旬刊),2009年第10期,第20-21页。

695.《郭沫若浪漫主义诗歌与新诗范式问题》,晏青,《广东工业大学学报》(社会科学版),2009年第10期,第67-70页。

696.《"浩瀚"与"真诚"灵魂的窥探——对宗白华〈三叶集〉细读》,潘水萍,《名作欣赏》(中旬刊),2009年第10期,第85-93页。

697.《后现代场域下的诗歌之反思》,王巨川,《文学自由谈》,2009年第5期,第70-76页。

698.《"精魂全在一口深吸的气里"——论姜涛诗歌的形体学诉求》,余旸,《江汉大学学报》(人文科学版),2009年第5期,第10-14页。

699.《论1986—1995年的汉语先锋诗歌》,陈小平,《江汉大学学报》(人文科学版),2009年第5期,第5-9页。

700.《论诗歌语言中的语义蒙太奇》,张亭立,《韶关学院学报》(社会科学版),2009年第10期,第68-72页。

701.《论俞平伯探索新诗发展之路》,郝栩甲,《文学教育》(上),2009年第10期,第134-135页。

702.《骆一禾、海子、我自己以及一些更广阔的东西》,西川、徐钺,《诗林》,2009年第5期,第83-91页。

703.《浅谈艾青诗歌的基督教文化》,司真真,《名作欣赏》(中旬刊),2009年第10期,第94-96页。

704.《浅谈伊沙的诗歌》,张强,《文学教育》(上),2009年第10期,第62-63页。

705.《浅析徐志摩其人其诗》,孔瑛,《文学教育》(上),2009年第10期,第66-68页。

706.《诗歌带给人们光明和温暖》,吉狄马加,《诗潮》,2009年10月号,第70-71页。

707.《诗歌对小说的开示——读雷平阳诗作〈杀狗的过程〉》,千夫长,《诗林》,2009年第10期,第95-96页。

708.《试论艾青诗歌的绘画性——对"诗中有画"的再认识》,谢珊珊,《名作欣赏》(中旬刊),2009年第10期,第97-99页。

709.《试论中国诗歌的叙事性与戏剧化手法》,杨景龙、陶文鹏,《名作欣赏》(下旬刊),2009年第10期,第22-25页。

710.《台湾新诗60年的历程及其特殊贡献》,古远清,《学术研究》,2009年第10期,第147-153、160页。

711.《万夏诗歌:1980~1990宿疾与农事》,柏桦,《江汉大学学报》(人文科学版),2009年第5期,第15-19页。

712.《"我在一条天路上走着我自己"》,刘奎,《诗林》,2009年第5期,第92-94页。

713.《西南联大诗人战争的三大主题》,王燕,《西南农业大学学报》(社会科学版),2009年第5期,第124-127页。

714.《雪与死亡:一个漫长的过程》,王亮,《诗林》,2009年第5期,第10-13页。

715.《伊沙诗歌论——"杀毒霸"播撒及"互文性"回收》,陈仲义,《文艺争鸣》,2009年第10期,第136-141页。

716.《用"语言的利斧"归还一切——析戈麦的〈最后一日〉兼及其他》,张立群,《名作欣赏》(下旬刊),2009年第10期,第15-17页。

717.《于赓虞:中国"纯诗"的先锋诗人》,高蔚,《钦州学院学报》,2009年第5期,第53-57页。

718.《走向沉沦的中国当代诗歌——20世纪90年代以来的诗歌状况评说》,

杨守森，《东岳论丛》，2009年第10期，第67－75页。

719.《走向民间——论"晋察冀诗歌"的审美倾向》，丛鑫，《楚雄师范学院学报》，2009年第10期，第18－23页。

11月

720.《"90年代诗歌"：问题与遗产》，荆亚平，《长江师范学院学报》，2009年第6期，第14－17页。

721.《90年代中国新诗的知识谱系》，杨四平，《长江师范学院学报》，2009年第6期，第1－8页。

722.《安琪的词语实验》，罗小凤，《诗刊》（上半月刊），2009年11月号，第64－65页。

723.《必要的"分界"：当代诗歌批评与文学史写作》，陈超，《文艺研究》，2009年第11期，第20－27页。

724.《"别有一种意义"的抒唱——解读穆旦的晚年之作〈诗〉》，戴惠，《名作欣赏》（下旬刊），2009年第11期，第66－73页。

725.《苍老的青春独白：诗潮新变三十年》，李林荣，《社会科学论坛》（学术评论卷），2009年第11期，第75－82页。

726.《澄澈的心灵与独守的诗性——满族诗人路地论》，张立群，《民族文学研究》，2009年第4期，第119－122页。

727.《此岸的哲性的持重的精灵——从几首诗看齐红霞的诗作品格》，黄轶、刘迎，《平顶山学院学报》，2009年第6期，第34－37页。

728.《大海之子——诗人李先锋印象》，陈因，《诗刊》（下半月刊），2009年11月号，第37－40页。

729.《"大"时代中的"小"刊物：一九五七年的〈星星〉诗刊》，刘成才，《文艺研究》，2009年第11期，第163－165页。

730.《当代女性诗歌言说策略的转换》，董秀丽，《天津社会科学》，2009年第6期，第115－117页。

731.《读黄土和唐不遇的诗》，陈仲义，《文学教育》（上），2009年第11期，第152－153页。

732.《断裂还是继承——新体诗与旧体诗关系新论》，吕周聚，《山西大学学报》（哲学社会科学版），2009年第6期，第43－49页。

733.《"断片"之诗歌美学意义初探》，蔡明明，《楚雄师范学院学报》，2009年第11期，第26－31页。

734.《多元和合的复调诗意书写——周庆荣"格丽娜时期"散文诗之论》，罗小凤，《诗潮》，2009年11月号，第70－72页。

735.《二十世纪八十年代以来的新诗运动及"非诗化"漫议——以柯岩诗歌批评实践为中心》,张器友,《文艺理论与批评》,2009年第6期,第48-51页。

736.《分行》,于坚,《当代作家评论》,2009年第6期,第73-79页。

737.《戈麦:〈野草〉之后的诗人》,葛胜君,《通化师范学院学报》,2009年第6期,第87-89页。

738.《关于新诗创作与批评的对话》,罗振亚、刘波,《渤海大学学报》(哲学社会科学版),2009年第6期,第10-18页。

739.《河南当代诗歌的发展流变》,潘磊、彭迎,《平顶山学院学报》,2009年第6期,第35-38页。

740.《红卫兵诗歌与天安门诗歌的内在联系与历史地位》,武善增,《齐鲁学刊》,2009年第6期,第147-153页。

741.《火焰、燃烧、麦地与乌鸦——兼论郭沫若〈凤凰涅槃〉以来诗歌意象的转型》,龚盖雄,《绵阳师范学院学报》,2009年第6期,第58-63、68页。

742.《立于时代情感之巅的豪放与燃烧——郭沫若新诗论》,郝雨,《平顶山学院学报》,2009年第6期,第22-26页。

743.《略论90年代先锋诗歌的文化境遇与多元流向》,杨四平,《长江师范学院学报》,2009年第6期,第9-13页。

744.《美国意象派对闻一多诗歌创作的影响》,卢惠余,《深圳大学学报》(人文社会科学版),2009年第6期,第121-126页。

745.《"朦胧诗"论争——"中国式"现代主义诗歌的艰难叙述》,余旸,《扬子江评论》,2009年第6期,第14-24页。

746.《面对九十盏红灯——纪念诗人郭小川90周年诞辰》,张同吾,《诗刊》(上半月刊),2009年11月号,第58-60页。

747.《你,隔着金色的栅栏……》,严秀英,《文学自由谈》,2009年第6期,第14-21页。

748.《怒放为莲花:青藏高原石头的歌唱》,马海轶,《青海湖》,2009年11月号,第9-12页。

749.《平凡的人间生活是"有福的"——评尤克利〈我愿意〉》,邹建军,《文学教育》(上),2009年第11期,第19页。

750.《浅论袁可嘉对中国现代诗学体系的建构》,邹爱芳,《浙江社会科学》,2009年第11期,第105-107页。

751.《秋夜读艳诗》,武歆,《文学自由谈》,2009年第6期,第147-151页。

752.《人,诗意地栖居——简析海子诗歌五大主题意象》,杨丹珠,《现代交际》,2009年第11期,第132页。

753.《认真公允 广博厚实——读陆耀东的〈中国新诗史〉(第二卷)》,陈卫,《中国现代文学研究丛刊》,2009年第6期,第152-155页。

754.《生活的厚重与艺术的力度——读叶臻诗作〈走进一位老矿工的家〉》,王明文,《诗刊》(上半月刊),2009年11月号,第63-64页。

755.《生命中的轻与重——李先锋诗歌印象》,靳晓静,《诗刊》(下半月刊),2009年11月号,第36-37页。

756.《生态整体主义与新诗发展的一个可能路向》,马永波,《扬子江评论》,2009年第6期,第25-29页。

757.《失重的诗歌——论戈麦及其诗》,陈增福、项喜岩,《通化师范学院学报》,2009年第6期,第83-87页。

758.《诗情又辟新天地——读李瑛的长诗〈等待〉》,吴凡,《诗刊》(上半月刊),2009年11月号,第61-63页。

759.《〈诗刊〉:中国梦的家园——我与〈诗刊〉十四年》,叶延滨,《编辑学刊》,2009年第6期,第58-62页。

760.《十七年文学论争档案(诗歌篇)》,毛翰、王娜,《名作欣赏》(下旬刊),2009年第11期,第90-93页

761.《时间劫数中的艺术变轨——李先锋诗歌片谈》,燎原,《诗刊》(下半月刊),2009年11月号,第34-36页。

762.《舒婷诗歌中女性形象的另一面解读》,林芳汀,《时代文学》(下半月),2009年第11期,第13-14页。

763.《台湾新世代诗歌的底层关怀》,王金城,《世界华文文学论坛》,2009年第4期,第44-49页。

764.《泰戈尔散文诗对"五四"新诗体的影响》,张娟,《齐鲁学刊》,2009年第6期,第158-160页。

765.《"我与诗相依为命"——读牛汉七、八十年代诗作随想》,岳海东,《宜宾学院学报》,2009年第11期,第57-60页。

766.《现代作家资料的搜集编纂及研究:编辑〈王统照全集〉的断想》,杨洪承,《中国现代文学研究丛刊》,2009年第6期,第78-85页。

767.《心灵的孤帆远行——蔡其矫与五、六十年代中国诗歌的精神现象》,孟繁华,《绵阳师范学院学报》,2009年第6期,第1-5页。

768.《新诗名家与中国古典诗学》,杨景龙,《西南大学学报》(社会科学版),2009年第6期,第30-32页。

769.《"新月派"的形成及理性精神》,李春红,《徐州师范大学学报》(哲学社会科学版),2009年第6期,第50-53页。

770.《徐志摩爱情诗审美:飞动的灵感与飘逸的柔情》,龚孟伟,《渭南师范学院学报》,2009年第6期,第32-35页。

771.《瑶族之子的文化想象与身份追寻——黄爱平诗歌读后》,聂茂,《理论

与创作》,2009 年第 6 期,第 71 - 73 页。

772.《一种被忽略的审美倾向——西部诗歌审美趣味的当代性发掘》,张玉玲,《齐鲁学刊》,2009 年第 6 期,第 142 - 146 页。

773.《已沦为传销链的诗歌杂志》,李更,《文学自由谈》,2009 年第 6 期,第 118 - 122 页。

774.《以我写世,以梦写实——〈挽歌与纪念〉的抒情方式》,邹建军,《诗刊》(上半月刊),2009 年 11 月号,第 31 - 34 页。

775.《译介学与中国现代诗学体系的拓展》,熊辉,《西南大学学报》(社会科学版),2009 年第 6 期,第 28 - 29 页。

776.《隐约一坡青果讲方言:现代汉诗的另类历史》,田晓菲著、宋子江等译,《南方文坛》,2009 年第 6 期,第 12 - 20 页。

777.《永远的阮章竞》,陈建功,《诗刊》(上半月刊),2009 年 11 月号,第 56 - 57 页。

778.《语言的灰烬与语言的革命——从多多海外诗作〈归来〉与〈依旧是〉说起》,李章斌,《扬子江评论》,2009 年第 6 期,第 55 - 59 页。

779.《"在歌唱着精神和感官的热狂"——关于九叶诗派的象征表现之一》,范玉青,《内蒙古民族大学学报》,2009 年第 6 期,第 31 - 32 页。

780.《郑敏与〈九叶集〉》,周礼红,《深圳大学学报》(人文社会科学版),2009 年第 6 期,第 116 - 120 页。

781.《政治一体化语境下的创造"失语"与探索——"何其芳现象"再解读》,王春晖、张立群,《湖北师范学院学报》(哲学社会科学版),2009 年第 6 期,第 47 - 51 页。

782.《"中锋"的魅力——读〈中国当代诗坛中锋:十家诗选〉》,黎保荣,《天中学刊》,2009 年第 6 期,第 87 - 90 页。

783.《"中国传统"和"善性西化"——1950 年代台湾政治压抑下的诗歌突围》,黄万华,《中山大学学报》(社会科学版),2009 年第 6 期,第 42 - 49 页。

784.《中国当代西部诗歌的终极关怀》,张玉玲,《安徽师范大学学报》(人文社会科学版),2009 年第 6 期,第 654 - 659 页。

785.《中国现代诗学学科建设:从"转益多师"到"自成一体"》,张德明,《西南大学学报》(社会科学版),2009 年第 6 期,第 22 - 24 页。

786.《朱朱诗歌的具体方法》,宋琳,《当代作家评论》,2009 年第 6 期,第 80 - 82 页。

787.《宗白华小诗含蕴的"和谐"》,孔晓音,《文学教育》(上),2009 年第 11 期,第 138 - 139 页。

788.《总有一个合适的理由劝慰了她们艰难的旅程——朵渔和他的诗歌》,刘春,《南方文坛》,2009 年第 6 期,第 107 - 110 页。

12 月

789.《把一个少年时的约言信守到白头》,沈泽宜,《诗探索》(理论卷),2009年第2辑,第124-126页。

790.《曹葆华的新诗探索与诗论译介思想》,孙玉石,《现代中文学刊》,2009年第3期,第56-63页。

791.《陈良运与1980年代以来的当代诗歌》,陈卫、陈茜,《诗探索》(理论卷),2009年第2辑,第170-181页。

792.《成也萧何,败也萧何——论西方诗歌对中国新诗的影响》,顾子欣,《诗探索》(理论卷),2009年第2辑,第61-65页。

793.《从政治的诗学到诗学的政治(续)——北岛论》,吴晓东,《新诗评论》,2009年第2辑,第111-126页。

794.《从〈延河散歌〉到〈第二代〉——鲁藜延安时期的诗风变迁》,张林杰,《诗探索》(理论卷),2009年第2辑,第82-89页。

795.《戴着镣铐的前行——论中国现代诗歌发展》,孙琪琪,《商丘职业技术学院学报》,2009年第6期,第77-78页。

796.《当代先锋诗歌的"语言论转向"》,毛靖宇,《诗探索》(理论卷),2009年第2辑,第27-43页。

797.《当代中国基督教诗歌及其思想史脉络》,周伟驰,《新诗评论》,2009年第2辑,第69-107页。

798.《读阿斐和郑小琼的诗》,陈仲义,《文学教育》(上),2009年第12期,第153-154页。

799.《多元开放:唐湜的诗歌形式论》,何雪英,《名作欣赏》(中旬刊),2009年第12期,第95-101页。

800.《法国现代主义诗潮的引进与台湾新诗运动的勃兴》,钱林森,《南通大学学报》(社会科学版),2009年第6期,第65-70页。

801.《翻译与中国新诗》,张曙光,《江汉大学学报》(人文科学版),2009年第6期,第25-28页。

802.《关于诗生活的通讯》,余禺,《诗探索》(理论卷),2009年第2辑,第162-168页。

803.《海子:胡汉合流的民族诗学》,秦晓宇,《新诗评论》,2009年第2辑,第162-191页。

804.《黑冷城市里如火的金银木正在燃烧——邰筐近期诗作印象》,霍俊明,《诗探索》(理论卷),2009年第2辑,第141-144页。

805.《胡适英译诗〈关不住了〉的节奏尝试》,侯婷,《江汉大学学报》(人文科学版),2009年第6期,第20-24页。

806.《简洁单纯的真实抒写——浅释非马的诗》,林明理,《南京师范大学文学院学报》,2009年第4期,第24-30页。

807.《紧贴着大地的飞翔——邰筐诗歌印象》,李文钢,《诗探索》(理论卷),2009年第2辑,第136-140页。

808.《九十年代的诗歌走向》,于梅、高佳琦,《今日科苑》,2009年第12期,第178页。

809.《口语入诗的艰难之旅——对现代诗歌语言特征的一种考察》,胡峰,《广西大学学报》(哲学社会科学版),2009年第6期,第125-129页。

810.《李琦的声音:来自雪中的单纯与美丽——〈李琦近作选〉阅读感言》,邢海珍,《诗刊》(下半月刊),2009年12月号,第45-46页。

811.《鲁藜的诗学理想》,钱志富,《诗探索》(理论卷),2009年第2辑,第90-98页。

812.《论卞之琳抗战前期的旅程与文学》,王璞,《新诗评论》,2009年第2辑,第127-161页。

813.《论第三代诗歌的崇高美》,林平乔,《西北农林科技大学学报》(社会科学版),2009年第6期,第129-137页。

814.《论冯至〈昨日之歌〉的新诗史意义》,黄玲,《名作欣赏》(中旬刊),2009年第12期,第104-106页。

815.《茅盾与中国新诗》,晏青,《名作欣赏》(中旬刊),2009年第12期,第102-104页。

816.《明朗的冥想与倾听——论余禺的诗》,伍明春,《诗探索》(理论卷),2009年第2辑,第146-154页。

817.《浓墨书写的疏削淡影——邰筐诗歌简论》,王莹,《诗探索》(理论卷),2009年第2辑,第131-135页。

818.《徘徊于城市和乡村之间——论艾青的城市诗》,金晶,《丽水学院学报》,2009年第6期,第42-44、86页。

819.《评郭小川的长篇叙事诗创作》,尚炜,《文学教育》(上),2009年第12期,第50-51页。

820.《让诗歌承载生命的意义:潘洗尘诗歌论》,罗振亚、刘波,《诗探索》(作品卷),2009年第2辑,第171-188页。

821.《邵洵美"颓加荡"的诗歌艺术》,胡晴,《肇庆学院学报》,2009年第6期,第21-25页。

822.《邵洵美的诗歌艺术》,尹奇岭,《江淮论坛》,2009年第6期,第51-157页。

823.《诗人中的"达吉雅娜"》,路也,《诗刊》(下半月刊),2009年12月号，第39-41页。

824.《"诗人更需要有对语言的责任"——顾彬访谈录》，马铃薯兄弟，《新诗评论》，2009年第2辑，第210-232页。

825.《时代的夜歌或浮世绘——关于邰筐诗歌的三言两语》，张清华，《诗探索》（理论卷），2009年第2辑，第128-130页。

826.《童话诗人的生命乌托邦——重读顾城的〈感觉〉》，王玉宝，《名作欣赏》（下旬刊），2009年第12期，第68-70页。

827.《为微小的生命歌唱——评东荡子的〈寓言〉》，邹建军，《文学教育》（上），2009年第12期，第22页。

828.《为永远的家园祈祷平安 沈泽宜诗歌解读——以〈西塞娜十四行〉为中心》，沈健，《诗探索》（理论卷），2009年第2辑，第109-123页。

829.《闻一多：领袖诗坛的理想与追求——兼论意象派对闻一多诗学活动的影响》，卢惠余，《名作欣赏》（中旬刊），2009年第12期，第74-77页。

830.《我与鲁藜》，于行前，《诗探索》（理论卷），2009年第2辑，第78-81页。

831.《"我坚定地相信诗本身的独立存在"——孙绍振访谈录》，伍明春，《新诗评论》，2009年第2辑，第195-209页。

832.《现代诗的再出发：中国40年代现代主义诗潮叙论》，张松建，《诗探索》（理论卷），2009年第2辑，第2-26页。

833.《现代主义诗歌"经验写作"的美学透视》，王昌忠，《求索》，2009年第12期，第157-160页。

834.《香港新诗六十年》，古远清，《江汉论坛》，2009年第12期，第109-112页。

835.《新"罗马斗兽场"——十年网络诗歌论争缩略》，陈仲义，《文艺争鸣》，2009年第12期，第30-33页。

836.《新诗的困惑与选择——评邓程〈新诗的出路〉》，王泽龙，《文艺研究》，2009年第12期，第143-151页。

837.《新诗身份辨析》，袁忠岳，《诗探索》（理论卷），2009年第2辑，第50-60页。

838.《一位物理学家眼里的当代新诗和旧体诗词》，李荫远，《诗探索》（理论卷），2009年第2辑，第66-75页。

839.《由"山"到"海"的跋涉》，韩一宇，《诗探索》（理论卷），2009年第2辑，第44-48页。

840.《"与一切而至万灵……"——骆一禾〈世界的血〉、〈大海〉试论》，西渡，《新诗评论》，2009年第2辑，第27-56页。

841.《浴火重生的归来诗歌——论艾青晚年诗歌》，李夏，《湖北经济学院学报》(人文社会科学版),2009年第12期,第90-93页。

842.《远逝的童话——评顾城诗的特点》,程烽,《黑龙江史志》,2009年第24期,第73-74页。

843.《运行与发现——1932到1935年的戴望舒》,[法国]利大英,《现代中文学刊》,2009年第3期,第45-55页。

844.《在尴尬中开始的必要旅程》,霍俊明,《诗探索》(作品卷),2009年第2辑,第122-129页。

845.《在历史和诗神的祭坛上》,谢冕、孙绍振,《诗探索》(理论卷),2009年第2辑,第100-108页。

846.《在历史语境中论十七年政治抒情诗的审美时代性》,戴惠,《江苏社会科学》,2009年教育文化社会科学版,第244-248页。

847.《在山巅上万物尽收眼底——重读骆一禾的诗论》,姜涛,《新诗评论》,2009年第2辑,第57-65页。

848.《在自我与世界之间建立诗的"方程式"——小议余禺的诗》,赖彧煌,《诗探索》(理论卷),2009年第2辑,第155-161页。

849.《中国现代诗人与诺斯替、喀巴拉、浪漫主义、布鲁姆——读帕特丽卡·劳伦斯著〈丽莉·布瑞斯珂的中国眼睛〉,并回应王敖〈怎样给奔跑中的诗人们对表:关于诗歌史的问题与主义〉一文》,西川,《新诗评论》,2009年第2辑,第3-23页。

850.《中国新诗的诞生及其"理论先行"与"工具性"特点》,杜笑宇,《新乡学院学报》(社会科学版),2009年第6期,第110-111页。

851.《中韩诗歌的对话可能性——以上世纪末、本世纪初为中心》,[韩国]金龙云,《诗探索》(理论卷),2009年第2辑,第184-196页。

852.《朱自清的新诗创作与歌谣》,王丽娟,《名作欣赏》(中旬刊),2009年第12期,第98-101页。

作者简介

孙晓娅,女,1973年生,汉族,吉林长春人,文学博士。现任首都师范大学中国诗歌研究中心副主任,副教授,硕士生导师,《中国诗歌研究动态》执行主编。主要研究方向为中国现当代文学、中国现当代诗歌。出版学术专著《跋涉的梦游者——牛汉诗歌研究》、《读懂徐志摩》。主编《中国新诗百年大典》(第7卷)、《新世纪十年散文诗选》、《牛汉的诗》等;与人合编《内外之间:新诗研究的问题与方法》、《中国现代文学专题研究》。曾在《新华文摘》、《文艺研究》、《人民日报》、《光明日报》、《中国现代文学研究丛刊》、《当代作家评论》、《文艺争鸣》、《世界文学》等刊物上发表论文数十篇。先后承担过教育部人文社会科学重点研究基地重大项目,北京市教委、北京市委组织部多项科研与教学项目。